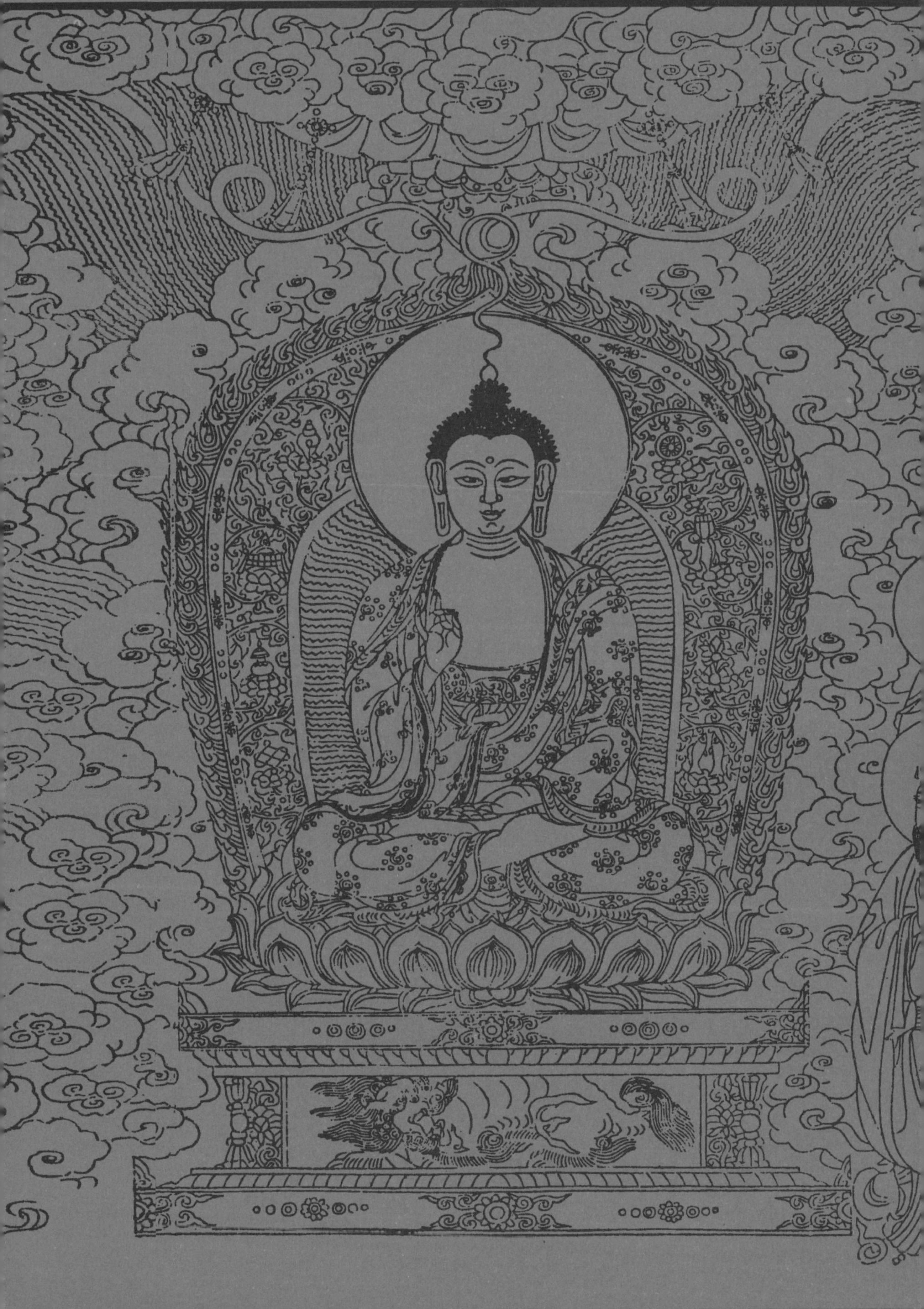

小品般若波羅蜜經

姚秦三藏法師鳩摩羅什譯

清刻龍藏佛說法變相圖

小品般若經序

姚秦長安釋僧叡撰

般若波羅蜜經者窮理盡性之格言菩薩成佛之弘軌也軌不弘則不足以寡群異指其歸性不盡則物何以登道場成正覺正覺之所以成群異之所以一何莫由斯道也是以累教慇懃三撫以之頻發功德疊校九增以之屢至如問相摽玄而玄其玄幻品忘寄而忘其忘道行坦其津難問窮其源隨喜忘趣以要終照明不化以即玄章雖三十貫之者道言雖十萬倍之者行行凝然後無生道足然後補處乃此而變一切智也法華鏡本以凝照般若冥末以解懸解懸理趣菩薩道也凝照鏡本告其終也終而不泯則歸途扶疎有三實之跡權應不夷則亂緒紛綸有惑趣

之異是以法華般若相待以期終方便實化
冥一以俟盡論其窮理盡性夷明萬行則實
不如照取其大明真化解本無三則照不如
實是故歎深則般若之功重美實則法華之
用微此經之尊三撫三囑未足惑也有秦太
子者寓跡儲宮擬韻區外翫味斯經夢想增
至准悟大品深知譯者之失會聞鳩摩羅法
師神授其文真本猶存以弘始十年二月六
日請令出之至四月三十日校正都訖考之
舊譯真若荒田之稼芸過其半未詎多也斯
經正文凡有四種是佛異時適化廣略之說
也其多者云有十萬偈少者六百偈此之大
品乃是天竺之中品也隨宜之言復何必計
其多少議其煩簡耶胡文雅質案本譯之於
麗巧不足樸正有餘矣幸冀文悟之賢略其

華而幾其實也

小品般若波羅蜜經卷第一

姚秦三藏法師鳩摩羅什譯

初品第一

如是我聞一時佛在王舍城耆闍崛山中與大比丘僧千二百五十人俱皆是阿羅漢諸漏已盡如調象王所作已辦捨於重擔逮得已利盡諸有結正智解脫心得自在唯除阿難爾時佛告須菩提汝樂說者爲諸菩薩說所應成就般若波羅蜜舍利弗即作是念須菩提自以力說爲承佛神力須菩提知舍利弗心所念語舍利弗言佛諸弟子敢有所說皆是佛力所以者何佛所說法於中學者能證諸法相證已有所言說皆與法相不相違背以法相力故爾時須菩提白佛言世尊佛使我爲諸菩薩說所應成就般若波羅蜜世尊所言菩薩菩薩者何等法義是菩薩我不見有法名爲菩薩世尊我不見菩薩不得菩薩亦不見不得般若波羅蜜當教何等菩薩般若波羅蜜若菩薩聞作是說不驚不怖不沒不退如所說行是名教菩薩般若波羅蜜復次世尊菩薩行般若波羅蜜時應如是學不念是菩薩心所以者何是心非心心相本淨故爾時舍利弗語須菩提有此非心心不須菩提語舍利弗非心心可得若有若無不舍利弗言不也須菩提語舍利弗若非心心不可得有無者應作是言有心無心耶舍利弗言何法爲非心心須菩提言不壞不分別菩薩聞作是說不驚不怖不沒不退當知是菩薩不離般若波羅蜜行若善男子善女人欲學聲聞地當聞是般若波羅蜜受持讀誦

如説修行欲學辟支佛地當聞是般若波羅蜜受持讀誦如説修行欲學菩薩地亦當聞是般若波羅蜜受持讀誦如説修行所以者何般若波羅蜜中廣説菩薩所應學法須菩提白佛言世尊我不得不見菩薩當教何等菩薩般若波羅蜜世尊我不見菩薩法來去而與菩薩作字言是菩薩我則疑悔世尊又菩薩字無決定無住處所以者何是字無所有故無所有亦無定無處若菩薩聞是事不驚不怖不沒不退當知是菩薩畢竟住不退轉地住無所住復次世尊菩薩行般若波羅蜜時不應色中住不應受想行識中住何以故若住色中爲作色行若住受想行識中爲作識行若行作法則不能受般若波羅蜜不能習般若波羅蜜不具足般若波羅蜜則不能成就薩婆若何以故色無受想受想行識無受想若色無受則非色受想行識無受則非識般若波羅蜜亦無受菩薩應如是學行般若波羅蜜是名菩薩諸法無受三昧廣大無量無定一切聲聞辟支佛所不能壞何以故是三昧不可以相得若是三昧可以相得者先尼梵志於薩婆若智不應生信先尼梵志以有量智入是法中入已不受色不受受想行識是梵志不以得聞見是智不以内色見是智不以外色見是智不以内外色見是智亦不離内外色見是智不以内受想行識見是智不以外受想行識見是智不以内外受想行識見是智亦不離内外受想行識見是智先尼梵志信解薩婆若智以得諸法實相故得解脱得解脱已於諸法中無取無捨

乃至涅槃亦無取無捨世尊是名菩薩般若波羅蜜不受色不受受想行識雖不受色不受受想行識未具足佛十力四無所畏十八不共法終不中道而般涅槃復次世尊菩薩行般若波羅蜜應如是思惟何等是般若波羅蜜是誰般若波羅蜜若法不可得是般若波羅蜜耶若菩薩作是思惟觀時不驚不怖不没不退當知是菩薩不離般若波羅蜜行爾時舍利弗語須菩提若色離色性受想行識離識性般若波羅蜜離般若波羅蜜性者何故說菩薩不離般若波羅蜜行須菩提言如是舍利弗色離色性受想行識離識性般若波羅蜜離般若波羅蜜性是法皆離自性性相亦離舍利弗言若菩薩於是中學能成就薩婆若耶須菩提言如是舍利弗菩薩如是學者能成就薩婆若所以者何一切法無生無成就故若菩薩如是行者則近薩婆若爾時須菩提語舍利弗言菩薩若行色行爲行相若生色行爲行相若滅色行爲行相若壞色行爲行相若空色行爲行相我行是行亦是行相若行受想行識行爲行相若生識行爲行相若滅識行爲行相若壞識行爲行相若空識行爲行相我行是行亦是行相若作是念能如是行者是行般若波羅蜜亦是行相當知是菩薩未善知方便舍利弗語須菩提今菩薩云何行名爲行般若波羅蜜須菩提言若菩薩不行色不行色生不行色滅不行色壞不行色空不行受想行識不行識生不行識滅不行識壞不行識空是名行般若波羅蜜不念行般若波羅蜜不念不行不

念行不行亦不念非行非不行是名行般若波羅蜜所以者何一切法無受故是名菩薩諸法無受三昧廣大無量無定一切聲聞辟支佛所不能壞菩薩行是三昧疾得阿耨多羅三藐三菩提須菩提承佛威神而作是言若菩薩行是三昧不念不分別是三昧我當入是三昧我今入我已入無如是分別當知是菩薩已從諸佛得受阿耨多羅三藐三菩提記舍利弗語須菩提菩薩所行三昧得從諸佛受阿耨多羅三藐三菩提記是三昧可得示不須菩提言不也舍利弗何以故善男子不分別是三昧所以者何三昧性無所有故佛讚須菩提言善哉善哉我說汝於無諍三昧人中最爲第一如我所說菩薩應如是學般若波羅蜜若如是學者是名學般若波羅蜜舍利弗白佛言世尊菩薩如是學爲學何法佛告舍利弗菩薩如是學於法無所學何以故舍利弗是諸法不爾如凡夫所著舍利弗白佛言世尊今云何有佛言如無所有如是有如是諸法無所有故名無明凡夫分別無明貪著無明墮於二邊不知不見於無法中憶想分別貪著名色因貪著故於無所有法不知不見不出不信不住是故墮在凡夫貪著數中舍利弗白佛言世尊菩薩如是學亦不學薩婆若佛告舍利弗菩薩如是學亦不學薩婆若如是學亦名學薩婆若成就薩婆若須菩提白佛言世尊若有問幻人學薩婆若當成就薩婆若不世尊我當云何答須菩提我還問汝隨汝意答於意云何幻異色色異幻幻異受想行識耶須菩提言幻不

異色色不異幻幻即是色色即是幻幻不異受想行識識不異幻幻即是識識即是幻須菩提於意云何五受陰名爲菩薩不如是世尊佛告須菩提菩薩學阿耨多羅三藐三菩提當如幻人學何以故當知五陰即是幻所以者何説色如幻説受想行識如幻識是六情五陰世尊新發意菩薩聞是説者將無驚怖退沒耶佛告須菩提若新發意菩薩隨惡知識則驚怖退沒若隨善知識聞是説者則不驚怖退沒須菩提言世尊何等是菩薩惡知識佛言教令遠離般若波羅蜜使不樂菩提又教令學取相分別嚴飾文頌又教學雜聲聞辟支佛經法又與作魔事因縁是名菩薩惡知識世尊何等爲菩薩善知識若教令學般若波羅蜜爲説魔事説魔過惡令知魔事魔過惡已教令遠離須菩提是名發大乘心大莊嚴菩薩摩訶薩善知識須菩提白佛言世尊所言菩薩菩薩有何義佛告須菩是爲學一切法無障礙亦如實知一切法是名菩薩義須菩提白佛言世尊若知一切法名爲菩薩義復以何義名爲摩訶薩佛言當爲大衆作上首名爲摩訶薩義舍利弗白佛言世尊我亦樂説所以爲摩訶薩義佛言樂説便説舍利弗白佛言世尊菩薩爲斷我見衆生見壽者見人見有見無見斷見常見等而爲説法是名摩訶薩義於是中心無所著亦名摩訶薩義舍利弗問須菩提何故於是中心無所著須菩提言無心故於是中心無所著富樓那彌多羅尼子白佛言世尊菩薩發大莊嚴乘大乘故是名摩訶薩義須菩提白

佛言世尊所言菩薩發大莊嚴云何名爲發大莊嚴佛言菩薩作是念我應度無量阿僧祇衆生度衆生巳無有衆生滅度者何以故諸法相爾譬如工幻師於四衢道化作大衆悉斷化人頭於意云何寧有傷有死者不須菩提言不也世尊佛言菩薩亦如是度無量阿僧祇衆生巳無有衆生滅度者若菩薩聞是事不驚不怖當知是菩薩發大莊嚴須菩提言如我解佛所說義當知是菩薩發大莊嚴而自莊嚴何以故薩婆若是不作不起法爲衆生故發大莊嚴是衆生亦是不作不起法何以故色無縛無解受想行識無縛無解故富樓那語須菩提色無縛無解受想行識無縛無解耶須菩提言色無縛無解受想行識無縛無解富樓那言何等色無縛無解何等受想行識無縛無解須菩提言幻人色是無縛無解幻人受想行識是無縛無解無所有故無縛無解離故無縛無解無生故無縛無解是名菩薩摩訶薩發大莊嚴而自莊嚴須菩提白佛言世尊云何爲大乘云何爲菩薩發趣大乘是乘住何處是乘從何處出佛告須菩提大乘者無有量無分數故是乘從何處出住何處者是乘從三界出住薩婆若無乘是乘出者何以故出法出者俱無所有何法當出須菩提白佛言世尊所言摩訶衍摩訶衍者勝出一切世間天人阿脩羅世尊摩訶衍與虛空等如虛空受無量阿僧祇衆生摩訶衍亦如是受無量阿僧祇衆生是摩訶衍如虛空無來處無去處無住處摩訶衍亦如是不得前際不得中際不得後際是乘

三世等是故名爲摩訶衍佛讚須菩提言善哉善哉諸菩薩摩訶薩摩訶衍應如汝所說爾時富樓那彌多羅尼子白佛言世尊佛使須菩提說般若波羅蜜乃說摩訶衍須菩提白佛言世尊我所說將無離般若波羅蜜耶不也須菩提汝所說隨順般若波羅蜜世尊我不得過去世菩薩亦不得未來現在世菩薩色無邊故菩薩亦無邊受想行識無邊故菩薩亦無邊世尊如是一切處一切時一切種菩薩不可得當教何等菩薩般若波羅蜜我不得不見菩薩當教何法入般若波羅蜜世尊所言菩薩菩薩者但有名字譬如所說我我法畢竟不生世尊一切法性亦如是此中何等是色不著不生何等是受想行識不著不生色是菩薩不可得受想行識是菩薩不可得不可得亦不可得世尊一切處一切時一切種菩薩不可得當教何法入般若波羅蜜世尊菩薩但有名字如我畢竟不生諸法性亦如是此中何等是色不著不生何等是受想行識不著不生諸法性如是是性亦不生不生亦不生世尊我今當教不生法入般若波羅蜜耶何以故離不生法不可得菩薩行阿耨多羅三藐三菩提若菩薩聞作是說不驚不怖當知是菩薩行般若波羅蜜世尊菩薩隨行般若波羅蜜時作是觀諸法即不受色何以故色無生即非色色無滅即非色無生無滅無二無別若說是色即是無二法菩薩行般若波羅蜜時不受受想行識何以故識無生即非識識無滅即非識無生無滅無二無別若說識即是無二法舍利弗問

須菩提如我解須菩提所說義菩薩即是無生若菩薩無生何以故有難行爲衆生故受苦惱須菩提言我不欲使菩薩有難行何以故生難行想苦行想不能利益無量阿僧祇衆生於衆生生易想樂想父母想子想我所想則能利益無量阿僧祇衆生如我法一切處一切時一切種不可得菩薩於内外法中應生如是想若菩薩以如是心行亦名難行如舍利弗所言菩薩無生如是舍利弗菩薩實無生舍利弗言但菩薩無生薩婆若亦無生須菩提言薩婆若亦無生舍利弗言薩婆若無生凡夫亦無生須菩提言凡夫亦無生舍利弗語須菩提若菩薩無生菩薩法亦無生薩婆若無生薩婆若法亦無生凡夫無生凡夫法亦無生今以無生得無生菩薩應得薩婆若須菩提言我不欲令無生法有所得何以故無生法不可得故舍利弗言生生無生生汝所言所樂說爲生爲無生須菩提言諸法無生所言無生樂說亦無生如是樂說舍利弗言善哉善哉須菩提汝於說法人中最爲第一何以故須菩提隨所問皆能答故須菩提言法應爾諸佛弟子於無依止法所問能答何以故一切法無定故舍利弗言善哉善哉是何波羅蜜力須菩提言是般若波羅蜜力舍利弗若菩薩聞如是說如是論時不疑不悔不難當知是菩薩行是行不離是念舍利弗言若菩薩不離是行不離是念一切衆生亦不離是行不離是念一切衆生亦當是菩薩何以故一切衆生不離是念故須菩提言善哉善哉舍利弗汝欲難我而成我

義所以者何衆生無性故當知念亦無性衆生離故念亦離衆生不可得故念亦不可得舍利弗我欲令菩薩以是念行般若波羅蜜

釋提桓因品第二

爾時釋提桓因與四萬天子俱在會中四天王與二萬天子俱在會中娑婆世界主梵天王與萬梵天俱在會中乃至淨居天衆無數千種俱在會中是諸天衆業報光明以佛身神力光明故皆不復現爾時釋提桓因語須菩提言是諸無數天衆皆共集會欲聽須菩提說般若波羅蜜義菩薩云何住般若波羅蜜須菩提語釋提桓因及諸天衆憍尸迦我今當承佛神力說般若波羅蜜若諸天子未發阿耨多羅三藐三菩提心者今應當發若人已入正位則不堪任發阿耨多羅三藐三菩提心何以故已於生死作障隔故是人若發阿耨多羅三藐三菩提心我亦隨喜終不斷其功德所以者何上人應求上法爾時佛讚須菩提言善哉善哉汝能如是勸樂諸菩薩須菩提言世尊我當報佛恩如過去諸佛及諸弟子教如來住空法中亦教學諸波羅蜜如來學是法得阿耨多羅三藐三菩提世尊我今亦當如是護念諸菩薩以我護念因緣故諸菩薩當疾得阿耨多羅三藐三菩提須菩提語釋提桓因言憍尸迦汝一心聽菩薩住般若波羅蜜憍尸迦菩薩發大莊嚴乘於大乘以空法住般若波羅蜜不應住色不應住受想行識不應住色若常若無常不應住受想行識若常若無常不應住色若苦若樂不應住受想行識若苦若樂不應住色若

淨若不淨不應住受想行識若淨若不淨不應住色若我若無我不應住受想行識若我若無我不應住色若空若不空不應住受想行識若空若不空不應住須陁洹果不應住斯陁含果不應住阿那含果不應住阿羅漢果不應住辟支佛道不應住佛法不應住須陁洹無爲果不應住須陁洹福田不應住須陁洹乃至七往來生死不應住斯陁含無爲果不應住斯陁含福田不應住斯陁含一來此間當得盡苦不應住阿那含無爲果不應住阿那含福田不應住阿那含彼間滅度不應住阿羅漢無爲果不應住阿羅漢福田不應住阿羅漢今世入無餘涅槃不應住辟支佛道無爲果不應住辟支佛福田不應住辟支佛過聲聞地不及佛地而般涅槃不應住佛法利益無量衆生滅度無量衆生爾時舍利弗作是念菩薩當云何住須菩提知舍利弗心所念語舍利弗於意云何如來爲住何處舍利弗言如來無所住無住心名爲如來如來不住有爲性亦不住無爲性舍利弗菩薩摩訶薩亦應如是住如如來住於一切法非住非不住爾時衆中有諸天子作是念諸夜叉衆語言章句尚可知義須菩提所說所論難可得解須菩提知諸天子心所念語諸天子言是中無説無示無聽諸天子作是念須菩提欲令此義易解而轉深妙須菩提知諸天子心所念語諸天子言若行者欲證須陁洹果欲住須陁洹果不離是忍欲證斯陁含果阿那含果阿羅漢果欲證辟支佛道欲證佛法亦不離是忍爾時諸天子作是念何

等人能隨順聽須菩提所說須菩提知諸天子心所念語諸天子言幻人能隨順聽我所說而無聽無證諸天子作是念但聽者如幻衆生亦如幻須陁洹果乃至辟支佛道亦如幻須菩提知諸天子心所念語諸天子言我說衆生如幻如夢須陁洹果亦如幻如夢斯陁含果阿那含果阿羅漢果辟支佛道亦如幻如夢諸天子言須菩提亦說佛法如幻如夢須菩提言我說佛法亦如幻如夢我說涅槃亦如幻如夢諸天子言大德須菩提亦說涅槃如幻如夢耶須菩提言諸天子設復有法過於涅槃我亦說如幻如夢諸天子幻夢涅槃無二無別爾時慧命舍利弗富樓那彌多羅尼子摩訶拘絺羅摩訶迦旃延問須菩提如是說般若波羅蜜義誰能受者時阿難言如是說般若波羅蜜義阿毗跋致菩薩具足正見者滿願阿羅漢是等能受須菩提言如是說般若波羅蜜義無能受者所以者何此般若波羅蜜中無法可說無法可示以是義故無能受者爾時釋提桓因作是念長老須菩提爲雨法雨我寧可化作華散須菩提上釋提桓因即化作華散須菩提上須菩提作是念釋提桓因今所散華我於忉利天上所未曾見是華從心樹出不從樹生釋提桓因知須菩提心所念語須菩提言是華非生華亦非心樹生須菩提語釋提桓因言憍尸迦汝言是華非生華亦非心樹生若非生法不名爲華釋提桓因作是念長老須菩提智慧甚深不壞假名而說實義念已語須菩提言如是如是須菩提如須菩提所說菩薩應

如是學菩薩如是學者不學須陁洹果斯陁含果阿那含果阿羅漢果辟支佛道若不學是地是名學佛法學薩婆若若學佛法學薩婆若則學無量無邊佛法若學無量無邊佛法者不爲增減色學不爲增減受想行識學不爲受色學不爲受受想行識學是人於法無所取無所滅故學舍利弗語須菩提行者不爲取薩婆若不爲滅薩婆若故學須菩提言如是如是舍利弗菩薩乃至薩婆若不取不滅故學如是觀時能學薩婆若能成就薩婆若爾時釋提桓因語舍利弗菩薩摩訶薩般若波羅蜜當於何求舍利弗言般若波羅蜜當於須菩提所轉中求釋提桓因語須菩提是誰神力須菩提言是佛神力憍尸迦如所問般若波羅蜜當於何求般若波羅蜜不應色中求不應受想行識中求亦不離色求亦不離受想行識求何以故色非般若波羅蜜離色亦非般若波羅蜜受想行識非般若波羅蜜離受想行識亦非般若波羅蜜釋提桓因言摩訶波羅蜜是般若波羅蜜無量波羅蜜是般若波羅蜜無邊波羅蜜是般若波羅蜜須菩提言如是如是憍尸迦摩訶波羅蜜是般若波羅蜜無量波羅蜜是般若波羅蜜無邊波羅蜜是般若波羅蜜憍尸迦色無量故般若波羅蜜無量受想行識無量故般若波羅蜜無量緣無邊故般若波羅蜜無邊衆生無邊故般若波羅蜜無邊憍尸迦云何緣無邊故般若波羅蜜無邊諸法無前無中無後是故緣無邊般若波羅蜜無邊復次憍尸迦諸法無邊前際不可得中際後際不可

得是故緣無邊般若波羅蜜無邊釋提桓因言長老須菩提云何衆生無邊般若波羅蜜無邊憍尸迦衆生無量筭數不可得邊是故衆生無邊般若波羅蜜無邊釋提桓因言大德須菩提衆生有何義須菩提言衆生義即是法義於意云何所言衆生衆生有何義釋提桓因言衆生非法義亦非非法義但有假名是名字無本無因强爲立名名爲衆生須菩提言於意云何此中實有衆生可說可示不不也須菩提言憍尸迦若衆生不可說不可示云何言衆生無邊故般若波羅蜜無邊憍尸迦若如來住壽如恒河沙劫說言衆生衆生實有衆生生滅不釋提桓因言不也何以故衆生從本已來常清淨故憍尸迦是故當知衆生無邊般若波羅蜜無邊

小品般若波羅蜜經卷第一

音釋

耆闍崛 梵語也此云鷲峯者音祈闍音蛇崛音掘

薩婆若 梵語也此云一切智若爾者切

摩訶衍 梵語也此云大乘衍音演

拘絺羅 梵語也此云大膝以膝骨麤大故拘音俱絺音癡

阿毗跋致 梵語也此云不退轉跋蒲撥切

小品般若波羅蜜經卷第二

姚秦三藏法師鳩摩羅什譯

寶塔品第三

爾時釋提桓因梵天王自在天王及衆生主諸天女等皆大歡喜同時三唱快哉快哉佛出世故須菩提乃能演説是法爾時諸天大衆俱白佛言世尊若菩薩能不離般若波羅蜜行當視是人如佛佛告諸天子如是如是昔我於衆華城然燈佛所不離般若波羅蜜行時然燈佛記我於來世過阿僧祇劫當得作佛號釋迦牟尼如來應供正遍知明行足善逝世間解無上士調御丈夫天人師佛世尊諸天子白佛言希有世尊諸菩薩摩訶薩般若波羅蜜能攝取薩婆若佛因釋提桓因告欲色界諸天子及四衆比丘比丘尼優婆塞優婆夷等憍尸迦若有善男子善女人能受持讀誦般若波羅蜜如所説行魔若魔天人若非人不得其便終不横死善男子善女人受持讀誦般若波羅蜜故忉利諸天子發阿耨多羅三藐三菩提心未受持讀誦般若波羅蜜者來至其所復次憍尸迦善男子善女人受持讀誦般若波羅蜜時若在空舍若在道路若或失道無有恐怖爾時四天王白佛言世尊若善男子善女人受持讀誦般若波羅蜜如所説行我等皆當護念釋提桓因白佛言世尊若善男子善女人受持讀誦般若波羅蜜如所説行我當護念梵天王及諸梵天俱白佛言世尊若善男子善女人受持讀誦般若波羅蜜如所説行我等亦當護念釋提桓因白佛言希有世尊善男子善女人

受持讀誦般若波羅蜜得如是現世功德世尊若受持般若波羅蜜者則爲受持諸波羅蜜佛言如是如是憍尸迦受持般若波羅蜜者則爲受持諸波羅蜜復次憍尸迦善男子善女人受持讀誦般若波羅蜜所得功德汝今善聽當爲汝說釋提桓因受教而聽佛告憍尸迦若有欲毀亂違逆我此法者雖有是心漸漸自滅終不從願何以故憍尸迦若善男子善女人受持讀誦般若波羅蜜種種毀亂違逆事起法應皆滅是故此人終不從願憍尸迦善男子善女人受持讀誦般若波羅蜜得如是現世功德譬如有藥名爲摩醯有蛇飢行求食見有小蟲而欲食之蟲趣藥所蛇聞藥氣即迴還去所以者何藥力能消蛇毒故憍尸迦善男子善女人亦如是若受持讀誦般若波羅蜜種種毀亂違逆事起以般若波羅蜜力故即自消滅復次憍尸迦若受持讀誦般若波羅蜜護世四天王皆當護念復次憍尸迦是人終不說無益之語有所言說人所信受少於瞋恚終不懷恨不爲我慢所覆不爲瞋恚所使善男子善女人若瞋恚時能作是念若我瞋者則壞諸根顏色變異我欲求阿耨多羅三藐三菩提云何當隨瞋心如是思惟即得正念憍尸迦善男子善女人受持讀誦般若波羅蜜亦得是現世功德釋提桓因白佛言希有世尊般若波羅蜜爲迴向故不爲高心佛告憍尸迦善男子善女人受持讀誦般若波羅蜜若入軍陣誦般若波羅蜜若住若出若失壽命若被惱害無有是處若刀箭向者終不能傷何以故般若波

羅蜜是大呪術無上呪術善男子善女人學此呪術不自念惡不念他惡不兩念惡學是呪術得阿耨多羅三藐三菩提得薩婆若智能觀一切衆生心復次憍尸迦若般若波羅蜜經卷住處若讀誦處人若非人不得其便唯除業行必應受者憍尸迦譬如道場四邊若人若畜生無能惱者何以故過去未來現在諸佛此中得道已得今得當得是處一切衆生無恐無畏無能惱害憍尸迦以般若波羅蜜故是處則吉人所恭敬供養禮拜釋提桓因白佛言世尊若善男子善女人書般若波羅蜜受持經卷供養恭敬尊重讚嘆以好華香瓔珞塗香燒香末香雜香繒蓋幢旛而以供養若復有人以如來舍利供養恭敬尊重讚嘆以好華香瓔珞塗香燒香末香雜香繒蓋幢旛而以供養其福何所爲多憍尸迦我還問汝隨汝意答於意云何如來行何道得薩婆若所依止身得阿耨多羅三藐三菩提釋提桓因白佛言世尊如來學般若波羅蜜故得是身得阿耨多羅三藐三菩提憍尸迦佛不以身故名爲如來以得薩婆若故名爲如來憍尸迦諸佛薩婆若從般若波羅蜜生是身薩婆若智所依止故如來因是身得薩婆若智成阿耨多羅三藐三菩提是身薩婆若所依止故我滅度後舍利得供養憍尸迦若善男子善女人書般若波羅蜜受持讀誦供養恭敬尊重讚歎以好華香瓔珞塗香燒香末香雜香繒蓋幢旛而以供養是善男子善女人即是供養薩婆若智是故若人書般若波羅蜜供養恭敬尊重讚歎當知是人

得大福德何以故供養薩婆若智故釋提桓因白佛言世尊閻浮提人不供養恭敬尊重讚歎般若波羅蜜爲不知得如是大利益耶佛言憍尸迦於意云何閻浮提有幾所人於佛得不壞信幾所人於法於僧得不壞信釋提桓因言少所人於佛得不壞信於法於僧得不壞信世尊閻浮提少所人得須陁洹斯陁含阿那含阿羅漢得辟支佛者轉復減少能行菩薩道者亦復轉少如是如是憍尸迦閻浮提少所人於佛得不壞信乃至能發阿耨多羅三藐三菩提心行菩薩道者亦復轉少憍尸迦無量無邊阿僧祇衆生發阿耨多羅三藐三菩提心於中若一若二住阿毗跋致地是故當知善男子善女人發阿耨多羅三藐三菩提心乃至能受持讀誦供養恭敬尊重讚歎般若波羅蜜何以故是人作是念過去諸佛行菩薩道時從是中學我等亦應於是中學般若波羅蜜是我大師憍尸迦若我現在若我滅後菩薩常應依止般若波羅蜜若善男子善女人於我滅後以供養如來故起七寶塔盡其形壽以好華香塗香末香衣服幢旛供養是塔於意云何是善男子善女人以是因緣故得福多不釋提桓因言甚多世尊佛言憍尸迦若善男子善女人供養般若波羅蜜經卷恭敬尊重讚歎以好華香塗香末香衣服幢旛而以供養其福甚多憍尸迦置是一塔若滿閻浮提七寶塔善男子善女人盡其形壽以好華香乃至妓樂供養是塔於意云何是人以是因緣故得福多不釋提桓因言甚多世尊佛告憍尸迦若善男

子善女人供養般若波羅蜜經卷恭敬尊重讚歎以好華香塗香末香衣服幢旛其福甚多憍尸迦置是滿閻浮提七寶塔若滿四天下七寶塔若人盡其形壽以華香供養乃至妓樂若復有人供養般若波羅蜜其福甚多憍尸迦置是滿四天下七寶塔若滿周梨迦小千世界七寶塔若人盡其形壽以好華香供養乃至幢旛若復有人供養般若波羅蜜其福甚多憍尸迦置是周梨迦小千世界七寶塔若滿二千中世界七寶塔若人盡其形壽以華香供養乃至幢旛若復有人供養般若波羅蜜其福甚多憍尸迦置是二千中世界七寶塔若滿三千大千世界七寶塔若善男子善女人盡其形壽以華香供養乃至幢旛憍尸迦於意云何是人以是因緣故得福

多不釋提桓因言甚多世尊佛告憍尸迦若復有人供養般若波羅蜜經卷恭敬尊重讚歎華香乃至幢旛其福甚多憍尸迦置是滿三千大千世界七寶塔假令三千大千世界所有衆生一時皆得人身是一一人皆起七寶塔盡其形壽以一切好華名香幢旛妓樂歌舞供養是塔憍尸迦於意云何是人以是因緣故得福多不釋提桓因言甚多世尊佛告憍尸迦若善男子善女人供養般若波羅蜜經卷恭敬尊重讚歎以好華香乃至幢旛供養其福甚多釋提桓因言如是如是世尊若人供養般若波羅蜜即是供養恭敬過去未來現在諸佛薩婆若世尊置是三千大千世界一一衆生所起七寶塔若滿十方恒河沙等世界衆生皆得人身是一一人皆起七

寶塔若於一劫若減一劫以好華香乃至妓樂供養是塔若復有人供養般若波羅蜜經卷恭敬尊重讚歎以好華香乃至妓樂供養其福甚多佛言如是如是憍尸迦是善男子善女人以是供養般若波羅蜜經卷因緣故其福甚多無量無邊不可得數不可思議何以故憍尸迦一切諸佛薩婆若智皆從般若波羅蜜生憍尸迦以是因緣故若善男子善女人供養般若波羅蜜經卷恭敬尊重讚歎華香乃至妓樂供養於前功德百分不及一千分萬分百千萬億分不及一乃至筭數譬喻所不能及

大明呪品第四

爾時釋提桓因與四萬天子在會中者語釋提桓因言憍尸迦應受持讀誦般若波羅蜜佛告釋提桓因憍尸迦汝受持讀誦般若波羅蜜若阿脩羅生念欲與忉利諸天共鬪爾時汝當誦念般若波羅蜜以是因緣故阿脩羅惡心即滅釋提桓因白佛言世尊般若波羅蜜是大明呪般若波羅蜜是無上呪般若波羅蜜是無等等呪佛言如是如是憍尸迦般若波羅蜜是大明呪般若波羅蜜是無上呪般若波羅蜜是無等等呪何以故憍尸迦過去諸佛因是明呪得阿耨多羅三藐三菩提未來諸佛亦因是呪當得阿耨多羅三藐三菩提今十方現在諸佛亦因是呪得阿耨多羅三藐三菩提憍尸迦因是明呪十善道出現於世四禪四無量心四無色定五神通出現於世因菩薩故十善道出現於世四禪四無量心四無色定五神通出現於世若諸

佛不出於世但因菩薩故十善道四禪四無量心四無色定五神通出現於世譬如月不出時星宿光明照於世間如是憍尸迦世無佛時所有善行正行皆從菩薩出生菩薩方便力皆從般若波羅蜜生復次憍尸迦若善男子善女人供養般若波羅蜜經卷恭敬尊重讚歎得是現世福德釋提桓因白佛言世尊得何等現世福德憍尸迦是善男子善女人毒不能傷火不能燒終不橫死又善男子善女人若官事起誦念般若波羅蜜官事即滅諸求短者皆不得便何以故般若波羅蜜所護故復次憍尸迦善男子善女人誦念般若波羅蜜若至國王若王子大臣所皆歡喜問訊與共語言何以故憍尸迦般若波羅蜜爲慈悲一切衆生故出是故憍尸迦諸求短者皆不得便爾時外道出家百人欲求佛短來向佛所釋提桓因作是念是諸外道出家百人欲求佛短來向佛所我從佛所受般若波羅蜜今當誦念是諸外道來至佛所或能斷說般若波羅蜜如是思惟已即誦念從佛所受般若波羅蜜時諸外道遥見佛復道而去舍利弗作是念何因緣故是諸外道見佛而去佛知舍利弗心所念告舍利弗是釋提桓因誦念般若波羅蜜如是外道乃無一人有善心者皆持惡意來求佛短是故外道各各復道而去爾時惡魔作是念今是四衆及欲色界諸天子在佛前坐其中必有菩薩得受阿耨多羅三藐三菩提記者我當壞亂即化作四種兵向佛所爾時釋提桓因作是念魔嚴四兵來至佛所四種兵相摩伽陁國頻

婆娑羅王之所無有憍薩羅國波斯匿王亦所無有諸釋子所無有諸黎車所無有今是兵相必是惡魔所作是魔長夜欲求佛短惱亂衆生我當誦念般若波羅蜜釋提桓因即嘿誦般若波羅蜜隨其所誦惡魔稍稍復道而去爾時忉利諸天化作天華在於空中散佛上作是念願般若波羅蜜久住閻浮提閻浮提人當得誦習是時諸天復以天華散佛上作是言世尊若有衆生行般若波羅蜜修習般若波羅蜜魔若魔天不得其便爾時釋提桓因白佛言世尊若人得聞般若波羅蜜者已曾親近諸佛不從小功德來何況受持讀誦如所說學如所說行何以故世尊諸菩薩摩訶薩薩婆若當於般若波羅蜜中求世尊譬如大寶當於大海中求世尊諸佛薩婆若大寶應於般若波羅蜜中求佛言如是如是憍尸迦諸佛薩婆若皆於般若波羅蜜中生爾時阿難白佛言世尊世尊不讚說檀波羅蜜名不讚說尸羅波羅蜜羼提波羅蜜毗棃耶波羅蜜禪波羅蜜名何以故但讚說般若波羅蜜佛告阿難般若波羅蜜導五波羅蜜阿難於意云何若布施不迴向薩婆若成檀波羅蜜不阿難言不也世尊若持戒忍辱精進禪定智慧不迴向薩婆若成般若波羅蜜不阿難言不也世尊阿難是故般若波羅蜜爲五波羅蜜導阿難譬如大地種散其中因緣和合即得生長不依此地終不得生阿難如是五波羅蜜住般若波羅蜜中而得增長爲般若波羅蜜所護故得向薩婆若是故阿難般若波羅蜜爲五波羅蜜作導爾時釋

提桓因白佛言世尊是善男子善女人受持讀誦般若波羅蜜如所説行所得功德如來説之猶亦未盡佛告憍尸迦我不但説是人受持讀誦般若波羅蜜如所説行功德憍尸迦若有善男子善女人供養般若波羅蜜經卷恭敬尊重讚歎以好華香乃至幢旛我亦説其所得功德釋提桓因白佛言世尊我亦當護念是善男子善女人供養般若波羅蜜經卷恭敬尊重讚歎以好華香乃至幢旛者佛言憍尸迦是善男子善女人受持讀誦般若波羅蜜若干百千諸天大衆爲聽法故來至其所是法師爲諸天説法時非人益其氣力若法師疲極不樂説法諸天恭敬法故令其樂説憍尸迦是亦善男子善女人得是現世功德復次憍尸迦是善男子善女人於四衆中説般若波羅蜜時其心不畏有來難問反詰責者何以故是人爲般若波羅蜜護念故不見有人得般若波羅蜜短者般若波羅蜜亦無短可得是人如是爲般若波羅蜜護念故不畏有來難問詰責者憍尸迦是亦善男子善女人現世功德復次憍尸迦是善男子善女人讀誦般若波羅蜜故爲父母所愛爲宗親知識沙門婆羅門所敬衰惱鬬訟如法能度憍尸迦是亦善男子善女人現世功德復次憍尸迦般若波羅蜜經卷所住處四天王天上諸天發阿耨多羅三藐三菩提心者皆來至般若波羅蜜所受持讀誦供養作禮而去忉利天夜摩天兜率陁天化樂天他化自在天上諸天發阿耨多羅三藐三菩提心者皆來至般若波羅蜜所受持讀誦供養

作禮而去梵天梵世天梵輔天梵衆天大梵天光天少光天無量光天光音天淨天少淨天無量淨天遍淨天無陰行天福生天廣果天無誑天無熱天妙見天善見天阿迦膩吒天上諸天發阿耨多羅三藐三菩提心者皆來至般若波羅蜜所受持讀誦供養作禮而去憍尸迦汝勿謂但有阿迦膩吒天爲供養般若波羅蜜故來三千大千世界中欲色界諸天子發阿耨多羅三藐三菩提心者皆來至般若波羅蜜所受持讀誦供養作禮而去善男子善女人應作是念十方無量阿僧祇國土中所有諸天龍夜叉乾闥婆阿脩羅迦樓羅緊那羅摩睺羅伽人非人是等來至般若波羅蜜所受持讀誦供養作禮時我當以般若波羅蜜法施善男子善女人般若波羅蜜經卷所住處若殿堂若房舍無能毀壞除先行業必應受者憍尸迦亦是善男子善女人現世功德釋提桓因白佛言世尊是善男子善女人云何知諸天來受持讀誦供養禮敬般若波羅蜜時佛言憍尸迦若善男子善女人見大光明必知天龍夜叉乾闥婆等來至其所復次憍尸迦善男子善女人若聞殊異之香必知諸天來至其所復次憍尸迦善男子善女人所住之處應令淨潔以淨潔故非人皆大歡喜來到其所是中先住小鬼不堪大力諸天威德故皆悉避去隨大力諸天數數來故其心轉樂大法所住處四邊不應令有臭穢不淨復次憍尸迦善男子善女人身不疲極卧起安隱不見惡夢若其夢時但見諸佛諸佛塔廟阿羅漢衆諸菩薩衆修習

六波羅蜜學薩婆若淨佛世界又聞佛名某甲佛於某方某國與若干百千萬億衆恭敬圍遶而爲說法憍尸迦善男子善女人夢中所見如是覺已安樂氣力充足身體輕便是善男子善女人不貪飲食譬如坐禪比丘從三昧起以學禪故不貪飲食何以故憍尸迦非人益其氣力故善男子善女人欲得如是等現世功德當受持讀誦般若波羅蜜如所說行憍尸迦善男子善女人若不能受持讀誦般若波羅蜜如所說行當書寫經卷供養恭敬尊重讚歎以好華香塗香末香燒香雜香衣服幢旛妓樂供養

舍利品第五

爾時佛告釋提桓因言憍尸迦滿閻浮提舍利以爲一分般若波羅蜜經卷以爲一分二分之中爲取何分釋提桓因白佛言世尊我取般若波羅蜜何以故世尊我於舍利非不恭敬以舍利從般若波羅蜜生故般若波羅蜜所熏故得供養世尊我於忉利天上善法堂中我有坐處忉利諸天子來供養我故若我不在座上諸天子爲我坐處作禮恭敬遶已而去作是念釋提桓因於此處坐爲忉利諸天說法諸佛舍利亦如是從般若波羅蜜生薩婆若所依止故得供養是故世尊我於二分之中取般若波羅蜜世尊置滿閻浮提舍利若滿三千大千世界舍利以爲一分般若波羅蜜經卷以爲一分二分之中我取般若波羅蜜何以故諸佛舍利因般若波羅蜜生故得供養世尊譬如負債人常畏債主以得親近奉事王故債主反更恭敬怖畏何以

故依恃國王其力大故世尊舍利亦如是依止般若波羅蜜故得供養世尊般若波羅蜜如王舍利如親近王人如來舍利依止一切智慧故得供養世尊諸佛一切智慧亦從般若波羅蜜生是故我於二分之中取般若波羅蜜世尊譬如無價寶珠有如是功德其所住處非人不能得便若男若女若大若小爲非人所持寶珠至其處非人則去若有熱病珠能除滅若有風病以珠著身上風患即除若有冷病以珠著身上冷患亦除是珠住處夜時能爲明熱時能爲涼寒時能爲溫珠所住處蛇毒不入若男若女若大若小爲毒虫所螫以珠示之毒即除滅若諸目患以珠著目上目患即除世尊又是寶珠若著水中與水同色若以白繒裹著水中水色即白若以青黃紫赤種種色繒裹著水中水即各隨其色水濁即爲清是珠成就如是功德爾時阿難問釋提桓因此是閻浮提寶爲是天上寶釋提桓因言此是天上寶閻浮提人亦有是寶但功德少而重天上寶珠功德多而輕人寶比天寶筭數譬喻所不能及世尊若是珠在箧中雖舉珠去以珠功德故其箧則貴世尊以般若波羅蜜薩婆若智功德故如來滅後舍利得供養以如來舍利是薩婆若智所住處故我於二分之中取般若波羅蜜世尊置是滿三千大千世界舍利若滿如恒河沙等世界中舍利以爲一分般若波羅蜜經卷以爲一分二分之中我取般若波羅蜜何以故諸佛如來薩婆若智皆從般若波羅蜜生薩婆若所熏故舍利得供養復次世尊若善

男子善女人欲如實見十方無量阿僧祇諸佛者當行般若波羅蜜當修般若波羅蜜佛言如是如是憍尸迦過去諸佛皆因般若波羅蜜得阿耨多羅三藐三菩提未來諸佛亦因般若波羅蜜得阿耨多羅三藐三菩提現在十方無量阿僧祇世界諸佛亦因般若波羅蜜得阿耨多羅三藐三菩提釋提桓因白佛言世尊摩訶波羅蜜是般若波羅蜜佛因是般若波羅蜜皆知一切衆生心心所行佛言憍尸迦菩薩摩訶薩長夜行般若波羅蜜故釋提桓因白佛世尊菩薩但行般若波羅蜜不行餘波羅蜜耶佛言憍尸迦菩薩皆行六波羅蜜若布施時般若波羅蜜爲上首若持戒若忍辱若精進若禪定若觀諸法時般若波羅蜜爲上首譬如閻浮提種種樹種種形種種色種種葉種種華種種果其蔭皆一無有差別五波羅蜜亦如是入般若波羅蜜中無有差別世尊是般若波羅蜜有大功德有無量無邊功德有無等等功德世尊若有人書寫般若波羅蜜經卷供養恭敬尊重讚歎以好華香乃至幢幡若復有人書寫般若波羅蜜經卷持與他人是二功德何所爲多佛言憍尸迦我還問汝隨意答我於意云何若有人得佛舍利但自供養若復有人得佛舍利自供養亦與他人令供養是二功德何所爲多釋提桓因言世尊若人得佛舍利自供養亦與他人令供養其福甚多佛言如是如是憍尸迦若善男子善女人寫般若波羅蜜經卷供養恭敬尊重讚歎以好華香乃至幢幡不如善男子善女人書寫般若波羅蜜

經卷自供養亦與他人令供養其福甚多佛言憍尸迦若善男子善女人在在處處爲人解說般若波羅蜜其福甚多

小品般若波羅蜜經卷第二

音釋

橫户孟切不順理也 摩醯醯馨兮切摩醯藥名 繒慈陵切帛也 詰音乞問也 阿迦膩吒梵語也此云色究竟膩乃計切吒丑亞切 債側賣切逋財也 螫施隻切蟲行毒也 裹音果包也 篋詰叶切箱屬

小品般若波羅蜜經卷第三

姚秦三藏法師鳩摩羅什譯

佐助品第六

佛告釋提桓因言憍尸迦若有善男子善女人教閻浮提衆生行十善道於意云何是人以是因緣得福多不釋提桓因言甚多世尊佛言憍尸迦不如善男子善女人以般若波羅蜜經卷與他人令得書寫讀誦其福甚多憍尸迦置是閻浮提衆生若復有人教四天下衆生令行十善道置是四天下若周梨迦小千世界若二千中世界若三千大千世界衆生若教十方如恒河沙等世界衆生令行十善道於意云何是人以是因緣故得福多不釋提桓因言甚多世尊佛言憍尸迦不如善男子善女人以般若波羅蜜經卷與他人令得書寫讀誦其福甚多復次憍尸迦若有善男子善女人教閻浮提衆生令行四禪四無量心四無色定五神通是人以是因緣得福多不釋提桓因言甚多世尊佛言憍尸迦不如善男子善女人以般若波羅蜜經卷與他人令得書寫讀誦其福甚多憍尸迦置是閻浮提及三千大千世界衆生乃至教十方如恒河沙等世界衆生令行四禪四無量心四無色定五神通於意云何是人以是因緣得福多不釋提桓因言甚多世尊佛言憍尸迦不如善男子善女人以般若波羅蜜經卷與他人令得書寫讀誦其福甚多復次憍尸迦若有善男子善女人以般若波羅蜜經卷與他人令得書寫讀誦不如善男子善女人自爲他人讀誦其福甚多復次憍尸迦若善

男子善女人自爲他人讀誦般若波羅蜜不如善男子善女人自爲他人解說其義其福甚多是時釋提桓因白佛言世尊應爲何等人解說般若波羅蜜義佛言憍尸迦若有善男子善女人不知般若波羅蜜義故應爲解說其義何以故憍尸迦未來世當有相似般若波羅蜜若善男子善女人於是中欲得阿耨多羅三藐三菩提聞是相似般若波羅蜜則有違錯釋提桓因言世尊何等是相似般若波羅蜜憍尸迦當來世有比丘欲說般若波羅蜜而說相似般若波羅蜜世尊云何諸比丘說相似般若波羅蜜佛言諸比丘說言色是無常若如是求是爲行般若波羅蜜受想行識是無常若如是求是爲行般若波羅蜜憍尸迦是名說相似般若波羅蜜憍尸迦不壞色故觀色無常不壞受想行識故觀識無常不作如是觀者是名行相似般若波羅蜜憍尸迦以是因緣故菩薩說般若波羅蜜義其福甚多復次憍尸迦若有善男子善女人教閻浮提衆生令得須陁洹果於意云何是人以是因緣其福多不釋提桓因言甚多世尊佛言憍尸迦不如善男子善女人以般若波羅蜜經卷與他人令得書寫讀誦作是言汝當得是應般若波羅蜜功德其福甚多何以故須陁洹果從般若波羅蜜出故憍尸迦置是閻浮提及三千大千世界乃至教十方如恒河沙等世界衆生令得須陁洹果於意云何是人以是因緣其福多不釋提桓因言甚多世尊佛言憍尸迦不如善男子善女人以般若波羅蜜經卷與他人令得書寫讀

誦作是言汝當得是應般若波羅蜜功德其福甚多何以故須陁洹果從般若波羅蜜出故復次憍尸迦若有善男子善女人教閻浮提衆生令得斯陁含果阿那含果阿羅漢果辟支佛道於意云何是人以是因緣其福多不釋提桓因言甚多世尊佛言憍尸迦不如善男子善女人以般若波羅蜜經卷與他人令得書寫讀誦作是言汝當得是應般若波羅蜜功德其福甚多何以故汝隨學是法當得薩婆若法隨得薩婆若法當隨得斯陁含果阿那含果阿羅漢果辟支佛道憍尸迦置是閻浮提及三千大千世界乃至教十方如恒河沙等世界衆生令得斯陁含果阿那含果阿羅漢果辟支佛道於意云何是人以是因緣其福多不釋提桓因言甚多世尊佛言憍尸迦不如善男子善女人以般若波羅蜜經卷與他人令得書寫讀誦作是言汝當得是應般若波羅蜜功德其福甚多何以故汝隨學是法當得薩婆若法隨得薩婆若法當隨得斯陁含果阿那含果阿羅漢果辟支佛道復次憍尸迦若滿閻浮提衆生皆發阿耨多羅三藐三菩提心若有善男子善女人以般若波羅蜜經卷與之令得書寫讀誦是人以是因緣其福多不釋提桓因言甚多世尊佛言憍尸迦不如善男子善女人以般若波羅蜜經卷與一阿毗跋致菩薩作是念是菩薩於是中學當能修習般若波羅蜜以是因緣般若波羅蜜增廣流布福多於彼憍尸迦置是閻浮提及三千大千世界衆生乃至十方如恒河沙等世界衆生皆發阿耨多羅三

藐三菩提心若有善男子善女人以般若波羅蜜經卷與之令得書寫讀誦於意云何是人以是因緣其福多不釋提桓因言甚多世尊佛言不如善男子善女人以般若波羅蜜經卷與一阿毗跋致菩薩作是念是菩薩於是中學當能修習般若波羅蜜以是因緣般若波羅蜜增廣流布福多於彼復次憍尸迦閻浮提所有衆生皆發阿耨多羅三藐三菩提心若有善男子善女人以般若波羅蜜經卷與之爲解其義於意云何是人以是因緣其福多不釋提桓因言甚多世尊佛言憍尸迦不如善男子善女人以般若波羅蜜經卷與一阿毗跋致菩薩爲解其義福多於彼憍尸迦置是閻浮提及三千大千世界衆生乃至教十方如恒河沙等世界衆生皆發阿耨多羅三藐三菩提心若有善男子善女人以般若波羅蜜經卷與之爲解其義於意云何是人以是因緣其福多不釋提桓因言甚多世尊佛言憍尸迦不如善男子善女人以般若波羅蜜經卷與一阿毗跋致菩薩爲解其義福多於彼復次憍尸迦閻浮提所有衆生皆是阿毗跋致菩薩若有善男子善女人以般若波羅蜜義教之於意云何是人以是因緣其福多不釋提桓因言甚多世尊佛言憍尸迦於是中有一菩薩疾得阿耨多羅三藐三菩提若有人以般若波羅蜜義教之福多於彼憍尸迦置是閻浮提及三千大千世界衆生乃至十方如恒河沙等世界衆生皆是阿毗跋致菩薩若有善男子善女人以般若波羅蜜義教之於意云何是人以是因緣其

福多不釋提桓因言甚多世尊佛言憍尸迦於是中有一菩薩疾得阿耨多羅三藐三菩提若有人以般若波羅蜜義教之福多於彼爾時釋提桓因白佛言如是如是世尊隨菩薩近阿耨多羅三藐三菩提轉應以般若波羅蜜義教之亦轉應以衣服飲食卧具醫藥而供養之其福甚多何以故世尊法應爾隨近阿耨多羅三藐三菩提得福轉多爾時須菩提讚釋提桓因言善哉善哉憍尸迦汝是聖弟子法應佐助諸菩薩以阿耨多羅三藐三菩提安慰護念若佛初發阿耨多羅三藐三菩提心時過去諸佛及諸弟子若不以六波羅蜜安慰佐助者不能得阿耨多羅三藐三菩提憍尸迦佛初發意時過去諸佛及諸弟子以六波羅蜜應安慰佐助故得阿耨多羅三藐三菩提

迴向品第七

爾時彌勒菩薩語須菩提菩薩摩訶薩隨喜福德於餘衆生布施持戒修禪福德最大最勝最上最妙爾時須菩提問彌勒菩薩若菩薩於十方無量阿僧祇世界過去無量滅度諸佛是諸佛從初發心乃至得阿耨多羅三藐三菩提入無餘涅槃乃至法欲滅時於是中間所有應六波羅蜜善根福德及諸聲聞弟子布施持戒修禪福德所有學無學無漏福德及諸佛戒品定品慧品解脱品解脱知見品大慈大悲利安衆生無量佛法及其所説從是法中衆生受學是諸衆生所有福德及諸佛滅後衆生所種福德合集稱量是諸福德以最大最勝最上最妙心隨喜隨喜已

迴向阿耨多羅三藐三菩提作是願我此福德當得阿耨多羅三藐三菩提若菩薩作是念我以是心迴向阿耨多羅三藐三菩提如心所緣是諸緣諸事爲可得不彌勒言是諸緣諸事不可得如心取相須菩提言若是諸緣諸事不爾者是人將無想顛倒見顛倒心顛倒無常謂常苦謂樂不淨謂淨無我謂我生想顛倒見顛倒心顛倒若諸緣諸事如實者菩提亦如是心亦如是若諸緣諸事菩提及心無異者何等是隨喜心迴向阿耨多羅三藐三菩提彌勒言須菩提如是迴向法不應於新發意菩薩前說所以者何是人所有信樂恭敬淨心皆當滅失須菩提如是迴向法應於阿毗跋致菩薩前說若與善知識相隨者說是人聞是不驚不怖不没不退菩薩隨喜福德應如是迴向薩婆若所用心迴向是心即盡即滅何等心是迴向阿耨多羅三藐三菩提若用心心迴向是二心不俱又心性不可得迴向爾時釋提桓因語須菩提新發意菩薩聞是事將無驚怖耶菩薩今云何以隨喜福德如實迴向爾時須菩提因彌勒菩薩作是言菩薩於過去諸佛道已斷行已滅戲論盡滅棘刺除重擔得已利盡有結正智解脫心得自在無量阿僧祇世界中滅度諸佛所有善根福德勢力及諸弟子於諸佛所所種善根合集稱量是諸福德以最大最勝最上最妙心隨喜隨喜已迴向阿耨多羅三藐三菩提是菩薩今當云何不墮想顛倒見顛倒心顛倒若是菩薩用是心迴向阿耨多羅三藐三菩提於是心中不生心相則是

迴向阿耨多羅三藐三菩提若是菩薩於是心中而生心相則隨想顚倒見顚倒心顚倒若菩薩隨喜時如實迴向是心盡滅相如實知盡滅相盡滅相法則不可迴向迴向心亦如是相所迴向法亦如是相若能如是迴向是名正迴向菩薩摩訶薩應以隨喜福德如是迴向若菩薩於過去諸佛所有福德并諸弟子及凡夫人乃至畜生聞法種善根及諸天龍夜叉乾闥婆阿脩羅迦樓羅緊那羅摩睺羅伽人非人等聞法應發薩婆若心合集稱量是諸福德以最大最勝最上最妙心隨喜隨喜已迴向阿耨多羅三藐三菩提若菩薩如是念是諸法皆盡滅所迴向處亦盡滅是名隨喜福德正迴向阿耨多羅三藐三菩提若菩薩如是知無有法能迴向法是名正迴向阿耨多羅三藐三菩提若菩薩如是迴向則不隨想顚倒見顚倒心顚倒何以故是菩薩不貪著迴向故是名無上迴向若有菩薩於福德作起法取相分別則不能以此福德迴向何以故是作起法皆是離相隨喜福德亦是離相若菩薩知所念作起法皆離當知是爲行般若波羅蜜又諸過去滅度佛善根福德亦如是迴向所用迴向法性相亦如是若能如是知是名正迴向阿耨多羅三藐三菩提何以故諸佛不許取相迴向故若法過去盡滅是法無相不可以相得若如是亦分別是名取相若如是亦不分別是名正迴向云何不取相分別而能迴向菩薩以是事故應學般若波羅蜜方便若不聞不得般若波羅蜜方便則不能入是事若不聞不得般

若波羅蜜方便能以諸福德正迴向者無有是處何以故是人於過去諸佛身及諸福德皆已滅盡而取相分別得是福德欲以迴向如是迴向諸佛不許亦不隨喜何以故是皆於法有所得故所謂於過去滅度諸佛取相分別有所得而迴向即是大貪著以是有所得心迴向者諸佛不說有大利益何以故是迴向名爲雜毒苦惱譬如美食其中有毒雖有好色香美以有毒故不可食之愚癡無智之人若食此食初雖香美可意食欲消時有大苦報如是有人不正受讀誦不解其義而教諸弟子迴向語言善男子來如過去未來現在諸佛戒品定品慧品解脫品解脫知見品并諸聲聞弟子及凡夫人所種善根及諸佛與衆生授辟支佛記是辟支佛所種善根及與菩薩受阿耨多羅三藐三菩提記是諸菩薩所種善根合集稱量是諸福德隨喜隨喜已迴向阿耨多羅三藐三菩提是人如是迴向是迴向取相分別故名爲雜毒如雜毒食有所得者無有迴向何以故是有所得皆是雜毒故以是故菩薩應如是思惟過去未來現在諸佛善根福德應云何迴向名爲正迴向至阿耨多羅三藐三菩提若菩薩欲不謗諸佛應如是迴向如諸佛所知福德何相何性何體何實我亦如是隨喜我以是隨喜迴向阿耨多羅三藐三菩提菩薩如是迴向則無有咎不謗諸佛如是迴向則不雜毒亦名隨諸佛教復次菩薩應以隨喜福德如是迴向如戒品定品慧品解脫品解脫知見品不繫欲界不繫色界不繫無色界非過去非

未來非現在以無繫故是福德迴向亦無繫所迴向法亦無繫迴向處亦無繫若能如是迴向則不雜毒若不如是迴向名爲邪迴向菩薩迴向法如三世諸佛所知迴向我亦如是迴向阿耨多羅三藐三菩提是名正迴向爾時佛讃須菩提言善哉善哉須菩提汝能爲諸菩薩摩訶薩作佛事須菩提若有三千大千世界衆生皆行慈悲喜捨心四禪四無色定五神通不如是菩薩迴向福德最大最勝最上最妙復次須菩提若有三千大千世界衆生皆發阿耨多羅三藐三菩提心是一一菩薩於恒河沙等劫以有所得心供養如恒河沙等世界衆生衣服飲食卧具醫藥一切樂具如是一一菩薩皆於恒河沙等劫以有所得心供養是諸衆生衣服飲食卧具醫藥一切樂具於意云何是諸菩薩以是因緣得福多不須菩提言甚多世尊不可譬喻若是福德有形恒河沙等世界所不能受佛讃須菩提言善哉善哉須菩提若菩薩爲般若波羅蜜所護故能以是福德迴向於前有所得心布施福德百分不及一千萬億分不及一乃至筭數譬喻所不能及爾時四天王天上二萬天子合掌禮佛作是言世尊是菩薩迴向名爲大迴向以方便故勝於有所得菩薩布施福德何以故是菩薩迴向爲般若波羅蜜所護故爾時忉利天上十萬天子以天華香塗香末香天衣幢旛天諸妓樂而供養佛皆作是言世尊是菩薩迴向名爲大迴向以方便故勝於有所得菩薩布施福德何以故是菩薩迴向爲般若波羅蜜所護故夜摩

天上十萬天子兜率陁天上十萬天子化樂天上十萬天子他化自在天上十萬天子皆以天華天香乃至妓樂而供養佛皆作是言世尊是菩薩迴向名爲大迴向以方便故勝於有所得菩薩布施福德何以故是菩薩迴向爲般若波羅蜜所護故梵世諸天子大聲唱言是菩薩迴向名爲大迴向以方便故勝於有所得菩薩布施福德何以故是菩薩迴向爲般若波羅蜜所護故梵輔天梵衆天大梵天光天少光天無量光天光音天淨天少淨天無量淨天遍淨天無雲行天福生天廣果天無誑天無熱天妙見天善見天阿迦膩吒天上諸天子合掌禮佛皆作是言世尊是善男子善女人求佛道者甚爲希有爲般若波羅蜜所護故能勝有所得菩薩布施福德何以故是菩薩迴向爲般若波羅蜜所護故爾時佛告淨居諸天子置是三千大千世界衆生若十方恒河沙等世界衆生皆發阿耨多羅三藐三菩提心是一一菩薩於恒河沙等劫以有所得心供養十方如恒河沙等世界衆生衣服飲食卧具醫藥一切樂具如是一一菩薩皆於恒河沙等劫以有所得心供養是諸衆生衣服飲食卧具醫藥一切樂具若有菩薩於過去未來現在諸佛所有戒品定品慧品解脱品解脱知見品并諸聲聞弟子及凡夫人所種善根合集稱量是諸福德以最大最勝最上最妙心隨喜隨喜已迴向阿耨多羅三藐三菩提其福甚多爾時須菩提白佛言世尊如佛所說是諸福德合集稱量以最大最勝最上最妙心隨喜隨喜已迴

向阿耨多羅三藐三菩提世尊云何名爲最大最勝最上最妙隨喜佛告須菩提若菩薩於過去未來現在諸法不捨不念不得於此中無有法若巳生滅若今生滅若當生滅如諸法實相隨喜迴向阿耨多羅三藐三菩提亦如是須菩提是名菩薩最大最勝最上最妙隨喜迴向復次須菩提菩薩若欲於過去未來現在諸佛布施持戒忍辱精進禪定智慧解脫解脫知見隨喜應如是隨喜如解脫持戒亦如是解脫定慧解脫解脫知見亦如是如解脫信解亦如是如解脫隨喜亦如是如解脫未來未生法亦如是如解脫過去無量阿僧祇世界諸佛及諸弟子亦如是如解脫今現在十方無量阿僧祇世界諸佛及諸弟子亦如是如解脫未來無量阿僧祇世界諸佛及諸弟子亦如是是諸法相不繫不縛不解不脫以是迴向阿耨多羅三藐三菩提不生不滅故須菩提是名菩薩最大最勝最上最妙隨喜迴向以是迴向勝於十方如恒河沙等世界諸菩薩以有所得心皆於恒河沙劫供養十方如恒河沙等世界衆生衣服飲食卧具醫藥一切樂具以有所得心布施持戒忍辱精進禪定於此隨喜迴向福德百分不及一百千萬億分不及乃至筭數譬喻所不能及

泥犁品第八

爾時舍利弗白佛言世尊是般若波羅蜜佛言是般若波羅蜜世尊般若波羅蜜能作照明世尊般若波羅蜜所應敬禮世尊般若波羅蜜能與光明世尊般若波羅蜜除諸闇冥

世尊般若波羅蜜無所染汙世尊般若波羅蜜多所利益世尊般若波羅蜜多所安隱世尊般若波羅蜜能與盲者眼世尊般若波羅蜜能令邪行者入正道世尊般若波羅蜜即是薩婆若世尊般若波羅蜜是諸菩薩母世尊般若波羅蜜非生法者非滅法者世尊般若波羅蜜具足三轉十二相法輪世尊般若波羅蜜能爲孤窮者作救護世尊般若波羅蜜能滅生死世尊般若波羅蜜能示一切法性世尊應云何敬視般若波羅蜜佛言如敬視佛敬禮般若波羅蜜如敬禮佛爾時釋提桓因心念舍利弗何因緣作是問念已問舍利佛何因緣作是問舍利弗言菩薩摩訶薩以般若波羅蜜隨喜福德迴向薩婆若故於上諸菩薩所有布施持戒忍辱精進禪定等其福最勝是故我作是問憍尸迦譬如盲人雖有百千萬衆無有導者不能進趣城邑聚落憍尸迦五波羅蜜離般若波羅蜜亦如盲人無導不能修道至薩婆若若五波羅蜜爲般若波羅蜜所護則爲有目般若波羅蜜力故五波羅蜜得波羅蜜名舍利弗白佛言世尊云何生般若波羅蜜佛言若菩薩不生色則生般若波羅蜜不生受想行識則生般若波羅蜜如是生般若波羅蜜爲成何法舍利弗如是生般若波羅蜜於法無所成若無所成則名般若波羅蜜釋提桓因白佛言世尊般若波羅蜜亦不成薩婆若耶憍尸迦般若波羅蜜成薩婆若但不如名相作起法成世尊當云何成佛言如不成如是成釋提桓因白佛言希有世尊般若波羅蜜不爲生不爲

滅故有須菩提白佛言世尊菩薩如是亦分别則失般若波羅蜜則遠離般若波羅蜜佛告須菩提有是因縁若菩薩謂般若波羅蜜空無所有則失般若波羅蜜則遠般若波羅蜜須菩提是名菩薩般若波羅蜜世尊說般若波羅蜜爲示何法須菩提說般若波羅蜜不示色不示受想行識不示須陁洹果斯陁含果阿那含果阿羅漢果辟支佛道不示佛法須菩提言世尊摩訶波羅蜜是般若波羅蜜佛言須菩提於意云何以是因縁摩訶波羅蜜是般若波羅蜜須菩提言般若波羅蜜於色不作大不作小不作合不作散於受想行識不作大不作小不作合不作散世尊般若波羅蜜於佛十力不作強不作弱四無所畏乃至薩婆若不作合不作散世尊菩薩如是亦分别則不行般若波羅蜜何以故般若波羅蜜無如是相我當度若干衆生即是菩薩計有所得所以者何衆生不生故般若波羅蜜不生衆生無性故般若波羅蜜無性衆生離相故般若波羅蜜離相衆生不滅故般若波羅蜜不滅衆生不可思議故般若波羅蜜不可思議衆生不可知故般若波羅蜜不可知衆生力集故如來力亦集舍利弗白佛言世尊菩薩若能信是深般若波羅蜜不疑不悔不難隨順解義是人從何處終來生此間佛言舍利弗是菩薩於他方佛土命終來生此間舍利弗菩薩從他方佛土來者曾已親近供養諸佛問其中義今聞般若波羅蜜即生歡喜如從佛聞若見般若波羅蜜如見佛須菩提白佛言世尊般若波羅蜜可聞可

見耶佛言不也世尊是菩薩發心已來幾時能修習般若波羅蜜須菩提是事應分別有菩薩得值若干百千萬億佛於諸佛所修行梵行有於大衆聞深般若波羅蜜無恭敬心即時捨去須菩提當知是人本於過去諸佛聞說般若波羅蜜捨去故於今聞深般若波羅蜜亦捨去身心不和起無智業積集無智業因緣故誹謗拒逆般若波羅蜜須菩提誹謗拒逆深般若波羅蜜者即誹謗拒逆薩婆若誹謗拒逆薩婆若者即誹謗拒逆三世諸佛須菩提是愚癡人起如是破法重罪業故若干百千萬劫受大地獄罪從一大地獄至一大地獄從一大地獄至一大地獄受罪時若火劫起墮他方大地獄於彼亦從一大地獄至一大地獄從一大地獄至一大地獄受罪時若彼火劫起復墮他方大地獄墮他方大地獄已復從一大地獄至一大地獄從一大地獄至一大地獄受罪時若彼火劫起還來墮此大地獄中是人於此復從一大地獄至一大地獄受諸劇苦如是展轉乃至火劫復起受是無量苦惱業報何以故起惡口業故爾時舍利弗白佛言世尊如是罪業似五逆罪舍利弗汝勿謂此破法罪似五逆罪何以故是人聞說深般若波羅蜜誹謗拒逆作是念不應學是法是法非佛所說以是因緣其罪轉增故亦令他人離般若波羅蜜佛言是人自壞身亦壞他人身自飲毒亦飲他人毒自亡失亦亡失他人自不知不解般若波羅蜜亦教他人不知不解舍利弗我尚不聽是人出家何況於我法中而受供養何以故

當知是人爲汙法者當知是人爲是糟粕其性濁黑若有衆生信受其言者亦當受是劇苦重罪何以故舍利弗若破般若波羅蜜若汙般若波羅蜜當知是人破法汙法者舍利弗白佛言世尊不說是人受身大小佛告舍利弗置是人身量大小不須說也是人若聞說其身量熱血當從口出若死若近死若聞說其身量自知此罪憂愁深入身體乾消是故不須說其受身大小舍利弗白佛言世尊唯願佛說是人身量令後世人得爲明戒知以是罪業故受是大身佛告舍利弗是事足爲後世衆生作大明戒積集如是罪業因緣故受如是無量無邊久劇苦惱舍利弗是事足爲善人作大明戒須菩提白佛言世尊善男子善女人應善守護身業口業意業世尊

但以口業因緣故得如是重罪耶佛告須菩提以口業因緣故得如是重罪須菩提我法中多有如是等癡人誹謗拒逆深般若波羅蜜須菩提誹謗拒逆深般若波羅蜜者即誹謗拒逆阿耨多羅三藐三菩提誹謗拒逆阿耨多羅三藐三菩提者即誹謗拒逆過去未來現在諸佛薩婆若誹謗拒逆薩婆若者即誹謗拒逆法寶誹謗拒逆法寶者即誹謗拒逆僧寶誹謗拒逆三寶故即起無量無邊重罪之業須菩提白佛言世尊若人誹謗拒逆深般若波羅蜜有幾因緣須菩提是癡人爲魔所使於深妙法不信不解復次須菩提是癡人得惡知識不樂不喜修習善法又深貪著常求他過自高其身卑下他人須菩提以是因緣故誹謗拒逆深般若波羅蜜須菩提

白佛言世尊不精進者信解般若波羅蜜甚難佛言如是如是須菩提不精進者信解般若波羅蜜甚難世尊云何不精進者信解般若波羅蜜甚難須菩提色無縛無解何以故色眞性是色受想行識無縛無解何以故識眞性是識復次須菩提色前際無縛無解何以故色前際眞性是色色後際無縛無解何以故色後際眞性是色現在色無縛無解何以故現在色眞性是色須菩提受想行識前際無縛無解何以故識前際眞性是識識後際無縛無解何以故識後際眞性是識現在識無縛無解何以故現在識眞性是識世尊般若波羅蜜甚深不精進者信解甚難佛言如是如是須菩提深般若波羅蜜不精進者信解甚難須菩提色淨即是果淨色淨故果亦淨受想行識淨即是果淨受想行識淨故果亦淨復次須菩提色淨即是薩婆若淨薩婆若淨故色淨須菩提色淨薩婆若淨無二無別無異無壞受想行識淨即是薩婆若淨薩婆若淨故受想行識淨須菩提薩婆若淨受想行識淨無二無別無異無壞

小品般若波羅蜜經卷第三

音釋

重擔　擔都濫切謂五陰重擔也

誹謗　誹敷尾切非議也　謗補曠切訕也

糟粕　糟音遭　粕音朴　糟粕酒滓也

劇　竭戟切甚也

小品般若波羅蜜經卷第四

姚秦三藏法師鳩摩羅什譯

歎淨品第九

爾時舍利弗白佛言世尊是淨甚深佛言淨故世尊是淨明佛言淨故世尊是淨不生欲界不生色界不生無色界佛言淨故世尊是淨無垢無淨佛言淨故世尊是淨無得無果佛言淨故世尊是淨不作不起佛言淨故世尊是淨無知佛言淨故世尊是淨不知色不知受想行識佛言淨故世尊般若波羅蜜於薩婆若不增不減佛言淨故世尊般若波羅蜜淨故於法無行取佛言淨故爾時須菩提白佛言世尊我淨故色淨佛言畢竟淨故世尊我淨故受想行識淨佛言畢竟淨故世尊我淨故果淨佛言畢竟淨故世尊我淨故薩婆若淨佛言畢竟淨故世尊我無得無果佛言畢竟淨故世尊我無邊故色無邊佛言畢竟淨故世尊我無邊故受想行識無邊佛言畢竟淨故世尊如是如是名菩薩般若波羅蜜耶須菩提畢竟淨故世尊般若波羅蜜非此岸非彼岸非中流佛言畢竟淨故世尊菩薩若如是亦分別即失般若波羅蜜即遠般若波羅蜜佛言善哉善哉須菩提從名相故生著希有世尊善説般若波羅蜜中著爾時舍利弗語須菩提何因緣故名爲著舍利弗若善男子善女人分別色空即名爲著分別受想行識空即名爲著分別過去法未來法現在法即名爲著初發心菩薩得若干福德即名爲著釋提桓因問須菩提言何因緣故是事名爲著憍尸迦是人分別是心以

是心迴向阿耨多羅三藐三菩提憍尸迦心性不可得迴向是故菩薩若欲教他人阿耨多羅三藐三菩提應如諸法實相示教利喜如是則不自傷是佛所許是佛所教善男子善女人亦離諸著爾時佛讚須菩提言善哉善哉汝能示諸菩薩著法須菩提我當更說微細著法汝今善聽須菩提言唯然受教佛言若善男子善女人取相念諸佛隨所取相皆名爲著過去未來現在諸佛所有無漏法皆隨喜隨喜已迴向阿耨多羅三藐三菩提即亦是著何以故須菩提諸法性非過去非未來非現在不可取相不可緣不可見不可聞不可覺不可知不可迴向世尊諸法性甚深佛言畢竟離故世尊我敬禮般若波羅蜜佛言佛得是無作法故世尊佛得一切法如是須菩提如來得一切法須菩提法性唯一無二無三是性亦非性非作須菩提菩薩能如是知則離諸著世尊般若波羅蜜甚爲難知須菩提無有知者故世尊般若波羅蜜不可思議須菩提般若波羅蜜不可以心知故世尊般若波羅蜜無所作須菩提作者不可得故世尊菩薩當云何行般若波羅蜜須菩提若波羅不行色即行般若波羅蜜不行受想行識即行般若波羅蜜若不行色不滿足相即行般若波羅蜜不行受想行識不滿足相即行般若波羅蜜不行受想行識不滿足相即行般若波羅蜜何以故色不滿足則離色受想行識不滿足則非識若能如是行不滿足相即行般若波羅蜜須菩提言希有世尊於諸著中說無所著須菩提若菩薩不行

色不著相即行般若波羅蜜不行受想行識不著相即行般若波羅蜜菩薩如是行於色不生著於受想行識不生著於須陁洹果斯陁含果阿那含果阿羅漢果辟支佛道不生著乃至薩婆若亦不生著何以故過諸著故名無礙薩婆若須菩提菩薩欲過諸著應如是思惟般若波羅蜜須菩提白佛言希有世尊是法甚深若說不減不說亦不減若說不增不說亦不增佛言如是如是須菩提如佛盡壽稱讚虛空虛空不減不稱讚亦不減稱讚不增不稱讚亦不增須菩提譬如稱讚幻所化人亦不喜不稱讚亦不稱讚菩提諸法性亦如是若說亦不增不說亦不減世尊菩薩所爲甚難修行般若波羅蜜時心無增減亦不退不轉世尊修習般若波羅蜜如修習虛空世尊菩薩爲度一切衆生故發大莊嚴應當敬禮世尊菩薩爲衆生故發大莊嚴如人與虛空共鬬世尊菩薩爲衆生故發大莊嚴如人與虛空諍訟世尊是菩薩名爲發大莊嚴世尊菩薩爲衆生故發大莊嚴如人欲舉虛空世尊是菩薩名爲度精進彼岸名爲勇健名爲同虛空諸法故發阿耨多羅三藐三菩提爾時會中有一比丘作是念我敬禮般若波羅蜜般若波羅蜜中無有法生無有法滅爾時釋提桓因語須菩提若菩薩修習深般若波羅蜜爲修習何法憍尸迦若菩薩修習深般若波羅蜜即是修習虛空釋提桓因白佛言世尊若人能受持讀誦般若波羅蜜我當守護須菩提語釋提桓因汝見是法可守護耶釋提桓因言不見也憍尸迦若菩

薩如般若波羅蜜所說行即是守護若菩薩或時遠離般若波羅蜜人若非人則得其便憍尸迦若人欲守護行般若波羅蜜者則爲欲守護虛空憍尸迦於意云何汝能守護響不釋提桓因言不能也憍尸迦菩薩亦如是行般若波羅蜜知一切法空如響如是亦不分別當知是爲行般若波羅蜜爾時佛以神力令三千大千世界所有四天王天及諸釋提桓因娑婆世界主諸梵天王皆來至佛所頭面禮佛足却住一面四天王諸釋提桓因諸梵天王等以佛神力得見千佛如是相如是名說般若波羅蜜品者皆名須菩提難問者亦如釋提桓因彌勒菩薩當成阿耨多羅三藐三菩提亦於此土說般若波羅蜜爾時須菩提白佛言世尊彌勒菩薩成阿耨多羅三藐三菩提時於是處云何說般若波羅蜜須菩提彌勒菩薩成阿耨多羅三藐三菩提時說般若波羅蜜不說色空不說受想行識空不說色縛不說色解不說受想行識縛不說受想行識解須菩提言世尊般若波羅蜜清淨佛言色淨故般若波羅蜜清淨受想行識淨故般若波羅蜜清淨佛言虛空淨故般若波羅蜜清淨色無染故般若波羅蜜清淨受想行識無染故般若波羅蜜清淨須菩提虛空無染故般若波羅蜜清淨世尊若有善男子善女人能受持讀誦般若波羅蜜者終不橫死若干百千諸天皆共隨從若月八日十四日十五日二十三日二十九日三十日在在處處說般若波羅蜜其福甚多佛言如是如是須菩提是人說般若波羅蜜得福甚

多須菩提般若波羅蜜多有留難何以故般若波羅蜜是大珍寶於法無所著無所取所以者何謂諸法無所有不可得故須菩提般若波羅蜜無所得故無能染汙何以故般若波羅蜜以無法故名爲無染汙般若波羅蜜般若波羅蜜無染汙故諸法亦無染汙若如是亦不分別名爲行般若波羅蜜須菩提般若波羅蜜無有法若見若不見無有法若取若捨是時若干百千諸天子踊躍歡喜於虛空中同聲唱言我於閻浮提再見法輪轉須菩提語諸天子非初轉非二轉何以故般若波羅蜜法中無轉無還佛告須菩提摩訶波羅蜜是菩薩般若波羅蜜所謂於一切法無縛無著得阿耨多羅三藐三菩提亦無所得轉法輪時亦無所轉無法可還無法可示無法可見是法不可得故何以故須菩提空不轉不還無相無作無起無生無所有不轉不還如是說名爲說般若波羅蜜無聽者無受者無證者亦無以法作福田者須菩提白佛言世尊無邊波羅蜜是般若波羅蜜虛空無邊故世尊正波羅蜜是般若波羅蜜諸法平等故世尊離波羅蜜是般若波羅蜜諸法性離故世尊不可破波羅蜜是般若波羅蜜諸法不可得故世尊無處波羅蜜是般若波羅蜜諸法無形無名故世尊無去波羅蜜是般若波羅蜜諸法無來故世尊無奪波羅蜜是般若波羅蜜諸法不可取故世尊盡波羅蜜是般若波羅蜜諸法無盡故世尊無生波羅蜜是般若波羅蜜諸法無生故世尊無作波羅蜜是般若波羅蜜作者不可得故世尊不

出波羅蜜是般若波羅蜜出者不可得故世尊不至波羅蜜是般若波羅蜜無退沒故世尊無垢波羅蜜是般若波羅蜜諸煩惱清淨故世尊無汙波羅蜜是般若波羅蜜處不汙故世尊不滅波羅蜜是般若波羅蜜諸法離前際故世尊幻波羅蜜是般若波羅蜜諸法不生故世尊夢波羅蜜是般若波羅蜜意識平等故世尊不戲波羅蜜是般若波羅蜜諸戲平等故世尊不念波羅蜜是般若波羅蜜諸念不生故世尊不動波羅蜜是般若波羅蜜法性常住故世尊離欲波羅蜜是般若波羅蜜諸法不虛誑故世尊不起波羅蜜是般若波羅蜜諸法無分別故世尊寂滅波羅蜜是般若波羅蜜諸法相不可得故世尊無煩惱波羅蜜是般若波羅蜜諸法無過咎故世尊無衆生波羅蜜是般若波羅蜜衆生際不可得故世尊不斷波羅蜜是般若波羅蜜諸法不起故世尊無二邊波羅蜜是般若波羅蜜諸法無著故世尊不異波羅蜜是般若波羅蜜諸法不和合故世尊不著波羅蜜是般若波羅蜜不分別聲聞辟支佛地故世尊不分別波羅蜜是般若波羅蜜諸分別平等故世尊無量波羅蜜是般若波羅蜜量法不生故世尊虛空波羅蜜是般若波羅蜜諸法無障礙故世尊不生波羅蜜是般若波羅蜜諸法不起故世尊無常波羅蜜是般若波羅蜜諸法不失故世尊苦波羅蜜是般若波羅蜜諸法無苦惱故世尊無我波羅蜜是般若波羅蜜諸法無所貪著故世尊空波羅蜜是般若波羅蜜諸法無所得故世尊無相波羅蜜

是般若波羅蜜諸法相不可得故世尊無作波羅蜜是般若波羅蜜諸法無所成故世尊力波羅蜜是般若波羅蜜諸法不可破故世尊無量佛法波羅蜜是般若波羅蜜過筭數法故世尊無所畏波羅蜜是般若波羅蜜心不沒故世尊如波羅蜜是般若波羅蜜諸法不異故世尊自然波羅蜜是般若波羅蜜諸法無性故

不可思議品第十

爾時釋提桓因作是念若人得聞般若波羅蜜者當知是人已曾供養諸佛何況受持讀誦如所說學如所說行若人聞說深般若波羅蜜受持讀誦如所說行當知是人已曾多供養佛廣問其義於過去諸佛聞深般若波羅蜜不驚不怖爾時舍利弗白佛言世尊若菩薩摩訶薩能信解深般若波羅蜜當知是菩薩如阿毗跋致何以故世尊若人於過去世不久行深般若波羅蜜則不能信解世尊若有誹謗拒逆般若波羅蜜者當知是人久已誹謗拒逆般若波羅蜜何以故是人於深般若波羅蜜無有信心無清淨心亦不問諸佛及諸佛弟子所疑爾時釋提桓因語舍利弗是般若波羅蜜甚深若不久行菩薩道不能信解有何可怪若人敬禮般若波羅蜜即是敬禮薩婆若智舍利弗言如是如是憍尸迦若人敬禮般若波羅蜜即是敬禮薩婆若智從般若波羅蜜生諸佛薩婆若智從薩婆若智還生般若波羅蜜菩薩應如是住般若波羅蜜應如是習般若波羅蜜釋提桓因白佛言世尊云何菩薩行般若波羅蜜名爲住

般若波羅蜜名爲習般若波羅蜜佛告釋提桓因言善哉善哉憍尸迦汝能問佛是義汝所問者皆是佛力憍尸迦若菩薩行般若波羅蜜不住色若不住色即是習色不住受想行識若不住識即是習識復次憍尸迦若菩薩不習色若不習色即不住色不習受想行識若不習識即不住識如是憍尸迦是名菩薩習般若波羅蜜住般若波羅蜜舍利弗白佛言世尊般若波羅蜜甚深無量無底佛告舍利弗若菩薩摩訶薩不住色甚深是爲習色甚深不住受想行識甚深是爲習識甚深復次舍利弗若菩薩摩訶薩不習色甚深是爲不住色甚深不習受想行識甚深是爲不住識甚深世尊是深般若波羅蜜應於阿毗跋致菩薩前說是人聞是不疑不悔爾時釋提桓因語舍利弗若於未受記菩薩前說當有何咎憍尸迦若未受記菩薩得聞深般若波羅蜜當知是菩薩久發大乘心近於受記不久必得受記若過一佛二佛當得受阿耨多羅三藐三菩提記佛言如是如是舍利弗若未受記菩薩得聞深般若波羅蜜當知是菩薩久發大乘心舍利弗白佛言世尊我今當說譬喻佛言樂說便說世尊譬如求菩薩道者夢坐道場知是菩薩當近阿耨多羅三藐三菩提若求菩薩道者得聞深般若波羅蜜當知是菩薩久發大乘心善根成就近於受記不久必得受記佛言善哉善哉舍利弗汝承佛神力復更說之世尊譬如有人欲過險道若百由旬若二百若三百若四百若五百由旬欲出難時先見諸相若見放牛羊者

若見壃界若見園林見如是相故當知此中必有城邑聚落見是相已作是念如我所見之相城邑聚落去此不遠其心安隱不復畏有怨家賊害世尊菩薩亦如是若得聞深般若波羅蜜當知是菩薩近於受記不久必得受記爾時不畏墮聲聞辟支佛地何以故是菩薩得是本相所謂得見深般若波羅蜜得聞深般若波羅蜜世尊譬如有人欲見大海稍稍前行若見樹若樹相若見山若山相當知是中去海尚遠若不見樹無樹相不見山無山相當知大海去是不遠大海深故無有山樹是人雖不見海知必近之世尊菩薩亦如是得聞深般若波羅蜜雖未於現在諸佛前受記自知必近阿耨多羅三藐三菩提何以故我得見聞供養深般若波羅蜜故世尊譬如春時樹葉零落當知此樹華葉果實將生不久何以故本相現故閻浮提人見樹本相皆悉歡喜作是念是樹不久當生華葉果實世尊菩薩亦如是若得見聞深般若波羅蜜當知是菩薩善根成就宿世善根因緣故今得見聞深般若波羅蜜會中曾有見佛諸天皆大歡喜作是念先諸菩薩亦有如是受記本相是菩薩不久當得受阿耨多羅三藐三菩提記世尊譬如女人懷妊輾轉不便身體疲極不樂事務眠卧不安食飲轉少苦惱在身不欲語言猒本所習不復喜樂本相現故當知是女將產不久菩薩善根成就亦復如是若得見聞思惟深般若波羅蜜當知是菩薩不久得受阿耨多羅三藐三菩提記佛言善哉善哉舍利弗汝所樂說者皆是佛神

力爾時須菩提白佛言希有世尊如來善說諸菩薩事須菩提是諸菩薩摩訶薩長夜多所利益多所安隱多所安樂憐愍世間得阿耨多羅三藐三菩提爲諸天人演說法要須菩提白佛言世尊菩薩摩訶薩云何得具足修習行般若波羅蜜須菩提若菩薩摩訶薩行般若波羅蜜不見色增是爲行般若波羅蜜不見受想行識增是爲行般若波羅蜜不見色減是爲行般若波羅蜜不見受想行識減是爲行般若波羅蜜乃至不見法不見非法是爲行般若波羅蜜世尊如佛所說不可思議須菩提色不可思議受想行識不可思議若菩薩不分別色不可思議不分別受想行識不可思議是爲行般若波羅蜜世尊般若波羅蜜如是誰能信解須菩提若久行菩薩道者世尊云何菩薩得名久行須菩提若菩薩行般若波羅蜜不分別佛十力四無所畏乃至不分別薩婆若是名久行何以故佛十力不可思議四無所畏十八不共法不可思議乃至薩婆若不可思議色不可思議受想行識不可思議一切法亦不可思議菩薩如是行者是名無處所行而行般若波羅蜜是故名爲久行世尊般若波羅蜜甚深般若波羅蜜是珍寶聚如虛空清淨希有世尊般若波羅蜜多起留難若欲書寫者乃至一歲當疾書成佛言如是如是須菩提若善男子善女人欲書寫讀誦如所說行般若波羅蜜乃至一歲當疾疾爲之須菩提珍寶法中多有怨賊世尊般若波羅蜜惡魔常欲伺求斷絕須菩提惡魔雖欲伺求斷絕亦不能得起

留難舍利弗白佛言世尊誰神力故惡魔不能留難般若波羅蜜舍利弗佛神力故惡魔不能留難舍利弗亦是十方無量世界現在諸佛神力故惡魔不能留難諸佛皆共護念是菩薩故惡魔不能得便何以故舍利弗菩薩爲諸佛所護者法應無有留難何以故舍利弗若人書寫讀誦說般若波羅蜜十方無量阿僧祇現在諸佛法應護念若有誦般若波羅蜜者當知是菩薩佛護念故能誦通利世尊善男子善女人能受持讀誦般若波羅蜜當知是人佛眼所見舍利弗若善男子善女人能受持讀誦般若波羅蜜乃至書寫當知是人佛眼所見舍利弗若求佛道善男子善女人受持讀誦般若波羅蜜則近阿耨多羅三藐三菩提乃至自書若使人書書已受

持讀誦以是因緣其福甚多舍利弗如來滅後是般若波羅蜜當流布南方從南方流布西方從西方流布北方舍利弗我法盛時無有滅相北方若有乃至書寫受持供養般若波羅蜜者是人亦爲佛眼所見所知所念舍利弗白佛言世尊後五百歲時般若波羅蜜當廣流布北方耶舍利弗後五百歲當廣流布北方其中善男子善女人聞般若波羅蜜受持讀誦修習當知是久發阿耨多羅三藐三菩提心世尊北方當有幾所菩薩能受持讀誦修習般若波羅蜜舍利弗北方雖多有菩薩能讀誦聽受般若波羅蜜少能誦利修習行者是人得聞般若波羅蜜亦不驚不怖是人曾已見佛諮請問難當知是人爲能具足行菩薩道爲阿耨多羅三藐三菩提故能

利益無量衆生何以故舍利弗我爲是善男子善女人說應薩婆若法是人轉身亦復樂說阿耨多羅三藐三菩提一心和同乃至魔王不能壞其阿耨多羅三藐三菩提心是人聞般若波羅蜜心大歡喜心得清淨令多衆生種阿耨多羅三藐三菩提善根是善男子善女人於我前作是言我等行菩薩道常當以法示教利喜無量百千萬衆生令住阿耨多羅三藐三菩提舍利弗我觀其心則生隨喜是人行菩薩道當以法示教利喜無量百千萬衆生令住阿耨多羅三藐三菩提如是善男子善女人心樂大乘願生他方佛國現在佛前說法之處是人於彼續復廣聞說般若波羅蜜於彼佛土亦復以法示教利喜無量百千萬衆生令住阿耨多羅三藐三菩提

舍利弗白佛言希有世尊如來於過去未來現在諸法無法不知無法不識如來於未來世諸菩薩以多欲多精進勤求般若波羅蜜是善男子善女人有求而得有不求而得如來悉知舍利弗多有善男子善女人精進不懈故般若波羅蜜不求而得世尊是善男子善女人餘經應六波羅蜜者亦不求而得耶舍利弗若有餘應諸波羅蜜深經是善男子善女人亦不求而得何以故舍利弗法應爾若有菩薩爲諸衆生示教利喜阿耨多羅三藐三菩提亦自於中學是人轉身應諸波羅蜜深經亦不求而得

魔事品第十一

爾時須菩提白佛言世尊已說善男子善女人功德云何起留難須菩提若說法者不即

樂說菩薩當知是爲魔事復次須菩提說法者樂說不止菩薩當知是爲魔事須菩提說法者說不究竟菩薩當知是爲魔事須菩提書讀誦說般若波羅蜜時憍慢自大菩薩當知是爲魔事須菩提書讀誦說般若波羅蜜時互相嗤笑菩薩當知是爲魔事須菩提書讀誦說般若波羅蜜時互相輕懱菩薩當知是爲魔事須菩提書讀誦說般若波羅蜜時其心散亂菩薩當知是爲魔事須菩提書讀誦說般若波羅蜜時心不專一菩薩當知是爲魔事須菩提行者作是念我於般若波羅蜜不得氣味從座而去菩薩當知是爲魔事須菩提行者作是念我於般若波羅蜜中無有受記心不清淨從座而去菩薩當知是爲魔事須菩提行者作是念般若波羅蜜中不說我名心不清淨菩薩當知是爲魔事須菩提行者作是念般若波羅蜜中不說我生處若城邑聚落以是因緣不樂聞說般若波羅蜜便棄捨去隨所起念轉却若干劫數乃復還得修菩薩道菩薩當知是爲魔事復次須菩提諸經不能至薩婆若者菩薩捨般若波羅蜜而讀誦之是菩薩則爲捨本而取枝葉何以故是菩薩因般若波羅蜜能成就世間出世間法學般若波羅蜜能學世間出世間法若捨般若波羅蜜菩薩當知是爲魔事須菩提譬如有狗捨主所與食分反從作務者索如是須菩提當來世或有菩薩捨深般若波羅蜜反取餘聲聞辟支佛經菩薩當知是爲魔事須菩提譬如人得象不觀反尋其跡於意云何是人爲智不不也世尊須菩提菩

薩亦如是得深般若波羅蜜而棄捨之反於聲聞辟支佛經求薩婆若於意云何是人爲智不不也世尊菩薩當知是爲魔事須菩提譬如人欲見大海見已反求牛跡水作是言大海水能多是耶於意云何是人爲智不不也世尊須菩提當來世菩薩亦如是得深般若波羅蜜而棄捨之反讀誦聲聞辟支佛經於意云何是人爲智不不也世尊菩薩當知是爲魔事須菩提譬如工匠欲造如帝釋勝殿而反揆度日月宮殿於意云何是人爲智不不也世尊須菩提當來世菩薩亦如是得深般若波羅蜜而棄捨之反於聲聞辟支佛經中求薩婆若於意云何是人爲智不不也世尊菩薩當知是爲魔事須菩提譬如人欲見轉輪王見已不識作是念轉輪王形貌威德云何見諸小王取其形貌作是言轉輪王形貌威德如是相耶於意云何是人爲智不不也世尊須菩提當來世菩薩亦如是得深般若波羅蜜而棄捨之反於聲聞辟支佛經中求薩婆若於意云何是人爲智不不也世尊菩薩當知是爲魔事須菩提譬如飢人捨百味食反食六十日飯於意云何是人爲智不不也世尊須菩提菩薩亦如是得深般若波羅蜜而棄捨之反於聲聞辟支佛經中求薩婆若於意云何是人爲智不不也世尊菩薩當知是爲魔事須菩提譬如人得無價寶珠而比水精於意云何是人爲智不不也世尊須菩提當來世菩薩亦如是得深般若波羅蜜而比聲聞辟支佛經於中求薩婆若於意云何是人爲智不不也世尊菩薩當知是

爲魔事復次須菩提書讀誦說般若波羅蜜時若多說餘事妨廢般若波羅蜜菩薩當知是爲魔事須菩提白佛言世尊般若波羅蜜可得書讀誦說耶不也須菩提若善男子善女人書寫文字而作是念我書般若波羅蜜即是魔事須菩提爾時應教是善男子善女人汝等勿謂但以書寫文字便作是念言我書般若波羅蜜諸善男子以是文字示般若波羅蜜義是故汝等勿著文字若著文字菩薩當知是爲魔事若不貪著即捨魔事復次須菩提書讀誦說般若波羅蜜時憶念諸方國土城邑聚落國王怨賊戰鬬之事憶念父母兄弟姉妹惡魔令生如是等念妨廢般若波羅蜜菩薩皆應覺之須菩提如是當知亦是魔事復次須菩提書讀誦說般若波羅蜜時供養事起衣服飲食卧具醫藥資生之物妨廢般若波羅蜜菩薩皆應覺之須菩提如是當知亦爲魔事復次須菩提惡魔作因緣令菩薩得諸深經有方便菩薩於此深經不生貪著無方便菩薩捨般若波羅蜜取是深經須菩提我於般若波羅蜜中廣說方便應於中求而反於餘深經聲聞辟支佛法中求索方便於意云何是人爲智不不也世尊須菩提如是當知亦爲魔事復次須菩提聽法者欲聞般若波羅蜜說法者疲懈不樂爲說須菩提如是不和合亦爲魔事復次須菩提說法者身不疲極樂說般若波羅蜜聽法者欲至餘國不得書讀誦說般若波羅蜜如是不和合亦爲魔事復次須菩提聽法者有念力智力樂欲聽受讀誦般若波羅蜜說法者

欲至餘國不得書讀誦說般若波羅蜜如是不和合亦爲魔事復次須菩提說法者貴於財物衣服飲食聽法者惜不與之不得書讀誦說般若波羅蜜如是不和合亦爲魔事復次須菩提聽法者有信樂心欲供養說法者而說法者誦習不利聽法者不樂聽受不得書讀誦說般若波羅蜜如是不和合亦爲魔事復次須菩提說法者心樂爲說聽法者不樂聽受不得書讀誦說般若波羅蜜如是不和合亦爲魔事復次須菩提說法者身重疲極睡眠所覆不樂言說聽法者樂欲聽受讀誦般若波羅蜜如是不和合亦爲魔事復次須菩提若書讀誦說般若波羅蜜時有人來說三惡道苦地獄中有如是苦畜生餓鬼中有如是苦不如於是身盡苦取涅槃何用更生受是諸苦如是須菩提菩薩當知亦爲魔事復次須菩提若書讀誦說般若波羅蜜時若有人來讚歎天上快樂欲界中有極妙五欲快樂色界中有禪定快樂無色界中有寂滅定樂是三界樂皆無常苦空壞敗之相汝於是身可取須陁洹果斯陁含果阿那含果阿羅漢果不須更受後身菩薩當知亦爲魔事復次須菩提說法者愛樂徒衆作是言若能隨我當與般若波羅蜜若不隨我則不與汝以此因緣多人隨從時說法者欲經險難危命之處語諸人言善男子汝等知不何用隨我經此險難善自籌量無得後悔而作是言何故至此飢餓怨賊之中說法者以此細微因緣捨離諸人聽法者不悅作是念是捨離相非與般若波羅蜜相不得書讀誦說般

若波羅蜜如是不和合菩薩當知亦爲魔事復次須菩提說法者欲經惡獸虎狼師子怨賊毒害無水之處說法者語諸人言汝等知不我所至處經過惡獸怨賊毒害無水之處汝等豈能受如是苦說法者以此細微因緣而捨離之諸人不復隨從作是念是捨離相非與般若波羅蜜相即便退還須菩提如是諸難菩薩當知亦爲魔事復次須菩提說法者重於檀越以此因緣常數往返以是事故語聽法者諸善男子我有檀越應往問訊諸人念言是爲不與我般若波羅蜜相即時捨離不得學習書讀誦說如是不和合菩薩當知亦爲魔事復次須菩提惡魔勤作方便欲令無人讀誦修習般若波羅蜜須菩提白佛言世尊惡魔云何勤作方便令人不得讀誦修習般若波羅蜜須菩提惡魔詭誑諸人作是言此非真般若波羅蜜我所有經是真般若波羅蜜須菩提惡魔如是詭誑衆人未受記者當於般若波羅蜜中生疑疑因緣故不得讀誦修習般若波羅蜜如是須菩提菩薩當知亦爲魔事復次須菩提復有魔事若菩薩行深般若波羅蜜即證實際取聲聞果如是須菩提菩薩當知亦爲魔事

小品般若波羅蜜經卷第四

音釋

壃 居良切界也 姙 汝鴆切孕也 諮 津私切訪問也 嗤 充之切笑也 揆度 揆渠委切度達各切 籌量 籌直流切量呂張切 詭誑 詭音鬼詐也誑古況切欺也

小品般若波羅蜜經卷第五

姚秦三藏法師鳩摩羅什譯

小如品第十二

佛告須菩提般若波羅蜜多有如是諸留難事須菩提白佛言如是如是世尊般若波羅蜜多有留難譬如世間大珍寶多有怨賊般若波羅蜜亦如是若人不受持讀誦修習般若波羅蜜當知是人新發道意少智少信不樂大法爲魔所攝如是如是須菩提若人不受持讀誦修習般若波羅蜜當知是人新發道意少智少信不樂大法爲魔所攝須菩提般若波羅蜜雖多有如是魔事及諸留難若善男子善女人有能受持書讀誦說當知是等皆是佛力何以故惡魔雖復勤作方便欲滅般若波羅蜜諸佛亦復勤作方便而守護之須菩提譬如母人多有諸子若十若百乃至十萬其母有疾諸子各各勤求救療皆作是願我等云何令母久壽身體安隱無諸苦患風雨寒熱蚊虻毒螫當以諸藥因緣令母安隱何以故生育我等賜與壽命示悟世間其恩甚重須菩提今十方現在諸佛常念般若波羅蜜皆作是言般若波羅蜜能生諸佛能示薩婆若何以故諸佛薩婆若皆從般若波羅蜜生故須菩提所有諸佛若已得阿耨多羅三藐三菩提若今得若當得皆因般若波羅蜜須菩提如是般若波羅蜜示十方諸佛薩婆若亦示世間須菩提白佛言世尊如佛所說般若波羅蜜示諸佛世間世尊云何爲世間佛言五陰是世間世尊云何般若波羅蜜示五陰佛言般若波羅蜜示五陰不壞

相何以故須菩提空是不壞相無相無作是不壞相般若波羅蜜如是示世間復次須菩提佛隨無量無邊衆生性故如實知其心如是須菩提般若波羅蜜示諸佛世間復次須菩提衆生亂心攝心是亂心攝心佛如實知須菩提云何如來知諸衆生亂心攝心以法相故知須菩提以法相故知心非亂如是知亂心云何如來知攝心須菩提如來知心盡相如實知盡相如是知攝心復次須菩提衆生染心如來如實知染心恚心癡心如實知恚心癡心云何如來如實知染心如實知恚心如實知癡心須菩提染心如實相即非染心恚心癡心如實相即非恚心癡心如是須菩提諸佛從般若波羅蜜生薩婆若智云何如來離染心如實知離染心離恚心如實知離恚心離癡心如實知離癡心須菩提離染心中無離染心相離恚心中無離恚心相離癡心中無離癡心相如是須菩提般若波羅蜜示諸佛世間復次須菩提如來因般若波羅蜜衆生廣心如實知廣心云何如來衆生廣心如實知廣心須菩提是衆生心不增不廣不離離相故如是須菩提如來因般若波羅蜜衆生廣心如實知廣心復次須菩提如來因般若波羅蜜衆生大心如實知大心云何如來衆生大心如實知大心須菩提如來知是心無來無去無住如是須菩提如來因般若波羅蜜衆生大心如實知大心復次須菩提如來因般若波羅蜜衆生無量心如實知無量心云何如來衆生無量心如實知無量心須菩提如來知是心不住住於寂滅無

所依止如虛空無量知心相亦爾如是須菩提如來因般若波羅蜜衆生無量心如實知無量心復次須菩提如來因般若波羅蜜衆生不可見心如實知不可見心云何如來衆生不可見心如實知不可見心如來以無相義故如實知不可見心如是須菩提如來因般若波羅蜜衆生不可見心如實知不可見心復次須菩提如來因般若波羅蜜衆生不現心如實知不現心云何如來衆生不現心如實知不現心是心五眼所不見如是須菩提如來因般若波羅蜜衆生不現心如實知不現心復次須菩提如來因般若波羅蜜知衆生諸出没云何如來知衆生諸出没衆生所起出没皆依色生依受想行識生何等是諸出没所謂我及世間常是見依色依受想行識我及世間無常常無常非常非無常是見依色依受想行識世間有邊是見依色依受想行識世間無邊有邊無邊非有邊非無邊是見依色依受想行識死後如去是見依色依受想行識死後不如去死後如去不如去死後非如去非不如去是見依色依受想行識身即是神是見依色依受想行識身異神異是見依色依受想行識如是須菩提如來因般若波羅蜜知衆生諸出没復次須菩提如來因般若波羅蜜知色相云何知色相知如如須菩提如來知受想行識相云何知識相知如如須菩提五陰如即是如來所說出没如五陰如即是世間如五陰如即是一切法如一切法如即是須陀洹果如斯陀含果阿那含果阿羅漢果辟支佛道如辟支佛

道如即是如來如是諸如皆是一如無二無别無盡無量如是須菩提如來因般若波羅蜜得是如相如是須菩提般若波羅蜜示諸佛世間能生諸佛諸佛知世間如如實得是如故名爲如來須菩提白佛言世尊是如甚深諸佛阿耨多羅三藐三菩提皆從如生世尊如來得是深法能爲衆生説是如相如是如相誰能信者唯有阿毗跋致菩薩及具足見者滿願阿羅漢乃能信之須菩提是如無盡佛如實説無盡

相無相品第十三

爾時釋提桓因及欲界萬天子梵世二萬天子俱詣佛所頭面禮佛足却住一面白佛言世尊是法甚深於此法中云何作相佛告諸天子諸法以空爲相以無相無作無起無生無滅無依爲相諸天子言如來説是諸相如空無所依如是諸相一切世間天人阿脩羅所不能壞何以故一切世間天人阿脩羅即是其相故世尊是諸相非可作是諸相不在色數不在受想行識數是諸相非人非非人所作佛告欲色界諸天子若人問言虚空誰之所作是人爲正問不不也世尊虚空無有作者何以故虚空無爲故諸天子此諸相亦如是有佛無佛常住不異諸相常住故如來得是諸相已名爲如來諸天子言如來所説諸相甚深諸佛智慧無礙故能示是如亦能説般若波羅蜜行相世尊般若波羅蜜是諸佛行處亦如是示諸佛世間復次須菩提諸佛依止於法供養恭敬尊重讚嘆於法所謂法者則是般若波羅蜜諸佛供養恭敬尊重

讚嘆般若波羅蜜何以故般若波羅蜜出生諸佛故須菩提如來知恩知報恩者若人正問何等是知恩知報恩者當荅佛是知恩知報恩者須菩提云何佛是知恩知報恩者如來所行道所行法得阿耨多羅三藐三菩提即護念是道是法以是事故當知佛是知恩知報恩者復次須菩提如來知一切法無作亦是如來知作恩者須菩提如來因般若波羅蜜知一切法無作相得如是智慧以是因緣故般若波羅蜜亦如是示諸佛世間世尊若一切法無知者無見者云何般若波羅蜜示諸佛世間須菩提如是如是一切法無知者無見者須菩提云何一切法無知者一切法空故云何一切法無見者一切法無所依故是故一切法無知者無見者須菩提如來因般若波羅蜜得如是法是故般若波羅蜜亦如是示諸佛世間不見色故示世間不見受想行識故示世間般若波羅蜜如是示諸佛世間世尊云何名不見色故示世間云何名不見受想行識故示世間須菩提若不緣色生色是名不見色若不緣受想行識生識是名不見識若如是不見世間是名眞見世間復次須菩提世間空般若波羅蜜如實示世間空世間離相般若波羅蜜如實示世間離相世間淨般若波羅蜜如實示世間淨世間寂滅般若波羅蜜如實示世間寂滅須菩提般若波羅蜜亦如是示諸佛世間須菩提白佛言世尊般若波羅蜜爲大事故出般若波羅蜜爲不可思議事不可稱事不可量事無等等事故出佛言如是如是須菩提般若

波羅蜜爲大事故出爲不可思議事不可稱事不可量事無等等事故出須菩提云何般若波羅蜜爲大事故出爲不可思議事不可稱事不可量事無等等事故出須菩提如來法佛法自然法一切智人法廣大不可思議不可籌量是故須菩提般若波羅蜜爲大事不可思議事故出云何般若波羅蜜爲不可稱事不可量事故出須菩提如來法佛法自然法一切智人法不可稱不可量是故須菩提般若波羅蜜爲不可稱事不可量事故出云何般若波羅蜜爲無等等事故出須菩提一切無與如來等者何況有勝是故須菩提般若波羅蜜爲無等等事故出世尊但如來法佛法自然法一切智人法不可思議不可稱不可量色亦不可思議不可稱不可量受想行識亦不可思議不可稱不可量受想行識亦不可思議不可稱不可量一切法亦不可思議不可稱不可量何以故須菩提諸法實相中無心無心數法須菩提色不可稱受想行識亦不可稱一切法亦不可稱此中無有分別故須菩提色不可量受想行識亦不可量一切法亦不可量須菩提何以故色不可量受想行識不可量一切法不可量須菩提色量無所有不可得受想行識量無所有不可得一切法量無所有不可得須菩提何以故色量無所有不可得受想行識量無所有不可得一切法量無所有不可得須菩提色無所有故受想行識無所有故一切法無所有故量不可得須菩提於意云何虛空有心心

數法不不也世尊須菩提以是因緣一切法不可思議滅諸籌量故名不可思議滅諸稱故名不可稱須菩提稱者即是識業須菩提無量者過諸量故須菩提如虛空不可思議不可稱不可量諸如來法佛法自然法一切智人法亦如是不可思議不可稱不可量說是不可思議無等等法時五百比丘二十比丘尼不受一切法故漏盡心得解脫六萬優婆塞三萬優婆夷於諸法中得法眼淨二十菩薩得無生法忍於此賢劫皆當成佛爾時須菩提白佛言世尊是深般若波羅蜜爲大事故出乃至爲無等等事故出佛言如是如是須菩提是深般若波羅蜜爲大事故出乃至爲無等等事故出諸佛薩婆若皆在般若波羅蜜中一切聲聞辟支佛地皆在般若波羅蜜中須菩提譬如灌頂刹帝利王若諸城事諸聚落事皆付大臣王無所憂如是須菩提諸如來亦如是所有聲聞事辟支佛事佛事皆在般若波羅蜜中般若波羅蜜能成辦其事是故須菩提當知般若波羅蜜爲大事故出乃至爲無等等事故出須菩提般若波羅蜜不受不著色故出不受不著受想行識故出不受不著須陁洹果斯陁含果阿那含果阿羅漢果辟支佛道故出乃至薩婆若亦不受不著故出須菩提白佛言世尊云何般若波羅蜜不受薩婆若不著薩婆若須菩提於意云何汝見是阿羅漢法可受可著不不也世尊我不見是法可生著者佛言善哉善哉須菩提我亦不見如來法以不見故不受不著是故須菩提薩婆若不可受不可著爾

時欲色界諸天子白佛言世尊是深般若波羅蜜難解難知若能信解深般若波羅蜜者當知是人已於先世供養諸佛世尊若三千大千世界衆生皆作信行於信行地中修行若一劫若減一劫若人一日行深般若波羅蜜籌量思惟觀忍通利是福爲勝佛告諸天子若善男子善女人聞是深般若波羅蜜疾得涅槃是人於信行地中修行若一劫若減一劫所不能及爾時欲色界諸天子頭面禮佛足遶佛而出去此不遠忽然不現欲界諸天子還至欲天色界諸天子還至色天爾時須菩提白佛言世尊若菩薩能信解深般若波羅蜜是人於何命終來生此間佛告須菩提若菩薩聞是深般若波羅蜜即時信解不疑不悔不難樂見樂聞常行是念不離說般若波羅蜜者須菩提譬如新産犢子不離其母菩薩亦如是聞深般若波羅蜜不離說法者乃至得讀誦書寫般若波羅蜜須菩提當知是菩薩人中命終還生人中世尊頗有菩薩成就如是功德因緣於他方世界供養諸佛於彼命終來生此間不須菩提有菩薩成就如是功德於他方世界供養諸佛於彼命終來生此間復次須菩提有菩薩成就如是功德於兜率天上聞彌勒菩薩說般若波羅蜜問其中事於彼命終來生此間復次須菩提若人先世聞是深般若波羅蜜不問其義是人若生人中心續疑悔難沒須菩提當知是人於前世不問所致何以故於是般若波羅蜜中心疑悔難沒故復次須菩提若人先世若一日若二日三日四日五日聞是深般

若波羅蜜問其中事而不隨所說行是人轉身續得聞深般若波羅蜜問其中事信心無礙若離法師不復問難還爲因緣所牽失深般若波羅蜜何以故須菩提法應爾若人雖能問難是深般若波羅蜜不能隨所說行或時樂聞深般若波羅蜜或時不樂其心輕躁如少氀毛當知是菩薩新發大乘是菩薩信心不清淨若不爲般若波羅蜜所護於二地中當墮一處若聲聞地若辟支佛地

船喻品第十四

爾時佛告須菩提譬如大海中船卒破其中人若不取木若板若浮囊若死屍當知是人不到彼岸沒水而死須菩提其中人若取木板浮囊死屍當知是人不沒水死安隱無惱得至彼岸須菩提菩薩亦如是於阿耨多羅三藐三菩提有信有忍有樂有淨心有深心有欲有解有捨有精進不取般若波羅蜜當知是人中道退沒墮聲聞辟支佛地須菩提若菩薩於阿耨多羅三藐三菩提有信有忍有樂有淨心有深心有欲有解有捨有精進取般若波羅蜜爲般若波羅蜜所守護故中道不退過聲聞辟支佛地當住阿耨多羅三藐三菩提須菩提譬如有人持坏瓶詣河井池泉取水當知是瓶不久爛壞還歸於地何以故瓶未熟故須菩提菩薩亦如是於阿耨多羅三藐三菩提有信有忍有樂有淨心有深心有欲有解有捨有精進不爲般若波羅蜜方便所護故當知是人未得薩婆若中道退轉須菩提云何爲菩薩中道退轉所謂若墮聲聞地若墮辟支佛地須菩提譬如有人

持熟瓶於河井池泉取水當知是瓶堅固不壞持水而歸何以故是瓶熟故須菩提菩薩亦如是於阿耨多羅三藐三菩提有信有忍有樂有淨心有深心有欲有解有捨有精進爲般若波羅蜜方便所護故當知是菩薩不中道退轉安隱得到薩婆若須菩提譬如大海邊船未被𢿢治推著水中載諸財物當知是船中道漏沒散失財物以是賈客無方便故多失財物自致憂惱須菩提菩薩亦如是於阿耨多羅三藐三菩提有信乃至有精進不爲般若波羅蜜方便所護故未到薩婆若中道而退失於大寶而自憂惱失大珍寶中道沒者墮聲聞辟支佛地失大珍寶者失薩婆若寶須菩提譬如大海邊船𢿢治堅牢推著水中載諸財物當知是船不中道沒隨所至處必能得到須菩提菩薩亦如是於阿耨多羅三藐三菩提有信乃至有精進爲般若波羅蜜方便所護故當知是菩薩不中道退轉於阿耨多羅三藐三菩提何以故須菩提法應爾若菩薩於阿耨多羅三藐三菩提有信乃至有精進爲般若波羅蜜方便所護故不墮聲聞辟支佛地但以是諸功德回向阿耨多羅三藐三菩提須菩提譬如老人年百二十而有雜病風寒冷熱須菩提於意云何是人能從牀起不不也世尊須菩提是人或時能起世尊假令能起不能遠行若十里二十里何以故是人已爲老病所侵雖復能起不能遠行須菩提菩薩亦如是雖發阿耨多羅三藐三菩提心有信乃至有精進於阿耨多羅三藐三菩提有信乃至有精進不爲般

若波羅蜜方便所護故未得薩婆若中道退轉墮聲聞辟支佛地須菩提是百二十歲老人若有風寒冷熱之病欲從牀起有二健人各扶一腋安慰之言隨意所至我等好相扶持勿懼中道有所墜落須菩提菩薩亦如是於阿耨多羅三藐三菩提有信乃至有精進爲般若波羅蜜方便所護故當知是菩薩不中道退轉能至阿耨多羅三藐三菩提

大如品第十五

爾時須菩提白佛言世尊新發意菩薩云何應學般若波羅蜜佛告須菩提新發意菩薩若欲學般若波羅蜜先當親近善知識能說般若波羅蜜者是人如是教善男子來汝所有布施皆應迴向阿耨多羅三藐三菩提汝善男子亦莫貪著阿耨多羅三藐三菩提若謂色是若謂受想行識是何以故是薩婆若非可著者善男子汝所有持戒忍辱精進禪定智慧皆應迴向阿耨多羅三藐三菩提勿生貪著若謂色是若謂受想行識是何以故善男子是薩婆若非可著者汝善男子亦勿貪著聲聞辟支佛道須菩提如是新發意菩薩應漸教令人深般若波羅蜜中世尊諸菩薩發阿耨多羅三藐三菩提心欲得阿耨多羅三藐三菩提所爲甚難如是如是須菩提如諸菩薩發阿耨多羅三藐三菩提心欲得阿耨多羅三藐三菩提所爲甚難是人爲安隱世間故發心爲安樂世間故發心我當得阿耨多羅三藐三菩提爲世間作救爲世間作歸爲世間作舍爲世間作究竟道爲世間作洲爲世間作導師爲世間作趣須菩提云

何菩薩得阿耨多羅三藐三菩提時爲世間作救菩薩爲斷生死中諸苦惱故説法須菩提是名菩薩得阿耨多羅三藐三菩提時爲世間作救云何菩薩得阿耨多羅三藐三菩提時爲世間作歸衆生法老病死法憂悲苦惱法是菩薩能度衆生於此生法老病死法憂悲苦惱法須菩提是名菩薩得阿耨多羅三藐三菩提時爲世間作歸云何菩薩得阿耨多羅三藐三菩提時爲世間作舍須菩提菩薩得阿耨多羅三藐三菩提時爲不著故説法世尊云何名不著須菩提若色不縛不解不生不滅是名色不著若受想行識不縛不解不生不滅是名識不著如是須菩提一切法不縛不解故不著菩薩得阿耨多羅三藐三菩提時能爲衆生説如是法是名菩薩

爲世間作舍云何菩薩得阿耨多羅三藐三菩提時爲世間作究竟道須菩提色究竟不名色受想行識究竟不名識如究竟相一切法亦如是世尊若色究竟相一切法亦爾者菩薩皆應得阿耨多羅三藐三菩提何以故是中無有分別故如是如是須菩提是中無有分別諸菩薩如是觀如是知其心不没作是念我得阿耨多羅三藐三菩提時應爲衆生説如是法須菩提是名菩薩得阿耨多羅三藐三菩提時爲世間作究竟道云何菩薩得阿耨多羅三藐三菩提時爲世間作洲譬如水中陸地斷流之處名之爲洲如是須菩提色前際後際斷受想行識前際後際斷以前際後際斷故一切法都斷若一切法都斷是名寂滅微妙如實不顛倒涅槃須菩提是

名菩薩得阿耨多羅三藐三菩提時爲世間作洲云何菩薩得阿耨多羅三藐三菩提時爲世間作導師須菩提菩薩得阿耨多羅三藐三菩提時不爲色生滅故說法但爲實相故說法不爲受想行識生滅故說法但爲實相故說法不爲須陁洹果斯陁含果阿那含果阿羅漢果辟支佛道薩婆若生滅故說法但爲實相故說法須菩提是名菩薩得阿耨多羅三藐三菩提時爲世間作導師云何菩薩得阿耨多羅三藐三菩提時爲世間作趣須菩提菩薩得阿耨多羅三藐三菩提時爲衆生說色趣空說受想行識趣空一切法皆趣空不來不去何以故色空不來不去受想行識空不來不去乃至一切法空不來不去故一切法趣空不過是趣一切法趣無相趣無作趣無起趣無生趣無所有趣夢趣無量趣無邊趣無我趣寂滅趣涅槃趣不還趣不趣一切法不過是趣世尊如是法者誰能信解須菩提若菩薩於先佛所久修道行成就善根乃能信解世尊能信解者有何等相須菩提離滅欲恚癡性是信解相如是人能知深般若波羅蜜世尊是菩薩能信解深般若波羅蜜亦如是趣得是趣相能爲無量衆生作趣如是如是須菩提是菩薩如是趣能爲無量衆生作趣須菩提是名菩薩得阿耨多羅三藐三菩提時能爲無量衆生作趣世尊是菩薩所爲甚難能作如是大莊嚴爲滅度無量無邊衆生而衆生不可得如是如是須菩提菩薩所爲甚難爲滅度無量無邊衆生故發大莊嚴而衆生不可得須菩提是爲菩

薩大莊嚴不爲色不爲受想行識不爲聲聞辟支佛地不爲薩婆若故發大莊嚴不爲莊嚴一切法故是菩薩發大莊嚴世尊菩薩能如是行深般若波羅蜜則不墮二地若聲聞地辟支佛地須菩提汝見何義說如是事若菩薩如是行深般若波羅蜜則不墮二地若聲聞辟支佛地世尊是般若波羅蜜甚深此中無修法無所修無修者何以故世尊是深般若波羅蜜中無決定法修虛空是修般若波羅蜜世尊不修一切法是修般若波羅蜜修無邊是修般若波羅蜜修無著是修般若波羅蜜須菩提應以深般若波羅蜜試阿惟越致菩薩若不貪著般若波羅蜜不隨他言論有所希望若聞說深般若波羅蜜時不驚不怖不沒不退其心喜樂當知是阿惟越致菩薩先世已曾聞深般若波羅蜜何以故聞說深般若波羅蜜時不驚不怖不沒不退當知是阿惟越致菩薩世尊若菩薩聞說深般若波羅蜜不驚不怖不沒不退應云何觀須菩提是菩薩應隨薩婆若心觀般若波羅蜜世尊云何名爲隨薩婆若心觀須菩提隨虛空觀名爲隨薩婆若心觀般若波羅蜜須菩提隨薩婆若心觀即非觀何以故無量是薩婆若無量即無色無受想行識無智無慧無道無得無果無生無滅無作無作者無方無趣無住無量即墮無量數須菩提如虛空無量薩婆若亦無量無法可得亦無得者不可以色得不可以受想行識得不可以檀波羅蜜得不可以尸波羅蜜得羼提波羅蜜毗黎耶波羅蜜禪那波羅蜜般若波羅蜜得何以

故色即是薩婆若受想行識即是薩婆若檀波羅蜜即是薩婆若尸羅波羅蜜羼提波羅蜜毗棃耶波羅蜜禪波羅蜜般若波羅蜜即是薩婆若爾時欲色界諸天子白佛言世尊般若波羅蜜甚深難解難知佛言如是如是諸天子般若波羅蜜甚深難解難知以是義故我欲嘿然而不說法作是念我所得法是法中無有得者無法可得無所用法可得諸法相如是甚深如虛空甚深故是法甚深我甚深故一切法甚深不來不去甚深故一切法甚深欲色界諸天子白佛言希有世尊是所說法一切世間難可得信世間行貪著是法爲無貪著故說爾時須菩提白佛言世尊是法隨順一切法何以故世尊是法無障礙處無障礙相如虛空世尊是法無生一切法

不可得故世尊是法無處一切處不可得故爾時欲色界諸天子白佛言世尊是長老須菩提隨如來生有所說法皆爲空故須菩提語欲色界諸天子言汝等所說長老須菩提隨如來生隨何法生故名隨如來生諸天子隨如如行故須菩提隨如來生如如來如不來不去須菩提如從本已來亦不來不去是故須菩提隨如來生又如來如即是一切法如一切法如即是如來如如來如者即非如是故須菩提隨如來生如如來如一切處一切處常不壞不別須菩提如亦如是於一切處不壞不別是故須菩提隨如來生如如來如非住非不住須菩提如亦如是是故須菩提隨如來生如來如無障礙處一切法如亦無障礙處是故須菩提隨如來生又如來如

一切法如皆是一如無二無別是如無作無非如者若是如無非如者是故是如無二無別是故須菩提隨如來生又如來如一切處不壞不別一切法如亦不壞不別如是如來如不可分別故無壞無別是故須菩提隨如來生如如來如不離諸法如是如不異諸法如是如無非如時常是如須菩提如不異是如故如實隨如行亦無所行是故須菩提隨如來生如如來如非過去非未來非現在一切法如亦如是非過去非未來非現在是故須菩提隨如行生故名爲隨如來生又如來即是如來如如來如即是過去如過去如即是如來如如來如即是未來如未來如即是如來如如來如即是現在如現在如即是如來如如來如即是過去未來現在如過去未來現在如即是如來如過去未來現在如如來如無二無別一切法如須菩提如亦無二無別是故須菩提隨如來生菩薩如即是得阿耨多羅三藐三菩提時如菩薩以是如得阿耨多羅三藐三菩提名爲如來佛說是時地六種震動以是如故須菩提隨如來生又須菩提不隨色生不隨受想行識生不隨須陀洹果生不隨斯陀含果生不隨阿那含果生不隨阿羅漢果生不隨辟支佛道生是故須菩提隨如來生爾時舍利弗白佛言世尊是如甚深佛言如是如是舍利弗是如甚深今說是如三千比丘不受諸法故漏盡心得解脫舍利弗五百比丘尼於諸法中遠塵離垢得法眼淨五千天人得無生法忍六千菩薩不受諸法漏盡心得解脫舍利弗是六千

菩薩已曾供養親近五百諸佛於諸佛所布施持戒忍辱精進禪定不爲般若波羅蜜方便所護故今不受諸法漏盡心得解脫舍利弗菩薩雖行空無相無作道不爲般若波羅蜜方便所護故證於實際作聲聞乘舍利弗譬如有鳥身長百由旬二三四五百由旬翅未成就欲從忉利天上來至閻浮提便自投下舍利弗於意云何是鳥中道作是念我欲還忉利天上寧得還不不也世尊舍利弗是鳥復作是願至閻浮提身不傷損得如願不不也世尊是鳥至閻浮提身必傷損若死若近死苦何以故世尊法應爾其身既大翅未成就故舍利弗菩薩亦如是雖於恒河沙劫布施持戒忍辱精進禪定發大心大願受無量事欲得阿耨多羅三藐三菩提而不爲般若波羅蜜方便所護故則隨聲聞辟支佛地舍利弗菩薩雖念於過去未來現在諸佛所行戒品定品慧品解脫品解脫知見品而心取相是菩薩取相念故不知諸佛戒品定品慧品解脫品解脫知見品不知不見故聞諸法空名字取是音聲相迴向阿耨多羅三藐三菩提當知是菩薩隨於聲聞辟支佛地何以故舍利弗菩薩離般若波羅蜜故法應當爾世尊如我解佛所說義若菩薩離般若波羅蜜則於阿耨多羅三藐三菩提狐疑未了是故菩薩摩訶薩欲得阿耨多羅三藐三菩提當善行般若波羅蜜方便爾時欲色界諸天子白佛言世尊般若波羅蜜甚深阿耨多羅三藐三菩提難得佛言如是如是諸天子般若波羅蜜甚深阿耨多羅三藐三菩提難

得須菩提白佛言世尊如佛所說般若波羅蜜甚深阿耨多羅三藐三菩提難得如我解佛所說義阿耨多羅三藐三菩提易得何以故無法可得諸法空中無有得阿耨多羅三藐三菩提者無法可得無所用法可得一切法皆空故諸所說法爲有所斷是法亦空世尊阿耨多羅三藐三菩提法得者所用法得知者所用法如是法皆空世尊以是因緣故阿耨多羅三藐三菩提則爲易得諸可得者皆同虛空故爾時舍利弗語須菩提若阿耨多羅三藐三菩提易得者恒河沙等諸菩薩不應退轉以是因緣故當知阿耨多羅三藐三菩提難得舍利弗於意云何色於阿耨多羅三藐三菩提退轉不不也須菩提舍利弗受想行識於阿耨多羅三藐三菩提退轉不不也須菩提舍利弗離色有法可得於阿耨多羅三藐三菩提退轉不不也須菩提舍利弗離受想行識有法可得於阿耨多羅三藐三菩提退轉不不也須菩提舍利弗色如於阿耨多羅三藐三菩提退轉不不也須菩提舍利弗受想行識如於阿耨多羅三藐三菩提退轉不不也須菩提舍利弗離色如有法可得於阿耨多羅三藐三菩提退轉不不也須菩提舍利弗離受想行識如有法可得於阿耨多羅三藐三菩提退轉不不也須菩提舍利弗離諸法如有法可得於阿耨多羅三藐三菩提退轉不不也須菩提舍利弗如是實求不可得爲何等法於阿耨多羅三藐三菩提退轉者舍利弗言如須菩提所說義則爲無有菩薩退轉若爾者佛說三乘人則無

差別爾時富樓那彌多羅尼子語舍利弗應問須菩提汝欲令有一菩薩乘不舍利弗即問須菩提欲令有一菩薩乘耶須菩提言如中可有三乘人不若聲聞辟支佛佛乘須菩提如中無有三相差別舍利弗如有一相不不也須菩提舍利弗如中乃至見有一乘人不不也須菩提舍利弗如是實求是法不可得汝云何作是念是聲聞乘是辟支佛乘是佛乘者如是三乘人如中無差別若菩薩聞是事不驚不怖不没不退當知是菩薩則能成就菩提爾時佛讚須菩提言善哉善哉須菩提汝所樂說皆是佛力所謂如中求三乘人無有差別若菩薩聞是事不驚不怖不没不退當知是菩薩能成就菩提爾時舍利弗白佛言世尊是菩薩成就何等菩提舍利弗是菩薩成就無上菩提舍利弗白佛言世尊若菩薩欲成就阿耨多羅三藐三菩提應云何行佛言於一切衆生應行等心慈心不異心謙下心安隱心不瞋心不惱心不戲弄心父母心兄弟心與共語言舍利弗若菩薩欲成就阿耨多羅三藐三菩提應如是學應如是行

小品般若波羅蜜經卷第五

音釋

蚊虻（蚊音文虻音盲並齧人飛蟲也）犢（音讀牛子也）輕躁（躁臧到切輕躁不安靜也）氎毳（氎音諜細毛布也毳充芮切獸細毛也）坏瓶（坏鋪杯切坏瓶未燒瓦瓶也）牚（宅庚切與棖同）賈客（賈音古坐販曰賈）腋（音亦左右肘脅之間曰腋）

小品般若波羅蜜經卷第六

姚秦三藏法師鳩摩羅什譯

阿惟越致相品第十六

爾時須菩提白佛言世尊何等是阿惟越致菩薩相貌我當云何知是阿惟越致菩薩佛告須菩提所有凡夫地聲聞地辟支佛地如來地是諸地於如中不壞不二不別菩薩以是如入諸法實相亦不分別是如此是如相隨是如入諸法實相出是如已更聞餘法不疑不悔不言是非見一切法皆入於如是菩薩凡有所說終不說無益事言必有益不觀他人長短須菩提以是相貌當知是阿惟越致菩薩復次須菩提阿惟越致菩薩不觀外道沙門婆羅門言說實知實見又阿惟越致菩薩不禮事餘天不用華香供養須菩提以是相貌當知是阿惟越致菩薩復次須菩提阿惟越致菩薩終不墮三惡道不受女人身須菩提以是相貌當知是阿惟越致菩薩復次須菩提阿惟越致菩薩自不殺生亦不教他殺生自不偷奪不邪婬不妄語不兩舌不惡口不無益語不貪嫉不瞋惱自不邪見亦不教他令行邪見是十善道身常自行亦教他行是菩薩乃至夢中不行十不善道乃至夢中亦常行十善道須菩提以是相貌當知是阿惟越致菩薩復次須菩提又阿惟越致菩薩所可讀誦經典作如是念我欲令衆生得安樂故當爲演說以是法施使如法滿願以是法施與一切衆生共之須菩提以是相貌當知是阿惟越致菩薩復次須菩提阿惟越致菩薩聞深法時心無疑悔節言輭語少

於眠卧若來若去心常不亂行不卒疾常一其心安庠徐步視地而行須菩提以是相貌當知是阿惟越致菩薩復次須菩提阿惟越致菩薩衣服卧具無有垢穢常樂清淨威儀具足身常安隱少於疾病須菩提凡夫身中八萬戶虫是阿惟越致菩薩身中無有如是諸虫何以故須菩提是菩薩善根超出世間隨善根增長故得心清淨身清淨須菩提白佛言世尊何等爲菩薩心清淨須菩提隨菩薩善根增長諂曲欺誑漸漸自滅以是滅故心清淨以心清淨故能過聲聞辟支佛地是名菩薩心清淨須菩提以是相貌當知是阿惟越致菩薩復次須菩提阿惟越致菩薩不貪利養少於慳嫉聞深法時其心不沒智慧深故一心聽受所可聞法皆與般若波羅蜜相應是菩薩因般若波羅蜜世間諸事皆同實相不見資生之事不與般若波羅蜜相應者須菩提以是相貌當知是阿惟越致菩薩復次須菩提若惡魔至菩薩所化作八大地獄一一地獄化作若干百千萬菩薩作是言是諸菩薩佛皆與授阿惟越致記而今墮此大地獄中汝若受阿惟越致記者即受地獄記汝今若能悔是心者不墮地獄當生天上是菩薩若聞是語心不動恚而作是念阿惟越致菩薩若墮惡道無有是處須菩提以是相貌當知是阿惟越致菩薩復次須菩提若惡魔化作沙門至菩薩所作是言汝先所聞經所讀誦者宜應悔捨汝若捨離不復聽受我當常至汝所汝所聞者非佛所說皆是文飾莊校之辭我所說經真是佛語若聞是事

心有動恚當知是菩薩未從諸佛受記非是必定菩薩未住阿惟越致性中須菩提是菩薩若聞是語心不動恚但依諸法實相無生無作無起不隨他語如漏盡阿羅漢現前證諸法實相不生不作不起法故不爲惡魔所制須菩提菩薩亦如是求聲聞辟支佛者所不能破不復退轉必至薩婆若住阿惟越致性中不隨他語須菩提以是相貌當知是阿惟越致菩薩復次須菩提若惡魔至菩薩所作是言汝所行者是生死行非薩婆若行汝今可於此身盡苦取涅槃若能如是則不復受生死諸苦今世生尚不生何況欲受後身是菩薩若聞是事心不動恚惡魔復作是言汝今欲見諸菩薩供養如恒河沙等諸佛衣服飲食卧具醫藥皆於恒河沙等諸佛所修行梵行親近諮請爲菩薩乘故多所問難菩薩云何應住云何應行是諸菩薩於諸佛所隨所聞事皆能修行如是教如是學如是行猶尚不能得阿耨多羅三藐三菩提不住薩婆若何況汝當得阿耨多羅三藐三菩提是菩薩若聞是事心不動恚惡魔即時復化作諸比丘作是言是諸比丘皆漏盡阿羅漢先皆發心欲求佛道而今皆住阿羅漢地何況於汝當得阿耨多羅三藐三菩提是菩薩若作是念我從他聞爲無所失若心不轉不生異念知是魔事若菩薩如是行諸波羅蜜如是學諸波羅蜜不得薩婆若無有是處須菩提若菩薩如諸佛所說隨所聞學隨所聞行不離是道不離薩婆若念不得薩婆若無有是處須菩提以是相貌當知是阿惟越致菩

薩復次須菩提阿惟越致菩薩若惡魔來作是言薩婆若同於虛空是法空無所有無人用是法得道者何以故若得道者得道法所用法皆同虛空知者知法所用法皆同虛空無所有汝唐受苦惱若言得阿耨多羅三藐三菩提即是魔事非佛所說菩薩於此應如是念若呵我令離薩婆若者是爲魔事於是事中應生堅固心不動心不轉心須菩提以是相貌當知是阿惟越致菩薩復次須菩提阿惟越致菩薩若欲入初禪第二第三第四禪心轉調習如意能入是菩薩雖入諸禪還取欲界法不隨禪生須菩提以是相貌當知是阿惟越致菩薩復次須菩提阿惟越致菩薩心不貪好名聞稱讚於諸衆生心無恚礙常生安隱利益之心進止來去心不散亂常一其心不失威儀須菩提是菩薩若在居家不染著諸欲所受諸欲心生猒離常懷怖畏譬如險道多諸賊難雖有所食猒離怖畏心不自安但念何時過此險道阿惟越致菩薩雖在居家所受諸欲皆見過惡心不貪惜不以邪命非法自活寧失身命不侵於人何以故菩薩在家應安樂衆生雖復在家而能成就如是功德何以故得般若波羅蜜力故須菩提以是相貌當知是阿惟越致菩薩復次須菩提阿惟越致菩薩執金剛神常隨侍衛不令非人近之是菩薩心無狂亂諸根具足無所缺減修賢善行無不善相不以呪術藥草引接女人身不自爲亦不教他是菩薩常修淨命不占吉凶亦不相人生男生女如是等事皆不爲之須菩提以是相貌當知是阿

惟越致菩薩復次須菩提阿惟越致菩薩復
有相貌今當說之須菩提阿惟越致菩薩不
樂說世間雜事官事戰鬬事寇賊事城邑聚
落事象馬車乘衣服飲食卧具事不樂說華
香女人婬女事不樂說神龜事不樂說大海
事不樂說惱他事不樂說種種事但樂說般
若波羅蜜常不離應薩婆若心不樂鬬訟常
樂於法不樂非法樂善知識不樂怨惡樂和
諍訟不樂譏謗樂佛法中而得出家常樂欲
生他方清淨佛國隨意自在其所生處常得
供養諸佛須菩提阿惟越致菩薩多於欲界
色界命終來生中國善於技藝明解經書呪
術占相悉能了知少生邊地若生邊地必在
大國有如是功德相貌當知是阿惟越致菩
薩復次須菩提阿惟越致菩薩不作是念我
是阿惟越致非阿惟越致不生是疑須菩提
自證阿惟越致地者終不復疑譬如須陁洹
所證法中心無所疑種種魔事皆能覺之覺
已不隨菩薩亦如是於阿惟越致地中心無
所疑種種魔事皆能覺之覺已不隨須菩提
譬如人有逆罪心常悔懼至死不捨不能遠
離如是罪心常隨是心乃至命終須菩提阿
惟越致菩薩亦復如是阿惟越致菩薩心常
安住阿惟越致地中不可動轉一切世間天
人阿脩羅所不能壞種種魔事皆能覺之覺
已不隨所證法中其心決定無所疑惑乃至
轉身不生聲聞辟支佛心亦復不疑轉身我
不得阿耨多羅三藐三菩提自證所得法中
不隨他人自住證地無能破壞何以故成就
不可壞智慧故安住阿惟越致性須菩提若

惡魔化作佛身至阿惟越致菩薩所作是言善男子汝於此身可取阿羅漢證何用阿耨多羅三藐三菩提爲何以故菩薩成就得阿耨多羅三藐三菩提相貌汝無是相須菩提菩薩聞是語心不動異即作是念此是惡魔若魔所使非佛所說若佛所說不應有異若菩薩能如是念是魔變身作佛欲令我遠離般若波羅蜜若魔還復隱沒當知是菩薩已於先佛得受阿耨多羅三藐三菩提記安住阿惟越致地中何以故是人有阿惟越致相貌須菩提以是相貌當知是阿惟越致菩薩復次須菩提阿惟越致菩薩爲護法故不惜身命爲正法故勤行精進作是念我不但護過去現在諸佛正法亦復當護未來世中諸佛正法我亦當在未來數中而得受記我則自守護正法是菩薩見是利故守護正法乃至不惜身命其心不沒不悔須菩提以是相貌當知是阿惟越致菩薩復次須菩提阿惟越致菩薩若從如來聞說法時心無所疑須菩提白佛言世尊是菩薩但聞如來說法時心無所疑聞聲聞人說法時亦無所疑耶須菩提是菩薩從聲聞人聞法時亦無所疑何以故是菩薩於諸法中得無生忍故須菩提菩薩成就如是功德相貌當知是阿惟越致菩薩

深功德品第十七

爾時須菩提白佛言希有世尊是阿毗跋致菩薩成就大功德世尊能說阿毗跋致菩薩恒河沙等相貌說是相貌則是說深般若波羅蜜相佛言善哉善哉須菩提汝能示諸菩

薩甚深之相須菩提甚深相者即是空義即是無相無作無起無生無滅無所有無染寂滅遠離涅槃義世尊但是空義乃至涅槃義非一切法義耶須菩提一切法亦是甚深義何以故須菩提色甚深受想行識甚深云何色甚深如如甚深云何受想行識甚深如如甚深須菩提無色是色甚深無受想行識是識甚深須菩提言希有世尊以微妙方便障色示涅槃障受想行識示涅槃佛告須菩提菩薩若能於是深般若波羅蜜思惟觀察如般若波羅蜜教我應如是學如般若波羅蜜說我應如是行是菩薩如是思惟修習乃至一日所作功德無有限量須菩提譬如多欲之人欲覺亦多與他端正女人共期此女監礙失期不至須菩提於意云何是多欲人欲覺爲與何法相應世尊是多欲人但起欲覺相應念憶想此女當至不久我當與之坐卧戲笑須菩提於意云何是人一日一夜起幾欲念世尊是人一日一夜起念甚多須菩提若菩薩如深般若波羅蜜教思惟學習則離退轉過惡捨若干劫數生死之難是菩薩一日之中應深般若波羅蜜所作功德勝於菩薩遠離深般若波羅蜜於恒河沙劫布施功德復次須菩提若菩薩離般若波羅蜜於恒河沙劫供養須陀洹斯陀含阿那含阿羅漢辟支佛諸佛於意云何其福多不須菩提言甚多世尊無量無邊不可稱數佛言不如菩薩於深般若波羅蜜如說修行乃至一日其福甚多何以故菩薩行般若波羅蜜能過聲聞辟支佛地入菩薩位得阿耨多羅三藐三

菩提復次須菩提若菩薩於恒河沙劫離般若波羅蜜布施持戒忍辱精進禪定智慧於意云何其福多不須菩提言甚多世尊佛言不如菩薩於深般若波羅蜜如說修行乃至一日布施持戒忍辱精進禪定智慧其福甚多復次須菩提若菩薩於恒河沙劫離般若波羅蜜法施衆生於意云何其福多不須菩提言甚多世尊佛言不如菩薩於深般若波羅蜜如說修行乃至一日法施衆生其福甚多何以故若菩薩不離般若波羅蜜即是不離薩婆若復次須菩提若菩薩於恒河沙劫離般若波羅蜜修行三十七品於意云何其福多不須菩提言甚多世尊佛言不如菩薩如般若波羅蜜教住乃至一日修行三十七品其福甚多何以故若菩薩不離般若波羅蜜退失薩婆若無有是處復次須菩提若菩薩於恒河沙劫離般若波羅蜜以是財施法施禪定功德迴向阿耨多羅三藐三菩提於意云何其福多不須菩提言甚多世尊佛言不如菩薩於深般若波羅蜜如說修行乃至一日財施法施禪定功德迴向阿耨多羅三藐三菩提其福甚多何以故是第一迴向所謂不離深般若波羅蜜須菩提白佛言世尊如佛所說一切作起法皆是憶想分別云何說菩薩得福甚多須菩提菩薩行深般若波羅蜜時亦能觀察是作起功德空無所有虛誑不實無堅牢相若菩薩隨所能觀則不離深般若波羅蜜隨不離深般若波羅蜜即得無量阿僧祇福德世尊無量阿僧祇有何差別須菩提阿僧祇者不可數盡無量者過諸

量數世尊頗有因緣色亦無量受想行識亦無量佛言有須菩提色亦無量受想行識亦無量世尊無量者是何義須菩提無量者即是空義即是無相無作義世尊無量但是空義非餘義耶須菩提於意云何我不說一切法空耶世尊說耳須菩提若空即是無盡若空即是無量是故此法義中無有差別須菩提如來所說無盡無量空無相無作無起無生無滅無所有無染涅槃但以名字方便故說須菩提言希有世尊諸法實相不可得說而今說之世尊如我解佛所說義一切法皆不可說如是如是須菩提一切法皆不可說須菩提一切法空相不可得說世尊是不可說義無增無減若尒者檀波羅蜜亦應無增無減尸羅波羅蜜羼提波羅蜜毗棃耶波羅蜜禪波羅蜜亦應無增無減若是諸波羅蜜無增無減菩薩云何以是無增無減波羅蜜得阿耨多羅三藐三菩提近阿耨多羅三藐三菩提世尊若菩薩增減諸波羅蜜則不能近阿耨多羅三藐三菩提如是如是須菩提不可說義無增無減善知方便菩薩行般若波羅蜜修般若波羅蜜時不作是念檀波羅蜜若增若減作是念是檀波羅蜜但有名字是菩薩布施時是念是心及諸善根皆如阿耨多羅三藐三菩提相迴向須菩提善知方便菩薩行般若波羅蜜修般若波羅蜜時不作是念尸羅波羅蜜若增若減羼提波羅蜜毗棃耶波羅蜜禪波羅蜜若增若減須菩提善知方便菩薩行般若波羅蜜修般若波羅蜜時不作是念般若波羅蜜若增若減作是

念般若波羅蜜但有名字修智慧時是念是心及諸善根皆如阿耨多羅三藐三菩提相迴向須菩提白佛言世尊何等是阿耨多羅三藐三菩提須菩提阿耨多羅三藐三菩提者即是如如無增減若菩薩常行應如是念即近阿耨多羅三藐三菩提如是須菩提不可說義雖無增減而不退諸念不退諸波羅蜜菩薩以是行則近阿耨多羅三藐三菩提而亦不退菩薩之行作是念者得近阿耨多羅三藐三菩提世尊菩薩前心近阿耨多羅三藐三菩提後心近阿耨多羅三藐三菩提世尊前心後心各各不俱後心前心亦各不俱世尊若前心後心不俱者菩薩諸善根云何得增長須菩提於意云何如然燈時爲初炎燒炷爲後炎燒炷世尊非初炎燒亦不離初炎非後炎燒亦不離後炎須菩提於意云何是炷然不世尊是炷實然須菩提菩薩亦如是非初心得阿耨多羅三藐三菩提亦不離初心非後心得阿耨多羅三藐三菩提亦不離後心得世尊是因緣法甚深菩薩非初心得阿耨多羅三藐三菩提亦不離初心得非後心得阿耨多羅三藐三菩提亦不離後心而得阿耨多羅三藐三菩提須菩提於意云何若心已滅是心更生不不也世尊須菩提於意云何若心生是滅相不世尊是滅相須菩提於意云何是滅相法當滅不不也世尊須菩提於意云何亦如是住如如住世尊亦如是住如如住須菩提若如是住如如住者即是常耶不也世尊須菩提於意云何是如甚深不世尊是如甚深須菩提於意云何

是如即是心不不也世尊須菩提離如是心不不也世尊須菩提汝見如不不也世尊須菩提於意云何若人如是行者是甚深行不世尊若人如是行者是爲無處所行何以故是人不行一切諸行須菩提若菩薩行般若波羅蜜於何處行世尊於第一義中行須菩提於意云何若菩薩於第一義中行是人相行不不也世尊須菩提於意云何是菩薩壞諸相不不也世尊須菩提於意云何菩薩云何爲壞諸相世尊是菩薩不如是學我行菩薩道於是身斷諸相若斷是諸相未具足佛道當作聲聞世尊是菩薩大方便力知是諸相過而不取無相爾時舍利弗語須菩提若菩薩夢中修三解脱門空無相無作增益般若波羅蜜不若晝日增益夢中亦應增益何以故佛說晝夜夢中等無異故舍利弗若菩薩修般若波羅蜜即有般若波羅蜜是故夢中亦應增益般若波羅蜜舍利弗若人夢中起業是業有果報不佛說一切法如夢不應有果報若覺分別應有果報舍利弗若人夢中殺生覺已分別我殺是快是業云何須菩提無緣則無業無緣思不生如是舍利弗無緣則無業無緣思不生有緣則有業有緣則思生若心行於見聞覺知法中有心受垢有心受清淨是故舍利弗有因緣起業非無因緣有因緣思生非無因緣舍利弗問須菩提言若菩薩夢中布施迴向阿耨多羅三藐三菩提是布施名爲迴向不舍利弗彌勒菩薩今現在座佛授阿耨多羅三藐三菩提記可以問之彌勒當荅舍利弗即問彌勒菩薩須

菩提言是事彌勒當答彌勒菩薩語舍利弗所言彌勒當答者舍利弗今以彌勒名字答耶若以色答耶受想行識答耶若以色空答耶受想行識空答耶是色空不能答受想行識空不能答舍利弗我都不見是法能有所答亦不見答者及所答人所用答法所可答法我亦不見是法得受阿耨多羅三藐三菩提記舍利弗語彌勒當薩如所說法證此法不彌勒言我不隨所說法證得舍利弗作是念彌勒菩薩智慧甚深長夜行般若波羅蜜故爾時佛知舍利弗心所念語舍利弗言於意云何汝見是法以是法得阿羅漢不不也世尊舍利弗菩薩亦如是行般若波羅蜜有方便故不作是念是法受阿耨多羅三藐三菩提記已受記今受記當受記若菩薩如是行即是行般若波羅蜜不畏不得阿耨多羅三藐三菩提我勤行精進必當得阿耨多羅三藐三菩提舍利弗菩薩應常不驚不怖若在惡獸之中不應驚怖何以故菩薩應作是念我今若爲惡獸所噉我當施與願以具足檀波羅蜜當近阿耨多羅三藐三菩提我當如是勤行精進得阿耨多羅三藐三菩提時世界之中無一切畜生道若菩薩在怨賊中不應驚怖何以故菩薩法不應惜身命作是念若有奪我命者是中不應生瞋恚願以具足羼提波羅蜜當近阿耨多羅三藐三菩提我應如是勤行精進得阿耨多羅三藐三菩提時世界之中無有怨賊及諸寇惡若菩薩在無水處不應驚怖作是念我應爲一切衆生說法除渴若我渴乏命終應作是念是衆

生無福德故在此無水之處我應如是勤行精進得阿耨多羅三藐三菩提時世界之中無水之處亦令衆生勤行精進修諸福德世界之中自然而有八功德水復次舍利弗若菩薩在飢饉之中不應驚怖作是念我應如是勤行精進得阿耨多羅三藐三菩提時世界之中無有如是飢饉之患具足快樂隨意所須應念即至如忉利天上所念皆得若菩薩如是不驚不怖當知是菩薩能得阿耨多羅三藐三菩提復次舍利弗若菩薩在疾疫處不應驚怖何以故是中無法可病故我應如是勤行精進得阿耨多羅三藐三菩提時世界之中一切衆生無有三病我當勤行精進隨諸佛所行復次舍利弗菩薩若念阿耨多羅三藐三菩提久乃可得不應驚怖何以故世界前際已來如一念頃不應生久遠想不應念前際是久遠前際雖爲久遠而與一念相應如是舍利弗若菩薩久乃得阿耨多羅三藐三菩提不應驚怖退沒

小品般若波羅蜜經卷第六

小品般若波羅蜜經卷第七

姚秦三藏法師鳩摩羅什譯

恒伽提婆品第十八

爾時會中有一女人字恒伽提婆從座而起偏袒右肩右膝著地合掌向佛白佛言世尊我於是事不驚不怖我於來世亦爲衆生演說斯要即持金華散佛當佛頂上虚空中住時佛微笑阿難從座起偏袒右肩右膝著地合掌向佛白佛言世尊何因何緣而發微笑諸佛常法不以無因緣而笑佛告阿難是恒伽提婆女人當於來世星宿劫中而得成佛號曰金華今轉女身得爲男子生阿閦佛土於彼佛所常修梵行命終之後從一佛土至一佛土常修梵行乃至得阿耨多羅三藐三菩提不離諸佛譬如轉輪聖王從一觀至一觀從生至終足不蹈地阿難此女亦如是從一佛土至一佛土常修梵行乃至得阿耨多羅三藐三菩提常不離佛阿難作是念爾時菩薩衆會如諸佛會佛即知阿難心所念告阿難言如是如是當知爾時菩薩衆會如諸佛會阿難是金華佛聲聞入涅槃者無量無邊不可計數其世界中無諸惡獸怨賊之難亦無飢饉疾病之患阿難是金華佛得阿耨多羅三藐三菩提時無如是等怖畏之難阿難白佛言世尊是女人於何處初種阿耨多羅三藐三菩提善根阿難是女人於然燈佛所初種善根以是善根迴向阿耨多羅三藐三菩提亦持金華散然燈佛求阿耨多羅三藐三菩提阿難爾時我以五華散然燈佛求阿耨多羅三藐三菩提然燈佛知我善根成

就即授我阿耨多羅三藐三菩提記時此女人聞我受記即發願言我亦如是於未來世當得受記如今是人得受阿耨多羅三藐三菩提記阿難是女人於然燈佛所初種善根發阿耨多羅三藐三菩提心阿難白佛言世尊是人則爲久習阿耨多羅三藐三菩提行佛言如是阿難是人久習阿耨多羅三藐三菩提行爾時須菩提白佛言世尊若菩薩欲行般若波羅蜜云何應習空云何應入空三昧佛告須菩提菩薩行般若波羅蜜應觀色空應觀受想行識空應以不散心觀法無所見亦無所證須菩提言世尊如佛所說菩薩不應證空云何菩薩入空三昧而不證空須菩提若菩薩具足觀空本已生心但觀空而不證空我當學空今是學時非是證時不深攝心繫於緣中爾時菩薩不退助道法亦不盡漏何以故是菩薩有大智慧深善根故能作是念今是學時非是證時我爲得般若波羅蜜故須菩提譬如有人勇健多力難可傾動容儀端正人所愛敬善解兵法器仗精銳六十四能皆悉具足於餘技術無不練解爲人愛念凡有所作皆得成辦以是利故多所饒益衆咸宗敬倍復歡喜是人有小因緣扶侍父母携將妻子經過險道艱難之處安慰勸喻父母妻子令無恐怖作是言此路雖險多有怨賊必得安隱無他躓頓其人智力成就前無敵故能令父母妻子免此衆難得到城邑聚落村舍無所傷失心大歡喜於諸怨賊不生惡心何以故是人一切技術無不練解於險道中化作人衆多於怨賊又所執持

器仗精銳彼諸怨賊皆自退散是故此人此人敢能自必安隱無患如是須菩提菩薩緣一切衆生繫心慈三昧過諸結使及助結使法過諸魔及助魔者過聲聞辟支佛地住空三昧而不盡漏須菩提爾時菩薩行空解脱門而不證無相亦不墮有相譬如鳥飛虛空而不墮落行於虛空而不住空須菩提菩薩亦如是若行空學空行無相學無相行無作學無作未具足諸佛法而不墮空無相無作譬如工射之人善於射法仰射虛空箭箭相拄隨意久近能令不墮如是須菩提菩薩行般若波羅蜜方便所護故不證第一實際爲欲成就阿耨多羅三藐三菩提善根故成就阿耨多羅三藐三菩提時乃證第一實際是故須菩提菩薩行般若波羅蜜應如是思惟諸法實相而不取證須菩提白佛言世尊菩薩所爲甚難最爲希有能如是學亦不取證佛告須菩提是菩薩不捨一切衆生故發如是大願須菩提若菩薩生如是心我不應捨一切衆生應當度之即入空三昧解脱門無相無作三昧解脱門是時菩薩不中道證實際何以故是菩薩爲方便所護故復次須菩提菩薩若欲入如是深定所謂空三昧解脱門無相無作三昧解脱門是菩薩先應作是念衆生長夜著衆生相著有所得我得阿耨多羅三藐三菩提當斷是諸見而爲說法即入空三昧解脱門是菩薩以是心及先方便力故不中道證實際亦不失慈悲喜捨三昧何以故是菩薩成就方便力故倍復增長善法諸根通利亦得增益菩薩諸力諸覺復次

須菩提菩薩作是念衆生長夜行於我相我得阿耨多羅三藐三菩提當斷是相而爲說法即入無相三昧解脫門是菩薩以是心及先方便力故不中道證實際亦不失慈悲喜捨三昧何以故是菩薩成就方便力故倍復增長諸善法善根通利亦得增益菩薩諸力諸覺復次須菩提菩薩作是念衆生長夜行常想樂想淨想我想以是想有所作我得阿耨多羅三藐三菩提斷是常想樂想淨想我想而爲說法是法無常非是常是苦非樂不淨非淨無我非我以是心及先方便力故雖未得佛三昧未具足佛法未證阿耨多羅三藐三菩提而能入無作三昧解脫門不中道證實際復次須菩提菩薩作如是念衆生長夜行有所得今亦行有所得先行有相今亦行有相先行顛倒今亦行顛倒先行和合相今亦行和合相先行虛妄相今亦行虛妄相先行邪見今亦行邪見我當勤行精進得阿耨多羅三藐三菩提爲斷衆生如是諸相而爲說法除此諸過須菩提菩薩如是念一切衆生以是心及先方便力故觀深法相若空若無相無作無起無生無所有須菩提菩薩成就如是智慧若住三界若墮作起法者無有是處復次須菩提菩薩欲得阿耨多羅三藐三菩提應問餘菩薩於是諸法應云何學云何生心入空不證空入無相無作無起無生無所有不證無所有而能修習般若波羅蜜菩薩若如是答但應念空念無相無作無起無生無所有不教先心不說先心當知是菩薩於過去佛未得受阿耨多羅三藐三菩

提記未住阿毗跋致地何以故是菩薩不能說阿毗跋致菩薩不共相不能正示正荅當知是菩薩未到阿毗跋致地世尊云何知是阿毗跋致須菩提若菩薩若聞若不聞能如是正荅當知是爲阿毗跋致世尊以是因緣故衆生多行菩提少能如是正荅者須菩提少有菩薩能得阿毗跋致記者若得受記者則能如是正荅當知是菩薩善根明淨當知是菩薩一切世間天人阿修羅所不能及

阿毗跋致覺魔品第十九

佛告須菩提若菩薩摩訶薩乃至夢中不貪著三界及聲聞辟支佛地觀一切法如夢而不取證須菩提當知是阿毗跋致菩薩相復次須菩提若菩薩夢中見佛處在大衆高座上坐無數百千萬比丘及無數百千萬億大衆恭敬圍遶而爲說法須菩提當知是阿毗跋致菩薩相復次須菩提菩薩夢中自見其身在於虚空爲大衆說法見身大光覺已作是念我知三界如夢必當應得阿耨多羅三藐三菩提而爲衆生說如是法須菩提當知是阿毗跋致菩薩相復次須菩提云何當知菩薩得阿耨多羅三藐三菩提時其世界中一切皆無三惡道名須菩提若菩薩夢中見畜生作是願我當勤行精進得阿耨多羅三藐三菩提時其世界中一切皆無三惡道名須菩提當知是阿毗跋致菩薩相復次須菩提菩薩若見城郭火起即作是念如我夢中所見相貌菩薩成就如是相貌當知是阿毗跋致菩薩若我有是相貌作阿毗跋致者以此實語力故此城郭火今當滅盡若火滅盡

當知是菩薩已於先佛得受阿耨多羅三藐三菩提記若火不滅當知是菩薩未得受記若是火燒一家置一家燒一里置一里須菩提當知是衆生有破法重罪是破法餘殃今世現受須菩提以是因緣當知是阿毗跋致菩薩相復次須菩提今當更説阿毗跋致菩薩相貌須菩提若男若女爲鬼所著菩薩於此應作是念若我已於先佛得受阿耨多羅三藐三菩提記深心欲得阿耨多羅三藐三菩提若我所行清淨離聲聞辟支佛心必當應得阿耨多羅三藐三菩提非不應得於今現在十方無量阿僧祇佛是諸佛無所不知無所不見無所不得無所不證若諸佛知我深心者必當得阿耨多羅三藐三菩提以此實語力故今是男女爲非人所持者非人當疾去若是菩薩説是語時非人不去者當知是菩薩先佛未與授阿耨多羅三藐三菩提記須菩提若菩薩説是語時非人去者當知是菩薩已於先佛得受阿耨多羅三藐三菩提記復次須菩提有菩薩未得受記而作誓願若我已於先佛得受記者非人今當捨是人去惡魔即便來至其所令非人去何以故惡魔威力勝非人故非人即去菩薩於此便自念言是我力故非人遠去而不能知是惡魔之力以是事故輕懱惡賤諸餘菩薩我於先佛已得受記是諸人等於先佛所未受阿耨多羅三藐三菩提記以是因緣增長憍慢以憍慢因緣故遠離薩婆若佛無上智慧是菩薩以少因緣生於憍慢當知是爲無有方便必墮二地若聲聞地若辟支佛地如是須

菩提以是誓願因緣起於魔事菩薩於此若不親近善知識者爲魔所縛轉更牢固須菩提當知是爲菩薩魔事復次須菩提惡魔欲以名字因緣壞亂菩薩作種種形至菩薩所而作是言汝善男子諸佛已與汝授阿耨多羅三藐三菩提記汝今字是父母字是兄弟姊妹知識字是乃至七世父母皆說其名字汝生某國某城某聚落某家若是人性行柔和便說其先世性行柔和若其性急亦復說其先世性急若是人受阿練若法若乞食若著納衣若食後不飲漿若一坐食若節量食若住死屍間若坐空地若坐樹下若常坐不卧若隨敷坐若少欲知足遠離若不受塗脚油若樂少語少論是惡魔亦說其先世受阿練若法乃至樂少語少論汝今世有頭陀功德先世亦有頭陀功德是菩薩聞說如上名字及說頭陀功德以是因緣故憍慢心生即時惡魔復作是言汝於過去已受阿耨多羅三藐三菩提記何以故阿毗跋致功德相貌汝今有之須菩提我所說阿毗跋致菩薩眞實相貌是人無有須菩提當知是菩薩爲魔所著何以故阿毗跋致菩薩相貌是人無有但聞惡魔所說名字則便輕賤諸餘菩薩須菩提當知是菩薩因名字故起於魔事復次須菩提復有菩薩因名字故起於魔事所謂魔至其所作是言汝於先佛得受阿耨多羅三藐三菩提記汝作佛時名號如是是菩薩本所願名號同魔所說無智無方便故便作是念我得阿耨多羅三藐三菩提時所願名號是比丘所說同我本願便隨惡魔所著比

丘信受其語但以名字因緣故則便輕賤諸餘菩薩須菩提我所說眞實阿毗跋致菩薩相貌是人無有以輕慢因緣故遠離薩婆若佛無上智慧是菩薩若離方便及善知識遇惡知識當墮二地若聲聞地若辟支佛地須菩提若是菩薩即於此身悔先諸心遠離聲聞辟支佛地當久在生死乃復還因般若波羅蜜得阿耨多羅三藐三菩提何以故是諸心罪重故譬如比丘犯四重禁若一若二則非沙門非釋種子是菩薩以名字輕餘菩薩故其所獲罪重於四禁須菩提置是四禁如是之罪重於五逆所謂以名字故生憍慢心須菩提以是名字因緣起此微細魔事菩薩應當覺之覺已遠離復次須菩提惡魔見菩薩有遠離行便至其所作是言善男子遠離行者如來常所稱讚須菩提我不說菩薩遠離在於阿練若處空閑處山間樹下曠絕之處世尊若阿練若處空閑處山間樹下曠絕之處不名遠離者更有何等遠離須菩提若菩薩遠離聲聞辟支佛心如是遠離若近聚落亦名遠離若在阿練若處空閑處山間樹下曠絕之處亦名遠離須菩提如是遠離我所聽許若菩薩晝夜修行如是遠離若近聚落亦名遠離若在阿練若處空閑處山間樹下曠絕之處亦名遠離須菩提若惡魔所稱讚遠離阿練若處空閑處山間樹下曠絕之處是菩薩雖有如是遠離而不遠離聲聞辟支佛心不修般若波羅蜜不爲具足一切智慧是則名爲雜糅行者是菩薩行是遠離則不清淨輕餘菩薩近聚落住心清淨者遠離

聲聞辟支佛心者不離惡不善法得諸禪定解脫三昧諸神通力通達般若波羅蜜者是無方便菩薩雖在百由旬空曠之處但有鳥獸寇賊惡鬼所行處住若百千萬億歲若過是數而不能知真遠離相遠於真遠離不知深心發阿耨多羅三藐三菩提心如是菩薩亦名憒閙行者若貪著依止如是遠離是則不能令我心喜何以故我所聽許遠離行中不見是人是人無有如是遠離須菩提復有惡魔到菩薩所住虛空中作是言善哉善哉汝所行者是真遠離佛所稱讚以是遠離汝當疾得阿耨多羅三藐三菩提是菩薩從遠離所來至聚落見餘比丘求佛道者心性和柔便生輕慢汝是憒閙行者須菩提是菩薩以憒閙爲真遠離以真遠離爲憒閙如是說其過惡不生恭敬心應恭敬而反輕慢應輕慢而反恭敬作是念我見非人念我而來助我而來佛所聽許真遠離行我則行之汝近聚落誰當念汝誰當助汝作是念已輕餘菩薩清淨行者須菩提當知是人是菩薩旃陁羅當知是人汙餘菩薩臭穢不淨當知是人是似像菩薩當知是人一切世間天人之大賊沙門形賊須菩提求佛道者不應親近如是之人何以故如是人等名爲增上慢者須菩提若菩薩愛惜薩婆若愛惜阿耨多羅三藐三菩提深心欲得阿耨多羅三藐三菩提欲得利益一切衆生不應親近如是等人求佛道者常求已利常應猒離怖畏三界於此人中當生慈悲喜捨之心我當如是勤行精進得阿耨多羅三藐三菩提時無如是惡若

其起者當疾除滅須菩提如是行者是爲菩薩智慧之力

深心求菩提品第二十

佛告須菩提若菩薩欲得阿耨多羅三藐三菩提應當親近善知識須菩提白佛言世尊何等是菩薩善知識佛告須菩提諸佛世尊是菩薩善知識何以故能教菩薩令入般若波羅蜜故須菩提是名菩薩善知識復次須菩提六波羅蜜是菩薩善知識六波羅蜜是菩薩大師六波羅蜜是菩薩道六波羅蜜是菩薩光明六波羅蜜是菩薩炬須菩提過去諸佛皆從六波羅蜜生未來諸佛皆從六波羅蜜生現住十方無量阿僧祇世界諸佛皆從六波羅蜜生又三世諸佛薩婆若皆從六波羅蜜生何以故諸佛本行菩薩道時六波羅蜜以四攝法攝取衆生所謂布施愛語利益同事得阿耨多羅三藐三菩提須菩提是故當知六波羅蜜是大師是父是母是舍是歸是洲是救是究竟道六波羅蜜利益一切衆生是故須菩提菩薩欲自深智明了不隨他語不信他法若欲斷一切衆生疑應當學是般若波羅蜜世尊又何等相是般若波羅蜜須菩提無礙相是般若波羅蜜世尊頗有因緣如般若波羅蜜無礙相一切法亦無礙相耶有須菩提如般若波羅蜜無礙相一切法亦無礙相何以故須菩提一切法離相一切法空相是故須菩提當知般若波羅蜜亦離相空相一切法亦離相空相世尊若一切法離相空相云何衆生有垢有淨何以故離相法無垢無淨空相法無垢無淨離相法空

相法不能得阿耨多羅三藐三菩提離離相離空相更無有法能得阿耨多羅三藐三菩提我今云何當知是義須菩提我還問汝隨意答我須菩提於意云何衆生長夜著我我所不如是如是世尊衆生長夜著我我所須菩提於意云何我我所空不世尊我我所空須菩提於意云何衆生以我我所往來生死不如是如是世尊衆生以我我所故往來生死須菩提如是衆生名爲有垢隨衆生所受所著故是中實無有垢亦無受垢者須菩提若不受一切法則無我無我所是名爲淨是中實無有淨亦無有受淨者菩薩如是行名爲行般若波羅蜜世尊若菩薩如是行則不行色不行受想行識若菩薩如是行者一切世間天人阿脩羅不能降伏世尊菩薩如是行智勝一切聲聞辟支佛所行住無勝處故世尊無勝菩薩晝夜行是應般若波羅蜜念近於阿耨多羅三藐三菩提疾得阿耨多羅三藐三菩提佛告須菩提於意云何假令閻浮提所有衆生一時皆得人身發阿耨多羅三藐三菩提心發心已盡形壽布施以是布施迴向阿耨多羅三藐三菩提須菩提於意云何是人以是因緣得福多不須菩提言甚多世尊佛言若菩薩乃至一日行應般若波羅蜜念其福勝彼隨菩薩行應般若波羅蜜念能爲一切衆生而作福田何以故唯除諸佛其餘衆生無如是深慈心如菩薩摩訶薩諸菩薩因般若波羅蜜能生如是慧以是慧見一切衆生受諸苦惱如被刑戮菩薩即得大悲之心得大悲心已以天眼觀諸衆生見

無量衆生有無間罪墮於諸難即生憐愍之心不住是相亦不住餘相須菩提是名諸菩薩大智光明行是道者則爲一切衆生福田而不退轉阿耨多羅三藐三菩提所受供養衣服飲食卧具醫藥所須之物一心修習般若波羅蜜故能淨報施恩亦近薩婆若是故菩薩若欲不空食國中施若欲利益一切衆生若欲示一切衆生正道若欲解一切衆生牢獄繫縛若欲與一切衆生慧眼常應修行應般若波羅蜜念若行應般若波羅蜜念是菩薩有所言說亦與般若波羅蜜相應何以故是菩薩有所言說皆隨順般若波羅蜜念有所念亦隨順言說菩薩常應如是晝夜念般若波羅蜜須菩提譬如人得未曾有寶得已大喜而復還失以是因緣憂愁苦惱其心常念我今云何失此大寶須菩提菩薩亦如是大寶者是般若波羅蜜菩薩得是已常應以應薩婆若心念般若波羅蜜須菩提白佛言世尊若一切念從本已來性常離者云何說言不應離是應般若波羅蜜念須菩提若菩薩能如是知即不離般若波羅蜜何以故般若波羅蜜空是中無有退失世尊若般若波羅蜜空菩薩云何以般若波羅蜜而得增長云何亦得近於阿耨多羅三藐三菩提須菩提菩薩行般若波羅蜜亦無增無減須菩提若菩薩聞是說不驚不怖不没不退當知是菩薩行般若波羅蜜世尊般若波羅蜜空相是行般若波羅蜜不不也須菩提世尊離般若波羅蜜更有法行般若波羅蜜不不也須菩提世尊空可行空不不也須菩提世尊

離空可行空不不也須菩提世尊行色是行般若波羅蜜不不也須菩提世尊行受想行識是行般若波羅蜜不不也須菩提世尊離色有法可行般若波羅蜜不不也須菩提世尊離受想行識有法可行般若波羅蜜不不也須菩提世尊菩薩云何行名爲行般若波羅蜜須菩提於意云何汝見有法行般若波羅蜜不不也世尊須菩提汝見般若波羅蜜法是菩薩行處不不也世尊須菩提於意云何汝所不見法頗有生不不也世尊須菩提是名諸佛無生法忍菩薩能成就如是忍者當得受阿耨多羅三藐三菩提記須菩提是名諸佛無所畏道菩薩行是道修習親近若當不得佛無上智大智自然智一切智如來智無有是處世尊一切法無生以是得受阿耨多羅三藐三菩提記不不也須菩提世尊今云何名爲得受阿耨多羅三藐三菩提記須菩提於意云何汝見有法受阿耨多羅三藐三菩提記不不也世尊我不見有法受阿耨多羅三藐三菩提記亦不見所用法亦不見所得法須菩提如是一切法不可得不應作是言是法可得是所用法可得爾時釋提桓因在大會中白佛言世尊般若波羅蜜甚深難見難解畢竟離故若人聞是般若波羅蜜書寫受持讀誦當知是人福德不少憍尸迦於意云何假令閻浮提所有衆生成就十善道其所得福不如是人聞是般若波羅蜜書寫受持讀誦百分不及一百千萬億分不及一乃至筭數譬喻所不能及時有一比丘語釋提桓因言憍尸迦如是善男子善女人

勝於仁者釋提桓因言此人一發心頃尚勝於我何况得聞般若波羅蜜書寫受持讀誦如所說行是人於一切世間天人阿脩羅中最爲殊勝菩薩行般若波羅蜜不但勝於一切世間天人阿脩羅亦勝須陁洹斯陁含阿那含阿羅漢辟支佛菩薩行般若波羅蜜不但勝須陁洹乃至辟支佛亦勝菩薩離般若波羅蜜無方便行檀波羅蜜不但勝離般若波羅蜜無方便行檀波羅蜜亦勝離般若波羅蜜無方便行尸羅波羅蜜羼提波羅蜜毗棃耶波羅蜜禪波羅蜜如是菩薩最爲殊勝若菩薩隨般若波羅蜜所說行者皆勝一切世間天人阿脩羅一切世間天人阿脩羅皆應恭敬供養若菩薩行隨般若波羅蜜所教行者是菩薩不斷一切種智是菩薩近阿耨多羅三藐三菩提是菩薩必坐道場是菩薩拯濟沒溺生死衆生菩薩如是學名爲學般若波羅蜜如是學名爲不學聲聞辟支佛若菩薩如是學時四天王持四鉢至其所作是言善男子汝疾疾學得阿耨多羅三藐三菩提坐道場時我等當奉此四鉢世尊我亦自往問訊何况餘諸天子菩薩學般若波羅蜜者諸佛常共護念又世間衆生種種苦惱是菩薩能隨行般若波羅蜜故無是諸苦世尊是菩薩現世功德爾時阿難作是念是釋提桓因自以智慧力如是說耶爲是佛神力釋提桓因知阿難心所念語阿難言皆是佛神力佛告阿難如是如是阿難如釋提桓因所說皆是佛神力阿難菩薩學般若波羅蜜修習般若波羅蜜時三千大千世界諸魔皆生

疑惑是菩薩爲當中道證實際墮聲聞辟支佛地爲當直至阿耨多羅三藐三菩提

小品般若波羅蜜經卷第七

音釋

阿閦梵語也此云無動閦昌六切　蹈徒到切踐也　銳于芮切利也　躓陟利切跲也　憍慢憍堅堯切慢莫晏切憍慢謂憍恣怠慢也　阿練若梵語也此云寂靜處若爾者切　頭陀梵語也亦云杜多此云修治謂修治淨行也　憒閙憒古外切閙女教切憒閙謂憒亂喧閙也　拯濟拯音整拯濟謂拯拔賙齊也

小品般若波羅蜜經卷第八

姚秦三藏法師鳩摩羅什譯

恭敬菩薩品第二十一

佛告阿難若菩薩不離般若波羅蜜行爾時惡魔憂惱如箭入心放火雨雹雷電霹靂欲令菩薩驚怖毛竪其心退沒於阿耨多羅三藐三菩提乃至一念錯亂阿難惡魔不必普欲惱亂一切菩薩世尊何等菩薩爲惡魔所亂阿難有菩薩先世聞説深般若波羅蜜不能信受如是之人惡魔惱亂而得其便復次阿難若菩薩聞深般若波羅蜜時心生疑惑有是深般若波羅蜜耶無耶阿難如是菩薩亦爲惡魔之所得便復次阿難有菩薩離善知識爲惡知識所得是人不聞深般若波羅蜜中義以不聞故不知不見云何應行般若波羅蜜云何應修般若波羅蜜阿難是人亦爲惡魔得便復次阿難若菩薩受持邪法是人亦爲惡魔得便惡魔作是念是人助我亦令餘人助我亦能滿我所願阿難是人亦爲惡魔得便復次阿難菩薩云何爲惡魔得便若菩薩聞深般若波羅蜜語餘菩薩言是般若波羅蜜甚深我等猶尚不能得底汝等何用聞爲是人亦爲惡魔得便阿難若菩薩輕餘菩薩言我是遠離行者汝等無此功德爾時惡魔甚大歡喜踊躍阿難若有菩薩爲惡魔稱揚其名字得是名字故輕餘清淨善心菩薩是等無有阿毗跋致菩薩功德相貌而假託阿毗跋致功德增長煩惱自高其身而下他人作是言我所有功德汝無是事爾時惡魔即大歡喜作是念我之宮殿則爲不空

增益地獄餓鬼畜生惡魔加其神力故是人所語人皆信受信受已隨所見學隨所說行隨所見學隨所說行已亦復增益煩惱如是人等以顛倒心故所起身口意業果報皆苦以是因緣故增益地獄餓鬼畜生阿難惡魔見是利益亦大歡喜阿難若求佛道者與聲聞人共諍惡魔復作是念是人雖遠離薩婆若而不大遠阿難若菩薩共菩薩諍惡魔即大歡喜作是念是人遠離薩婆若阿難若未得受記菩薩瞋恨受記者而共諍競惡口罵詈若愛惜薩婆若隨所起念一念却一劫尒乃還得發大莊嚴阿難白佛言世尊如是罪者可得悔不要當畢其隨念劫數爾乃還得發大莊嚴佛言我法皆說有出罪法不說無出罪法我說菩薩聲聞皆有出罪法阿難若菩薩共菩薩諍惡口罵詈不相悔謝結恨在心我不說此人有出罪法是人若愛惜薩婆若畢其隨念劫數亦復還得發大莊嚴阿難若菩薩共菩薩諍惡口罵詈即相悔謝後不復作作是念我應謙下一切衆生我若瞋諍加報於人則爲大失我應當爲一切衆生而作橋梁我尚不應輕於他人何況加報應如聾瘂不應自壞深心我得阿耨多羅三藐三菩提時當度是等云何加忿自起瞋礙阿難求菩薩道者於聲聞人乃至不應生於瞋礙阿難白佛言世尊菩薩與菩薩共住其法云何佛言相視當如佛想是我大師同載一乘共一道行如彼所學我亦應學彼若雜學非我所學若彼清淨學應薩婆若念我亦應學菩薩若如是學是名同學爾時須菩提白佛

言世尊若菩薩爲盡學則學薩婆若爲無生學爲離學爲滅學則學薩婆若佛告須菩提如所說菩薩爲盡學則學薩婆若爲無生學爲離學爲滅學則學薩婆若者須菩提於意云何如來以如得名如來是如非盡非離非滅耶如是世尊須菩提如是學者名爲學薩婆若學薩婆若爲學般若波羅蜜學佛十力四無所畏十八不共法須菩提菩薩如是學者則到諸學彼岸如是學者魔若魔民不能降伏如是學者疾得阿毗跋致如是學者疾坐道場如是學者學自行處如是學者學救護法如是學者學大慈大悲如是學者學三轉十二相法輪如是學者學度衆生如是學者學不斷佛種如是學者學開甘露門須菩提凡夫下劣不能如是學欲調御一切衆生者能如是學須菩提菩薩如是學者不墮地獄畜生餓鬼不生邊地如是學者不生旃陁羅家不生竹草作家不生除糞人家不生諸餘貧賤之家須菩提菩薩如是學者不盲不瞎不睞眼不跛短不聾啞不頑鈍不形殘身根具足須菩提菩薩如是學者不奪他命不盜他物不邪婬不妄語不兩舌不惡口不無益語不貪嫉不瞋惱不邪見不邪命活不畜邪見眷屬不畜破戒眷屬須菩提菩薩如是學者不生長壽天何以故菩薩成就方便故何等爲方便所謂從般若波羅蜜起雖能入禪而不隨禪生須菩提菩薩如是學者得佛清淨力清淨無畏世尊若一切法本淨相者菩薩復得何等清淨法佛言如是如是須菩提一切法本清淨相菩薩於是本淨相法中

行般若波羅蜜不驚不怖不沒不退是名清淨般若波羅蜜須菩提凡夫不知不見一切法本清淨相是故菩薩發勤精進於是中學得清淨諸力諸無畏須菩提菩薩如是學者悉能通達一切衆生心心所行須菩提譬如少所地出閻浮檀金衆生聚中亦少能如是學般若波羅蜜譬如衆生少有能起轉輪王業多有能起諸小王業如是須菩提少有衆生能行般若波羅蜜道多有發聲聞辟支佛乘須菩提少有衆生能學阿耨多羅三藐三菩提心者於學阿耨多羅三藐三菩提中少能如說行者於如說行中少能隨學般若波羅蜜者於隨學中少能得阿毗跋致者是故須菩提菩薩欲在少中之少當學般若波羅蜜修習般若波羅蜜

無慳煩惱品第二十二

佛告須菩提若菩薩如是學般若波羅蜜則不生煩惱心不生慳心不生破戒心不生瞋惱心不生懈怠心不生散亂心不生愚癡心須菩提菩薩如是學皆攝諸波羅蜜須菩提譬如六十二見皆攝在身見中須菩提菩薩學般若波羅蜜時皆攝諸波羅蜜譬如人死命根滅故諸根皆滅如是須菩提菩薩學般若波羅蜜皆攝諸波羅蜜是故須菩提菩薩若欲攝諸波羅蜜當學般若波羅蜜於一切衆生中最爲上首須菩提於意云何三千大千世界衆生寧爲多不世尊閻浮提衆生尚多何況三千大千世界是衆生皆爲菩薩若有一人盡形壽供養衣服飲食卧具醫藥須菩提於意云何是人以是因緣得福多不甚

多甚多世尊須菩提若有菩薩如彈指頃修習般若波羅蜜福勝於彼如是須菩提般若波羅蜜大利益諸菩薩能助阿耨多羅三藐三菩提是故須菩提若菩薩欲得阿耨多羅三藐三菩提欲於一切衆生中爲無上者欲爲一切衆生而作救護欲得具足佛法欲得佛所行處欲得佛所遊戲欲得佛師子吼欲得三千大千世界大會講法當學般若波羅蜜須菩提我不見菩薩學般若波羅蜜不得如是具足之利世尊是菩薩亦得具足聲聞利耶須菩提菩薩亦學具足聲聞利耶不願住聲聞法中我當得是聲聞具足諸功德利雖皆能知但不於中住作是念我須當說是聲聞功德教化衆生若菩薩如是學者能爲一切世間天人阿修羅作福田於聲聞辟支佛福田爲最殊勝菩薩如是學者得近薩婆若不捨般若波羅蜜不離般若波羅蜜菩薩如是行般若波羅蜜名爲不退於薩婆若遠聲聞辟支佛地近阿耨多羅三藐三菩提是菩薩若作是念此是般若波羅蜜是其般若波羅蜜當得薩婆若如是分別即不行般若波羅蜜若菩薩不分別般若波羅蜜不見般若波羅蜜不言此是般若波羅蜜是其般若波羅蜜當得薩婆若如是亦不見不聞不覺不知即行般若波羅蜜爾時釋提桓因作是念是菩薩行般若波羅蜜尚勝一切衆生何況得阿耨多羅三藐三菩提若人樂聞般若是人爲得大利壽命中最何況能發阿耨多羅三藐三菩提心是人即爲世間之所貪慕是人當得調御衆生爾時釋提桓因化作曼

陁羅華滿掬散佛上作是言世尊若有人發阿耨多羅三藐三菩提心者願令具足佛法具足薩婆若具足自然法具足無漏法世尊我乃至不生一念欲使發阿耨多羅三藐三菩提心者有退轉世尊我見生死之中有諸苦惱不生一念欲使菩薩有退轉者我亦爲阿耨多羅三藐三菩提當勤行精進何以故如是人等能發如是心則大利益一切世間我自得度當度未度者我自得脫當脫未脫者我自得安當安未安者我自滅度當度未滅度者世尊若人於初發心菩薩隨喜若於行六波羅蜜若於阿毗跋致若於一生補處隨喜是人爲得幾所福德憍尸迦須彌山王尚可稱量是人隨喜福德不可稱量憍尸迦三千大千世界尚可稱量是人隨喜福德不可稱量釋提桓因白佛言世尊若人不能於是諸心隨喜者則爲魔之所著當知是爲魔之眷屬不能於是諸心隨喜者當知是人於魔天命終來生此間何以故是諸心皆能破諸魔事是人隨喜福德應迴向阿耨多羅三藐三菩提若人發阿耨多羅三藐三菩提心者則爲不捨佛不捨法不捨僧以是故應於是諸心而生隨喜如是如是憍尸迦若人於是諸心隨喜當知是人疾得值佛是人以是隨喜福德善根故在所生處常得供養恭敬尊重讃歎不聞諸惡音聲又亦不墮於諸惡道中常生天上何以故是人隨喜爲欲利益無量無邊衆生故是隨喜心漸漸增長能至阿耨多羅三藐三菩提是人得阿耨多羅三藐三菩提時當滅度無量衆生憍尸迦以是

因緣當知是人於是諸心隨喜者即是利益無量無邊衆生善根故隨喜須菩提白佛言世尊是心如幻云何能得阿耨多羅三藐三菩提須菩提於意云何汝見是人心如幻不不也世尊我不見是心如幻於意云何若不見是幻不見如幻心離幻離如幻心更見有法可得阿耨多羅三藐三菩提不不也世尊離幻離如幻心更不見法得阿耨多羅三藐三菩提世尊若我不見異法當說何法若有若無世尊若法畢竟離即不在有無若法畢竟離是法不得阿耨多羅三藐三菩提世尊無所有法亦不能得阿耨多羅三藐三菩提是故般若波羅蜜畢竟離若法畢竟離則不可修習如是法者不能生餘法般若波羅蜜畢竟離故世尊般若波羅蜜畢竟離云何能得阿耨多羅三藐三菩提阿耨多羅三藐三菩提亦畢竟離云何以離得離佛言善哉善哉須菩提般若波羅蜜畢竟離阿耨多羅三藐三菩提亦畢竟離以是因緣故能得阿耨多羅三藐三菩提須菩提若般若波羅蜜非畢竟離者則非般若波羅蜜如是須菩提亦不離般若波羅蜜得阿耨多羅三藐三菩提亦不以離得離

稱揚菩薩品第二十三

爾時須菩提白佛言世尊菩薩行般若波羅蜜即是行甚深義如是如是須菩提菩薩行般若波羅蜜即是行甚深義須菩提菩薩所爲甚難行甚深義而不證是義所謂若聲聞地若辟支佛地世尊如我解佛所說義菩薩所行不難何以故取證者不可得所用取證

法亦不可得所證法亦不可得若菩薩聞如是說不驚不怖不没不退當知是菩薩行般若波羅蜜亦不見我行般若波羅蜜如是亦不分別當知是菩薩近阿耨多羅三藐三菩提遠離聲聞辟支佛地世尊譬如虚空不作是念是遠是近何以故虚空無分別故世尊般若波羅蜜亦如是不作是念聲聞辟支佛地去我遠阿耨多羅三藐三菩提去我近何以故般若波羅蜜無分別故世尊譬如幻所化人不作是念幻師去我近觀者去我遠何以故世尊幻所化人無分別故世尊般若波羅蜜亦如是不作是念聲聞辟支佛地去我遠阿耨多羅三藐三菩提去我近何以故般若波羅蜜無分別故世尊譬如影不作是念所因去我近餘事去我遠何以故影無分別故世尊般若波羅蜜亦如是不作是念聲聞辟支佛地去我遠阿耨多羅三藐三菩提去我近何以故般若波羅蜜無分別故世尊如如來無憎無愛般若波羅蜜亦如是無憎無愛世尊如如來無諸分別般若波羅蜜亦如是無諸分別世尊如如來所化人不作是念聲聞辟支佛地去我遠阿耨多羅三藐三菩提去我近何以故如來所化人無分別故世尊般若波羅蜜亦如是無分別故聲聞辟支佛地去我遠阿耨多羅三藐三菩提去我近何以故般若波羅蜜無分別故世尊如如來所化人隨事能作而無分別世尊般若波羅蜜亦如是隨所修習皆能成辦而無分別世尊譬如工匠作機關木人若男若女隨所爲事皆能成辦而無分別世尊般若波羅蜜亦

如是隨所修習皆能成辦而無分別須菩提白佛言世尊菩薩行般若波羅蜜即是行堅固義佛告須菩提菩薩行般若波羅蜜即是行堅固義爾時欲界諸天子作是念若人發阿耨多羅三藐三菩提心能行如是深般若波羅蜜而不證實際墮聲聞地若辟支佛地當知是菩薩所爲甚難一切世間所應敬禮須菩提語諸天子菩薩行深般若波羅蜜而不取證不足爲難若菩薩爲度無量無邊衆生故發大莊嚴而衆生畢竟不可得所可度者不可得而能發心我當度之爾乃爲難諸天子是人欲度衆生爲欲度虛空何以故虛空離故衆生亦離是故當知是菩薩所爲甚難無衆生而爲衆生發大莊嚴如人與虛空共鬬佛說衆生不可得衆生離故可得者亦離衆生離故色亦離衆生離故受想行識亦離衆生離故一切法亦離若菩薩聞如是說不驚不怖不没不退當知是爲行般若波羅蜜佛問須菩提菩薩何因緣故不驚不怖不没不退世尊空故不没無所有故不没何以故没者不可得没法亦不可得没處亦不可得若菩薩聞如是說不驚不怖不没不退當知是爲行般若波羅蜜須菩提菩薩如是行般若波羅蜜釋提桓因與梵天王衆生主自在天王及諸天子皆共敬禮須菩提不但釋提桓因梵天王衆生主自在天王及諸天子敬禮是行般若波羅蜜菩薩梵世諸天梵輔天梵衆天大梵天光天少光天無量光天光音天淨天少淨天無量淨天遍淨天無陰行天福生天廣果天無誑天無熱天妙見天善

見天阿迦膩吒天上諸天亦皆敬禮是行般若波羅蜜菩薩須菩提今現在無量阿僧祇世界諸佛皆念是行般若波羅蜜菩薩須菩提若菩薩行般若波羅蜜時爲諸佛所念當知是菩薩即是阿毗跋致須菩提假令如恒河沙等世界衆生皆作惡魔一一化作爾所惡魔是諸惡魔皆不能壞是行般若波羅蜜菩薩須菩提菩薩成就二法惡魔不能壞何等二一者觀一切法空二者不捨一切衆生菩薩成就是二法惡魔不能壞須菩提復有二法惡魔不能壞何等二一者隨說能行二者諸佛所念菩薩成就是二法諸天皆來供養恭敬請問安慰善男子汝行是行當疾得佛道汝行是行無救衆生當爲作救無舍衆生當爲作舍無依衆生當爲作依無洲衆生當爲作洲無究竟道衆生當爲作究竟道無歸衆生當爲作歸無眼衆生爲作光明無趣衆生當爲作趣何以故是菩薩行般若波羅蜜行成就是四功德現在十方無量無邊阿僧祇世界諸佛與比丘僧圍遶說法時悉皆稱揚讚嘆說其名字須菩提譬如我今稱揚讚嘆寶相菩薩說其名字及餘菩薩於阿閦佛所修行梵行不離是般若波羅蜜行者如是須菩提今現在十方諸佛亦皆稱揚讚歎說我國中諸菩薩名修行梵行不離般若波羅蜜行者須菩提白佛言世尊一切諸佛說法時普皆稱揚讚歎諸菩薩不不也須菩提諸佛說法時有稱讚者有不稱讚者須菩提諸佛說法時稱揚讚嘆諸阿毗跋致菩薩世尊未得阿毗跋致者諸佛說法時亦皆稱揚

讚歎不須菩提未得阿毗跋致者諸佛亦有稱揚讚嘆者何者是能隨學阿閦佛爲菩薩時所行道者如是菩薩雖未得阿毗跋致亦爲諸佛稱揚讚嘆須菩提有能隨學寶相菩薩所行道者如是菩薩雖未得阿毗跋致亦爲諸佛稱揚讚嘆復次須菩提有菩薩行般若波羅蜜信解一切法無生而未得無生法忍信解一切法空而於阿毗跋致地中未得自在能行一切法寂滅相而未入阿毗跋致地須菩提菩薩如是行者諸佛說法時亦皆稱揚讚歎未得阿毗跋致而爲諸佛說法時稱揚讚歎者則離聲聞辟支佛地近於佛地必得阿耨多羅三藐三菩提記須菩提若菩薩行般若波羅蜜諸佛說法時稱揚讚歎者當知是菩薩必至阿毗跋致

小品般若波羅蜜經卷第八

音釋

雨雹（雨王遇切自上而下曰雨雹弼角切雨氷也）霹靂（霹音匹靂郎狄切）竪（臣庾切立也）瞎（許轄切目盲也）睞（洛代切目瞳子不正也）矬（昨禾切短也）聾瘂（聾盧紅切瘂倚下切）吼（許厚切虓吼也）掬（音菊兩手捧也）

小品般若波羅蜜經卷第九

姚秦三藏法師鳩摩羅什譯

囑累品第二十四

佛告須菩提若菩薩聞是甚深般若波羅蜜信解不疑不悔不難是菩薩當於阿閦佛及諸菩薩所聞深般若波羅蜜亦復信解須菩提菩薩若能信解如佛所說般若波羅蜜是人必至阿毗跋致須菩提若人但聞般若波羅蜜尚得饒益何況信解如所說行當住薩婆若須菩提白佛言世尊若離如更無法可得誰當住薩婆若誰當得阿耨多羅三藐三菩提誰當說法佛告須菩提汝所問離如更無法可得誰當住薩婆若誰當得阿耨多羅三藐三菩提誰當說法者如是如是須菩提離如更無法住如中如尚不可得何況住如者如不能得阿耨多羅三藐三菩提離如亦不能得阿耨多羅三藐三菩提如無說法離如亦無說法者爾時釋提桓因白佛言世尊無住如者無得阿耨多羅三藐三菩提者無說法者而菩薩聞是深法不疑不悔不難而欲得阿耨多羅三藐三菩提是爲甚難須菩提語釋提桓因憍尸迦如汝所說菩薩聞是深法不疑不悔不難欲得阿耨多羅三藐三菩提是爲甚難者憍尸迦一切法空此中誰當疑悔難者釋提桓因語須菩提如所說者皆因於空而無所礙譬如仰射虚空箭去無礙須菩提所說無礙亦如是爾時釋提桓因白佛言世尊我如是說如是荅爲隨如來說隨法荅不憍尸迦汝如是說如是荅爲隨如來說爲隨法荅皆爲正荅憍尸迦須菩提所

說皆因於空須菩提尚不得般若波羅蜜何況行般若波羅蜜者尚不得阿耨多羅三藐三菩提何況得阿耨多羅三藐三菩提者尚不得薩婆若何況得薩婆若者尚不得如何況得如者尚不得無生何況得無生者尚不得諸力何況得諸力者尚不得無所畏何況得無所畏者尚不得法何況說法者憍尸迦須菩提常樂遠離樂無所得行憍尸迦是須菩提所行於菩薩所行百分不及一百千萬億分不及一乃至筭數譬喻所不能及憍尸迦唯除如來所行菩薩行般若波羅蜜於餘行中最大最勝最上最妙菩薩所行亦於聲聞辟支佛所行最大最勝最上最妙是故憍尸迦若人欲於一切衆生中最上者當行菩薩所行般若波羅蜜爾時會中忉利諸天子以天曼陁羅華散佛上六百比丘從座而起偏袒右肩右膝著地合掌向佛佛神力故華悉滿掬即以此華散佛上散已作是言世尊我等皆當行是上行佛即微笑諸佛常法若微笑時青黃赤白無量色光從口而出是諸光明遍照無量無邊世界上至梵天還遶身三帀從頂上入阿難即從座而起偏袒右肩右膝著地合掌向佛白佛言世尊何因緣故微笑諸佛不以無因緣而笑佛告阿難是六百比丘當於星宿劫皆得成佛同號散華阿難是諸如來比丘僧數悉皆同等壽命亦等俱二萬劫此諸比丘從是已後在所生處常得出家其世界常雨五色好華是故阿難若人欲行上行當行般若波羅蜜若菩薩欲行如來行當行般若波羅蜜阿難若菩薩行般

若波羅蜜當知是人從人間命終若於兜率天上命終來生人間何以故人中兜率天上行般若波羅蜜易故阿難若菩薩行般若波羅蜜信樂受持讀誦書寫書寫已以般若波羅蜜示教利喜諸餘菩薩當知是人爲如來所見當知是人於諸佛所種諸善根不於弟子所種善根阿難若菩薩學般若波羅蜜不驚不畏信樂受持讀誦如所説行當知是人至現在佛所若有信般若波羅蜜不謗不逆當知是人已供養諸佛阿難若人於佛所種善根求阿羅漢辟支佛是善根不虛亦不離般若波羅蜜是故阿難我今以般若波羅蜜囑累於汝阿難我所説法唯除般若波羅蜜有所受持若還忘失其過尚少汝若受持般若波羅蜜乃至忘失一句其過甚重是故阿難我以般若波羅蜜囑累於汝汝所聞受持皆應讀誦悉令通利善念在心當令章句分明何以故般若波羅蜜是過去未來現在諸佛法藏故阿難若人於今現在欲以慈心恭敬供養我者是人當以是心供養般若波羅蜜受持讀誦如所説行即是供養於我阿難是人不但供養於我亦爲恭敬供養過去未來現在諸佛阿難汝若愛重不捨於我亦應如是愛重不捨般若波羅蜜乃至一句愼莫忘失阿難我爲囑累般若波羅蜜因緣故若於一劫百劫千萬億那由他劫乃至如恒河沙等劫説不可盡阿難今但略説如我今爲大師過去現在十方諸佛於一切世間天人阿脩羅中亦爲大師般若波羅蜜亦於一切世間天人阿脩羅中而作大師有如是等無

量因緣故我於一切世間天人阿脩羅中以般若波羅蜜囑累於汝佛告阿難若人愛重佛愛重法愛重僧愛重過去未來現在諸佛阿耨多羅三藐三菩提當以是愛重愛重般若波羅蜜此則是我所用教化阿難若有人受持讀誦般若波羅蜜當知是人則爲受持過去未來現在諸佛阿耨多羅三藐三菩提阿難般若波羅蜜欲斷絕時若欲護助者是人則是護助過去未來現在諸佛阿耨多羅三藐三菩提何以故阿難諸佛阿耨多羅三藐三菩提皆從般若波羅蜜生阿難若過去諸佛阿耨多羅三藐三菩提皆從般若波羅蜜生未來諸佛阿耨多羅三藐三菩提亦從般若波羅蜜生現在無量阿僧祇世界諸佛阿耨多羅三藐三菩提亦從般若波羅蜜生

是故阿難若菩薩欲得阿耨多羅三藐三菩提當善學六波羅蜜何以故阿難諸波羅蜜是諸菩薩母能生諸佛若菩薩學是六波羅蜜當得阿耨多羅三藐三菩提是故阿難我以六波羅蜜重囑累汝何以故是六波羅蜜是三世諸佛無盡法藏阿難汝若因小乘法爲小乘人說三千大千世界衆生皆以是法證阿羅漢汝爲弟子功德蓋少若以六波羅蜜爲菩薩說汝爲弟子功德具足我則喜悅阿難若人以是小乘法教三千大千世界衆生得阿羅漢證是諸布施持戒修善福德寧爲多不阿難言甚多世尊佛告阿難是福雖多不如聲聞人爲菩薩說般若波羅蜜乃至一日其福甚多阿難置此一日若從旦至食時置從旦至食時乃至一漏刻頃置是一漏

刻頃乃至須臾頃爲菩薩說法是人於一切聲聞辟支佛善根福德不可相比若菩薩如是行如是念於阿耨多羅三藐三菩提退轉者無有是處

見阿閦佛品第二十五

佛說般若波羅蜜是時會中四衆比丘比丘尼優婆塞優婆夷天龍夜叉乾闥婆阿脩羅迦樓羅緊那羅摩睺羅伽人非人等皆以佛神力故見阿閦佛在大會中恭敬圍遶而爲說法如大海水不可移動時諸比丘皆阿羅漢諸漏已盡無復煩惱心得自在及諸菩薩摩訶薩其數無量佛攝神力大會四衆等皆不復見阿閦如來及聲聞菩薩國界嚴飾佛告阿難一切法亦如是不與眼作對如今阿閦佛及阿羅漢諸菩薩衆皆不復現何以故法不見法法不知法阿難一切法非知者非見者無作者無貪著不分別故阿難一切法不可思議猶如幻人一切法無受者不堅牢故菩薩如是行者名爲行般若波羅蜜於法亦無所著菩薩如是學者名爲學般若波羅蜜阿難若菩薩欲到一切法彼岸者當學般若波羅蜜何以故阿難學般若波羅蜜於諸學中最爲第一安樂利益諸世間故阿難如是學者無依止者爲作依止如是學者諸佛所許諸佛所讃諸佛如是學已能以足指震動三千大千世界阿難諸佛學是般若波羅蜜於過去未來現在一切法中得無礙知見阿難是故般若波羅蜜最上最妙阿難若欲稱量般若波羅蜜即是稱量虛空何以故是般若波羅蜜無量故阿難我不說般若波羅

蜜有限有量阿難名字章句語言有量般若波羅蜜無量世尊何因緣故般若波羅蜜無量阿難般若波羅蜜無盡故無量般若波羅蜜離故無量阿難過去諸佛皆從般若波羅蜜出而般若波羅蜜不盡未來諸佛皆從般若波羅蜜出而般若波羅蜜不盡現在無量世界諸佛皆從般若波羅蜜出而般若波羅蜜不盡是故般若波羅蜜已不盡今不盡當不盡阿難若人欲盡般若波羅蜜爲欲盡虛空爾時須菩提作是念是事甚深我當問佛即白佛言世尊般若波羅蜜無盡耶須菩提般若波羅蜜無盡虛空無盡故般若波羅蜜無盡世尊應云何出生般若波羅蜜須菩提色無盡故是生般若波羅蜜受想行識無盡故是生般若波羅蜜須菩提菩薩坐道場時如是觀十二因緣離於二邊是爲菩薩不共之法若菩薩如是觀因緣法不墮聲聞辟支佛地疾近薩婆若必得阿耨多羅三藐三菩提須菩提若諸菩薩有退轉者不得如是念不知菩薩行般若波羅蜜云何以無盡法觀十二因緣須菩提若諸菩薩有退轉者不得如是方便之力須菩提若諸菩薩不退轉者皆得如是方便之力所謂菩薩行般若波羅蜜以如是無盡法觀十二因緣若菩薩如是觀時不見諸法無因緣生亦不見諸法常不見諸法作者受者須菩提是名菩薩行般若波羅蜜時觀十二因緣法須菩提若菩薩行般若波羅蜜時不見色不見受想行識不見此佛世界不見彼佛世界亦不見有法見此佛世界彼佛世界須菩提若有菩薩能如是

行般若波羅蜜是時惡魔憂愁如箭入心譬如新喪父母甚大憂毒菩薩亦如是行般若波羅蜜惡魔甚大憂毒世尊但一惡魔憂毒三千大千世界惡魔皆悉憂毒耶須菩提是諸惡魔皆亦憂毒各於坐處不能自安須菩提菩薩如是行般若波羅蜜一切世間天人阿脩羅無能得便不見有法可退還者是故須菩提菩薩欲得阿耨多羅三藐三菩提當如是行般若波羅蜜菩薩如是行般若波羅蜜時則具足檀波羅蜜尸羅波羅蜜羼提波羅蜜毗棃耶波羅蜜禪波羅蜜菩薩行般若波羅蜜時則具足諸波羅蜜亦能具足方便力是菩薩行般若波羅蜜諸有所作生便能知是故須菩提菩薩欲得方便力者當學般若波羅蜜當修般若波羅蜜須菩提若菩薩行般若波羅蜜生般若波羅蜜時應念現在無量無邊世界諸佛諸佛薩婆若智皆從般若波羅蜜生菩薩如是念時應如是思惟如十方諸佛所得諸法相我亦當得須菩提菩薩行般若波羅蜜應生如是念須菩提若菩薩能生如是念乃至彈指頃勝於如恒河沙劫布施福德何況一日半日當知是菩薩必至阿毗跋致當知是菩薩爲諸佛所念須菩提菩薩爲諸佛所念者不生餘處必當至於阿耨多羅三藐三菩提是菩薩終不墮三惡道常生好處不離諸佛須菩提菩薩行般若波羅蜜生般若波羅蜜乃至彈指頃得如是功德何況一日若過一日如香象菩薩今在阿閦佛所行菩薩道常不離般若波羅蜜行說是法時諸比丘衆一切大會天人阿脩羅

皆大歡喜

隨知品第二十六

佛告須菩提一切法無分別當知般若波羅蜜亦如是一切法無壞當知般若波羅蜜亦如是一切法但假名字當知般若波羅蜜亦如是一切法以言說故有當知般若波羅蜜亦如是又此言說無所有無處所當知般若波羅蜜亦如是一切法虛假爲用當知般若波羅蜜亦如是一切法無量當知般若波羅蜜亦如是色無量當知般若波羅蜜亦如是受想行識無量當知般若波羅蜜亦如是一切法無相當知般若波羅蜜亦如是一切法通達相當知般若波羅蜜亦如是一切法本來清淨當知般若波羅蜜亦如是一切法無言說當知般若波羅蜜亦如是一切法同於滅當知般若波羅蜜亦如是一切法如涅槃當知般若波羅蜜亦如是一切法不來不去無所生當知般若波羅蜜亦如是一切法無彼我當知般若波羅蜜亦如是賢聖畢竟清淨當知般若波羅蜜亦如是捨一切擔當知般若波羅蜜亦如是何以故色無形無處自性無故受想行識無形無處自性無故一切法無熱當知般若波羅蜜亦如是一切法無染無離當知般若波羅蜜亦如是何以故色無所有故無染無離受想行識無所有故無染無離一切法性清淨當知般若波羅蜜亦如是一切法無繫著當知般若波羅蜜亦如是一切法是菩提覺以佛慧當知般若波羅蜜亦如是一切法空無相無作當知般若波羅蜜亦如是一切法是藥慈心爲首當知般

若波羅蜜亦如是一切法梵相慈相無過無恚當知般若波羅蜜亦如是大海無邊當知般若波羅蜜亦如是虛空無邊當知般若波羅蜜亦如是日照無邊當知般若波羅蜜亦如是色離當知般若波羅蜜亦如是受想行識離當知般若波羅蜜亦如是一切音聲無邊當知般若波羅蜜亦如是諸性無邊當知般若波羅蜜亦如是集無量善法當知般若波羅蜜亦如是一切法三昧無邊當知般若波羅蜜亦如是佛法無邊當知般若波羅蜜亦如是法無邊當知般若波羅蜜亦如是空無邊當知般若波羅蜜亦如是心心數法無邊當知般若波羅蜜亦如是諸心所行無邊當知般若波羅蜜亦如是善法無量當知般若波羅蜜亦如是不善法無量當知般若波羅蜜亦如是如師子吼當知般若波羅蜜亦如是何以故色如大海受想行識如大海色如虛空受想行識如虛空色如須彌山莊嚴受想行識如須彌山莊嚴色如日光受想行識如日光色如聲無邊受想行識如聲無邊色如衆生性無邊受想行識如衆生性無邊色如地受想行識如地色如水受想行識如水色如火受想行識如火色如風受想行識如風色如空種受想行識如空種色離集善相受想行識離集善相色離和合法受想行識離和合法色三昧故無邊受想行識三昧故無邊色色離色性色如是佛法受想行識識離識性識如是佛法色相無邊受想行識相無邊色空無邊受想行識空無邊色心所行故無邊受想行識心所行故無邊色中善

不善不可得受想行識中善不善不可得色
不可壞受想行識不可壞色是師子吼受想
行識是師子吼當知般若波羅蜜亦如是

小品般若波羅蜜經卷第九

小品般若波羅蜜經卷第十

姚秦三藏法師鳩摩羅什譯

薩陀波崙品第二十七

佛告須菩提若菩薩欲求般若波羅蜜當如薩陀波崙菩薩今在雷音威王佛所行菩薩道須菩提白佛言世尊薩陀波崙菩薩云何求般若波羅蜜佛告須菩提薩陀波崙菩薩本求般若波羅蜜時不依世事不惜身命不貪利養於空林中聞空中聲言善男子汝從是東行當得聞般若波羅蜜行時莫念疲倦莫念睡眠莫念飲食莫念晝夜莫念寒熱如是諸事莫念莫觀亦莫思惟離諂曲心莫自高身卑下他人當離一切衆生之相當離一切利養名譽當離五蓋當離慳嫉亦莫分別内法外法行時莫得左右顧視莫念前莫念後莫念上莫念下莫念四維莫動色受想行識何以故若動色受想行識則是不行佛法行於生死如是之人不能得般若波羅蜜薩陀波崙報空中聲言當如教行何以故我爲一切衆生作光明故集諸佛法空中聲言善哉善哉善男子汝應信解空無相無作法應離諸相離於有見離衆生見人見我見求般若波羅蜜善男子應離惡知識親近善知識善知識者能説空無相無作無生無滅法善男子汝能如是不久得聞般若波羅蜜若從經卷聞若從法師聞善男子汝所從聞般若波羅蜜當於是人生大師想當知報恩應作是念我所從聞般若波羅蜜則是我善知識我得聞般若波羅蜜當不退於阿耨多羅三藐三菩提不離諸佛不生無佛世界得離諸

難當思惟如是功德利故於法師所生大師想善男子莫以世俗財利心故隨逐法師當以愛重恭敬法故隨逐法師又善男子應覺魔事惡魔或時為說法者作諸因緣令受好妙色聲香味觸說法者以方便力故受是五欲汝於此中莫生不淨之心但應念言我無方便力法師或為利益衆生令種善根故受用是法諸菩薩者無所障礙善男子汝於爾時應觀諸法實相何等是諸法實相佛說一切法無垢何以故一切法性空一切法無我無衆生一切法如幻如夢如響如影如炎善男子汝當如是觀諸法實相隨逐法師不久當善知般若波羅蜜又善男子復應覺知魔事若法師於求般若波羅蜜者心有嫌恨而不顧録汝於此中不應憂惱但以愛重恭敬

法故隨逐法師勿生猒離須菩提薩陁波崙菩薩受空中如是教已即便東行東行不久復作是念我向者云何不問空中聲東行遠近當從誰聞般若波羅蜜即住不行憂愁啼哭作是念言我住於此若一日一日乃至七日不念疲極不念睡眠不念飲食不念晝夜不念寒熱要當得知我從誰聞般若波羅蜜須菩提譬如有人唯有一子愛之甚重一旦命終甚大憂苦唯懷懊惱無有餘念須菩提薩陁波崙亦如是無有餘念但念我當何時得聞般若波羅蜜須菩提薩陁波崙菩薩如是憂愁啼哭時佛像在前立讚言善哉善哉善男子過去諸佛本行菩薩道時求般若波羅蜜亦如汝今是故善男子汝以是勤行精進愛樂法故從是東行去此五百由旬有城

名衆香七寶合成其城七重縱廣十二由旬皆以七寶多羅之樹周遍圍遶豐樂安靜人民熾盛街巷相當端嚴如畫橋津如地寬博清淨七重城上皆以閻浮檀金而爲樓閣一一樓閣七寶行樹種種寶果其諸樓閣次第皆以寶繩連綿寶鈴羅網以覆城上風吹鈴聲其音和雅如作五樂甚可愛樂以是音聲娱樂衆生其城四邊流池清淨冷暖調適中有諸船七寶嚴飾是諸衆生宿業所致娱樂遊戲諸池水中種種蓮華青黄赤白衆雜好華色香具足遍覆水上三千大千世界所有好華悉皆具有其城四邊有五百園觀七寶莊嚴甚可愛樂一一園中有五百池水池水各各縱廣十里皆以七寶雜色莊嚴諸池水中皆有青黄赤白蓮華大如車輪彌覆水上青色青光黄色黄光赤色赤光白色白光諸池水中皆有鳧鴈鴛鴦異類衆鳥是諸園觀池沼適無所屬皆是衆生宿業果報長夜信樂深法行般若波羅蜜福德所致善男子衆香城中有大高臺曇無竭菩薩摩訶薩宫舍在上其宫縱廣五十里皆以七寶校成雜色莊嚴垣牆七重皆亦七寶七寶行樹周帀圍遶其宫舍中有四園觀常所娱樂一名常喜二名無憂三名華飾四名香飾一一園中有八池水一名爲賢二名賢上三名歡喜四名喜上五名安隱六名多安隱七名必定八名阿毗跋致諸池水邊面各七寶黄金白銀瑠璃玻瓈玫瑰爲底金沙布上一一池側有八梯階種種寶物以爲梯陛諸階陛間有閻浮檀金芭蕉行樹諸池水中皆有青黄赤白蓮

華遍覆水上鳧鴈鴛鴦孔雀衆鳥鳴聲相和甚可愛樂諸池水邊皆生華樹香樹風吹香華墮池水中其池成就八功德水香若栴檀色味具足曇無竭菩薩與六萬八千婇女五欲具足共相娛樂及城中男女俱入常喜等園賢等池中共相娛樂善男子曇無竭菩薩與諸婇女遊戲娛樂已日日三時說般若波羅蜜衆香城中男女大小爲曇無竭菩薩於其城内多聚人處敷大法座其座四足或以黄金或以白銀或以瑠璃或以玻瓈敷以綩綖雜色茵蓐以迦尸白㲲而覆其上座高五里施諸幃帳其地四邊散五色華燒衆名香供養法故曇無竭菩薩於此座上說般若波羅蜜善男子彼諸人衆如是供養恭敬曇無竭菩薩爲聞般若波羅蜜故於是大會百千萬衆諸天世人一處集會中有聽者中有受者中有持者中有誦者中有書者中有正觀者中有如說行者是諸衆生度諸惡道皆不退轉於阿耨多羅三藐三菩提善男子汝從是東去當於曇無竭菩薩所聞般若波羅蜜曇無竭菩薩世世是汝善知識示教利喜教汝阿耨多羅三藐三菩提善男子曇無竭菩薩本行菩薩道時求般若波羅蜜亦如汝今今汝東行莫計晝夜不久當得聞般若波羅蜜爾時薩陁波崙菩薩心大歡喜譬如有人爲毒箭所中更無餘念唯念何時當得良醫拔出毒箭除我此苦如是薩陁波崙菩薩無有餘念但念何時得見曇無竭菩薩爲我說般若波羅蜜我聞般若波羅蜜斷諸有見爾時薩陁波崙即於住處一切法中生無決定

想即入諸三昧門所謂諸法性觀三昧諸法不可得三昧破諸法無明三昧諸法不異三昧諸法不壞三昧諸法照明三昧諸法離闇三昧諸法不相續三昧諸法性不可得三昧散華三昧不受諸身三昧離幻三昧如鏡像三昧一切衆生語言三昧一切衆生歡喜三昧隨一切善三昧種種語言字句莊嚴三昧無畏三昧性常默然三昧無礙解脱三昧離塵垢三昧名字語言莊嚴三昧一切見三昧一切無礙際三昧如虚空三昧如金剛三昧無負三昧得勝三昧轉眼三昧畢法性三昧得安隱三昧師子吼三昧勝一切衆生三昧離垢三昧無垢淨三昧華莊嚴三昧隨堅實三昧出諸法得力無畏三昧通達諸法三昧壞一切法印三昧無差別見三昧離一切見三昧離一切闇三昧離一切相三昧離一切著三昧離一切懈怠三昧深法照明三昧善高三昧不可奪三昧破魔三昧生光明三昧見諸佛三昧薩陁波崙菩薩住是諸三昧中即見十方諸佛爲諸菩薩説般若波羅蜜諸佛各各安慰讚言善哉善哉善男子我等本行菩薩道時求般若波羅蜜亦如汝今得是諸三昧亦如汝今得是諸三昧已了達般若波羅蜜住阿毗跋致地我等得是諸三昧故得阿耨多羅三藐三菩提善男子是爲般若波羅蜜所謂於諸法無所念我等住於無念法中得如是金色之身三十二相大光明不可思議智慧諸佛無上三昧無上智慧盡諸功德邊如是功德諸佛説之猶不能盡況聲聞辟支佛是故善男子汝於是法倍應恭敬

愛重生清淨心得阿耨多羅三藐三菩提不足爲難汝於善知識應深恭敬愛重信樂善男子若菩薩爲善知識所護念者疾得阿耨多羅三藐三菩提薩陁波崙菩薩白諸佛言何等是我善知識諸佛荅言善男子曇無竭菩薩世世教誨成就汝於阿耨多羅三藐三菩提令汝得學般若波羅蜜方便之力曇無竭菩薩是汝善知識汝應報恩善男子汝若於一劫若二劫三劫乃至百劫若過百劫頂戴恭敬以一切樂具而供養之若以三千大千世界妙好色聲香味觸盡以供養亦未能報須臾之恩何以故以曇無竭菩薩因緣力故令汝得如是諸深三昧及聞般若波羅蜜方便諸佛如是教授安慰薩陁波崙菩薩已忽然不現薩陁波崙菩薩從三昧起不見諸佛作是念是諸佛向從何來今至何所不見佛故即大憂愁作是念曇無竭菩薩已得陁羅尼諸神通力已曾供養過去諸佛世世爲我善知識常利益我我至曇無竭菩薩所當問諸佛從何所來去至何所爾時薩陁波崙菩薩於曇無竭菩薩益加愛重恭敬信樂作如是念我今貧窮無有華香瓔珞燒香塗香衣服旛蓋金銀真珠玻瓈珊瑚無有如是諸物可以供養曇無竭菩薩我今不應空往曇無竭菩薩所我若空往心則不安當自賣身以求財物爲般若波羅蜜故供養曇無竭菩薩何以故我世世已來喪身無數於無始生死中爲欲因緣故在於地獄受無量苦未曾爲是清淨之法是時薩陁波崙菩薩中道入一大城至市肆上高聲唱言誰欲須人誰欲

須人爾時惡魔作是念薩陁波崙菩薩爲愛法故自賣身以供養曇無竭菩薩爲聞般若波羅蜜方便云何菩薩行般若波羅蜜疾得阿耨多羅三藐三菩提亦得多聞如大海水不爲諸魔所壞能盡一切諸功德邊於此利益無量衆生是諸衆生出我境界得阿耨多羅三藐三菩提我今當往壞其道意即時惡魔隱蔽諸人乃至不令一人得聞唱聲唯一長者女魔不能蔽薩陁波崙菩薩賣身不售在一處立流淚而言我爲大罪故欲自賣身供養曇無竭菩薩爲聞般若波羅蜜而無買者爾時釋提桓因作是念我今當試是善男子實以深心爲愛法故捨是身不即化作婆羅門在薩陁波崙菩薩邊行問言善男子汝今何故憂愁啼哭薩陁波崙言我今貧窮無有財寳欲自賣身供養曇無竭菩薩爲聞般若波羅蜜而無買者婆羅門言善男子我不須人今欲大祠當須人心人血人髓能與我不薩陁波崙自念我得大利定當得聞般若波羅蜜方便以婆羅門欲買心血髓故即大歡喜語婆羅門汝所須者盡當相與婆羅門言汝須何價答言隨汝所與薩陁波崙菩薩即執利刀刺右臂出血復割右髀欲破骨出髓時一長者女在閤上遥見薩陁波崙菩薩刺臂出血割其右髀復欲破骨出髓作是念此善男子何因緣故困苦其身我當往問時長者女即便下閤到薩陁波崙菩薩所問言善男子何因緣故困苦其身用是血髓爲薩陁波崙言賣與婆羅門供養般若波羅蜜及曇無竭菩薩長者女言善男子汝賣血髓供

養是人得何等利薩陀波崙言是人當爲我說般若波羅蜜方便力我隨中學當得阿耨多羅三藐三菩提金色之身三十二相常光無量光大慈大悲大喜大捨十力四無所畏四無礙智十八不共法六神通不可思議清淨戒品定品智慧品解脫品解脫知見品得佛無上智慧無上法寶分布施與一切衆生時長者女語薩陀波崙汝所說者甚爲希有微妙第一爲一一法乃可應捨恒河沙身善男子汝今所須金銀眞珠瑠璃玻瓈琥珀珊瑚諸好珍寶及華香瓔珞旛蓋衣服盡當相與供養曇無竭菩薩莫自困苦我今亦欲隨汝至曇無竭菩薩所種諸善根爲得如是清淨法故爾時釋提桓因即復其身在薩陀波崙菩薩前立作是言善哉善哉善男子汝心堅固愛法如是過去諸佛行菩薩道時亦如汝今求聞般若波羅蜜方便得阿耨多羅三藐三菩提善男子我實不須人心血髓故來相試汝願何等當以相與薩陀波崙言與我阿耨多羅三藐三菩提釋提桓因言我無此力諸佛世尊乃能辦之更求餘願當以相與薩陀波崙言汝於此中若無力者還使我身平復如故薩陀波崙身即平復無有瘡瘢於是釋提桓因忽然不現時長者女語薩陀波崙菩薩言可至我舍當白父母求索財寶爲聞法故供養曇無竭菩薩薩陀波崙菩薩與長者女俱到其舍長者女入白父母言與我華香瓔珞種種衣服及諸寶物願聽我身及所供給五百侍女與薩陀波崙菩薩共往供養曇無竭菩薩曇無竭菩薩當爲我等說法

以是法故我等當得諸佛之法父母語女言薩陀波崙菩薩今在何處女言今在門外是人發心求阿耨多羅三藐三菩提欲度一切衆生生死苦惱爲愛法故欲自賣身而無買者憂愁啼哭立在一處作是言我欲賣身而無買者時一婆羅門作是言汝今何故欲自賣身荅言我愛法故欲供養曇無竭菩薩我當從彼得諸佛法婆羅門言我不須人今欲大祠當須人心人血人髓即時是人心大歡喜手執利刀刺臂出血復割右髀欲破骨出髓我在閣上遥見此事心自念言是人何故困苦其身當往問之我即往問荅我言我以貧窮無有財寶欲賣心血髓與婆羅門我時問言善男子持是財物欲作何等荅我言爲愛法故供養曇無竭菩薩我復問言善男子汝於是中得何等利荅我言我於是中當得無量不可思議功德之利我聞是無量不可思議諸佛功德心大歡喜作是念是善男子甚爲希有乃能自受如是苦惱爲愛法故尚能捨身我當云何不供養法我今多有財物於是事中當發大願我時語言善男子汝莫如是困苦其身我當多與財物供養曇無竭菩薩我亦隨汝至曇無竭菩薩所欲自供養我亦欲得無上佛法如上所說父母今當聽我隨是善男子及給財物供養曇無竭菩薩父母報言汝所讚者希有難及是人一心念法一切最勝第一必能安樂一切衆生是人能求難得之事我今聽汝隨去我等亦欲見曇無竭菩薩是女爲供養曇無竭菩薩故白父母言我不敢斷人功德是女即時莊嚴五

百乘車勑五百侍女亦皆莊嚴持種種色華種種色衣種種雜香末香塗香金銀寶華種種雜色妙好瓔珞諸美飲食與薩陁波崙菩薩各載一車五百侍女恭敬圍遶漸漸東行遥見衆香城其城七重七寶莊嚴甚可愛樂有七重塹七重行樹其城縱廣十二由旬豐樂安靜人民熾盛五百街巷端嚴如畫橋津如地寬博清淨遥見曇無竭菩薩於城中央法座上坐無量百千萬衆圍遶說法心即歡喜譬如比丘得第三禪見已作是念我等不應載車趣曇無竭菩薩所即皆下車步進薩陁波崙與五百侍女恭敬圍遶各持種種莊嚴諸物俱詣曇無竭菩薩所曇無竭菩薩所有七寶臺牛頭栴檀而以校飾眞珠羅網寶鈴間錯四角各懸明珠以爲光明有四白銀香爐燒黑沉水供養般若波羅蜜其寶臺中有七寶大牀牀上有四寶函以眞金鍱書般若波羅蜜置是函中其臺四邊垂諸寶旛爾時薩陁波崙菩薩與五百侍女遥見妙臺種種珍寶以爲校飾又見釋提桓因與無量百千諸天以天曼陁羅華天金銀華天栴檀華以散臺上天於空中作諸妓樂即問釋提桓因憍尸迦汝以何故與諸天衆以天曼陁羅華天金銀華天栴檀華散此臺上於虛空中作諸妓樂釋提桓因言善男子汝不知耶有法名摩訶般若波羅蜜是諸菩薩母菩薩於是中學當得盡諸功德一切佛法疾得薩婆若薩陁波崙言憍尸迦摩訶般若波羅蜜是諸菩薩母爲在何處我今欲見善男子在此七寶函中黃金鍱上曇無竭菩薩七寶印印

之我不得示汝爾時薩陀波崙菩薩與五百女人各持種種華香瓔珞旛蓋衣服金銀珍寶以半供養般若波羅蜜以半供養曇無竭菩薩薩陀波崙菩薩以種種華香瓔珞旛蓋衣服金銀寶華作諸妓樂供養般若波羅蜜已向曇無竭菩薩所復以種種華香瓔珞碎末栴檀金銀寶華供養法故散曇無竭菩薩上即住虚空合成寶蓋其蓋四邊垂諸寶旛薩陀波崙菩薩及五百女人見此神力心大歡喜作是念未曾有也曇無竭大師神力乃爾未成佛道神通之力尚能如是況得阿耨多羅三藐三菩提時五百女人敬重曇無竭菩薩故皆發阿耨多羅三藐三菩提心我等以是善根因緣於未來世當得作佛行菩薩道時亦得如是功德如今曇無竭菩薩供養恭敬尊重般若波羅蜜爲人演說成就方便力亦如曇無竭菩薩薩陀波崙及五百女人頭面禮曇無竭菩薩足合掌恭敬却住一面薩陀波崙白曇無竭菩薩言我本求般若波羅蜜時於空林中聞空中聲言善男子從是東行當得聞般若波羅蜜我即東行東行不久便作是念我云何不問空中聲去當遠近從誰得聞般若波羅蜜憂愁懊惱即住七日不念飲食及世俗事但念般若波羅蜜我云何不問空中聲去當近遠從誰得聞即時佛像現在我前作是言善男子從是東行五百由旬有城名衆香城中有菩薩名曇無竭爲諸大衆說般若波羅蜜汝於是中當得聞般若波羅蜜我於是處一切法中生無依止想亦得無量諸三昧門我住是諸三昧即見十

方諸佛爲諸大衆說般若波羅蜜諸佛讚我言善哉善哉善男子我等本行菩薩道時亦得是諸三昧住是諸三昧中能成就諸佛法諸佛安慰示教我已皆不復現我從諸三昧覺已作是念諸佛從何所來去至何所不知諸佛來去因緣故即作是念曇無竭菩薩已曾供養過去諸佛深種善根善學方便必能爲我說諸佛從何所來去至何所唯願大師今當爲我說諸佛從何所來去至何所令我常得不離見佛

曇無竭品第二十八

爾時曇無竭菩薩語薩陁波崙菩薩言善男子諸佛無所從來去無所至何以故諸法如不動故諸法如即是如來善男子無生無來無去無生即是如來實際無來無去實際即是如來空無來無去空即是如來斷無來無去斷即是如來離無來無去離即是如來滅無來無去滅即是如來虛空性無來無去虛空性即是如來善男子離是諸法無有如來是諸法如諸如來如皆是一如無二無別善男子是如唯一無二無三離諸數無所有善男子譬如春末後月日中熱時見野馬動愚夫逐之謂當得水善男子於意云何是水從何所來爲從東海來南西北海來薩陁波崙白大師言炎中尚無有水況有來處去處但是愚人無有智故於無水中而生水想實無有水善男子若有人以如來身色音聲而生貪著如是人等分別諸佛有去來相當知是等愚癡無智如無水中而生水想何以故諸佛如來不應以色身見諸佛如來皆是法身

故善男子諸法實相無來無去諸佛如來亦復如是善男子譬如幻師幻作象兵馬兵車兵步兵無來無去當知諸佛無來無去亦復如是善男子如人夢中見有如來若一若二若十若二十若五十若百若過百數覺已乃至不見有一如來善男子於意云何是諸如來從何所來去至何所薩陀波崙白大師言夢無定法皆是虛妄善男子如來說一切法虛妄如夢若人不知諸法虛妄如夢是人但以色身名字語言章句而生貪著如是人等分別諸佛而有來去不知諸法相故若人於佛分別來去當知是人凡夫無智數受生死往來六道離般若波羅蜜離於佛法善男子若能如實知佛所說一切諸法虛妄如夢是人於法則不分別若來若去若生若滅若不分別是人則以諸法實相而觀如來若以法相知如來者是人則不分別如來若來若去若能如是知諸法相是人則行般若波羅蜜近阿耨多羅三藐三菩提是名眞佛弟子不虛受人信施是爲世間福田善男子譬如海中種種珍寶不從東方來南西北方四維上下來衆生福業因緣海生此寶非無因而有諸寶滅時亦不至十方以衆緣合則有衆緣滅則無善男子諸如來身亦復如是無有定法不從十方來亦不無因而有但以本行業果報生衆緣合則有衆緣滅則無善男子譬如箜篌音聲無所從來去無所至屬衆因緣有絃有槽有棍有人以手鼓之衆緣合則有聲是聲不從絃出槽出棍出手出衆緣合則有聲而無所從來衆緣散則滅而無所至善

男子諸如來身亦復如是屬衆因緣無量福德之所成就不從一因緣一福德而生亦不無因無緣而有以衆緣合則有而無所從來衆緣散則滅而去無所至善男子應當如是觀諸如來來去之相亦應如是觀諸法相善男子汝若能如是觀諸如來及一切法無來無去無生無滅必至阿耨多羅三藐三菩提亦得了達般若波羅蜜方便說是如來無來無去法時三千大千世界地大震動諸天宮殿亦皆震動諸魔宮殿皆不復現三千大千世界草木華樹悉皆傾向曇無竭菩薩摩訶薩諸樹皆出非時妙華釋提桓因及四天王於虛空中雨天名華天末栴檀散曇無竭菩薩上語薩陁波崙菩薩言因仁者故我等今日聞第一義一切世界所難值遇貪身見者所不能及爾時薩陁波崙菩薩白曇無竭菩薩何因緣故地大震動曇無竭言以汝向問是諸如來無來無去我荅汝時有八千人得無生法忍八十那由他衆生發阿耨多羅三藐三菩提心八萬四千衆生遠塵離垢於諸法中得法眼淨薩陁波崙菩薩心即歡喜作是念我今則爲大得善利聞般若波羅蜜中無來無去利益如是無量衆生我之善根已爲具足於阿耨多羅三藐三菩提心無疑悔必當作佛薩陁波崙聞法生歡喜因緣即昇虛空高七多羅樹作是念我今當以何物供養曇無竭菩薩釋提桓因知薩陁波崙心所念即以天曼陁羅華與薩陁波崙作是言汝以是華供養曇無竭菩薩善男子我等應助成汝以汝因緣故利益無量衆生善男子如

是之人甚爲難值能爲一切衆生故於無量阿僧祇劫往來生死爾時薩陁波崙菩薩受釋提桓因曼陁羅華散曇無竭菩薩上從虛空下頭面作禮白大師言我從今日以身供給奉上大師作是語已合掌一面立爾時長者女及五百侍女白薩陁波崙菩薩言我等今者以身奉上持是善根因緣當得如是善法世世常共供養諸佛常相親近薩陁波崙菩薩報諸女言汝若以身與我誠心隨我行者我當受汝諸女白言我等誠心以身奉上當隨所行爾時薩陁波崙菩薩與五百女人并諸寶物莊嚴之具及五百乘車奉上曇無竭菩薩白言大師以是五百女人奉給大師五百乘車隨意所用爾時釋提桓因讚薩陁波崙菩薩言善哉善哉菩薩摩訶薩應如是學一切捨法菩薩有是一切捨者則能疾得阿耨多羅三藐三菩提諸菩薩爲聞般若波羅蜜及方便故應如汝今供養於師過去諸佛本行菩薩道時亦皆如汝住是捨中爲般若波羅蜜供養於師爲聞般若波羅蜜及方便故得阿耨多羅三藐三菩提爾時曇無竭菩薩欲令薩陁波崙菩薩善根具足故受五百女人及五百乘車受已還與薩陁波崙從座而起還入宮中是時日沒薩陁波崙菩薩作是念我爲法不應坐卧當以二事若行若立以待法師出宮說法爾時曇無竭菩薩七歲常入菩薩無量三昧無量般若波羅蜜及方便觀薩陁波崙菩薩滿七歲中若行若立離於睡眠不念於欲不念美味但念曇無竭菩薩何時當從禪起我當爲敷法座曇無竭

菩薩當坐說法我當掃灑令地清淨布種種華曇無竭菩薩當說般若波羅蜜及方便時長者女及五百女人亦皆七歲隨薩陁波崙菩薩所行之事爾時薩陁波崙菩薩聞空中聲言善男子曇無竭菩薩却後七日從三昧起當於城中法座上說法薩陁波崙菩薩聞空中聲心大歡喜與五百女人欲爲曇無竭菩薩敷大法座是時諸女各脫上衣以爲法座作是念曇無竭菩薩當坐此座說般若波羅蜜及方便薩陁波崙菩薩欲灑法座處地求水不得惡魔隱蔽令水不現作是念薩陁波崙求水不得或當憂悔心動變異善根不增智慧不照薩陁波崙求水不得即作是念我當刺身出血以用灑地何以故此中塵土坌於大師我今何用此身此身不久必當壞敗我寧爲法以滅於身終不空死又我常以五欲因緣喪無數身往來生死未曾得爲如是法也薩陁波崙即以利刀周遍刺身以血灑地五百女人亦斆薩陁波崙菩薩各各刺身以血灑地薩陁波崙菩薩及五百女人乃至一念無有異心魔不能壞障其善根爾時釋提桓因作是念未曾有也薩陁波崙菩薩愛法堅固發大莊嚴不惜身命深心趣於阿耨多羅三藐三菩提當得阿耨多羅三藐三菩提度脫無量衆生生死苦惱即時釋提桓因變灑地血爲天赤栴檀水法座四邊面百由旬天栴檀氣流布遍滿釋提桓因讚言善哉善哉善男子汝精進力不可思議愛法求法最爲無上善男子過去諸佛亦皆如是深心精進愛法求法以此修習阿耨多羅三藐

三菩提爾時薩陀波崙作是念我爲曇無竭菩薩已敷法座掃灑清淨當於何所得好名華莊嚴此地曇無竭菩薩在座說法當以供養釋提桓因知薩陀波崙心所念即以三千碩天曼陀羅華與薩陀波崙菩薩作是言善男子取是曼陀羅華莊嚴此地供養曇無竭菩薩薩陀波崙菩薩受此華已以半散地以半供養曇無竭菩薩爾時曇無竭菩薩過七日已從三昧起與無量百千萬衆恭敬圍遶趣法座所坐法座上說般若波羅蜜薩陀波崙見曇無竭菩薩心大喜樂譬如比丘入第三禪爾時薩陀波崙及五百女人散華供養頭面禮足却坐一面曇無竭菩薩因薩陀波崙爲大衆說言諸法等故般若波羅蜜亦等諸法離故般若波羅蜜亦離諸法不動故般若波羅蜜亦不動諸法無念故般若波羅蜜亦無念諸法無畏故般若波羅蜜亦無畏諸法一味故般若波羅蜜亦一味諸法無邊故般若波羅蜜亦無邊諸法無生故般若波羅蜜亦無生諸法無滅故般若波羅蜜亦無滅如虛空無邊般若波羅蜜亦無邊如大海無邊般若波羅蜜亦無邊如須彌山莊嚴般若波羅蜜亦莊嚴如虛空無分別般若波羅蜜亦無分別色無邊故般若波羅蜜亦無邊受想行識無邊故般若波羅蜜無邊地種無邊故般若波羅蜜無邊水種火種風種空種無邊故般若波羅蜜無邊如金剛等故般若波羅蜜亦等諸法無壞故般若波羅蜜無壞諸法性不可得故般若波羅蜜性不可得諸法無等故般若波羅蜜無等諸法無所作故般

若波羅蜜無所作諸法不可思議故般若波羅蜜不可思議是時薩陁波崙菩薩即於座所得諸法等三昧諸法離三昧諸法不動三昧諸法無念三昧諸法無畏三昧諸法一味三昧諸法無邊三昧諸法無生三昧諸法無滅三昧虛空無邊三昧大海無邊三昧須彌山莊嚴三昧虛空無分別三昧色無邊三昧受想行識無邊三昧地種無邊三昧水種火種風種空種無邊三昧如金剛等三昧諸法不壞三昧諸法性不可得三昧諸法無等三昧諸法無所作三昧諸法不可思議三昧得如是等六百萬三昧門

囑累品第二十九

爾時佛告須菩提薩陁波崙菩薩得六百萬三昧門已即見十方如恒河沙等世界諸佛與大比丘衆恭敬圍遶皆以是文字章句相貌說般若波羅蜜如我今於此三千大千世界與諸大衆恭敬圍遶以是文字章句相貌說般若波羅蜜薩陁波崙從是已後多聞智慧不可思議如大海水世世所生不離諸佛現在諸佛常生其所一切衆難皆悉得斷須菩提當知是般若波羅蜜因緣能具足菩薩道是故諸菩薩若欲得一切智慧應當信受般若波羅蜜讀誦正憶念如說修行廣爲人說亦當了了書寫經卷供養恭敬尊重讚歎華香瓔珞末香塗香幡蓋妓樂等則是我教

爾時佛告阿難於意云何佛是汝大師不世尊佛是我大師如來是我大師佛告阿難我是汝大師汝是我弟子汝以身口意業於今現在供養恭敬尊重於我我滅度後汝當以

是供養恭敬尊重般若波羅蜜第二第三亦如是說我以般若波羅蜜囑累於汝愼莫忘失莫作最後斷種人也阿難隨爾所時般若波羅蜜在世當知爾所時有佛在世說法阿難若有書寫般若波羅蜜受持讀誦正憶念如所說行廣爲人說供養恭敬尊重讚歎華香乃至妓樂當知是人不離見佛不離聞法常親近佛佛說般若波羅蜜已彌勒等諸菩薩摩訶薩舍利弗須菩提目揵連摩訶迦葉等諸聲聞衆一切世間天人阿脩羅等聞佛所說歡喜信受

小品般若波羅蜜經卷第十

音釋

薩陀波崘 梵語也此云常啼崘盧昆切
懊惱 懊烏皓切惱乃老切
鳧 音扶野鶩也
垣 音園墉也
玫瑰 玫音梅瑰姑回切玫瑰火齊珠也
梯隥 梯天黎切木階也隥丁鄧切登陟之道也
階陛 階音皆級也陛部禮切升堂之階也
綩綖 綩於阮切綖音延
茵蓐 茵伊真切與裀同蓐如欲切正作褥
售 音授賣物去手也
髓 息委切脂也
胜 部禮切股也
瘡瘢 瘢音盤瘡愈有痕曰瘢
重瀶 重傳容切重複也瀶七艷切繞城水也
鍱 音葉
棍 胡本切開絃木也
坌 步悶切塵坋也
斆 後教切傲也

摩訶般若波羅蜜經鈔

苻秦天竺沙門曇摩蜱共竺佛念等譯

清刻龍藏佛說法變相圖

摩訶般若波羅蜜鈔經卷第一

符秦天竺沙門曇摩蜱共竺佛念等譯

道行品第一

聞如是一時佛在羅閱祇耆闍崛山中與千二百五十比丘俱皆是羅漢於生死已盡垢濁已索所語如言已脫於心度於智慧其聖已了皆悉上士所作已辦離於重擔是即自從所有已盡其智已脫心即從計除賢者阿難佛告須菩提今日樂不爲諸菩薩說般若波羅蜜菩薩當從是學成舍利弗心念今須菩提爲諸菩薩說般若波羅蜜自用力說耶持佛威神說乎須菩提知舍利弗心所念便語舍利弗敢佛弟子所說法所成法皆承佛威神何以故佛所說法法中所學皆有證以知便能有所成展轉能相成教於諸法隨其

教所以者何怛薩阿竭所說無有異若有仁善欲學是法於中終不諍須菩提白佛言使我爲諸菩薩說般若波羅蜜菩薩當從中成菩薩菩薩有字爲在何法而字菩薩亦不見法有法字菩薩亦不見菩薩亦不能得亦不見般若波羅蜜亦不能得亦不見菩薩亦不能得亦不見般若波羅蜜亦不能得何所有菩薩當爲說般若波羅蜜說是時菩薩聞之心不懈不怯不恐不難不畏是故菩薩摩訶薩以應般若波羅蜜菩薩摩訶薩當作是學般若波羅蜜當念作是住是爲學須菩提白佛菩薩摩訶薩行般若波羅蜜當作是學學其心不當自念我是菩薩何以故心無心心者淨舍利弗謂須菩提云何有心心無心須菩提語舍利弗心亦不有亦不無亦不能得亦不能知處舍利弗謂須菩提何等心亦不有心不無心亦不能得亦不能知處者須菩提言從對雖有心心無心如是心亦不知者亦無造者以是亦不有有心亦不無無心舍利弗言善哉善哉須菩提爲佛所舉作所舉者不妄空身空身慧所說最第一從是中菩薩摩訶薩署得阿惟越致舉名終不復失般若波羅蜜菩薩摩訶薩以應中住欲學聲聞道地當聞般若波羅蜜當學當持當守欲學辟支佛道地當聞般若波羅蜜當學當持當守欲學菩薩道地當聞般若波羅蜜當學當持當守所以者何般若波羅蜜法甚廣大故菩薩摩訶薩所學須菩提白佛我熟念菩薩心不可得亦不知處亦不可見而可得亦不能及說何所是菩薩摩訶薩般若波羅蜜亦

不能逮說菩薩字字處無有處如是字處無所止無所住作是說者菩薩聞之心不懈不惓不恐不難不畏以應阿惟越致其畏無所住住以如是住悉了知不復還須菩提白佛菩薩摩訶薩行般若波羅蜜色中不當住痛癢思想生死識不當於中住想色住爲行生死識想痛癢思想生死識住爲行生死識不當行生死識設住其中不隨般若波羅蜜教不爲應薩芸若爲受色故不當受色以不受色爲不受痛癢思想生死識不受色者爲非色不受痛癢思想生死識者爲非識復不受般若波羅蜜是菩薩摩訶薩爲行般若波羅蜜復不受三昧字廣大所入不受聲聞辟支佛乃至薩芸若都不受所以者何不當作想若作想亦如外外小道而有信於薩芸若雖異外道未得解脫雖不受色亦受痛癢思想生死識以不受亦不曉尚未成不見慧亦不內色見慧亦不外色見慧亦不異色見慧亦不內痛癢思想生死識見慧亦不於外識見慧亦不於內外識見慧亦不異識見慧雖從信欲得脫欲知薩芸若事於法而作限謂爲得脫以爲得法於法亦爲無所得亦未得脫其不以泥洹自貢高是爲菩薩摩訶薩般若波羅蜜所以者何爲不受色爲不受痛癢思想生死識亦不中道般泥洹悉得十種力四無所畏佛十八事不同是故爲菩薩摩訶薩般若波羅蜜復次天中天菩薩摩訶薩入般若波羅蜜行者當作是視何所是般若波羅蜜在何所法了不能知不能得處是故爲般若波羅蜜當作是念菩薩摩訶薩聞是不懈

不怯不恐不難不畏知是菩薩以住不離般若波羅蜜舍利弗問須菩提何因菩薩摩訶薩不離般若波羅蜜住離色色之自然痛癢思想生死識識之自然般若波羅蜜離般若波羅蜜之自然須菩提語舍利弗離色者色之自然痛癢思想生死識離識之自然離般若波羅蜜般若波羅蜜之自然般若波羅蜜自然爲離相故相之自然爲離故相自然相相之自然離相舍利弗謂須菩提學是者爲學薩芸若須菩提言以學是者爲入薩芸若何以故於諸法爲無所入菩薩摩訶薩作是行者便自致至薩芸若坐是菩薩摩訶薩般若波羅蜜薩芸若種復次舍利弗菩薩摩訶薩精進作是語我欲學設使行色行爲行想設想色行爲行想設生色行爲行想設壞色行爲行想設滅色行爲行想設空色行爲行想設我行立欲得爲行想痛癢思想生死識行爲行想識生行爲行想壞識行爲行想識滅行爲行想空識行爲行想我行立欲得爲行想是菩薩摩訶薩爲及行相行是守行般若波羅蜜爲不行般若波羅蜜及作想行是菩薩摩訶薩無有護行舍利弗問須菩提菩薩摩訶薩當云何行般若波羅蜜不行色行不想色行不生色行不壞色行不滅色行不空色行不痛癢思想生死識行不生識行不壞識行不滅識行不空識行爲行般若波羅蜜亦無見亦無行亦無見行無行亦不見亦不不行亦不無行如是爲不見何以故一切法無所從來亦無所持是菩薩摩訶薩於一切字法不受是三昧無有邊無有極無所不

入諸羅漢辟支佛所不能知菩薩摩訶薩隨是三昧者疾得阿耨多羅三耶三菩提得成至佛須菩提承佛威神說是言時菩薩摩訶薩皆得受決前過去怛薩阿竭自致阿耨多羅三耶三菩時得成至佛隨是三昧者亦見三昧亦不言我知三昧亦不念我三昧已亦不想我我坐三昧亦不言我三昧已隨是法者都無有短舍利弗問須菩提何所菩薩摩訶薩隨是三昧行者前過去佛得決時自致成佛可得見三昧處不須菩提言不可得見善男子於三昧亦不知亦不曉亦不了何以故不知不了則答言亦不得亦無有三昧亦不得字佛言善哉善哉須菩提如我所說空身慧菩薩摩訶薩作是者爲隨般若波羅蜜學是菩薩摩訶薩爲學般若波羅蜜舍利弗白佛菩薩摩訶薩如是學天中天爲學般若波羅蜜佛語舍利弗是菩薩摩訶薩爲學般若波羅蜜舍利弗白佛如是者爲學何法佛語舍利弗菩薩摩訶薩爲學無學法何以故法無所逮得莫癡如小兒學舍利弗問佛誰能逮得法者佛語舍利弗無所得是故得佛言無所得法莫癡如小兒學謂有字不能得欲學習入法適爲兩礙耳亦不知亦不見法若有法以有便可得色是故法不可知是爲知亦不知亦不可見若小兒癡謂有身即不解便不信以不解中住故曰小兒舍利弗白佛菩薩摩訶薩作是學爲不學薩芸若佛語舍利弗菩薩摩訶薩作是學爲不學薩芸若菩薩摩訶薩不作是學爲學薩芸若以成薩芸若須菩提白佛若有問者天中天幻爲學

佛得作佛或時作是問當何以報之佛語須菩提我故問汝隨所報之於須菩提云何幻與色爲有異乎幻與痛癢思想生死識有異乎須菩提報佛言無有異幻與色天中天無有異色是幻幻是色幻與痛癢思想生死識等無有異佛言云何須菩提所問等不隨法從五陰字菩薩須菩提言如是天中天菩薩摩訶薩學欲作佛爲學幻耳何以故作幻者持陰色如幻無所有色六衰五陰如幻痛癢思想生死識皆空無所有但有字六衰五陰耳須菩提白佛言若新學菩薩摩訶薩聞是語得無恐怖佛語須菩提設使新學菩薩摩訶薩與惡師相得相隨或恐或怖設與善師相隨不恐不怖須菩提白佛何所菩薩摩訶薩惡師當何以知之佛語須菩提其人不尊重摩訶般若波羅蜜教人棄捨去遠離菩薩心反教作想令學雜經隨雜經心耶喜樂教學餘經聲聞若辟支佛事卷卷令諷誦之爲說魔事魔主行壞敗菩薩爲種種說生死勤苦言菩薩道不可得是故爲菩薩摩訶薩惡師須菩提白佛何所是菩薩摩訶薩善師當何從知之佛語須菩提其人尊重摩訶般若波羅蜜稍稍教人令學成教語魔事令覺魔令遠離諸魔是故菩薩摩訶薩摩訶僧那僧涅摩訶衍三拔致諦是爲菩薩摩訶薩善師須菩提問佛何因菩薩名爲菩薩天中天佛語須菩提學諸經法悉曉了於諸法無所著爾故字爲菩薩須菩提復問佛悉曉知諸經法爾故字菩薩何以故復呼摩訶薩佛語須菩提摩訶薩者於天上天下最尊爾故字爲

摩訶薩舍利弗白佛我亦樂聞何以故爲摩訶薩佛語舍利弗樂聞者當爲若說之摩訶薩者悉自了見悉了知一切人世間所有悉了知人壽命悉了知悉了知著斷之事便能隨人所樂爲說法以是故名爲摩訶薩須菩提白佛摩訶薩者天中天以得摩訶薩字設菩薩心無有心與心等者無有能逮心者諸羅漢辟支佛所不能及心無所著心何以故是薩芸若心故用無有餘故以是心無所著是故號爲摩訶薩舍利弗問須菩提何因菩薩心無所著須菩提心無所思故無所著分耨文陀尼弗白佛何因摩訶薩摩訶薩者何所菩薩爲摩訶僧那僧涅摩訶衍者大乘三拔諦三拔諦者等住佛言是菩薩即爲摩訶薩須菩提白佛摩訶僧那僧涅者何因菩薩摩訶薩爲摩訶僧那僧涅佛言菩薩摩訶薩念我當度不可計阿僧祇人悉令般泥洹如是賜般泥洹而無有法般泥洹者何以故須菩提譬若如幻師於廣大處化作衆人滿一城中悉斷所化人頭於須菩提意云何有所中傷死者不須菩提言無有中傷死者佛言如是須菩提度不可計阿僧祇人賜般泥洹無有人般泥洹者聞是不恐當知是菩薩摩訶薩即爲摩訶僧那僧涅須菩提白佛如我從佛聞念其中事如是不爲摩訶僧那僧涅何以故無有作薩芸若者無有供養無有作人者何所人當作僧那僧涅色天中天無著無縛無脱痛癢思想生死識天中天無著無縛無脱分漫陀尼弗問須菩提色無著無縛無脱痛癢思想生死識無著無縛無脱乃有

色不著不縛不脫乃有痛癢思想生死識不著不縛不脫何所色須菩提無著無縛無脫何所痛癢思想生死識無著無縛無脫須菩提語分漫陀尼弗色如幻無著無縛無脫痛癢思想生死識如幻無著無縛無脫無有邊無著無縛無脫恍惚無著無縛無脫無所生無著無縛無脫是故菩薩摩訶薩摩訶僧那僧涅須菩提白佛何因菩薩摩訶薩爲摩訶衍三拔諦何所是摩訶衍從何所住衍衍爲住何所當從何所立衍中佛語須菩提摩訶衍摩訶衍者無有極不可得邊幅從何所自致立衍摩訶衍者從三界出立薩芸若中亦不於衍有所立不立何以故立不立者於法不知法何所法當立者須菩提白佛言摩訶衍摩訶衍者於天上天下人中極過上其衍與空等如虛空覆不可計阿僧祇人爾故爲摩訶衍菩薩摩訶薩亦不見來時亦不見去時亦不見住處於摩訶衍天中天不能得本亦不能得當所來亦不能得中間於三界見字爲摩訶衍佛言善哉善哉須菩提爾故菩薩摩訶薩爲摩訶衍分漫陀尼弗白佛尊者須菩提佛使說般若波羅蜜乃說摩訶衍事爲須菩提白佛言我說般若波羅蜜得無過天中天佛語須菩提所說般若波羅蜜不過如毫毛適得其中復次天中天亦不見菩薩本亦不見當來菩薩亦不見菩薩中間色無有邊菩薩亦無有邊色菩薩不可逮亦不可知亦不可得如是天中天菩薩摩訶薩亦不可知亦不可得當以何般若波羅蜜爲菩薩摩訶薩說之亦不得菩薩亦不見菩薩當以

何法說般若波羅蜜菩薩轉復相字爲菩薩
云何天中天何所字我我天中天我者亦滅
是者法之自然何所是色其要不滅者何所
色爲是痛癢思想生死識亦爾識者無有邊
菩薩亦無有邊菩薩了不知處亦不可見天
中天一切菩薩摩訶薩了無有處亦無可得
何所是菩薩摩訶薩當爲說般若波羅蜜於
菩薩都不可得見亦不知處當從何法中說
般若波羅蜜菩薩摩訶薩爲得字者如是字
想我天中天我亦滅是法之自然何所識要
而不滅者何所識於法之自然而不滅不滅
者非法作亦不無不滅何無滅者如般若波
羅蜜所說不作異滅當從何法自致菩薩爲
住行者其聞是者不恐不畏爲行般若波羅
蜜般若波羅蜜者天中天熟思惟是時爲不
入色何以得色無所生爲非色設非色爲無
色亦無有生從其中無所得字是色爲法作
數是時菩薩摩訶薩爲行般若波羅蜜當視
法思惟深入中是時亦不入痛癢思想生死
識何以故識無所生爲非識設非識爲無識
亦無有生從其中無所得字是識爲法作數
舍利弗問須菩提所說法無所出生設菩薩
無所出生者菩薩用何等故勤苦行菩薩之
道設用一切人故何能忍是勤苦須菩提語
舍利弗我亦不使菩薩忍是勤苦行菩薩忍
勤苦行是菩薩之道不自念我忍勤苦行何
以故菩薩心不作是念便能爲不可計阿僧
祇人而作本令悉安隱念之如母念之如父
念之如子念之如身菩薩摩訶薩當持心作
是念一切於菩薩不見亦不知處於內外法

當作是念當作是行作是行者爲忍勤苦行設使菩薩舍利弗不見出生菩薩爲無所生舍利弗謂須菩提設使菩薩無所生薩芸若亦無所生須菩提語舍利弗薩芸若亦無所生舍利弗復謂須菩提薩芸若無所生凡人亦無所生須菩提言凡人者亦無所生舍利弗謂須菩提菩薩無所生菩薩法亦無所生薩芸若無所生薩芸若法亦無所生凡人亦無所生凡人法亦無所生菩薩無所從生自致薩芸若須菩提言不從無所生法可入亦不無無所從生法逮得舍利弗復問其生生者乃能逮得法不須菩提言無所從生法爲逮生無無所生法是爲逮得舍利弗復言以生生者爲從無所生生須菩提言無所生無所生樂聞舍利弗語須菩提無所樂生是故爲樂須菩提言無所生聞是爲聞舍利弗言以聞所語須菩提語舍利弗無無所語是爲語無所語無所樂是故語是故樂舍利弗言善哉善哉須菩提所說於法中爲尊何以故尊者須菩提隨所問即答悉報之須菩提語舍利弗佛弟子所說法皆悉如事隨其所問即能解何以故隨法如事故亦不知所出生舍利弗言善哉善哉須菩提從何波羅蜜度菩薩摩訶薩須菩提語舍利弗從般若波羅蜜說是法時若諷誦讀菩薩摩訶薩當知信之不疑有隨是法不增不隨是法者不減舍利弗謂須菩提隨是法不增不隨是法亦不減隨法教一切人隨法者不失一切人皆使得菩薩摩訶薩何以故一切人悉學法其法俗如故須菩提言善哉善哉舍利弗所解法

如舍利弗言無異何以故人之自然當念知人之恍惚當念知恍惚人身難了知當念知之舍利弗菩薩摩訶薩法當作是守當作是行

問品第二

爾時釋提桓因與四萬天人俱來共會四天王與天上二萬天人俱來共會梵迦夷天與一萬天人俱來共會首陀會天與五千天人俱來共會諸天宿命有德光明巍巍得佛威神力諸天光明悉不復見釋提桓因白須菩提若干萬千天人大會欲聽須菩提說般若波羅蜜云何菩薩摩訶薩於般若波羅蜜中住須菩提語釋提桓因拘翼是若干萬千天人樂聞者皆聽我當持佛威神力廣爲諸天人說般若波羅蜜何所天人未發菩薩心者令皆當行以得須陀洹者不可復得菩薩道何以故閉塞生死故正使是輩人索菩薩道我亦勸助之不斷其功德悉使取法中極尊欲使極上佛言善哉善哉須菩提勸樂諸學乃爾須菩提白佛言我當報恩不得不報何以故過去時怛薩阿竭皆令弟子爲諸菩薩說般若波羅蜜怛薩阿竭時亦在其中學如是法中令自致作佛天中天因是故當報恩令我復說般若波羅蜜菩薩亦當受復菩薩法我亦復勸樂菩薩摩訶薩疾得成佛須菩提語拘翼當所問者但聽所問菩薩摩訶薩云何住般若波羅蜜菩薩摩訶薩以空住般若波羅蜜菩薩摩訶薩摩訶僧那僧涅摩訶衍三拔諦色不那中住痛癢思想生死識不那中住須陀洹不那中住斯陀含不那中住

阿那舍不那中住阿羅漢不那中住辟支佛不那中住佛不那中住有色不那中住有痛癢思想生死識不那中住有須陀洹不那中住有斯陀舍不那中住有阿那舍不那中住有阿羅漢不那中住有辟支佛不那中住有佛不那中住色常無常不那中住痛癢思想生死識常無常不那中住色若樂若苦不那中住痛癢思想生死識若苦若樂不那中住色若空不空不那中住痛癢思想生死識若空不空不那中住色是我所非我所不那中住痛癢思想生死識是我所非我所不那中住須陀洹道不動成就不那中住須陀洹道成已不那中住何以故七死七生便度去是故須陀洹道不那中住斯陀舍道不動成就不那中住斯陀舍道成已不那中住何以故斯陀舍一死一生便度去是故斯陀舍道不那中住阿那舍道不動成就不那中住阿那舍道成已便於天上般泥洹是故阿那舍道不那中住阿羅漢道不動成就不那中住何以故羅漢道成已便盡是間無有餘泥洹般泥洹是故羅漢道不那中住辟支佛道不動成就不那中住辟支佛道成已過聲聞道地不逮佛道便中道般泥洹是故辟支佛道不那中住自致成佛爲阿僧祇人作本教不可計阿僧祇人皆當般泥洹佛所作爲皆究竟已當般泥洹亦不那不住舍利弗心念言菩薩云何住須菩提知舍利弗心所念便即報之云何舍利弗佛爲在何所住舍利弗語須菩提佛無所住怛薩阿竭心無所住止亦不在不動處止亦無動處止須菩提語舍利弗

菩薩摩訶薩當作是學如怛薩阿竭不住亦不不住亦無無住當作是學住諸天人聞是其心各作是念諸閱叉若大若小所語悉可了知尊者須菩提所說了不可知須菩提知諸天人心之所念即報言是語難了難了亦不可聞亦不可知諸天人心各各復念是語當解當解今尊者須菩提所知深入深入須菩提即復知諸天人心所念語諸天人欲得須陀洹道證已得須陀洹道不忍不那中住便度去欲得斯陀含道證以得斯陀含道不忍不那中住便度去欲得阿那含道證以得阿那含道不忍不那中住便度去欲得阿羅漢道證已得羅漢道不忍不那中住便度去欲得辟支佛道證已得辟支佛道不忍不那中住便度去欲得佛道證已得佛道不忍不那中住便度去諸天人皆念言尊者須菩提所說乃爾誰當聽受是法者須菩提知諸天人心所念語諸天人幻人者當聽我法當受我法何以故從我聞法已亦不作證諸天人心各各復念云何幻人聽法與人等無有異須菩提知諸天人心所念語諸天人幻如人人如幻須菩提言我說須陀洹斯陀含阿那含阿羅漢辟支佛道亦如幻耳正使佛道我說亦復如幻諸天人謂須菩提乃至佛亦復說如幻須菩提語諸天人乃至泥洹亦復如幻諸天人復問須菩提乃至泥洹亦復如幻云何須菩提言諸天人設復有法出於泥洹者亦復如幻何以故幻人泥洹賜如空所有舍利弗分漫陀尼弗摩訶拘絺羅摩訶迦旃延等共問須菩提般若波羅蜜實重深何等

人當受是法者賢者阿難亦爾須菩提報諸
比丘言阿惟越致菩薩當受是法若成就阿
羅漢者復有是法無有持者何以故般若波
羅蜜說相如是從中無所出何以故法中無
所有無所聞無所得如是法比無所聞法無
所得法從是法中無所受釋提桓因心念雨
法寶尊者須菩提所說我寧可化作華持散
須菩提上釋提桓因即化作華散尊者須菩
提上須菩提即言是華不出於忉利天上曾
見是華爲從幻化釋提桓因所化散我上者
爲從心樹出不從樹木出生是華爲從心樹
出生釋提桓因言如所說華爲從心樹出須
菩提言如是拘翼釋提桓因言亦不從心樹
出須菩提言以是故爲非華釋提桓因言尊
者須菩提所入慧甚深甚深所說不增不減
作是說法如須菩提教菩薩摩訶薩當作是
學須菩提語釋提桓因拘翼所言如語無有
異是菩薩摩訶薩所學菩薩摩訶薩作是學
者爲不學須陀洹斯陀含阿那含阿羅漢辟
支佛道是菩薩爲學薩芸若作是學者爲學
不可計阿僧祇法不生色學不生痛癢思想
生死識學不學受色不學痛癢思想生死識
不學受想法樂亦不學受有所失作是者爲
學薩芸若爲如薩芸若舍利弗語須菩提作
是學者亦不受薩芸若亦不失學爲學薩芸
若爲如薩芸若須菩提語舍利弗作是學亦
不受薩芸若亦不失學是爲學薩芸若爲如
薩芸若釋提桓因問舍利弗菩薩摩訶薩當
云何求般若波羅蜜舍利弗言當問尊者須
菩提釋提桓因問尊者須菩提當持何威神

恩而所學須菩提言所學者悉承用佛威神恩屬拘翼所問菩薩摩訶薩當云何求般若波羅蜜亦不可從色求亦不可離色求亦不可從痛癢思想生死識求亦不可離識求何以故般若波羅蜜非色亦不離色般若波羅蜜非痛癢思想生死識般若波羅蜜亦不離識般若波羅蜜釋提桓因問須菩提摩訶波羅蜜無有邊摩訶波羅蜜無有極須菩提語拘翼摩訶波羅蜜無有邊無有極波羅蜜了不可見無有極波羅蜜了不可極人無極波羅蜜亦無極如是拘翼當云何求波羅蜜於法中無有極無有邊際亦無中間亦不能得有所限波羅蜜者亦復如是復次拘翼法者無際無限無有極無有中間無可得者釋提桓因言云何尊者須菩提人無極波羅蜜亦無極須菩提語釋提桓因都盧不可議計正使倍復倍人亦無極波羅蜜亦復無極釋提桓因言何緣人無極波羅蜜亦無極須菩提言於拘翼意云何何所法中說人人之本釋提桓因言無有法作是說者亦無法留置者設有出者但字耳無有作者但以字耳須菩提言於釋提桓因云何能有人可得見者不釋提桓因言不可得見須菩提報釋提桓因無有作者何所有人正使怛薩阿竭阿惟三佛壽如恒邊沙劫說有人生者滅者釋提桓因言無有人何以故本清淨故以是拘翼人無有極當作是念般若波羅蜜

摩訶般若波羅蜜鈔經卷第一

摩訶般若波羅蜜鈔經卷第二

符秦天竺沙門曇摩蜱共竺佛念等譯

功德品第三

爾時諸因坻天諸梵天諸波耶和提天諸伊沙天諸那提乾天同時三反作是稱譽法賢者須菩提所說法甚深怛薩阿竭皆從是生其有聞者若諷誦讀有行者我輩恭敬視如怛薩阿竭我輩恭敬視菩薩摩訶薩持般若波羅蜜佛語諸天人如是如是昔我於提和竭羅佛前逮得般若波羅蜜我便爲提和竭羅佛所授決言却後若當爲人中之導悉當逮佛智慧却後無數阿僧祇劫汝當作佛號字釋迦文天上天下於中最尊安定世間法中極明號曰爲佛諸天人白佛言甚善菩薩摩訶薩天中天行般若波羅蜜自致行到薩芸若佛於天會中告諸比丘比丘尼優婆塞優婆夷今以四輩爲證欲天梵天阿陂譮天皆共證知佛語釋提桓因拘翼若有善男子善女人其有學般若波羅蜜持誦者是善男子善女人魔若魔天若人若非人終不能得其便亦不得橫死復次拘翼忉利天上諸天人其有行佛道者未得般若波羅蜜學誦者是輩天人皆當徃到善男子善女人所其學持誦般若波羅蜜者若行空閑屛限之處終不恐怖無所畏懼四天王白佛言我輩自共擁護是善男子善女人學般若波羅蜜持者誦者梵摩三鉢天及諸梵天人俱白佛言我輩自共擁護是善男子善女人學般若波羅蜜持誦者釋提桓因白佛言我自擁護是善男子善女人學般若波羅蜜持誦者釋提桓

因復白佛言難及天中天若善男子善女人有學般若波羅蜜者便得現在法其受般若波羅蜜者天中天爲悉受六波羅蜜佛言如是拘翼其受般若波羅蜜者爲悉受六波羅蜜復次拘翼若善男子善女人學持諷誦般若波羅蜜者拘翼且聽我說其人所得功德上語亦善中語亦善下語亦善釋提桓因言受教佛語拘翼其欲於我法中有所嬈害亂者其人稍稍起惡意欲來未至中道而亡是善男子善女人用學般若波羅蜜持誦故其人賷惡往來至稍稍嬈害亂意自止便屈還終不至是者拘翼善男子善女人所作爲悉自見得用學持誦般若波羅蜜故譬若有藥拘翼名爲摩祇有蛇飢者行索食所當噉食道逢蟲豸蛇欲噉之蟲行到摩祇藥所蛇聞藥香即走還去何以故藥力所却蛇毒即歇藥力所猒如是拘翼若善男子善女人學持誦般若波羅蜜者其有欲害便自消亡用般若波羅蜜威神力所却佛言設有謀作者所從來處便於彼鬭破壞不復成四天王皆擁護是善男子善女人若入般若波羅蜜中思惟者自在所爲所語如甘露所語悉尊重瞋恚不生不自貢高四天王皆當擁護是善男子善女人學持誦般若波羅蜜者所語無有異所言如甘露所言不輕瞋恚不起自貢高不生何以故用學般若波羅蜜故不受貢高不受自用不受瞋恚是善男子善女人心自生念若有鬭諍當遠離面自羞慚念是曹之惡而不可近自念我索佛道不可隨瞋恚語疾使我逮好心是善男子善女人所作爲

悉自見現在功德其學持誦般若波羅蜜者亦爾釋提桓因白佛言誰當天中天爲般若波羅蜜者乃過諸惡上去自在所作無有與等者佛語釋提桓因復次拘翼善男子善女人學持誦般若波羅蜜者或過極難之中終不恐正使入軍不被兵佛言我所語無有異若善男子善女人當是時念誦般若波羅蜜正使於中當死若怨家在中欲共害之如佛所語無有異是善男子善女人終不於中橫死正使在中若有射者若有兵向者終不中其身何以故是般若波羅蜜者極大呪持尊之呪學是呪者善男子善女人不自念惡亦不念他人惡都不念惡爲人中之雄自致作佛當護一切人學是呪者疾成得佛復次拘翼若書般若波羅蜜學持誦經者若人若非人不能害之除宿命之罪不可請避若佛初得道處若有人從在方面來入其中若鬼神禽獸欲來嬈者終不能傷害何以故用過去當來今現在佛悉從是處自致成佛以是故不恐不怖無所畏懼般若波羅蜜者亦復如是在所止處一切皆爲作禮恭敬護視之釋提桓因白佛言若有天中天書般若波羅蜜持經卷自歸作禮承事者名華好香擣香雜香澤香燒香繒綵華蓋幢旛以是供養若有持怛薩阿竭阿羅呵三耶三佛舍利起塔自歸作禮承事好華名香擣香雜香澤香燒香繒綵華蓋幢旛持用供養佛問拘翼如是其福何所爲多者隨所樂報云何拘翼怛薩阿竭阿羅呵三耶三菩自致薩芸若成佛身出見從何法中學得阿耨多羅三耶三菩阿惟

三佛釋提桓因報言怛薩阿竭從般若波羅蜜學得阿耨多羅三耶三菩自致成阿惟三佛佛語釋提桓因不用身舍利故爲從薩芸若得佛怛薩阿竭者爲從般若波羅蜜出如是拘翼薩芸若身者爲從般若波羅蜜出怛薩阿竭阿羅呵三耶三菩爲從薩芸若生我得作佛身我般泥洹已後舍利亦得供養若有善男子善女人書般若波羅蜜學持誦行自歸作禮承事以好華名香擣香雜香澤香燒香繒綵華蓋幢旛持用供養即爲供養薩芸若慧已復次拘翼其有書般若波羅蜜者持經卷雖不讀但供養作禮是善男子善女人從其中得功德無比何以故爲供養薩芸若慧故釋提桓因白佛言如是天中天閻浮利人不供養事般若波羅蜜者是輩人不知般若波羅蜜爲尊當得福無比佛語釋提桓因云何拘翼閻浮利人中有幾所信佛信法信比丘僧者釋提桓因白佛言閻浮利人少所信佛信法信比丘僧者少少耳及行須陀洹斯陀含阿那含阿羅漢辟支佛者少少耳能至行佛道者亦復少少耳佛言如是拘翼至有索佛道行者亦復少少耳求佛者不可計阿僧祇人欲作菩薩行然後從其中出者若一若兩在阿惟越致地立以是故拘翼若善男子善女人行求佛道者學持誦般若波羅蜜經當爲作禮承事恭敬所以者何用曉般若波羅蜜故過去怛薩阿竭阿羅呵三耶三佛本從菩薩行般若波羅蜜所學我時亦在中學怛薩阿竭般泥洹後菩薩摩訶薩悉當受是般若波羅蜜怛薩阿竭般泥洹後拘

翼若善男子善女人取舍利供養起七寶塔盡壽自歸作禮承事供養天華擣香澤香燒香雜香天繒華蓋幢旛如是於拘翼意云何所作爲其福寧多不釋提桓因言甚多甚多天中天佛言不如善男子善女人書般若波羅蜜持經卷自歸作禮承事供養名華好香擣香雜香澤香燒香繒綵華蓋幢旛得福甚多佛言置是塔拘翼若滿閻浮利七寶塔善男子善女人盡形壽自歸作禮承事供養天華好香擣香雜香澤香燒香天繒華蓋幢旛云何拘翼其福寧多不釋提桓因言甚多甚多天中天佛言不如善男子善女人書般若波羅蜜持經卷自歸作禮承事供養名香好香擣香雜香澤香燒香繒綵華蓋幢旛得福甚多佛言且置是閻浮利所作塔滿四天下

七寶塔拘翼若善男子善女人盡形壽自歸作禮承事供養天華好香擣香雜香澤香燒香天繒華蓋幢旛其福寧多不釋提桓因言甚多甚多天中天佛言不如善男子善女人書般若波羅蜜持經卷自歸作禮承事供養名華好香擣香雜香澤香燒香繒綵華蓋幢旛得福甚多佛言置四天下塔拘翼譬如一天下復次一天下如是千天下四面皆滿七寶塔若善男子善女人盡形壽自歸作禮承事供養天華好香擣香雜香澤香燒香天繒華蓋幢旛云何拘翼其福寧多不釋提桓因言甚多甚多天中天佛言不如善男子善女人書般若波羅蜜持經卷自歸作禮承事供養名華好香擣香雜香澤香燒香繒蓋幢旛得福甚多佛言復置千天下拘翼復次千小國土

如是中爲二千國土四面皆滿七寳塔若善男子善女人盡形壽自歸作禮承事供養天華擣香雜香澤香燒香天繒華蓋幢旛云何拘翼其福寧多不釋提桓因言甚多甚多天中天佛言不如善男子善女人書般若波羅蜜持經自歸作禮承事供養名華好香擣香雜香澤香燒香繒蓋幢旛得福甚多佛言置二千中國土拘翼三千大千國土四面滿中七寳塔若有善男子善女人盡形壽自歸作禮承事供養天華擣香雜香澤香燒香天繒華蓋幢旛云何拘翼其福寧多不釋提桓因言甚多甚多天中天佛言不如善男子善女人書般若波羅蜜持經卷自歸作禮承事供養名華好香擣香雜香澤香燒香繒綵華蓋幢旛得福甚多佛言置三千大千國土七寳塔拘翼若三千大千國土中一切菩薩悉得爲人人人作七寳塔是輩人盡形壽持倡妓樂歌儛天雜香擣香雜香澤香燒香繒綵華蓋幢旛持用供養云何拘翼是功德福寧多不釋提桓因言其所作福德功德甚多甚多天中天佛言不如善男子善女人書般若波羅蜜持經卷自歸作禮承事供養名華好香擣香雜香澤香燒香繒綵華蓋幢旛得福甚多釋提桓因白佛言如是如是天中天其自歸般若波羅蜜作禮承事者爲供養過去當來今現在佛薩芸若已釋提桓因復白佛置三千大千國土人人人所作七寳塔如恒河沙佛刹滿中人人人悉起七寳塔皆供養一劫復至一劫持天華名香擣香雜香澤香燒香天繒華蓋幢旛以天上天下諸妓樂持用

供養其福功德不如善男子善女人書般若波羅蜜持經卷自歸作禮承事供養名華好香擣香雜香澤香燒香繒綵華蓋幢旛其所得福出過彼上佛語釋提桓因如是拘翼不如善男子善女人從法中得福極多不可計不可議不可稱不可量不可極何以故拘翼怛薩阿竭阿羅呵三耶三佛薩芸若者爲從般若波羅蜜出如是拘翼善男子善女人書般若波羅蜜持經卷自歸作禮承事供養名華好香擣香雜香澤香燒香繒綵華蓋幢旛如是拘翼是皆前世功德所致佛言如恒邊沙佛刹百倍皆起七寶塔不在計中千倍不在計中百千倍不在計中萬億倍不在計中無數倍不在般若波羅蜜供養計中爾時四萬天子與釋共來會者皆謂釋提桓因尊者當取般若波羅蜜當誦般若波羅蜜佛語釋提桓因當學持誦般若波羅蜜何以故若阿須倫生念欲起兵與忉利天共戰是時拘翼當念誦般若波羅蜜阿須倫即休兵衆即還釋提桓因白佛般若波羅蜜極大呪天中天般若波羅蜜極尊呪無有輩呪佛言如是如是拘翼般若波羅蜜爲極大呪般若波羅蜜爲極尊呪般若波羅蜜無有輩呪是呪拘翼過去怛薩阿竭阿羅呵三耶三佛皆從是呪自致作佛甫當來諸怛薩阿竭阿羅呵三耶三佛皆學是呪自致得佛今現在諸佛皆從是呪自致作佛是呪者拘翼出十善功德照明於世四禪四諦四神足五旬照明於世善薩摩訶薩因漚惒拘舍羅中生十善功德照明世間復次拘翼若善男子善女人學持誦

般若波羅蜜者便得現在法聽釋提桓因問佛云何當得今現在法聽佛言其人終不橫死終不中毒死終不於溺死終不兵死若時時遭縣官若爲縣官所侵當誦念般若波羅蜜往到其所終不得危害何以故般若波羅蜜所擁護若爲縣官所呼召當誦念般若波羅蜜彼間若王若太子傍臣所使與相見即得好語各皆歡喜何以故用學般若波羅蜜慈心愍傷哀念一切人蜎飛蠕動故其欲得害者不能得其便佛說是時有異道人遙見佛欲往亂座釋提桓因自念言盡我壽常得在佛邊受誦般若波羅蜜異道人欲且來必亂我令不得受般若波羅蜜釋提桓因從佛所受誦般若波羅蜜彼異道人即還遶所繞天中天一帀便從彼道徑還去舍利弗心念云何異道人從彼間中道而去佛知舍利弗心所念即言是異道人無有好意來釋提桓因念般若波羅蜜以故中道還去弊魔作是念怛薩阿竭阿羅呵三耶三佛與四輩弟子共坐欲天梵天諸天子悉復在中無有異人菩薩摩訶薩今受決者當爲人中之將自致作佛我當往亂之弊魔化乘一轅之車駕四馬稍稍欲前到佛所釋提桓因念弊魔乘四馬之車欲來到佛所非國王洴沙駟馬之車亦不類國王波斯匿四馬之車亦非類釋種墮舍利種四馬之車不類是弊魔所作常念索佛便欲亂世間人釋提桓因常願欲念誦讀般若波羅蜜即時心念般若波羅蜜且欲究竟弊魔即復道還去忉利天上人持所化華飛在空中用散佛上皆言使般若波羅蜜

得久在閻浮利令人悉得聞見便復持天上若干種華已散佛上皆言其有行般若波羅蜜者守般若波羅蜜者亦不爲魔及魔天所得便釋提桓因白佛言其聞般若波羅蜜者是輩人其福功德不少何況學誦持者諷誦學已復行教人是人前世已爲見佛從聞般若波羅蜜何況學持誦已行如中事者即爲供養怛薩阿竭已何以故欲得薩芸若者當從般若波羅蜜譬如欲得極天寶者天中天當從大海欲得薩芸若珍寶者天中天怛薩阿竭阿羅呵三耶三佛當從般若波羅蜜索之佛言如是如是拘翼怛薩阿竭阿羅呵三耶三佛爲從薩芸若出阿難白佛言無有說檀波羅蜜者亦不尸波羅蜜亦不羼提波羅蜜亦不惟逮波羅蜜亦不禪波羅蜜都無說

是字者但共說般若波羅蜜何以故天中天佛語阿難般若波羅蜜五波羅蜜中最尊云何阿難不作薩芸若布施能爲檀波羅蜜不不作薩芸若淨戒忍辱精進一心智慧能爲尸羼惟逮禪波羅蜜不阿難言如是如是天中天無波羅蜜者爲布施薩芸若者是檀波羅蜜無波羅蜜爲戒忍辱精進一心智慧薩芸若者是般若波羅蜜佛語阿難用是故般若波羅蜜五波羅蜜中爲最尊譬如掘地以種散其中同時俱出生如是阿難般若波羅蜜者爲生五波羅蜜薩芸若者從般若波羅蜜成以是故阿難般若波羅蜜於五波羅蜜爲極大尊自在所教釋提桓因白佛言怛薩阿竭阿羅呵三耶三佛說善男子善女人從般若波羅蜜教學持誦者說其功德未能竟

佛語拘翼我不説諷起者功德未竟説善男子善女人書般若波羅蜜者持經卷自歸作禮承事供養名華好香擣香雜香澤香燒香繒綵華蓋幢旛我説是供養功德耳釋提桓因白佛我自擁護視是善男子善女人書般若波羅蜜持經卷自歸供養承事名華好香擣香雜香澤香燒香繒綵華蓋幢旛者佛語拘翼善男子善女人誦般若波羅蜜時若干百千天往到其所聽聞其法若有於法不解欲問法師適作是念用茲法故應時各解是善男子善女人便得今現在法聽復次拘翼善男子善女人於四輩弟子中説般若波羅蜜其心都無所難若形試者終不畏何以故爲般若波羅蜜所擁護其所形試者便即而去佛言我了不見爲般若波羅蜜者何況欲形試般若波羅蜜即是不能得見爲般若波羅蜜之所猒服善男子善女人無有敢輕易者心亦無所畏恐是善男子善女人爲悉見今現在所作功德法復次拘翼若善男子善女人敬受父母沙門道人知識兄弟宗親中外或時其欲説惡事者持中正法爲解説之是者拘翼善男子善女人便得今現在所作功德法復次拘翼善男子善女人書般若波羅蜜持經卷書四天王上諸天人索佛道者當到彼所問訊聽受般若波羅蜜作禮繞竟便去忉利天上諸天人索佛道者當到彼所問訊聽受般若波羅蜜作禮繞竟便去鹽天上諸天人索佛道者當到彼所問訊聽受般若波羅蜜作禮繞竟便去是善男子善女人心當知無央數阿僧祇佛刹諸天人龍閱叉

揵陀羅阿須倫迦樓羅甄陀摩睺勒人非人當來到是間問訊聽受般若波羅蜜作禮繞竟各自便去是即爲施兠術天上諸天人索佛道者當到彼所問訊聽受般若波羅蜜作禮繞竟便去尼摩羅提天上諸天人索佛道者當到彼間問訊聽受般若波羅蜜作禮繞竟便去波羅尼蜜和聽拔致天上諸天人索佛道者當到彼所問訊聽受般若波羅蜜作禮繞竟便去梵迦夷天梵富樓天梵波産天摩訶梵天盧天波利陀天盧波摩那天阿陂亘須天波利陀首呵天阿波摩首天首呵迦天惟番羅天阿比天阿陀首天首陀施天阿迦膩吒天等諸天人皆當到彼所問訊聽受般若波羅蜜作禮繞竟便各自去乃至阿迦膩吒天常悉來下何況拘翼三千大千國土諸欲天人諸色天人悉皆當來問訊聽受般若波羅蜜作禮繞竟各自還去是善男子善女人在所止處常當完堅無有嬈者除其宿命不請餘不能動是善男子善女人便得今現在功德法諸天來時當可知之釋提桓因云何天中天是善男子善女人當何從知諸天來時聽受承事供養作禮佛言善男子善女人若見光明知諸天若龍閱叉揵陀羅來聽受般若波羅蜜承事作禮其心歡喜踊躍知已爲來復次拘翼善男子善女人曾所不聞香若聞香當知鬼神來已復次拘翼善男子善女人當淨身體用淨潔故鬼神皆大歡喜數往到彼所其人踊躍如小天去大天來到以是譬之其威神甚尊光明巍巍是善男子善女人常歡喜淨潔住其病終不著身所

止常得安隱未曾有惡夢夢中不見餘但見佛但見塔但聞般若波羅蜜但見佛所坐樹但見法輪轉但見且欲成佛時但見諸佛成得佛已轉法輪但見若干菩薩但見說六波羅蜜種種爲解慧但見當作佛者但見餘佛刹但聞佛尊法但見其方其刹怛薩阿竭阿羅呵三耶三佛若干百千弟子若干億弟子佛在其中而說法是者拘翼善男子善女人於夢中所見已便安隱覺即身爲輕不復思食身如食輭美而飽譬若比丘得禪從禪覺已其心輭好不大思食自輭美飽如是拘翼是善男子善女人從覺已不大思食自想身輭美如飽何以故拘翼其邪鬼神不敢近是善男子善女人爲自見今現在功德法已用學誦般若波羅蜜故若有書寫雖不誦讀但持經卷自歸作禮承事供養名華好香擣香雜香澤香燒香繒綵華蓋幢旛復次拘翼或閻浮提中滿怛薩阿竭舍利若般若波羅蜜經是二者欲取何釋提桓因言我寧取般若波羅蜜何以故我不敢不敬舍利天中天其舍利者爲從般若波羅蜜出而得供養如我於諸天中而獨持坐或時不在座上敢有天人來到者皆承事爲座作禮所受教處便即而去般若波羅蜜出者如是天中天出怛薩阿竭阿羅呵三耶三佛舍利爲從薩芸若智慧出生閻浮利中滿怛薩阿竭舍利正使天中天三千大千國土滿中舍利爲一分般若波羅蜜經爲二分我從二分之中取般若波羅蜜何以故舍利爲從中出自到得供養譬如負債之人天中天與王者相知得甚敬愛

無有問者亦無所畏何以故在王邊得威力故天中天以從般若波羅蜜者便出舍利而得供養般若波羅蜜譬若如王其住附者輙爲人所敬怛薩阿竭舍利爲從薩芸若出生便得供養是天中天薩芸若慧怛薩阿竭阿羅呵三耶三佛爲從般若波羅蜜出當作是知兩分之中我取般若波羅蜜其受般若波羅蜜持者譬如無價摩尼珠天中天其有是寶無有與等者在所著處鬼神不得其便不爲鬼神所害若男子女人無大無小其得取者持是摩尼珠著身其鬼神即走去若中熱者持是摩尼珠著身上其熱即爲除若中風者持是摩尼珠著身上其風即爲除若中寒者持是摩尼珠著身上其寒不復增即得除去若夜時持摩尼珠著冥中即爲悉明若熱時持摩尼珠在所著處即爲大涼若寒時持摩尼珠在所著處即爲大溫在所置處諸毒即爲不行若男子女人無大無小若蛇蟒所齧持是摩尼珠著之毒即自去天中天是摩尼珠之爲極尊若有人病目痛者若得目冥持是摩尼珠近眼痛即爲除愈如是天中天摩尼珠之德甚大巍巍若著水中水即如色持若干種繒鄭重裹摩尼珠著其水中水即隨色若水濁者即時爲清摩尼之德而無與比阿難問釋提桓因云何拘翼天上亦有摩尼閻浮利地上亦有摩尼俱同摩尼何有差別即報阿難天上摩尼者不與人間俱同閻浮利所有其光明自然不足言耳如我所說即知有異其德甚尊十倍百千倍萬億倍巨億萬倍如我所語摩尼者若著篋中若著函

中其光明徹照於外假使舉珠出去其處續明如故般若波羅蜜者是薩芸若之慧至怛薩阿竭阿羅呵三耶三佛般泥洹去後舍利續得供養舍利者即爲薩芸若之函器復次天中天若三千大千國土滿中舍利乃至恒邊沙佛刹滿中舍利合爲一分般若波羅蜜經爲二分我寧從二分之中取般若波羅蜜何以故怛薩阿竭爲從薩芸若生其舍利者從般若波羅蜜出自致得供養若善男子善女人天中天欲見今現在阿僧祇刹土諸佛當承法如般若波羅蜜行當作是念佛語釋提桓因言如是拘翼過去時怛薩阿竭阿羅訶三耶三佛皆從般若波羅蜜自致成佛甫當來怛薩阿竭阿羅訶三耶三菩悉從般若波羅蜜當自致成作佛今現在無央數阿僧祇刹土諸佛亦從般若波羅蜜自致成作佛釋提桓因白佛言摩訶波羅蜜天中天一切人蜎蜚蠕動若波羅蜜悉了知之佛言菩薩摩訶薩用是知故晝夜行般若波羅蜜釋提桓因言所以但行般若波羅蜜不行餘波羅蜜者何佛言菩薩摩訶薩悉行六波羅蜜般若波羅蜜於菩薩摩訶薩爲最尊若所施與般若波羅蜜爲出其上戒者無所犯忍辱者爲自守精進者不懈怠一心者而不亂悉見諸法是菩薩摩訶薩爲行般若波羅蜜譬若閻浮利地上拘翼種種樹木若干種色各各異葉各各異華各各異實各各異種其影者而無異即皆悉相類如是拘翼五波羅蜜爲從般若波羅蜜出薩芸若種種展轉相得無有異釋提桓因白佛言極大尊之德無過般

若波羅蜜天中天不可計德無過般若波羅
蜜天中天無有已波羅蜜天中天若有書般
若波羅蜜持經卷自歸作禮承事供養名華
好香擣香雜香澤香燒香繒綵華蓋幢旛中
復有書般若波羅蜜者持施與人其福何所
爲多佛言故問拘翼自恣報之若有怛薩阿
竭舍利自供養復分布與他人令供養之中
有自供養舍利不分布與人其福何所多者
釋提桓因言是善男子善女人自供養舍利
天中天復分與人其福出彼上甚多佛言如
是如是拘翼善男子善女人若書般若波羅
蜜持經卷自歸作禮承事供養名華好香擣
香雜香澤香燒香繒綵華蓋幢旛復書經卷
分與他人令供養之其福甚大復次拘翼若
法師在所至湊輙說經法分教於人其功德

甚大甚大復次拘翼閻浮利人悉是善男子
善女人皆令持十善云何拘翼其福寧多不
釋提桓因言甚多甚多天中天佛言不如善
男子善女人書般若波羅蜜持經卷與人使
書之若爲人讀其福倍多復次拘翼置閻浮
利及四天下諸小千國土二千中國土三千
大千國土乃至恒邊沙佛刹人悉是善男子
善女人皆令持十善云何拘翼其福寧多不
釋提桓因言甚多甚多天中天佛言善男子
善女人書般若波羅蜜持經卷與人使書若
爲人讀其福倍多復次拘翼閻浮利人悉是
善男子善女人皆令行四禪四諦四神足五
句云何拘翼其福寧多不釋提桓因言甚多
甚多天中天佛言不如善男子善女人書般
若波羅蜜持經卷與人使書之若爲人讀其

福倍甚益多復次拘翼置閻浮利四天下及三千大千國土乃至恒邊沙佛刹人悉是善男子善女人皆令行四禪四諦四神足及五旬悉令得成云何拘翼其福寧多不釋提桓因言甚多甚多天中天佛言不如善男子善女人書般若波羅蜜持經卷與人使書之若爲人讀其福轉倍復次拘翼若有人讀般若波羅蜜者復教餘人令學之其福甚倍益多復次拘翼若有人自學般若波羅蜜復爲人解其慧得福轉甚倍多釋提桓因白佛言云何學般若波羅蜜解中慧者天中天佛言其不曉者爲解說之若有當來善男子善女人欲得阿耨多羅三耶三菩至阿惟三佛者應學般若波羅蜜反得惡師教學枝掖般若波羅蜜釋提桓因問佛何謂爲枝掖般若波羅蜜者佛言甫當來世有比丘欲學般若波羅蜜爲惡師所反教釋提桓因言何所爲反教者佛言教人學色之無常令人於色求無常作是行般若波羅蜜作無常學痛癢思想生死識於識求無常作是行般若波羅蜜拘翼是爲枝掖般若波羅蜜佛言其人作壞色行求色無常壞痛癢思想生死識行於識求無常視其作是行者若有黠慧當持般若波羅蜜爲解之其福轉倍益多復次拘翼故閻浮利人若善男子善女人皆令得須陀洹道云何拘翼其福寧多不釋提桓因言甚多甚多天中天佛言不如善男子善女人書般若波羅蜜持經卷與人使書之教令學若爲人讀其福倍益甚多何以故須陀洹道者皆從般若波羅蜜出復次拘翼置閻浮利正使三千

大千國土乃至恒邊沙佛刹人教令得斯陀含其福寧多不釋提桓因言甚多甚多天中天佛言不如善男子善女人書般若波羅蜜持經卷與人使書之教令學若爲人讀其福德益甚多何以故薩芸若徳成法聽故從般若波羅蜜中成得佛便出須陀洹道復次拘翼悉得斯陀含阿那含阿羅漢道其福寧多不釋提桓因言甚多甚多天中天佛言不如是善男子善女人書般若波羅蜜持經卷與人使書之若爲人讀其福甚多以是故皆從是法各各悉得是般若波羅蜜之所致何以故爲薩芸若法以學薩芸若法便能教成須陀洹斯陀含阿那含阿羅漢辟支佛置閻浮利人拘翼及三千大千國土乃至恒邊沙佛刹人悉教善男子善女人皆令得成須陀洹斯陀含阿那含阿羅漢辟支佛道云何拘翼其福寧多不釋提桓因言甚多甚多天中天佛言不如善男子善女人書般若波羅蜜持經卷與人使書之教令學若爲人讀其福益倍多何以故皆從般若波羅蜜因薩芸若法德用是故得須陀洹斯陀含阿那含阿羅漢辟支佛道用是故其福轉倍益多復次拘翼閻浮利人都使發菩薩心不如善男子善女人持般若波羅蜜經卷與人使書教令學爲說之若授與阿惟越致菩薩經書其人當從是學深入般若波羅蜜學知般若波羅蜜者轉增益多守無極知因得成就以是故其福轉倍甚多甚多置閻浮利三千大千國土拘翼及如恒邊沙佛刹人皆發心爲阿耨多羅三耶三菩行不如善男子善女人持般若波

羅蜜經卷與人使書之教令學爲說之及授與阿惟越致菩薩經書使人當從是學深入般若波羅蜜學知般若波羅蜜者轉增益多守無極知因得成就以是故其福轉倍甚多復次拘翼閻浮利人皆發阿耨多羅三耶三菩行不如善男子善女人持般若波羅蜜經卷與人使書之爲解說其慧令學之及授與阿惟越致菩薩摩訶薩般若波羅蜜經爲解中慧其福轉倍益多置閻浮利三千大千國土乃至恒邊沙佛刹人皆發阿耨多羅三耶三菩心不如善男子善女人持般若波羅蜜經卷與人使書之教令學入黠慧中若授與阿惟越致菩薩摩訶薩般若波羅蜜經爲解中慧其福轉倍益多復次拘翼閻浮利人皆令如阿惟越致菩薩阿耨多羅三耶三菩若有善男子善女人隨教人入般若波羅蜜中云何拘翼其福寧多不釋提桓因言甚多甚多天中天佛言從是輩中若有一菩薩便作是語我欲疾作佛正使欲疾作佛不如人入般若波羅蜜者其福轉倍益多置閻浮利三千大千國土乃至恒邊沙佛刹人皆悉如阿惟越致菩薩阿耨多羅三耶三菩若有教善男子善女人入般若波羅蜜中云何拘翼其福寧多不釋提桓因言甚多甚多天中天佛言若有一菩薩從其中作是言我欲疾作佛正使疾作佛不如持般若波羅蜜授與人者其福轉倍益多釋提桓因白佛言如是如是天中天極安隱者即菩薩摩訶薩令近佛坐持衣食牀卧具供養醫藥所當得不如持般若波羅蜜教授人者其福轉倍益多何以故

天中天其得般若波羅蜜者令近佛坐須菩提語釋提桓因言善哉善哉拘翼於尊弟子菩薩摩訶薩中乃作是觀諸聲聞者因是而得成是輩人不索佛道者菩薩摩訶薩不當於中學六波羅蜜不學是法者不得作佛隨法如學疾成阿耨多羅三耶三菩便得至佛

摩訶般若波羅蜜鈔經卷第二

音釋

坻陳尼切　譮許界切　屛必郢切屛蔽也　蝨豸豸文爾切蝨豸有足曰蟲無足曰豸　轅雨元切車前曲木也　盧安盍切　陂亘陂班糜切亘古鄧切　蟒莫朗切大蛇也　蜎蜚蜎縈緣切蜎蠉蟲也蜚芳微切與飛同　蠕動蠕乳兖切蟲動也

摩訶般若波羅蜜鈔經卷第三

符秦天竺沙門曇摩蜱共竺佛念等譯

善權品第四

爾時彌勒菩薩謂須菩提若有菩薩摩訶薩勸助爲福出入布施持戒自守者上其福轉尊極上無過菩薩摩訶薩勸助福德須菩提語彌勒菩薩復有菩薩摩訶薩於阿僧祇刹土諸佛所而作功德一一刹土不可計佛其般泥洹者乃從發意已來自到阿耨多羅三耶三菩成至阿惟三佛者乃至無餘泥洹界而般泥洹者然後至于法盡於是中所作功德其功德度無有極及諸聲聞作布施持戒自守爲福於有餘功德自致無餘諸有般泥洹佛於其中所作功德至有淨戒身三昧身智慧身以脫身脫慧所見身佛法極大哀不可計佛天中天所說法於其法中復學諸所有功德乃於諸般泥洹佛法所作功德都計之合之勸助爲尊種種得中爲極是上極勸助者是爲勸助勸助以持作阿耨多羅三耶三菩以是爲阿耨多羅三耶三菩置是菩薩之人持心能作是求阿耨多羅三耶三菩乃生作是心欲有所得彌勒菩薩語須菩提其不作是求乃能有所得其作是思想者以爲無黠能生是意用思想悔還用信悔還但用無黠故還墮四顛倒無常謂有常苦謂有樂空謂有實無身謂有身以故思想悔還心悔還信悔還菩薩不當作是心有所求於所求無處所云何求阿耨多羅三耶三菩彌勒菩薩謂須菩提不當於新學菩薩摩訶薩前說是語何以故或亡所信亡所樂亡所喜亡所

行便從是墮當爲是菩薩摩訶薩可說聞者在善師邊者當爲是菩薩摩訶薩可說聞者不恐不怖不畏是菩薩摩訶薩能勸助爲福作薩芸若持心作是勸助心亦盡滅無所有無所見何等心當作阿耨多羅三耶三菩者當以何心作心無兩對心之自然乃能所作釋提桓因語須菩提新學菩薩摩訶薩聞是或恐或怖若菩薩摩訶薩欲作功德者當云何勸助其福得作阿耨多羅三耶三菩須菩提語彌勒菩薩當作護諸佛所破壞衆惡而斷愛欲等行如一降伏魔事棄捐重擔即自從所有勤苦悉爲以盡其知以脫心即從計從阿僧祇刹土諸般泥曰者於其中所作功德福於諸聲聞中復作功德都計之合之勸助爲尊種種德中無過勸助其勸助者能爲勸助勸助以持作阿耨多羅三耶三菩何所是菩薩摩訶薩想不還所信不悔還正使菩薩摩訶薩持心作阿耨多羅三耶三菩其心無所想者是菩薩摩訶薩心得阿耨多羅三耶三菩正使心念自了知是爲想悔還心悔還所信悔還正使心念復知是心則是作是爲想悔還信悔還正使菩薩摩訶薩持心了知當作是覺知盡無所有知盡者當知何心有所作當了知心何所心法於法有所作如法者爲隨法已於作眞爲是作即非邪作是菩薩摩訶薩所作若有菩薩摩訶薩於過去當來今現在佛所作功德若諸聲聞下至凡人所作功德若畜生聞法及諸天諸閱叉乾多羅阿須倫迦留羅眞陁羅摩睺勒諸人若非人聞法者發心所作功德及初學菩薩道

者都計之合之積累爲上其勸助者能爲勸助是以極尊種種德中無過勸助是以勸助所當勸助能爲勸助福用作阿耨多羅三耶三菩正使復如是爲盡法於法無所生無所滅無所處治無所生法得作阿耨多羅三耶三菩是法不了法有反用作阿耨多羅三耶三菩故是爲無想不悔還心亦不悔還所信不悔還作是無所求衆所不逮是爲阿耨多羅三耶三菩所作若有菩薩摩訶薩不諦曉了知作福德者所以者何於身恍惚於勸助福亦復恍惚菩薩了知恍惚無所有是故菩薩摩訶薩般若波羅蜜若於諸般泥洹佛所而作功德持是功德欲作所求其知自然能爲阿耨多羅三耶三菩諸佛天中天所著不著想過去以滅亦無有想而不作想其作想

者爲非德菩薩摩訶薩當學漚惒拘舍羅未得般若波羅蜜者不得入已得般若波羅蜜乃得入勿爲身作識用之有滅以是故無有身身有德之人有想便礙反欲苦住怛薩阿竭阿羅呵三耶三菩不學作是德持勸助何以故用不正故視般泥曰佛而反有想以故爲礙所作功德爲不及逮反欲苦住其不作想者是怛薩阿竭阿羅訶三耶三佛之德其作想者譬若雜毒何以故設美飯以毒著中色大甚好而香無不喜者不知飯中有毒愚闇之人食之歡喜飽滿食欲消時久久不便身不知德行者甚之爲難不曉將護不曉中事不能解知作是行德者爲如雜毒之食語善男子過去當來今現在佛持戒身三昧身智慧身以脫身脫慧所見身及於聲聞中所

作功德佛天中天所説若復辟支佛所而作功德都勸助之勸助以持是福德作阿耨多羅三耶三菩持所作爲想用是故譬若雜毒菩薩摩訶薩當作是學何所過去當來今現在佛功德當云何勸助作福成得阿耨多羅三耶三菩是菩薩隨怛薩阿竭教者是即爲作智佛功德所生自然及其想法所有持是福作勸助因其勸助自致得阿耨多羅三耶三菩菩薩摩訶薩作是施者無過終不離怛薩阿竭阿羅訶三耶三佛佛所語皆至誠復次菩薩摩訶薩當作是施如淨戒如三昧如智慧如以脱如脱慧所見身無欲界無色界無無色界亦無過去當來今現在亦無所有無所有施亦復無所有其作是施爲以如法法亦無所有作施者爲成所施無有毒其作

異施者爲作反施是菩薩摩訶薩所施以如法者佛天中天所知是即爲施得作阿耨多羅三耶三菩佛言善哉善哉須菩提所作爲如佛是即爲菩薩摩訶薩所施三千大千國土人悉念慈哀等護心無過菩薩摩訶薩上頭所施是即爲極尊復次須菩提三千大千國土人悉作阿耨多羅三耶三菩使如恒邊沙佛刹人皆供養是菩薩震越衣被飯食牀卧具病瘦醫藥如恒邊沙劫供養隨所喜樂作是布施云何須菩提其福寧多不須菩提言甚多甚多天中天佛言勸助功德福過其上不可計須菩提白佛言代勸功德福者如恒邊沙佛土不能悉受佛言善哉善哉須菩提若有菩薩持般若波羅蜜者所作施爲過其本所施上以無能過勸助所施上百倍千

倍萬倍億倍巨億倍爾時四天王天上二萬天人悉以頭面著佛足皆白佛言極大施天中天菩薩摩訶薩漚惒拘舍羅乃作是施其功德甚大尊何以故是菩薩摩訶薩學般若波羅蜜於中勸助故忉利天上諸天人持天華名香擣香雜香澤香燒香天繒華蓋幢旛妓樂持用供養娛樂佛供養已皆白佛言極大施天中天菩薩摩訶薩漚惒拘舍羅乃作是施極大施之功德何以故是菩薩摩訶薩學般若波羅蜜於中勸助故鹽天上諸天人持天華名香擣香雜香澤香燒香天繒華蓋幢旛妓樂持用供養娛樂佛供養已皆白佛言極大施天中天菩薩摩訶薩漚惒拘舍羅乃作是施極大德之功德何以故是菩薩摩訶薩學般若波羅蜜於中勸助故兜率天上諸天人以天華名香擣香雜香澤香燒香天繒華蓋幢旛妓樂持用供養娛樂佛供養已皆作是言極大施天中天菩薩摩訶薩漚惒拘舍羅乃作是施極大德之功德何以故是菩薩摩訶薩學般若波羅蜜於中勸助故尼摩羅提天上諸天人持天華名香擣香雜香澤香燒香天繒華蓋幢旛妓樂持用供養娛樂佛供養已皆白佛言極大施天中天菩薩摩訶薩漚惒拘舍羅乃作是施極大尊之功德何以故是菩薩摩訶薩學般若波羅蜜於中勸助故波羅尼蜜和耶拔致天上諸天人持天華名香擣香雜香澤香燒香天繒綵華蓋幢旛妓樂持用供養娛樂佛供養已皆白佛言極大施天中天菩薩摩訶薩漚惒拘舍羅乃作是施極大尊之功德何以故是菩薩

摩訶薩學般若波羅蜜於中勸助故梵天梵迦夷天梵福樓天梵波利産天盧天波利陁天盧波摩那天阿陂會天首訶天波利首訶天阿波摩首天首呵迦天比伊潘羅天阿比耶天須陁施天尼天乃至阿迦膩吒天等諸天人悉以頭面著佛足皆言甚善天中天菩薩摩訶薩學般若波羅蜜極爲大施之功德何以故是菩薩摩訶薩學般若波羅蜜於中勸助故佛語首陁衞諸天人置三千大千國土中菩薩摩訶薩及恒邊沙佛刹人悉作阿耨多羅三耶三菩復有恒邊沙佛刹人都共供養是輩菩薩摩訶薩震越衣服飯食去來卧具病瘦醫藥供養如恒邊沙劫隨所樂喜作是施與若復過是者不及菩薩摩訶薩勸助之施爲過去當來今現在佛淨戒身三昧身智慧身以脱身脱慧所見身及諸聲聞身其中者所作功德都共計之合之及不勸助若勸助者以是極尊無能過者作是勸助以持作阿耨多羅三耶三菩須菩提白佛言屬天中天所說都共計之合之極尊無過勸助悉代勸助勸助已菩薩摩訶薩從是中得何等法佛語須菩提道德之人當知過去當來今現在法無所取亦無所捨亦無所知亦無所得其法者爲無所生法亦無所滅法者亦無從生法亦無所從滅於法中了無所生者法亦無所從有而滅是者法之所法我代勸助之是爲勸助作是施者疾得作阿耨多羅三耶三菩是故須菩提菩薩摩訶薩勸助爲尊復次須菩提菩薩摩訶薩於過去當來今現在佛所代作布施者勸助代持戒忍辱精

進一心智慧而勸助之代以脱者勸助之代脱慧所見身勸助之作是代勸助其脱者是爲布施其脱者是爲忍辱其脱者是爲精進其脱者是爲一心其脱者是爲智慧其脱者是爲脱慧其脱者是爲脱慧所見身其脱者是爲以脱其脱者代其勸助其脱者是爲法是故當來未有如其脱者令阿僧祇刹土諸佛天中天現在者其脱者是即諸佛弟子其脱者以過去諸佛弟子其脱者令現在諸佛弟子於是法中無縛無著無脱如是法者持作阿耨多羅三耶三菩所施爲從中無有能過者無有能壞者是者須菩提菩薩摩訶薩勸助之爲尊如恒邊沙佛刹中菩薩悉壽如恒邊沙劫恒邊沙佛刹人都悉供養諸菩薩摩訶薩震越衣服飲食牀卧具病瘦醫藥乃至恒邊沙劫須菩提皆持戒忍辱於精進而不懈於禪悉得三昧百倍千倍萬倍若干巨億萬倍不如勸助功德福最尊出其上

地獄品第五

舍利弗白佛言般若波羅蜜者多所成天中天因般若波羅蜜無不得字者天中天般若波羅蜜爲極照明天中天般若波羅蜜爲去冥天中天般若波羅蜜者無所著天中天般若波羅蜜爲極尊天中天無目者般若波羅蜜爲作眼天中天其迷惑者般若波羅蜜悉授道路天中天薩芸若者即般若波羅蜜是天中天般若波羅蜜者是菩薩摩訶薩母天中天無所生無所滅即般若波羅蜜是天中天具足三合十二法輪爲轉是般若波羅蜜天中天般若波羅蜜其困苦者悉安隱之天

中天般若波羅蜜於生死作護天中天般若波羅蜜於一切法悉皆自然菩薩摩訶薩當云何於般若波羅蜜中住天中天佛語舍利弗世多羅者因般若波羅蜜住其敬佛者當自歸般若波羅蜜釋提桓因心念尊者舍利弗何因發是問即時釋提桓因謂舍利弗何因尊者乃作是問舍利弗謂釋提桓因拘翼般若波羅蜜者是菩薩護因其勸助功德福持作薩芸若過菩薩之所作爲若布施持戒忍辱精進禪上譬若如人從生而盲若百人若千人若萬人若千萬人無有前導欲有所至若欲入城者不知當如行如是拘翼五波羅蜜者亦如盲無所見離般若波羅蜜者如是欲入薩芸若中不知當如行般若波羅蜜即五波羅蜜之護悉與眼目般若波羅蜜者是護令五波羅蜜各得名字舍利弗白佛當云何守入般若波羅蜜中佛語舍利弗色者不見所入痛癢思想生死識亦不見所入視五陰亦不見所入是爲守般若波羅蜜如是者天中天以爲守般若波羅蜜作是守者爲逮何法佛語舍利弗無所守是爲逮法守爲般若波羅蜜釋提桓因白佛言般若波羅蜜不逮薩芸若者亦不能得逮亦不逮守於生死亦無所逮當云何逮天中天佛言無所逮故能爲逮釋提桓因言少有及者天中天如般若波羅蜜於諸法諸法無生無所滅當何所住無有住須菩提白佛言菩薩或時作是念便離般若波羅蜜佛語須菩提儻有所因便念般若波羅蜜知般若波羅蜜空無所有無近無遠是故爲菩薩摩訶薩般若波羅蜜

須菩提白佛言般若波羅蜜者爲信何法佛語須菩提信般若波羅蜜者爲不信色亦不信痛癢思想生死識有不信須陀洹道不信斯陀含阿那含阿羅漢辟支佛道須菩提白佛言摩訶波羅蜜者天中天即般若波羅蜜是佛謂須菩提云何知摩訶波羅蜜因般若波羅蜜是須菩提於色無大無小不以色爲證亦不爲色作證痛癢思想生死識亦無大無小於識不以爲證亦不爲識作證便於怛薩阿竭阿羅呵三耶三佛致十種力即不復爲弱薩芸若無廣無狹何以故無廣無狹薩芸若知於般若波羅蜜無所行所以者何般若波羅蜜無所有若人若於中有所求謂有所有是則爲大非何以故人無所生般若波羅蜜與人俱皆自然人恍惚故般若波羅蜜俱不可計人亦不壞般若波羅蜜亦如是人如般若波羅蜜者便得成至阿惟三佛人亦有力故怛薩阿竭現而有力舍利弗白佛言般若波羅蜜甚深甚深天中天若有菩薩摩訶薩信般若波羅蜜者不說其中短亦不狐疑其人從何所來生是間爲行菩薩道已來幾聞解般若波羅蜜事隨教入中者佛語舍利弗從他方佛刹來生是間是菩薩摩訶薩於他方供養佛已從受決聞般若波羅蜜故以是復聞般若波羅蜜自念言我如見佛無異須菩提白佛言般若波羅蜜可得見聞不佛言不可得見須菩提白佛言是菩薩隨深般若波羅蜜者行已來爲幾聞佛語須菩提是非一輩學各各有以供養若干百佛若干千佛悉見已於其所皆行清淨戒已若有於

衆中聞般若波羅蜜棄捨去爲不敬菩薩摩訶薩法佛說深般若波羅蜜其人棄捨去不欲聞之何以故是人前世時聞般若波羅蜜用棄捨去故亦不以身心是皆無知之人所致用是罪故若聞深般若波羅蜜復止人不令說之止般若波羅蜜者爲止薩芸若其止薩芸若者爲止過去當來今現在佛用是斷法罪故死入大泥犁中若干百千歲若干億萬歲當受若干泥犁毒痛甚不可言其中壽盡轉生他方摩訶泥犁中其壽復盡展轉到他方摩訶泥犁中生舍利弗白佛言其罪爲墮五逆惡佛謂舍利弗其罪雖逾不可引譬若諷誦讀深般若波羅蜜時其心疑於法者亦不肯學念是言非怛薩阿竭所說止他人言莫得學是爲以自壞復壞他人自飲毒已復飲他人毒是輩人爲以自亡失復失亡他人自不曉知深般若波羅蜜轉復壞他人是曹人者不當見之舍利弗不當與共坐起言語飲食何以故是曹之人誹謗法者自在冥中復持他人著冥中其人自毒殺身無異斷法之人所語有信者用其言者其人所受罪俱等無有異所以者何用誹謗佛語故誹謗般若波羅蜜者爲悉誹謗諸法已舍利弗白佛言願聞誹謗法者受形何等像類許不知其身大如佛謂舍利弗是誹謗法人儻聞是事其人沸血便從面孔出或恐便死因是被大痛其人聞之心便愁毒而消盡譬若斷華著日中即爲萎枯舍利弗言願爲人故當說之令知其身受形云何當爲後世人作大明其有聞者畏懼當自念我不可誹謗斷法如

彼人佛語舍利弗是爲示人之大明以所因罪受其身甚大醜惡極勤苦臭處誠不可説其苦痛甚大而久極是善男子善女人聞是語自是以不敢復誹謗須菩提白佛言善男子善女人聞是人但坐口所言乃致是罪佛語須菩提是愚癡之人於我法中作沙門反誹謗般若波羅蜜言非道止般若波羅蜜爲者止佛菩薩以止佛菩薩者爲斷過去當來現在佛薩芸若已斷薩芸若者爲斷法以斷法者爲斷比丘僧以斷比丘僧者爲受不可計阿僧祇之罪須菩提白佛言若有斷般若波羅蜜者天中天爲幾事佛語須菩提以爲魔所中是善男子是善女人不信不樂用是二事故能斷深般若波羅蜜復次須菩提斷般若波羅蜜者復有四事何謂四事隨惡師所言不隨順學不承至法主行誹謗索人短自貢高是爲四事須菩提白佛言少有信般若波羅蜜者天中天不曉了是法故佛語須菩提如是如是少有信般若波羅蜜者不曉法故須菩提言云何深般若波羅蜜少有信者佛語須菩提色無著無縛無解何以故色之自然爲色痛癢思想生死識無著無縛無脱何以故識之自然爲識過去色無著無縛無脱何以故過去色之自然故當來色無著無縛無脱何以故當來色之自然色故今現在色無著無縛無脱何以故色之自然色故過去痛癢思想生死識無著無縛無脱何以故過去識之自然故當來識無著無縛無脱何以故當來識之自然故今現在識無著無縛無脱何以故識之自然故用是故須菩提

般若波羅蜜甚深少有信者

清淨品第六

須菩提白佛言般若波羅蜜少有曉者將不狎習故佛語須菩提如是如是般若波羅蜜少有曉者用是不狎習之所致何以故須菩提色清淨道亦清淨故言色清淨道亦清淨痛癢思想生死識亦清淨故言道亦清淨是故識亦清淨復次須菩提色清淨薩芸若亦清淨色亦清淨是故色清淨薩芸若亦清淨等無異今不斷前前不斷後故無壞以是故前爲不斷舍利弗白佛言清淨者天中天爲甚深佛言甚清淨舍利弗言清淨爲極明天中天佛言甚清淨舍利弗言清淨無有垢天中天佛言甚清淨舍利弗言清淨無瑕穢天中天佛言甚清淨舍利弗言清淨無所有天中天佛言甚清淨舍利弗言於欲無所欲清淨天中天佛言甚清淨舍利弗言於色而無色清淨天中天佛言甚清淨舍利弗言無所生爲色甚清淨天中天佛言甚清淨舍利弗言於有智而無智甚清淨天中天佛言甚清淨舍利弗言於智者而無智者甚清淨天中天佛言甚清淨舍利弗言於色而有智無有智者甚清淨天中天佛言甚清淨舍利弗言於痛癢思想生死識而無有智無有智者甚清淨天中天佛言甚清淨舍利弗言般若波羅蜜甚亦清淨天中天薩芸若者不增不減天中天佛言甚清淨舍利弗言般若波羅蜜甚清淨於諸法無所取天中天佛言甚清淨須菩提白佛言我者清淨色亦清淨天中天佛言本清淨須菩提言故曰我清淨痛癢思

想生死識亦清淨天中天佛言本清淨須菩提言我清淨道亦清淨天中天佛言本清淨須菩提言我者清淨薩芸若亦清淨天中天佛言本清淨須菩提言我者清淨無端緒天中天佛言本清淨須菩提言我者清淨無有邊色亦清淨無邊天中天佛言本清淨須菩提言我者無有邊痛癢思想生死識亦無有邊天中天佛言本清淨須菩提言曉知清淨者即菩薩摩訶薩般若波羅蜜是佛言本清淨須菩提言般若波羅蜜者亦不在彼亦不在是亦不離是亦不在中間天中天佛言本清淨須菩提白佛言菩薩摩訶薩知是者爲行般若波羅蜜有想者便離般若波羅蜜遠已佛言善哉善哉須菩提有字者便有想以想故著須菩提白佛言難及波羅蜜天中天安隱決於著舍利弗言問須菩提何所爲著須菩提言知色空者是曰爲著知痛癢思想生死識空是曰爲著於過去法知過去法是曰爲著於當來法知當來法是曰爲著於現在法知現在法是曰爲著知法者爲得大功德發意菩薩是即爲著釋提桓因問須菩提何謂爲著須菩提心知拘翼持是知心施與作阿耨多羅三耶三菩心者本清淨能可有所作善男子善女人其菩薩者勸人教人爲阿耨多羅三耶三菩爲說正法自於身心無所失於佛種有所造是善男子善女人以離諸著爲棄本際佛言善哉善哉須菩提今菩薩摩訶薩知本際爲覺著事復次須菩提有著甚深微妙我今說之諦聽諦聽上中下言悉善須菩提白佛言願樂欲聞佛言若善男

子善女人於怛薩阿竭阿羅呵三耶三佛念欲作想隨所想是故爲著過去當來今現在佛天中天於無餘法代勸助之是爲勸助阿耨多羅三耶三菩於法者而無法故曰無過去當來今現在以是不可有所作亦不可有想亦不可作因緣有不可見聞不可知須菩提白佛言其本甚深清淨天中天佛言本清淨須菩提言今日歸般若波羅蜜佛言法無作者故得成阿惟三佛須菩提言諸法實無作阿惟三佛者佛語須菩提無有兩法用之本淨故曰爲一其淨者於一切亦無作者佛語須菩提是以離諸著爲棄本際須菩提白佛言般若波羅蜜者難了天中天佛言如是無有得阿惟三佛者須菩提言般若波羅蜜不可計天中天佛言如是須菩提非心之所知須菩提言爲無有作者天中天佛言無有作者故無所著須菩提白佛言菩薩當云何行般若波羅蜜佛言不想痛癢思想生死識行爲行般若波羅蜜色不滿色爲行般若波羅蜜色不滿爲非色行爲行般若波羅蜜痛癢思想生死識不滿爲行般若波羅蜜須菩提白佛言難及天中天於著無所著是實爲不著佛言不著色者爲行般若波羅蜜不著痛癢思想生死識行爲行般若波羅蜜是爲菩薩摩訶薩行般若波羅蜜於色爲不著於痛癢思想生死識爲不著於須陀洹斯陀含阿那含阿羅漢辟支佛道亦不著所以者何以過諸著故復出薩芸若中是爲般若波羅蜜須菩提白佛言所說法甚深難逮天中天若所說不增不說者亦不減佛言如是如是

須菩提譬若怛薩阿竭盡壽稱譽空空亦不增若不稱譽空空亦不減譬如稱譽幻人者亦不增不稱譽者亦不減聞善亦不喜聞惡不憂如是須菩提於法各各諷誦學之法亦不增不減須菩提白佛菩薩摩訶薩甚慊苦行般若波羅蜜若有守般若波羅蜜者其不懈不恐不怖不動不還何以故守般若波羅蜜者爲守空故一切皆當爲菩薩摩訶薩作禮用被僧那大鎧故與空共戰爲一切人故著僧那爲一切人故而舉空是菩薩摩訶薩爲極大勇猛天中天用空法故自致阿耨多羅三耶三菩得成阿惟三佛有異比丘心念之當自歸般若波羅蜜爲無所生法亦爲無所滅法釋提桓因語須菩提菩薩隨般若波羅蜜教者爲隨何教須菩提言爲隨空教釋提桓因言何所隨空教者須菩提言其欲寂靜者是菩薩摩訶薩爲知般若波羅蜜釋提桓因白佛言其受般若波羅蜜者天中天當護幾何間須菩提謂釋提桓因云何拘翼能見法當所護者不而言欲護之釋提桓因言不須菩提言隨般若波羅蜜教作者是爲以得護若人若非人終不得其便須菩提言若菩薩摩訶薩護空者爲隨般若波羅蜜行已云何拘翼能可護響不釋提桓因言不能須菩提言如是拘翼菩薩摩訶薩行般若波羅蜜者其法亦如響以知是者亦復無想以無想念爲行般若波羅蜜用佛威神三千大千國土諸四天王諸釋梵及諸尊天一切皆來到佛所前爲佛作禮繞竟三帀各住一面諸天天王釋梵悉承佛威神念諸千佛皆字釋

迦文其比丘者皆字須菩提問般若波羅蜜者皆如釋提桓因

摩訶般若波羅蜜鈔經卷第三

音釋

恍惚（恍虎晃切惚呼骨切不分明也又似有似無也）漚惒拘舍羅（梵語也此云方便惒音和）萎枯（萎於爲切蔫也枯苦胡切槁也）誹謗（誹敷尾切非議也謗補曠切毀也）

摩訶般若波羅蜜鈔經卷第四

符秦天竺沙門曇摩蜱共竺佛念等譯

本無品第七

須菩提白佛言諸法隨次者天中天是爲法語故曰無所損諸法者爲無有端其法相者爲無所礙如空法者爲無所生諸所生不可得是爲法生故無所得諸欲諸梵天子俱白佛言其寂者即佛弟子今尊者須菩提所說者悉空須菩提語諸天子言爲隨怛薩阿竭教佛言云何須菩提知隨怛薩阿竭教須菩提復言如怛薩阿竭本無是爲怛薩阿竭教諸過去當來現在悉爲本無佛言隨本無者爲隨怛薩阿竭教諸法亦本無如諸法本無怛薩阿竭亦本無一切本無悉爲本無是爲須菩提以隨怛薩阿竭教無有異隨本無者是爲怛薩阿竭教不異無有異隨怛薩阿竭者爲隨本無本無者是爲怛薩阿竭立須菩提之所立爲隨怛薩阿竭教如怛薩阿竭本無無所礙諸法亦本無無所礙是者須菩提爲隨怛薩阿竭教已如怛薩阿竭本無者於法亦本無一本無等無異我者亦無作者本無亦無作者一切皆本無亦復無本無如本無本無我者亦爾故須菩提爲隨怛薩阿竭教如怛薩阿竭本無不異無有異是故諸法亦本無不異無有異是爲怛薩阿竭本無本不壞亦不腐不可得是者須菩提爲隨怛薩阿竭教怛薩阿竭與諸法俱本無無異亦無異本無亦不有異本無悉皆是本無如須菩提所隨者以入不可計人亦復無所入是爲隨怛薩阿竭教怛薩阿竭者是爲本無亦不

過去當來今現在及諸法悉皆本無故亦無過去當來今現在如是者須菩提爲隨怛薩阿竭教以如來本無者即曰怛薩阿竭教怛薩阿竭者即是本無當來亦本無過去亦本無現在亦本無以隨過去本無怛薩阿竭教是爲本無以隨當來本無怛薩阿竭教是爲本無以隨現在本無怛薩阿竭教是爲本無以如過去當來今現在本無怛薩阿竭教是爲本無以如過去當來今現在本無怛薩阿竭教是爲本無等無異如諸法本無是者須菩提等無異爲隨怛薩阿竭教等無異是爲眞菩薩之本無自致阿惟三佛亦俱等本無以如本無者便得本無如來名地即爲六反震動怛薩阿竭因是本無而得成是故須菩提爲隨怛薩阿竭教復次須菩提爲不隨色

爲不隨痛癢思想生死識亦不隨須陀洹道亦不隨斯陀含阿那含阿羅漢辟支佛是者須菩提爲隨怛薩阿竭教舍利弗白佛言本無者甚深天中天佛言如是本無實甚深說本無時三百比丘皆得阿羅漢五百比丘尼皆得須陀洹道五百諸天及人悉逮得無所從生法樂忍六十菩薩皆得阿羅漢道佛語舍利弗是輩菩薩供養過去五百佛已皆作施與護於淨戒成於忍辱所作精進定足於禪以不得般若波羅蜜漚惒拘舍羅雖是菩薩摩訶薩有道意入空無相無願離於漚惒拘舍羅者便中道爲本際作證得聲聞譬如有大鳥舍利弗其身若四千里若八千里若萬二千里若萬六千里若三萬里從忉利天上欲來下至閻浮利地是鳥而無翅反從忉

利天上自投來下云何舍利弗是鳥欲中道還上忉利天上寧能還不舍利弗言不能天中天佛言是鳥來下至閻浮利地欲令其身不痛寧能使不痛舍利弗言不能天中天其鳥來下身不得不痛若死若當悶極何以故其身甚大而反無翅佛言如是舍利弗正使菩薩摩訶薩如恒邊沙劫作布施護於淨戒成於忍辱所作精進定足於禪發心甚大欲總攬一切成阿惟三佛不得般若波羅蜜漚惒拘舍羅者便中道墮落在聲聞辟支佛道地如是舍利弗菩薩摩訶薩於過去當來今現在佛所爲不持戒三昧若智慧若脫慧若見慧而反作想是爲不持怛薩阿竭戒三昧智慧若脫慧若見慧爲不知怛薩阿竭教而曉知但聞空聲想之如所聞持欲作阿耨多羅三耶三菩會不能得便中道在聲聞辟支佛道地何以故如是爲不得般若波羅蜜漚惒拘舍羅故舍利弗白佛言我念佛之所説其離般若波羅蜜漚惒拘舍羅者便不能自致阿耨多羅三耶三菩若有菩薩摩訶薩欲得阿耨多羅三耶三菩阿惟三佛者當黙學般若波羅蜜漚惒拘舍羅諸欲天諸色天子俱白佛言般若波羅蜜者甚深難曉難了泊然者不得阿耨多羅三耶三菩佛語諸天子言如是般若波羅蜜者甚深難曉了泊然不得阿耨多羅三耶三菩須菩提白佛言般若波羅蜜者難曉了天中天如我念是慧其爲泊然者乃能得阿耨多羅三耶三菩何以故亦不於是有得阿惟三佛者故曰法空無作阿惟三佛用法空故於法亦不能得當作阿

惟三佛者故諸法悉空於法無所有是爲法
語無作阿惟三佛故曰法空無作阿惟三佛
者亦無得阿惟三佛者其念一切諸法悉空
隨是者天中天而泊然得阿耨多羅三耶三
菩成阿惟三佛舍利弗謂須菩提如所說者
泊然得阿耨多羅三耶三菩是爲甚難何以
故空不念我當作阿耨多羅三耶三菩成阿
惟三佛如是法者易得阿惟三佛何以故如
恒邊沙等菩薩云何轉還須菩提言當作是
知不爲泊然者難得阿耨多羅三耶三菩須
菩提謂舍利弗用色還不作阿耨多羅三耶
三菩答言不用痛癢思想生死識還不作阿
耨多羅三耶三菩答言不能有異色得法還
不作阿耨多羅三耶三菩答言不能有異痛
癢思想生死識得法還不作阿耨多羅三耶
三菩答言不色本無寧還不作阿耨多羅三
耶三菩答言不痛癢思想生死識本無寧還
不作阿耨多羅三耶三菩答言不云何舍利
弗能有異色本無於法得還不作阿耨多羅
三耶三菩答言不能有異痛癢思想生死識
本無於法得還不作阿耨多羅三耶三菩答
言不云何舍利弗本無爲還不作阿耨多羅
三耶三菩答言不能有異本無於法得還不
作阿耨多羅三耶三菩答言不設於是法不
得何所法還者作阿耨多羅三耶三菩舍利
弗謂須菩提如所說法無有菩薩還者須菩
提言菩薩之人而有三德是怛薩阿竭所說
一者佛衍菩薩而不計三如須菩提所言分
耨文陀尼弗語舍利弗須菩提所說一道者
而當問之舍利弗謂須菩提欲問所說一道

佛行菩薩事須菩提欲問所說一道佛行菩薩事須菩提言云何舍利弗於本無中能見三道是為聲聞辟支佛佛語舍利弗言不見本無中得二事者須菩提言云何舍利弗本無者為一不是故曰得若菩薩摩訶薩聞本無心不懈怠是菩薩摩訶薩會致至菩薩佛言善哉善哉須菩提如所說無異悉佛威神之所致是為菩薩摩訶薩本無無有異若菩薩心不懈怠會至菩薩舍利弗白佛言何謂為菩薩佛語舍利弗成阿耨多羅三耶三菩則是須菩提白佛何謂菩薩摩訶薩欲成者云何住佛言視一切人皆等其心不異無有害意以慈心向人若身無異其心柔輭其心加哀其心無瞋恚無所礙心無所嬈心視之若父母無異是心菩薩摩訶薩所住當作是學

阿惟越致品第八

須菩提白佛言阿惟越致菩薩摩訶薩當何以比觀其相行知是為阿惟越致菩薩摩訶薩佛語須菩提於凡人及聲聞辟支佛乃至怛薩阿竭道地聞悉本無而不動揺亦無有異於其法亦本無是為本無於不動揺是即為度如所聞不轉亦不有疑亦不言是亦不言非如本無者為無所失其所語不輕不說他事但說中正他人有所作亦不觀視如是比觀其相行具足知是即阿惟越致菩薩摩訶薩復次須菩提阿惟越致菩薩摩訶薩者不形沙門婆羅門面類是為沙門是為婆羅門所見知悉諦了終不祠祀跪拜餘天不持華香而奉上之如是比觀其相行具足知是

即阿惟越致菩薩摩訶薩復次須菩提阿惟越致菩薩摩訶薩終不生惡處不作婦人如是比觀其相行具足知是即阿惟越致菩薩摩訶薩復次須菩提阿惟越致菩薩摩訶薩終不離十善身自不殺教人不殺身自不盜不婬泆不兩舌不惡口不妄言不綺語不妬嫉不貪餘不疑亂身自作正教人守正是爲十善又於夢中自護不失十善是爲阿惟越致菩薩摩訶薩於夢中面自見十善如是比觀其相行具足知是即阿惟越致菩薩摩訶薩復次須菩提阿惟越致菩薩摩訶薩心所學法持欲安隱一切人悉爲説法是爲法施令一切皆得法所是即爲法施於一切如是比觀其相行具足知是即阿惟越致菩薩摩訶薩復次須菩提阿惟越致菩薩摩訶薩若王者爲人中之雄特所知名慧聞説深法終不有疑不有疑不言不信所言柔輭所語如審復少睡臥出入行歩其心不亂徐行安歩擧足蹈地擇地而行及所被服衣中無蚤常而淨潔無有塵垢亦無有憂身中都無八十種蟲所以者何是菩薩摩訶薩所有功德過出世間功德上稍稍欲成滿其功德轉倍故其身清淨心亦清淨須菩提白佛云何天中天菩薩摩訶薩心清淨當何以知佛語須菩提菩薩摩訶薩所作功德轉倍益多稍稍極上其心自在而無所礙其功德悉逮心故清淨過聲聞辟支佛道地是爲菩薩摩訶薩心清淨如是比觀其相行具足知是即阿惟越致菩薩復次須菩提阿惟越致菩薩摩訶薩不求財物若供養者無有慳貪説深法時無

有猒極正作在知其欲聞深法者持般若波羅蜜爲正之其有作餘道若世事者持般若波羅蜜主爲正之其不解者以般若波羅蜜便爲解之如是比觀其相行具足知是即阿惟越致菩薩摩訶薩復次須菩提至者弊魔便來致所化作八大泥犁一泥犁化有若干百千菩薩便指示言是輩人者皆從佛受決已皆是阿惟越致今悉墮泥犁中皆佛之所授決設若作阿惟越致受決已者當疾悔之我非阿惟越致設若言爾者便不入泥犁當生天上佛語須菩提設是心不動者是阿惟越致菩薩摩訶薩佛言我所語者無有異設當生惡處者佛語爲有異如是比觀其相行具足知是即阿惟越致菩薩摩訶薩復次須菩提弊魔化作沙門若用被服到菩薩摩訶

薩所言若前從我所聞從我所受今悉棄捨皆不可用若今當自悔其過若疾悔之隨我言者我日日自來問訊若設不用我言者我終不復來相視若莫復說是語非佛所說是皆他餘外道之造作今我所語是佛所說佛言其聞是說而動轉者當知其人不從過去佛受決來在菩薩摩訶薩輩中多有菩薩摩訶薩未在阿惟越致其界設不動轉者念法無有生死念無有生死信他人言譬若比丘得羅漢者不隨他人所言眼悉見法以爲作證是爲無所有終不可動是菩薩摩訶薩亦不可動如聲聞辟支佛道地所念法衆不復還是菩薩摩訶薩正向薩芸若不可復還用是比觀其相行具足知是即阿惟越致菩薩摩訶薩復次須菩提弊魔到菩薩摩訶薩所

化作異人若所求者甚爲勤苦非薩芸若行若致負是勤苦爲若用是勤苦爲作不當自還獸耶當復於何所更索是軀汝何不早取羅漢用佛爲求耶佛言設不動轉者弊魔復棄捨去更爲方略化作若干菩薩在其邊立復生指語之若見是菩薩不皆供養如恒邊沙佛已皆與衣服飯食牀卧醫藥悉具足皆於恒邊沙佛所悉行清淨戒皆從受事聞其中慧當所施行其所求者爲悉學已所住如法令皆不能得阿耨多羅三耶三菩作是學已作是受已作是行已不能得薩芸若何況若欲得阿耨多羅三耶三菩佛言設是不動者弊魔便去更化作比丘作是言語是悉羅漢過去世時皆行菩薩道今悉取羅漢今是尚如是比丘若當從何所得阿耨多羅三耶三菩佛言是菩薩摩訶薩雖從異處聞是言續作其行心不動轉亦無有異心覺知魔爲佛言若有學波羅蜜隨其行者不得薩芸若當從何所得佛所語者爲無有異其作是學其作是行如般若波羅蜜者心不動揺設是不得薩芸若佛語爲有異佛所語者終不有欺是菩薩摩訶薩當作是學用是比觀其相行具足知是即阿惟越致菩薩摩訶薩復次須菩提弊魔往到阿惟越致菩薩所作是曉言薩芸若者如空是法不可得邊幅是法不可得窮極有所可得何以故無阿惟越致亦無得阿惟三佛者今我觀視其法都盧皆空若之所作是爲勤苦不當覺知是魔所爲云何欲得阿耨多羅三耶三菩是非佛所説佛言是善男子善女人當如是知當作是念爲

魔事其心正直而不動揺用比觀其相行具足知是即阿惟越致菩薩摩訶薩復次須菩提阿惟越致菩薩摩訶薩欲作第一禪第二禪第三至于第四禪而不隨是四禪三摩越隨是四禪而不録禪因是爲三摩越爲人欲故用是比觀其相行具足知是即阿惟越致菩薩摩訶薩復次須菩提阿惟越致菩薩摩訶薩不求稱譽其名字者若稱説者不念所欲其心廣大但念一切悉令得安行歩坐起其心不亂出入用意當而至誠不求有力不他婬愆若欲往來自患其欲於欲常有恐怖譬若男子過大空澤之中若欲飮食畏於賊盗疾欲發去自念何時當到聚落安隱之處疾得脱去阿惟越致菩薩摩訶薩亦復如是於愛欲有往來時自念所作是爲不可是即爲非皆悉不正非我法之所作亦不念餘惡何以故欲使一切皆得安隱佛言其作是念皆是般若波羅蜜威神之力用是比觀其相行具足知是即阿惟越致菩薩摩訶薩復次須菩提和夷羅洹閱叉常隨從阿惟越致菩薩摩訶薩其餘鬼神不敢附之終不失志其心不亂其身亦不妄起身體完具無所缺減爲人雄不誘他人婦女若爲作符若呪若藥都不爲是亦不自爲亦不教人爲是爲菩薩之淨不説男子事亦不説婦人事都無是傯用是比觀其相行具足知是即阿惟越致菩薩摩訶薩復次須菩提阿惟越致菩薩摩訶薩不與聚會人從事亦不與王者亦不與賊亦不與兵亦不與軍亦不與聚邑亦不與城郭亦不與世俗亦不與女人亦不與男子亦不與餘道亦不

與穀亦不與酒亦不與祠亦不與雜色亦不與華亦不與香亦不與調戲亦不從悔亦不從利亦不作若干種亦不與所有從事但與般若波羅蜜從事不離薩芸若常念不忘亦不與鬭從事自守如法常行中正不從非法常稱譽賢者以爲上頭常於人欲作親厚不作愁惡但求怛薩阿竭法則欲求生異方佛刹作是求將不生彼間用是故常得見佛復得供養阿惟越致菩薩摩訶薩或從欲從色從無色去其彼間來生中國若在善人家若黠慧中生若在生談語之中若在曉經書之家不喜豫少事有生於邊地悉生大國中終不犯法用是比觀其相行具足知是即阿惟越致菩薩摩訶薩復次須菩提阿惟越致菩薩摩訶薩亦不言我是阿惟越致亦不念我是阿惟越致亦不自疑我不在阿惟越致地譬若男子得須陁洹道於其道地終不有疑魔事雖起即悉覺知既起者不隨其計阿惟越致菩薩摩訶薩亦如是自於道地終不有疑亦不懈怠魔事雖起即悉覺知即起者不隨其計譬若男子作惡逆者其心終不有忘至于命盡其心終不可轉阿惟越致菩薩摩訶薩者終不可移其心忠正立於阿惟越致菩薩心終不可動天上天下終不可轉魔事雖起即悉覺知既起者不隨其計自於道地終不有疑亦無聲聞辟支佛心終不念言佛之難得其地安隱端自堅住無有勝者何以故如是住者無有能過弊魔大愁便化作佛往到其所言若當取羅漢證證如來受決得阿耨多羅三耶三菩何以故若不得比亦不

得相其如心比者用是相行具足能爲菩薩摩訶薩或尚不得阿耨多羅三耶三菩若當何當因得佛言設是菩薩摩訶薩心不動轉知是菩薩摩訶薩從過去怛薩阿竭阿羅呵三耶三佛所受決巳設復作是念者知魔作佛像來是男子知即非佛是魔所爲其作是作以應阿惟越致地如佛所說魔事無有異其作是視其作是念知魔所爲欲使我轉佛言設不動者是菩薩摩訶薩從過去怛薩阿竭阿羅呵三耶三佛所以受決住阿惟越致地巳何以故用是比觀其相行具足知是審阿惟越致如是比觀其相行具足知是即阿惟越致菩薩摩訶薩復次須菩提阿惟越致菩薩摩訶薩用法故不貪所有亦不惜身壽命是菩薩摩訶薩欲悉受法爲護過去當來今現在佛所有法其欲護過去當來今現在佛法以爲人數是即爲決是爲護法用是故無所惜亦不惜命身未曾懈時無有猒極如是比觀其相行具足知是阿惟越致菩薩摩訶薩復次須菩提阿惟越致菩薩摩訶薩怛薩阿竭阿羅呵三耶三佛之所說法未曾有疑亦不言非須菩提白佛怛薩阿竭之所說法亦不疑不言非爲於聲聞說法亦不有疑亦不言非諸聲聞之所說法於其中亦不疑亦不言非何以故須菩提是菩薩摩訶薩爲逮無所從生法樂忍用是比觀其相行具足知是阿惟越致菩薩摩訶薩

恒架調優婆夷品第九

須菩提白佛言大哉阿惟越致菩薩摩訶薩從大功德自致阿惟越致乃從恒邊沙等爲

以應相今天中天説深法是菩薩摩訶薩之所施行佛言善哉善哉須菩提汝之所問是爲甚深是即爲空無相無願無生死無所生無所有無所欲是爲滅泥洹者是爲限須菩提白佛泥洹者是限非是諸法佛語須菩提諸法甚深何以故色者甚深須菩提痛癢思想生死識亦甚深陰亦甚深如色甚深者何謂須菩提痛癢思想生死識之甚深有甚深者非色之甚深是爲色之甚深痛癢思想生死識亦爾是識爲甚深須菩提白佛言大哉微妙色之稍從泥洹佛語須菩提痛癢思想生死識爲稍從泥洹甚深甚深者般若波羅蜜菩薩摩訶薩思惟念是爲住如般若波羅蜜教爲學般若波羅蜜是菩薩摩訶薩隨是思想惟念如空教應行一日甚深不可言須菩提白佛言是菩薩摩訶薩應行一日者爲却幾劫之生死佛語須菩提譬若婬泆有所重愛端正女人與共期會女人不得自在云何須菩提其男子寧念不須菩提言用女人故思念甚多無有忘時佛言如是男子所念一日其心不轉是菩薩摩訶薩念般若波羅蜜應行一日却生死若干劫已其如般若波羅蜜教如中所説學思念隨行一日者是菩薩爲却惡除罪已若菩薩摩訶薩離般若波羅蜜者正使布施如恒邊沙劫不如菩薩摩訶薩隨般若波羅蜜教應行一日者其功德出彼上復次須菩提若菩薩摩訶薩壽如恒邊沙等劫持所布施與須陀洹斯陀含阿那含阿羅漢辟支佛而離般若波羅蜜若有菩薩摩訶薩隨般若波羅蜜教其功德出彼菩

薩壽如恒邊沙劫布施持戒者上若有菩薩摩訶薩念般若波羅蜜起便說法其功德復出彼菩薩上復次須菩提是菩薩摩訶薩爲以法施其功德復轉倍若菩薩摩訶薩作法施者是爲阿耨多羅三耶三菩若有菩薩摩訶薩法施者而不守中其功德不如菩薩摩訶薩作法施而復守中若有持般若波羅蜜者不離守中是菩薩摩訶薩其功德甚多須菩提白佛一切無生死若有不動天中天此二事何功德爲甚多佛語須菩提菩薩摩訶薩於福生死於功德生死所行般若波羅蜜樂於空樂於無所有樂於盡樂於無所得念是時爲不離般若波羅蜜若不離般若波羅蜜者是菩薩摩訶薩得不可計阿僧祇功德須菩提白佛天中天之所說何謂不可計阿僧祇功德有何差特佛語須菩提阿僧祇者其數不可盡極不可計者不可量計之了不可得邊幅爾故爲不可計阿僧祇須菩提言佛說不可計者色亦不可計痛癢思想生死識亦不可計佛語須菩提如所言色亦不可計痛癢思想生死識亦不可計須菩提白佛何謂爲不可計佛語須菩提如空故不可計無相無願故言不可計如是者不可計即爲是空亦無異法佛言云何須菩提我言諸法悉空不須菩提言如是天中天所說法悉空不可盡佛言如是須菩提諸法悉空不可計無有法各各異者有所差特分別可得不可得者即怛薩阿竭得不可盡不可計如空無相無願無生死無所生無所有無所起無所滅如泥洹隨所喜在所說是爲怛薩阿竭教

須菩提白佛大哉天中天之所說法是法實不可逮如我念佛之所語諸法亦不可逮佛語須菩提如是諸法不可逮悉法如空故不可逮須菩提言如佛說本不可逮願解不可逮佛言不須菩提言六波羅蜜爲不可逮是爲布施無增無減尸波羅蜜羼波羅蜜惟逮波羅蜜禪波羅蜜般若波羅蜜爲不增不減是即爲六波羅蜜不增不減何謂於六波羅蜜不增是爲菩薩摩訶薩自致阿耨多羅三耶三菩何緣近佛坐是菩薩摩訶薩而不離般若波羅蜜自致阿耨多羅三耶三菩佛語須菩提如本不可逮不增不減是菩薩摩訶薩爲行般若波羅蜜漚惒拘舍羅者不念是爲檀波羅蜜之所增減是爲般若波羅蜜但爲有字是爲檀波羅蜜持所有而布施心念持是功德施作阿耨多羅三耶三菩其施如阿耨多羅三耶三菩者是菩薩摩訶薩爲行般若波羅蜜其行般若波羅蜜是爲漚惒拘舍羅不念尸波羅蜜之增減但爲有字是爲尸波羅蜜是爲持戒心念以是功德施作阿耨多羅三耶三菩施如阿耨多羅三耶三菩是菩薩摩訶薩爲行般若波羅蜜羼波羅蜜惟逮禪波羅蜜亦爾是菩薩摩訶薩爲行般若波羅蜜漚惒拘舍羅者不念般若波羅蜜之增減但爲有字爲般若波羅蜜者即是智慧發心持是功德施作阿耨多羅三耶三菩施如阿耨多羅三耶三菩者是能爲施須菩提白佛言何等爲阿耨多羅三耶三菩施佛語須菩提本無者是爲阿耨多羅三耶三菩是爲不增不減常隨是念終不離行令近阿

耨多羅三耶三菩坐如是須菩提其本無者不可逮亦不增不減思惟念是爲無所失是爲波羅蜜不增不減是菩薩摩訶薩思惟念是爲離阿耨多羅三耶三菩坐須菩提白佛菩薩摩訶薩持心初發心當近阿耨多羅三耶三菩坐若持後心近阿耨多羅三耶三菩坐初心後心是二者無有對後心初心亦無有對何等功德而出生者佛語須菩提譬如燈炷之然其炷用初明得然若用後明得然須菩提言亦非初明得然亦不離初明得然亦非後明得然亦不離後明得然佛言云何須菩提爲如是不須菩提言如是如是天中天佛語須菩提菩薩摩訶薩亦不初心得阿耨多羅三耶三菩亦不離初心得阿耨多羅三耶三菩亦不後心得阿耨多羅三耶三菩亦不離後心得阿耨多羅三耶三菩須菩提白佛言因緣者甚深天中天菩薩摩訶薩不用初心得阿耨多羅三耶三菩菩薩亦不離初心得阿耨多羅三耶三菩亦不後心得阿耨多羅三耶三菩亦不離後心得阿耨多羅三耶三菩云何須菩提前心爲滅耶後心後生耶須菩提言不天中天云何須菩提心初生者爲滅不須菩提言其法爲滅法天中天云何須菩提其法當所滅者寧可滅不須菩提言不天中天云何須菩提寧可住如本無須菩提言其欲住者當如本無云何須菩提設令住如本無將無有異須菩提言不天中天云何須菩提本無爲甚深不須菩提言甚深天中天云何須菩提本無爲有心不答言無有天中天云何須菩提能有異本無有心

者不答言不天中天云何須菩提本無見意不答言不天中天云何須菩提其作是行爲深行不答言其作是行天中天爲無所行何以故作是不見行爲不可見行佛語須菩提菩薩摩訶薩行般若波羅蜜者爲行何等須菩提言爲行爲行審諦天中天云何須菩提其行諦者爲行想不答言不天中天云何須菩提菩薩摩訶薩爲識想念不答言不天中天云何須菩提爲不識想念爲念須菩提言菩薩摩訶薩而不爲是云何須菩提不作想而得應行具足一切佛法不爲聲聞須菩提言菩薩摩訶薩漚惒拘舍羅者於無想爲無所貪舍利弗問須菩提若菩薩摩訶薩於夢向三事三昧念脫門空空無相無相無願無願三昧是爲有益般若波羅蜜於晝日復有益若夜夢中時亦復有益何以故佛之所說晝日若夜夢中俱等無有異須菩提語舍利弗若菩薩摩訶薩晝日念般若波羅蜜夜於夢中亦復倍益念般若波羅蜜舍利弗言云何須菩提若於夢中有所作寧有所有不答言不一切諸法說亦如夢中之所有須菩提語舍利弗夢中所作善覺即大喜是者爲益若所作惡而不喜者是即爲滅舍利弗言設於夢中有殺其心大喜覺已言我殺是大快是者云何須菩提言不安皆有因緣心不空爾會有所緣若見若聞若念覺即知之是爲因緣故令人心爲所著便有所得何謂所得從所因緣乃受其罪不從無因緣受其罪皆從因緣生故舍利弗言一切所作因緣皆爲恍惚皆爲空耳云何天中天從何因緣而得

所生答言爲從想因緣得生舍利弗言菩薩摩訶薩於夢中布施持是施與作阿耨多羅三耶三菩爲有施與無須菩提報舍利弗言大彌勒菩薩摩訶薩今近在是旦暮當補佛處所問者可問之即能發遣舍利弗白彌勒菩薩今我所問須菩提言大彌勒菩薩即能解之彌勒菩薩語舍利弗如我字爲彌勒當所解者當以色解若當以痛癢思想生死識解色者即空當以無所有解之若痛癢思想生死識空解亦不見去當所解者何所得解亦不見法所解當得阿耨多羅三耶三菩舍利弗白彌勒菩薩所說者爲已得證彌勒菩薩語舍利弗所說法不言得證舍利弗便作是念彌勒菩薩所入慧爲甚深所以者何般若波羅蜜以來久遠佛言云何舍利弗若能見彼作羅漢者不舍利弗言不天中天佛語舍利弗菩薩摩訶薩行般若波羅蜜亦如是不念我從是法受決不從是法得決若於是法當得阿耨多羅三耶三菩自致阿惟三佛是菩薩摩訶薩其作是作爲行般若波羅蜜不恐不得阿惟三佛隨是教者爲行般若波羅蜜是菩薩摩訶薩爲以無所畏何以故若至大劇難處虎狼之中不畏不怖心念言設有噉我者當爲布施是爲具足行檀波羅蜜近阿耨多羅三耶三菩願我作佛令其刹中無禽獸之道若菩薩摩訶薩至大劇賊之中亦不畏怖何以故設令於其中死心念言我身會當棄捐設殺我者我不瞋恚是爲具足忍辱行羼波羅蜜當近阿耨多羅三耶三菩願我作佛時令其刹中人無有賊盜若菩薩

摩訶薩至大無水漿之處亦不畏怖心念言一切人念悉無德使天水漿願我作佛時令其刹中常有八味之水使一切人悉得用之用世間人故當爲精進若菩薩摩訶薩至穀貴之處亦不畏怖心念言我當堅其精進自致得阿耨多羅三耶三菩成阿惟三佛時令我刹中無有惡皆使一切人在所願餘食悉令在前如忉利天上所有是善男子用一切人故精進自致阿耨多羅三耶三菩成阿惟三佛若菩薩摩訶薩在惡賊時亦不畏怖何以故不見法當所痛者用是故無所畏假使我身遭是病死心不有異必當精進願我作阿耨多羅三耶三菩成至佛時令其刹中一切人皆無惡穢者死亡者是菩薩摩訶薩之所言如佛語而無異復次舍利弗是菩薩摩

訶薩不久當成阿耨多羅三耶三菩自致阿惟三佛自於其法亦不恐怖何以故從本際已來發心呼言不久其本際者爲若干爲久遠爲甚大久心如一轉頃是爲本際是菩薩摩訶薩今近阿耨多羅三耶三菩成阿惟三佛故曰聞是而不恐怖爾時優婆夷從座起前爲佛作禮長跪白佛我聞是語不恐不怖必後欲爲一切人說法令不恐怖應時佛笑口中五色光出笑竟訖此優婆夷者即以金華持散佛上用佛威神其華在佛上亦不墮地阿難從座起整衣服前爲佛作禮却長跪問佛怛薩阿竭所笑不忘必有所説佛語阿難是恒架調優婆夷者却後當來世其劫名爲星宿當於是劫中作佛號字曰金華佛佛語阿難是優婆夷者後當棄女人形體更受

男子身便生阿閦佛國

摩訶般若波羅蜜鈔經卷第四

音釋

腐 扶雨切 爛也　翅 式利切 翼也　總攬 總祖動切 統也 攬魯敢切 持也　癢 以兩切 膚欲搔也　蹈 徒到切 踐也　蚤 子皓切 齧人跳蟲也　妷 夷質切 婬蕩也

摩訶般若波羅蜜鈔經卷第五

符秦天竺沙門曇摩蜱共竺佛念等譯

守空品第十

須菩提白佛言云何爲空所作不貪云何守空即是三昧佛語須菩提菩薩摩訶薩行般若波羅蜜者觀色空觀痛癢思想生死識空作是觀者爲一心如所觀於法亦爲無所見於法中而不作證須菩提白佛言佛所説者不以空作證云何菩薩摩訶薩於三昧不以空作證耶佛語須菩提是菩薩摩訶薩觀一切色所有皆空亦不作證作是觀者爲不取證不作證觀即無所貪是者爲觀以無所貪是即爲觀欲向是時而不證不貪其時心不念三昧因緣是者爲念爾時爲不失菩薩本法不中道得證何以故所作功德法甚深不貪是時故不取證以從般若波羅蜜得護譬如人若勇若悍能却敵者爲人端正猛健無所不能悉知兵法六十四變悉索五曉爲衆所敬在所致處無不得利從是所得轉分布與人其心人俱莫不歡喜若有他事與父母妻子俱過大劇難之中其人便自安其父母妻子言莫恐莫怖今當俱出是難之中若於其中怨家卒來其人慧黠應時出其父母妻子送歸鄉里皆得完具亦無有惡及於怨家亦無所中傷何以故用無所不曉其人勇健爲變化勝於怨家怨家見者莫不恐怖而皆走去其父母妻子得出難中歸其處所無不歡喜如是須菩提菩薩摩訶薩於一切人極大慈心是時菩薩摩訶薩持慈心悉施於人過諸垢濁魔之所部復出聲聞辟支佛道地

上菩薩於三昧中立而無所盡用波羅蜜故於空爲無所貪作是行時是菩薩摩訶薩爲行空三昧向脫門亦不以有相不以無相故不取證譬若飛鳥須菩提飛行空中無所觸礙是菩薩摩訶薩爲行空至空向無相至無相向無願至無願不以空無相無願故墮悉欲具足佛諸法譬如工射之人須菩提射空其箭在空中復以一箭中前箭後復射前各各中之而不墮地其人欲令前箭墮爾乃墮之如是須菩提菩薩摩訶薩行般若波羅蜜者以爲漚惒拘舍羅之所護持自於本際不中道取證成滿其功德悉逮得阿耨多羅三耶三菩於功德以成滿者得佛能爲本際作證是菩薩摩訶薩爲行般若波羅蜜是法於法有生須菩提白佛言菩薩摩訶薩實慊苦作是學而不中道取證大哉天中天從本行是安隱自致得成佛佛語須菩提菩薩摩訶薩欲護一切人故是爲本願之所致故能護於一切而得度脫是爲守空三昧向脫門心念分別何等爲分別守空三昧爲分別無相三昧爲分別無願三昧爲分別而不中道爲本際取證何以故爲漚惒拘舍羅之所護初發心時念欲護一切故持是所念得入漚惒拘舍羅故不中道取證復次須菩提若菩薩摩訶薩深入處脫者若空三昧向脫門無相三昧向脫門無願三昧向脫門用是故其心分別之是人已來久遠所因其行令棄所因是爲阿耨多羅三耶三菩之所說法是爲守空三昧向脫門守無相三昧向脫門守無願三昧向脫門是爲無願三昧向脫門本心所

發蒙漚惒拘舍羅不中道爲本際作證是爲於慈無所損是爲護等哀三昧所以者何用漚惒拘舍羅故是菩薩摩訶薩益於法便得多智成於力無所不覺復次須菩提菩薩摩訶薩之所念是人已來從久遠而有益於法得所智成其力無所不覺復次須菩提是爲菩薩摩訶薩之所念知人從久遠有想識呼爲有我作阿耨多羅三耶三菩時用一切人故爲説其法令作無相三昧向脱門發心念是爲漚惒拘舍羅用是故不中道爲本際作證是爲於慈無所損是爲護等哀三昧是爲菩薩摩訶薩益於法得所知成其力無所不覺復次須菩提是爲菩薩摩訶薩之所念念人從久遠已來想無常想其苦想其空想現在菩薩自念言我作阿耨多羅三耶三菩時用一切人故爲説其法無常者爲從樂其空者爲從有無我皆從我用是念故得漚惒拘舍羅是爲行般若波羅蜜知佛不三昧而坐三昧但欲具足佛諸法是爲無願向脱門而不作證菩薩摩訶薩當作是知何所阿耨多羅三耶三菩發心之所發者是人所發者是人爲從久遠已來其所行者而無所行於其想行而不想行於其想行求而不行想於其行想聚而不行想聚於其所行有而不行所有於其行不正而不行不正念使一切人皆令無是菩薩摩訶薩念是時爲以明於一切人作是念時是爲漚惒拘舍羅是爲甚深微妙觀視其法是者爲空即爲無相無願是爲無生死即爲無所生即爲無所有是者須菩提爲菩薩摩訶薩慧法爲無所生其於三界

而不知者來有所問是菩薩摩訶薩欲成阿耨多羅三耶三菩故以是故欲知其法當云何發珍寶心於菩薩摩訶薩不以空而作證亦不無相亦不無願亦不生死亦不有所生亦不以無念作證是爲念般若波羅蜜是者須菩提菩薩摩訶薩爲已受決所念如空無相無願無生死無所從生念如無所有其本無不發善心者不能知是其能解者是菩薩摩訶薩爲從過去佛所聞阿耨多羅三耶三菩事其心以不轉已何以故復有菩薩摩訶薩念法而不能明其有問者亦不能解遣知是未在菩薩道地不應阿惟越致其界佛語須菩提若不聞波羅蜜之所言其有聞者若不聞者能解其慧是菩薩摩訶薩爲阿惟越致須菩提言其爲菩薩者甚多天中天少有能解者佛語須菩提少有菩薩在阿惟越致慧地其受決者乃能解之是菩薩摩訶薩其功德爲甚大非是諸天及人阿須輪世間之所知

遠離品第十一

復次須菩提其諦者菩薩摩訶薩於夢中不入聲聞辟支佛道地於三界不念有所求亦不那中有所索視諸法若夢不那中作證是者須菩提當知菩薩摩訶薩是爲阿惟越致相復次須菩提菩薩摩訶薩於夢中與若干百若干千若干億千弟子共會在其中坐爲諸比丘僧說法如怛薩阿竭阿羅呵三耶三佛之所說法是者須菩提阿惟越致菩薩摩訶薩當知是爲阿惟越致相復次須菩提菩薩摩訶薩於夢中飛在空中坐爲比丘僧說

法還自見七尺光自在所變化於餘處其所作爲如佛之所説法其於夢見是者當知菩薩摩訶薩是爲阿惟越致相復次須菩提菩薩摩訶薩於夢中不恐不怖不難不畏若見郡縣其中兵起展轉相攻伐若火起若見虎狼師子及餘獸若見斷人頭者如是餘變甚大劇苦多有困窮若飢渴者見其厄難心中不恐不畏不驚不動揺夜於夢中所見覺即起坐作是念世界所有譬若如夢我作佛時悉爲説法而徧教之當知菩薩摩訶薩是爲阿惟越致相復次須菩提云何知是菩薩摩訶薩當得阿耨多羅三耶三菩成阿惟三佛時其境内一切無有惡正是菩薩摩訶薩須菩提於夢中若畜生相食人民疾疫其心稍稍有念願我作佛時使我境界中一切無有惡用是故知其相爲清淨當知菩薩摩訶薩是爲阿惟越致相復次須菩提菩薩摩訶薩於夢中得覺若見灾邪火起便作是念我於夢中所見其心等無異持是比用是相具足知是菩薩摩訶薩阿惟越致若菩薩摩訶薩作是念如我審應相行者當如所言無異令是城郭所起火者當爲悉滅消去不復見佛言若火悉爲消滅去者知是菩薩摩訶薩受决已爲過去怛薩阿竭阿羅訶三耶三佛之所授阿耨多羅三耶三菩知是爲阿惟越致令火不滅消去者知是菩薩未受決設火越焚燒一舍置一舍復越燒一里置一里是須菩提當知其家居人前世時爲斷法罪之所致覺是輩人所作皆是宿命念以見在所更惡令悉除其所斷法殃因是皆得消盡用是

故須菩提當知是菩薩摩訶薩即阿惟越致阿耨多羅三耶三菩復次須菩提用是比相其行具足當視是菩薩摩訶薩如阿惟越致用是故說其比相行當令知之或時須菩提若男子女人爲鬼神所下若爲所持是彼菩薩若作是念設我受決以過去怛薩阿竭阿羅呵三耶三佛授我阿耨多羅三耶三菩者實慊苦有異當得阿耨多羅三耶三菩阿惟三佛若於阿耨多羅三耶三菩阿惟三佛所念皆清淨者爲却羅漢辟支佛心設以却羅漢辟支佛心者會當作阿耨多羅三耶三菩不得不成自致阿惟三佛若當得佛爲阿耨多羅三耶三菩者阿僧祇剎土現在諸佛無不見者無不證者今怛薩阿竭阿羅呵三耶三佛悉知我所念無有異我審作阿耨多羅三耶三菩阿惟三佛者審如我之所言是鬼神即當去便告言是男子女人爲何鬼神所持鬼神聞其所言即去說是語時設不去者是菩薩爲未受決過去怛薩阿竭阿羅呵三耶三菩不授阿耨多羅三耶三菩若說是言邪即去者知是菩薩爲已受決過去怛薩阿竭阿羅呵三耶三菩所授阿耨多羅三耶三菩佛語須菩提其人審至誠者弊魔往到菩薩摩訶薩所若菩薩言我審至誠者已受決爲阿耨多羅三耶三菩是邪鬼神即當去弊魔用是故作好心化令邪鬼神悉去所以者何弊魔極尊有威神故諸邪鬼神不敢當之是皆魔威神之所避用是故悉爲除去若菩薩自念用我威神故是彼菩薩摩訶薩以自謂是便反自貢高輕易於人形笑他人而無

所録語人言我從過去怛薩阿竭阿羅呵三耶三佛所授決已其餘人者悉未受決爲阿耨多羅三耶三佛所授決已其餘人者悉未受決爲阿耨多羅三耶三菩用是故自可自高恚怒稍增即離薩芸若大遠失阿耨多羅三耶三佛慧知是輩菩薩無漚恕拘舍羅而自貢高便在二道地墮聲聞辟支佛地是輩菩薩須菩提持不成作成不知魔爲反捨善師而去亦不與從事亦不録視用是故爲魔所困是菩薩摩訶薩當覺知魔爲以何占之覺知魔來在菩薩前魔作變化爲異被服往來作是言語菩薩摩訶薩若從過去怛薩阿竭阿羅呵三耶三佛之所授決阿耨多羅三耶三菩若本字某若母字某若父字某若兄字某若姊字某若弟字某親厚知識字某若父兄字某若七世祖父字某若母外家字某若父外家字某若在某城生若在某國生若在某郡生若在某縣生若在某鄉生若常輒語若今作是語者皆乃前世之所致亦復作是輒語或時高才者便復隨形言若前世時亦復高明或見自守或見乞食或時一處飯或時就飯者或時先食果菜却食飯或時在丘墓間或時寂寞處或時樹間止或時受請者或時不受請或時多少取足或時一處止或時麻油不塗身或時聲好或時互談何以故魔復言是因緣者皆前世時德之所致今逮得是若前世時某家子若刹利姓若復字某前世有是德今故亦爾彼菩薩心便作是念想我且爾是弊魔使復作是言若已受決過去怛薩阿竭阿羅訶三耶三佛授若阿耨

多羅三耶三菩用是因緣功德故若是阿惟越致佛語須菩提我所說阿惟越致菩薩摩訶薩不爾持是比相行占之如我所說者不具足得反自用者當知是菩薩輩終不成爲魔所壞何以故用是比觀其相行知是即非阿惟越致菩薩摩訶薩者終不有是意是輩菩薩聞魔乃語名字心大歡喜自謂審然便自貢高行形笑人輕易同學而反自用是彼菩薩摩訶薩須菩提用受是字因失其本便墮魔網復次須菩提用受字故是菩薩摩訶薩不覺魔爲反自呼得阿耨多羅三耶三菩魔復作是言若當作阿耨多羅三耶三菩若作佛時當字其是菩薩聞是字心中作是念我將得無然我亦先時念復如是佛言是菩薩於知爲甚少無漚惒拘舍羅反作是念希望名字自我作阿耨多羅三耶三菩字當如是佛言如魔所教者爲從魔天今作比丘爲魔所迷自念是我本發心之所致今得是字爲如所言過去怛薩阿竭阿羅呵三耶三佛授我決以爲阿耨多羅三耶三菩佛語須菩提我所說阿惟越致菩薩摩訶薩用是比相行而不爲是其以字自念我是便輕餘菩薩摩訶薩用是輕故離薩芸若阿耨多羅佛慧遠漚惒拘舍羅以爲離般若波羅蜜以爲離善師以爲得惡師是菩薩會墮二道若聲聞辟支佛道地若大久遠勤苦以後乃復求佛者用般若波羅蜜恳故當復得阿耨多羅三耶三菩自致成阿惟三佛佛言爾時發意受是字時不即覺改悔者如是當墮聲聞辟支佛道地佛言比丘有四重事禁若復他事所

犯毀不復成沙門不復爲佛子是壞菩薩之罪重於比丘四事禁是菩薩言我字某生於某國心作是念其罪最重於四事禁復過五逆惡所以罪重者何爲受字故不知魔事之所爲微妙復次須菩提遠離之德菩薩摩訶薩弊魔復於前作是言遠離之法正當如是怛薩阿竭阿羅呵三耶三佛之所稱譽佛語須菩提我不作是說遠離教菩薩摩訶薩止於獨處樹間閑處須菩提白佛云何天中天菩薩摩訶薩有異遠離佛語須菩提正使菩薩摩訶薩念恍惚是爲聲聞之所念念恍惚者爲是辟支佛之所念行恍惚者是菩薩摩訶薩雖在城郭續爲行遠離行恍惚者是菩薩摩訶薩於一切惡法而無所起行恍惚者是菩薩摩訶薩若獨處樹間閑處止是菩薩摩訶薩續行遠離是者我樂使菩薩摩訶薩作是行是遠離之行當晝夜念之是爲菩薩摩訶薩遠離行菩薩摩訶薩行遠離者雖在城傍續行恍惚若在獨處樹間閑處止者恍惚若在獨處樹間閑處止者行恍惚是菩薩摩訶薩自念我已知遠離爾時弊魔便往教之令行遠離言若當於獨處樹間閑處止當作是行是菩薩隨魔所教便亡遠離魔復言道爲悉等聲聞辟支佛道皆作是念無有異其作是者爲具足般若波羅蜜已當作是行佛言是菩薩摩訶薩所念法非清淨謂以隨行而反自用輕餘菩薩自念誰能過我輕易城傍行菩薩清淨者其心所念不入聲聞辟支佛法所有惡心不受禪悅三昧三摩越悉逮得所願悉具足度佛言無漚惒拘舍羅菩

薩者正使在四千里空澤之中禽獸所不至處賊所不至羅刹不至處雖在彼閒若一歲若百歲若千歲若百千歲若百千萬歲若百千萬億歲正使復過是者不知遠離會無所益不能具足爲菩薩摩訶薩遠離自念謂悉得已悉明已弊魔便往飛在空中作是言善哉善哉善男子是眞遠離怛薩阿竭阿羅呵三耶三菩所說正當隨是遠離行如是者疾得阿耨多羅三耶三菩阿惟三佛是菩薩摩訶薩聞是便從遠離起去往到城傍遠離菩薩所若比丘成就有道人所而自貢高反往輕言若所行法是即爲非佛言其隨恍惚之行是菩薩摩訶薩爲正反呼言非中有反行反呼爲是不當敬者而反敬之當所敬者反瞋向之言我所行遠離用是故有飛人來語我言善哉善哉若所行審是遠離若在城傍行者誰當來語若誰當告若者佛言是菩薩有德人而反輕之如是須菩提菩薩當知是人如擔死人種無所復中反呼菩薩有短是爲菩薩怨家其爲厭菩薩者以是天上天下之爲大賊正使如沙門被服亦復是賊於菩薩有德人中亦復是賊是曹輩者須菩提不當與共從事不當與共語言亦不當恭敬視之何以故當知是輩多瞋怒起敗人好心何所須菩提是菩薩摩訶薩不釋薩芸若不捨阿耨多羅三耶三菩若菩薩摩訶薩不釋薩芸若者是故阿耨多羅三耶三菩阿惟三佛爲一切人故作依是輩菩薩不當與壞人者從事不敬之不當與會所當護法當自堅持當念之常畏怖生死勤苦之處不當入中於

三界而不與交是彼壞菩薩輩在所止處常當慈心哀愍護之自念使我無得生是惡心令有所懲設有不善疾使我棄之當用學故是者須菩提菩薩摩訶薩之爲上知

善知識品第十二

復次須菩提其諸菩薩摩訶薩欲得阿耨多羅三耶三菩阿惟三佛者當親近善師與共從事恭敬承事須菩提白佛言何所是天中天菩薩摩訶薩善師當何以知佛語須菩提天中天者是菩薩摩訶薩善師有説般若波羅蜜者從其所聞般若波羅蜜是即爲度教人入中當作是知爲是菩薩摩訶薩善師六波羅蜜者是菩薩善師六波羅蜜是舍怛羅六波羅蜜者是道六波羅蜜者是爲去冥六波羅蜜者是即爲臺六波羅蜜者是即爲明已過去怛薩阿竭阿羅呵三耶三佛皆從六波羅蜜出甫當來怛薩阿竭阿羅呵三耶三佛皆從六波羅蜜出今現在阿僧祇諸刹土怛薩阿竭阿羅呵三耶三佛皆從六波羅蜜出成薩芸若皆從四事雜施於人一者布施二者勸樂三者饒益四者等與是者須菩提菩薩摩訶薩舍怛羅是即爲母是即爲父是即爲舍是即爲臺是即爲護是即爲歸是即爲導是皆六波羅蜜是爲益於一切人者菩薩摩訶薩學六波羅蜜者用無有極故欲斷人之狐疑以是故當學般若波羅蜜須菩提白佛何所是天中天般若波羅蜜相佛語須菩提無所罣礙是般若波羅蜜相須菩提言如天中天所説是相實般若波羅蜜如是相者爲得諸法佛言如是須菩提其如相爲得

般若波羅蜜如是相者爲得諸法何以故須菩提諸法皆是恍惚諸法皆是空以是故須菩提恍惚與空是爲般若波羅蜜相諸法之相亦恍惚是空亦恍惚須菩提天中天說諸法悉恍惚是空何然人欲有生無有盡時其恍惚者無欲其恍惚者而無生其空者無欲其空者無所生恍惚與空無阿耨多羅三耶三菩阿惟三佛亦不從異法恍惚空得阿耨多羅三耶三菩阿惟三佛云何天中天所說而可得知佛語須菩提人從久遠念言是我所有非我所有用是故因致是須菩提言如是天中天所說人實從久遠念言是我所有非我所有佛言云何須菩提是我所有爲空不須菩提言是爲空天中天佛言云何須菩提非我所有爲空不須菩提言是爲空天中天佛語須菩提人用是故自念言是我所非我所用是故在於生死無有已時須菩提言如是天中天人用是故在於生死無有休時佛言是者須菩提人從欲便著於人之中當作是知不當有所求後便不復著其諦者須菩提有所增益不當念是我所有非我所有是爲行般若波羅蜜是者須菩提其所生者後不作是生是菩薩摩訶薩爲行般若波羅蜜須菩提白佛作是行者天中天爲不行色不行痛癢思想生死識是所行者天中天菩薩摩訶薩所念爲隨俗是爲菩薩摩訶薩行天中天諸聲聞辟支佛所不及一切人之所行是彼極過去以是所得處無能逮者是爲菩薩摩訶薩之極上天中天是所念者爲般若波羅蜜菩薩摩訶薩晝夜作是行如所行

者疾近阿耨多羅三耶三菩阿惟三佛座佛言云何須菩提若閻浮利人及一切菩薩悉令作人皆行阿耨多羅三耶三菩發心索佛各各盡壽作布施持是施與作阿耨多羅三耶三菩於須菩提意云何是菩薩摩訶薩作是布施其福寧多不須菩提言甚多甚多天中天佛言不如菩薩摩訶薩專念般若波羅蜜一日之行其福已過彼上或是菩薩摩訶薩所專念般若波羅蜜如其所行是者都於衆中爲極上尊何以故其餘人無有是慈除諸佛無有與摩訶薩等者是善男子所入爲甚深曉了悉知見於世間是即大憫其眼徹視見不可計人悉欲見之無有懈時念於一切人而不作想亦無有異是者須菩提即菩薩摩訶薩之大明雖未作阿耨多羅三耶三菩阿惟三佛者是即所行其行極尊出於世間之上於阿耨多羅三耶三菩終不復還受人衣被飲食牀褥醫藥悉其心住於般若波羅蜜者雖受施與其德已淨所作福德令近薩芸若坐是故須菩提菩薩摩訶薩有所食無有罪欲益於一切人悉欲示人道徑其有照明欲甚度大無有極諸在牢獄之中悉欲度脫欲使一切人眼皆悉清淨是爲般若波羅蜜之所念行隨是教念般若波羅蜜者有是即爲不動搖何以故其作動者所念有想即非般若波羅蜜是即非護當作如般若波羅蜜行晝夜念之譬如男子須菩提摩尼珠前所不得却後得之歡喜踊躍得摩尼珠已復亡之用亡是故便大愁毒坐起有憂而無有解已如是須菩提菩薩摩訶薩欲索珍寶

者常堅持心無得失薩芸若念須菩提白佛一切所念爲離自然云何菩薩摩訶薩念薩芸若不離於念佛語須菩提設是菩薩摩訶薩作是知爲不失般若波羅蜜何以故須菩提般若波羅蜜者是空不增不減須菩提言般若波羅蜜者天中天實爲是空云何是菩薩摩訶薩增於般若波羅蜜成就其行近阿耨多羅三耶三菩座佛語須菩提菩薩摩訶薩亦不有增亦不有減說是法時聞之不恐不怖當知是善男子爲行般若波羅蜜已須菩提白佛般若波羅蜜者是爲空行報言不須菩提能有異空而行般若波羅蜜者報言不須菩提爲是色行報言不須菩提爲痛癢思想生死識行報言不須菩提能有異色所行報言不須菩提能有異痛癢思想生死識行報言不須菩提云何天中天菩薩摩訶薩行般若波羅蜜佛言云何須菩提爲自見法法之所行般若波羅蜜須菩提言不見天中天佛言云何須菩提菩薩摩訶薩能自見行般若波羅蜜者須菩提言不見天中天佛言云何須菩提能見法有所生處不須菩提言不見天中天佛語須菩提是爲菩薩摩訶薩無所從生法樂忍如是者即爲受決阿耨多羅三耶三菩是怛薩阿竭阿羅呵三耶三佛無所畏是菩薩摩訶薩所作行是力者爲逮佛慧是即大慧而自在慧薩芸若慧怛薩阿竭慧其不爲是不能自能是處須菩提白佛諸法爲從無所生受決爲阿耨多羅三耶三菩佛語須菩提不須菩提白佛云何天中天授菩薩摩訶薩決得阿耨多羅三耶三菩佛

語須菩提能自見法授決爲阿耨多羅三耶三菩須菩提言我不見法當作阿耨多羅三耶三菩佛語須菩提諸法不可得作是念者是法成阿惟三佛其不作是不自致阿惟三佛

釋提桓因品第十三

釋提桓因從衆會中白佛言其甚深般若波羅蜜天中天難了菩薩事之爲恍惚其有德人聞般若波羅蜜者便書持學其福不小佛語拘翼若閻浮利人都皆持十善其功德百倍千倍萬倍萬億倍巨億倍若復過是不啻不如善男子善女人聞般若波羅蜜書持學者座中有一比丘語釋提桓因是爲已出拘翼上去釋提桓因報是比丘持心一反念者出我上去何況聞般若波羅蜜以書持學者聞已隨是教立都出諸天阿須倫世間人上若菩薩摩訶薩行般若波羅蜜者不獨過諸天阿須倫世間人上乃至須陁洹斯陁含阿那含阿羅漢辟支佛都悉過是若菩薩摩訶薩行般若波羅蜜者不獨過辟支佛上亦復至菩薩行檀波羅蜜無漚惒拘舍羅離波羅蜜上去是菩薩摩訶薩行般若波羅蜜者不獨過檀波羅蜜亦復及行尸波羅蜜羼波羅蜜惟逮波羅蜜禪波羅蜜無漚惒拘舍羅離般若波羅蜜上去若菩薩摩訶薩復諷起行般若波羅蜜者都合會諸天阿須倫世間人終不能勝行般若波羅蜜菩薩摩訶薩用爲極尊親近般若波羅蜜故是菩薩摩訶薩爲隨薩芸若言無所斷是菩薩摩訶薩不離怛薩阿竭字是爲菩薩摩訶薩獲不離佛座是

菩薩摩訶薩所有懈怠不復生是菩薩摩訶薩所學爲學尊不學聲聞辟支佛學是學爲菩薩摩訶薩學四天王當往問訊令樂得疾學是學當坐佛座自致阿耨多羅成阿惟三佛當度四部弟子菩薩摩訶薩作是學者四天王當往問訊何況餘天子是菩薩摩訶薩行般若波羅蜜者常爲怛薩阿竭阿羅呵三耶三佛之所念般若波羅蜜者是菩薩行若於世間有勤苦之疾是身會無此惡是爲菩薩摩訶薩行般若波羅蜜之所致便得現在法福阿難作是念釋提桓因自以智說耶持佛威神說耶釋提桓因知阿難心所念即語阿難我所說者持佛威神佛言如是如是阿難是釋提桓因所說悉佛威神之所致或時阿難菩薩摩訶薩於是深念般若波羅蜜行便念學般若波羅蜜爾時三千大千刹土中弊魔一切皆爲愁毒欲使菩薩摩訶薩中道以本際作證令得聲聞若辟支佛道若使得阿耨多羅三耶三菩疾成阿惟三佛

摩訶般若波羅蜜鈔經卷第五

音釋

悍 侯肝切性勇急也

却敵 敵徒歷切却敵謂却退強敵也

猛健 健渠建切猛健謂勇猛強健而有力也

攻伐 攻古紅切攻擊也伐房越切侵伐也

疾疫 疫營隻切謂疾病癘疫也

大明度無極經

吳月支優婆塞支謙譯

清刻龍藏佛說法變相圖

大明度無極經卷第一 第二同卷

吳月支優婆塞支謙譯

上行品第一

聞如是一時佛遊於王舍國其雞山與大比丘衆不可計弟子善業第一及大衆菩薩無央數敬首爲上首是時十五齋日月滿佛請賢者善業此衆菩薩集會樂汝說菩薩大士明度無極欲行大道當由此始於是鶖鷺子念此賢者說明度道自己力耶乘佛聖恩乎善業知其意而答曰敢佛弟子所說皆乘如來大士之作所以者何從佛說法故有法學賢者子賢者女得法意以爲證其爲證者所說所誨所言一切如法無諍所以者何如來說法爲斯樂者族姓子傳相教如經意無所諍善業言如世尊教樂說菩薩明度無極欲

行大道當由此始夫體道爲菩薩是空虛也斯道爲菩薩亦空虛也何等法貌爲菩薩者不見佛法有法爲菩薩也吾於斯道無見無得其如菩薩不可見明度無極亦不可見彼不可見何有菩薩當說明度無極若如是說菩薩意志不移不捨不驚不怛不以恐受不疲不息不惡難此微妙明度與之相應而以發行則是可謂隨教者也又菩薩大士行明度無極當學受此如受此者不當念是我知道意所以者何是意非意淨意光明賢者鶖鷺子曰云何有是意而意非意善業曰若非意者爲有爲無彼可得耶曰不可也善業曰如非意有與無不可得不可明其合此相應者豈有是意意非意哉曰如是何者謂非意善業曰謂其無爲無雜念也鶖鷺子曰善哉

善哉佛稱賢者說山澤行實爲第一菩薩受此無上正眞之道其不退轉觀而不休明度無極當以知此欲學弟子地當聞是經擇取奉持欲學緣一覺地若學佛地當聞是經擇取奉持所以者何是明度道說法甚廣是爲菩薩大士所學善業白佛言吾以爲菩薩者其不可見名亦不可得又所匡政皆不可見不可得者當何爲菩薩說法如是世尊所疑有著吾與物也斯不可得貲貨費耗皆非有得但以名爲菩薩至于佛亦名也然不住非不住所以者何名不可得是故名者非住非不住若爲菩薩說深明度意不移不捨不疲不息不有惡難不驚不怛不以恐受以體解而性入是爲住不退轉應於無處當以知此又妙世尊菩薩修行明度無極不以色住於

痛想行不以識住所以者何若止於色爲造色行止痛想行爲造識非爲應受明度無極不以造行爲應受受此其不具足明度無極終不得一切知鶖鷺子曰菩薩何行而受明度善業曰以不取色不取痛想行識所以者何色無彼受痛想行識無有彼受若此色無彼受爲非色痛想行識無有彼受爲非識明度之道無有彼受所以者何吾受如影取無所得是爲明度無極之行也是名曰菩薩大士諸法無受之定場廣趣大而無有量一切弟子諸緣一覺所不能持也又一切知亦無彼受所以者何無想見故若想見者終不得此爲若異學先泥之信不得一切知彼先泥信解道學度入慧亦不取色不取痛想行識不從色見慧不内色見慧不外色見慧不内外色見慧不以異色見慧於痛想行如上說不從識不以内外異識見慧如是究暢從信解得道地法意作量以爲脫便無受無所獲已受解得滅度明度不爲智想如是世尊雖菩薩於是道不取色痛想行識亦不中道滅度而具如來十力四無所畏佛十八不絶之法也又菩薩大士行明度無極當以觀此何等是智慧何所爲明度何以明諸法無所從得是故謂之明度無極如是觀省察思惟不驚不怛不移不疲如是菩薩爲不中休明度無極當以知此鶖鷺子曰何故菩薩知已休止爲知於色休色本性於痛想行休識本性於痛想行休識本性明度無極休智本性善業曰如是賢者其於色也休色自然於痛想行休識自然明度無極休識自然明度無極

休智自然行此道者於智休止智之自然者休矣想休止相之自然者休矣鶖鷺子曰善哉善哉其學此者必出一切知善業曰然菩薩學此出一切知所以者何其於諸法無出無生如是學故逮得佛坐又妙賢者菩薩履行明度無極若行色爲想行若行色占爲想行若行色不占爲想行若行色與爲想行若行色敗爲想行若行色滅爲想行若行色思爲想行若行色空爲想行若行色非身爲想行痛想行識如上說皆爲想行若識有是吾當行欲得行設有如是行如是惟爲惟行此道是菩薩大士爲行得想之行無善權方便以爲休於明度無極鶖鷺子曰菩薩何行爲無想無得行有善權方便而不休於明度無極答曰不行色不行色占不行色與不行色

敗不行色滅不行色想不行色空不行色非身痛想行識如上說不識有是吾當得行是行不有是如此行如此惟爲惟行此道如是行菩薩大士爲無想無得行爲有善權方便而不休於明度無極又菩薩大士行明度無極於此不近爲不行不近行不行不近亦不行斯不否行斯不近行斯不近不行斯亦不近於行不行於不近不行於不行不否行於不近鶖鷺子曰何故不近善業曰如諸法無所近無從度是名菩薩大士一切諸法無度之定場曠趍大而無有量一切弟子諸緣一覺所不能持行斯定者疾得無上正眞之道爲無不覺秉佛聖旨善業曰是菩薩大士受拜於徃昔如來至眞等正佛者乃行斯定彼受無見無見爲定其於定者不知吾受定吾

已定吾依定也彼於是中一切不明鶖鷺子曰云何菩薩爲昔如來所記拜當得佛者彼能見定是定者乎答曰不也所以者何如彼族姓子行明度無極者爲非不想所以者何無所明故是以定者非想非不想佛言善哉善哉善業說山澤行爲第一辯菩薩大士當以學此如此爲學明度無極鶖鷺子曰佛以如此學學智慧道者是爲學何法佛言如此學者是菩薩爲無所法學何以故是法不有知明如凡愚人專著者也曰當何用明知此法佛言當如不明無所明知明之謂也凡愚人以專著欲明故爲不明由不明礙兩際不知不見不明諦法而欲於法從法思欲專著名色以專著故而不知此無所用聰明之法已不知見亦不思惟不觀不省故墮愚數便無有信不解不用是故謂之凡愚專著鶖鷺子曰計如此學菩薩大士不學一切智佛言然如此學不學一切智如是曉了乃爲學一切智能出一切法善業白言如世尊言是爲幻人學一切智已學一切智乃出諸法如是直言之當云何佛言吾因是以問汝所安便說對曰甚善佛言云何幻與色異乎不也世尊幻與痛想行識爲有異乎不也世尊色猶幻痛想行識猶爲幻云何善業明是中想知立行五陰而爲菩薩對曰菩薩學如幻人是中持如幻者即五陰所以者何如佛說識如幻若此識六根亦然何者意幻爲三界耳如三界即六根如六根即五陰鶖鷺子言菩薩聞是得無懈怠佛言設爲惡友所制必將懈怠若得善友終不懈也善業白佛何以知菩

薩惡友佛言其不慕樂明度無極欲棄捨若形想愚占文飾違此深智更說經道當知是爲菩薩惡友曰何是菩薩善友佛言未起明度無極者即勸使學而教誨之令入斯道爲現邪行說邪之害是邪行是邪害使遠離此當知是爲菩薩大士弘誓之鎧善友者也又問呼道人爲菩薩其句義爲奈何佛言所謂菩薩者一切諸法學無罣礙已學無礙能出諸法故謂菩薩大士者其義云何佛言大士者能聚大衆爲之舍家是故爲大士也鶖鷺子曰吾亦樂其爲大士者於見身見性見命見人見丈夫見有見無見斷滅見常在爲斷大見何者爲說上法度諸見淵是故爲大士善業曰夫大士者如一切知意無齊同志於弟子緣一覺在彼無著所以者何悉知意質直無漏無受無滅以悉知意大照菩薩是故爲大士鶖鷺子問何故菩薩大士亦彼悉知而意不著善業曰以無意故於彼悉知而無所著賢者滿慈子言吾亦樂其爲大士者揖人昇於大乘而有弘誓之鎧是故爲大士善業白佛何謂弘誓之鎧佛言菩薩束已自誓吾當滅度無央數人已度無量無數人民皆得泥洹知其無法得滅度也所以者何法意如是譬若幻師與幻弟子於四衢道化作人衆以爲化人而斬其首汝知云何彼有所殺有死者乎不也世尊如是善業度無數人爲無有人得滅度也菩薩聞是不驚不怛不以恐受不移不捨不疲而無慘悴是爲有弘誓鎧能昇大乘當以知此滿慈子曰吾省佛言如我所得當知是義爲無帶甲所以者何如

佛告善業無造佛一切法無作成諸法者亦無造衆生者如是義者無弘誓鎧善業曰無所束帶菩薩大士爲無弘誓所以者何色痛想行識不著不縛不解故鶖鷺子曰何如爲色痛想行識而云不著不縛不解善業曰色如幻人故不著不縛不解痛想行識爲如幻人不著不縛不解無有之色不著不縛不解無有之痛想行識不著不縛不解五陰如是諸法亦然是故菩薩所爲誓者無有誓也善業問焉知菩薩正昇大乘何謂大乘何乘發往孰逮大乘斯乘何出佛言大乘之爲乘者爲無量乘爲衆生之無量所以者何人種無量菩薩爲之生大悲意以斯大乘往湊三界聖一切知乃建大乘乘無從出所以者何有生有出則爲二法若不起不致於諸法不得者是爲無所生無從出善業曰大哉斯乘爲天人質諒王諸世間出世善業乘與空等弘裕若虛空苞容衆生無有量數恒以虛閑濟人無極而爲徧宣故爲大乘不見其反亦不見出如此乘者不從始得不從終得亦不中得於三塗等故爲大乘佛言如是善業以能行此乘故謂之菩薩大士鶖鷺子曰佛請賢者說明度無極而道大乘者有檀知耶善業白佛吾說明度無極得無過乎佛言不也適得其中善業言菩薩大士不於始近不於終近亦不中近色無際道無際痛想行識道俱無際是故菩薩無近無得無知無明色菩薩不知不明不致不得痛想行識亦如是都一切於一切無知無明無致無得當爲何菩薩說明度無極尚不見菩薩何用見明度無極

菩薩者但名耳猶我無可專著我者空虛不可審明我不可明道何可知如是諸法無有專著何等爲色色無生無牢固何等爲痛想行識識無生無牢固諸法無生無有牢固彼無專固者不是法不非了無本主當爲誰說是處無知亦無異處可得菩薩行道也如是世尊其聞是言不驚不怛不捨不疲不有慘悴如此知行是菩薩爲能惟明度無極所以者何行此經時以如是法熟觀斯道是時爲不近色不近色者不見滅也所以者何於自然色而不起爲非色若色費耗亦非色來無興衰我者此爲無二事如謂之色是我即由是爲我色是爲造計痛想行識如法觀時爲不近識於自然識而不起爲非識若識費耗亦非識來無興衰我者此爲無二事如謂之識是我即由是爲我識彼爲造計者也鶖鷺子曰吾省是語於義菩薩爲無所起若無起者何故菩薩行艱難行爲衆生更苦無量善業曰吾不樂菩薩艱難行而大士者無艱難想以行道也所以者何行艱難苦想者不能爲無量人民建大利也是以當爲安隱易行之想爲衆生建若母想父想昆弟想姊妹想子想女想當生是想行菩薩道於一切人爲已親想以是想將導之見衆生爲若已都一切於身不明是外内爲生法想斯一切爲吾子吾當度此無量苦惱不有怒意若被形截心無鬱毒終不爲苦想也如賢者言菩薩無起以其無起故爲菩薩鶖鷺子曰云何菩薩而無起者於道人法於一切知一切知一切知法亦將無起善業曰然於佛法都無所起

問曰在佛法而無起者其於凡人及凡人法亦將無起答曰然於凡人法亦無所起鶖鷺子曰如是菩薩於道人法從一切知至凡人法皆無起者是爲不近不起得一切知耶善業曰不起之法無欲得要也不起之念亦非有法可擇取也有得佛者我以爲諍曰是如何當從未生法擇已生法擇乎生死法至生法至乎答曰云何生法不生而不生法生耶鶖鷺子曰不生法者不起法也樂不起法語耶樂起語也如賢者樂以樂不起之不要善業曰如是當樂不起不要賢者所樂吾亦樂説鶖鷺子曰如善業語爲法都講最不可及所以者何在所問如應答法意不揺其言皆妙答曰是法意也佛諸弟子所問應答意不揺者於一切無所倚故也鶖鷺子曰善哉善哉是爲上辯何謂菩薩諸法無倚答曰是明度無極即爲菩薩諸法無倚曰不一切乘是經惟諸法無倚也曰悉明度無極故爲諸法無所倚菩薩於是無方石止處而以默取諸法之要如無取焉是爲行諸法而無倚行也若爲菩薩説是奥知不疑不望而能深解是謂知行者已爲不休如是念矣鶖鷺子曰若不休此行爲休是念若休是念爲不休此如其念行而不休者是謂常行等念等也已念等行等者則一切人必常有紹此行而得爲開士者如是衆生亦將不休此念此行所以者何人不當廢是念也善業曰善哉善哉賢者勸助爲説是致要語如賢者言行等念等則一切人不廢此行夫衆生自然念亦自然當以知此衆生恢廓念恢廓當以知此衆生

之不正覺而不念正覺亦不正覺當以知此如是行念吾樂菩薩思惟念此行

大明度無極經卷第一

大明度無極經卷第二

吳月支優婆塞支謙譯

天帝釋問品第二

爾時帝釋與四萬天子四天王與二萬天子梵衆天與萬天子梵輔天與五千天子俱皆來會坐諸天子宿命功德光耀巍巍持佛神力光明徹照釋問善業言是諸天子大會欲聽說智度無極云何開士大士於大明中立乎善業曰諸天子樂聞者聽我說因持佛力廣說智度何天子未求開士道者今皆當求已得溝港道者不可復得開士道何以故閉生死道已正使是輩求者我代其喜不斷功德法也悉欲使取經中極尊法使上至佛佛言善哉善哉勸樂開士學乃爾乎善業白佛言我當報恩終不敢違之所以然者往昔如來無所著正真道最正覺皆與弟子爲諸開士說智度如來時亦在中學斯經妙行今自致作佛用是故當報恩我作是說法開士受之我勸樂勸樂以大道疾令作佛釋欲所聞者聽所問矣問曰開士云何立智度中乎答曰持空法立如是釋問開士大士以影弘誓大乘所至奏五陰不當於中住溝港頻來不還應儀緣一覺至於佛不當於中住五陰無常不當於中住於苦樂好醜是我所非我所不當於中住溝港道不動成就不當於中住何以故七死七生便度去頻來道不動成就不當於中住何以故一死一生便度去不還道不動成就不當於中住何以故於上滅度應儀道不動成就不當於中住何以故應儀道成已便盡於滅度中而滅訖緣一覺道不

動成就不當於中住何以故不能逮佛道便滅訖是故不當於中住如來無所著正眞道最正覺用無量人故作功德我皆當令滅訖正於佛中住佛所作皆究竟已乃滅訖亦不當於中住鶖鷺子問設使開士大士不當於中住五陰溝港頻來不還應儀緣一覺上至佛當云何住善業言如來無所著正眞道最正覺有住處乎答曰不也何以故佛無所住亦不在動揺不動揺處住亦不不住亦無無住一切無是如如來不當作是住不當住不住亦不當住無住當住是住學無所住矣爾時諸天子心念諸鬼神所語悉可了知今是尊者善業所說經道了不可知善業知其心所念語諸天子是經難了難了所以者何我所道說所教起都爲空矣以斯故難聞聞而難了諸天子心復作是念是語當解當解今尊者善業深入於法身即告諸天子設使欲索溝港頻來不還應儀緣一覺無上正眞道若於其道中住皆當學明度當持守諸天子心復念所說乃爾當復於何處更索經師又告諸天子欲知我所說法者如幻人無所聞無所行諸天問今在是聞法者是人爲非幻乎善業言人如幻幻如人如求溝港頻來不還應儀緣一覺正眞道者人如幻幻如佛道諸天子復問乃至佛亦復如幻如人乎曰乃至滅度亦如幻如人諸天子言滅度亦復如幻如人乎曰設使有法過於滅度者亦復如幻如人矣善業告諸天子是幻是人泥洹皆空俱無所有尊者鶖鷺子滿祝子問說明度如是者誰能持奉行之答曰賢者不退轉開

士大士能持奉行之其應儀等無能受持者
所以者何我所說法爲無所說亦無所處法
已無所處法已無所囑累法以是故亦無能
受持者釋心念尊者善業兩法寶我寧可化
作華以散其上便化作甘香華以散佛及善
業諸比丘上華至其膝善業即知言是華不
出於忉利天上釋所散華出於幻耳釋言是
華非從樹出如賢者善業所可說斯事本寂
自幻樹出矣釋言是華從幻樹出也不從樹
出者爲非是非是者爲非華釋言明度甚深
微妙答曰然所以者何無所逮得亦無所說
釋言尊者處深微妙明度於法不諍處無所
有於法無所動答曰然法非動法當作是學
如是學不學溝港頻來不還應儀緣一覺道
作是學者爲學一切智出於諸法爲不生五
陰學受身行不學受餘法鶖鷺子問如是爲
不學受一切智乎不學士失不學受他法乎
答曰然是爲學一切智出於諸法釋聞法便
問鶖鷺子當云何於其中求報言於善業明
度品中求釋問善業持何威神恩當學知報
言持如來威神恩知釋所問明度開士大士
當云何求不可從五陰求不可離之求何以
故明度非五陰亦不離之不起之爲無所著
無出無猗無猗是明度矣釋言大士爲大明
無邊無底報言五陰皆無邊以是故當知法
無邊人無底當知法無底身與作復作用是
故當知之與大明等無異無中邊亦無本端
不可限量一切不可得以是故明度無邊無
底不可計計爲多釋問人云何無底善業言
云何於釋意何所法中名爲人於法中不見

有名爲人者何以故不見有所從來處所以者何人本末皆空無所有故設使有來者有住止者但名耳何以故於名字中學有所有不曰不也善業曰用名字無所有故無作我者是故人無底正使如來無所著正眞道最正覺壽如恒沙劫口說名人人復人寧有生滅者不釋言一切無生滅者善業言所以者何用一切人淨故無所起名非名不可得是故人無底明度無極名無底當作是知

持品第三

爾時諸天無央數同時三歎曰嗚經乎嗚經乎是尊者善業所說道深矣斯大明弘義如如來所由出矣有聞者學之誦之我敬視之如如來佛告諸天子誠然昔錠光如來無所著正眞道最正覺時有宮宮中有是經我時持之錠光佛授我決言若後當爲人中持悉逮佛智作佛名能如如來無所著正眞道最正覺三界最尊安定於法中極明號曰天中天諸天子白佛言少有及者天中天有持大明者爲受一切智矣時佛在衆中央坐佛告除饉衆除饉女清信士清信女今是四部爲證愛欲天梵天無結愛天皆知佛告釋言高士學斯定持誦其文衆邪不得其便令橫死也忉利諸天子求佛道者未學誦獲其奧者是輩天子皆往到是學持誦者所若於空閑僻隈處亦不恐不怖也四天王釋梵及諸天子等各白佛言我當護是學持誦者釋復白佛言難及天中天是明度學者心無動揺悉受六度已佛言然善聽我說上中下言皆善釋言受教佛言我經中有欲害亂者起惡意

往未至道亡後所作終不成何以故用是高士學是經故譬若有藥其名神丹有蛇索食道逢蟲物蛇欲噉蟲即到神丹藥所蛇聞藥香即還去何以故是藥力所却如是是輩高士其欲害者便自亡還是明度威神力所猒伏也佛言設有亂者便於彼間自壞不成四天王皆護入經如行者自在所爲所語如甘露言重成道瞋恚貢高諸惡不生四天王護之所以然者學明度故心自生念有諍起者不可近我求索佛道義不可隨是瞋恚語使我疾逮好心斯高士所作悉見善像釋白佛言難勝天中天乃過諸惡無與等者佛言釋是輩人或當過劇難之中終不恐無能害者善士當誦惟斯定正使死至若怨在中欲共害者如佛所語終不横死若兵刃向者不中其身所以然者斯定諸佛神呪呪中之王矣學是呪者不自念惡不念人惡都無惡念是爲人中之雄自致作佛爲護衆生夫學斯行者疾成佛道是經書已雖不學誦者當持其卷人鬼凶毒不能害矣宿命重殃唯斯不除譬如得佛處若人若鬼神禽獸從一面入無能害者何以故用得佛處故其威神護過去現在當來索佛道者皆當於中得佛道人入其處不恐無畏明度所止天人鬼龍皆爲作禮恭敬護視用經德尊故釋白佛言若有書持經卷承事供養天寶名華栴檀珍琦香繒蓋旛若有持如來無所著正眞道最正覺舍利起塔自歸作禮承事供養天寶華香具足如上其福孰多佛言我問若隨所樂報云何是如來一切智成是身出現於世從何義得

對曰從明度義得佛言不用是身舍利得佛也乃從一切智生得佛身我滅度後舍利供養如故若善人書是經學持諷誦自歸作禮承事供養具足如前則爲供養一切智已從是經中得功德無比復白佛言閻浮提人民不供養者爲不知是福尊無比耶佛言有幾所人信佛信經信比丘僧釋言信者少耳及求溝港頻來不還應儀緣一覺至求佛者復少矣佛言無量人行求佛道至於在不退轉地立者若一若兩耳學是法會成佛當爲作禮承事恭敬何以故用曉佛法世少有故過去如來求佛道者皆從是成我時亦在中如來滅度後取舍利起七寶塔盡形壽自歸作禮承事供養天寶華香具悉如前滿四天下若三千大千國土衆生悉得人道各作七寶塔以妓樂樂之復過是如恒邊沙佛刹人人起七寶塔供養劫復劫都是欲界中諸妓樂華香繒蓋皆具如上所說其福德益多不對曰甚多天中天佛言不如書持經卷自歸護之福多無量何以故從中出如來一切智故佛言百倍恒邊沙佛刹人皆起七寶塔不在計中如是千萬億無數倍不在明度淨定計中爾時四萬天子與釋俱來大會諸天子啓釋言尊者當取誦是經佛言當學當持當誦釋若質諒神與兵欲與忉利天戰共念誦是經質諒神衆即去釋言大尊呪天中天佛言然無輩過去當來今現在十方諸佛皆起是呪自致作佛出十戒功德開士大士從中生佛未出於世時開士悉出說照明四棄四拔苦四事空五通譬如月盛滿時從空中出照

明於星開士求功德盛滿如是皆從權德大明中出當作是知學持誦是經爲至德悉具足佛言其人終不爲邪毒水火兵刃王法所橫死何以故是明度所擁護若復有餘事起若至王所及太子傍臣所與之相見轉歡喜言笑所以然者以其普慈等濟恕惠群生潤功德量用是故見者悉起立爾時有異道人遙見佛大會欲壞亂坐衆疾至佛所釋作是念當云何盡我壽在佛邊受誦是法即從佛聞受誦彼異道人遥遠繞天中天一帀從彼間道徑去鶖鷺子念是中云何異道人從彼間道徑去心念是佛即知鶖鷺子釋念明度異道人無善意來故弊邪念佛與四部弟子共坐愛欲天梵天諸天子悉復在中會無異人開士大士受決者會當爲人中之將自致作佛我當往亂之是弊邪乘一轅之車駕馬四足稍至佛所釋作是念弊邪所乘非國王瓶沙非波斯匿非釋種非維耶利四馬車皆不類之正是弊邪所作也邪常晝夜索佛短亂世人能常持心究竟明度邪便道還切利迦翼天子持天華在空中立便散佛上四面散而尊歎曰究竟道源明度之謂也閻浮提人民乃得聞見復持雜華四散佛上曰其有求者守者終不爲邪衆所害也是輩人民福德弘大何況乃學持諷誦用是法住其人前世已得見佛淨心供養欲一切知得一切智寶當從明度索之佛言然阿難白佛言無舉名布施重戒忍辱精進棄定但舉明度名何以故天中天佛言明度於度中最尊云何阿難不布施持戒忍辱精進禪定智者當緣爲

六度無極一切智乎阿難言唯然天中天不行六行不爲六度誠非大明度無極一切智之明矣佛言然大明最尊譬如地種散其中同時出生衆生得命如是阿難明度如地五度如種從中生成釋白佛言如來所說善士學持誦明度者功德未竟佛語釋我不說是功德未竟我自說書持經卷承事作禮華香名寶雜繒蓋播功德者耳釋白言我身護視是人佛語釋誦明度者有若干千天到是師聽經不解義者欲問所疑用慈於經中即自曉了是人作功德悉自見知若於四部弟子中說經時其心無所難若刑戮者終不畏何以故明度所護凶弑者去佛言我不見人當明度者人亦不見明度明度所獸也無有輕者心不恐怖無所畏父母重之沙門哀之諸親賢友愛之或惡事來持忠正法爲解之是善士所作功德悉自見心當作是知十方無數佛國諸天人鬼龍質諒神執樂神胷臆行神似人形神皆至經師所問訊聽受作禮致敬繞畢各去斯行德使然四大天王忉利天鹽天兜術天不驕樂天化應聲天梵天梵衆天梵輔天大梵天水行天水微天無量水天水音天約淨天徧淨天淨明天守妙天玄妙天福德天德純天近際天快見天無結愛天上諸天子皆往問訊聽受作禮繞竟各去諸無結愛天尚悉來下在諸天中何況是三千大千國土諸愛欲無色天子耶彼所處常完堅無嬈者除宿不請餘不能動其功德悉受是時諸天來當知之釋言云何知天中天佛言是善士女歡喜時知來已當避去聞鬼神

香或龍鬼神蛇軀神來到聞鬼神香以爲曾知已當避去當淨身體用清淨故鬼神皆大歡喜小天見大天來便避去尊天威神巍巍其光重明稍安徐徃尊天入至經所是善士女則踊躍喜所止處悉當淨住是人病終不著身所止處常安隱未嘗有惡夢夢中但見佛見塔聞明度但見諸弟子見極過度見佛坐見自然經輪見但欲成佛時見諸佛得佛見自然新經輪見若干開士見六度種種解說是當作佛見餘佛剎見佛及尊經無與等者其方剎如來無所著正眞道最正覺弟子衆如來在其中說是輩善士夢如是已安隱覺身體淨潔且輕不復思食自輭美飽若比丘得定自定覺心輭不思食身輭美飽如是何以故鬼神不敢近是欲取佛者

功德品第四

復次帝釋是天下如來舍利滿中施與有持智度無極書施與爾取何所釋言我取智度何以故我不敢不敬舍利天中天舍利由斯明度出天人所尊矣如我與諸天共座坐持異牀我未至諸天子爲座作禮繞已去是座尊故吾於斯受經諸天於彼爲禮如是天中天明度出如來無所著正眞道最正覺之舍利一切智從中生身用是故兩分中取明度正使三千大千國土滿中舍利爲一分明度書爲一分取書何以故從中出舍利供養所致譬如負債人與國王參正無復問者亦無所畏何以故在王邊有力故也譬如無價明月珠有是寶者其德無等所著處鬼神不得其便不爲所中若士女持明月珠所著鬼神

即去若中熱風寒持明月珠著身熱風寒皆
除去夜著冥中即明熱涼寒溫衆毒向已持
珠示之諸毒即滅如是天中天明月珠尊若
人目痛冥近之即愈其德巍巍在著何所便
隨珠色正使持若干種繒裹珠著水中水故
如珠色水濁即爲清是珠德無比阿難問釋
云何獨彼有珠耶斯土亦有乎釋言亦有不
足言如我所說者異天下寶輕不如彼德尊
珠十百千萬億倍若以著篋函中其明徹出
正使出去處明如故天中天一切智德至如
來滅度後是一切智舍利徧布供養如故置
是三千大千國土滿中如來舍利正使如恒
邊沙佛利滿中舍利爲一分是經爲一分我
於兩分取是經佛語釋過去如來皆從中出
自致成佛甫當來及十方無數佛刹現在諸

佛亦從中出爲人中將自致成釋言一切衆
生心所求如來從明度悉了知佛言用是故
開士大士晝夜求明度釋言惟求大明不求
餘度乎佛言六度無極皆求開士布施持戒
忍辱精進一心分諸經不及求明度譬如是
天下種樹若干色種種葉華實各異其影無
異影影相類如是五度從明度出一切智種
種相成無異釋白佛言影明德尊其爲難等
矣天中天若有書是經承事供養華香繒蓋
旛若復授與人其福孰多釋言自供養復分
與人其福太多佛言如是書經供養華香衆
寶名繒蓋旛若有書經供養復分與人其福
無量經師所處尊說本淨其福甚多復次一
天下人皆令持十戒置是四天下復置小國
中國二千三千大國土如恒沙佛刹人民皆

令持十戒其福寧多不對曰甚多天中天佛言不如書是經分與人使書學之其福倍多置上十戒皆令作四棄四拔苦四事空及五通皆成得云何其福寧轉倍多不對曰甚多天中天佛言不如是書經卷與人使書若爲讀其福倍多復次學解中慧其福甚多釋白佛言云何學明度解中慧佛言有當來善士欲得無上正眞道最正覺樂學明度惡友教學未知何等爲未知佛言來世比丘得經欲學惡友教之五陰無常學五陰無常求作斯學失大明獲未知佛言求者不壞五陰無常視何以故本無故如斯當爲景明之學其福無度復次一天下人皆令得溝港頻來不還應儀緣一覺道皆令成就又如恒沙佛剎人民皆求無上正眞道福不如得淨定廣說義所以然者皆由斯定得一切智十二經德皆由斯學成佛無盡佛出即生溝港頻來不還應儀緣一覺并發意求佛獲斯定者福最尊矣若有善願欲疾作佛以經施之令成大士得斯定者其福難盡釋白佛言如是天中天極安隱是開士大士疾近佛用是故受其福轉倍多何以故其得是法疾近佛坐善業語釋言善哉善哉當作是解開士受淨定疾得作佛所作行當如淨不得景定不得作佛在所問

變謀明慧品第五

爾時慈氏開士語善業有開士大士代歡喜最尊分德法雖或布施持戒所守分德法尊無蓋德被無表善業言當從是代歡喜分德之法何以故十方無量佛剎一一剎土不可

計數滅度以是本所起無上正眞道最正覺及自致滅度處其功德極度所致之德諸弟子所作布施持戒守法分德彼德最尊過無所著功德都天中天持戒身定身慧身無所罣礙身度知見身安隱大慈不可具計經中所學諸功德都計合積之代歡喜德福尊無蓋以斯喜行用求無上正眞道心念言持是施與我作無上正眞道當作是行求心已來悉逮得之慈氏語善業作是求已來者不逮得作是施者善業言有不施者當從何得亦無所守從何出生若意悔還爲墮四顚倒所施與無常謂常苦謂樂空謂實無身謂有身意悔還所信還持是心求佛作是施與作無上正眞道慈氏語善業新學士女不當於前解慧也何以故其所信樂所造德本恐亡還當爲不退轉說之若在善友邊久者解說之是人不懼者也如是代歡喜極尊持是施與作一切智持是心作是施與代歡喜是心盡滅無處不可見何心作是施與得無上正眞道何心是心心無兩對心無身當作何施與乎釋言恐新學士或怖而亡還云何作功德施與最尊代歡喜云何以作施與得無上正眞道善業言斯土開士大士悉具足供養諸佛破壞衆惡以等行如一降伏邪黨棄捐重擔所有福德罪垢都寂戒定慧解脫度知見所願已獲十方無數剎土有滅訖者所作分德其尊無上何因開士不悔心想云何不悔心無所想持是施與作上行者正使是心念自了知之作是曹想不悔心想如悔所喜悔正使心念復了知是心作是爲想悔心悔喜

悔正使開士持其心了知作是爲想覺持何等施與持何所心了知作是覺持何等施與持何所心了知是心諸法何所法持是施與爲等與不及作是施諸過去當來今現在佛所有功德及弟子未得道者天龍鬼神諸閒經初發心學者都合積累代喜最尊矣持是功德復知是法盡滅無處亦無法作是施與無想悔無心悔無喜悔作是衆所不逮是爲無上正眞道施與他有分德不諦明之不作是施與何故所致無所有代喜分德亦空閑士作此明之諸佛所滅度者持所施與功德使我悉得之如一作是知所行作無上正眞道是所作不在想過去所知盡滅想無處想作念得作是想非施與也不作是想爲施與當作是學開士大士權德當於是中索之未得明度不得入是法中所持分德中無得作是聽身識是有德之人有想便著反欲苦住如來無所著正眞道最正覺不樂持施與持施與見虛空何以故極大得滅訖視佛有想者爲礙施是與大遠不當作是逮如來施與當諦何以故雜毒病故作是施譬如美飯雜毒著中色好甚香無不喜者不知飯中有毒愚人食之歡喜飽滿其食欲消時必危身命矣夫不知取施之義者不曉將護兩礙之難必如毒飯之說也若高士欲施當如往古來今諸佛持戒身定身慧身解脫身度知見所現慧身及諸弟子於中所作功德是所佛緣一覺施與持是功德都代歡喜施與以作無上正眞道持是想施與時悔謂之有用是故譬若雜毒飯如是有德之人當作是覺知過

去當來現在佛云何施與何因成就出無上正眞道隨如來教持是施與知所作功德生時身相經所得了知成時我作是代歡喜自致佛道無過也終不離如來法不雜毒也當作是施與如戒如定如慧如解脫如度知見慧所現身無欲處無色處無空處亦無往古來今從中來者譬若無所有是所施與諸法亦無所有是爲成施與中無毒也若作異施爲行反施惟開士所施是法若佛皆更知作是施自致作佛今我施已作無上正眞道佛言善哉善哉善業所作如佛又三千大國土人皆使念四等心不如上施其尊無蓋也復次三千大國人皆作無上正眞道使如恒沙佛剎人共供養之震越衣服飲食牀卧病瘦醫藥事事具足如恒沙劫隨恣所樂云何其福寧多不善業言甚多天中天佛言代喜功德福過其上善業言功德如恒沙佛剎不能受也佛言善哉善哉持明度者是所施與乃從本來福出其上爾時四天王與二萬天子以頭面著佛足却白佛言弘慈普施明度德化巍巍無盡乃至於斯乎何以故學明度開士大士所勸樂故忉利天鹽天兜術天不驕樂天化應聲天諸天子各以寶樹名華雜香以散佛上繒蓋幢旛天衆妓樂歡心貢佛而歎曰極大施與天中天大士權德乃作是施學明度德大士所勸樂梵天梵衆天梵輔天大梵天水行天水微天無量水天水音天約淨天徧淨天淨明天守妙天玄妙天福德天德純天近際天快見天無結愛天諸天子皆以頭面著佛足作是言開士學明三界希有

佛告諸天子置是三千大國土中人皆作無上正眞道者更復異恒沙佛刹人都共供養是輩開士大士具隨所喜復過是者不及代歡喜施與三世佛天中天持戒身定身慧身解脫身度知見身及諸弟子在中作功德者都積累合會雖爾代喜過上善業問言從中何得佛言求開士道有德人當知往古來今法無取無施無想無見從是法中無所出生法無盡法心無往來法我作是代喜施疾得無上正眞道復次於三世佛所作布施持戒忍辱精進一心明慧代歡喜無所罣礙法未來未成亦無所罣礙十方無數佛刹現在者諸法不著不縛不脫以是法作無上正眞道是代喜施無能過者無能壞之如恒沙佛刹開士壽劫亦然使彼人供養爾所開士大士具足如彼多劫如戒忍辱精進棄定法乃作是布施代歡喜德尊出其上無量之計

大明度無極經卷第二

音釋

卷第一

鶖鷺 鶖七由切鷺洛故切鶖鷺子舍利弗名也 怛 當割切懼也 眥 即移切財也 耗 呼到切虛也減也 鎧 可亥切甲也 慘悴 慘七感切慘感也悴秦醉切憂悴也 湊 倉奏切趣也 苞容 苞班交切苞容謂苞函容納也 恢廓 恢枯回切大之也廓苦郭切開也

卷第二

溝港 溝古侯切港古項切梵語須陀洹此云預流謂預入聖道法流溝港即預流義也 錠光 錠徒徑切錠光佛名也 僻隈 僻匹辟切偏側也隈烏回切隩也又曲也 劇難 劇竭戟切尤甚也難乃旦切阸也 珍琦 珍陟隣切

寶也琦渠羈切玉名也**繒**疾陵切帛也**弊邪**弊毗祭切惡也邪徐嗟切

不正也**波斯匿**梵語也此云勝軍王名也匿女力切**戮**力竹切殺也

胷臆胷許容切膺也臆於力切胷肉也**嬈**而沼切亂也**篋函**篋詰

叶切箱屬函胡嵒切匧也

大明度無極經卷第三

吳月支優婆塞支謙譯

地獄品第六

鶖鷺子白佛言明度道弘普入景慧天中天自歸明度無極天中天行寂無穢去冥示明巍巍至尊無不成就天中天無目惑者授道慧眼無生無滅苦者得安悉入無想明度慧門大士之母拔生死根大神巳足三合十二轉明度天中天開士大士當云何於中立天中天佛言敬明度當如敬佛於中立自歸當如自歸佛精心念鶖鷺子比丘何因發是問則報之曰是明度護於開士代歡喜功德施與無上正眞道之恩也若有布施持戒忍辱精進禪定皆不若譬人生墮地盲若士衆之行無前導者欲有所至不知行夫五度如盲者開士雖明度欲入一切智中不知所行明度將護五度與目與名鶖鷺子白佛言云何入明度中守佛言觀五陰無從生滅見五陰無生滅處明度亦然又白佛言作是守者爲逮何法曰逮無所逮法無所逮法名曰明度釋白佛言明度不逮一切知耶佛言不作是逮者無所著無名無識釋問復當云何逮佛言如無所逮故能逮釋言少有及者天中天無如明度諸法無生無滅善業白佛言開士作是念者離明度佛言明度空無所有是故不遠不近不成不壞問曰信此爲信何法佛言爲不信五陰不信溝港頻來不還應儀緣一覺善業言大明度是開士法佛問何緣知大明度爲開士明度乎對曰五陰不大不小不退不亂如來一切智有十種力不强不弱

不退不亂何以故不退不亂一切智不廣不狹天中天若有是念想爲不求大明威神欲度衆生是爲著何以故人本無大明度亦無人不壞明度義然人所出生乃如來現力如是鶖鷺子白佛言若有信是法者不疑者其人從何來生求道已來幾時乃得解中義教佛言從他方佛剎來生已問其義聞即恭敬視師如佛念曰吾已見佛矣善業白言明度可得聞見不曰不可得見也闓士求佛已來幾何時隨此法佛言非一輩學也各有本行或前供養若干千佛具持經戒未時聞斯定棄而不敬來世佛所聞當復棄去佛言其人自隨身意受愚癡心自用以斯罪自弊闓人說明度復止之止此者爲止一切智爲止往古來今將導明眼矣以斯愚罪斷於經法輕易應儀受不信之道死入無擇獄其歲難算勤苦毒痛不可具言天地壞時當適他方大地獄中展轉三塗劫數無量鶖鷺子白佛言其罪等於五逆微喻之耳佛言其罪難爲譬喻是明度學誦時若有心念非如來所說止人學者自壞復壞人自飲毒復飲人是輩人自亡不曉明度復誤他人學士無見斯人坐起言笑通好飲食也何以故斷是經故斯人自在冥中復投人於冥中其人自飲毒煞身無異也斷經之愚人信其言罪苦等矣誹謗明度爲謗十二部經也鶖鷺子言佛未說謗斷經罪入太山其形類如受身大小願哀釋之佛言無間聞之必恐中熱沸血由面七孔憂焦損命由斬華著于盛日萎枯而喪愚夫死然也其身長大醜惡臰處無不惡見吾難

說彼毀尊法人處地獄中所受形類也又白佛言願說其罪令末世人敬奉明法畏慎不犯謗斷經罪重痛如彼佛言以示人大明後世聞者誹謗得罪在地獄中苦痛無期其罪可知矣善業白佛言善人常當護身口意行夫謗明法乃致斯罪佛言癡人於我法中作沙門誹謗明度言非止斷者爲止一切智十二部經爲斷三世諸佛道爲斷比丘僧者受恒沙劫罪善業問謗誹斷經者凡用幾事佛告斯士女無戒爲邪所中故不樂深經以斯二事斷明度矣又用四事一者隨惡師言二者不以順學三者不承開士法四者主行謗斷經法好索人短以自貢高是爲四事善業白佛言不覩深歸少有信者世尊曰然重問何緣少信佛佛言往古來今五陰不著不縛不脫所以然者以其無形明度義然故少信者矣

清淨品第七

善業白佛言少曉明度無極未狎習者佛言五陰清淨道清淨道清淨五陰亦清淨適等無異五陰清淨一切智清淨一切智清淨五陰亦清淨等無異今不斷前亦不斷後今不壞前亦不壞後今正等無異鶖鷺子白佛言甚深清淨天中天佛言清淨鶖鷺子言極明虛無無瑕穢無所有無不徧無生欲無色想清淨天中天佛言清淨矣又曰五陰清淨天中天佛言不知不隨不想清淨矣又曰一切智明度不增不減何以故無所有經護清淨佛言清淨矣善業白佛言意清淨五陰清淨五陰清淨意亦清淨天中天佛言本清淨矣

一切智清淨道亦清淨佛言本清淨矣五陰無邊意亦無邊佛言本清淨矣大士明照其源其故明度本清淨不在彼不在此不在中本清淨矣善業白佛言開士有想便離明度遠佛言善哉如爾言有名想便著曰難及天中天是明度如來安濟群生說是於著鷲鷺子問善業何所爲著答曰念五陰空著念往古來今皆著釋問善業何因著答曰心想念施與無上正眞道心無當何等施是善人歡樂教人於本空如是無過如佛所教出於諸著中去佛言善哉汝爲開士大士本空不著復次若有深著想念如來隨所想便爲著往古來今佛無所著法代歡喜以施作無上正眞道者法無往古來今一切不得有施想無念無見無聞無心不念心對曰甚深天中天

佛言明度本清淨矣善業言自歸明度佛言法無作者無作無上正眞道者善業言如佛教無作者佛言不兩法本無一本無是本無無作是本無者如是一切疾過著去對曰難了天中天佛言如是無得佛者對曰明度不可計也佛言然心不自知心善業言無作明度者天中天佛言無師作者求明度不五陰求不空五陰求爲求明度五陰不滿爲非五陰不求爲求明度對曰難及天中天著無著天中天著無著是者爲不著佛言五陰不著不求爲求明度五陰著爲不求明度溝港頻來不還應儀緣一覺著爲不求何以故著出一切智中如是開士著不著爲出爲守一切智對曰難逮天中天甚深所說法說之不減不說不增佛言如是不減不增所以然者如

來盡稱譽虛空亦不增減譬如幻人譽毀不能使其有喜感增減矣吾經說衆生各學諷誦經亦不增減慊苦求明度守者不懈不恐不動不轉隨是教不捨還何以故作是守者爲守空諸天人鬼龍皆當爲作禮以其服大慈法鎧與虛空戰濟衆生之禍現世景福之故也善業言被鎧譽虛空舉三處人至大精進上勇猛天中天法如虛空故索無上正眞道欲得平等最正覺有異比丘心念自歸明度者爲無生滅法釋語善業作是求隨是教何因隨是教善業言明度隨是教者爲隨空教釋白佛言學明度者當護幾閒善業云何釋見法不當所護者隨是教者衆生不能得其便也行明度護爲護虛空云何釋有力者能護響不曰不能也如響亦無想念爲求明度持佛威神三千大千諸釋梵四天王諸尊天王一切皆來爲佛作禮遶三帀却住一面念千佛號字形容被服所出國土皆如釋迦文其弟子字皆如善業問明度者皆如釋其本教授時皆同一處開士大士皆被大鎧學明度佛告善業慈氏開士作無上正眞平等覺時亦當於是說明度曰云何說五陰不受說不空說不著說不脫五陰說歎曰清淨天中天佛言五陰清淨明度清淨如空也對曰五陰無穢天中天佛言無穢矣善業言學是者不橫死也諸尊天常隨之經師月八日十四日十五日說經時諸開士常來大會佛言是善士汝得功德甚多難計所以然者明度無所近法無所取經無有無得無瑕無點無求無想是爲求明度無所觀見法諸天子心

大歡喜同聲而歎曰斯天下乃再見經輪轉佛告善業不兩經輪轉無所從生法不來不去如是善業言永安開士諸法皆無所罣礙作無上正眞道平等正覺佛言無經輪轉無經還何所爲輪轉無見經還何所爲經輪轉無見經無觀法何以故諸經所生如虛空無轉無去作是說便爲說經無說經者無聞者無證是說經者爲滅度是說經爲無人善業白佛如虛空無極悉明度平觀諸法無不明了天中天本空無上諸法不可逮無著無身無去無來無有無持無盡無根無所從生無滅無作無師無知無想無所罣礙無適無壞無本如幻無見如夢無我清淨無穢不可見無處定不動搖無念平等不動法不移無欲法無異無所生向無想去垢盡恚恨無人人本無不觀法無所起不至邊無所止不腐不敗無不入諸應儀緣一覺所不能及不亂無誤不可量無小法無形無所生起無苦諸法不相侵無我無所著空諸法無所出力無能勝者不可計出計去無所畏心不懈如來諸法本無無師無爲寂寞明度無極天中天

悉持品第八

帝釋作是念今見佛聞明度無極者過去佛時人也何況學持諷誦用是教住其人前世供養若干佛從問事已是善士爲更見過去正眞正覺從是深法聞說時不疑不恐不畏不難鶖鷺子白佛言是深明度開士大士信受者視當如不退轉何以故本精進故釋語鶖鷺子是法甚深從斯定難乃爾乎聞其義而不信者彼求佛道未久以斯爲難矣自歸

明度爲自歸一切智矣夫一切智者是明度所照明當作是住解慧釋白佛言云何於明度中住解慧佛言善哉釋若今作是問持佛威神使若發此問耳開士求明度五陰中不住爲應行五陰不究竟爾故不於中住鶖鷺子白佛言甚深天中天是法難見無邊佛言五陰甚不住不隨不入五陰中鶖鷺子言有不退轉開士當於前說之閒是慧法不猒釋問鶖鷺子未受決開士若於前說將有何異曰未受決者聞之或恐退若大士聞斯義得淨定者疾近受決不久或見一佛若兩佛便受決或自於斯中受決得無上正眞道佛言如是求佛乃從久來當作是知未受決者當聞見是法鶖鷺子白佛言我樂是語樂人中之安佛言樂者當於佛前說之鶖鷺子言譬

如開士至德自於夢中升佛座坐當知斯開士但欲成佛如是天中天是明度若有得者其功德欲成滿近佛佛言善哉是語乃作是樂如佛威神復白佛譬若欲行萬里若二萬里到大深澤中遥見牧牛羊者境界居舍叢樹心中作是念想郡縣聚落將欲見之稍稍前行但欲近郡縣不復畏盜賊如是天中天開士大士得是法今近受決不久不復恐墮應儀緣一覺道中何以故上正想見已欲見大海者便稍稍往想見其山林明慮諦見海尚遠即不想見矣若但欲至無復山樹之想矣得此法者雖不見佛從受決今作佛不久譬若春時樹葉稍欲生出當知此不久華葉若實當成熟何以故上想見葉華實當知成熟斯土有眼者大歡喜用見葉華實故當知

成熟如是開士大士上想受決不久今受決作無上正眞道佛言善哉善哉鶖鷺子持佛威神使若說明度善業白佛言難及天中天悉豫了署開士大士作如來無所著正眞道最正覺佛言用是故開士大士晝夜愍傷群生欲使其安自致無上正眞道成作佛時悉爲說經善業言云何求得成就作佛佛言經中作是觀五陰不過爲求明度不觀見法爲求明度對曰不可計天中天所說佛言如是五陰不可計不可求對曰誰當信是者從是求開士大士佛言何所爲求正使求者但爲名耳是中開士大士明度力四事佛法一切智無所近何以故力不可計四事佛法一切智皆不可計五陰諸法亦然也正使作是求爲無所求爲求明度正使作是求但爲名耳

善業言甚深天中天斯乃寶將中王與虛空戰勇德難勝今佛行業傳之無窮佛言然爾故開士欲疾書是經至死何以故於寶中多有斷起善業言弊邪存想欲使經斷佛言邪欲斷經會不能勝鶖鷺子問持誰恩不能中斷佛言十方現在諸佛威神悉共擁護是開士大士佛所授定邪不能斷也又白佛言是明度若念誦持學書者諸佛威神皆共擁護之佛言我眼視是學持誦者最後書持卷者當知是輩如來眼所見是至德受持是經者疾近佛座得大功德如來去後是法當在釋氏國彼賢學已轉至會多尼國在中學已復到鬱單越國在中學已却後我經但欲斷時我斯知已爾時持是明度最後有書者佛悉豫見其人已佛所稱譽也鶖鷺子問佛鬱單

越國當有幾開士大士學斯定佛言少耳是經說時聞不恐不難爲疾近如來其人前世聞如來已學開士至德持戒完具多所度脫是輩索佛道者我知是高士近一切智其所生處志尚所歸當學斯義欲求無上正眞道是人行尊邪終不能動使捨佛志也聞明度已得極歡樂尊得大乘德逮近無上正眞道雖不見我後世得是法爲面見佛佛說斯語如矣儻有求道者當共教勸令學佛道我悉代歡喜有作是教者心復心轉轉相明自在願生何方佛刹所生異方面見佛說經時當復於後教人求佛鶖鷺子白佛言難及天中天云何乃有是如來往古來今斯高士何法不知何求不得云何乃有是決甫當求佛者是輩爲精進逮入六度中學佛言是輩人有求經不求者會值經法願不離經索無止時不索自得六度鶖鷺子問有覩斯明度定衆經由之出乎佛言有解明度者諸經出之所以然者是佛教法當教一切人勸令取佛亦復自學斯經深義彼諸高士所生逢佛獲六度無極矣

覺邪品第九

善業問佛高士種類欲學當何以覺其難天尊曰欲學明度無極心不喜者當覺邪爲心妄疾起者心欲學卒鬪亂起若書是經雷震畏怖開士轉相調戲左右顧視書是經邪念不著經從座起去自念我不受決法不在明度中便亂心起內不得靜自念我鄉土郡國縣邑不聞是經意悔捨去其人刧後若干刧聞餘道經喜不能任明度而隨異經便墮應

儀緣一覺道中是爲枝葉譬若男子得象觀其脚云何黠不曰不也天中天佛言如是求開士道棄明度去及修學餘經得應儀緣一覺道曰黠不曰不也天中天天尊曰譬若欲見大海而觀陂水曰斯巨海矣黠不曰不也天尊曰開士棄深明度取餘經墮應儀緣一覺道中有智無對曰不也天尊曰譬若作絶妙殿舍匠師意欲齊日月宫殿於善業意能作不對曰終不能也斯匠黠不對曰不也天尊曰求開士道聞明度已復棄去學應儀緣一覺道法欲於中求佛是人黠不曰不也天中天佛言譬若欲見飛行皇帝反見小王形容被服諦熟觀之曰斯但是飛行皇帝也是人黠不對曰不也天中天佛言甫當來開士得深法已復棄去入應儀法中欲求佛云何

有智無對曰不也譬若大飢得百味飯不食也欲得六十味飯商人得無價明月珠持水精塗明月珠欲令合同是人黠不對曰不也佛言甫當來開士得明度經反比應儀道棄去入應儀法中欲得作佛復次當書時邪使財利從他方來聞利便棄法住不能書成也當覺邪爲書是經時莫言我書莫作是語也當從經中聞決作是言者邪得其便矣不爾者邪界空書時意或著世兵賊鬬亂親屬財利飯食病瘦醫藥念父母兄弟及衆餘念開士當明覺斯爲邪使復次我有名深經邪從次讀之便行亂學明度者意令釋本崇末使不得變謀明慧佛言開士大士欲說變謀明慧從明度索之而今逮得復棄去於應儀道中索變謀明慧是開士黠不曰不也天中天

佛言受經人欲聞法師便不安正使安欲與明度受經人捨去師徒不和書不成也學人來受師欲至他方兩不和矣或念在衣食財利受經人亦無用施本不得明度如是當覺邪爲受經人正使無所愛惜不逆師師有斯經弟子問事師不肯解之受經人賚恨退或時師欲說受者不悅也師若身疲不能起說經學士志銳而不得學者當覺邪爲復次是法說時書時儻有來者說地獄餓鬼禽獸大勤苦當早斷之作應儀無荷重患矣若復於衆譽天上樂云於彼五所欲自恣所存亦可一心念空然雖獲所念會當別離受彼衆苦不如於斯索溝港頻來不還應儀道莫與壞敗虛空從事復次師尊貴心自念有敬歸我者我與明度不者則止學人自歸不避劇難師不肯授欲到四劇怖中又告之曰穀貴之處虎狼賊中五空澤間我樂往彼爾諦思議能隨我行忍此勤苦不得後悔弟子憂曰師具解與不肯相授吾奈之何乎師徒志乖明度書學誦經經行之時弟子慍默不復受學稍捨就俗今經法義擁當覺邪爲復次師健乞匃多方便欲懈墮去便諂語學者我當到某處有所問訊如是不知當學誦經行時遇此當覺邪爲復次弊邪常索其便如斯之惱無得受深法者善業問何因如茲佛言弊邪主行誹謗明度言我有深經其義玄妙餘皆非法也是故新學開士心疑恐非明度無極終不學邪事一起時有開士深守禪行便得溝港道是爲證

照明十方品第十

善業白佛言佛說明度無極照明於世何謂照明天尊曰如來持五陰示於世又問云何視現壞五陰現世邪不壞現世乎天尊曰五陰本無壞不壞何以故空想願無壞不壞無所生無壞無所識無壞不壞五陰本空想願無所生無所識明度示現於世無量人心如來得明度悉知其源何等爲知其源人本心本心本人本等無異如是明度出如來示現於世復次善業疾心如來從明度悉知何等爲疾心亂心即知經本出入於心中本無入經亦無出經心故爲經本經故爲心本本經不疾不亂即知何等爲疾心即知隨其疾盡盡爲無所有爲心如無所有不疾亂是爲疾心即知如是明度出如來示現於世愛欲心本即知瞋恚心本即知愚癡心本即知何等愛欲瞋恚愚癡心本即知愛欲本心非愛欲心瞋恚心本非瞋恚心愚癡心本非愚癡心何以故心本不現無想無想是無愛欲瞋恚愚癡是爲本無如本經無本如是明度出如來愛欲瞋恚愚癡心斷即知何等心斷即知心斷非愛欲也非瞋恚也非愚癡也何以故愛欲心斷本瞋恚心斷本愚癡心斷本皆無所從出無有本無所從生諸法無所從出無愛欲愛欲斷無瞋恚瞋恚斷無愚癡愚癡斷不可得見如是明度出如來示現世間爲有德爲人故曠大心即知無大小無益心無去心何以故心本斷如是出如來用有德用人故無邊幅心即知是心不去不來不住何以故本空無所出本無不來不去不住如是不可量心即知不增心身中心知如虛空不可

計如是心知明度出如來不可計人未見心即知何以故無想一切見經諸法如心等心如諸法想非諸法諸法非心想何等想非諸法何等非想心諸法無想心亦無想不見如是明度出如來欲得是致是用有德用人故何等欲得是致是一切欲得致在五陰中住欲得從是便致是善業如來云何欲得是因致是從死致死是爲色從死致不死是爲色從不死致不死是爲色不有死不無死是爲色五陰如是有世無我是爲色無世有我是爲色有世有我無世無我是爲色不有世不有我不無世不無我是爲色如是得世本源得我本源是爲色不得世本源不得我本源是爲色有本源無本源是爲色不有本源不無本源是爲色是命是身是爲色非命非身是爲色五陰亦爾是爲欲得是因致是從我身起如來用人所著所縛所故即知爲知過去如來知時知今如來知時知何等知色知如本無五陰亦爾如來五陰何等爲知如本無五陰本無如來本無作是見本無五陰本無世本無諸法亦本無溝港頻來不還應儀緣一覺本無如來亦本無一本無無異無所往無所止無想無盡如是本無無異如來從明度中出悉知之是故名佛矣善業白佛言甚深天中天誰當信是者獨得應儀及不退轉乃信耳佛言本無無盡時如來所說無極釋與萬天子俱梵衆天與二萬天子俱到至佛所頭面著佛足却住一面愛欲天子梵天子俱白佛言天中天所說法甚深云何其想佛告諸天子虛空著無相無願無所住如虛

空無所罣礙諸天龍鬼神不能動也何以故是想無作者五陰不能作想人非人所不能作佛告諸天子若言有作虛空者寧信不對曰不信也天中天無作虛空者何以故虛空無色天尊曰是想常住有佛無佛是想住如故如來悉知是諸天子白佛言是想甚深如來悉知無所罣礙明度是如來自在道是佛所居處也佛告善業如來恭敬於經承事自歸何謂是經明度是經如來從是得無上正眞道用是故我恭敬經當報經恩諸法無作悉知無持來是爲報經恩善業白佛言諸法不知不見何等爲明度出如來示現於世天尊曰諸法無所住如是悉知見出如來示現於世五陰不見作是示現於世何等不見者五陰無因緣不見不見是爲明度出如來示現於世如虛空示現於世示現於世難得清淨是爲示現於世

不可計品第十一

善業白佛言極大究竟明度無極無量無與等者佛言然如來無師一切智是故明度不可稱量安隱究竟無與等者善業白佛言云何天中天如來無師一切智無量無邊佛言五陰不可計量諸法亦爾五陰無量諸法邊幅無獲其際者用何等故五陰諸法亦盡處云何善業虛空可計盡不對曰不可盡天中天佛言諸法亦然用是故如來法諸法無邊量用法無量故發心起學無量明度如是本無心心念譬若虛空無心無念有心有念因隨作是說不可稱計時五百比丘二十比丘尼得應儀六十清信士清信女皆得溝港二

十開士逮得無所從生法樂皆當於是賢劫中受決對曰甚深天中天明度極大安隱究竟佛言如爾云矣出一切智諸開士緣一覺道悉從中出譬若轉輪聖王一切國土皆爲臣隸王無所憂佛法緣一覺法應儀法皆從中出立五陰不受不入溝港頻來不還應儀緣一覺一切智道不受不入善業問何等一切智不受不入佛言云何若見應儀等所入不對曰不見也天中天佛言善哉善哉我亦不見如來所入處如我無所入一切智亦無所入愛欲天子梵天子俱白佛言甚深天中天明度難了也正使三千國土人民過去佛時所作功德一切皆信已具足過一劫方是深明度中樂一日念不可量深出彼德有餘佛告諸天子正使復有賢人聞是深法已得證疾使彼輩所信樂過一劫其功德不及是也諸天子聞是頭面著佛足繞已稍稍却遠俱不復現各自還去善業白佛若有開士大士信是明度者從何來生佛言譬如新生犢子不離毋如是開士大士聞明度已終不離經師爲從人道中來生善業白言若有逮是功德有從他方佛剎來生者無佛言有他方佛剎供養已從彼來生於兜術天上從慈氏開士問慧今欲求是法不懈持是功德復逮得是經若有前世時聞不問中慧今生聞是經於中有疑猒不信樂其人前世不從師問中事復次開士大士前世時聞是問其中慧若一日二日三日至五日持是功德今復逮得是經便信樂之若有欲樂聞時用是亂故其心數轉如秤乍低乍仰從新學來如是少

信樂當墮兩處應儀緣一覺道中

譬喻品第十二

佛告善業譬如大海中船卒壞其船中人不取板檣不能得渡必於水死若得板若檣有健者乘騎便不死當知順隨海水出也開士大士有信樂有定行有精進欲得無上正眞道而不得明度變謀明慧不得學當中道得應儀緣一覺道其有信樂定行精進欲逮無上正眞道得學明度權慧者終不中道懈過出應儀緣一覺去正在無上正眞道中立譬若士女持坯瓶取水知不久必壞所以然者未成故學不逮此深法終不能逮一切智便中道猒却墮二道中譬若持瓦瓶行擔水安隱歸至何以故已成故學得深法知終不中道自恣心止無上正眞道譬若大海中船不愼護以財物著中至於道壞財物離散亡其重寶如是開士大士正使至意學不得深法當知中道猒便亡名寶中道懈怠墮二道中譬若有人施張大海中故船補治持財物著中有所至不中道壞必到其處如是開士大士有信樂定行精進學又得深法終不中懈止上至無上正眞道中立終不墮兩道正向佛門譬如人年老而身病云何是人能從牀自起不善業言不能天中天或時起無力不能自致正使病愈能自起會不能行步佛言如是開士大士具如上所行學不得深法而欲逮無上正眞道終不至佛當中道懈墮二道中譬如老病人除愈欲起行有健人來扶持之告曰無恐自我相送終不中道相棄送著所樂處如是具有上行開士學得此深明

度無極變謀明慧當知終不中道懈必能究竟於中得無上正真道

大明度無極經卷第三

音釋

狎習 狎胡甲切狎習謂親近習熟也　瑕穢 瑕胡加切玷也穢於廢切汙也　慼 倉歷切憂也　調戲 調徒弔切正作誂徒了切戲也弄也戲香義切　黠 胡八切慧也　陂 彼爲切池也　銳 以芮切勇銳也　慍 於問切含怒也恨也　乞匃 乞欺訖切乞取也匃古大切乞請也　檣 音牆幡柱也

大明度無極經卷第四

吳月支優婆塞支謙譯

分別品第十三

善業白佛言云何阿闍浮開士學明度無極佛言當與善友從事以善意隨明度教何等爲隨教所布施持戒忍辱精進禪定智慧當施與作無上正真道莫著五陰何以故明度一切智無所著莫得樂於應儀緣一覺道如是善業阿闍浮開士稍入明度中善業言開士慊苦天中天欲索無上正真道者佛言如是慊苦安靜於世爲十方護爲自歸爲舍爲度爲臺爲導何等爲護生死勤苦悉護教度脫是爲護生老病死悉度之是爲自歸得無上正真道最正覺得如來爲說經無所著是爲舍又問何等爲無所著佛言五陰不著不縛是五陰無所從生無所從滅是爲開士得佛時爲世間舍何等開士得無上正真道最正覺爲世間度度五陰非五陰五陰爲度度爲諸法善業言如佛說度爲諸法諸法得最正覺何以故無所著故佛言如是無所著開士慊苦念法不懈得無上正真道最正覺因說經如是爲度世間何等爲世間臺譬如水中臺其水兩闢行如是五陰過去當來今現在斷五陰斷者諸法學亦斷諸法斷者是爲定爲甘露爲泥洹開士念法如是便爲說法如是得無上正真道時爲世間臺何等爲導如是具得如上說五陰諸法空無來源無去迹如虛空無異無想無處無識無所從生如夢如幻無邊無異善業白佛言甚深天中天誰當了是者佛言求佛以來久遠乃信之耳

過去佛時於彼所作功德如是人者乃明之矣又問何謂求佛已來久遠佛言去離於五陰已來不復有之乃明是深法如是開士爲導無量人善業言是爲人中之道佛言然開士得如上所行爲無量人之道是爲大盟誓爲無量之人誓不縛於五陰不終於應儀緣一覺者不於一切智不縛於諸法是故爲盟誓善業言開士求深明度不愛三處應儀緣一覺至佛甚深天中天不有守者不無守者從明度中爲無所出法爲定守爲不守諸法爲守無所有爲守無極爲守無所著佛言如是在明度中者當如是不退轉開士於明度中無所適著終不隨凡夫語不信餘道不恐不畏不懈怠當作是知其人於過去佛已受斯明度也復白佛言開士不恐不畏不懈怠何緣當念明度中觀視佛言心向一切智是爲觀何謂心向一切智佛言心向如空是爲觀視不視不可計一切智如不可計是爲非五陰不入不得不知不有知不無知無所生無所敗無作者無來源無去迹無所見無所在如是不可限虛空不可計一切智亦然無作佛無得佛者無從五陰中得佛者亦不從六度得佛愛欲天子梵天子白佛言甚深天中天難曉難知佛語諸天子如是如來視如是安隱甚深是知悉知不退轉無上最正覺亦無最正覺諸天子白佛言希有信是經者愍念世間故說之世人所欲皆著佛言如是

本無品第十四

善業白佛言諸法隨次無所著無想如虛空是經無所從生諸法索之無所得愛欲天子

梵天子言善業所爲如如來教但説虛空慧善業言如來是隨如來教何謂隨教如法無所從生爲隨教是爲本無無來源亦無去迹諸法本無如來亦本無無異隨本無是爲隨如來本無如來本無立爲隨如來教與諸法不異無異本無無作者一切皆本無亦復無本無等無異於眞法中本無諸法本無無過去當來今現在如來亦爾是爲眞本無開士得本無如來名地爲六震是爲如來説本無是爲弟子善業隨如來教復次五陰溝港頻來不還應儀緣一覺不受是爲隨教鶖鷺子白佛言本無甚深天中天當説本無時二百比丘得應儀五百比丘尼得溝港道五百諸天人民皆得無所從生法樂於中立六十開士新學得應儀道佛語鶖鷺子是六十人過世時各供養五百佛皆布施持戒忍辱精進禪定不知定雖空不得明度變謀明慧之護今皆墮應儀道中開士有道德空無色無願不得明度變謀明慧便中墮彼兩道譬有大鳥其身二萬里無翅從天上自投中欲還寧能不對曰不能至地欲令身不痛寧能不痛乎對曰不能或悶或死何以故其身大而無翅正使開士如恒沙劫作布施持戒忍辱精進求色定不入空不入明度不得變謀明慧心大起索佛道一切欲作佛便中道得應儀緣一覺若於佛所具如上行又聞佛一切智者念求如色是爲不持如來戒定慧不知一切智但聞聲心想如聞耳便從是作無上平等最正覺會不能得心想如聞耳便從見作無上平等最正覺會不能得便中道墮彼何

以故不得深法故鶖鷺子白佛言如佛所説念中慧開士離深法便得應儀縁一覺若眞欲得無上正眞道最正覺者當學明度變謀明慧愛欲天子梵天子白佛言難曉明度無上正眞道善業言難了天中天如我念是慧者無上正眞道易得耳何以故無有當何從得佛何以故諸法皆空索法不可得當作佛者索法無所得是求佛易得耳鶖鷺子言如所説者難得何以故空不念當作佛是法如虚空設易得者何以恒沙開士皆逮報言云何用五陰逮乎曰不也離五陰逮乎曰不也云何鶖鷺子曰五陰本無寧逮乎曰不也離之有法逮者不曰不也云何是本無使逮不曰不也離之有法使逮不曰不也是法不得何所法使逮者鶖鷺子曰如子所説大士善逝都無逮者佛説三有德之人求應儀縁一覺至佛道於三不計三爲求一道如善業所説滿祝子語鶖鷺子善業説一道當問鶖鷺子言説一道我用是故問答曰云何於本無中見三道耶曰不見也何以故從本無中不可得三事善業言本無一事得乎曰不也於本無中得一道乎曰不也善業言設是諦不可得者何故復説應儀縁一覺佛如所説道本無無異聞本無心不懈怠是必得最正覺佛言如爾無異持佛威神使若説本無等無異鶖鷺子問何等爲覺佛言無上正眞道即是也善業問佛何等爲成就於開士佛言一切人皆等視慈心加哀不得瞋恚作是語當作是學

不退轉品第十五

善業問佛不退轉開士大士當何以比觀其行相如是佛言如逮得禪者不動不搖如應儀地如緣一覺地如佛地如本無終不動佛說本無聞者不言非虛空本無本無是所有無無本如本亦不言非如聞已若轉於餘處聞終不疑不言是非如本無立其所言誠而重不說不軌凡夫逆道之作不觀視用是比相行具足知是不退轉大士復次不形相沙門梵志面貌是別之諦知諦見終不祠拜華香施天亦不教他人爲用是比相行具足知之不生惡處不作婦人身用是比相行具足知又不退轉大士持戒身自不殺教人不殺身自不盜教人不盜身自不婬教人不婬身自不兩舌惡口妄言綺語嫉妬恚癡是十戒皆自持復教彼守行夢中自護十戒面見如是用是比相行具足知又學諸法用是心學是法令群生安隱爲說經持是經授令分德願群生令得斯淨定以明自立用是比相行具足知又大士深法說時終不疑不言不信亦不恐怖所信輭美少睡卧行步出入不亂心徐行安諦擇地而行被服衣中常清淨無蚤蝨塵垢亦無憂身中無八十種虫所以然者開士大士六度功德過於賢聖稍欲成滿身心淨潔悉受高志善業白佛言云何天中天開士大士心潔淨佛言所作功德轉增稍上心無所礙功德悉逮是心淨潔過應儀緣一覺上用是比相行具足知又有來供遺者不起喜一切無慳於深經說未嘗有厭深入智中若餘處欲聞經者持是明度爲說之其有餘道所不正者持明度爲正之經中所出

法悉持無常之事以語之諸世間經書所不能解者持是明度爲解之用是相行具足是故弊邪稍稍來到其所便於邊化作八大地獄中有諸開士便指言斯人皆從前佛受決爲不退不轉今皆墮地獄中佛爲授若地獄耳若當疾悔之言我非不退轉設若言爾者不復入地獄中當生天上佛言設是心不動者知是不退轉用是相行具足知邪復化作師被服徃至其所若前從我聞所受悉棄之皆不可用若疾悔之隨我言者我日來問訊不用我言終不復來莫復說此事我不欲聞前說皆外事耳更受我言是佛所說也佛言聞是設令動轉者當知其人不從過去佛受決未升大士舉中在不退轉地設令不動轉念是經虛空所致作是思惟不信邪言譬如比丘得應儀不受邪言眼見經證是爲空所致終不可動如應儀緣一覺所念法終不復還是大士向佛亦然矣正在不退轉地立是爲極度用是相行具足知弊邪復徃到其所更作異人言若所求者爲求苦耳非求佛法也若負斯難用之爲求若在惡道歷世彌久適得爲人不肯思惟自患厭邪當於何所更索是軀如何不早取應儀用佛爲求乎佛言設不轉者邪復捨去更作方便化作若干開士在其邊立復徃指言若見是開士皆供養如恒沙佛衣食卧具醫藥具足受法問慧當所行所求悉學如法住如法求皆入中作斯學行尚不得佛汝緣得乎佛言設是不動者邪去不遠化作比丘輩言是應儀過世時皆求開士道取應儀已若何從得佛佛言用是

故開士大士作是行從他處聞心不轉不異於是中復覺知邪爲佛所語無異求大明植志若茲者設不得佛佛語爲謬佛語不欺當作是學當作是求諦護是教心不動轉從中覺邪用是相行具足知是不退轉矣又邪娆言佛如虛空是經行無邊不可得極何以故是經義可知觀其所趣皆虛空矣爲中勤苦不當覺知邪事邪作是經耳云何欲得佛是非佛所說佛言夫賢士女視明處長諦議自議妖邪多巧以逆爲順恠來不傾牢如須彌用是相行具足知是不退轉也作一禪二禪三禪四禪是定隨是四禪不録禪是所禪作是定用入欲中故不退轉開士大士不隨定教淨過定上用是相行具足知又有共稱其名德者不以喜心不動亂常正心設在家不有重婬若時有欲如過大空澤中飲食時恐怖畏盜賊欲疾去自念我何時當出是空澤中念婦人惡露不淨非我淨法當作是念何以故念使十方人安隱故佛言如是其福具足得明度威神力使作是念用是相行具足知又和夷洹翼從防衛餘鬼神不敢附不失心志不妄起心身無瘡瘍六情雅具聖雄而不自顯不誘他婦女若符呪藥不行之亦不教人婬泆穢行不以歷口非法惡念無由生哉用是相行具足知復次善業將以何行名爲不退轉不退轉者不與無道主佞嬖臣賊盜偷寇軍謀殘生非法士女蠱道婬泆錢穀屠酒祀繒綵香熏倡伎調戲入海投難求榮採利如斯之徒終始不友開士從事不離一切智常譽賢者以爲談首遠愚近聖尊戴三

寶爾故誓曰不退轉開士常願生異方佛刹願高誓重必獲往生用是故常見佛得供養如是願從欲處色處空處從彼來生中國於開士家大明卿八正談於義典逆事不豫遠邊地無佛處性淨眞不犯法如是相行具足知爲不退轉不退轉開士不言我是不疑我非不中疑譬如得溝港道於其地終不疑邪事適起即覺知寧殞命而不迴心自於其地終不疑不懈無應儀緣一覺心心不念佛難得安住其地心大表遠勇而無勝何以故如是住無能過者用是故邪愁毒便化作佛身往謂之曰若於是可取應儀證若未受無上正眞道最正覺決何以故若不得是相行何因得乎知非佛也是邪耳如佛所説思惟視之是邪所爲欲使我轉佛言設不動者知已於過去佛受無上正眞道最正覺決其悉知法行忠正者代不惜身命一切法悉受往古來今諸佛明法悉護持之用是故不惜身命未嘗懈無厭時如來及諸弟子説經時不疑言非何以故逮得無所從生法樂於中立持是功德悉具足知是不退轉開士大士

恒竭清信女品第十六

善業白佛言不退轉開士從大功德起當爲説明度令入深法佛言善哉善哉若内開士使入深法何等爲深空爲深無相無願無識無生滅泥洹是爲限又白佛言泥洹是限非是諸法佛言諸法甚深色痛癢思想生死識甚深何等爲五陰甚深如本無爾故甚深善業言難及天中天安稍去色便爲泥洹佛言是與明度相應當作是住如明度學開士隨

是行思惟念一日如中教劫幾劫生死佛言譬如婬士寶彼女色與之期會女不自由泆夫寧有盛想不善業言士以色故想彼面會展其愚情佛言一日之中有幾意念對曰甚多天中天佛言如彼人念一日心轉多闓士如是欲學淨行一日爲劫惡於罪甚多若離明度正使布施如恒沙劫不如也又使壽如恒沙劫等并前行溝港頻來不還應儀緣一覺至佛不得明度行不如中教皆不如此行如中教闓士又復壽如前布施持戒具足若求明度念起說經其德出彼上以經布施作無上正眞道自深入教其德轉高自深入者爲明度所護未嘗離時其德甚多善業問佛所識有著者天中天此二何功德爲多者佛言闓士所識若求明度樂於無所有樂盡樂無常念是爲不離明度其德不可計稱數善業問佛不可計復言稱數將有何異乎佛言稱數者其數無盡不可計者謂無邊量也爾故爲不可計稱數善業言佛說不可計五陰亦然佛言若所問者有所因使五陰不可計量善業問佛何等爲無量佛言於空中計之是法不可計佛言云何善業我不常言諸法空對曰如是天中天如來所說悉空佛言如是諸法悉空不可計盡經慧無有各爲異流如來但分別說耳不可盡量是空是相是願是識是滅度隨所喜說作是說示現教化如來如是善業白佛言難及天中天經本空耳云何復於空中說經是經不可逮如我了佛諸法不可逮佛言如是諸法不可逮計法空耳如佛所說本不可逮願解不可逮慧有增

有滅佛言不也善業言不可逮慧不增不減六度等然若其不增何因開士近無上正眞道得爲正覺設不滅者開士求守明度變謀明慧不念布施增之與滅不作是念是但名布施度無極耳所施與念持是功德與作無上正眞道戒忍辱精進禪皆如是開士求明度守之得變謀明慧不作是念增減皆但名耳念發心　如無上正眞道我作是施與何謂無上正眞道佛言本無是也本無不增不減常隨是念不離爲近矣善業問言開士以初意近無上正眞道耶以後來意近乎斯兩意無對何等功德出生長大之者佛言譬如燈炷然用初出明燒炷乎後來明耶善業言非初明亦不離初明非後明亦不離後明佛言如是不用初意得無上正眞道亦不離初意非後意亦不離後意得是爲得正覺云何心前滅後復生乎善業言不也天中天云何心初生可滅乎對曰不可云當所滅者寧可使不滅乎對曰不可佛言寧可住本無乎對曰欲住本無當如本無住佛言設令在本無中住寧可使久堅乎對曰不也本無甚深曰本無寧有心也曰離本無寧有心乎對曰不也曰見本無乎對曰不見作是求爲深求乎對曰不也天中天作是求無所求何以故是法了不可得見佛言開士大士求明度爲求何等對曰爲求空求空爲求何等爲求無相曰爲去相乎對曰不也云何相不去善業言開士不作是求亡相天中天何以故開士求相盡滅者即可得應儀開士變謀明慧不滅相得證向無相隨是教矣鶖鷺子謂善業有三

事向定守定門空不願無相是爲三有益於明度不但晝益夜於夢中亦復益何以故晝日夜夢中佛說等無異善業語鶖鷺子若開士晝日有益夜於夢中亦有益又問夢中所作寧有所得不如經等之善業曰夢中作善者喜爲益惡者慍慼爲滅設於夢中殺人覺已喜歎快之云何善業言心不苦爾皆有所緣若見聞若念爲因緣是故知耳從是中令人心有所著或無所著是爲不妄爾皆有所緣鶖鷺子言所作爲空耳何因心有所緣善業言心想因緣四因緣與矣鶖鷺子言開士夢中布施持是施與作無上正眞道有施與者無也報言彌勒開士近在前旦暮當補佛處子欲知當從問鶖鷺子問彌勒彌勒言如我字彌勒當色解慧耶當痛癢思想生死識解乎持是身解乎若空五陰解五陰空無力當所解法不見亦不見當所解人得道者鶖鷺子曰所說爲有證不答曰我所說不得證鶖鷺子便作是念彌勒所入慧甚深甚深何以故行明度已來久遠佛言云何見若作應儀不乎曰不也天中天佛言開士不作是念我受決是法若於法中得正覺亦無得正覺者作是行爲求明度不恐我不得正覺隨是法中教是故勇無所畏至大劇處虎狼中念設有噉我者爲當布施行布施度無極近無上正眞道願我作佛時令我刹中無禽獸道至賊中設於中死心念言我身會當棄捐設殺我我不當瞋恚爲具足行忍辱度無極近佛道我作佛時令我刹中無賊盜至無水漿處心念言人民無德使爾我作佛時令我刹

中人民皆得一切智八味水用一切故當精進至穀貴處念當精進取佛願曰吾作佛時令我刹中無穀貴處皆使人民在所願所索食悉在前如忉利天上所有用衆生故當精進有惡歲正使身遭惡歲死我心無異必當降伏邪官屬行精進索佛道我作佛時令我刹中人民無惡歲死亡者我所語後我作佛時無異復次鶖鷺子開士聞是便呼無上正眞道或却後久遠乃得佛者亦不恐怖從本際以來呼如一意轉頃何以故無本際乃得佛者心安然不恐怖時有清信女從座起前至佛所禮長跪言我聞是不怖必除恐怖之處索佛道得佛已當說經佛笑口中金光出清信女即持金華散佛上佛威神故華不墮地阿難從座起更整袈裟前爲佛作禮長跪言佛不妄笑既笑當有所說佛語阿難是恒竭清信女却後當來劫名星宿中有佛名金華是清信女後於此時棄女爲男後當生無怒佛刹從一刹生一佛刹譬如金輪聖王從一觀遊一觀從生至終足不蹈地是清信女如是從一佛刹到一佛刹未嘗不見佛足不蹈地自致得佛阿難心念如無怒佛刹諸開士會者是爲佛會耳佛即知阿難心所念曰然阿難諸會者悉度生死已清信女後作佛名金華佛度不可計應儀令三毒盡刹中無禽獸賊盜斷水穀處病瘦及餘惡事悉無有又問佛清信女從何佛作功德佛言於錠光佛所作功德初發意求佛時亦持金華散佛上願持是功德施與作無上正眞道佛言如我持五華散錠光佛上即逮得無所從生法

樂於中立佛即授我決却後九十一劫若當作佛名釋迦文是清信女爾時見我從佛受決其心念我當受決得無上正眞道阿難白佛言是清信女所求已度

守空品第十七

善業白佛言開士大士行明度無極何等爲入空爲空定佛言色痛癢思想生死識空觀一心作是觀不見法於法中不作證佛所說不於空中作證云何開士於定中立而不得證佛言是開士悉具足念空不得證作是觀不取證觀入處甫欲向是時不取證不入定心所著不失開士法本不中道取證何以故本願都護衆生爲興弘慈念具功德不中取證開士大士得明度證致大功德斯大力矣譬如人勇悍能却敵爲人端正猛健無所不能悉持兵法六十四部悉曉習攻爲衆人所敬所至處無不得力者從是所得者轉分布與人其心歡喜若有他事與父母妻子俱去過大劇道其人安親曰莫有恐怖今得免難矣重雠雖來其人多變以濟親害送歸本土宗門康休心亦無損所以然者以其巧變備矣其人勇慧能幻化作士衆雠都恐懼各自流散鄉土稱德靡不歡喜者是開士大士所於衆生行大慈心過應儀出緣一覺地去於定中立於衆生悉愍傷無所見於是中不取證入空中深不作應儀作是行向定向泥洹門不有相不入空取證如鳥飛行虛空中無所觸礙如是行甫欲向空至空向無相至無相不隨空無相中悉欲具佛諸法譬如人攻射射空虛中後箭中前箭續後射轉中前箭

其人欲令箭墮爾乃墮如是行明度爲變謀明慧所護自於其地不中道取證墮二道行以是功徳逺得無上正眞道成滿便得佛於經本中觀不取證善業白佛言慊苦作是學不中道取證佛言悉護衆生守定向滅度門心念分別何等爲分別守空定分別無相定分別變謀明慧護使不中道取證何因變謀明慧護之心念護衆生持是所念不中道取證復次深入觀苦空定向滅度門用是故分別久逺已來人民所因縁想中求無上正眞道爲説經當使棄是因縁守空是無相定無願定向滅度門不中道取證復次開士念久逺人民呼常有想有我想有好想各各求我作無上正眞道時有人民故爲説經使斷是諸想悉斷求云何斷是常非常是樂皆苦是身非身是好皆醜開士思念爲變謀明慧守無願定向滅度門不中道取證若開士大士心念衆生從久逺來求因縁求想求欲求聚想求空想求開士言我使衆生無斯想普慈弘至故得變謀明慧是法觀空相願識無所從生齊限不中道取證法當作是知開士云何求明度曉習法中心何縁求入守空定向滅度門守無相無願無識無所從生定向滅度門是開士不得慧故守空念無相無願無識無所從生念定竟有來問者不即持不可計心爲解者如是非不退轉開士也何故不退轉開士心無央數悉知用是行不具足知未得不退轉之明矣善業言不可計人求開士道少有能解者佛言作是解者已受決於功徳中極殊所知法應儀縁一覺諸天人鬼

龍質諒神所不能及

大明度無極經卷第四

大明度無極經卷第五

吳月支優婆塞支謙譯

遠離品第十八

佛告善業夢中開士大士不入應儀緣一覺地亦不教人入中諸法夢中視心志常在佛當知是不退轉相夢中與若干百千弟子共會坐說經與除饉衆相隨最在前如來說經悉見是不退轉開士相夢中在虛空中坐爲諸除饉說經還自見七尺光自在變化於餘處所作爲如佛說經夢中不恐怖不畏難若見郡縣其中兵起展轉相攻水火之災虎狼師子毒虫之害見斬人首者如是餘變勤苦困窮飢渴者覩諸厄難悉作是見其心不恐寤即起坐念如夢中所見覩是三處我作佛時說經徧教當知是不退轉相何從知是開士大士成作佛時其境內一切無惡正是時夢中若見畜生相食人民疾疫其心稍稍生念使我界中一切無惡用是故知於夢中寤已若見城郭火起時便作是念可於夢中可見是相見之不怖用是相行具足是爲不退轉開士今我審應是所向者當無是異變火起當滅悉當消去不復見佛言假令火即滅知已於往佛受尊決矣假令火不滅知未受決設火神燒一舍置一舍復越燒一里置一里知其家人前世時斷經所致斯人之等所作悉自見宿所作惡於是悉除從是來斷經餘殃悉盡知是未得不退轉用是視持是相當爲說令知之或時男女爲鬼神所取作是念或我受決已過去如來授我無上正眞道所念悉淨却應儀緣一覺心會當作佛十方

現在諸佛無不知見證者今如來悉知我所識念鬼神當用我故去不去者未受決佛言其人審至誠者弊邪往到前曰若本作是住本字其已受決欲以是語亂之開士言我眞已受決者鬼神即當去邪神念曰我當使鬼去鬼即去所以然者天邪極尊有威神力鬼不敢當開士反念用我威神故去耳便自貢高輕傷賢人無所敬録言我於過去如來所受決已自可貢高反起瞋恚更生罪念當墮惡道以不成爲成當覺邪爲捨善友去爲邪所固當覺是事邪反覆往說昔受決事并七世父母中外宗家姓字若在某國縣鄉生今作是語前世亦作是輭語隨其人性行聰闇吉凶窮達貴賤貧富因扶獎趣言若前世亦爾開士心念想我將爾邪復言若已受決得不退轉其人聞之心大歡喜自謂審然便行形調輕傷同學用是字故便失其本行墮邪網用受是字故不覺邪爲自謂得無上正眞道邪復言若作佛時當字某聞是名心念言我得無然我生本有斯志佛言是開士於智中少無變謀智慧乃作是念若邪天共作是除饉爲之所迷佛言我所署開士不教令作是念遠離一切智亡權德遠大明釋賢友信凶愚斯輩會墮兩道若後久遠勤苦乃復求佛耳用明度慧故當自致作佛佛言是爾發意受是字時不即覺悔如是當墮兩道若有除饉教重禁四事法若復他事所犯毀是禁不成沙門不爲佛子是壞開士言我於其國郡縣鄉生作是念時於除饉四事法其罪最重置是四事重法是爲五逆當意生念受其

字意信之其罪大重當作是知用是字故爲邪入深罪邪復往作是語遠離法正當爾如來正覺所稱佛語善業我不作是説遠離教開士大士於樹間閑處止善業白佛言云何天中天何所復有異遠離佛言正使各有應儀隨是行念緣一覺隨是行念各有開士大士於城外行遠離一切惡不得犯若當於獨處樹間閑止了行開士大士法我樂使作是行不使遠行到絶無人處於中止持是遠離當晝夜勤行是故言行遠離當於城傍我所説法如是爾時弊邪當往教行遠離法語之若當於獨處樹間止當作是行隨邪教便亡遠離法邪語之言道等耳應儀緣一覺等無異佛言是開士所願未得反隨其行於法中未了反自用輕餘開士自貢高誰能過我者輕城傍明淨心所念不入應儀緣一覺法中住所有惡不受禪脱棄定於定中逮得所願悉具足度佛言其無變謀明慧開士正使在空澤中禽獸羅刹所不止處百千萬歲復過是不知遠離法會無所益邪便飛行在虛空中立言善哉善哉是真遠離法如來所説正當隨是遠離行疾得無上正眞道是人聞喜便起到城傍遠離成就有德高行反輕言若所行法非佛言如是諸行者中有正行呼非反行呼是不當敬者而敬之當所敬者而恚慢之邪語是開士言我行遠離有飛人來語我言善哉善哉審是遠離法正當隨是行我故來相語若在城傍行誰當來語若佛言開士有德人而反輕之如是當作是知如擔死人種無所中直反呼是爲開士有短是爲開士

怨家厭開士高行爲天人大賊正使如沙門被服處開士之中由亦是賊無與從事交接言笑何以故多瞋恚怒起敗人好心當作是知所當護法當自堅持當淨其心立心所狎習當諦持常當正心畏怖勤苦處無得入彼壞器輩所在三處止常當持慈心哀念令安隱愍傷之自護所念使吾無生穢濁惡心我設有不善疾使棄之是開士大士所行極上當作是知

善友品第十九

復次善業開士大士盛志欲得無上正真道最正覺當與善友從事恭敬三尊善業問善友當何以知佛言有爲人說明度無極者教人入是定是開士大士善友六度無極是善友是善德是護是將是去如來最正覺當來今現在十方無稱數佛刹如來皆從明成一切知道用四事護衆生何等四一者布施二者勸樂三者饒益四者等與是爲四德爲父毋爲舍爲臺爲度爲自歸爲導是故六度爲衆生之度開士大士學六度用衆生故都欲斷其根學明度相何所是明度相無罣礙明度相是相爲得諸法佛言如是無有相得明度是所相得諸法何以故諸法各空是相亦空是爲明度善業問佛正使天中天諸法各空何緣人民欲生死滅盡時空無增時亦無休息各虛空無形無上正真道最正覺不從是中各各虛空不得無上正真道最正覺云何天中天是法當何以知決佛言爾群生勤苦望欲得是因致是作是求爾見我得空不乎善業言不也天中天佛言自作是得是是

空不對曰如空天中天佛言但用是故若無解時對曰如是天中天極安隱人民欲得是因致是勤苦無休佛言人民所欲故便著當作是知人民所生本從是生從中無所取無所取者不作是無是無滅盡時無生增益者作是曉知是開士大士求明度善業白佛言開士爲不求五陰作是曉知爲求明度爲悉等求諸應儀緣一覺所不及有德之人求巍巍之道無能逮者當作是行晝夜疾近無上正眞道最正覺佛言云何四天下群生都獲爲人常求無上正眞道發意索佛道各盡壽布施與無上正眞道於善業意云何其福寧多不對曰甚多天中天佛言得明度淨定守一日如中教作是念行其福過彼何以故衆生行無能及是慈者斯高士深入智中曉了是智悉具足是世間勤苦即興普慈愍傷一切道眼徹視見群生成就具足高志行無懈怠以其不懈得是彼開士弘慈普至不以斯相住亦不用餘住其智大明雖未作無上正眞道一切刹土皆共尊舉正上眞道終不還若受供養衣服飯食牀卧醫藥是明度心其中立所受施除去近一切智所食無罪益於衆生悉示道徑無邊極處悉明照之諸在牢獄中者悉度脫之示其道眼隨是行莫念想莫作異念持經入明度中高行莫懈譬如得明月珠已復亡之大愁毒坐起憂念想如亡七寶作是念云何我亡是寶欲索珍寶者常堅持心無得失一切智何以故明度虛空亦不增減善業言虛空云何開士大士成就其行近無上正眞道佛言開士大士亦不增不

滅經中說時聞之不恐不怖當知是高士即爲求明度矣善業言如是明度是爲空求乎佛言不也有離明度得耶佛言不也善業言以五陰求佛言不也又問離五陰頗有所求佛言不也善業言云何求大明佛言若見是法何以法求明度對曰不見天中天佛言云何偏見是明度何所闓士求之對曰不見佛言設使偏見法有所生處不對曰不見佛言是所闓士大士逮得無所從生法樂悉具足無所受決無上正眞道最正覺所至處無所復畏悉作是護是求是行是力爲逮佛慧極大慧自在慧一切智慧如來慧設作是不得佛佛言爲有異善業言設使諸法無所生受決無上正眞道佛言不也善業言云何闓士大士得無上正眞道佛言見所當受決者乎對曰不見法當作無上正眞道佛言如是諸法無從中得闓士不作是念持是法當受決不受決

天帝釋品第二十

釋於衆中白佛言甚深明度無極難了難知天人德大値說斯定聞之書持學者其福甚大佛語釋閻浮提人民皆持十戒悉具足持是功德百千萬億倍不如是善人聞明度書持學者時坐中有一除饉語釋出卿上去已報言持心一念出我上何況書持學隨是法教作是立者明德巍巍踰三界群生之上乃至溝港頻來不還應儀緣一覺復過是上至闓士行布施持戒忍辱精進禪度無極若失明度及變謀明慧亦復過其上闓士大士求明度狎習中行天人鬼龍含毒凶孽終不能

勝作是堅持疾近一切智不離如來名佛坐不遠懈怠不生爲學佛不學應儀緣一覺法四天王當往問訊疾學四部弟子當於佛坐作無上正真道當作是學四天王常自往問訊何況餘天子阿難作是念是釋自持智說耶持佛威神說乎釋知阿難心所念語阿難言持佛威神佛言是中阿難或時開士大士深念求學明度三千國土中邪一切皆悉愁毒欲共壞亂使中道取證

貢高品第二十一

佛告阿難開士隨時各學明度無極隨法行之是時一佛界邪各驚念言我使開士中道得應儀莫使得無上正真道弊邪見開士習行明度深爲愁毒四面放火怖諸開士令心一轉佛言邪不身徧行亂開士若遠離善師爲邪所亂愁毒以不深解明度心狐疑念有之無乎昔所翫習而今惡聞或結不知將以何緣守明度乎疑網自弊邪得其便教餘開士言若用是爲寫學我尚不了其事若能了乎自言所行是若所行非所爲顛倒用是故其人在地獄禽獸餓鬼中其罪日增如是邪大歡喜若開士與行應儀道諍又與開士共諍時邪言而離佛遠矣若未得不退轉開士與不退轉諍隨念恚恨心一轉念轉却一劫雖有是惡不捨一切智劫數無極始當從初發意起阿難白佛言心所念惡寧可悔不可當却就爾所劫佛言我法廣大可得悔若開士念惡有恨又喜以教彼斯人不可使悔也設有恚詈即慚悔過我當爲十方人作橋梁令得泥洹寧可有惡意與人諍耶當如啞羊

諸惡之人忍心不當起恚爲應儀道者阿難白佛言開士大士與相共止法當云何佛言相視當如視佛心念當言共一師一船一道彼所學我亦當學欲喜應儀緣一覺道者不與同願其有忍苦欲求佛者當與相隨若此爲一法學也

學品第二十二

善業白佛言開士學無常爲學一切智學無所生學去婬泆學滅度爲學一切智佛告善業若所問學無常爲學一切智者云何是如來本無隨因緣得如來本無字寧有盡時不對曰不也如此爲學一切智明度無極如來地十種力四無所畏爲悉學諸佛法開士大士作是學邪及官屬不能中壞疾得不退轉爲近佛樹下坐爲學佛道爲學習法慈悲喜護普濟群生學三合十二法輪爲轉學滅度十方人爲稍稍上至佛道學入甘露法門不懈怠之人乃能學是作是學者爲學十方人導死不入地獄禽獸餓鬼終不生邊地愚癡貧窮中不受衆痛之疾不毀十戒不從流俗淫祠遠不持十戒人不願生不想天上從明度中出變謀明慧威神入禪不隨禪不隨禪法開士學如是爲得淨力無所畏力佛法淨力善業白佛言諸法本皆淨何等開士爲得法淨佛言開士學如斯爲學無所得淨法諸法淨如是開士行明度時不悔不厭是爲行未得道者愚癡不曉是法不見其事開士用人故常精進人當効我用是得力精進無所畏作是學一切智者若出金之地其地少耳又如索轉輪聖王之人少耳小王者多從是

中多索應儀緣一覺者既有初發意開士少有隨明度教得不退轉者開士當力學及不退轉開士行明度不以恚意向人不求人短心無慳貪不毀戒懷恨懈怠迷亂心無癡冥學明度爲照明諸度悉入其門道德備足如人言是我所便外著十二品悉供養一佛界中人盡壽命不如守明度淨定彈指頃何以故從是疾得無上正真道能給施十方窮孤求佛境界佛之智慧如師子獨步欲得佛處當學明度學明度者爲學諸法善業言開士復學應儀法耶佛言開士學一切智應儀功德不於中住開士學十方人無能過者於一切智中不增不減若念持是明度當得一切智爲不行明度無極無想之行也

守行品第二十三

是時天帝釋在會中坐作是念開士行十方人無能過者豈況佛乎人身難得壽安又難有一發意求佛者甚難何況至心求佛道欲爲十方作明度導者乎是時釋化作甘香華以散佛上作是說行開士道者乃及於佛所願悉成爲護成佛諸經一切智如來經法悉具足不退轉法示人有至心索佛於是法一存念終不還我欲使人於法中益念不厭生死之苦以一切衆生苦故當忍勤苦之行心作是念諸未度者吾當度之恐怖者吾當安隱之諸未滅度者吾當滅度之復問佛新發意開士隨次第上至不退轉至一生補處人勸助其喜得何等福佛言須彌山尚可稱知阿闍浮開士行人勸助歡喜其福無極一佛界中海水取一髮破爲百分從中取一分以

取水水盡可知幾滴不退轉闓士行勸助歡喜其福不可量稱數一佛剎虛空持一斛半斛一斗半斗一升半升可量知幾所此勸助福不可極釋白佛言邪及官屬從邪天來聞斯定不勸助將有緣乎佛言發意索佛者爲壞邪界心不離佛法除饉衆如是其助喜者爲近佛用是功德世世所生爲人所敬養未嘗有惡聲不恐入三惡道當生天上在十方常尊何以故此勸助之德爲等施群生矣何以故初發意人稍稍增多自致作佛滅度群生故善業白佛言心譬如幻何因得佛佛言云何若學見幻不對曰不見化幻亦不見幻心也佛言不見化幻幻心見有異法當得佛道不對曰離化幻心不離幻心不見當來佛無法無見當說何等法得耶不得也是法本無遠離亦無若得不得也本無所生亦無作佛者設不有是法亦不得作佛善業白佛言設爾明度離本無對曰法本無對無證無守無行無法當有所得何以故離明度本無形故本無遠離何因當於明度中得佛佛者離本無所有何所離本無無所有當得佛者佛言如爾所言離本明度離本一切智俱無所有雖離本本亦無所從生闓士當作是惟深入守定是故離本無所有得作佛雖知離本無明度無所有是爲不守明度不具足行者不得作佛如善業所言不用明度故得佛雖爾不可離明度得作佛闓士所行勤苦深奧之法不可取泥洹如是所說事闓士不爲勤苦行何以故無作證者無明度得證者亦無經法得證者闓士聞是不恐不怠是爲行明

度雖作是行亦不見行是爲行明度近作佛遠離應儀緣一覺不見不念譬如虛空中無念有近遠者也何以故明度無形類譬如幻所作人不作是念師離我近觀人離我遠譬如影現於水中或近或遠不念近遠何以故影無形明度如是無是念應儀緣一覺道爲遠佛道爲近適無憎愛無著無生譬如匠工黠師刻作機關木人若作離畜不能自起居因對揺木人本不念言我當動揺屈伸低仰令觀者喜如海中大船作者欲渡賈客船不念言我當渡人如曠野之地萬物百穀草木皆生其中地不念言我當生不生也如明珠悉出諸寶如日照於四天下其明不言我當悉照如水如風無所不至不念當有所至如須彌山上忉利天爲莊飾山不念我以忉利天爲莊飾若大海悉出諸寶奇物海不念當從中出珍寶明度無極出生諸經法如是雖爾無形無念譬如佛出生諸功德慈悲喜護加諸群生明度成諸淨法其義亦然

强弱品第二十四

鶖鷺子問善業開士大士行明度無極爲高行耶報言我從佛聞行明度爲無高行諸愛欲天念當爲十方發意爲開士導者作禮何以故行深明度開士誓忍衆苦究竟佛業不中取證寂滅度矣善業語諸天雖不墮落中道取證是不爲難也爲十方衆生被法鎧令得滅度斯乃爲難斯人本無索不可得作是念爲欲度十方欲度空何以故虛空無近無遠人本亦爾欲度人爲度空爲被法鎧如佛所說人本無其知人本無所有是爲度人開

士聞斯不恐怖斯爲行明度離人本無人離五陰離諸法本無五陰及諸經法開士聞是不恐不懈佛言何因不恐不懈對曰本無故不恐本淨故不懈何以故索懈怠本本無有也所因懈怠亦復無有也諸天釋梵皆爲作禮佛言不但諸釋梵上至約淨天徧淨天無結愛諸天皆爲作禮十方不可計現在諸佛悉念擁護知是行明度開士不退轉恒沙佛刹中人悉使爲邪一邪者化作如恒沙官屬欲共害不能中道壞得其便有二事法行明度邪不能中道得其便何謂二事一者視諸法皆空不失本願二者不捨十方人諸佛悉護視諸天往至開士所問深經讚歎善之令作佛不久當隨是教法立諸困苦者皆得護未得自歸者爲得自歸爲人故作法舍無目者得慧眼佛語善業譬如我讚說羅蘭那枝頭佛十方諸佛亦讚歎行明度開士如是佛言有行開士道未得不退轉者亦復讚歎善業問佛行開士何道爲佛所歎佛言開士隨無怒佛前世爲開士時及羅蘭那枝頭佛前世爲開士時所行隨是教用是故十方諸佛讚歎之開士大士行明度諸經法信本無所從生尚未得無所從生法樂於中立信諸法本空如滅度尚未獲不退轉隨是法教立者疾得不退轉有應是法行者諸佛讚歎之是開士爲度應儀道正向佛道地開士聞深明度信不狐疑念如佛說諦無異也却後當於無怒佛所聞是法爲在不退轉地立若聞者其德甚大何況隨法教立者爲疾入一切智善業白佛言設離本本無法無所得亦何所

法有作佛者有說經者佛言如是設離本無法無所得何所法有作佛者亦無說法者是本無無本何所有於本無中立者釋白佛言明度甚深開士勤苦行乃自致成作佛何以故無字法無所得在本無中立者亦無作佛者無說經者聞是不恐怖不疑不厭善業言如是帝釋開士勤苦聞是深法不疑不厭諸經法皆空何所有疑厭者釋言如所說一切爲談空事爲無著譬如射空也善業所說經猶亦然矣釋白佛如我所說爲隨佛法教耶有增減也佛言與佛說無異如善業所說但說空事善業亦不見明度不見行者行不見佛不見得佛者一切智如來無所從生法十種力四無所畏上尊諸淨法都不覩有索得之者所以然者諸法本淨故爲無得斯爲行明度也衆應儀緣一覺地所不及欲爲十方人天尊當隨佛法教立是時忉利天上數千萬天化作甘香華散佛上作是說言我曹亦隨法教時座中百六十比丘起整衣服爲佛作禮已手中各有化甘香華持散佛上言我曹亦當隨法教立時佛笑口中出若干色光其明至十方佛國悉爲其明還繞佛三匝從頂上入阿難從座起整衣服爲佛作禮長跪問佛佛不妄笑願說笑意佛言是百六十比丘及諸天甫當來世有劫名導是比丘及諸天當於導劫作佛皆同一字字優那拘泥摩作佛時比丘僧數各等其壽二萬歲隨次作佛壽各等盡散五色華如是

累教品第二十五

佛告阿難作是立者爲如佛立欲如一切智

立當隨明度教應是行者當知從人道或從
兜術天上來久聞明度或行所以然者佛滅
度後法於世間現或於兜術天上現有行若
書者復轉教人勸樂合偶知供養若干佛已
來不於應儀緣一覺品中作功德有受明度
學之若解中慧是闓士如面見佛無異其有
斯德用求應儀緣一覺會必得佛矣行法常
當遠離此二道佛語阿難持是明度囑累汝
我所說餘經若所受悉捨忘之其過少耳所
從佛受明度若忘捨之其過甚多諦學悉具
足受書字莫令鈌減往古來今佛經等無異
若有慈心於佛者當受此法敬禮供養爲供
養三世佛報佛恩備矣若慈孝於佛不如恭
敬明度愼莫忘失一句囑累若𪊓犕說耳若
有不欲離於經法比丘僧三世佛者不當遠

此法三世諸佛皆由斯生所以然夫六度者
乃諸闓士大士之母佛不可盡經法之藏若
日教人盡佛界中令得應儀道雖有是教尚
未報佛恩不如具足爲闓士說明度雖不能
多一日可不能一日食時可若須臾間其福
勝廣爾所應儀闓士大士思惟中慧得功德
出應儀緣一覺上會當得不退轉不中道墮
落說是明度時四部弟子及諸天王諸鬼神
王一佛界中持釋迦文佛威神一切悉見無
怒佛及比丘應儀諸闓士亦無央數忽不復
現佛語阿難譬如見國中人已不復見無怒
佛及諸闓士應儀士諸經索不見亦如是法
不見法法不念法何以故諸經法無念無見
亦無所益佛語阿難諸經法皆空無所持不
可念譬如幻師化作人諸經法亦然無念無

痛何以故無形故闓士作是行作是學爲行學明度在學中最尊百千萬倍是爲安十方群生困厄者爲隨佛法學也有應是學者以手舉一佛刹又復著故處人無覺者從是學成無礙慧法十方三世無數諸佛悉從明度成佛亦不增不減是故不可盡虛空亦不可盡

大明度無極經卷第五

音釋

犄（才古切粗上聲物不精也）

大明度無極經卷第六

吳月支優婆塞支謙譯

不可盡品第二十六

是時善業念佛所説明度無極義甚深不可盡譬如虛空開士當何緣思惟之佛言五陰十二因緣不可盡當作是惟十二因緣適得其中開士初坐樹下時以不共法惟十二因緣是時一切智慧具足開士行明度時惟十二因緣不可盡者出應儀緣一覺道正住佛道不作是惟者便中道得應儀緣一覺道不中還者用惟行明度變謀明慧故視十二因緣不可盡所視法生滅者皆有因緣法無作者作是思惟十二因緣不見五陰不見佛界無所因法當見佛界是爲開士行明度當爾時邪天愁毒譬如喪親矣善業白佛言一邪愁餘邪復然乎

佛言一佛界邪各於所止不安開士隨教時應行如是者諸天世凶群生猛毒不能害之欲求佛者當行明度行明度者爲具布施持戒忍辱精進一心變謀明慧若邪事起即覺滅之悉欲得變謀明慧諸度無極者當守明度思惟十方現在諸佛悉從明度出生開士作是念如諸佛悉得經法作是念如彈指頃若有布施具足如恒沙劫不如是行者爲住不退轉地爲諸佛所念終不逮餘道會當得佛不歸三惡道開士未嘗離佛時行當如揵陁呵晝開士揵陁呵晝開士在無怒佛國爲第一

隨教品第二十七

善業白佛言開士何因隨明度無極教佛言

諸經法無能壞者開士隨教當然虛空不可盡五陰四大無形沙羅伊檀六事本空無形開士隨教當然發心求佛願濟群生其願弘普莫與爲倫佛有四事不護各自異端德尊無極開士隨教當然爲衆生作慈護是我所非我所悉斷之虛空之中音響無形隨教當然譬如大海不可斛量如須彌巔奇寶各異如釋梵各自有教如月滿如日明徧至人本無形但字耳本無所生與滅度等開士隨明度當如幻化及野馬有名無形如地水火風是四事無極佛身相本無色佛界本無界佛諸經法本無無說無教譬如衆鳥飛行空中無足跡矣五根五力七覺意棄脫定定足悉度諸欲臨作佛時乃得行是開士隨教當然諸經法無極量無從生無因出臨作佛時諸經法悉具足成滅度虛空無所有諸經法淨適無所因佛所作爲變化無極一切無索開士者無得佛者爾乃能度無央數人開士隨明度教當然去離諛諂貢高強梁非法自用財富僥倖世事衆穢棄身不惜壽命適無所慕但念佛業安慰群生開士行能然者得佛不久悉得一切智功德當字爲佛何以故今得佛不久若有開士以是教甫當來世爲得佛字佛在世若滅度後亦當隨明度無極如是

普慈開士品第二十八

佛告善業開士疾欲得佛者索明度無極當如普慈開士善業言今普慈所在佛言在上方過六百三十億佛國佛名香積其刹名衆香又言彼何因索明度佛言前世積行功德

追還本願所致前已供養無央數佛時開士卧出天人於夢中告曰若求大法寤即求之求之不覩其意惆悵欲得佛聞大明法時世無佛國無開士所行淨法是故哀慟如人有過在國王所財物悉沒父母及身閉在牢獄時忉利天人下觀見開士日日哭知有至心精進求道天人即於其親屬中學字開士先是時世有佛名景法自穢來王已滅度久不覩佛不聞經不見比丘僧時復於夢中見忉利天人告曰前有佛字景法自穢來王夢聞佛字則寤寤已大歡喜則捐家入山投命棄身無所貪慕而大啼哭自念惡所致不見佛不聞經不得開士所行法是時空中有聲言善士止無哀慟矣有大法名明度若有守志行之其得佛疾若當求是法得聞守行者佛功德身三十二相八十種好若當得之亦當以經法教十方人問空中聲何緣得聞當到何方索作何方便空中聲報言從是東行莫得休息若行時莫念左右前後上下行止莫念恐怖歡喜食飲坐起行道中止莫念婬怒癡莫念守行有所得莫念內外五陰眼耳鼻口身心地水火風空莫念衆生吾我壽命有空無空有道無道有經無經生天上世間開士善惡一切念斷適無所著從是東行作是行不毀者今得明度不久過去諸佛行開士道求之如此得明度隨其教精進行必早得佛開士聞之大歡喜言當隨天教報言莫失此教言畢不復聞聲聞是教則東行適無所念行道中念曰去是幾所乃當得明度復大哀慟上方空中有化佛言善哉善哉若所索

得甚難作是精進者今得不久普慈開士叉手仰視化佛身金色放十億光焰三十二相心大歡喜叉手白佛言願佛說法我從佛聞皆欲得之佛言受我教法悉念持之諸經法中本無恐懼本淨無端緒住諸經法無端緒無所說住無所說教如虛空無形住如滅度無異無所從生無形住如幻如水中影如夢中所見其等無異佛音聲如是當隨經教植志守淨從是東行去是二萬里國名香淨法王法治處其國豐樂人民衆多其城縱廣四百八十里皆以七寶作之其城七重間有七寶奇樹上有雜寶羅縠帷幔以覆城矣其間有寶交露垂鈴城四門外有無極戲廬繞城有七重池水中有雜種青蓮及諸名華其香熏國光色遐耀行者近華身衣如之皆在池中生池間陸地有薝蔔華忍中華奇華如是數百種池中有衆鳥凫鴈鴛鴦異類之鳥數百種有七寶船其人乘船遊戲池中羅列五色幢旛雜色華蓋街巷周徧譬如忉利天帝釋殿懸旛之聲道德爲本晝夜不休聞者行進如彼天上難檀洹戲廬音樂之聲快樂不絕城中皆是開士有成就者有發意者服飾炫煌珍奇無量中有開士字法來衆聖中王有六百八十萬玉女妻諸開士常敬之於國中央施高座隨次轉下黄金座白銀座瑠璃座水精座其上皆布文繡綩綖座間皆散雜種香華上施寶蓋中外周帀燒衆名香法來開士常於高座爲諸開士說明度中有聽有書有學有諷誦守者若到彼所當爲若說之前數千億世常爲若師是若發意時師也往

至佛所時若所聞見慎莫疑怠何以故若未曉變諆明慧當諦觀邪事善士慎於邪教莫念師在深宮以之懈怠敬當如佛用經法故莫念財利無貪爲寳當貢所尊慈孝於師作是行者今得大法矣闓士從化佛聞是教其喜忘身即見十方佛定諸佛皆遥歎言善哉善哉善士我曹本求闓士道時用精進故獲明度成爲一切智三十二相八十種好十力四無所畏四事不護十八不共亦復得定諸佛所歎若尋佛迹當則吾等作斯行者闓士功德若當具足得之普慈闓士從定寤作是念諸佛本從何所來去何所至作是惟已便復哀慟念佛教我至法來所便從是去中道得一國國名邪所樂我於城外園中止宿自念佛法實難得聞我當盡力供養於師今我一身加復貧窮無珎寳及香華供養於師作是念已即入城街里自衒言誰欲買我者是時邪在城外戲與萬婇女共遊邪聞闓士自衒聲便念闓士自賣身欲供養法來志存索佛當出我界度人衆多今當壞子令一國人皆不見其形不聞其聲如是城中人悉不聞見其形聲闓士賣身不售便自宛轉卧地啼哭呼曰吾賣身以奉師都無買我者當云何乎天帝釋遥見闓士精進乃爾來下試之知爲至誠索佛道但諛諂乎便化作梵志問言高士將欲何求勤苦乃爾用何等故宛轉哭乎報言不須問也又問至三所欲勑使願語我意念欲相助闓士報言我自賣身以供養師梵志曰吾欲大祀欲得人血肉髓心卿能與我者我益與卿寳闓士聞之心大歡喜即

取刀自刺兩臂以血與之復割兩髀肉又破骨以髓與之適欲刺其胷時樓上有長者女遥見大慜傷之與諸妓女五百人下至開士所問言高士年尚幼少端正如是何以故自割截身體乃爾乎報言我出血割肉取髓賣之以供養師女問設供養師者能得何等師名爲誰在何方止開士報言在東方字法來當爲我說明度聞者當守淨行可疾得佛身三十二相十種力四無所畏四事不護十八不共得法輪轉度十方人女聞之喜曰如所言天上天下無比卿何其自苦乃爾乎我足子名寶身與衆女願從子行供養明度欲聞深經開士言甚善梵志言善哉善哉開士高行精進難及吾非梵志也是天帝釋矣故來試子子欲何求我悉與子報言天王哀我者使身平復願則如舊瘡愈身強氣力踰前釋即自去長者女語普慈言願見吾親索寶辭去開士覲彼女親具陳之親曰甚善吾亦有志傷年西垂體違心願矣若欲所得便自說之女言我欲得珎寶奇物父母言自恣取之女便取奇物織成栴檀名香及雜諸寶五百乘車悉載自重五百侍女自副諸女啓長者女親欲侍貴女隨開士行親許即行以漸進路遥見香淨國七寶城郭幢旛光色衆寶交露鐘鈴樂音寶樹戲廬車歩諸妓香風四出譬如天上開士及諸女遥見如斯忻豫無喻念曰吾等宜當下車歩行入城共從西門入問路人曰彼何等臺七寶服飾姝好乃爾乎路人曰賢者不知邪有開士字法來人中家尊無不供養作禮者是開士用明度故作是

臺其中有七寶函以紫磨黃金爲素書明度著函中有若干百種名香法來闓士日日供養持雜華名香然燈懸旛華蓋雜寶正音道樂盡禮供養餘闓士亦然忉利天人晝夜各三持天名華供養明度普慈闓士及諸女聞之大喜俱以雜香金縷織成雜衣有散上作旛搭壁敷地者畢俱至法來闓士高座會所相去不遠遥見在高座上爲人幼少顔貌端正光耀徹射爲巨億萬人說明度與法來相見持雜種香若干寶衣以上師矣作禮遶八百帀自歸言願吾等進高行獲尊經法來闓士慰勞之曰多賀來到得無疲倦他所勑使所欲得者莫自疑難我是度人之師適無所愛惜普慈闓士言我本索明度時於山中哀慟空中有化佛身有三十二相紫磨金色十億光熖出佛歎我言善哉善哉索明度當爾從是東行二萬餘里其國名香淨中有闓士字法來人中冣尊常反覆教人若至彼聞當得明度前巨億萬劫常爲若師斯若初發意時師也我聞師名心大歡喜不自勝用歡喜故即得悉見十方佛定是時諸佛讚歎我言善哉善哉我曹求佛索明度亦爾自致成佛寤則不見我自念言佛爲從何所來去至何所願師爲我說法來言賢者善聽空無願無相本無所從來去亦無所至佛亦爾無處無所生無形幻化野馬夢中人滅度想像無生無長無所適經界本端無所從來去亦無所至欲知佛亦爾普慈闓士聞深法如是比不可量即於座上得六萬定門何等爲定門無處所定脫諸邪中不恐是脫於愛欲之本定

脫出患難定不可計諸法句入定譬若海水不可量多少慧所入定莊須彌山功德莊飾定五陰四大六衰無形觀定入諸佛定悉見諸佛定開士定道諸經無形見說定珎寶莊嚴定悉觀珎寶入定悉念諸佛定開士上高座定真不退轉及法輪爲轉定莊佛功德定所聞衆事無瑕穢悉及淨定所聞衆事如海定無所獲無過定樂經音聲徧至定經法章顯旗旛定如來身無形入定諸經無形徧見定開士印定如來目見定照明境界定佛界所願具足定解十方難定臨成佛莊嚴定種種雜華葉異色定多珎寶定法輪常轉定諸音聲遠聞入要定入十方人本定諸三界悉徧至定成佛諸功德定無能過六度開士樹下坐時定壞餘外道羅網定如來見飛定無量功德莊嚴定諸珎寶智慧功德定一切智地定悉淨自定悉徧照明定悉入十方人因坻定根智慧出中定三世悉等定如是比普慈開士得六萬定爾時法來開士起入宮中

法來開士品第二十九

是時普慈開士安隱從定覺起與諸婇女共至法來宮門外立自念言我用經法故來師今在內外無宜坐卧矣須師出上高座說明度無極爾乃坐矣諸女亦效立是時法來適教中宮諸婇女說經道已沐浴澡洗更著新衣上明度臺坐惟諸定如斯七歲不動不揺普慈開士及諸女亦復經行七歲不坐不卧後天人於空中語之言却後七日法來開士當從定起聞天人語聲自念言我當爲師敷座掃灑令淨皆到說經處特爲師施高座諸

女各取著身衣服敷座上是時邪自念言未嘗有是開士今施高座用敬索佛故精進勇健無休懈時得道者當出我界度脱衆生無量吾當壞子邪悉壞諸開士座皆令繚戾雨沙礫石荊棘枯骨汙座普慈及諸女見地輙沙礫荊棘枯骨在其座間自念言今師當坐説經及諸弟子皆當來聽我更掃除整頓坐席整已地輙有塵土來坌師及諸開士今當灑之即行索水邪令水竭念曰我曹索水不得當云何當取身血以灑之時普慈及諸女各取刀處處刺身出血灑地用慈於法故時釋自念言今世乃有是人精進恭敬慈孝於師讃言善哉善哉賢者誠難及今闓明度不久會當得佛賢者今他所勑使願相告矣有如賢者輩我當護所欲得者悉當與之普慈報言我欲所得者自當知之是時釋化地悉使作水精瑠璃其上有金沙使普慈及諸女身體㬥瘡悉平復如故座四面化作瑠璃水池周帀皆有珍寶欄楯及四寶池挾陛兩邊有七寶樹若干百種行列姝好開士及女人爲諸開士儲水天雨衆華光色耀國甘香四被聞者心輭凡四千石釋上普慈開士語之言持是華供養明度及散法來諸開士上以天衣五百領法來在座以衣敷上普慈即悉受之便爲呪願是時法來開士七歲已後從定覺起到高座與二百億開士共坐於前坐者甚衆多是時普慈及諸女皆共散華弁持栴檀擣香及名雜香諸珍寶散法來諸開士上前以頭面著足起遶三帀却住以微意視法來大會方四十里滿其中人法來開士四

向視諸來會者用經法故即爲說明度言善士具聽諸經法本端悉等如來智慧無所罣礙如幻無形如風本端不可計明度亦然一切我所悉斷本本淨明度亦本淨譬如野馬像人本無如夢中有欲其欲本無如所名人本無如應儀滅度空無所生明度亦然如來滅度亦等無異明度本等譬如然火則時滅之本無所從來去亦無所至如夢中見須彌山本無如佛現飛本無所有明度亦然前於欲中相娛計之無所有如人名聲無所有如來無於前見者念所作因見明度念所作本無所有如幻師化作像本無所有如虛空適無所住如幻師學無所不示往古來今亦不可合爲一明度者亦無三世當作是知名計本無形罷字有形明度無所不至無不入何以故空本無色明度譬如虛空無不至無不入入於地水火風空入於彼此五陰入人壽命有德無德入於欲不欲有無有相無相願無願入於生中入於日月星宿質諒神龍鬼王執樂神似人形神胷臆行神虵軀神亦入禽獸餓鬼地獄蛸飛蠕動跂行喘息入於貧賤富貴賢者聖智仙人溝港頻來不還應儀緣一覺入於開士入於佛入於滅度四意止四意斷四神足五根五力七覺意八道行有智無智十種力四無所畏四事不護十八不共佛經世經巫呪入於宿命所行展轉生死中有苦無苦自在不自在度脫好不好善不善智不智明不明往古來今可見不可見教法所有無所有一切有形無形無不入矣佛告善業法來開士爲普慈說明度所入處如

是具說晝夜七日是時人聽經呼如飯頃何以故法來開士威神力恩普慈開士聞大歡喜諸女共持天衣及八百石雜寶供養法來開士釋復持天上名華以散法來及諸開士上以增功德是時一佛界中樹木華樹果諸雜寶樹悉傾曲躬爲法來開士作禮雨蜜香之華其華香聞一佛刹中一切人聞是華之香各遥見法來開士在高座上說經并見普慈及諸女心皆樂之柔弱歡喜皆遥作禮其國中悉震動是時巨億萬人悉得無數經法不可復計開士皆得不退轉時諸女前白普慈言我等願以身命自歸爲師給使并五百乘車珍寶以上師師爲我等忍夫衆苦以師當佛今蒙大恩乃得聞尊經無絲髮之疑今我等爲師給使巨億萬劫尚未能報須臾之恩普慈受之前白法來開士言今以身及諸女衆珍寶以上大師師哀我等願受之使我得其功德法來開士欲使普慈成其功德故悉受之反遺普慈言以是諸女可爲給使諸車珍寶可以自給忉利天上諸天人各歎言善哉善哉普慈衆寶悉以施師是意難得時有巨億萬人共到法來所聽經普慈歡喜即於座上得六萬定門何等爲定願樂定威儀定勸德定月盛滿定日光焰定如來行定悉念佛定開士生定樂智慧定度脫堅住定諸境界中無所住定國土種種嚴入定如來相入無相定十方人無形印封定如來出生定無所畏樂定棄捐珍寶定如來力莊嚴定諸經法明樂定諸法無所從來解事定淨如梵天定三世悉等入定嚴佛藏定佛音聲悉成

定如是定輩得六萬門闓士從定覺悉得智慧力入諸經法中普慈白言願師爲我說佛聲當何以知之法來曰賢者明聽譬如箜篌不以一事成有柱有絃有人搖手鼓之其音乃同自在欲作何等曲欲知佛聲音亦然闓士有本發意累世作功德教授問佛事合會是事乃得佛身音聲亦然其法皆從因緣起不從闓士行得不離行得不從佛身得不離佛身得賢者欲知佛身音聲合會是事乃得佛聲耳復次賢者譬如吹笙師其音調好與歌相入笙者以竹爲本有人攻吹合會是事其聲乃悲如來身不以一事二事成以若干事累世作功德教人入道本願所致用是故佛身相及種好悉見如是譬如佛滅度後有人作佛形像端正姝好如佛無異人見莫不稱歎持華香繒綵供養者賢者謂佛神在其像中耶對曰不也所以作佛像者但欲使人繫意禮敬自警修德得其福耳亦不用一事二事成有金有智人若有見佛時人佛滅度後念佛故作像欲使十方供養得其福法來報言如賢者言成佛身不用一事二事有闓士之行有本索佛時人若有常見佛作功德用是故成佛身智慧變化飛行及諸種好乃成佛身譬如鼓有竹木革桴有人擊之其聲乃出欲知佛身亦爾用若干百千事乃成之耳有初發意有六度無極行曉知本無無所從生之事坐於樹下降伏邪官屬諸經法當知如幻無異以是成佛身譬如畫師有壁彩筆手畫之乃成畫人佛身亦爾用數千事有布施持戒不犯十惡常隨善師等心哀衆無

能壞者世世見佛開士聞行堅持不忘守眞不諂常行至誠又譬如無結愛天所止觀第光耀天上端正姝好是天第舍不自作不有來作者本無所從來去亦無所至因緣所生其人前世作德所致用布施衆生故得生彼第舍中止賢者欲知佛身因緣所生用世人欲見佛其人前世有功德遠離八惡處生慧信於佛佛所以現身者欲度衆生故如山中響不用一事二事有山有呼人有耳聽乃聞佛本無形亦無所著因緣所生世世習行空生死因緣佛悉曉之本無生死亦無滅度作是示現作是說譬如幻師化作轉輪王慈化潤衆聞者皆喜人索珍寶所愛被服悉恣與之王在衆中坐起行步容儀安諦人有見者莫不敬禮不以一事二事成有師有呪有聚

人隨所喜化現之有黠者知爲化矣斯幻人無所從來去亦無所至本空化所作黠者知因緣所由佛身亦然用衆事有功德有勸德念群生使安隱具開士願分布經法教授使行棄定思惟分別爲人說經使學諸天人民莫不歡喜中有自貢高者不知慚者婬亂慳貪者强梁自用者喜鬪不可諫者婬怒癡所覆者行惡不可計者佛在衆中端正姝好坐起行步法儀安諦衆惡已盡唯有諸德使人得安亦自行佛事本空無著如幻師所作開士見佛身如是雖爾不著無諸想念雖知本空恭敬作禮供養無極往古來今諸佛皆從衆事各有緣生開士作是念守行者得佛疾法來開士說佛身時四萬八千開士即解盡信之行百億開士得無所罣礙問皆能報四

百億開士得不退轉八百億開士皆得阿闍浮佳法是時天持名華來雨散法來及諸開士上持法來威神都一佛界諸有音樂皆自作聲數千萬天從虛空中散天衣作音樂共樂法來及諸開士衣皆行列覆一佛界諸天燒雜香其香分散亦徧一佛界地悉震動開士普見諸佛諸佛皆遥歎法來言善哉善哉是時諸佛授普慈開士決後當作佛字閻摩迦祇陁頗羅耶如來無所著正眞道最正覺諸女即化爲男世世所生不離諸佛常以大明教授十方以次作佛佛告善業開士疾欲得作佛者索明度無極精進恭敬如普慈開士

囑累阿難品第三十

佛告阿難以明度無極經累汝諦持念了取字句莫使缺減左右顧望此是無盡經藏鎮諸法悉從中出無量經卷種種異慧所見人民若干種所喜所行道經所入慧一切皆從是明度藏中出若干種所見相種種所行若干種根癡種慧種人民所求盡所求慧如來悉知從明度中出是經如來無所著正眞道最正覺母是慧眼并我身皆從是出生佛言阿難若敬我所說法爲敬事我若自敬身有慈孝於佛持是奉事明度悉爲供養諸佛已若身口心有慈孝於佛不言無孝若常得佛儀常如法心常淨無瑕穢若見佛不言不見如是悉爲報佛恩已我語若阿難是明度從中忘一句一字捨之不書若爲不孝於佛不見我不敬於佛爲無供養爲背佛恩佛言阿難汝諦受諦念明度用慈孝於佛故承用教

故此乃往古來今佛天中天之所施教也用是供養者汝於衆生爲大慈爲以親近持佛藏佛滅度後汝當護是經莫令減少我手付汝當授開士大士開士大士持是所致諸勤苦生死牢獄悉破壞諸無智者爲癡所繫著悉得放解諸邪官屬無不降伏諸所欲法悉除去上佛坐作無上正眞道人民無目者愚癡者悉當開與正法第一大道無兩正法無上正眞道最正覺慧是爲明度決我滅度後三千國土其中人民若悉教入法中悉令成就得應儀道曰教示乃爾所入如是一劫若百劫悉爲說經令得滅度雖爾尚不足爲承事我不如持一句教開士爲具供養佛已佛言我今於是稱譽若囑累明度至一劫百劫不能竟贏㨲說耳佛從袈裟中出臂舉右手著阿難頭上摩頭又以著阿難肩上云何阿難若慈於佛不阿難言佛天中天自當知之如是至三佛復問云何若孝於佛不復三阿難言佛天中天自當知之佛言若以弘慈報佛恩備矣尊奉明法恭矣受經義句當令分明心所念餘棄之一心於是中書具經正字畫點句逗取時持時學時當諦授與開士令經上下句逗相得書時好筆好素上當自歸承事作禮供養華香擣香燒香澤香繒蓋幢旛譬如天上所有潔淨香著麻油中好燈炷自歸頭面著地却燃炷加敬作禮承事佛說明度無極時在王舍雞山中衆弟子諸開士中央坐佛年三十得佛十二月十五日過食後說經畢諸弟子開士諸天質諒神龍鬼王人民皆大歡喜前爲佛作禮而去

大明度無極經卷第六

勝天王般若波羅蜜經

陳優禪尼國王子月婆首那譯

清刻龍藏佛說法變相圖

勝天王般若波羅蜜經卷第一

陳優禪尼國王子月婆首那譯

通達品第一

如是我聞一時婆伽婆在王舍大城耆闍崛山與大比丘衆四萬二千人俱皆是阿羅漢諸漏永盡所作已辦捨諸重擔逮得已利盡諸有結心善解脫善得自在猶如大龍唯阿難在學地得須陀洹果其名曰淨命阿若憍陳如摩訶迦葉憍梵波提薄拘羅離波多畢陵伽婆蹉大智舍利弗摩訶目揵連須菩提富樓那彌多羅尼子阿尼樓陀摩訶迦栴延優波離羅睺羅如是等四萬二千人俱菩薩摩訶薩七萬二千人俱悉已通達甚深法性調順易化善行平等一切衆生眞善知識得無礙陀羅尼能轉不退法輪已曾供養無量

諸佛從他佛土爲法來集一生補處護持法藏不斷三寶種法王真子紹佛轉法輪通達如來甚深境界雖現世間世法不染其名曰寶相菩薩寶掌菩薩寶印菩薩寶冠菩薩寶髻菩薩寶積菩薩寶海菩薩寶燄菩薩寶幢菩薩金剛藏菩薩金寶藏菩薩寶藏菩薩德藏菩薩淨藏菩薩如來藏菩薩智藏菩薩日藏菩薩定藏菩薩蓮華藏菩薩解脫月菩薩普賢菩薩觀世音菩薩觀月菩薩普音菩薩普眼菩薩蓮華眼菩薩廣眼菩薩普行菩薩普戒菩薩智意菩薩蓮華意菩薩勝意菩薩上意菩薩金剛意菩薩師子遊戲菩薩師子吼菩薩大音王菩薩妙音菩薩無染菩薩月光菩薩日光菩薩智光菩薩智德菩薩賢德菩薩華德菩薩文殊師利菩薩十六賢士䟦陀婆羅菩薩爲上首賢劫菩薩彌勒菩薩爲上首四天王天四王爲上首三十三天帝釋爲上首夜摩諸天須夜摩王爲上首兜率陀天刪兜率陀王爲上首化樂天善化王爲上首他化自在天自在王爲上首諸梵天大梵王爲上首首陀婆娑天摩醯首羅爲上首復有諸阿修羅王婆利阿修羅王羅睺阿修羅王如是等無量百千諸大阿修羅王復有諸龍王阿耨大池龍王摩那斯龍王娑伽羅龍王婆修吉龍王德叉加龍王各將眷屬無量百千耆闍崛山縱廣四十由旬地及虛空靡有間隙天龍夜叉乾闥婆阿修羅迦樓羅緊那羅摩睺羅伽人非人等一心合掌恭敬如來爾時世尊百千大衆前後圍遶供養恭敬尊重讚歎如來面門放大光明遍照十方無

量世界還至佛所右遶三帀從面門入東方去此過十恒河沙佛世界有佛國土名曰莊嚴佛號普光如來應供正徧知明行足善逝世間解無上士調御丈夫天人師佛世尊今現在世爲諸菩薩摩訶薩說一乘正法彼佛國土尚無聲聞辟支佛名況復修其法者諸菩薩衆皆不退轉阿耨多羅三藐三菩提其土衆生不因飲食但資禪定日月星光皆悉不現唯佛光明照曜其國無諸山陵地平如掌有一菩薩名曰離障與百千菩薩至其佛所偏袒右肩右膝著地合掌向佛頭面作禮而白佛言世尊以何因緣有斯光明照此國土時普光如來告離障菩薩摩訶薩言善男子西方去此過十恒河沙世界有佛國土名曰娑婆佛號釋迦牟尼如來應供正徧知明行足善逝世間解無上士調御丈夫天人師佛世尊今欲爲諸菩薩說摩訶般若波羅蜜以是因緣放此光明時離障菩薩白彼佛言我今欲往娑婆世界禮敬供養釋迦如來聽受正法彼佛告言善男子今正是時爾時離障菩薩蒙佛聽許即與無量菩薩眷屬來娑婆世界至耆闍崛山頂禮佛足右遶三帀退坐一面南方去此過十恒河沙世界有佛國土名清淨華佛名日光十號具足菩薩名日藏西方去此過十恒河沙世界國名寶華佛名功德光明十號具足菩薩名功德藏北方去此過十恒河沙世界國名清淨佛號自在王菩薩名廣聞東南方去此過十恒河沙世界國名火焰佛號甘露王菩薩名不退轉西南方去此過十恒河沙世界國名功德清淨

佛號智炬菩薩名大慧西北方去此過十恒河沙世界國名悅意佛號妙音王菩薩名功德聚東北方去此過十恒河沙世界國名慧莊嚴佛名智上菩薩名常喜上方去此過十恒河沙世界國名不動佛號金剛相菩薩名寶幢下方去此過十恒河沙世界國名月光明佛號金剛寶莊嚴王菩薩名寶信皆亦如是爾時衆中有一天王名鉢婆羅即從座起偏袒右肩右膝著地合掌向佛頭面作禮而白佛言世尊我今欲問若蒙佛許乃敢陳疑爾時佛告勝天王言大王如來應供正偏知隨所疑問當爲解說爾時勝天王歡喜踊躍得未曾有即白佛言世尊云何菩薩摩訶薩修學一法通達一切法佛告勝天王言大王善哉善哉快問是事諦聽諦聽善思念之如王所問當分別釋善哉世尊唯然願聞佛告勝天王言大王菩薩摩訶薩修學一法通達一切法者所謂般若波羅蜜菩薩摩訶薩修學般若波羅蜜則能通達檀波羅蜜尸羅波羅蜜羼提波羅蜜毗梨耶波羅蜜禪那波羅蜜般若波羅蜜優波憍舍羅波羅蜜尼坻波羅蜜婆羅波羅蜜闍那波羅蜜大王云何菩薩摩訶薩學般若波羅蜜行檀波羅蜜菩薩摩訶薩以清淨心無所希望爲他說法不求名利但令滅苦不見我說不見聽者無二無別自性離故是名菩薩摩訶薩學般若波羅蜜行法檀波羅蜜菩薩摩訶薩學般若波羅蜜行無畏檀波羅蜜觀諸衆生猶如父母兄弟親戚令一切衆生咸親附我何以故無始世來流轉六道皆爲親戚若有衆生在怖畏難

菩薩摩訶薩尚以身命而救拔之況應加惱不見我施無畏不見受者無二無別自性離故菩薩摩訶薩學般若波羅蜜行資生檀波羅蜜隨諸衆生資養之物種種布施令受十善不見我施善及他受施無二無別自性離故菩薩摩訶薩學般若波羅蜜行不望報檀波羅蜜凡行施時不望果報菩薩法爾自應布施不見我行不見施報無二無別自性離故菩薩摩訶薩學般若波羅蜜行大悲檀波羅蜜見諸衆生貧窮老病無救濟者起大悲心而發誓願我得阿耨多羅三藐三菩提爲諸衆生作歸依處以少善根迴向菩提爲衆生故亦不分別我能救濟及受救者無二無別自性離故菩薩摩訶薩學般若波羅蜜行恭敬檀波羅蜜隨他所須菩薩摩訶薩身自取物不令彼勸敬心授與不見我能敬不見彼受敬無二無別自性離故菩薩摩訶薩學般若波羅蜜行尊重檀波羅蜜於諸衆生悉起師僧及父母想以尊重心合掌恭敬若無財物惠以善言不見我能尊重他可重者無二無別自性離故菩薩摩訶薩學般若波羅蜜行供養檀波羅蜜若見寺塔則應香華燈油掃灑供養若見尊像毀壞正法缺損則應治葺若見衆僧四事供養不見我能供養彼可供者無二無別自性離故菩薩摩訶薩學般若波羅蜜行無依止檀波羅蜜不作是念以此布施願得生天或求天王願得生人若求人王乃至阿耨多羅三藐三菩提亦不希取無所得故是名菩薩摩訶薩學般若波羅蜜通達檀那波羅蜜大王菩薩摩訶薩學般

若波羅蜜行尸羅波羅蜜作是思惟佛阿含教及毗尼中說波羅提木叉菩薩摩訶薩應學不見戒相及我能持不著戒不著見不著我菩薩摩訶薩學般若波羅蜜作是思惟阿耨多羅三藐三菩提不止以持戒得應當遍學菩薩戒行戒性清淨寂靜不生自性離故菩薩摩訶薩學般若波羅蜜作是思惟云何持戒能斷煩惱三種貪恚愚癡又各三品謂上中下須知對治貪欲重者修不淨觀具足觀身三十六物瞋恚多者修慈悲觀多愚癡者修因緣觀不見能觀及所觀法無二無別自性離故菩薩摩訶薩學般若波羅蜜復作是念云何菩薩摩訶薩離不正思惟菩薩摩訶薩不生是心我行寂靜行離行空諸餘沙門婆羅門在喧撓中不樂空行見不二別知自性離即滅邪念菩薩摩訶薩學般若波羅蜜雖知諸法離而深畏罪業如佛所說應持淨戒修習功德乃至般若波羅蜜少不善法不與共居世尊所說譬如毒藥多少皆害菩薩摩訶薩學般若波羅蜜常生怖畏信行相應菩薩摩訶薩於空曠處獨行無侶或有沙門婆羅門等賫持金銀瑠璃真珠碼瑙琥珀珊瑚硨磲白玉以寄菩薩不起貪著無有取心作是思惟世尊所說寧自割身取肉而食於他之財不與弗取菩薩摩訶薩學般若波羅蜜持戒堅固若魔及魔眷屬以妙色形逼試菩薩心不動搖作是思惟世尊所說一切諸法如夢幻化無二無別自性離故菩薩摩訶薩學般若波羅蜜雖勤持戒不求生人若作人王不求生天若作天王身離三失無口

四過意免三愆如此持戒不見我能持不見戒相無二無別自性離故是名菩薩摩訶薩學般若波羅蜜通達尸羅波羅蜜大王菩薩摩訶薩學般若波羅蜜行羼提波羅蜜菩薩摩訶薩於其內心常能生忍憂悲苦惱皆悉不隨亦學外忍若他打罵終不生瞋亦學法忍如世尊說甚深實性無人無法不生寂靜即是涅槃聞如此說心不驚怖作是思惟不學是法云何能得阿耨多羅三藐三菩提深觀三毒如是貪瞋於何處起何因緣生何因緣滅作是觀察不見有生及可生法不見能滅及所滅法如是忍心相續不斷於六時中無有間隟不擇境界父母國王我則須忍餘可以威即便加惡菩薩行忍不爲報恩名利仁義慙恥怖畏菩薩摩訶薩法應行忍若人加害撾打罵辱心不傾動菩薩摩訶薩若作國王王等有貧賤人罵詈恥辱不示威形云我是王法應治罰即作是念我於往昔諸世尊前發大誓願一切衆生我皆濟拔令得阿耨多羅三藐三菩提今若起瞋則違本誓譬如良醫發如是誓世間盲瞖我悉治愈若自失明豈療他疾如是菩薩爲除衆生無明黑闇自起瞋恚安能救彼不見我能忍不見可忍無二無別自性離故是名菩薩摩訶薩學般若波羅蜜通達羼提波羅蜜大王菩薩摩訶薩學般若波羅蜜行毗棃耶波羅蜜未滅令滅未度令度未脫令脫未安令安未覺令覺菩薩如是行精進時有諸惡魔爲作留難謂菩薩言善男子莫修此法空受勤苦何以故我往昔時曾修此法未滅令滅未度令度

未脫令脫未安令安未覺令覺空受勤苦都無實利我從昔來多見菩薩修學此行並皆退轉汝可迴心以取聲聞辟支佛乘而自滅度菩薩摩訶薩即便覺知告言惡魔汝復道去我心如金剛非汝能壞汝若作障礙自得長夜苦魔即不現若餘菩薩修五波羅蜜未得般若波羅蜜者菩薩摩訶薩如是精進設百千劫亦能超過況復聲聞辟支佛乘菩薩摩訶薩行般若波羅蜜成就佛法衆惡悉離雖行精進不疾不遲而發大願使我得身與世尊等眉間白毫頂上肉髻佛轉法輪我亦如是譬如眞金衆寶瑩飾則爲嚴淨菩薩精進亦復如是遠離垢穢所謂懶惰懈怠疲極不自覺知不正思惟離此垢穢即獲清淨智慧功德而共莊嚴身不疲勞心無猒怠障道惡法一切不善皆悉滅除其有助道向涅槃法悉令增長少惡不起何況其多假使十方恒沙世界滿中大火如阿鼻獄此世界外有一衆生可度脫者菩薩摩訶薩能從中過況多衆生不作是念無上菩提不易可得菩薩修行如救頭然百千萬劫如此重擔難可荷負作是思惟過現諸佛皆修此行成阿耨多羅三藐三菩提我亦如是正應修習寧百千劫處地獄中使衆生度終不棄捨速取涅槃如是精進心不自高於他不下不見我能行及所行法無二無別自性離故是名菩薩摩訶薩學般若波羅蜜通達毗梨耶波羅蜜大王菩薩摩訶薩學般若波羅蜜行禪波羅蜜深種善根於大乘中世世生生多習妙行近善知識不生貧賤常在婆羅門刹利大姓正

信三寶增長善法因宿善根作如是念衆生長夜流轉六道苦輪不息皆由貪愛菩薩摩訶薩起猒離心知從虛妄分别而有修多羅中方便種種說欲過患如槊如瘡如刀如蛇如泡臭穢不淨無常云何智人貪著此法即剃鬚髮出家修道未見令見未得令得未證令證聞說受持若世諦第一義諦如實修行如法觀察所謂正見正分别正精進正語正業正命正念正定遠離喧雜不求名聞供養恭敬身心精進常無休息思惟此心多行何境若善若惡無記境界若行善境則勤精進增長善根三十七品以治諸惡不善之法惡不善者貪恚愚癡貪欲三品謂上中下其上品者若聞欲名遍身戰動心踊歡悅不觀欲過猒離不生無慙無愧何謂無慙經遊獨行恒思欲境心心相續唯見妙好不知過患若其父母及餘尊長呵彼所欲於所尊前不覺起諍是名無慙此人命終當生惡趣中品欲者若離境界不恒生心下品欲者但共言笑欲情即歇瞋亦三品上品瞋者憤恚若發心惛目亂或造五逆若謗正法及大重罪五逆之惡於百分中不及其一中品瞋者以瞋恚故若造諸惡即生悔心下品瞋者心無嫌恨但口呵毀隨生悔過癡亦如是雖作是觀知一切法如幻夢響乾闥婆城虛妄不實顛倒故見滅外境界內心寂靜不見我能行及所行法無二無别自性離故是名菩薩摩訶薩學般若波羅蜜通達禪波羅蜜大王菩薩摩訶薩學般若波羅蜜行般若波羅蜜正智觀色受想行識不見色生不見色集不見色滅

受想行識亦復如是何以故自性皆空無有眞實但虛名字而行般若波羅蜜化諸衆生終不爲說無業果報一切諸法如夢如幻無我無人無衆生無壽者無養育而說有業果報菩薩摩訶薩如是修行般若波羅蜜惡魔不能得便何以故近善知識成助菩提離世間法於諸如來甚深正法歡喜讃歎若天若魔沙門婆羅門除佛正智無及菩薩不見我能行及所行法無二無別自性離故是名菩薩摩訶薩學般若波羅蜜通達般若波羅蜜大王菩薩摩訶薩學般若波羅蜜行優波憍舍羅波羅蜜菩薩摩訶薩善巧迴向阿耨多羅三藐三菩提若見華果日夜六時供養諸佛及菩薩衆以此善根迴向菩提華樹果樹亦復如是若聞如來修多羅中說甚深義信樂受持爲衆生說以此善根迴向菩提若見如來塔廟形像香華供養令諸衆生離破戒香獲得如來清淨戒香掃灑塗地令諸衆生威儀齊整華蓋覆罩令諸衆生皆離惱熱入僧伽藍願諸衆生悉入涅槃若出伽藍願諸衆生出魔境界開伽藍門作如是願以出世智爲諸衆生啓未開門若見關閉願爲衆生關閉惡趣及以三有坐時念言願諸衆生坐菩提座若右脇卧願諸衆生皆得涅槃起時念言願諸衆生起離諸惑若洗脚足願諸衆生遠離塵垢禮佛旋塔願諸衆生成天人師若有外道邪見難化即自念言我爲彼師必不肯信且作同學或爲弟子雖處彼衆戒行多聞勝諸外道因爾降伏尊事爲師言必信受毀其邪法爲說涅槃令入正教精修梵行

禪定三昧得諸神通見多欲者化爲女人第一端正令彼愛著倏忽之頃示現無常色變胖脹爛壞臭處使其憎惡起猒離心即復本形爲菩薩像而爲説法令發阿耨多羅三藐三菩提心成無上果見大乘人離善知識學二乘道不得其果唐失大乘觀彼根性即爲説法入無上道未發心者化令發心已發心者教使堅固見持戒人犯少輕罪不解懺悔懈退憂愁不復修道即爲説法對治懺除令道勝進菩薩摩訶薩少欲知足唯求法利爲衆生説供養如來成就六波羅蜜説法供養是爲檀波羅蜜行不違言是尸波羅蜜若天若魔不能壞亂是羼提波羅蜜心心相續不覺疲倦是毗梨耶波羅蜜專心一念不緣異境是禪波羅蜜説法供養不見我我所是般若波羅蜜不見我能行及所行法無二無別自性離故是名菩薩摩訶薩學般若波羅蜜通達方便波羅蜜大王菩薩摩訶薩學般若波羅蜜行尼坻波羅蜜菩薩發願不爲有樂出離三界求二乘道作大願言一切衆生衆生所攝皆入涅槃然後我身乃成正覺未發心者即令發心已發心者令其修行已修行者令得菩提得菩提者請轉法輪乃至分身舍利起塔供養復作願言若有世界諸佛成道悉無天魔願自智慧發無上心不由外緣又願我身常在世間一切衆生悉令成就願新發意諸菩薩等若聞如來説甚深法心不驚怖無邊佛道無邊佛境無邊大悲願諸衆生皆悉通達又願我身常生穢國不生淨土何以故譬如病人乃須醫藥無病不須不見

我能行及所行法無二無別自性離故是名菩薩摩訶薩學般若波羅蜜通達願波羅蜜大王菩薩摩訶薩學般若波羅蜜行婆羅波羅蜜菩薩摩訶薩能伏天魔摧諸外道具足功德智慧力故一切佛法無不修行無不證見以神通力用一毛髮能舉閻浮提乃至四天下三千大千世界乃至無量百千世界能於空中取種種寶施諸衆生十方無量無邊世界諸佛説法無不聞持不見我能行及所行法無二無別自性離故是名菩薩摩訶薩學般若波羅蜜通達力波羅蜜大王菩薩摩訶薩學般若波羅蜜行闍那波羅蜜菩薩摩訶薩觀五陰生不見實生滅非實滅作是思惟此五陰空無我無人無衆生無壽者無養育凡夫衆生虛妄著我五陰非我陰中無我我非五陰我中無陰凡夫愚惑不如實知流轉生死如旋火輪一切諸法自性本空無生無滅緣合謂生緣散爲滅自性非無是故不生自性非有是故無滅菩薩摩訶薩一切境界無有一法不通達者修行如是智波羅蜜二乘外道不能掩蔽以智觀察從初發心至入涅槃皆悉明了能以一法知一切境一切境界即是一法何以故如如一故不見我能修及所修法無二無別自性離故是名菩薩摩訶薩行般若波羅蜜通達智波羅蜜

顯相品第二

爾時勝天王即從座起偏袒右肩右膝著地合掌向佛頭面作禮而白佛言世尊是般若波羅蜜甚深何者是般若波羅蜜相佛告勝天王言如地水火空相般若波羅蜜相亦復

如是世尊云何地相佛言普遍廣大難可度量是為地相般若波羅蜜相亦復如是何以故如如普遍廣大難思量故大王一切藥草皆依地生一切善法皆依般若波羅蜜生又如土地增之不喜減之不瞋離我我所無二相故般若波羅蜜亦復如是讚歎不增毀呰不減離我我所無二相故世間行來舉足下足悉依於地若求善道趣向涅槃應當依是般若波羅蜜又如大地出種種寶般若波羅蜜亦復如是生出世間種種功德又如大地蟲蟻蚊虻種種諸苦不能傾動般若波羅蜜亦復如是離我我所不可傾動又如大地若聞師子龍象之聲終無驚怖般若波羅蜜亦復如是天魔外道不能恐懼何以故不見有人不見有法自性空故又如水大從高赴下一切善法皆向般若波羅蜜又如水大能潤草木得生華果般若波羅蜜亦復如是潤諸三昧生助道法成一切智樹得佛法果利益衆生又如水大漬草木根能使傾拔隨流而去般若波羅蜜亦復如是一切諸見煩惱習氣根本悉滅永不復生又如水大性本清淨無垢不濁般若波羅蜜亦復如是體無煩惱故名清淨離諸惑故名為無垢一相非異故名不濁如人夏熱遇水清涼熱惱衆生聞般若波羅蜜亦即清涼如人患渴得水乃止求出世法得般若波羅蜜思願亦止又如水泉甚深難入般若波羅蜜亦復如是諸佛境界甚深難入又如坑坎之處水悉平等般若波羅蜜亦復如是一切聲聞辟支佛及諸凡夫皆悉平等又如水能洗地悉得清淨菩薩摩

訶薩通達般若波羅蜜離諸煩惱即得清淨何以故自性清淨離諸惑故又如火大能燒一切樹木藥草不作是念我能燒物般若波羅蜜亦復如是能滅一切煩惱習氣亦不作念我能除滅又譬如火悉能成熟一切諸物般若波羅蜜亦能成熟一切佛法又譬如火悉能乾竭一切濕物般若波羅蜜亦復如是竭諸漏流永不復起假使火聚在雪山頂若一由旬至十由旬皆悉能照而無是念我能照遠般若波羅蜜亦復如是皆悉能照聲聞緣覺及以菩薩亦不作念我能照彼又如禽獸夜見火光恐怖遠避薄福凡夫及以二乘若聞般若波羅蜜恐懼捨離般若波羅蜜聞名尚難況復修學如夜遠行迷失道路若見火光即生歡喜知有聚落疾往投趣至則安隱永無怖畏生死曠野有福德人若聞般若波羅蜜生大歡喜歸趣受持永離煩惱心得安樂如世間火貴賤共同般若波羅蜜亦復如是凡聖等有又如婆羅門剎利咸供養火諸佛菩薩咸皆供養般若波羅蜜又如小火能燒三千大千世界般若波羅蜜亦復如是若聞一句則能焚燒無量煩惱大王般若波羅蜜離垢無著寂靜無邊無邊智慧等達法性猶如虛空性無所住離相境界過諸覺觀心心數法無有分別無生無滅自性離故大王菩薩摩訶薩行般若波羅蜜世間希有利益衆生猶如日月一切受用又譬如月能除熱惱般若波羅蜜亦復如是能除一切煩惱熱毒又譬如月世間樂見般若波羅蜜亦復如是一切聖人之所樂見又如初月日日增

長菩薩摩訶薩親近般若波羅蜜從初發心乃至菩提漸次增長如黑分月日日漸盡菩薩摩訶薩修行般若波羅蜜煩惱結使次第滅盡如世間月婆羅門刹利咸所讚歎若善男子善女人親近般若波羅蜜一切世間天人阿修羅皆所讚歎如月遊行遍四天下般若波羅蜜亦復如是若色若心無處不遍如世間月常自莊嚴般若波羅蜜亦復如是自性莊嚴何以故不生不滅性本清淨遍一切法自性離故如世間日破一切闇而不作念我能破闇般若波羅蜜亦復如是能破無始一切煩惱亦不作念我破煩惱又譬如日開敷蓮華而不作念我開蓮華般若波羅蜜亦復如是能開菩薩亦無是念又譬如日遍照十方不作是念我能遍照般若波羅蜜亦復如是能照無邊而無照相又如見東方赤則知日出不久若聞般若波羅蜜當知去佛不遠如閻浮提人若見日出生大歡喜若世間中有般若波羅蜜名字一切聖人皆大歡喜又如日出月及星宿光悉不現菩薩摩訶薩行般若波羅蜜二乘外道德亦不現又如日出方見坑坎高下之處菩薩摩訶薩行般若波羅蜜世間乃知邪正之道何以故般若波羅蜜自相平等不生不滅性是離故大王菩薩摩訶薩行般若波羅蜜多修空行無所住著修道離障遠惡知識親近諸佛心心相續念佛不斷通達平等隨順法界神通遊戲十方國土於其本處都不動揺見諸佛法猶如現前雖處世間世法不染猶如蓮華生在淤泥菩薩摩訶薩雖處生死以般若波羅蜜方

便力故而不染著何以故般若波羅蜜不生不滅自相平等不見不著性是離故又如蓮華不停水滯菩薩摩訶薩行般若波羅蜜一不善法不得暫住又如蓮華所在悉香菩薩摩訶薩行般若波羅蜜若在城邑聚落人間天上悉具戒香又如蓮華體性清淨婆羅門剎利長者居士之所愛重菩薩摩訶薩行般若波羅蜜天龍夜叉乾闥婆阿修羅迦樓羅緊那羅摩睺羅伽人非人等菩薩諸佛咸所愛敬又如蓮華始欲敷啓能悅衆心菩薩摩訶薩行般若波羅蜜面門歡笑曾無嚬蹙能悅衆生又如世人夢見蓮華亦是吉相一切人天乃至夢中聞見菩薩行般若波羅蜜亦是吉祥況當眞見又如蓮華初始生時若人非人之所愛護菩薩摩訶薩始學般若波羅蜜諸佛菩薩釋梵諸天之所衛護菩薩摩訶薩行般若波羅蜜與如是心如理通達諸波羅蜜滿足佛法教化衆生坐菩提樹成就阿耨多羅三藐三菩提轉正法輪世間沙門婆羅門天魔釋梵所不能轉化度十方無邊世界一切衆生平等濟拔於生死海皆悉安置般若波羅蜜中無歸無依無救護者爲作救護欲見佛者即爲示之作師子吼神通遊戲歎佛功德令衆渴仰其心清淨而不轉移意無諂曲遠離邪念所謂不念聲聞辟支佛法盡諸垢穢無復煩惱身無僞行離邪威儀口無巧言如實而說受恩常感輕恩重報心不懷憾口恒軟語如是修習清淨之心不見能汙不見可染無二無別自性離故大王菩薩摩訶薩行般若波羅蜜能信如來三種清淨

作是思惟修多羅說如來法身寂靜身無等等身無量身不共身金剛身於此決定心無疑惑是名能信如來身淨復次思惟修多羅說如來口淨如爲凡夫授作佛記亦爲菩薩授記成佛信如是言不相違背何以故如來永離一切過失無諸垢穢無有煩惱寂靜清淨若天若魔沙門婆羅門若梵能得如來口業失者無有是處是名能信如來口淨復次修多羅說如來意淨諸佛世尊心所思事若聲聞辟支佛菩薩一切天人無能知者何以故如來之心甚深難入非諸覺觀離思量境無有邊量同虛空界如是信知心不疑惑是名能信如來意淨復次菩薩摩訶薩行般若波羅蜜作是思惟如佛所說菩薩摩訶薩爲諸衆生不怖不疲荷負重擔其心堅固曽無退轉次第修習諸波羅蜜成就佛法無有障礙無邊無等不共之法所言決定其性勇猛成就如來廣大之事菩薩摩訶薩於是事中不疑不惑深心信受菩薩摩訶薩行般若波羅蜜作是思惟菩薩摩訶薩行般若波羅蜜坐道場時能得無礙清淨天眼天耳他心智宿命智漏盡智於一念中通達三世平等智如實觀察一切世間如是衆生具身惡行口惡行意惡行毀謗聖人邪見造邪業身壞命終當墮惡道如是衆生具身善行口善行意善行不謗聖人正見正業身壞命終當生善道如實觀察衆生界已作如是念我昔發願行菩薩道自覺覺他此願應滿菩薩摩訶薩行般若波羅蜜於如是事不疑不惑如實信受大王菩薩成佛所名爲覺處自覺名正覺

成就衆生名正徧覺大王如是菩薩摩訶薩行般若波羅蜜信知如來出興於世大王菩薩摩訶薩行般若波羅蜜聞說一乘即便信受何以故諸佛所說眞實不虛種種餘乘皆佛乘出如閻浮提種種城邑聚落別名並屬此洲如是諸乘種種名說皆屬佛乘復作是念如來世尊善巧方便種種說法皆實不虛何以故世尊說法隨衆生性是故分別說有三乘其實一道菩薩摩訶薩行般若波羅蜜復作是念如來說法深遠音聲眞實不虛何以故釋梵天等以少功德尚復能有深遠音聲何況如來無量億劫積習功德菩薩摩訶薩行般若波羅蜜作如是念如來說法不違衆根若上中下皆使成就衆生各謂獨爲我說諸佛本來無說無示菩薩摩訶薩於如此事不疑信解大王菩薩摩訶薩行般若波羅蜜得心微細作是思惟世間熾然大火之聚所謂貪欲火瞋恚烟愚癡闇云何當令一切衆生皆得出離若能通達諸法平等名爲出離如實知法猶如幻相善觀因緣而不分別菩薩摩訶薩行般若波羅蜜作是思惟諸法無本而有業報諸佛菩薩凡所發言我知其意既知意已卽思量義思量義已即見眞實見眞實已濟度衆生大王菩薩摩訶薩行般若波羅蜜善巧方便爲衆說法所謂一切諸法皆悉無我無衆生無養育無人無作者無覺者無生者無見者空無所有非自在性虛妄分別因和合生大王若說諸法皆悉無我乃至無見者爲稱理說空無所有乃至生緣亦復如是大王夫其說法隨順法相是名稱

理不違法相與法相應得入平等顯現義理名巧說法大王菩薩摩訶薩行般若波羅蜜得無礙辯才所謂無著辯才無盡辯才相續辯才不斷辯才不怯弱辯才不驚怖辯才不共辯才天人所重辯才無邊辯才菩薩摩訶薩行般若波羅蜜得清淨辯才所謂不嘶喝辯才不迷亂辯才不怖畏辯才不高慢辯才義具足辯才味具足辯才不拙澁辯才應時節辯才大王菩薩摩訶薩行般若波羅蜜離大衆威德畏故不嘶喝堅住不怯智故不迷亂菩薩處衆如師子王故無怖畏離諸煩惱故不高慢不說無義通達法相故義具足善解書論文字世智故味具足無量劫來習巧方便語故不拙澁如是說法隨順四時春如春說秋冬亦爾應前說者不中後說應後說者不前中說應中說者不前後說善知時故大王菩薩摩訶薩行般若波羅蜜所得辯才令衆歡喜所謂愛語面門常笑不曾嚬蹙發詞有義能稱如實所說決定不欺侮人種種樂說以柔輭言令衆歡喜顏色寬和使他親附隨義而說聞者悟解稱法相說爲利益故平等爲說心無偏黨作決定說無虛妄言種種樂說隨衆根性令得歡喜大王菩薩摩訶薩行般若波羅蜜成大威德何以故非器不聞故爾時勝天王即白佛言世尊菩薩摩訶薩行般若波羅蜜其心平等云何不爲非器者說佛告勝天王言大王般若波羅蜜性自平等不見器不見非器不見能說及以所說衆生虛妄見說不說何以故般若波羅蜜不生不滅無相分別猶如虛空一切遍滿衆生

亦爾不生不滅聲聞辟支佛菩薩及佛亦復如是無名字法假立名字云是衆生云是般若云有能說云有所說云有聽者第一義中同是一相所謂無相菩薩摩訶薩行是甚深般若波羅蜜威德重故非器不聞大王般若波羅蜜不爲非器衆生說不爲外道說不爲不尊重者說不爲不正信者說不爲求法貿易者說不爲貪利養者說不爲嫉妬者說不爲盲聾瘂說何以故菩薩摩訶薩行般若波羅蜜時心無慳悋不祕深法非於衆生無大慈悲不捨衆生衆生宿世善根得見如來及聞正法諸佛如來本無說心爲此爲彼但障重者雖復在近而不見聞爾時勝天王白佛言世尊何等衆生堪聞諸佛菩薩說法佛告勝天王言大王具正信者諸佛菩薩即爲說法根性純熟堪爲法器於過去佛曾種善根心無諂曲威儀齊整不求名利親近善友利根性人說文知義爲法精進不違佛旨大王諸佛菩薩爲如是等衆生說法大王菩薩摩訶薩行般若波羅蜜能作法師善巧說法云何巧說說法爲利益佛法而說佛法竟不可見雖說波羅蜜而波羅蜜竟不可得雖說菩提而說菩提竟不可得雖斷煩惱而說煩惱竟不可得雖爲涅槃而說涅槃竟不可得雖爲須陀洹向須陀洹果乃至阿羅漢向阿羅漢果而四果向竟不可得雖爲辟支佛果而辟支佛果竟不可得斷除我見而說我見竟不可得說有業報而說業報竟不可得何以故名字所得非是實法法非名字非言境界法非可議非心所量名字非法法非名字但

以世諦虛妄假名有說無名字法說爲名字名字是空空無所有無所有者非第一義非第一義即是虛妄凡夫之法大王是名菩薩摩訶薩善巧說法菩薩摩訶薩行般若波羅蜜以方便力得無礙辯才隨衆生根性說是甚深般若波羅蜜

勝天王般若波羅蜜經卷第一

音釋

畢陵伽婆蹉 梵語也此云餘習蹉倉何切
阿尼樓陀 梵語也此云無滅陀唐何切
珊兜率陀 梵語也亦云覩史陀此云知足珊先安切
摩醯首羅 梵語也此云大自在醯馨兮切
間隙 間居莧切隙乞逆切間隙空閑也
羼提 梵語也此云忍羼初限切
勸 逵卷切厲也懈

也
治葺 葺七入切謂修治補葺也
波羅提木叉 梵語也此云解脫又初加切
瞋恚 瞋稱人切怒而張目也恚於避切恨怒也
撓 女巧切亂也
盲瞖 盲眉庚切目無童子也瞖壹計切目疾也
槊 音朔矛屬
穜 昌容切短矛也
儵忽 儵式竹切儵忽急疾也
胖脹 胖疋絳切胖臭也脹知向切脹滿也
毀呰 毀虎委切謗也呰音紫口毀也
蟻 語綺切
蚊虻 蚊音文虻莫庚切蚊虻並齧人飛虫也
坑坎 坑丘庚切塹也坎苦感切阱也
淤泥 淤依據切淤泥謂淤滓濁泥也
憾 胡紺切恨也
貿易 貿莫候切易財也
慳悋 慳丘閑切悋良刃切慳悋慚惜也

勝天王般若波羅蜜經卷第二

陳優禪尼國王子月婆首那譯

法界品第三

爾時勝天王即從座起偏袒右肩右膝著地合掌向佛頭面作禮而白佛言世尊云何菩薩摩訶薩學般若波羅蜜通達甚深法界爾時佛讚勝天王言善哉大王諦聽諦聽善思念之勝天王白佛言世尊唯然願聞佛告勝天王言大王菩薩摩訶薩有般若故近善知識勤修精進離諸障惑心得清淨恭敬尊重樂習空行遠離諸見修如實道能達法界大王菩薩摩訶薩有般若故近善知識歡喜恭敬猶如佛想以親近故不得懈怠滅一切惡諸不善法生長善根既滅煩惱遠離障法即得身口意業清淨由清淨故即生敬重以敬重心修習空行修空行故遠離諸見離諸見故修行正道修正道故能見法界勝天王白佛世尊何等爲法界佛告勝天王言大王即是如實世尊云何如實大王即不變異世尊云何不異大王所謂如如世尊云何如如大王此可智知非言能說何以故過諸文字離語境界口境界故無諸戲論無此無彼離相無相遠離思量過覺觀境無想無相過二境界過諸凡夫離凡境界過諸魔事能離障惑非識所知住無處所寂靜聖智後無分別智慧境界無我我所求不可得無取無捨無染清淨離垢最勝第一性常不變若佛出世及不出世性相常住大王是爲法界菩薩摩訶薩行般若波羅蜜修此法界百種苦行令諸衆生皆悉通達大王是名般若波羅蜜如如

實際無分別相不可思議界眞空一切智一切種智不二界爾時勝天王白佛言世尊云何能證至此法界佛告勝天王言大王以出世般若波羅蜜證後無分別智至勝天王白佛言世尊證與至有何差別佛告勝天王言大王以般若波羅蜜如實見名爲證以智通達名爲至勝天王白佛言世尊如佛所說聞思修慧通達般若波羅蜜非是出世後無分別智佛告勝天王言不爾大王何以故般若波羅蜜甚深微妙聞慧麤淺不能得見第一義故思不能量出世法故修不能行大王般若波羅蜜如是甚深凡夫二乘所不能見何以故譬如生盲不見衆色七日嬰兒不見日輪尚不能見況復修行大王譬如夏熱有人西行在於曠野復有一人從西往東問前人言我今熱渴何處有水清涼樹蔭彼人答言善男子從此東行則有二路一左一右當從右路有清泉水及樹蔭涼大王於意云何雖聞此名思惟往趣能除熱渴得水味不不也世尊此人至彼入池洗浴飲水息樹方離熱渴得知水味佛言如是如是大王不可以三慧通達眞實般若波羅蜜大王所言曠野即是生死人謂衆生熱名煩惱渴是貪愛東來人者即是菩薩其右路者薩婆若道菩薩摩訶薩行般若波羅蜜善知生死及出世路清冷水者所謂般若波羅蜜樹蔭涼者即是大悲菩薩摩訶薩行二法故遠離凡夫及二乘道大王如是甚深般若波羅蜜無形無相種種巧說令諸衆生得入其中大王菩薩摩訶薩行般若波羅蜜如實知力空無畏空不共

法空戒聚空定聚慧聚解脫聚解脫知見聚空空空第一義空而空相不可得不取空相不起空見不執空相不依止空如是不取著故於空不墮大王菩薩摩訶薩行般若波羅蜜遠離諸相不見內外相離戲論相離分別相離求覓相離貪著相離境界相離攀緣相離能知所知相勝天王白佛言世尊菩薩摩訶薩般若波羅蜜如是觀無相諸佛世尊復云何觀佛告勝天王言大王諸佛境界不可思議何以故離境界故一切衆生思量佛境心則狂亂不知此彼何以故同虛空性不可思量求不可得離覺觀境菩薩摩訶薩行般若波羅蜜尚不見有凡夫境界可得思量況佛境界亦不依止一切諸願雖行布施不著施報持戒忍辱精進定慧亦復如是一切功德乃至涅槃亦不依著何以故離我我所無二無別自性離故說是般若波羅蜜法門時三千大千世界六種震動須彌山王目眞鄰陀山鐵圍山大鐵圍山寶山黑山大黑山皆悉震動無量百千億諸菩薩摩訶薩脫上分衣爲佛敷座高如須彌無量百千釋梵護世諸天王等合掌恭敬散諸妙華曼陀羅華摩訶曼陀羅華曼殊沙華摩訶曼殊沙華白蓮華赤蓮華紅蓮華青蓮華耆闍崛山縱廣四十由旬積華遍滿至于佛膝無量天子作諸天樂不鼓自鳴空中歎言再覩佛興世再見轉法輪善哉閻浮提一切衆生勤修功德多種善根得聞如是甚深般若波羅蜜況復來世有能信者如是衆生悉行諸佛如來境界復有無量百千諸大龍王即以神力普興大

雲降注香雨灑耆闍崛山及三千大千世界諸聽法者唯覺香潤不見霑濡無量龍女悉於佛前合掌讚歎無量乾闥婆以妙音樂而供養佛其夜叉衆散諸妙華十方無量無邊國土諸佛世尊皆放眉間白毫光明照此娑婆世界耆闍崛山其三千大千世界幽暗之處日月不照悉蒙光明照世界已還至佛所右遶三帀從佛頂入無量百千婆羅門剎利居士長者以塗香末香旛華幢蓋而供養佛爾時衆中七十二億菩薩摩訶薩得無生法忍無量百千萬億衆生得遠塵垢法眼淨無量百千萬億衆生發阿耨多羅三藐三菩提心爾時勝天王白佛言世尊般若波羅蜜離文字無語言云何菩薩摩訶薩行般若波羅蜜爲衆生說法佛告勝天王言大王菩薩摩訶薩行般若波羅蜜如是說法爲修習佛法故而說佛法畢竟不可得爲成熟諸波羅蜜而波羅蜜畢竟不可得爲清淨菩提而菩提畢竟不可得爲涅槃離欲滅而涅槃離欲滅畢竟不可得爲須陀洹斯陀含阿那含阿羅漢果而須陀洹乃至阿羅漢果畢竟不可得爲辟支佛而辟支佛畢竟不可得爲斷除我取而我及取畢竟不可得菩薩摩訶薩如是行甚深般若波羅蜜心不分別一切諸相我能分別及所分別悉不可得隨順般若波羅蜜不違生死雖在生死不逆般若波羅蜜隨順法相勝天王白佛言世尊菩薩摩訶薩云何隨順法相不違世諦佛告勝天王言大王菩薩摩訶薩隨順甚深般若波羅蜜不遠離色受想行識不遠離欲界色界無色界不遠

離法而不著般若波羅蜜不遠離道何以故具巧方便故勝天王白佛言世尊何者是菩薩摩訶薩善巧方便佛告勝天王言大王所謂無量菩薩摩訶薩具慈悲喜捨不捨衆生常能利益大王菩薩摩訶薩行般若波羅蜜具無邊慈無分別慈法慈不息慈不惱慈利益慈平等慈遍益慈出世慈成就如是等大慈世尊云何大悲佛言大王菩薩摩訶薩行般若波羅蜜衆生苦惱無歸依處即爲濟拔發菩提心勤求正法既自得已爲衆生說其慳貪者教行布施無戒破戒教令持戒惡性之人教行忍辱懶惰懈怠教令精進散亂之人教行禪定愚癡之人教行般若爲度衆生雖遭苦惱終不捨離菩提之心是名大悲世尊云何大喜佛言大王菩薩摩訶薩行般若波羅蜜作是思惟三界熾然我已出離故生歡喜久相繫著生死之繩我已割斷故生歡喜種種覺觀及諸取相於生死海我已得出故生歡喜無始豎立我慢之幢我今已摧故生歡喜以金剛智壞煩惱山永不復立故生歡喜我自安隱又令他安愚癡黑闇貪愛繫縛久寐世間今始得覺故生歡喜我今已離一切惡趣又拔衆生令出惡道衆生久於生死迷亂不知出道我今濟拔開示正路悉令得至薩婆若城故生歡喜是名大喜大王菩薩摩訶薩行般若波羅蜜眼所見色不著不離而起捨心耳聲鼻香舌味身觸意法亦爾大王菩薩摩訶薩行般若波羅蜜成就如是四無量心爾時勝天王白佛言世尊云何菩薩摩訶薩行般若波羅蜜爲度衆生示現諸

相佛告勝天王言大王般若波羅蜜相不可得菩薩摩訶薩相亦不可得但方便力教化衆生示現處胎乃至涅槃何以故諸天計常謂無墮落菩薩摩訶薩行般若波羅蜜以方便力破此執故示現處胎因令彼天起無常念世間最勝最高無等不著五欲欲不能汙尚有墮落況復餘天是故咸應勿復放逸勤加精進一心修道譬如見日尚有隱没則知螢火不得久住大王復有放逸諸天貪著樂故不修正法雖與菩薩同在天宮不往禮拜不諮受法而作是意今且遊戲時諸菩薩各相謂言菩薩與我常共在此修行何晚菩薩摩訶薩行般若波羅蜜勤修精進如救頭然破彼放逸示現墮落如是示現有二因緣一令諸天離放逸故二令衆生咸得見故大王世間復有下劣衆生不堪見佛成無上道及轉法輪菩薩摩訶薩爲此衆生是故示現嬰兒童子後宮遊戲菩薩若作餘像說法後宮女人則不信樂是故示現嬰兒童子大王有高行者常能離俗菩薩摩訶薩爲化彼故示現出家大王復有天人作如是念若以端生受人天樂不得聖道菩薩摩訶薩爲化此故示現苦行亦爲降伏諸外道故示現苦行大王復有天人長夜發願菩薩摩訶薩行詣道場我等諸天常獻供養菩薩爲化此衆生故示詣道場一切人衆皆悉獲得菩提因緣大王復有天人作如是念惡魔外道障礙正法願得菩薩坐於道場降伏惡魔及諸外道正信之人悉令見法菩薩摩訶薩既成道已三千大千世界於虛空中種種音聲而讚歎曰

佛日出世螢火隱没此等天人悉發是言願我來世皆得阿耨多羅三藐三菩提如今菩薩摩訶薩爲是衆生現坐道場大王又有天人作如是言願見大師成就一切智無師智自然智不求出離根性純熟是深法器爲是衆生示現三轉十二種法輪大王復有天人樂聞涅槃菩薩爲化彼衆生故示現涅槃大王菩薩摩訶薩修行般若波羅蜜能現如是種種之相大王菩薩摩訶薩行般若波羅蜜不生難處何以故無福德人不聞般若波羅蜜名字故又復常離一切惡業佛所説戒悉不毁犯心無嫉妬已於過去無數佛所多種善根具足功德智慧方便成就大願心樂寂靜勤行精進大王菩薩摩訶薩無有惡業牽墮地獄性行十善故菩薩摩訶薩無有破戒牽墮畜生性持戒故菩薩摩訶薩無有嫉妬牽墮餓鬼不生邪見家常值善知識何以故已於過去無數佛所深種善根是故生處皆悉正見菩薩受生諸根不缺成佛法器何以故於過去世供養諸佛聽聞正法禮敬大衆是故根具相貌端圓成佛法器大王菩薩不生邊地鈍根愚癡不知善惡語言義趣非佛法器不識沙門婆羅門何以故菩薩受生必在中國利根智慧言辭辯了善知語義是佛法器善知沙門及婆羅門何以故菩薩摩訶薩宿世智慧力故大王菩薩不生長壽天不見諸佛不利衆生故菩薩所以生在欲界示現出世利益衆生何以故善方便故大王菩薩不生空世界中此處無佛不聞正法不供養僧何以故菩薩生處必具三寶宿願强故

菩薩若聞惡世界名即生猒離修行寂靜心不懈怠以一切善滅諸惡法大王菩薩摩訶薩修行般若波羅蜜以是因緣不生難處大王菩薩摩訶薩行般若波羅蜜乃至夢中尚不忘失菩提之心況復覺時何以故一切善法生於此心即是阿耨多羅三藐三菩提心若無此心則無有佛無佛無法無僧由此心故得有三寶及以天人菩薩摩訶薩常離諂曲質直柔和其心清淨不疑佛法欲聽受者不祕深義離法嫉妬遠三途業於初中後無有異相行不違言護持大乘見同學者則生恭敬勸他修習讚歎大乘於說法師常生佛想近善知識遠離惡友大王菩薩摩訶薩修般若波羅蜜如是成就菩提之心因由此心得宿命智何以故已曾供養無量諸佛護持正法修清淨戒遠離惡業障礙永無心常歡喜心勤修學心不散亂心智不失何以故大王若菩薩摩訶薩已曾供養無量諸佛則尊重正法由重法故廣爲人說爲護正法不惜身命身口意業三種清淨業清淨已得離障礙離障礙故心常歡喜心歡喜故則勤精進心性正直念智具足由念智故知過去生一十百千乃至無數大王菩薩摩訶薩行般若波羅蜜如是了知過去生處既了宿命近善知識由善知識於諸佛所不失三事謂見聞念常聽正法供養僧寶無空過時諸佛菩薩所恒恭敬禮拜尊重行住坐卧不離多聞大王持淨戒者耳根常聞般若波羅蜜名字恒勤修習助道之法曾不遠離三解脫門修四無量常聞薩婆若名大王菩薩摩訶薩行般

若波羅蜜以是因緣近善知識大王菩薩摩訶薩行般若波羅蜜乃至夢中不近惡友何況覺時何以故菩薩摩訶薩不與破戒人共住邪見人無威儀人邪命人無義語人懶惰人樂住生死人背菩提人樂俗務人不與共住大王菩薩摩訶薩行如是法離惡知識大王菩薩摩訶薩行般若波羅蜜能得如來清淨之身所謂平等身清淨身無盡身善修得身法身不可覺知身不思議身寂靜身虛空等身智身勝天王白佛言世尊菩薩摩訶薩在何位中能得如來十種之身佛告勝天王言菩薩初地得平等身何以故離諸邪曲通達法性見平等故於第二地得清淨身何以故清淨戒故住第三地得無盡身何以故離瞋恚故第四地中得善修身何以故常勤精進修佛法故住第五地則得法身何以故見諸諦理故住第六地得離覺觀身何以故觀因緣理非覺觀所知故住第七地得不思議身何以故具足方便故於第八地得寂靜身何以故離一切戲論無煩惱故住第九地得等虛空身何以故身相不可量遍一切處故住第十地則得智身何以故成就一切種智故勝天王白佛言如來之身與菩薩身無差別乎佛告勝天王言身無差別但功德異勝天王言其義云何大王佛菩薩身無有差別何以故一切諸法同一性相功德差別世尊云何功德而有差別佛言大王今當爲王譬喻顯了譬如寶珠若有莊飾或不莊飾其珠何異佛與菩薩功德有差法身無別何以故如來功德一切圓滿盡于十方遍衆生界清

淨離垢障礙永無菩薩之身功德未滿有餘障故譬如初月十五日月虧盈有異月性無差此等諸身皆悉堅固猶如金剛不可破壞何以故三毒不破世法不染惡趣人間苦不能逼悉已遠離生老病死能伏外道過魔境界不向聲聞辟支佛乘以是因緣不可破壞大王菩薩摩訶薩行般若波羅蜜善能將導一切世間天人阿修羅譬如有人善爲將導若國王王等長者居士意咸用之菩薩亦爾聲聞緣覺菩薩諸佛咸同用爲將導又如善將導諸世間國王婆羅門長者居士咸共尊重菩薩亦爾天龍夜叉有學無學之所供養又如曠野險難怖畏行人疲倦遇善將導能令安隱菩薩亦爾以方便力於彼生死煩惱賊難將導衆生安隱得出又如貧人依富長者方出險難梵志尼乾及餘外道於生死中依行般若波羅蜜菩薩爾乃出離又如大富長者無量資財爲一切人之所受用行般若波羅蜜菩薩亦復如是於生死中六道衆生之所受用又如大富長者欲過險難必要多伴飲食資糧皆悉具足爾乃得過菩薩亦爾欲出世間以功德智慧攝一切衆生度生死難至薩婆若又如人遠行多齎寶物爲得利故菩薩亦爾從生死海至薩婆若廣修功德智慧爲得一切智故又如世人求財無猒菩薩樂法亦無猒心又如將導四事勝他所謂財富最勝位高語用菩薩亦爾富功德位最勝法自在無異言又如人善導至於大城菩薩亦爾善能將導至薩婆若城大王菩薩摩訶薩行般若波羅蜜善知行路不可行路邪

正安善有水無水相貌曲直出離之道皆悉通達大王菩薩摩訶薩知不倒路凡所示導不違衆根爲大乘人示無上道不說聲聞辟支佛路爲小乘人示聲聞道不說大乘辟支佛根示緣覺路不說薩婆若道爲著我見說無我道著法衆生爲說空道著二邊者爲說中道爲散亂者說奢摩他毗婆舍那不說散亂戲論衆生示如如道不說言語著生死者示涅槃道不說世間爲迷途者而說正道大王是名菩薩知邪正路

念處品第四

爾時勝天王即從座起偏袒右肩右膝著地合掌向佛頭面作禮而白佛言世尊菩薩摩訶薩行般若波羅蜜能如是知路非路者心緣何住佛告勝天王言大王菩薩摩訶薩行般若波羅蜜心正不亂何以故善念身念受念心念法菩薩摩訶薩凡所遊行城邑聚落聞利養名如佛戒說煩惱繫縛善自憶念大王云何菩薩摩訶薩行般若波羅蜜念身與身相應惡不善法以如實智悉遠離之觀身過失始自足底乃至頭頂此身無我無常敗壞但以筋脈共相連持腥臊臭穢色惡可惡所不喜見如是觀已身中貪欲悉不復生不起身我以是因緣相應善法皆悉隨順云何菩薩摩訶薩行般若波羅蜜念受作是思惟諸受皆苦顛倒衆生妄起樂相凡夫愚癡以苦爲樂聖人但說一切皆苦勤修精進爲斷滅故亦教餘人修學此法作是觀已恒自念受不隨受行修行斷受亦令他學云何菩薩摩訶薩行般若波羅蜜念心作是思惟此心

無常而謂常住於苦謂樂無我謂我不淨謂淨數動不住速疾轉易結使根本諸惡趣門煩惱因緣壞滅善道是不可信貪瞋癡主一切法中心爲上首若善知心悉解衆法種種世間皆由心造心不自見若善若惡悉由心起心性迴轉如旋火輪易轉如馬能燒如火暴起如水作如是觀於念不動不隨心行令心隨已若能伏心則伏衆法云何菩薩摩訶薩行般若波羅蜜念法惡不善法能如實知所謂貪欲瞋恚愚癡及餘煩惱而修對治貪欲對治瞋恚對治愚癡對治如是知已即迴起念不行彼法亦令他離云何菩薩摩訶薩行般若波羅蜜於境起念若見色聲香味觸作是思惟云何於彼不眞實法而生貪愛此乃凡夫愚癡所著即是不善如世尊說愛即生著著即迷惑迷故不知善法惡法以是因緣生於惡趣菩薩摩訶薩自不漏失不著境界令他亦爾大王菩薩摩訶薩行般若波羅蜜阿蘭若念作是思惟阿蘭若者是無諍人之所住處寂靜住處於此處中天龍夜叉他心智人悉能知我心心數法不應於此起邪思惟即得捨離於法正憶勤修行之大王菩薩摩訶薩行般若波羅蜜作是思惟城邑聚落非出家人所可行處則不應往所謂酤酒婬女王城博弈歌儛之處悉遠離之大王菩薩摩訶薩行般若波羅蜜聞利養名起正憶念作是思惟爲生施福故受此財不由貪愛受不出內生長子息不言我財一切貧窮普皆賙給如是行者人所讚歎終不計我及以我所復作是念人皆稱我惠施名聞世間無

常須臾磨滅云何智人無常無實不恒無主隨彼而行起我我所大王菩薩摩訶薩行般若波羅蜜於佛世尊所說念戒作是思惟過去諸佛皆學此戒成無上道得至涅槃當來諸佛現在亦爾如是知已精進勤修大王菩薩摩訶薩行般若波羅蜜爲化衆生及以自身少欲知足著糞掃衣心常清潔信力堅固寧失身命於戒不犯心離高慢遊行城邑不恥弊衣遠離懈怠常修精進所作未辦終不中息於糞掃衣不見過患朽故弊壞終無輕鄙但取其德夫離欲者乃服此衣如來所讚息慳貪著亦不自讚我能服此於他不服終不毀言如此行人諸天禮敬佛所讚歎菩薩護持婆羅門刹利皆悉禮敬大王菩薩摩訶薩行般若波羅蜜如是修清淨行爾時勝天王白佛言世尊高行菩薩能行般若波羅蜜何用著糞掃衣佛告勝天王言諸大菩薩將護世人何以故世間衆生樂見不同大王於意云何菩薩高行何如世尊勝天王言百千萬億恒河沙分算數譬喻不及其一何以故如來世尊是大法王一切種智無有一法而不照了大王於意云何諸佛如來於四天下天龍夜叉人非人中示現苦行及以讚歎頭陀功德此何所爲王言世尊爲欲教化可度衆生及初發意諸菩薩等未斷煩惱爲說對治佛言如是如是大王高行菩薩著糞掃衣亦復如是是故菩薩摩訶薩行般若波羅蜜多有方便利益衆生大王菩薩摩訶薩行般若波羅蜜示現世間但畜三衣何以故心知足故更不多求即是少欲不求索故無所積

聚既不積聚則無喪失無喪失故則不生苦苦不生故即離諸惱離諸惱故則無所著無所著故是爲漏盡大王菩薩摩訶薩行般若波羅蜜利益衆生故入城邑聚落持鉢乞食何以故菩薩摩訶薩大悲熏心如實觀察貧苦衆生令得富樂受彼供養若入邑聚威儀齊整心正不亂善攝諸根前視六尺雙犁軛地如法乞食次第而往不越貧家以量受食終不長取於所得中更開一分擬施供養何以故信施難銷爲生福故大王菩薩摩訶薩行般若波羅蜜但一坐食而不移動何以故一坐道場魔來嬈亂亦不移動出世禪定般若闍那空一切法如實聖道實際如如一切種智於此諸法悉不移動何以故薩婆若法是一坐得是故行一坐食大王菩薩摩訶薩行般若波羅蜜以方便力如是示現乞食大王菩薩摩訶薩行般若波羅蜜學阿蘭若行所謂常修梵行於諸根中不起過失深樂多聞力堪修行離我怖畏不計著身常行寂靜菩薩摩訶薩正法中出家持三輪淨戒善知法相如來所說爲少壯老三種人戒悉能了達不隨外緣自心思量呵毀世法讚歎出家調伏諸根不緣惡境於阿蘭若居無難處聚落乞食不近不遠有清泉水盥洗便易林木華果無惡禽獸巖穴寂靜空閑罕人而爲居止所曾聞法日夜三時勤加讀誦聲不過高亦不太下心不緣外一念誦持常在胷臆若婆羅門刹利來至阿蘭若處當喚令坐彼或不肯慇懃加勸觀此衆生隨其根性即爲說法令得歡喜信受修行如是具足善巧方便

即離我心以無我故於阿蘭若不生怖畏離怖畏故樂行寂靜菩薩摩訶薩如是以方便力示阿蘭若行大王菩薩摩訶薩行般若波羅蜜善能觀行作是思惟世間之中一切飲食清淨香潔身火所觸即成不淨爛壞臭處一切凡夫愚癡無智愛著此身及以飲食若依聖智如實觀察即生穢惡不可樂著大王菩薩摩訶薩行般若波羅蜜作是思惟多行瞋恚即起惡業我今當離直心趣道真實思惟非從口說大王菩薩摩訶薩行般若波羅蜜作是思惟若法有生即是因緣法之因緣又從緣起云何智人於此虛妄因緣生法而作罪失菩薩身中有障善法即自斷除若不能斷他障善法心即生捨不起無明云何名障善法不恭敬佛法僧淨戒不敬同學老少幼小自高降彼趣向五欲背捨涅槃而起我見衆生見命見人見執空起斷見執有起常見遠離賢聖親近凡夫捨持戒人依破禁者親附惡友遠善知識聞甚深法即生毀謗威儀不整口無辯說煩惱覆心具足諂曲貪著利養生五種慢一姓貴二種族三見勝四國土五徒衆見惡則助遇善而捨讚歎女人童稚外道不樂阿蘭若行不解節食不親近師雖復讀誦不知時節若見善法亦復不生少尊重心見惡不怖如象無鉤馬無轡勒放逸不制喜起瞋忿不生慈心見苦不悲遇病不視於死不怖在火聚中不求免出應作不作不能量忖難思而察非望而求不出謂出非路謂路未得謂得遠大善法毀呰大乘讚歎小道毀大乘人讚彼小學多樂鬪亂惡口麤

言心無慈悲令他怖畏出言麤鄙語無一實樂著戲論而不捨離大王菩薩摩訶薩行般若波羅蜜如是等事名障善法大王菩薩摩訶薩行般若波羅蜜滅諸戲論修習空行作是思惟所觀境界皆悉空無能觀之心亦復如是無能所觀二種之異諸法一相所謂無相如是思惟遣內外相不見身不見心不見法次第相續修奢摩他毗婆舍那毗婆舍那如實見法奢摩他者一心不亂菩薩如是修觀行已即得淨戒戒清淨故行亦如是是名菩薩摩訶薩行般若波羅蜜觀行清淨大王菩薩摩訶薩行般若波羅蜜護持如來正法之藏聽受正法爲守護故不爲利養爲三寶種不斷故不爲恭敬爲擁護大乘行故不爲名聞爲無歸依衆生令得濟拔與安樂故無慧眼者令得慧眼修小乘人示聲聞道欲行大乘示現大道如是聽法爲無上智終不爲得下劣之乘大王菩薩摩訶薩行般若波羅蜜善知毗尼所謂毗尼及毗尼行毗尼甚深毗尼微細淨與不淨有失無失波羅提木叉聲聞毗尼菩薩毗尼大王菩薩摩訶薩行般若波羅蜜如是等毗尼皆悉善知大王菩薩摩訶薩行般若波羅蜜善知一切威儀戒行善學聲聞戒辟支佛戒菩薩戒既修戒行若見威儀不稱衆者即應遠離非處不行若有沙門戒行威儀則應親近若婆羅門異學餘行勸修毗尼如是戒行修之眞實心無巧僞嫉妬即滅自行布施亦勸他行讚歎布施見他布施心生隨喜不作是念唯當施我勿與他人但應思惟一切衆生多有所乏飢寒困

若願其得財現世安樂以聞法故後世安樂今我應當精進修道與諸衆生同得出世是名菩薩無嫉妬心於諸衆生皆得平等若行布施普爲衆生戒忍精進禪定般若乃至一切種智無二心修何以故所修之法與衆生共念爲境界令速成道於生死火自既出離亦使他出譬如長者而有六子並皆幼稚愛念無偏長者在外其宅火起大王於意云何長者作念於此六子先後救不不也世尊何以故其父於子心平等故大王菩薩摩訶薩行般若波羅蜜亦復如是凡夫貪著處在六道生死火宅不知出離菩薩摩訶薩行般若波羅蜜以平等心種種方便誘他令出皆悉安置寂靜界中大王菩薩摩訶薩行般若波羅蜜於法亦等所謂以法供養如來種種供具供養如來如實修行供養如來利益安樂一切衆生守護一切衆生善法隨順衆生善能教化行菩薩道行不違言心無疲倦求阿耨多羅三藐三菩提若能如是乃得名爲供養諸佛不以資生而爲供養何以故大王法是佛身若供養法即供養佛大王諸佛世尊皆從如實修行而來悉爲利益安樂衆生護其善法隨順衆生若不爾者違本誓願懈怠懶惰不能成就菩提之心何以故菩薩摩訶薩阿耨多羅三藐三菩提與衆生共若無衆生菩薩云何能得菩提大王菩薩摩訶薩行般若波羅蜜以法供養如來名眞供養如是供養拔除我慢遠離俗務剃落鬚髮於其父母兄弟親戚不復相關猶如已死形狀衣服相貌異常執持鉢器遊入城郭至其親里若

旃陀羅家下意乞食作是思念我命屬他由彼食活以是因縁能除我慢復作念言我今應取師僧尊長及同學意令彼歡喜昔未聞法爲得聞故若見他人瞋恚鬪諍即應忍辱下意避之大王菩薩摩訶薩如是行般若波羅蜜拔除我慢大王菩薩摩訶薩行般若波羅蜜生堅正信何以故多諸功德宿世所種善根力强具足善因正見成就不信外道内心清淨不依餘師心行調直遠離諂曲諸根聰利具足般若離諸蓋障其心清淨遠惡知識親近善友尋求善言不生懈怠所聞說法知佛功德勝天王白佛言世尊唯願大慈哀愍爲說如來功德大威神力佛告勝天王言大王諦聽諦聽善思念之我當爲王宣說如來神德少分善哉世尊唯然願聞佛言大王

如來具足無邊大慈遍照衆生衆生所攝乃至十方盡虛空界亦皆遍照不可測量如來大悲聲聞縁覺菩薩所無何以故不共法故十方世界無一衆生大悲不照復次如來說法無盡普爲十方一切衆生一劫百劫千劫若無量劫種種因縁說法無盡若衆生界種種言辭一切句義諮問如來一彈指頃一一衆生各爲分別無能壞者復次如來即是無礙禪定境界假使一切世界衆生皆住十地入諸三昧百千億劫觀如來定不能測量復次如來身無邊量何以故隨所樂見能於一念示現種種如來又有清淨天眼一切世界無量衆生一一衆生一一世界如是一切世界中事如來悉見如觀掌中阿摩勒果諸天人眼所不能見如來復有清淨天耳一切衆

生隨其種類音聲不同如來悉聞解了其義如來復有淨他心智一切世界有諸衆生作業思想若所得報如來世尊行立坐卧於一念頃皆悉了知何以故如來常定無散亂故大王諸佛如來無有失念心不散亂根無異緣何以故離煩惱習最爲清淨寂靜無垢有煩惱者其心散亂則異攀緣如來世尊無漏離垢得一切法自在平等常在三昧三摩跋提故大王如來以一威儀三昧遊行乃至涅槃無有天人能得知者況復如來於無量劫修習無量無邊萬億三昧何以故如來不可量不可思不可觀故爾時勝天王白佛言世尊我聞如來三阿僧祇劫修行成佛云何而說無量劫修佛言不也大王何以故菩薩摩訶薩修阿耨多羅三藐三菩提無量功力之所能辦非爾許劫時如得入法平等理稱爲成佛勝天王白佛言世尊善哉善哉一切衆生常行諸善遠離障業喜樂佛果修菩薩行世尊若有衆生得聞如來大神通力心生歡喜信受讚歎當知是人不久得成此神通器況復有人受持讀誦書寫宣説如是人等不可思量佛言如是大王此等衆生如來擁護已種善根過去供養無數諸佛乃能得聞如來世尊大神通力是善男女心不疑惑於七日中澡浴清淨著新潔衣香華供養一心正憶爾時如來即爲現身便得見佛其供養具或有闕少但一心念於命將盡見佛在前勝天王白佛言世尊頗有衆生聞説如來神通功德不起信心而謗毀不佛言有是衆生若聞如來神通法門即起瞋毒不善之心於説

法師惡知識想此人捨壽生泥犁中若聞如來大神通力能生信受於說法師善知識想即得人天乃至成佛爾時世尊出廣長舌相自覆面門次至頭頂次覆遍身次覆師子座次覆菩薩衆次覆聲聞衆然後乃覆釋梵護世一切大衆還收舌相告大衆言如來世尊有是舌相豈當妄語汝等大衆皆應信受長夜安樂說是法時衆中八萬四千菩薩得無生法忍無量百千衆生得遠塵離垢法眼淨無量無邊衆生發阿耨多羅三藐三菩提心

勝天王般若波羅蜜經卷第二

音釋

嫛 伊盈切嫛孩也 薩婆若 梵語也此云一切智若佘者切 霑濡 濡汝朱切霑濡謂霑漬濡濕也 奢摩他 梵語也此云止又云定相奢詩遮切 毗婆舍那 梵語也此云種種觀察 腥臊 腥音星臊蘇曹切腥臊犬豕膏臭也 阿蘭若 梵語也此云閑靜處若佘者切 賙給 賙音周賙給謂振贍供給也 犁軛 犁憐題切耕田器也軛乙革切犁前駕牛領者 盥 古玩切澡手也 稚 直利切幼小也 轡勒 轡兵媚切馬轡也勒盧德切馬頭絡銜也 三摩跋提 梵語也亦云三摩鉢底此云等持謂離沉掉曰等令心住一境性曰持 跋蒲末切

勝天王般若波羅蜜經卷第三

陳優禪尼國王子月婆首那譯

法性品第五

爾時勝天王即從座起偏袒右肩右膝著地合掌向佛頭面作禮而白佛言希有世尊如來應供正徧知快說微妙大神通力諸佛如來因何得此唯願世尊分別解說佛告勝天王言大王諸佛如來所行甚深不可思議得果亦爾勝天王白佛言世尊諸佛如來行何等法名爲甚深不可思議佛告勝天王言大王諸佛如來法性因果不可思議功德及法利益衆生亦復如是勝天王白佛言世尊云何法性不可思議佛言大王在諸衆生陰界入中無始相續所不能染法性體淨一切心識不能緣起諸餘覺觀不能分別邪念思惟亦不能緣法離邪念無明不起是故不從十二緣生名爲無相則非作法無生無滅無邊無盡自相常住大王菩薩摩訶薩行般若波羅蜜能知法性清淨如是無染無著遠離垢穢從諸煩惱超得解脫此性即是諸佛法本功德智慧因之而生體性明淨不可思議大王我今喻說汝善諦聽王言世尊唯然願聞佛告勝天王譬如無價如意寶珠莊嚴瑩治皎潔可愛體圓極淨無有垢濁墮在淤泥已經多時有人拾得取而守護不令墮落法性亦爾雖在煩惱不爲所染後復顯現大王諸佛如來悉知衆生自性清淨客塵煩惱之所覆蔽不入自性是故菩薩摩訶薩行般若波羅蜜應作是念我當勇猛勤修精進爲諸衆生說是甚深般若波羅蜜除其煩惱一切衆

生皆有性淨是故於彼勿生下劣應當尊重彼即我師如法恭敬菩薩摩訶薩作如是心即生般若闍那大悲大王菩薩摩訶薩如是行般若波羅蜜能入阿鞞跋致地大王菩薩摩訶薩行般若波羅蜜復作是念此諸煩惱無力無能自體虛妄與淨相違何以故背薩婆若故清淨法性爲諸法本自性無本虛妄煩惱皆從邪念顛倒而生大王譬如四大依虛空立空更無依煩惱亦爾依此法性法性無依大王菩薩摩訶薩行般若波羅蜜如實觀知不起違逆以隨順故煩惱不生大王菩薩摩訶薩觀察煩惱不生染著若自染著云何說法令他出離是故菩薩斷滅著心如實說教解衆生縛菩薩摩訶薩行般若波羅蜜復作是念若生死中有一煩惱利益衆生我則攝受菩薩摩訶薩行般若波羅蜜復作是念如昔諸佛行般若波羅蜜應如是行何以故諸佛如來昔在因地亦如是學成菩提故以此二緣是故菩薩種種方便知此法性大王如是法性無量無邊爲諸煩惱之所隱覆隨生死流沉沒六道長夜輪轉隨衆生故名衆生性菩薩摩訶薩行般若波羅蜜起猒離心除五塵欲修無上道是時此性名爲出離過一切苦故名寂靜爲究竟法一切世間之所樂求一切種智常住微妙因此法性能得自在受法王位大王菩薩摩訶薩行般若波羅蜜初中上位觀察法性一切平等本來寂靜悉無罣礙猶如衆色不能滿空菩薩摩訶薩行般若波羅蜜如實而知諸佛所說一切衆行如量修行法性功德不可具說無有二

相過一異境平等一相覺觀不行菩薩摩訶薩如是行般若波羅蜜能除二相人相法相一切凡夫爲執所縛不識不見不得法性菩薩摩訶薩行般若波羅蜜則能通達如此法性若在衆生無二無別何以故如如不異故大王菩薩摩訶薩行般若波羅蜜依此法性修諸善根來入三有利益衆生雖現無常而非眞實何以故菩薩摩訶薩行般若波羅蜜如實見法性故具足方便大悲願力不捨衆生二乘凡夫無有如此大悲本願是故不見圓淨法性大王菩薩摩訶薩行般若波羅蜜如是觀法性一切聖人無能修者無所修法無能行者無所行法無心無心法無業無果報無苦無樂如是觀者名得平等不異遠離隨順廣大無我我所無高無下眞實無盡常住明淨何以故一切聖法由此成就因是性故顯現聖人大王諸佛如來無邊功德不共之法從此性生由是性出大王一切聖人戒定慧品從此性生諸佛菩薩般若波羅蜜從此性出是性寂靜過諸名相性是眞實則離顛倒性不變異故稱爲如聖智境界名第一義非有非無非常非斷非生死非涅槃非染非淨離一離異無名無相大王菩薩摩訶薩行般若波羅蜜復作是念法性離相一切法離相無二無別何以故一切法離相即法性離相法性離相一切衆生離相同法界離相法界離相一切法離相如是離相求不可得法性如如衆生如如同一無二衆生如如法性如如同一無二法性如如一切法如如無二無別一切法如如諸佛如如無二無別法

性如如過去未來現在如如不相違逆過去如如未來如如亦不相違過去未來現在如如即是陰界入如如陰界入如如即是染淨如如染淨如如即是生死涅槃如如生死涅槃如如即是一切法如如大王所言如者名爲不異無變不生無諍真實以無諍故說名如如如實知見諸法不生諸法雖生如如不動如如雖生一切諸法如如不生是名法身清淨不變猶如虛空無等等一切三界無有一法所能及者徧衆生身無與似者清淨離垢本來不染自性明淨自性不生自性不起在心意識非心意識性即是空無相無願徧虛空界諸衆生處一切平等無邊無量不異不別非色不離色非受想行識不離受想行識非地大水火風大不離地大水火風大無生離生雖逆生死不順涅槃眼不能見耳不能聞鼻不能齅舌不能甞身不能覺意不能知不在心意識不離心意識大王是名法性菩薩摩訶薩行般若波羅蜜通達此法修行清淨三千大千世界若閻浮提城邑聚落菩薩悉能示現色身所現身者非色非相而現色相非六根境而化衆生常無休息爲說此身無常無我苦不淨法了知衆生有寂靜性能爲示現無量種身善巧方便令彼受化知一切身無有作者亦無受者猶如木石而爲衆生說清淨行大王菩薩摩訶薩如是行般若波羅蜜通達法性即得自在無有移動而起智業遊戲神通種種示現安住自在而能示現種種威儀自在能趣一切種智皆悉通達一切諸法大王般若波羅蜜如是自在是

無盡相徧一切處無色現色自在徧觀諸衆生心見如實心心性自在憶念無邊數劫相續不斷自在變化住解脫相自在盡漏爲衆生故不證漏盡自在出世是聖智境自在甚深聲聞緣覺所不能測自在堅牢魔不能壞能至道場成就佛法最爲第一自在隨順轉大法輪自在調化一切衆生自在受位得法自在大王菩薩摩訶薩行般若波羅蜜如實通達甚深法性得是自在菩薩摩訶薩修是自在即得諸禪解脫三昧三摩跋提不繫欲界色無色界何以故遠離一切虛妄分別煩惱繫縛顛倒執相若其受生於生自在無有繫縛若欲現滅亦復自在隨其生處恒攝大乘成就佛法而於十方推求佛法竟不可得一切諸法同一佛法非常非斷何以故推求此法不可得故以如實理求不可得是法不可說有說無說亦無名相過此境界若離名相即是平等若法平等即無執著無可著者是法真實若著真實即是虛妄以不著故即非虛妄無所滯著心即無礙無礙即無障無障即無諍無諍即同虛空是法不繫欲界不繫色界不繫無色界若一切處無所繫屬是法無色無相無形若法無色無相無形是法應如是知隨彼境界而離能知亦離所知何以故是中無有少法可覺少法能覺是名菩薩摩訶薩行般若波羅蜜通達平等大王菩薩摩訶薩行般若波羅蜜觀大慈大悲大喜大捨不見我不見衆生不見命不見人雖行布施而調伏心離戒相心而淨持戒以無盡心修行忍辱離心精進以寂靜心修習禪定

心無所緣修行般若心念四處以平等心修習正勤離戲論心修諸神足分別衆生觀察諸根離慾失心修諸根力以分別心觀察覺分無功用心修習正道心無所著而有淨信自然智慧憶念諸法平等智心修諸三昧不分別心觀般若波羅蜜以止息心修奢摩他無所見心修毗婆舍那無所念心而修念佛通達法界平等之心而修念法無所住心而修念僧本心清淨教化衆生不起分別法界之心攝一切法如虛空心淨佛國土無所得心得無生法忍無進退心得阿鞞跋致遠離相心不見有相三界平等心莊嚴道場心能覺知一切諸法轉於法輪不見聽說示現涅槃而知生死本性平等大王菩薩摩訶薩行般若波羅蜜如是觀諸法不見能觀不見所觀即時能得遊戲自在何以故自在清淨能見一切衆生淨故大王譬如虛空徧滿一切菩薩摩訶薩行般若波羅蜜心亦如是說此法時衆中八萬四千人天發阿耨多羅三藐三菩提心三萬二千菩薩得無生法忍八萬四千衆生得遠塵離垢法眼淨一萬二千比丘皆得漏盡佛告勝天王言大王菩薩摩訶薩行般若波羅蜜心得清淨深大如海功德智慧不可測量菩薩摩訶薩能現出世諸功德寶衆生用之乃至菩提無有盡竭菩薩功德亦復不減猶如大海多出衆寶菩薩智慧甚深難入聲聞緣覺無能涉者亦如大海小獸不入菩薩智慧廣大無邊何以故無著無住無色無相菩薩智慧從初至後次第轉深初菩提心後薩婆若菩薩法爾不與煩惱及

惡知識而共止住世間智慧若入菩薩智慧之中一相一味所謂無相薩婆若無分別味菩薩摩訶薩觀一切法不見法增不見法滅何以故通達平等深法性故菩薩摩訶薩大慈悲力不違本願一切聖人之所依處爲諸衆生永劫說法無有窮盡大王菩薩摩訶薩行般若波羅蜜通達如是甚深法性大王菩薩摩訶薩善能通達世諦衆法雖說諸色而非實有推求此色終不取著受想行識亦復如是雖說地大而非真實推求地大終不取著水火風空識亦復如是雖說眼入而非真實推求眼入終不取著耳鼻舌身意亦復如是雖復說我而非真實推求見我終不取著衆生命養育人作者壽者知者見者亦復如是雖說世間而非真實推求世間終不取著

雖說世法而非真實推求世法終不取著雖說佛法而非真實推求佛法終不取著雖說菩提而非真實推求菩提終不取著大王凡有言說名爲世諦此非真實若無世諦第一義諦則不可說菩薩摩訶薩行般若波羅蜜通達世諦不違第一義諦即通達之知法無生無滅無壞無此無彼悉離語言文字戲論大王第一義者離言寂靜聖智境界無變壞法若佛出世若不出世性相常住是名菩薩通達第一義諦爾時勝天王白佛言世尊若一切諸法不生不滅自性空離云何有佛出世及轉法輪云何菩薩於無生法而見有生佛告勝天王言大王法不滅故不生何以故性不變異故但以世諦因緣見有生滅皆是虛妄非真實有菩薩摩訶薩行般若波羅蜜

善巧方便見因緣法即知世諦悉空無有不見堅實似有如影如炎響幻不安搖動從因緣生菩薩摩訶薩以般若波羅蜜觀諸法空乃至從因緣生作是思惟此等諸法今見有生有住有滅何因緣生何因緣滅即作是知無明因緣故生諸行依行生識識生名色名色生六入六入生觸觸生受故凡夫起愛渴愛生取以因取故則相續有由有故生生則有老老故有死憂悲苦惱是故修行爲斷無明無明若斷餘十一分則亦復滅譬如人身若斷命根餘根靡用大王邪見外道爲求解脫但欲斷死不知斷生若法不生則無有滅譬如有人塊擲師子師子逐人而塊自息菩薩亦爾但斷其生死而自滅犬唯逐塊不知逐人塊終不息外道亦爾不知斷生終不離死大王菩薩摩訶薩如是行般若波羅蜜善知因緣諸法生滅大王菩薩摩訶薩行般若波羅蜜知緣生法空無實有不起我慢若生婆羅門剎利居士長者之家不起二慢尊貴豪富若生貧賤自知宿業不甚清淨得報下劣心起猒離即求出家作是思惟如我此身雜業所得更修淨業令自清淨使他亦爾自既求度亦復度他自求脫離亦解他縛以是因緣即生精進不墮懈怠障道惡法皆爲斷除助道善法悉應增長勤修精進作是思惟我負重擔應當自滅一切煩惱度脫衆生不得懈怠菩薩摩訶薩行般若波羅蜜親近師僧多聞寡聞有知無知持戒破戒但生佛想恭敬同學思惟我今依師學習修善未滿悉令滿足煩惱未盡斷之令盡擁護善法捨離

不善一切種智憐愍世間大悲福田寂靜天人師是我大師善得吉利一切天人皆事法王以爲大師菩薩摩訶薩行般若波羅蜜作是思惟佛說淨戒設爲身命亦不毀犯如世尊說隨順佛教即供養佛若婆羅門剎利居士長者種種飲食信心施與如法受用不令彼人空失果報食者施者俱得利益婆羅門剎利居士長者以沙門名而名菩薩作福田想菩薩應當如理如量修行正法即令顯現沙門功德福田功德菩薩如是自行化他不曾休廢菩薩摩訶薩行般若波羅蜜如是修行則能隨順一切世間見瞋恚者生下劣心見高慢人起無我想見邪曲人起正直想見妄語人起如實言於惡口人常說愛語見剛強者示現柔和見憸毒人則行慈忍見邪法人則生大慈見苦衆生則起大悲見慳嫉人則行布施大王菩薩摩訶薩行般若波羅蜜如是隨順世智生淨佛國何以故持戒無缺離諸雜穢修平等心於衆生所具大善根不著名利清淨之信無所望報勤行精進不生懈怠修諸禪定離散亂法以微妙慧而習多聞諸根不缺具足利智常修大慈遠離瞋惱以是因緣生淨佛國爾時勝天王白佛言世尊如佛所說修戒等法生佛國土爲備修行一行亦生佛告勝天王言大王若有菩薩摩訶薩於前所說種種法中淨修一行即備衆法如是一行得生淨土何以故一一行中具衆行故大王菩薩摩訶薩行般若波羅蜜如是得生淨土不爲胎汙何以故菩薩摩訶薩造作佛像修葺伽藍如來塔前香泥塗地燒

香供養或以香湯浴洗佛像於伽藍內掃灑泥塗菩薩摩訶薩供養瞻省父母之身師僧同學及諸沙門以平等心皆悉供養迴此善根爲一切衆生迴向阿耨多羅三藐三菩提令得清淨菩薩摩訶薩如是行般若波羅蜜即得離俗何以故心無取著不染朋黨背諸境界遠離愛緣境界不染世尊說戒如實修行少欲知足隨宜四事趣足過時心常怖畏樂寂靜離大王如是菩薩摩訶薩行般若波羅蜜不著俗法即得淨命無僞威儀口意欺詐於施主前終不詐僞現身威儀安庠徐步視前六尺若背檀越即便縱誕於施主前不爲利養下聲細語輭美之言順彼意語若背檀越則便自縱見他行施口言不用心實欲須如是名爲內心熱惱口現少欲心貪利養

大王菩薩摩訶薩行般若波羅蜜悉無此僞離求利相若見檀越不得發言三衣弊壞鉢器闕無或須湯藥於施主前不得發言某甲檀越施我此物彼人謂我持戒多聞大悲心淨雖爾讚歎我無此德唯當修行報施主恩菩薩摩訶薩不應如是自讚毀他隨順白衣而求利養若施餘人勿生瞋惱不作諂曲而以取財不詐親善害他取物不爲他人戲弄取財檀越擬施或讚歎人若說法者或擬大衆或復未擬或施未決菩薩不得入中取分若受施財不應執著此是我有此是我物即當迴施沙門師僧父母及餘貧乏平等受用若財物盡不以生憂少日不得心無苦惱大王菩薩摩訶薩受施迴與二俱清淨行清淨故心不疲勞何以故菩薩摩訶薩行般若波

羅蜜爲利衆生久處生死而不猒患若有魔事衆苦逼切心無轉退若人欲行二乘之道即爲說法不憚疲勞菩薩自修助菩提法無有猒倦大王菩薩摩訶薩行般若波羅蜜如是精進則能隨順佛正教行何以故菩薩摩訶薩行般若波羅蜜離諸放逸心常謹慎善攝自身不作諸惡不善之法口意亦爾菩薩摩訶薩行般若波羅蜜雖處現在恒懼未來一切諸惡不善之法斷之不生言必附理常說法教非法不言悉棄穢業純修淨行不毀佛教遠離煩惱不淨之法是名擁護如來正教一切諸惡不善之法悉斷離之大王菩薩摩訶薩行般若波羅蜜如是隨順佛清淨教視諸衆生面門先笑曾無嚬蹙所以然者心離穢濁諸根清淨不染離垢心不瞋恚內無恨結菩薩摩訶薩如是行般若波羅蜜即得多聞觀察生死能如實知欲火熾然瞋火焚燒愚癡之火常所迷亂亦如實知有爲無常一切行苦諸法無我世間衆生躭著戲論一切法中唯有涅槃乃爲寂靜若聞他說即思惟義傳以授人發大慈悲起堅固意若不聞法則無思修是故聞慧猶如字本一切智慧因之而生既得多聞則護正法大王未來之世正法滅時其有衆生樂勤修行不值法炬無人爲說甚深之法爾時菩薩即爲演說甚深妙法所謂般若波羅蜜令諸衆生得戒定慧又讃之言善男子如是末世正法滅時汝等能發菩薩之心求阿耨多羅三藐三菩提利益衆生此般若波羅蜜三世諸佛之所行者汝若勤修則去阿耨多羅三藐三菩提不

遠何以故般若波羅蜜不離菩提譬如有人種穀已秀當知收穫必在不久菩薩亦爾求阿耨多羅三藐三菩提得聞般若波羅蜜當知決定去佛不遠大王若善男子善女人捨離般若波羅蜜更依餘法求阿耨多羅三藐三菩提無有是處猶如王子捨其父王更就餘人求爲太子決不可得菩薩亦爾求薩婆若必因般若波羅蜜得譬如犢子若欲須乳必依其母若就餘牛則不可得大王菩薩摩訶薩親近般若波羅蜜常爲法王子相莊嚴身以好爲華嚴飾身相諸根不缺如來行處常所遊行所行之道隨佛如來所覺而覺救護世間苦惱衆生善能通達佛所說教常修梵行守護如來薩婆若城大王菩薩摩訶薩行般若波羅蜜爲法王子釋梵護世之所尊重何以故行菩薩道阿鞞跋致一切諸魔所不能動安住佛法通達一切空平等理不信外緣如是安住佛法智慧不與聲聞辟支佛共超過世間住無生法忍大王菩薩摩訶薩行般若波羅蜜能如實知一切衆心貪欲瞋癡上中下品亦如實知善心堅固心如實知已各各爲說諸對治法如是則能善化衆生菩薩摩訶薩行般若波羅蜜若有衆生應見佛身受化度者菩薩摩訶薩即現佛身而爲說法應以菩薩身化度者現菩薩身應以辟支佛身而受化者即現辟支佛身應以聲聞身受教化者即現聲聞身應以帝釋梵王婆羅門剎利長者居士身受教化者皆爲示現而度脫之大王菩薩摩訶薩如是行般若波羅蜜教化衆生菩薩摩訶薩行般若波羅蜜

心性慈和正直輭善無諸諂曲嫉妬垢穢心常清淨言語不麤遠離惡口多行忍辱親狎衆生大王菩薩摩訶薩如是行般若波羅蜜則在處安樂所以然者具足正見及清淨見清淨之行所行境界與心相應若心相違惡不善法如是境界及染穢處斯則不行菩薩摩訶薩行般若波羅蜜見同學人心生歡喜若財若法與他共用唯行一道所謂佛道唯佛爲師不尊餘人大王菩薩摩訶薩行般若波羅蜜如是在處安樂具諸攝法而攝衆生以利益施安樂施無盡施攝取衆生利益語有義語如法語不異語攝取衆生以財利益平等身利益平等命利益平等資具利益平等攝取衆生大王利益施者即是法施安樂施者即資生施無盡施者即示現道利益語者令彼生善有義語者令彼見理如法語者隨順佛教不異語者說如實法財利益平等者可食可啖可飲可嗽可舐及衣服等身利益平等者如以攝衛利益巳身令他亦爾命利益平等者眞珠瑠璃珊瑚碼碯名爲外命資具利益平等者象馬車乘一切淨財菩薩摩訶薩行般若波羅蜜自行與他皆悉共同大王菩薩摩訶薩行般若波羅蜜受生端正常能修習寂靜威儀不僞威儀清淨威儀人所樂見内外温善觀者無猒能悅人意一切衆生之所愛重其有見者皆發善心瞋恚者見心即得解大王菩薩摩訶薩行般若波羅蜜如是端正則堪依止守護衆生令煩惱滅能將衆生出離生死無邊曠野能度衆生世間險難爲無眷屬而作親友爲煩惱疾而作

良醫無救護者爲之救護無歸依者爲作歸依無明衆生爲作法炬菩薩摩訶薩行般若波羅蜜爲諸衆生而作依止治諸疾病如藥樹王譬如善見大樹根莖枝葉華果色香味觸悉爲衆生療治衆病大王菩薩摩訶薩行般若波羅蜜亦復如是從初發心爲諸衆生治種種疾諸煩惱病菩薩摩訶薩功德智慧有疾病者見聞皆差菩薩摩訶薩行般若波羅蜜常與功德相應隨力所堪供養三寶若有疾病即施湯藥若見飢渴即施食飲若見寒凍即施衣服師僧和上盡心承奉同學法人合掌恭敬造立伽藍布施田園時時隨有捨與衆僧下使緣役如法料理聞有名德沙門婆羅門修道行者時時往詣大王菩薩摩訶薩行般若波羅蜜能生諸善有巧方便教化衆生於此佛國身不移動而遊無量諸佛世界諮問正法於此佛國身不移動而遊無量諸佛世界聽受正法於此佛土身不移動示現無量諸佛國土供養如來於此佛土身不移動而遊無量諸佛世界成就無上菩提資粮於此佛土身不移動而遊無量諸佛世界若有菩薩成佛道者供養恭敬於此佛土身不移動無量世界示現成道於此佛土身不移動無量佛國現轉法輪於此佛土身不移動無量佛國示現涅槃於此佛土身不移動無量佛國應得度者爲示化身皆悉令見亦無分別有所作意爾時勝天王白佛言世尊云何菩薩摩訶薩作種種化無分別心佛告勝天王言大王譬如日月照四天下而無分別我照天下爲作光明衆生業報自感日

月光照天下菩薩摩訶薩行般若波羅蜜亦復如是雖現化身而無分別何以故衆生各有宿世善業菩薩摩訶薩昔從因地修行發願爲度衆生以此願力隨其所念皆悉應現無分別心大王菩薩摩訶薩行般若波羅蜜如是方便善巧教化速向阿耨多羅三藐三菩提何以故菩薩摩訶薩行檀具足持戒清淨無穿缺雜戒聚清淨過諸聲聞辟支佛境具足忍辱精進禪定般若方便願力智如來世尊不共功德一切具足已過聲聞辟支佛地大王菩薩初地乃至十地行般若波羅蜜修如是行得阿耨多羅三藐三菩提說是法門時衆中二萬天子得遠塵離垢法眼淨三萬菩薩摩訶薩得無生法忍八萬四千天人發阿耨多羅三藐三菩提心無量百千億乾闥婆緊那羅皆悉合掌讚歎如來遶耆闍崛山無量百千億夜叉衆雨諸蓮華遶耆闍崛山十方無量恒河沙世界菩薩來集讚歎如來世尊快說甚深般若波羅蜜爲諸菩薩世尊因此般若波羅蜜得有人天須陀洹向須陀洹果乃至阿羅漢向阿羅漢果辟支佛道菩薩十地十波羅蜜如來十力四無所畏十八不共法一切種智從般若波羅蜜中出世尊譬如世間一切衆生悉依虛空而空無依般若波羅蜜亦復如是一切法本而自無依願令我等於未來世爲諸菩薩摩訶薩說般若波羅蜜如今佛說又以種種香華散如來上爾時耆闍崛山中天神及餘集者空中讚言我等憶念過去之世無量諸佛於此耆闍崛山中說是般若波羅蜜法亦如今日爾時

勝天王白佛言世尊空中諸天云何得知如來境界久遠之世佛說是般若波羅蜜事佛言大王此諸天等皆住不可思議解脫是故能知過去遠事大王我昔爲菩薩時亦經生彼天神之道見無量佛成道說法乃至涅槃我常讚歎合掌禮拜何以故彼天神道壽命長故爾時衆中有一天子名曰光德即從座起偏袒右肩右膝著地合掌向佛頭面作禮白佛言世尊諸佛菩薩應遊淨土娑婆世界是不清淨云何世尊出現此土爾時佛告光德天子諸佛如來所居之處無有穢土於是世尊即以神力現此三千大千世界地平如掌瑠璃所成無諸山陵阜塠荊棘處處寶聚香華輭草流泉浴池八功德水七寶階砌樹木華果咸說菩薩不退法輪無有凡夫唯見十方諸大菩薩不聞餘音唯聞般若波羅蜜聲處處蓮華大如車輪青紅赤白一一華中皆有菩薩結跏趺坐即見如來於大衆中爲諸菩薩說甚深法無量百千釋梵護世前後圍遶供養恭敬尊重讚歎希有世尊希有世尊所說無虛眞實不二如世尊說諸佛住處實無穢土衆生薄福而見不淨世尊若有善男子善女人得聞般若波羅蜜名字甚爲希有況復書寫受持讀誦爲他演說佛言若善男子善女人無量百千劫以無礙心施他財物若復有人以淨信心書寫此經傳授與人功德多彼何以故財施有竭法施無盡何以故施財但能得世間果若人若天昔已曾得得已墮落今還復得若以法施昔未曾得今始能得所謂涅槃若三千大千世界一切衆

生有人教化悉令安住十善道中若善男子善女人以淨信心受持讀誦般若波羅蜜爲他人說功德勝彼何以故一切善法皆從般若波羅蜜生故若三千大千世界一切衆生有人教化皆得須陁洹斯陁含阿那含阿羅漢果辟支佛道若復有人信心受持讀誦書寫般若波羅蜜功德勝彼何以故聲聞辟支佛法皆從般若波羅蜜中生一切菩薩摩訶薩法皆從般若波羅蜜中生因此般若波羅蜜故有佛出世般若波羅蜜所在之處當知即是菩提道場轉法輪處應念此處即我大師如來應供正徧知處在此中何以故一切諸佛皆從般若波羅蜜生故若人供養如來形像不如供養般若波羅蜜何以故三世諸佛皆因般若波羅蜜生故

勝天王般若波羅蜜經卷第三

音釋

阿鞞跋致 梵語也此云不退轉鞞蒲糜切 慘毒 慘七感切慘毒猶酷毒也 縱誕 縱足用切放肆也誕徒案切妄誕也 憚 徒案切畏難也 躭 都含切樂也過樂謂之躭 穫 黃郭切刈穀也 嗽 音朔含吸也 舐 甚爾切以舌取食也 差 音瘥病瘉也 阜塠 阜扶缶切土山曰阜塠都回切聚土也 荊棘 荊音京棘訖力切

勝天王般若波羅蜜經卷第四

陳優禪尼國王子月婆首那譯

平等品第六

爾時勝天王即從座起偏袒右肩右膝著地向佛合掌頭面作禮而白佛言世尊如佛所說法性平等何者是平等等何法故名爲平等佛告勝天王言大王等觀諸法不生不滅自性寂靜名爲平等一切煩惱虛妄分別不生不滅自性寂靜名爲平等名相妄想不生不滅自性寂靜名爲平等滅諸顛倒不起攀緣名爲平等能緣心滅無明有愛即皆寂靜癡愛滅故不起我我所名爲平等我我所滅名色寂靜名爲平等名色滅故邊見不生名爲平等滅斷常故身見寂靜名爲平等大王能取所取一切煩惱障善法者依身見生菩薩摩訶薩能滅身見一切諸使皆悉寂靜作願亦息譬如大樹拔除根株枝條枯死如人無首命根即絕一切煩惱亦復如是若斷身見餘使自滅大王若人能觀諸法無我能取可取皆悉寂靜勝天王白佛言世尊云何生我見障眞實理佛告勝天王言大王於五陰身妄執有我即生我見眞實之法自性平等無能所執我見相違是故爲障大王如是我見不在內不在外不在內外若無所住名爲寂靜即是平等遠離我見通達平等名眞實空觀空無相無願自性寂靜不生不滅不取不著遠離我見名爲平等大王所言我者無來無去無有眞實虛妄分別法從妄有亦是虛妄菩薩摩訶薩行般若波羅蜜觀如是法遠離虛妄是故名爲寂靜平等大王能取可

取則名爲然離名寂靜惑障爲然離爲寂靜菩薩摩訶薩善巧方便行般若波羅蜜能如實知諸煩惱滅爲增善法斷除煩惱不見可生不見可滅名爲平等修波羅蜜遠離魔障不見可修不見可離名爲平等菩薩常緣助菩提法不起聲聞辟支佛心於助菩提聲聞緣覺不見異相名爲平等緣薩婆若心不休息常修空行以大悲力不捨衆生名爲平等大王菩薩摩訶薩具足方便行般若波羅蜜即得心緣自在心緣無相而修菩提不見無相及菩提異名爲平等心緣無願不捨三界不見無願及三界異名爲平等觀身不淨心住清淨觀行無常心住生死而不猒離觀衆生苦住涅槃樂觀法無我於諸衆生起大悲心常爲衆生說不淨藥不見貪病常說大慈不見瞋恚常說因緣不見愚癡等集病者說無常藥不見等病及無常異如是菩薩摩訶薩以方便力行般若波羅蜜於一切法心緣自在緣離欲法爲化聲聞緣離瞋法化辟支佛緣離癡法爲化菩薩緣一切色願得佛色無所得故心緣衆聲願得如來微妙音聲心緣衆香願得如來清淨戒香心緣諸味願得如來味中第一大丈夫相心緣諸觸願得如來柔輭手掌心緣諸法願得如來寂靜之心心緣布施爲得成就相好之身心緣尸羅爲得清淨佛之國土心緣忍辱願得如來大梵音聲淨光明身心緣精進爲度衆生心緣禪定爲得成就諸大神通心緣般若爲斷一切諸見煩惱心緣大慈平等無礙令諸衆生皆得安樂心緣大悲爲護正法心緣大喜爲得

說法悅樂衆生心緣大捨不見衆生煩惱結使大王菩薩摩訶薩以方便力行般若波羅蜜不見二事名平等行心緣四攝爲教化衆生緣嫉妬過爲捨貧財緣破戒失爲住淨戒緣瞋恚失爲得忍辱緣懶惰失爲成佛力緣散亂失爲得如來寂靜禪定緣麤智失爲成如來無礙智慧心緣聲聞及辟支佛爲欲成就無上大乘心緣惡趣爲欲濟拔一切衆生心緣諸天知一切法悉有敗壞緣諸衆生知無堅實心緣念佛爲得成就禪定助道心緣念法爲得通達諸秘密藏心緣念僧爲得不退心緣念捨爲無愛著心緣念戒爲得淨戒心緣念天爲成佛道諸天讚歎心緣自身爲得佛身心緣自口爲得佛口心緣自意爲得如來平等之心心緣有爲爲成佛智心緣無爲爲得寂靜大王菩薩摩訶薩行般若波羅蜜無有一心一行空過不向薩婆若者菩薩摩訶薩行般若波羅蜜遍緣諸法而能不著名憂波憍舍羅觀見諸法無不趣向菩提之者大王譬如三千大千世界大地出生諸物人無不用菩薩摩訶薩行般若波羅蜜所緣境界無不利益趣向菩提譬如衆色無有不因四大成者如是菩薩所緣境界無有一法不向菩提何以故菩薩摩訶薩修習諸行皆因外緣而得成立如因慳嫉人成就菩薩檀波羅蜜因不知恩人成就菩薩尸波羅蜜如因惡性瞋恚衆生成就菩薩忍波羅蜜因懶惰者成就菩薩毗梨耶波羅蜜因散亂人成就菩薩禪波羅蜜因諸癡鈍成就菩薩般若波羅蜜若有衆生損惱菩薩菩薩因此不起

瞋心菩薩若見修行善法向菩提者生已身想猶我子心菩薩摩訶薩若人讚歎不生歡喜毀不瞋恚見苦衆生則起大悲若見受樂則生大喜若因難化很戾衆生菩薩則發奢摩他心因信行者菩薩即得知恩智慧若見衆生外惡緣強善因弱者菩薩則起擁護之心菩薩若見因力強者種種方便令其受教菩薩若見智慧開悟解義衆生則爲此人說甚深法若有智人菩薩則爲次第說法著文字者爲說句義若已先學奢摩他者菩薩爲說毗婆舍那若有先學毗婆舍那則應爲彼說諸三昧若著持戒爲說地獄持戒不著則不說之若著聞者爲說思修著三昧者說入般若樂阿蘭若即應爲說心遠離法若有樂聞佛功德者爲說聖智爲貪欲者說不淨法爲瞋恚人說慈悲法爲愚癡者說緣生法爲等集者說種種法或說不淨或說慈悲或說因緣調化衆生爲說淨戒禪定智慧應入佛乘而受化者爲次第說諸波羅蜜應以抑挫而受化者先折其辭然後說法種種語言而受化者即應爲說因緣譬喻令其得解應以深法而受化者即應爲說般若波羅蜜及方便力無人無我無諸法相著見衆生爲說空法多覺觀者爲說無相樂著有爲則說無願著陰衆生爲說如幻著界衆生說無所有著入衆生爲說如夢著欲界者爲說熾然若著色界爲說行苦著無色界說行無常難化衆生爲讚聖種易化衆生說諸禪定及無量心若聞生天而受化者則爲說樂因聲聞法而受化者爲說諸諦辟支佛法而受化者爲說

因緣以菩薩法而受化者爲說淨心及大悲法修行菩薩則應爲說功德智慧阿鞞跋致諸菩薩等則應爲說清淨佛國一生補處則應爲說莊嚴道場應以佛說而受化者則爲相續次第而說大王菩薩摩訶薩行清淨般若波羅蜜以方便力得諸自在說法利益無有空過說是菩薩自在法門時衆中三萬天人發阿耨多羅三藐三菩提心五千菩薩得無生法忍爾時世尊欣然微笑諸佛法爾若微笑時面門即放諸大光明青黃赤白紫玻瓈色遍照無量無邊世界上至阿迦尼吒還歸佛所右遶三帀從佛頂入爾時大智舍利弗即從座起偏袒右肩右膝著地合掌向佛頭面作禮而白佛言世尊諸佛如來無大因緣則不現此希有瑞相世尊今者放是光明遍照十方無量世界爲何因緣願世尊說爾時佛告舍利弗言善男子此勝天王過去無量無邊阿僧祇劫於諸佛所修行衆波羅蜜爲諸菩薩護持如是般若波羅蜜未來之世過無量百千阿僧祇劫成就無上菩提資粮然後得阿耨多羅三藐三菩提佛號功德莊嚴如來應供正徧知明行足善逝世間解無上士調御丈夫天人師佛世尊國名嚴淨劫名清淨其土豐饒人民安樂純菩薩衆彼國悉以七寶莊嚴所謂金銀瑠璃玻瓈碼碯硨磲真珠七寶間錯以成其地平坦如掌香華輭草而嚴飾之無諸山陵𡋯阜荆棘旛華幢蓋種種莊嚴城名難伏七寶羅網彌覆其上角懸金鈴日夜六時諸天空中自作天樂散衆天香及天妙華其土人民受樂歡喜勝他

化天人天往來不相隔礙無三惡道彼土衆生惟求佛智無二乘名其佛世尊爲諸高行菩薩摩訶薩說清淨法無量無邊菩薩眷屬無有破戒邪命著見盲聾瘖瘂傴背裸形諸根缺者皆悉具足二十八相莊嚴其身佛壽八小劫人天之衆無中夭者善男子彼佛世尊有如是等無量功德若欲說法先放光明照曜國土其諸菩薩遇斯光者即知世尊將欲說法我等今者宜應往聽爾時諸天爲彼世尊敷師子座高百由旬種種嚴飾無量供養世尊坐上爲衆說法彼諸菩薩聰明利根一聞悟解無我我所飲食資須應念即得說是勝天王受記法門時衆中五萬天人發阿耨多羅三藐三菩提心皆願未來生彼國土爾時勝天王聞佛世尊爲其受記心大歡喜得未曾有涌在虛空高七多羅樹爾時三千大千世界六種震動諸天妓樂不鼓自鳴散衆天華以供養佛及勝天王時勝天王從空中下頭面禮佛退坐一面

現相品第七

爾時大智舍利弗白勝天王言菩薩摩訶薩行般若波羅蜜通達法性即應坐道場轉法輪何因緣故先修苦行降伏惡魔爾時勝天王答舍利弗言善男子菩薩摩訶薩行般若波羅蜜實無苦行爲伏外道故示現之而彼天魔實不能壞是欲界主故示降伏化諸衆生舍利弗外道自謂苦行第一是故菩薩示現苦行能超過彼舍利弗或有衆生但見菩薩屈一膝立或見菩薩舉兩手立或見菩薩視日而立或見菩薩五熱炙身或見菩薩倒

身而立或見菩薩卧棘刺床或卧牛糞或坐方石或復卧地或見卧板或卧杵上或卧塵土或著板衣或著芒衣或著草衣或樹皮衣或復裸形或著茅衣或面向日隨日而轉或食稗子或見食麥或食草根雜諸樹葉食果食華或食薯蕷或見食芋或見食藕或六日一食或見食豆或食大豆或食炒穀或見食麻或見食米或見飲水而以度日或見菩薩食一滴酥而以度日或一滴蜜或一滴乳或無所食或見眠熟舍利弗菩薩摩訶薩示現如是種種苦行六年之中一事不虧菩薩實無如是苦行衆生見有以諸衆生應以苦行而得度脫爲是等故菩薩示之有六十那由他人安住三乘舍利弗復有天人宿世善根深樂大乘則見菩薩坐七寶臺身心不動面門喜笑入三昧定如是六年方從定起舍利弗復有衆生深樂大乘欲聽聞者則見菩薩端坐說法舍利弗此是菩薩摩訶薩以方便力行般若波羅蜜大悲化度一切衆生能降天魔伏諸外道菩薩摩訶薩既經六年從定而起隨順世法詣尼連禪河洗浴出已於河邊立有牧牛女擊百乳牛以飲一牛擊此一牛乳用以作糜奉獻菩薩復有六億天龍夜叉乾闥婆各持飲食而來奉獻作如是言大士受我供養正士受我供養菩薩悉受而彼牛女天龍夜叉各不相見一一天等各見菩薩獨受其食舍利弗是等衆生因見受供而得悟道是故菩薩爲示現之而此菩薩實不洗浴及受供養舍利弗菩薩摩訶薩行般若波羅蜜以方便力示現行詣道場時有地居

天子名曰妙地與諸天神掃此大地散衆妙華種種香水而用灑之三千大千世界須彌山下諸天之衆四天王天雨諸天華三十三天及夜摩天空中讚歎作諸妓樂兜率陀天珊兜率陀王以七寶網彌覆世界四角皆懸閻浮檀金鈴悉雨衆寶供養菩薩化樂諸天善化王以閻浮檀金羅網彌覆世界作諸妓樂雨種種華供養菩薩他化自在諸天子與諸天龍夜叉乾闥婆阿脩羅迦樓羅緊那羅摩睺羅伽人非人等各各施設種種供養自在天子與娑婆世界主大梵天王既見菩薩行詣道場即告一切諸梵天言善男子汝等當知如此菩薩摩訶薩堅固大甲而自莊嚴不違本誓心無猒怠一切菩薩行悉滿足通達教化無量衆生菩薩諸地皆得自在於諸衆生其心清淨善知根性通達如來甚深密藏過諸魔事一切善根不隨外緣無量諸佛之所擁護能爲衆生開解脫門大將導師摧伏諸魔大千世界獨爲勇猛善施法藥爲大醫王解脫灌頂受法王位放智慧光世間八法所不能染如大蓮華通達一切諸陀羅尼甚深如海安住不動如須彌山智慧清淨無有垢穢如摩尼珠於一切法而得自在清淨梵行善男子菩薩摩訶薩修般若波羅蜜以方便力行詣道場欲降惡魔坐菩提樹爲成就十力四無畏十八不共法轉大法輪作師子吼以法布施令諸衆生皆悉飽滿爲欲清淨衆生法眼無上正法降伏外道欲示諸佛本願成就於一切法而得自在善男子汝等可往供養菩薩舍利弗菩薩摩訶薩行般若

波羅蜜以方便力示現行詣道場足下即現千輻輪相微妙光明一切地獄畜生餓鬼遇斯光明皆悉離苦而得安樂及照龍宮時有迦梨迦龍王遇此光明即告諸龍此金色光來照龍宮悉令汝等身心安樂我於過去曾見此相有佛出興今此光明如昔不異當知必有佛出世間可辦種種燒香塗香末香金銀真珠硨磲碼碯珊瑚白玉旛華幢蓋作諸音樂往詣菩薩宮中好物悉賫供養時迦梨迦龍王與諸眷屬普興大雲降注香雨往詣菩薩作諸妓樂施設供養右繞菩薩而讚歎言金色光明令人喜悅決定最勝佛出無疑種種雜寶莊嚴大地凡是因地生諸草木悉變成寶江河皆靜無風浪聲推如此瑞佛出無疑釋梵日月光明不現惡趣清淨佛出無疑譬如有人少失父母年既長大忽然還得心甚歡喜一切世間覩佛興出亦復如是我等已曾供養過去諸佛世尊今值法王人中師子則我受生為不空過舍利弗菩薩摩訶薩行般若波羅蜜以方便力取草敷座於菩提樹右繞七帀正念端坐下劣眾生見如此相舍利弗復有高行諸大菩薩見八萬四千天子敷八萬四千大師子座眾寶合成七寶羅網彌覆其上四角金鈴處處皆有旛華幢蓋繒綵羅列爾時菩薩遍此八萬四千座上一一皆坐而諸天子自不相見各謂菩薩獨坐我座成阿耨多羅三藐三菩提以是因緣心生歡喜得未曾有皆證阿鞞跋致舍利弗菩薩摩訶薩行般若波羅蜜以方便力即放眉間白毫相光照諸魔宮三千大千世界一

切魔宫皆失光明時諸魔等各作是念以何因緣我等諸宫光明不現詎非菩薩坐於道場證阿耨多羅三藐三菩提乎即共觀察方見菩薩端坐道場菩提樹下時諸惡魔於自宫殿聚集魔軍無量千億種種諸色種種衆形種種相貌種種頭面持種種仗種種幢旛種種音聲若有聞者耳鼻口中並皆流血菩薩爾時以大悲力令魔軍衆不得出聲舍利弗是名菩薩摩訶薩行般若波羅蜜方便之力舍利弗菩薩行般若波羅蜜以方便力無量億劫行布施持戒忍辱精進禪定智慧慈悲喜捨念處正勤神足根力覺道奢摩他毗婆舍那三明解脱身金色右臂從頂自摩乃至遍身作如是言衆生苦惱我欲拔濟而起大悲爾時魔王及諸眷屬聞菩薩言即皆倒仆菩薩摩訶薩以大悲力令諸魔衆聞空中聲言汝等可歸依持戒力仙能施無畏救護一切衆生魔及眷屬聞此聲已猶伏在地作如是言唯願正士大士救濟我命舍利弗爾時菩薩摩訶薩行般若波羅蜜以方便力放大光明其有遇者皆離怖畏魔及眷屬見是神力恐怖歡喜二事交懷舍利弗菩薩摩訶薩行般若波羅蜜或有衆生見是降魔亦復有人不見此事或有衆生但見菩薩敷草而坐或見菩薩處大師子寶臺而坐或見菩薩在地而坐或見空中自然而有師子之座菩薩安坐或有衆生見阿説他樹爲菩提樹或見波利質多羅樹或見衆寶合成爲菩提樹或有衆生見菩提樹高七多羅樹或有衆生見菩提樹高八萬四千由旬師子之座高四

萬二千由旬或有衆生遥見菩薩遊戲空中或見菩薩坐菩提樹舍利弗菩薩摩訶薩行般若波羅蜜以方便力示現如是種種神變化度衆生舍利弗菩薩摩訶薩行般若波羅蜜以方便力現坐道場十方恒河沙世界無量無邊菩薩摩訶薩皆悉來集住虛空中出是聲言安慰菩薩安樂歡喜善哉速疾勇猛精進大吉祥事勿生怖懼心如金剛遊戲神通利益衆生一念之頃一切智現舍利弗菩薩摩訶薩坐道場時魔來爲亂亦不生瞋一刹那心與般若波羅蜜相應所知見覺無不通達舍利弗時十方恒河沙世界諸佛如來異口同聲讃言善哉大士通達自然智無礙智平等智無師智大悲莊嚴舍利弗菩薩摩訶薩行般若波羅蜜以方便力能作如是種種示現或有衆生見此菩薩今始成道或見菩薩久遠成道或見一世界四天王獻鉢或見十方恒河沙世界四天王獻鉢舍利弗菩薩爾時度衆生故即受衆鉢重疊掌中合而爲一其諸天王各不相見皆謂世尊獨用我鉢舍利弗菩薩摩訶薩行般若波羅蜜以方便力示現此事說是法門時衆中三萬菩薩摩訶薩得無生法忍三萬六千菩薩皆不退轉阿耨多羅三藐三菩提八萬人天得遠塵離垢法眼淨無量無邊衆生發阿耨多羅三藐三菩提心舍利弗復有六萬天子先來獻供過去願力若菩薩成道必願先受我等供養爾時菩薩摩訶薩以般若波羅蜜方便力故示現欲轉法輪娑婆世界主尸棄梵王與六十八萬梵天來世尊所頭面作禮右繞七

帀而發是言唯願大悲轉無上法輪唯願大悲轉無上法輪爾時即現大師子座高四萬二千由旬種種莊嚴堅固安隱十方無量釋提桓因悉爲如來敷師子座亦復如是爾時菩薩以神通力一一諸天各見菩薩坐其座上而轉法輪菩薩摩訶薩既坐此座十方無量無邊世界皆悉震動放大光明即入無邊境界三昧十方恒河沙世界一切衆生三惡道苦即得安樂悉離三毒各各相於猶如毋子無復惡心時此三千大千世界靡有間隟如一毛孔天龍夜叉乾闥婆阿脩羅迦樓羅緊那羅摩睺羅伽人非人等悉滿其中若有衆生應以苦法而受化者聞佛說苦應以無我空寂靜離無常皆亦如是應以如幻法而受化者聞說如幻應以如夢水中月如影如響皆亦如是應以空無相無願而受化者即聞佛說空無相無願法或聞如來說一切法從因緣生或聞說諸陰或聞說諸界或聞說諸入或聞說苦聲或聞說集聲或聞說滅聲或聞說道聲或聞說念處或聞說正勤或聞說神足或聞說根或聞說力或聞說覺或聞說道或聞說奢摩他或聞說毗婆舍那或聞說辟支佛法或聞說大乘法舍利弗菩薩摩訶薩行般若波羅蜜以方便力示現種種轉法輪令無量衆生隨其根性歡喜利益爾時舍利弗白勝天王言菩薩摩訶薩行般若波羅蜜以方便力甚深境界難知難思量難入爾時勝天王答舍利弗言菩薩摩訶薩行般若波羅蜜功德勝事我今所說百分不及一百千萬億分乃至筭數譬喻亦不及一唯有

如來乃能盡說我今所說其少分者皆承如來威神之力何以故諸佛境界一生補處菩薩摩訶薩尚不能盡況餘菩薩舍利弗諸佛境界寂靜無說後無分別智之所能了舍利弗菩薩摩訶薩欲入諸佛境界應學般若波羅蜜首楞嚴三昧如幻三昧金剛喻三昧金剛三昧不動意三昧遍通達三昧不緣境界三昧師子自在三昧三昧王三昧功德莊嚴三昧寂靜意三昧超出三昧無著三昧意莊嚴王三昧無等等三昧等覺三昧正覺三昧悅意三昧歡喜三昧清淨三昧火焰三昧光明三昧難勝三昧常現前三昧不相近三昧無生三昧通達三昧最勝三昧過魔界三昧一切智意三昧幢相三昧大悲三昧歡喜三昧愛念三昧不見法三昧舍利弗菩薩摩訶薩行般若波羅蜜以方便力通達如是等無量無邊百千億恒河沙數諸三昧已乃能得入諸佛境界其心安隱恐怖悉無如師子王不畏禽獸何以故菩薩摩訶薩修如是等諸三昧已有所經遊悉無怖畏不見其前有一怨敵何以故舍利弗菩薩摩訶薩行般若波羅蜜以方便力心無所緣亦無所住譬如有人生無色界八萬四千劫中唯是一識無有住處亦無所緣菩薩摩訶薩行般若波羅蜜亦復如是心無住處亦無所緣何以故心不行無行處心無想無想處心不緣無緣處心不著無著處心不亂無亂處心無高下心不隨順又不違逆不喜不憂無分別離分別離奢摩他毗婆舍那心不隨智心不自住亦不住他不依眼住不依耳鼻舌身意住不依色

住不依聲香味觸法住心不在內亦不在外心不緣法心不緣智不住過去未來現在舍利弗菩薩摩訶薩行般若波羅蜜不取一法於一切法知見無礙心行淨故見一切法皆悉無垢不取見相見不分別離諸戲論舍利弗菩薩摩訶薩行般若波羅蜜不與肉眼相應不與天眼相應慧眼法眼佛眼悉不相應不與天耳相應不與他心智相應不與宿命智相應不與神通智相應不與漏盡智相應舍利弗是般若波羅蜜不與一切法相應非不相應菩薩摩訶薩行般若波羅蜜以方便力於一切法得平等智能觀一切衆生心行一切染淨皆如實知於十力四無畏十八不共法佛一切智咸不失念菩薩摩訶薩行般若波羅蜜以無功用心通達一切法無心意識常在寂靜三昧之中不捨三昧教化衆生施作佛事無有休息於諸佛法得無礙智心無染著舍利弗譬如化佛更化作佛彼所化者無心意識無身身業無口口業無心心業而能施作一切佛事利益衆生何以故佛神力故舍利弗菩薩摩訶薩從般若波羅蜜所化亦復如是無身身業無口口業無意意業以無功用心常作佛事利益衆生何以故菩薩摩訶薩行般若波羅蜜通達一切法猶如幻相心無分別而諸衆生恒聞說法舍利弗菩薩摩訶薩如是智慧不住有爲不住無爲不住諸陰不住界入不住內外不住善法及不善法不住世間及出世間不染不淨不住有漏不住無漏不住過去未來現在不住數緣滅不住非數緣滅舍利弗是菩薩摩訶薩

如是行般若波羅蜜心無所住而能通達一切諸法以無礙智無功用力爲衆生說常在寂靜而教化事無有休息舍利弗菩薩摩訶薩宿願強故無功用心爲人說法舍利弗菩薩摩訶薩以般若波羅蜜方便力故無諸怖畏何以故執金剛神常守護故若行若立若坐若卧恒不遠之舍利弗菩薩摩訶薩聞說深般若波羅蜜心不驚不怖不疑不悔當知是人已得受記何以故信受般若波羅蜜近佛境界故以此一心則能通達一切佛法達佛法故利益衆生不見衆生與佛法異何以故理無二故

勝天王般若波羅蜜經卷第四

音釋

很戾 很下懇切很戾不聽從也 盲瞎 盲眉庚切目無童子也瞎呼八切目盲也 傴 傴委羽切傴僂也 裸 裸魯果切赤體也 薯蕷 薯音署蕷音蕷山藥名 尼連禪 梵語也此云有金亦云不樂著河名也 搆 古候切搆取牛乳也 仆 敷救切頓仆也

勝天王般若波羅蜜經卷第五

陳優禪尼國王子月婆首那譯

無所得品第八

爾時衆中有一菩薩摩訶薩名須眞胝白勝天王言如來爲大王受記乎勝天王荅善思惟菩薩言善男子我受記如夢相又問大王如此受記當得何法荅言善男子佛授我記竟無所得又問無所得者爲是何法荅曰不得衆生壽者人養育陰界入悉無所得若善不善若染若淨若有漏若無漏若世間若出世間若有爲若無爲若生死若涅槃悉無所得又問若無所得用受記爲荅曰善男子無所得故則得受記又問若如大王所說義者則有二智一無所得二得受記荅曰若有二者則無受記何以故佛智無二諸佛世尊以不二智授菩薩記又問若智不二云何而有授記得記荅曰得記授記其際不二又問不二際者云何有記荅曰通達不二際即是受記又問大王住何際中而得受記荅曰住我際得受記住衆生際壽命際人際得受記又問我際當於何求荅曰當於如來解脫際求又問如來解脫際復於何求荅曰當於無明有愛際求又問無明有愛際當於何求荅曰當於畢竟不生際求又問畢竟不生際當於何求荅曰當於無知際求又問無知者爲無所知云何於此際求荅曰若有所知求不可得以無知故於此際求又問此際無言云何可求荅曰以言語斷是故可求又問云何言語斷荅曰諸法依義不依語又問云何依義荅曰不見義相又問云何不見荅曰不生分

別義是可依我爲能依無此二事故名通達又問若不見義此何所求荅曰不見不取故名爲求又問若法可求即是有求荅曰不爾夫求法者是無所求何以故若是可求則爲非法又問何者是法荅曰法無文字亦離言語又問離文言中何者是法荅曰文言性離心行處滅是名爲法一切諸法皆不可說其不可說亦不可說善男子若有所說即是虛妄中無實法又問諸佛菩薩常有言說皆虛妄乎荅曰諸佛菩薩從始至終不說一字云何虛妄又問若有所說云何過咎荅曰謂言語過又問言語何咎荅曰謂思量過又問何法無咎荅曰無說所說不見二相是則無咎又問過何爲本荅曰能執爲本又問執何爲本荅曰著心爲本又問著何爲本荅曰虛妄分別又問虛妄分別以何爲本荅曰攀緣爲本又問何所攀緣荅曰緣色聲香味觸法又問云何不緣荅曰若離愛取則無所緣以是義故如來常說諸法平等說此法門時衆中五千比丘得遠塵離垢法眼淨一萬二千菩薩得無生法忍無量無邊衆生發阿耨多羅三藐三菩提心爾時勝天王即從座起偏袒右肩右膝著地合掌向佛頭面作禮而白佛言世尊善男子善女人聞是般若波羅蜜云何未發阿耨多羅三藐三菩提心者即能發心皆悉成就得不退轉行常勝進而無墮落佛告勝天王言大王諦聽善思念之當爲王說善男子善女人聞般若波羅蜜行得勝進無有退墮勝天王言善哉世尊唯然願聞佛告勝天王言大王若善男子善女人聞般若

波羅蜜以清淨意發阿耨多羅三藐三菩提心具足正信親近賢聖樂聞正法遠離嫉妬無有慳悋常修寂靜好行布施心無隔礙恒離穢濁正信業果心不疑惑知黑白報設爲身命不應作者終不爲之大王善男子善女人如是行般若波羅蜜則遠離殺生不與取邪婬妄語兩舌惡口綺語貪瞋邪見心常繫念此十善法大王善男子善女人行般若波羅蜜以方便力若見沙門婆羅門正行精進戒品清潔多聞解義常起正念心性調伏寂靜不散口恒愛語遠離諸惡不善之法修習衆善不自矜高於他不下不作惡口及無義語不捨念處其心調直能斷有流善拔毒箭捨離重擔超出有難已度後有大王善男子善女人行般若波羅蜜若見如是菩薩摩訶薩則應親近依止是人爲善知識菩薩摩訶薩以方便力而爲說法善男子施得大富持戒生天聽法大智又復告言此是布施是布施報此是持戒是持戒報此是忍辱是忍辱報此是精進是精進報此是禪定是禪定報此是般若是般若報此是愚癡是愚癡報是身善業身善業報是身惡業身惡業報是口善業口善業報是口惡業口惡業報是意善業意善業報是意惡業意惡業報諸善男子善女人此法應作此不應作若如是修致長夜樂不如是作得長夜苦大王善男子善女人以方便力親近善知識得聞如是次第說法菩薩摩訶薩若知彼人是法器者則應爲說甚深般若波羅蜜所謂空無相無願無作無生無滅無我無衆生無命無人而說甚深

因緣法因此法生彼法生此法滅彼法滅所謂無明緣行行緣識識緣名色名色緣六入六入緣觸觸緣受受緣愛愛緣取取緣有有緣生生緣老死憂悲苦惱無明滅則行滅行滅則識滅識滅則名色滅名色滅則六入滅六入滅則觸滅觸滅則受滅受滅則愛滅愛滅則取滅取滅則有滅有滅則生滅生滅則老死憂悲苦惱滅大王菩薩摩訶薩行般若波羅蜜以方便力作如是說於真實中無有一法可生可滅何以故世間諸法皆因緣生無我作者因緣和合無一實法受生滅者虛妄分別於三界中但有假名隨業煩惱而受果報若以般若波羅蜜如實觀察一切諸法無生無滅無作受者若法無作是亦無行則於諸法心無所著謂不著色受想行識不著眼色識不著意法識大王菩薩摩訶薩作如是說一切諸法自性空離不取不著善男子善女人因如是說則無退失大王菩薩摩訶薩行般若波羅蜜樂見諸佛樂聞正法不墮卑賤在所生處不離見佛聽受正法供養衆僧面見諸佛勇猛精進志求正法不著有爲妻子僕隸生生所資悉不貪著不染諸欲常依正教憶念諸佛離俗出家如聞修行轉爲他說心無求望見聽法衆常生大慈一切衆生而起大悲多聞廣學不惜身命少欲知足常樂遠離但採義理不滯言辭說法修行不爲自身唯化衆生得無上樂所謂佛智大王菩薩摩訶薩行般若波羅蜜如是修行遠離放逸攝護諸根若眼見色不著色相如實觀察此色過患耳聲鼻香舌味身觸意法亦爾

若縱諸根名爲放逸若能攝護名不放逸菩薩摩訶薩行般若波羅蜜調伏自心將護他意名不放逸遠離貪欲心順善法覺觀瞋癡不善根本身惡口惡及以邪念一切不善皆悉遠離名不放逸菩薩摩訶薩行般若波羅蜜心常正念名不放逸大王菩薩摩訶薩行般若波羅蜜一切諸法信爲其首正信之人不生惡趣心不行惡聖人所讚大王菩薩摩訶薩行般若波羅蜜如法修行在在生處常得值佛遠離二乘安住正道得大自在成就大事如來正智菩薩摩訶薩行般若波羅蜜欲求安樂當勤隨順薩婆若路大王今此大衆得聞深般若波羅蜜已於過去無量百千萬劫供養諸佛修習善根是故應當勤加精進勿令退失大王若天若人能制諸根不著五欲遠離世間常修出世三業清淨習助道法名不放逸大王菩薩摩訶薩行般若波羅蜜正信具足心不放逸勤修精進令得勝法名不放逸大王菩薩摩訶薩欲具正信心不放逸精進正念當學般若波羅蜜因是念智能速成就阿耨多羅三藐三菩提法大王菩薩摩訶薩行般若波羅蜜具足正信心不放逸勤修精進即得正念用是念智知有知無云何有無若修正行得正解脫是名爲有若修邪行得正解脫是名爲無眼耳鼻舌身意世諦爲有真實中無菩薩摩訶薩勤修精進能得菩提是名爲有懶惰菩薩得菩提者是名爲無若說五陰皆從虛妄顛倒而生是名爲有若謂世法不從因緣自然生者是名爲無色是無常苦敗壞法是名爲有若言常樂

非敗壞法是名爲無受想行識亦復如是無明緣行是名爲有若離無明而行生者是名爲無行緣識乃至生緣老死憂悲苦惱皆亦如是施得大富是名爲有施得貧窮是名爲無清淨持戒得生善道是名爲有若生惡趣是名爲無乃至般若波羅蜜能得成聖是名爲有修行般若波羅蜜作凡夫者是名爲無若修多聞能得大智是名爲有得愚癡者是名爲無若修正念能得出離是名爲有不得爲無若行邪念不得出離是名爲有得者爲無無我我所能得解脫是名爲有有我我所而得解脫是名爲無若言虛空遍一切處是名爲有五陰中我是名爲無如實修智能得解脫是名爲有若著邪智而得解脫是名爲無若離我見衆生見壽者見人見能得空智是名爲有著我衆生壽者人見能得空智是名爲無大王菩薩摩訶薩行般若波羅蜜如是知世有無能修平等了知諸法因緣而生世諦故有不起常見知因緣法本性自空不生斷見於諸佛教如實通達大王諸佛如來略爲菩薩說是四法世間沙門婆羅門及長壽天心皆著常爲破此執說行無常有諸天人多貪著樂爲破此計說一切苦外道邪見著身中我爲破此執而說無我又復爲破增上慢人是故而說涅槃寂靜說無常者令其志求究竟之法爲說苦者令離願求說無我者爲顯空門說寂靜者令達無相大王菩薩摩訶薩行般若波羅蜜如是修學於諸善法終無退墮速成阿耨多羅三藐三菩提爾時勝天王白佛言世尊菩薩摩訶薩行般若波

羅蜜修何等行擁護正法佛告勝天王言大
王菩薩摩訶薩行般若波羅蜜行不違言敬
重尊長隨順正法心行調直諸根寂靜遠離
衆惡不善之法修習善根名護正法大王菩
薩摩訶薩行般若波羅蜜修身業慈悲口業
慈悲意業慈悲不求名利持戒清白遠離諸
見名護正法大王菩薩摩訶薩行般若波羅
蜜不隨愛行不隨瞋行不隨癡行不隨畏行
名護正法大王菩薩摩訶薩行般若波羅蜜
修習慚愧名護正法大王菩薩摩訶薩行般
若波羅蜜說法修行悉如所聞名護正法大
王三世諸佛爲護正法是故擁護天王人王
令法久住說是陀羅尼
多姪他　阿吼羅　吼羅婆　底　厚羅挐
莎曰荼　栢栢栢栢栢祢　富挐邏多
叉多叉延多　叉也莎摩　奢摩祢柯羅
甌塿　甌塿婆底杷羅婆底金　阿毗　奢
底　祢莎羅祢　社闍社社摩底　阿婆柂
祢　婆柂跋多　跋多穤莎　履㝹多穤悉
蜜履底　提婆多　穤悉蜜履底
若龍夜叉乾闥婆阿修羅迦樓羅緊那羅摩
睺羅伽一切衆生皆得安隱大王此大神呪
三世諸佛爲護正法擁護天王人王宜應誦
持怨賊惡難魔障正法皆悉消滅諸佛如來
爲令正法久住世故護天人王使其護法說
是般若波羅蜜神呪法門時一切天宮大地
諸山大海皆悉震動衆中八萬衆生發阿耨
多羅三藐三菩提心爾時勝天王以七寶網
彌覆佛上而白佛言世尊菩薩摩訶薩行般
若波羅蜜修何等法於阿耨多羅三藐三菩

提心不移動佛告勝天王言大王菩薩摩訶薩行般若波羅蜜修無礙大慈無猒大悲成辦大事勤加精進學空三昧修平等智以方便力則能通達清淨大智明了如實三世平等無有障礙履三世佛所行之道大王菩薩摩訶薩行般若波羅蜜修如是法於阿耨多羅三藐三菩提心不移動勝天王白佛言世尊菩薩摩訶薩云何行般若波羅蜜聞佛不思議事不怖不畏不驚不悔佛告勝天王言大王菩薩宜應具足般若具足闍那近善知識樂聞深法了知諸法皆悉如幻悟世無常心不住著猶如虛空知一切法生必有滅大王菩薩摩訶薩行般若波羅蜜修如是法聞佛不思議事不怖不畏不驚不悔勝天王白佛言世尊云何菩薩摩訶薩行般若波羅蜜

於一切處而得自在佛告勝天王言大王菩薩摩訶薩行般若波羅蜜修五神通具足無礙諸解脫門四禪四無量心方便般若波羅蜜於一切處而得自在勝天王白佛言世尊菩薩摩訶薩行般若波羅蜜得何等門佛告勝天王言大王菩薩摩訶薩行般若波羅蜜得闍那門能入衆生諸根利鈍得般若門分別句義得陀羅尼門總知一切語言音聲得無礙門說法不盡大王是名菩薩摩訶薩行般若波羅蜜得是諸門勝天王白佛言世尊菩薩摩訶薩行般若波羅蜜得何等力佛告勝天王言大王得寂靜力成就大悲故得精進力成就阿鞞跋致故得多聞力成就大智故得信樂力成就解脫故得修行力成就出離故得忍辱力愛護衆生故得菩提心力斷

除我見故得大悲力教化衆生故得無生忍力成就十力故大王菩薩摩訶薩行般若波羅蜜成就如是等力說是法門時衆中五百菩薩得無生法忍八千天子得阿鞞跋致一萬二千天子得遠塵離垢法眼淨四萬人天發阿耨多羅三藐三菩提心

證勸品第九

爾時佛告勝天王言過去之世阿僧祇阿僧祇劫不可數不可思量此時有佛名功德寳王如來應供正遍知明行足善逝世間解無上士調御丈夫天人師佛世尊國名寳莊嚴劫名善觀時世豐樂無諸疾惱人天往來不相隔礙地平如掌無有山陵塠阜荊棘生諸細草柔輭青紺如孔雀毛長可四寸下足則靡舉步隨昇種種名華須摩那華占蔔伽華及餘輭草皆悉周遍不寒不熱四時調和純青瑠璃以成其地世界衆生心性柔善制伏三毒不隨之行時功德寳王佛有聲聞衆一萬二千那由他人菩薩摩訶薩衆六十二億人時人壽命三十六億那由他歲或復中夭有一國土名無垢莊嚴其城南北廣一百二十八由旬東西八十由旬十千園苑以爲嚴飾十千小國周遍圍遶轉輪聖王名曰治世七寳具足王四天下已曾供養無量諸佛深種善根不退阿耨多羅三藐三菩提心有四園苑妙華莊嚴功德悅意孔雀遊戲四時適樂城壁厚十六由旬門堞樓觀悉用七寳有四大池皆廣半由旬七寳爲岸閻浮檀金以成階道底布金沙池中之水具八功德生寳蓮華鳧鴈鵝鵠鴛鴦猩猩遊戲其中岸列諸

樹白檀赤檀尸梨沙等上有鸚鵡舍利迦鳥翔集遊戲王之内宮七十千人相貌端正承事寶女咸悉發心向阿耨多羅三藐三菩提王有千子大力勇健能摧怨敵具二十八大丈夫相莊嚴其身悉已發心向阿耨多羅三藐三菩提爾時功德寶王如來與無量天龍夜叉乾闥婆阿脩羅迦樓羅緊那羅摩睺羅伽人非人等前後圍遶入無垢莊嚴大城治世聖王即與七寶千子宮人奉迎世尊施設種種微妙供養爾時世尊及諸大衆受供養已還歸本處王與七寶千子内人出城奉送亦即還宮時治世王忽自歎曰人身無常富貴如夢諸根不缺正信甚難值佛聞法如優曇華時彼千子知其父王戀仰世尊樂聞正法即爲營造牛頭栴檀七寶莊嚴妙臺其香一兩直閻浮提此臺東西廣十由旬南北十三由旬四角大柱衆寶莊嚴十千寶輪諸子將送奉獻聖王時王受已而讚歎曰善哉諸子我欲詣佛聽受正法爾時千子於此臺中造師子座安處聖王及諸宮人其臺四邊懸繒旛蓋覆七寶網角垂金鈴種種諸華占蔔迦華須摩那華優鉢羅華拘物頭華芬陀利華迦摩羅華而散臺上燒無價香泥香塗之末香以散爾時千子共捧此臺人各一輪飛騰虛空猶如鵝王往詣佛所安庠不搖至地徐下即到佛前頭頂禮足右遶世尊及諸大衆凡七帀已退立一面爾時聖王及諸宮人從寶臺下王脫寶冠各脫華屣至世尊前頂禮佛足右遶世尊及諸大衆凡七帀已退坐一面爾時寶莊嚴王佛即告之言聖王今來

聽正法乎爾時治世聖王即從座起齊整衣服頭頂禮足而白佛言世尊所說正法何者是乎爾時世尊讚治世王言善哉善哉能爲利益無量天人作是深問如來應供正遍知當爲大王分别解說治世聖王即白佛言世尊唯然願聞爾時佛告治世聖王言大王菩薩摩訶薩行般若波羅蜜通達一切法名爲正法所謂四念處四正勤四如意足五根五力七覺分八聖道分空無相無願通達平等名爲正法治世聖王白佛言世尊菩薩摩訶薩云何行般若波羅蜜於大乘中恒得勝進而不退墮佛告治世聖王言大王菩薩摩訶薩行般若波羅蜜因正信故而得勝進何者正信知一切法不生不滅自性寂静常能親近正行之人不應作法終不造作心離散亂聽受正法不見說者不見我聽勤修精進令得神通身心輕舉教化衆生不見我有神通能化衆生受化何以故大王菩薩摩訶薩行般若波羅蜜不見我不見衆生二處平等則得勝進而不退墮大王菩薩摩訶薩行般若波羅蜜攝護諸根不令取著一切資生起無常想知法寂静命如假借大王菩薩摩訶薩如是行般若波羅蜜於大乘中心不放逸大王菩薩摩訶薩行般若波羅蜜於其夢中尚不忘失菩提之心教化衆生令修佛道一切善根迴向阿耨多羅三藐三菩提見佛神力歡喜讚歎大王菩薩摩訶薩如是行般若波羅蜜則能速成阿耨多羅三藐三菩提是故大王當勤精進莫生放逸菩薩摩訶薩欲求法者勿著五欲大王一切凡夫於欲無猒得

聖智者則能捨棄人身無常壽命短促是故大王應離世間求出世道大王今者供養如來所得善根應作如是四種迴向自在無盡法無盡智無盡辯才無盡此四迴向與般若波羅蜜相應皆悉無盡大王菩薩摩訶薩行般若波羅蜜應淨身口意戒何以故為得聞思修故以方便力教化衆生以般若力降伏諸魔願力成就行不違言爾時治世轉輪聖王聞佛所說甚深般若波羅蜜心生歡喜得未曾有即取寶冠自解瓔珞供養如來捨四天下皆以奉佛作如是願常修梵行學此甚深般若波羅蜜以決定心趣向阿耨多羅三藐三菩提王宮女人聞佛說法皆生歡喜發菩提心脫上分衣及寶瓔珞供養如來治世聖王即捨寶臺以奉上佛而求出家爾時功德莊嚴王佛讚治世轉輪聖王言善哉善哉大王今日所行不違昔願大王善修布施持戒忍辱精進禪定智慧過去諸佛已修此法得成佛道未來諸佛亦修此法當得成佛爾時治世聖王白佛言世尊菩薩摩訶薩修行布施為與般若波羅蜜異不佛告治世聖王言大王夫布施者若無般若波羅蜜但名為檀非波羅蜜以般若波羅蜜故乃得名為檀波羅蜜持戒忍辱精進禪定智慧亦復如是何以故般若波羅蜜性平等故功德莊嚴故佛說是法時治世聖王得無生法忍佛告勝天王言菩薩摩訶薩行般若波羅蜜應如彼王爾時治世轉輪聖王即然燈佛是其王千子賢劫千佛是爾時勝天王白佛言世尊云何菩薩摩訶薩行般若波羅蜜修學速成阿

耨多羅三藐三菩提道佛告勝天王言大王菩薩摩訶薩行般若波羅蜜修習大慈於諸衆生不起惱心具足勤行諸波羅蜜及以四攝四無量心助菩提法修學神通了達優波憍舍羅一切善法無不修滿如是行者則能速成阿耨多羅三藐三菩提大王菩提道者所謂信心清淨心離諂曲心行平等心施無畏心令諸衆生咸悉親附勤行布施果報不盡堅持淨戒而無障礙修行忍辱離諸瞋惱勤加精進修行則易以有禪定不起散亂具足般若能善通達有大悲故終無退轉有大喜故能悅彼心修行大捨不起分別無三毒故離諸棘刺不著色聲香味觸故滅諸戲論無煩惱故遠離怨敵捨二乘念其心廣大具一切智能出衆寶大王菩薩摩訶薩行般若波羅蜜如是學者速成阿耨多羅三藐三菩提爾時勝天王白佛言世尊菩薩摩訶薩行般若波羅蜜現何色貌教化衆生佛告勝天王言菩薩摩訶薩行般若波羅蜜示現色形無有定相何以故隨諸衆生心之所樂即見菩薩色貌如是或現金色或現銀色或玻瓈色或瑠璃色或碼碯色或硨磲色或真珠色青色黄色赤色白色或日月色火色焰色帝釋色梵王色霜色雌黄色朱色占蔔迦色須摩那色婆利師迦色波頭摩色拘物頭色芬陀利色功德天色鵝色孔雀色珊瑚色如意珠色虚空色天見是天人見是人大王十方恒河沙世界中一切衆生色形相貌菩薩摩訶薩悉現如是何以故菩薩摩訶薩行般若波羅蜜不捨一切衆生故遍能攝取何以故

一切眾生心各不同是故菩薩種種示現何以故菩薩摩訶薩過去世中有大願力隨諸眾生心所樂見而受化者即為示現所欲見身大王如淨明鏡本無影像隨諸外色若好若醜種種悉現亦不分別我體明淨能現眾色菩薩摩訶薩行般若波羅蜜亦復如是無功用心隨眾生樂種種示現悉令悅彼而不分別我能現身大王菩薩摩訶薩行般若波羅蜜於一座中隨諸聽眾或見菩薩說法或見佛說法或見辟支佛說法或見聲聞說法或見帝釋或見梵王或見摩醯首羅或見韋紐天或見四天王或見轉輪聖王或見沙門或見婆羅門或見剎利或見毗舍首陀或見居士或見長者或見坐寶臺中或見坐蓮華上或見行在地上或見飛騰虛空或見說法或入三昧大王菩薩摩訶薩行般若波羅蜜為度眾生無一形相及一威儀不示現者大王般若波羅蜜無形無相猶如虛空遍一切處譬如虛空無諸戲論般若波羅蜜亦復如是過諸語言又如虛空世所受用般若波羅蜜亦復如是一切凡聖之所受用又如虛空無有分別般若波羅蜜亦復如是無分別心譬如虛空容受眾色般若波羅蜜亦能容受一切佛法譬如虛空能現眾色般若波羅蜜亦復能現一切佛法譬如空中一切草木眾藥華果依之增長般若波羅蜜亦復如是一切善根依之增長譬如虛空非常無常非語言法般若波羅蜜亦復如是非常無常悉離言語大王世間沙門婆羅門若釋若梵無能思量般若波羅蜜者大王般若波羅蜜無有

一法可爲譬喻若善男子善女人信受般若波羅蜜者所獲功德不可思量若此功德有色形者空界不容何以故般若波羅蜜出生世間及出世間一切善法若人若天若天人王若須陀洹向須陀洹果乃至阿羅漢向阿羅漢果辟支佛道菩薩十地十波羅蜜諸佛阿耨多羅三藐三菩提一切種智十力四無畏十八不共法皆從般若波羅蜜生說是法門時衆中五萬菩薩摩訶薩得不退轉一萬五千天子得無生法忍一萬二千天人遠塵離垢得法眼淨恒河沙數衆生發阿耨多羅三藐三菩提心諸天空中作衆妓樂不鼓自鳴散衆天華供養如來般若波羅蜜天龍夜叉乾闥婆阿修羅迦樓羅緊那羅摩睺羅伽人非人等散種種華及諸寶物供養世尊般若波羅蜜異口同音一時讚曰善哉善哉世尊快說般若波羅蜜

勝天王般若波羅蜜經卷第五

音釋

須眞牴梵語也此云善思惟牴張尼切　矜居陵切驕矜自負也　柘之夜切　遒初救切　甌摟摟郎卜切　糯奴兜切　韋紐梵語亦云毗紐此云遍勝紐女九切　毗舍梵語亦言吠舍此云坐估四大姓之一即商賈種也　首陀梵語亦云戍達羅四大姓之一即農田種也

勝天王般若波羅蜜經卷第六

陳優禪尼國王子月婆首那譯

述德品第十

爾時文殊師利菩薩摩訶薩即從座起偏袒右肩右膝著地合掌向佛頭面作禮而白佛言世尊菩薩摩訶薩於幾劫數行般若波羅蜜供養幾佛而能如是對揚如來說甚深般若波羅蜜如勝天王爾時佛告文殊師利菩薩摩訶薩善男子如此之事不可思量若非無數百千億劫修習衆行種善根者則不聞是般若波羅蜜名善男子十方恒河沙世界中諸恒河沙數尚可知是菩薩摩訶薩幾劫行般若波羅蜜供養幾佛數不可知文殊師利過去無量無邊阿僧祇不可思議劫爾時有佛名曰多聞如來應供正遍知明行足善逝世間解無上士調御丈夫天人師佛世尊國名曰光劫名增上時多聞佛爲諸菩薩摩訶薩說清淨法門諸善男子勤修精進莫顧身命時彼會中有一菩薩摩訶薩名曰進力即從座起偏袒右肩右膝著地合掌向佛頭面作禮而白佛言世尊所說勤修精進莫顧身命如我解佛所說義者菩薩摩訶薩應當懈怠爾乃速成阿耨多羅三藐三菩提何以故菩薩摩訶薩若勤精進是則不能久住生死菩薩摩訶薩行般若波羅蜜斷伏煩惱久住生死終無自度速證涅槃不化衆生世尊菩薩摩訶薩處生死中用之爲樂不以涅槃而爲樂也何以故世尊菩薩摩訶薩利益衆生以之爲樂隨彼所樂即用方便說種種法令得安樂若證漏盡不能利益一切衆生世

尊是故菩薩觀察生死起大悲心不捨衆生成就本願世尊菩薩摩訶薩具方便力久住生死得見無量無邊諸佛及聞無量無邊正法教化無量無邊衆生是故菩薩摩訶薩不猒生死不樂涅槃世尊菩薩摩訶薩若觀生死而起驚怖則墮非道不能利益一切衆生通達如來甚深境界云何非道所謂貪樂聲聞辟支佛地於諸衆生無大悲心何以故聲聞辟支佛道即非菩薩摩訶薩道何以故聲聞縁覺怖畏生死求速出離功德智慧則不具足以是義故非菩薩道爾時多聞世尊讃進力菩薩摩訶薩言善哉善哉善男子如汝所説菩薩摩訶薩應修自行勿習非道進力菩薩白佛言世尊何者是菩薩摩訶薩自所行道爾時多聞世尊告進力菩薩摩訶薩言善男子菩薩摩訶薩成就一切功德智慧以大悲力不捨衆生遠離聲聞辟支佛地得無生智不捨三有心無求望而增善根方便修行諸波羅蜜以智慧力無分別心生諸善根成就盡智無量功德無一法生方便現生無一衆生方便教化知一切法皆自性離觀諸佛國猶如虚空而以方便嚴淨佛土知一切佛法身無像方便示現相好莊嚴隨諸衆生心所須欲即能應與菩薩身心常寂靜離而爲衆生種種説法亦以方便遠離喧撓修諸禪定知自性空悉能通達甚深智慧而以方便爲他説法不證聲聞辟支佛果求佛解脱不捨菩薩一切道行善男子是名菩薩摩訶薩道文殊師利進力菩薩從多聞世尊聞説菩薩所行境界得未曾有即白佛言希有世

尊如我解佛所說義者菩薩摩訶薩具足方便一切諸法無非其道世尊譬如虛空悉能容受一切衆色如是菩薩具足方便所行之道攝一切法又如虛空樹木藥草果樹香樹因之增長如是諸物不染虛空亦不能淨不能令瞋亦不令喜如是菩薩摩訶薩有方便般若波羅蜜緣一切法皆悉是道若凡夫法若學人法辟支佛法若菩薩法若如來法何以故菩薩摩訶薩悉通達故又譬如火若遇樹木竹草必無退還是等草木皆利益火發其光明諸法亦爾悉是菩薩摩訶薩道譬如金剛自體堅密刀不能斫火不能燒水不能爛毒不能害菩薩摩訶薩方便智慧聲聞緣覺及諸外道一切煩惱所不能壞世尊如清水珠若在濁水即爲之清菩薩摩訶薩般若波羅蜜珠能使一切衆生煩惱悉得清淨世尊譬如妙藥珠寶毒不共居能消衆毒菩薩摩訶薩行般若波羅蜜方便不與一切煩惱共俱悉能斷滅世尊以是因緣一切諸法皆是菩薩摩訶薩道文殊師利進力菩薩說是法門時衆中八千菩薩發阿耨多羅三藐三菩提心二百菩薩得無生法忍文殊師利過去多聞佛所進力菩薩今勝天王是爾時文殊師利菩薩白佛言世尊云何菩薩摩訶薩行般若波羅蜜得堅固力擁護正法佛告文殊師利菩薩言善男子菩薩摩訶薩寧棄身命不捨正法於他卑恭不起憍慢無勢力人之所恥辱其心能忍飢渴衆生即便惠施最勝飲食在厄難者施其無畏於諸疾病如法療治貧窮衆生令豐財寶諸佛塔廟白灰泥

塗惡事則掩光揚善事苦惱衆生則施安樂文殊師利菩薩摩訶薩行般若波羅蜜修如是行得堅固力擁護正法文殊師利菩薩白佛言世尊菩薩摩訶薩行般若波羅蜜云何能調伏心佛告文殊師利菩薩言菩薩摩訶薩行般若波羅蜜不濫他事先思後行心性調直離諂曲行不自矜高意常柔輭文殊師利菩薩摩訶薩如是行者能調伏心文殊師利菩薩白佛言世尊菩薩摩訶薩行般若波羅蜜修是等行當生何道佛告文殊師利菩薩言菩薩摩訶薩如是行般若波羅蜜者或生天中或生人中若生天中則爲帝釋值佛出世或大梵王娑婆國主值佛出世若生人中作轉輪聖王長者居士值佛出世文殊師利菩薩摩訶薩調伏心行得如是生文殊師利菩薩白佛言世尊正信流出何法佛告文殊師利菩薩正信流出得善知識世尊布施流出何法佛言流出大富世尊多聞流出何法佛言流出般若波羅蜜世尊持戒流出何法佛言流出一切善道世尊忍辱流出何法佛言流出容受衆生世尊精進流出何法佛言能成就一切佛法世尊思惟流出何法佛言流出寂靜世尊般若流出何法佛言流出離一切煩惱世尊聽法流出何法佛言流出遠離疑網世尊如法問流出何法佛言流出決定智世尊住寂靜流出何法佛言流出禪定及諸神通世尊正修流出何法佛言流出猒離道世尊無常聲流出何法佛言流出無所攝護世尊苦聲流出何法佛言流出無生世尊無我聲流出何法佛言流出滅我我所

世尊空聲流出何法佛言流出寂靜世尊正念流出何法佛言流出聖正見世尊身心離流出何法佛言流出三昧神通世尊聖道流出何法佛言流出聖果世尊信樂流出何法佛言流出成就諸解脫世尊佛生流出何法佛言流出一切助菩提法爾時勝天王白佛言世尊云何佛生佛告勝天王言如發菩提心世尊云何發菩提心佛言大王如生大悲世尊云何生大悲佛言不捨一切衆生世尊云何不捨一切衆生佛言如不捨三寶世尊誰不捨三寶佛言無煩惱者爾時勝天王白佛言希有世尊希有修伽陀諸佛世尊如是祕密甚深微妙常說一切法空無生無滅寂靜不破所修善惡果報遠離斷常世尊於世界中頗有衆生聞如是法不起正信敬重之心生毀謗不世尊是等衆生過去之世因由善業得受人身親近惡知識故不信如是甚深之法則爲孤負過去善業諸佛世尊恩德深重假使自割身肉出血供養如來亦不能報以佛恩故我等今日增長善根得大法樂住大自在世尊菩薩摩訶薩行般若波羅蜜應知佛恩近善知識當學佛行令得佛果說是法時衆中二萬五千菩薩得無生法忍四萬五千人天發阿耨多羅三藐三菩提心一萬二千天子得遠塵離垢法眼淨

現化品第十一

爾時善思惟菩薩摩訶薩白勝天王言如來所造化佛更能化不爾時勝天王荅善思惟菩薩言令對世尊以爲明證佛所化佛更能化作恒河沙數無量化佛種種色相神通說

法利益衆生善男子諸佛宿世願力清淨故能如是善思惟菩薩白勝天王言大王善説甚深之法諸佛宿世願力清淨唯願大王請佛神力令此般若波羅蜜久住世間無有隱没勝天王荅善思惟菩薩言善男子般若波羅蜜一切諸佛之所護持何以故文字所説般若波羅蜜如是文字不生不盡無有隱没字所顯義亦不生不盡無有隱没善男子諸佛如來甚深般若波羅蜜亦不隱没何以故法不生故若法無生此則無滅即是如來祕密之教若佛出世若佛不出性相常住是名法界亦曰如如名不異際隨順因緣而不違逆是爲正法其性常住無有隱没善思惟菩薩白勝天王言大王能護正法是何等人勝天王荅善思惟菩薩言善男子若不違逆一切法者名護正法何以故無有諍論不違道理名護正法又問云何不違道理荅曰若順文字不違道理無所諍論名護正法何以故世間凡夫皆著諸見順道理者則常説空是故世間而起諍論如是凡夫愛重有法順道理者於此則輕世間説有常樂我淨順道理者説無常苦不淨無我是故世間而生諍論善男子一切凡夫順世間流順道理者逆世間流是故世間則生諍論一切凡夫著陰界入順道理者説一切法悉無所著是故世間而起諍論善男子隨順世者不行道理順道理者與世相違善思惟菩薩白勝天王言大王今者取何等法勝天王荅善思惟菩薩言我不取人不取法又問云何不取荅曰我離衆生離法離是離悉不可得過去未來現在

離離不可得諸佛離諸佛不離佛國土離國土不離法離法不離善男子如是之行名順道理無取不取爾時善思惟菩薩讚勝天王言善哉大士善哉正士能說如是甚深般若波羅蜜無取無著無名無字滅諸戲論離能分別及所思惟爾時衆中有一天子名曰賢德即從座起偏袒右肩右膝著地合掌向佛頭面作禮而白佛言世尊如勝天王所說無分別者爲是何法佛告賢德天子言無分別法即是寂靜何以故取可取無離我我所不起不息是名無分別法善男子菩薩摩訶薩如是觀者能護正法不見能護及以所護說此法時衆中十千比丘心得解脫一千天子得遠塵離垢法眼淨爾時善思惟菩薩白勝天王言何等辯才能如是說甚深之法勝天王荅善思惟菩薩言善男子一切煩惱習性無者所得辯才能如是說過言語道不可名宣第一義智如是辯才能作此說爾時善思惟菩薩問賢德天子言善男子云何無生法中以辯才說爾時賢德天子荅善思惟菩薩言菩薩摩訶薩不住無生無滅法中則無辯才說甚深法何以故遠離戲論不見所緣不見能緣心無所住是故能說不住人法不住此彼唯住清淨第一義諦是故能說爾時善思惟菩薩即白佛言世尊賢德天子甚爲希有乃能通達甚深之法辯才無盡佛告善思惟菩薩言善男子此賢德天子從妙喜世界不動佛所而來至此娑婆世界聽受甚深般若波羅蜜佛復告善思惟菩薩言賢德天子已於過去無量百千億劫修習陀羅尼門窮

劫說法亦無終盡善思惟菩薩白佛言世尊何等陀羅尼佛言善男子名衆法不入陀羅尼善男子此陀羅尼過諸文字言不能入心不能量內外衆法皆不可得善男子無有少法能入此者故名衆法不入陀羅尼何以故此法平等無有高下亦無出入無一文字從外來入亦無一字從此法出又無一字住此法中亦無文字共相見者亦不分別法與非法是諸文字說亦不滅不說無增從本以來無起造者無壞滅者善男子如文字心亦如是如心一切法亦如是何以故法離言說亦離思量本無生滅故無出入是名衆法不入陀羅尼若能通達此法門者辯才無盡何以故通達不斷無盡法故善男子能入虛空者則能入此陀羅尼門善男子菩薩摩訶薩能通達此陀羅尼門心得清淨身口亦爾所行附理般若堅固一切衆魔無有能亂一切外道不敢視瞻一切煩惱莫之能壞身力成就心離怯弱所說無盡能宣甚深一切聖諦智慧多聞猶如大海安住三昧喻須彌山處衆無畏如師子王世法不染猶彼蓮華利益衆生譬之大地洗諸垢穢喻如大水成熟世間以方大火清凉平等能悅衆心類之如月能破諸暗譬其以日摧煩惱怨名爲勇健心性調伏猶如大龍能震法雷大雲爲喻普雨衆法譬之大雨爲諸衆生除煩惱病猶彼良醫以法治世譬如國王能護衆生及護正法等四天王於人天中財富最勝猶如帝釋心得自在譬大梵王自在主領娑婆世界身得無礙如迦樓羅鳥教示衆生如世間父能出法

寶類毘沙門王能出衆寶功德智慧之所莊嚴衆生見者無不利益諸佛世尊之所稱讚一切天衆咸擁護之善男子菩薩摩訶薩得是衆法不入陀羅尼門種種自在利益衆生方便說法而不窮盡心無疲勸不求名利法施平等無有嫉妬持戒清淨於身口意永無愆失忍辱清淨離諸瞋惱精進清淨所作辦立禪定清淨善調伏心般若清淨悉無疑滯具四無量猶如梵王行諸三昧三摩跋提世間最勝修無上道具諸功德一切智慧受灌頂位說是陀羅尼法門時衆中六萬四千菩薩得不退轉三萬菩薩得無生法忍二萬人天得遠塵離垢法眼淨無量無邊天人發阿耨多羅三藐三菩提心

陀羅尼品第十二

爾時文殊師利菩薩摩訶薩即從座起偏袒右肩右膝著地合掌向佛頭面作禮而白佛言希有世尊如來所說菩薩摩訶薩得是衆法不入陀羅尼所成功德無量無邊爾時佛告文殊師利菩薩言善男子如是功德假使如來百千年說亦復不盡爾時衆中有一菩薩摩訶薩名寂靜意白文殊師利菩薩言菩薩摩訶薩得是陀羅尼爲佛世尊之所讚嘆如此之人善得大利自行化彼皆悉不空爾時文殊師利菩薩荅寂靜意菩薩摩訶薩言善男子第一義中無法可讚無色無相無色相者有何可讚無可讚故於何歡喜寂靜意菩薩白文殊師利菩薩言如我聞佛修多羅中說一切法無我我所無能令喜無能令瞋此法平等菩薩應學譬如大地住在水上若

鑿井池即得水用其不鑿者無由致之如是聖智境界遍一切法若有勤修般若方便即便得之其不修者云何能得是故菩薩欲求菩提不得懈怠若勤精進如是之法則在現前善男子如生盲人不能見色如是煩惱盲諸衆生不能見法如人有眼無外光明不能見色行人如是雖有智慧無善知識不能見法如有天眼不假外明自能見色菩薩摩訶薩入法流者自然勝進如在胎中日日增長而不自見菩薩摩訶薩勤行精進亦不自見衆行增長而能成就一切佛法譬如雪山有藥樹王不枯不折菩薩摩訶薩勤修精進一切衆行不退不失譬如轉輪聖王出現於世則具七寶菩薩摩訶薩發菩提心具七法寶所謂布施持戒忍辱精進禪定智慧及方便力又如轉輪聖王遊四天下於諸衆生其心平等菩薩摩訶薩以四攝法利益衆生亦復如是又如轉輪聖王所在之處則無諍訟菩薩摩訶薩如實說法亦無諍論譬如三千大千世界初成即有須彌山王及以大海菩薩亦爾若發阿耨多羅三藐三菩提心即有般若及以大悲譬如日出其高山者先照光明菩薩摩訶薩得般若炬高行菩薩善根熟者先照其光譬如大地荷負一切華果樹木藥草皆悉平等菩薩摩訶薩得是陀羅尼門於諸衆生其心平等爾時世尊讚寂靜意菩薩摩訶薩言善男子如汝所說善男子菩薩摩訶薩得是陀羅尼門凡有所說一文一字無非佛語善男子此所說法離色聲香味觸何以故非世法故無盡無邊能入一切身心輕

利假使百千佛前說者亦不怯弱何以故此菩薩摩訶薩得佛住持力故心無所著不著我不著衆生不著法即得清淨法界清淨如來清淨實際得法無盡字無盡說無盡即生歡喜得般若故得闍那故無疑網故說是陀羅尼法門時衆中八千菩薩得此衆法不入陀羅尼一萬二千菩薩得不退轉五千菩薩得無生法忍一萬六千天子得遠塵離垢法眼淨無量無邊衆生發阿耨多羅三藐三菩提心爾時世尊告寂靜意菩薩言此陀羅尼能伏衆魔破諸外道及憎嫉法人滅煩惱火然般若燈擁護法師令至涅槃調伏自心善化外衆美身威儀見者歡喜爲正行人平等說法如實觀察衆生根性不前不後說是法時三千大千世界諸須彌山及以大海皆悉震動諸天雨華曼陀羅華摩訶曼陀羅華曼殊沙華摩訶曼殊沙華優鉢羅華拘物頭華芬陀利華迦摩羅華諸天空中作衆音樂不鼓自鳴爾時世尊告寂靜意菩薩言善男子過去之世無量無邊不可數不可數劫有佛出世名曰寶月如來應供正遍知明行足善逝世間解無上士調御丈夫天人師佛世尊國名無毀劫名歡喜聲聞弟子三十二億菩薩摩訶薩無復數量是佛成道無有苦行及降天魔時彼衆中有一菩薩名寶功德辯才巧妙種種說法爾時大衆請佛住世勿入涅槃時寶功德菩薩告大衆言如來世尊無生無滅何用勸請勿入涅槃若虛空入涅槃如來乃入涅槃若實際真如法界不思議界入涅槃如來乃入涅槃何以故如來之法無成

無壞無染無淨非世出世有爲無爲非斷非常假令一口而有十舌是一一舌復生百舌是一一舌復生千舌亦不能說如來成壞寶功德菩薩說是法時八萬六千菩薩得不退轉七千菩薩得無邊功德陀羅尼悅意陀羅尼無礙陀羅尼歡喜陀羅尼大悲陀羅尼月愛陀羅尼月光陀羅尼日愛陀羅尼日光陀羅尼須彌山陀羅尼大海陀羅尼德王陀羅尼三萬六千人天得遠塵離垢法眼淨佛告寂靜意菩薩言爾時寶功德菩薩豈異人乎即汝身是以此因緣汝能說是陀羅尼門爾時文殊師利菩薩而說偈言

總持如妙藥　能療衆惑病　猶彼天甘露
得者永不死

爾時功德華王菩薩而說偈言

總持無文字　文字顯總持　般若大悲力
離言文字說

爾時删兜率陀天王即從座起偏袒右肩右膝著地合掌向佛頭面作禮而白佛言世尊諸佛如來不可思議諸佛說法亦不可思議諸大菩薩所行所說亦不可思議我等諸天宿世之中善根深厚得值如來聞說是法即以種種天諸寶華天華天香散佛如來以爲供養爾時世尊告删兜率陀天王言大王凡欲供養佛如來者當修三法所謂發阿耨多羅三藐三菩提心護持正法如聞修行大王若有修行此三法者是人名爲供養如來大王假使如來壽命一劫住世說此供養福報不能窮盡是故大王若欲供養佛如來者具此三法乃名供養大王若有護持如來一四

句偈是人則爲擁護過去現在未來諸佛阿耨多羅三藐三菩提何以故諸佛如來皆從法生法供養者名眞供養一切資財所不能及法供養者諸供養中最爲第一爾時世尊告删兜率陀天王言我念過去無量無邊阿僧祇阿僧祇劫數行菩薩道時聞虛空中諸天說偈

天人遠離大寶藏　王賊水火所去失
百千萬劫法難聞　得聞不持不施等
道心爲本化衆生　如實修行心寂靜
自利利他平等心　如是修行供養佛

大王我於往昔初聞此偈即爲他說有八千人發阿耨多羅三藐三菩提心是故大王以法供養最爲第一何以故一切諸佛從法生故

勝天王般若波羅蜜經卷第六

音釋

喧撓（撓女巧切擾也）爛（郎旰切腐也）療（力弔切治病也）割（居曷切截也）鑿（疾各切穿也）删（相干切）

勝天王般若波羅蜜經卷第七

陳優禪尼國王子月婆首那譯

勸誡品第十三

爾時文殊師利菩薩即從座起偏袒右肩右膝著地合掌向佛頭面作禮而白佛言世尊如來所說甚深般若波羅蜜於未來世末代之中頗有衆生能信受不若善男子善女人聞是修多羅生信不謗如此等人成何功德佛告文殊師利菩薩言未來末世有善男子善女人無量佛所修持淨戒禪定般若是佛真子能信此修多羅所致功德不可稱計最善勝法從般若生淨心信受我今爲汝略以譬說文殊師利閻浮提洲縱廣七千由旬北廣南狹其中人面亦似地形洲内遍滿須陀洹斯陀含阿那含阿羅漢辟支佛等客如竹麻甘蔗荻林中無少空及以間鈌若有善男子善女人四事供養畢聖人壽或復七寳遍滿此洲積至梵天一一聖人各施爾許畢是善男子善女人壽日夜三十年尤多相續不斷文殊師利於意云何此人以是因緣功德多不文殊師利菩薩白佛言甚多婆伽婆甚多修伽陀佛告文殊師利菩薩若善男子善女人不謗此修多羅功德勝彼百分不及一千分百千萬分不及一乃至筭數譬喻所不能及文殊師利瞿耶尼洲縱廣八千由旬形如滿月人面亦爾洲内遍滿須陀洹斯陀含阿那含阿羅漢辟支佛客如竹麻甘蔗荻林中無少空及以間鈌若有善男子善女人四事供養畢聖人壽至涅槃後舍利起塔或復七寳遍滿此洲積至梵天一一聖人各施爾

許畢是善男子善女人壽日夜三十年尤多相續不斷文殊師利於意云何此人以是因緣得福多不文殊師利菩薩白佛言甚多婆伽婆甚多修伽陀佛告文殊師利菩薩若善男子善女人信此修多羅功德勝彼百分不及一千分百千萬分不及一乃至筭數譬喻所不能及文殊師利弗于逮洲縱廣九千由旬形如半月人面亦爾洲內遍滿須陀洹斯陀含阿那含阿羅漢辟支佛宻如竹麻甘蔗荻林中無少空及以間缺若有善男子善女人四事供養畢聖人壽或復七寶遍滿此洲積至梵天一一聖人各施爾許畢是善男子善女人壽日夜三十年尤多相續不斷文殊師利於意云何此人以是因緣得福多不文殊師利菩薩白佛言甚多婆伽婆甚多修伽陀文殊師利欝單越洲辟方十千由旬人面亦方洲內遍滿須陀洹斯陀含阿那含阿羅漢辟支佛宻如竹麻甘蔗荻林中無少空及以間缺若善男子善女人四事供養畢聖人壽或復七寶遍滿此洲積至梵天一一聖人各施爾許畢是善男子善女人壽日夜三十年尤多相續不斷文殊師利於意云何此人以是因緣得福多不文殊師利菩薩白佛言甚多婆伽婆甚多修伽陀佛告文殊師利菩薩若善男子善女人受持讀誦此修多羅功德勝彼百分不及一千分百千萬分不及一乃至筭數譬喻所不能及文殊師利娑婆世界悉爲微塵爾許聖人若有善男子善女人四事供養畢聖人壽爾許塵數三千大千世界滿中七寶積至阿迦尼吒天一一聖人各

施爾許畢是善男子善女人壽文殊師利於意云何功德多不文殊師利菩薩白佛言世尊前之福德已不可思議況此功德佛告文殊師利菩薩若有善男子善女人流通此修多羅爲他宣說功德勝彼百分不及一千分百千萬分不及一乃至筭數譬喻所不能及文殊師利如此功德若不迴向阿耨多羅三藐三菩提者爾許微塵數劫作他化自在天王爾許劫數作化樂天王爾許劫數作兜率陀天王爾許劫數作夜摩天王爾許劫數作天帝釋況復轉輪聖王迴向薩婆若故能得成就般若波羅蜜阿耨多羅三藐三菩提文殊師利閻浮提中遍滿須陀洹斯陀含阿那含阿羅漢辟支佛容如竹麻甘蔗荻林若有惡人皆悉殺害爾許賢聖文殊師利於意云何是人以此因緣得罪多不文殊師利菩薩白佛言世尊殺一聖人尚於一劫墮阿鼻地獄何況爾許其罪甚多不可稱計佛告文殊師利菩薩言有人謗此修多羅者其罪重彼百分不及一千分百千萬分不及其一乃至算數譬喻亦不能及文殊師利瞿耶尼中遍滿須陀洹斯陀含阿那含阿羅漢辟支佛容如竹麻甘蔗荻林若有惡人皆悉殺害文殊師利於意云何此人以是因緣得罪多不文殊師利菩薩白佛言世尊此罪不可聞不可聞是人無有出阿鼻地獄斯佛告文殊師利菩薩言有人不信此修多羅其罪重彼百分不及一千分百千萬分不及一乃至筭數譬喻所不能及文殊師利若四天下悉爲微塵爾許塵數諸佛如來若有惡人皆悉殺害奪

二種財滅法財破世財文殊師利於意云何是人得罪多不文殊師利菩薩白佛言世尊此罪不可聞不可計不可思量佛告文殊師利菩薩若復有人障礙此修多羅毀謗不信其罪重彼百分不及一千分百千萬分不及一乃至筭數譬喻所不能及假使三千大千世界一切衆生悉成阿耨多羅三藐三菩提已如此惡人猶故不出阿鼻地獄文殊師利如是惡人無一世界阿鼻地獄不經入者況餘地獄畜生餓鬼何以故毀壞三世諸佛毋故假使如前微塵數刼得離三塗若生人中得阿薩闍病又經爾許微塵數刼得無舌報若無手報各經爾刼文殊師利我若住世一刼若減一刼以佛神力說是惡人所得罪報不能究盡文殊師利若求現在未來世樂勿得於此修多羅中毀謗不信作大障礙

二行品第十四

爾時佛告文殊師利菩薩言菩薩摩訶薩行般若波羅蜜宜應成就前後般若波羅蜜何以故菩薩摩訶薩有二種行成就般若波羅蜜教化衆生文殊師利菩薩白佛言世尊云何菩薩摩訶薩教化衆生佛告文殊師利菩薩言從初般若乃至後際離功用心說法無盡中不間隙爲脫三有惡趣之報安諸衆生令住善道得三聖果文殊師利是名菩薩摩訶薩行般若波羅蜜教化衆生文殊師利菩薩摩訶薩行般若波羅蜜成就無邊無爲是名菩薩摩訶薩自行何以故成就一切功德故文殊師利菩薩白佛言世尊何等法與菩薩摩訶薩般若波羅蜜相應佛告文殊師利

菩薩言一切種智眞實之法遠離思量微妙無相道理甚深不可得見難以通達常住寂靜清涼遍滿無有分別無著無礙隨順道理不可取執大寂極靜一切法中最爲無上無與等者文殊師利菩薩摩訶薩行般若波羅蜜修此等法與薩婆若相應文殊師利菩薩白佛言世尊菩薩摩訶薩於何境界行般若波羅蜜佛告文殊師利菩薩言菩薩摩訶薩行般若波羅蜜甚深境界廣大境界功德境界文殊師利甚深境界者體是無爲不可相離不著二邊脫離諸障自性清淨不可思量不可數知不與聲聞辟支佛共文殊師利廣大境界者菩薩摩訶薩行般若波羅蜜諸佛如來一切功德般若波羅蜜摩訶迦樓那二法爲體離分別相無功用心利益衆生皆稱彼意無時暫捨文殊師利菩薩摩訶薩行般若波羅蜜與一切功德相應三十二相八十種好佛威神力悉能示現種種相貌隨諸衆生根欲性行或昇兜率或從彼下或現處胎或現初生或現童子或園遊戲或現出家或現苦行或詣菩提樹或現成佛或現轉法輪或現涅槃如是種種爲諸衆生盡竭生死文殊師利是名菩薩摩訶薩行般若波羅蜜境界文殊師利菩薩白佛言希有世尊如此甚深般若波羅蜜諸佛境界不可思議佛告文殊師利菩薩言如是如是如汝所說般若波羅蜜是不共法不可思議何以故一切凡夫聲聞緣覺不能通達非其境界故除佛如來更無得者何以故如如之理義甚深故自在不動無漏界攝教化衆生利益圓滿是以名

爲諸佛境界過諸語言第一義攝無有覺觀分別思量絶諸譬類一切法中最爲上品不住生死不住涅槃文殊師利菩薩摩訶薩行般若波羅蜜凡有五事不可思議一者自性二者方處三者住四者一異五者利益文殊師利云何自性不可思議色即是如求不可得離色有如求不可得受想行識亦復如是地大即如求不可得離地求如亦不可得水火風大一切皆爾眼入即如求不可得離眼求如亦不可得耳鼻舌身意一切皆爾有法是如求不可得無法是如亦不可得若在欲界不可思議若離欲界亦不可思議色無色界一切皆爾若在東方不可思議若離東方不可思議南西北方四維上下一切皆爾安樂住不可思議寂靜住不可思議有心住不可思議無心住不可思議三世如來同在一處自性清淨無漏法界若一若異不可思議智慧神力同一法界般若方便二相平等能爲衆生無量利益不可宣說過言語境而能隨順衆生根性作種種說種種示現三十二相八十種好隨衆生意如是現之文殊師利菩薩白佛言世尊何等名爲三十二相八十種好佛告文殊師利菩薩言如來相好無窮無邊說不可盡隨順世法是以略說三十二相八十種好一足下平滿二行步平正三足下輪相悉具轂輞千輻莊嚴四手指纖長輭直節骨不現五身大方正六手足指網縵合猶如鵞王七手掌如紅蓮華八踝骨不現九瑿尼鹿王腨十身輭直十一陰馬藏十二身分滿足如尼拘盧陀樹十三身毛右旋十四

一孔一毛皮膚細滑不受塵垢十五身金色十六圓光一丈十七七處滿十八師子臆十九兩臂平正腋下滿二十兩臂圓直如象王鼻立垂過膝二十一口四十齒齊密相連白如珂雪二十二上下四牙狀如初月二十三師子頰二十四頭團圓二十五咽喉具足千脈二十六胷骨如那羅延二十七頂骨自然踊起二十八舌相廣長如蓮華葉二十九音聲如梵王天鼓三十眼目青色如優鉢羅華三十一眼睫紺炎猶如牛王三十二眉間白毫文殊師利是名三十二相菩薩摩訶薩行般若波羅蜜悉能成就如是功德文殊師利云何名爲八十種好一無能見頂二頂骨堅實三額廣平正四眉高而長形如月初紺瑠璃色五目廣長六鼻高圓直而孔不現七耳厚廣長埵輪成就八身堅實如那羅延九身分不可壞十身節堅密十一合身迴顧猶如象王十二身有光明十三身調直十四常少不老十五身恒潤澤十六身自將衛不待他人十七身分滿足十八識滿足十九容儀具足二十威德遠震二十一一切向不背他二十二住處安隱不危動二十三面門如量不大不長二十四面廣而平二十五面圓淨如滿月二十六無顰容二十七進止如象王二十八容儀如師子王二十九行步如鵝王三十頭如摩陀那果三十一身色光悅三十二足趺厚三十三爪如赤銅鍱三十四行時印文現地三十五指文莊嚴三十六指文明了不暗三十七手文明直三十八手文長三十九手文不斷四十手足如意四十一手足紅

白色如蓮華四十二孔門相具四十三行步不減四十四步不過四十五行步安平四十六齊深厚狀如盤蛇團圓右轉四十七毛色青紅如孔雀項四十八毛色潤澤四十九身毛右靡五十口出無上香身毛皆爾五十一脣色赤潤如頻婆果五十二脣潤相稱五十三舌形薄五十四一切樂觀五十五隨衆生意和悅與語五十六於一切處無非善言五十七若見人先與語五十八音聲不高不下隨衆生樂五十九說法隨衆生語言六十說法不著六十一等觀衆生六十二先觀後作六十三發一音荅衆聲六十四說法次第皆有因緣六十五無有衆生能見相盡六十六觀者無猒六十七具足一切音聲六十八顯現善色六十九剛強之人見則調伏恐怖者見即得安隱七十音聲明淨七十一身不傾動七十二身分大七十三身長七十四身不染七十五光遍身各一丈七十六光照身而行七十七身清淨七十八光色潤澤猶如青珠七十九手足滿八十手足德字

讚嘆品第十五

爾時文殊師利菩薩即從座起偏袒右肩右膝著地合掌向佛頭面作禮而白佛言世尊如來功德希有無等不可思議三世諸佛同一無別若見如來或聞功德此等衆生亦不可思議我等今日重見世尊轉大法輪歡喜踊躍得未曾有爾時文殊師利菩薩即昇虛空高七多羅樹合掌讚曰

一切衆生　唯佛世尊　尚無等者　況當有勝
人法二空　理無等等　唯佛如來　等無等等

煩惱習氣永盡無餘所知之法皆悉明了若智若說無及佛者大千世界唯佛獨尊十力無畏決定不虛若釋若梵所不能得世尊大恩於諸衆生此事難思無能及者無量善巧種種方便以爲衆生令得利益

爾時衆中有一天子名蘇樓波即從座起偏袒右肩右膝著地合掌向佛頭面作禮說偈讚云

世間或說等佛者　如是之言名口過
若說法王最極尊　此非虛妄爲實語
人天之儔正問難　無有能折我大師
善逝降魔及外道　將導世間至解脫
清淨四辯無窮說　甘露妙藥施衆生
遍觀諸法智無礙　一切念中不減失
大悲平等視衆生　清淨之心世不染
善能了知根欲性　隨所樂聞而應說
煩惱差別非一種　爲示無量對治門
巧說因緣無如佛　專以利益衆生故
值佛聞法不得道　是等衆生度極難
如來大名應渴仰　得見世尊無限益
佛智能令心清淨　即聞正教出生死
聞佛名號大吉祥　憶念世尊恒喜樂
發心詣佛生慧解　如教勤修成種智
戒品清淨故無垢　禪定第一心澄明
智慧最勝故難動　法海清淨如甘露
一切衆生喜放逸　諸佛如來離世間
等慈衆生如一子　恩德深厚無能報
先說破諸結賊法　久摧天魔幻化軍
世尊已說三有過　廣示涅槃無量德

爾時衆中有一天子名蘇那摩即從座起偏

袒右肩右膝著地合掌向佛頭面作禮說偈
讚云
如來世尊行大悲　設可度智與他者
尚令調達最前得　況復其餘衆生類
我今不愜爲空過　修治正行報佛恩
有人已證無漏滅　是於佛恩未爲報
若能修行佛正教　乃得名爲佛眞子
佛久勤苦爲衆生　無上大恩罕能報
大慈開顯眞實法　令人修行兼化他
若佛如來不出世　一切衆生受大苦
無復善道唯惡趣　但聞三塗苦惱聲
六道受苦無免脫　煩惱繫縛衆生故
世尊能解他毒結　翻爲大悲之所縈
佛是世間大福田　依教正修離惡道
若違佛教不修行　是人永無生善趣
有人於佛起惡心　或復不樂聞深法
是等衆生甚可悲　決定永當處黑暗
如佛世尊自知智　其等如來乃能了
佛智非我所量測　頭面敬禮十方尊
無畏智力不共法　唯佛世尊獨圓備
相好莊嚴微妙香　觀者無猒起衆色
三種開數不暫息　清淨佛華我今禮
唯佛善知無上道　出離一切諸嶮難
佛爲無上最第一　頭面敬禮兩足尊
佛以功德正法水　洗諸垢穢悉無餘
世尊本來内外淨　我今敬禮眞淨身
爾時娑婆世界主大梵天即從座起偏袒右
肩右膝著地合掌向佛頭面作禮以偈讚云
功德智慧佛具足　利益衆生不暫休
常雨甘露令衆飽　我今頂禮能利他

世間最勝可敬者　此人猶故恭敬佛
諸惡斯盡衆善備　我今頂禮無等尊
靡有一行不修學　爲欲救拔衆生故
令度生死得安樂　我今頂禮救世師
敬禮微妙金色身　敬禮所説甘露法
敬禮清淨無垢智　敬禮一切功德林

爾時世尊告大梵天言善哉善哉如大梵天所讃世尊此事眞實何以故諸佛如來於無量劫修習種種功德智慧是故得果無不備足何以故具足檀波羅蜜尸波羅蜜羼提波羅蜜毘梨耶波羅蜜禪波羅蜜般若波羅蜜身清淨口清淨意清淨以是清淨故能通達如如實際諸佛世尊住此實際所言不虛爾時大梵天即從座起偏袒右肩右膝著地合掌向佛頭面作禮而白佛言唯願世尊以住持力令此般若波羅蜜久在世間佛告大梵天言十方三世諸佛住持力咸皆擁護是般若波羅蜜世間若天若魔沙門婆羅門無有能壞作障礙者何以故我念過去世有佛名寶月如來應供正遍知明行足善逝世間解無上士調御丈夫天人師佛世尊國名不毀劫名讃嘆是佛衆中有二比丘而爲法師善能説法一名智盛二名實與是二比丘隨佛轉法輪正經一劫三千大千世界百億諸魔悉皆受化發菩提心爾時扇多意菩薩摩訶薩即從座起偏袒右肩右膝著地合掌向佛頭面作禮而白佛言世尊寶月如來爲猶在世已入涅槃佛告扇多意菩薩言善男子東方去此過十百千億諸佛世界有一世界名曰不毀佛壽十千劫彼佛國土説般若波羅

蜜無有天魔及諸外道能爲障礙皆悉發心向阿耨多羅三藐三菩提智盛比丘即文殊師利菩薩是實與比丘即勝天王是此等二人善巧方便種種擁護令般若波羅蜜久久住世十方佛土說般若波羅蜜此之二人即來聽受猶我今日放大光明尋光來集

付囑品第十六

爾時世尊告阿難言汝可受持此般若波羅蜜修多羅爾時阿難即從座起偏袒右肩右膝著地合掌向佛頭面作禮而白佛言世尊云何受持佛告阿難言受持此修多羅有十種法何等爲十一者書寫二者供養三者流通四者諦聽五者自讀六者憶持七者廣說八者口誦九者思惟十者修行阿難此十種法能受持此修多羅阿難譬如大地一切樹林華藥皆依而生一切善法皆依般若波羅蜜生阿難譬如轉輪聖王若在世間七寶常現般若波羅蜜亦復如是此修多羅若在世間則三寶種常不斷絕爾時大衆一時咸同觀如來面異口共音俱發聲言諸善男子如來滅後誰能荷負世尊如是之大重擔無量無邊阿僧祇劫所可修習阿耨多羅三藐三菩提爾時衆中有一萬二千菩薩摩訶薩爲護持法故即從座起偏袒右肩右膝著地合掌向佛頭面作禮說偈讚云

我等捨身命　不求未來報　護持甚深法
世尊之所說

爾時衆中五百天子賢王爲上首即從座起偏袒右肩右膝著地合掌向佛頭面作禮說偈讚云

爲度諸衆生　成就大悲願　護持甚深法
世尊之所説
爾時釋提桓因尸棄大梵毘沙門天王即從
座起偏袒右肩右膝著地合掌向佛頭面作
禮説偈讚云
般若微妙藥　能治一切病　我等頂戴持
世尊之所説
爾時執金剛神即從座起偏袒右肩右膝著
地合掌向佛頭面作禮説偈讚云
法本無名字　佛以名字説　世尊大悲敎
我等頂戴持
爾時世尊告尸棄梵天言梵天佛有三事最
爲無上何等爲三一者能發阿耨多羅三藐
三菩提心二者護持正法三者如聞修行梵
天如此三法最爲無上若復有人能修行者

此人名爲供養如來佛若在世一劫若減一
劫説彼功德不能究盡梵天若護持如來一
四句偈是人功德尚不可量況復般若波羅
蜜三世佛母何以故梵天諸佛如來皆從般
若波羅蜜生以法供養即是供養諸佛如來
不以資財而爲供養法供養者諸供養中最
爲第一梵天有人護持如來正法當知此人
二世安樂是故梵天應須護持甚深修多羅
梵天梵天以擁護法故得見賢劫千佛悉爲
請主梵天於此穢土護持正法須臾之間勝
在淨土過一劫若減一劫是故宜應勤加精
進擁護正法爾時世尊復告釋提桓因言憍
尸迦所在之處有此般若波羅蜜修多羅當
知即是如來得菩提處轉法輪處示涅槃處
何以故憍尸迦一切菩薩一切善法一切諸

佛皆從此修多羅生憍尸迦若有法師流通此修多羅處此地即是如來所行於彼法師當生善知識心尊重之心猶如佛心見是法師恭敬歡喜尊重讃嘆憍尸迦若我住世一劫若減一劫說是流通此修多羅法師功德不能究盡憍尸迦若此法師所行之處善男子善女人宜應剌血灑地令塵不起如是供養未足爲多何以故如來法輪難受持故爾時釋提桓因白佛言世尊未來世中說是修多羅處我及眷屬擁護彼地及說法者若見彼有修多羅處即生前四種處心爾時世尊讃天帝釋言善哉善哉憍尸迦以此修多羅付囑憍尸迦未來末世擁護流通爾時釋提桓因白佛言世尊我等諸天得生善道皆悉由此修多羅故求阿耨多羅三藐三菩提亦復由此修多羅故我當不顧身命擁護正法佛言憍尸迦如聞修行善哉善哉佛說是修多羅已勝天王及十方諸大菩薩衆一切聲聞衆天龍夜叉乾闥婆阿修羅迦樓羅緊那羅摩睺羅伽人非人等聞佛所說信受奉行

勝天王般若波羅蜜經卷第七

音釋

蔗（音柘諸蔗也）荻（音笛蘆荻也）牟尤多（梵語也此云須臾三十須臾爲一晝夜）訶薩闍（梵語也此云不可沙闍時遮切）摩訶迦樓那（梵語也此云大悲迦居牙切）轂輞（轂古祿切輻所湊者輞扶紡切車輞也）網縵（縵謨官切網縵謂佛手足指間相連也鵝鴈掌也）踝（戶瓦切腿

兩旁曰內外踝
啞尼梵語亦云伊尸延此云金色鹿王名也啞音烟
腨市兖切腓腸也
頰古協切面頰也
睫音接目旁毛也
顇容顇秦醉切顇容顦顇之容也
銅鍱鍱音葉謂以甲堅勁如銅鍱也
蘇那摩梵語也此云善名
蘇樓波梵語也此云妙色

金剛般若波羅蜜經

姚秦三藏鳩摩羅什
元魏三藏留支
陳天竺三藏真諦
譯

清刻龍藏佛說法變相圖

御製金剛般若波羅蜜經序

昔如來於舍衛城敷座說法與須菩提等演是金剛般若波羅蜜經以喻法爲名以實相爲體以無住爲宗以斷疑爲用以大乘爲教相其義甚深而明其說甚簡而切昔有領悟一言之旨者即成正果夫修六度萬行以造夫真如之地非由此經莫能以窺其徑庭蓋萬法本於一心以心求道道即是心心也者妙萬物而超萬物者也如來於此首指以示人非惟明顯其體而復彰喻其法是故無取於法而安住其心舍無上正等正覺其何以哉所以是經功德最大然不言其所以大其福果最勝然不言其所以勝有能因如是而得如來道者則知是人積累善根而成智慧所修福德即成勝果朕惟覺路非遥履之即

至人惟盡心以忠於君竭誠以孝於親不虧六行不犯五刑不纏根塵心無妄想無所住著即見本性不離宗旨又能持誦此經勤行修習當即證大乘若彼頑嚚之徒積惡累愆以墮惡趣苟能回心向善即得罪業消滅亦即得超登彼岸蓋蠕動飛潛皆含佛性人心最靈衆善斯具但根塵所汩喪其良心然善者終於不泯有時發現因其發現之萌而致力焉則善日長而惡日滅如淘沙取金沙去而金出芟莠植苗莠除而苗盛夫爲善譬猶登山益往益高爲惡譬猶走坂愈趨愈下善人良士知善之可爲而益爲知惡之不可爲而不爲則善愈積而惡愈消福愈盛而禍愈遠煩惱不染於其心障業不繞於其體於如來正覺夫何遠之有

永樂九年五月初一日

金剛般若波羅蜜經

姚秦三藏法師鳩摩羅什譯

如是我聞一時佛在舍衛國祇樹給孤獨園與大比丘衆千二百五十人俱爾時世尊食時著衣持鉢入舍衛大城乞食於其城中次第乞已還至本處飯食訖收衣鉢洗足已敷座而坐時長老須菩提在大衆中即從座起偏袒右肩右膝著地合掌恭敬而白佛言希有世尊如來善護念諸菩薩善付囑諸菩薩世尊善男子善女人發阿耨多羅三藐三菩提心云何應住云何降伏其心佛言善哉善哉須菩提如汝所說如來善護念諸菩薩善付囑諸菩薩汝今諦聽當爲汝說善男子善女人發阿耨多羅三藐三菩提心應如是住如是降伏其心唯然世尊願樂欲聞佛告須菩提諸菩薩摩訶薩應如是降伏其心所有一切衆生之類若卵生若胎生若濕生若化生若有色若無色若有想若無想若非有想非無想我皆令入無餘涅槃而滅度之如是滅度無量無數無邊衆生實無衆生得滅度者何以故須菩提若菩薩有我相人相衆生相壽者相即非菩薩復次須菩提菩薩於法應無所住行於布施所謂不住色布施不住聲香味觸法布施須菩提菩薩應如是布施不住於相何以故若菩薩不住相布施其福德不可思量須菩提於意云何東方虛空可思量不不也世尊須菩提南西北方四維上下虛空可思量不不也世尊須菩提菩薩無住相布施福德亦復如是不可思量須菩提菩薩但應如所教住須菩提於意云何可以

身相見如來不不也世尊不可以身相得見如來何以故如來所說身相即非身相佛告須菩提凡所有相皆是虛妄若見諸相非相則見如來須菩提白佛言世尊頗有衆生得聞如是言說章句生實信不佛告須菩提莫作是說如來滅後後五百歲有持戒修福者於此章句能生信心以此爲實當知是人不於一佛二佛三四五佛而種善根已於無量千萬佛所種諸善根聞是章句乃至一念生淨信者須菩提如來悉知悉見是諸衆生得如是無量福德何以故是諸衆生無復我相人相衆生相壽者相無法相亦無非法相何以故是諸衆生若心取相則爲著我人衆生壽者若取法相即著我人衆生壽者何以故若取非法相即著我人衆生壽者是故不應

取法不應取非法以是義故如來常說汝等比丘知我說法如筏喻者法尚應捨何況非法須菩提於意云何如來得阿耨多羅三藐三菩提耶如來有所說法耶須菩提言如我解佛所說義無有定法名阿耨多羅三藐三菩提亦無有定法如來可說何以故如來所說法皆不可取不可說非法非非法所以者何一切賢聖皆以無爲法而有差別須菩提於意云何若人滿三千大千世界七寶以用布施是人所得福德寧爲多不須菩提言甚多世尊何以故是福德即非福德性是故如來說福德多若復有人於此經中受持乃至四句偈等爲他人說其福勝彼何以故須菩提一切諸佛及諸佛阿耨多羅三藐三菩提法皆從此經出須菩提所謂佛法者即非佛

法須菩提於意云何須陁洹能作是念我得須陁洹果不須菩提言不也世尊何以故須陁洹名爲入流而無所入不入色聲香味觸法是名須陁洹須菩提於意云何斯陁含能作是念我得斯陁含果不須菩提言不也世尊何以故斯陁含名一徃來而實無徃來是名斯陁含須菩提於意云何阿那含能作是念我得阿那含果不須菩提言不也世尊何以故阿那含名爲不來而實無不來是故名阿那含須菩提於意云何阿羅漢能作是念我得阿羅漢道不須菩提言不也世尊何以故實無有法名阿羅漢世尊若阿羅漢作是念我得阿羅漢道即爲著我人衆生壽者世尊佛說我得無諍三昧人中最爲第一是第一離欲阿羅漢我不作是念我是離欲阿羅漢世尊我若作是念我得阿羅漢道世尊則不說須菩提是樂阿蘭那行者以須菩提實無所行而名須菩提是樂阿蘭那行佛告須菩提於意云何如來昔在然燈佛所於法有所得不不也世尊如來在然燈佛所於法實無所得須菩提於意云何菩薩莊嚴佛土不不也世尊何以故莊嚴佛土者即非莊嚴是名莊嚴是故須菩提諸菩薩摩訶薩應如是生清淨心不應住色生心不應住聲香味觸法生心應無所住而生其心須菩提譬如有人身如須彌山王於意云何是身爲大不須菩提言甚大世尊何以故佛說非身是名大身須菩提如恒河中所有沙數如是沙等恒河於意云何是諸恒河沙寧爲多不須菩提言甚多世尊但諸恒河尚多無數何況其沙

須菩提我今實言告汝若有善男子善女人以七寶滿爾所恒河沙數三千大千世界以用布施得福多不須菩提言甚多世尊佛告須菩提若善男子善女人於此經中乃至受持四句偈等爲他人說而此福德勝前福德復次須菩提隨說是經乃至四句偈等當知此處一切世間天人阿修羅皆應供養如佛塔廟何況有人盡能受持讀誦須菩提當知是人成就最上第一希有之法若是經典所在之處即爲有佛若尊重弟子爾時須菩提白佛言世尊當何名此經我等云何奉持佛告須菩提是經名爲金剛般若波羅蜜以是名字汝當奉持所以者何須菩提佛說般若波羅蜜即非般若波羅蜜須菩提於意云何如來有所說法不須菩提白佛言世尊如來無所說須菩提於意云何三千大千世界所有微塵是爲多不須菩提言甚多世尊須菩提諸微塵如來說非微塵是名微塵如來說世界非世界是名世界須菩提於意云何可以三十二相見如來不不也世尊不可以三十二相得見如來何以故如來說三十二相即是非相是名三十二相須菩提若有善男子善女人以恒河沙等身命布施若復有人於此經中乃至受持四句偈等爲他人說其福甚多爾時須菩提聞說是經深解義趣涕淚悲泣而白佛言希有世尊佛說如是甚深經典我從昔來所得慧眼未曾得聞如是之經世尊若復有人得聞是經信心清淨則生實相當知是人成就第一希有功德世尊是實相者則是非相是故如來說名實相世尊

我今得聞如是經典信解受持不足爲難若當來世後五百歲其有衆生得聞是經信解受持是人則爲第一希有何以故此人無我相人相衆生相壽者相所以者何我相即是非相人相衆生相壽者相即是非相何以故離一切諸相則名諸佛佛告須菩提如是如是若復有人得聞是經不驚不怖不畏當知是人甚爲希有何以故須菩提如來說第一波羅蜜即非第一波羅蜜是名第一波羅蜜須菩提忍辱波羅蜜如來說非忍辱波羅蜜何以故須菩提如我昔爲歌利王割截身體我於爾時無我相無人相無衆生相無壽者相何以故我於往昔節節支解時若有我相人相衆生相壽者相應生瞋恨須菩提又念過去於五百世作忍辱仙人於爾所世無我相無人相無衆生相無壽者相是故須菩提菩薩應離一切相發阿耨多羅三藐三菩提心不應住色生心不應住聲香味觸法生心應生無所住心若心有住則爲非住是故佛說菩薩心不應住色布施須菩提菩薩爲利益一切衆生應如是布施如來說一切諸相即是非相又說一切衆生即非衆生須菩提如來是真語者實語者如語者不誑語者不異語者須菩提如來所得法此法無實無虛須菩提若菩薩心住於法而行布施如人入闇則無所見若菩薩心不住法而行布施如人有目日光明照見種種色須菩提當來之世若有善男子善女人能於此經受持讀誦則爲如來以佛智慧悉知是人悉見是人皆得成就無量無邊功德須菩提若有善男子

善女人初日分以恒河沙等身布施中日分復以恒河沙等身布施後日分亦以恒河沙等身布施如是無量百千萬億劫以身布施若復有人聞此經典信心不逆其福勝彼何況書寫受持讀誦爲人解說須菩提以要言之是經有不可思議不可稱量無邊功德如來爲發大乘者說爲發最上乘者說若有人能受持讀誦廣爲人說如來悉知是人悉見是人皆得成就不可量不可稱無有邊不可思議功德如是人等則爲荷擔如來阿耨多羅三藐三菩提何以故須菩提若樂小法者著我見人見衆生見壽者見則於此經不能聽受讀誦爲人解說須菩提在在處處若有此經一切世間天人阿修羅所應供養當知此處則爲是塔皆應恭敬作禮圍繞以諸華香而散其處復次須菩提善男子善女人受持讀誦此經若爲人輕賤是人先世罪業應墮惡道以今世人輕賤故先世罪業則爲消滅當得阿耨多羅三藐三菩提須菩提我念過去無量阿僧祇劫於然燈佛前得值八百四千萬億那由他諸佛悉皆供養承事無空過者若復有人於後末世能受持讀誦此經所得功德於我所供養諸佛功德百分不及一千萬億分乃至筭數譬喻所不能及須菩提若善男子善女人於後末世有受持讀誦此經所得功德我若具說者或有人聞心則狂亂狐疑不信須菩提當知是經義不可思議果報亦不可思議爾時須菩提白佛言世尊善男子善女人發阿耨多羅三藐三菩提心云何應住云何降伏其心佛告須菩提善

男子善女人發阿耨多羅三藐三菩提心者當生如是心我應滅度一切衆生滅度一切衆生已而無有一衆生實滅度者何以故須菩提若菩薩有我相人相衆生相壽者相則非菩薩所以者何須菩提實無有法發阿耨多羅三藐三菩提心者須菩提於意云何如來於然燈佛所有法得阿耨多羅三藐三菩提不不也世尊如我解佛所說義佛於然燈佛所無有法得阿耨多羅三藐三菩提佛言如是如是須菩提實無有法如來得阿耨多羅三藐三菩提須菩提若有法如來得阿耨多羅三藐三菩提者然燈佛則不與我授記汝於來世當得作佛號釋迦牟尼以實無有法得阿耨多羅三藐三菩提是故然燈佛與我授記作是言汝於來世當得作佛號釋迦牟尼何以故如來者即諸法如義若有人言如來得阿耨多羅三藐三菩提須菩提實無有法佛得阿耨多羅三藐三菩提須菩提如來所得阿耨多羅三藐三菩提於是中無實無虛是故如來說一切法皆是佛法須菩提所言一切法者即非一切法是故名一切法須菩提譬如人身長大須菩提言世尊如來說人身長大則爲非大身是名大身須菩提菩薩亦如是若作是言我當滅度無量衆生則不名菩薩何以故須菩提實無有法名爲菩薩是故佛說一切法無我無人無衆生無壽者須菩提若菩薩作是言我當莊嚴佛土是不名菩薩何以故如來說莊嚴佛土者即非莊嚴是名莊嚴須菩提若菩薩通達無我法者如來說名真是菩薩須菩提於意云何

如來有肉眼不如是世尊如來有肉眼須菩提於意云何如來有天眼不如是世尊如來有天眼須菩提於意云何如來有慧眼不如是世尊如來有慧眼須菩提於意云何如來有法眼不如是世尊如來有法眼須菩提於意云何如來有佛眼不如是世尊如來有佛眼須菩提於意云何如恒河中所有沙佛說是沙不如是世尊如來說是沙須菩提於意云何如一恒河中所有沙有如是沙等恒河是諸恒河所有沙數佛世界如是寧爲多不甚多世尊佛告須菩提爾所國土中所有衆生若干種心如來悉知何以故如來說諸心皆爲非心是名爲心所以者何須菩提過去心不可得現在心不可得未來心不可得須菩提於意云何若有人滿三千大千世界七寶以用布施是人以是因緣得福多不如是世尊此人以是因緣得福甚多須菩提若福德有實如來不說得福德多以福德無故如來說得福德多須菩提於意云何佛可以具足色身見不不也世尊如來不應以具足色身見何以故如來說具足色身即非具足色身是名具足色身須菩提於意云何如來可以具足諸相見不不也世尊如來不應以具足諸相見何以故如來說諸相具足即非具足是名諸相具足須菩提汝勿謂如來作是念我當有所說法莫作是念何以故若人言如來有所說法即爲謗佛不能解我所說故須菩提說法者無法可說是名說法爾時慧命須菩提白佛言世尊頗有衆生於未來世聞說是法生信心不佛言須菩提彼非衆生

非不衆生何以故須菩提衆生衆生者如來說非衆生是名衆生須菩提白佛言世尊佛得阿耨多羅三藐三菩提爲無所得耶佛言如是如是須菩提我於阿耨多羅三藐三菩提乃至無有少法可得是名阿耨多羅三藐三菩提復次須菩提是法平等無有高下是名阿耨多羅三藐三菩提以無我無人無衆生無壽者修一切善法則得阿耨多羅三藐三菩提須菩提所言善法者如來說即非善法是名善法須菩提若三千大千世界中所有諸須彌山王如是等七寶聚有人持用布施若人以此般若波羅蜜經乃至四句偈等受持讀誦爲他人說於前福德百分不及一百千萬億分乃至筭數譬喻所不能及須菩提於意云何汝等勿謂如來作是念我當度衆生須菩提莫作是念何以故實無有衆生如來度者若有衆生如來度者如來則有我人衆生壽者須菩提如來說有我者則非有我而凡夫之人以爲有我須菩提凡夫者如來說則非凡夫須菩提於意云何可以三十二相觀如來不須菩提言如是如是以三十二相觀如來佛言須菩提若以三十二相觀如來者轉輪聖王則是如來須菩提白佛言世尊如我解佛所說義不應以三十二相觀如來爾時世尊而說偈言

若以色見我　以音聲求我　是人行邪道
不能見如來

須菩提汝若作是念如來不以具足相故得阿耨多羅三藐三菩提須菩提莫作是念如來不以具足相故得阿耨多羅三藐三菩提

須菩提汝若作是念發阿耨多羅三藐三菩提心者說諸法斷滅莫作是念何以故發阿耨多羅三藐三菩提心者於法不說斷滅相須菩提若菩薩以滿恒河沙等世界七寶持用布施若復有人知一切法無我得成於忍此菩薩勝前菩薩所得功德何以故須菩提以諸菩薩不受福德故須菩提白佛言世尊云何菩薩不受福德須菩提菩薩所作福德不應貪著是故說不受福德須菩提若有人言如來若來若去若坐若卧是人不解我所說義何以故如來者無所從來亦無所去故名如來須菩提若善男子善女人以三千大千世界碎爲微塵於意云何是微塵衆寧爲多不甚多世尊何以故若是微塵衆實有者佛則不說是微塵衆所以者何佛說微塵衆則非微塵衆是名微塵衆世尊如來所說三千大千世界則非世界是名世界何以故若世界實有者則是一合相如來說一合相則非一合相是名一合相須菩提一合相者則是不可說但凡夫之人貪著其事須菩提若人言佛說我見人見衆生見壽者見須菩提於意云何是人解我所說義不不也世尊是人不解如來所說義何以故世尊說我見人見衆生見壽者見即非我見人見衆生見壽者見是名我見人見衆生見壽者見須菩提發阿耨多羅三藐三菩提心者於一切法應如是知如是見如是信解不生法相須菩提所言法相者如來說即非法相是名法相須菩提若有人以滿無量阿僧祇世界七寶持用布施若有善男子善女人發菩薩心者持

於此經乃至四句偈等受持讀誦爲人演說其福勝彼云何爲人演說不取於相如如不動何以故

一切有爲法　如夢幻泡影　如露亦如電

應作如是觀

佛說是經已長老須菩提及諸比丘比丘尼優婆塞優婆夷一切世間天人阿修羅聞佛所說皆大歡喜信受奉行

金剛般若波羅蜜經

音釋

序

窺 缺規切視也 徑庭 庭他定切徑庭隔遠貌 頑嚚 頑五還切心不則德義之經爲頑嚚疑巾切口不道忠信之言爲嚚 蠕 乳兗切蟲動也 汩喪 汩古忽切沒也喪四浪切失也 淘 徒刀切澄汰也 芟莠 芟師銜切除草也莠以九切狗尾草也 坂 甫遠切坡者曰坂

經

飯食 飯父遠切餐飯也食實職切飯食也 袒 蕩旱切偏袒脫衣袖也 諦聽 諦丁計切謂諦審而聽也 降伏 降胡江切降伏謂降下制伏其心也 唯然 唯愈水切恭應之詞也 願樂 樂魚教切願樂欲好也 量不 量呂張切量度也不俯力切可否也 不也 不分勿切不可也 支解 解舉蟹切支解謂支節分也 荷擔 荷胡可切擔都甘切荷擔負任也 泡 披交切水上浮漚也

金剛般若波羅蜜經

元魏三藏留支譯

序分第一

如是我聞一時婆伽婆在舍婆提城祇樹給孤獨園與大比丘衆千二百五十人俱爾時世尊食時著衣持鉢入舍婆提大城乞食於其城中次第乞食已還至本處飯食訖收衣鉢洗足已如常敷座結跏趺坐端身而住正念不動

護念付囑分第二

爾時諸比丘來詣佛所到已頂禮佛足右遶三帀退坐一面爾時慧命須菩提在大衆中即從座起偏袒右肩右膝著地向佛合掌恭敬而立白佛言希有世尊如來應供正徧知善護念諸菩薩善付囑諸菩薩

住分第三

世尊云何菩薩大乘中發阿耨多羅三藐三菩提心應云何住云何修行云何降伏其心爾時佛告須菩提善哉善哉須菩提如汝所說如來善護念諸菩薩善付囑諸菩薩汝今諦聽當爲汝說如菩薩大乘中發阿耨多羅三藐三菩提心應如是住如是修行如是降伏其心須菩提白佛言世尊如是願樂欲聞佛告須菩提諸菩薩生如是心所有一切衆生衆生所攝若卵生若胎生若濕生若化生若有色若無色若有想若無想若非有想非無想所有衆生界衆生所攝我皆令入無餘涅槃而滅度之如是滅度無量無邊衆生實無衆生得滅度者何以故須菩提若菩薩有衆生相即非菩薩何以故非須菩提若菩薩

起衆生相人相壽者相則不名菩薩

如實修行分第四

復次須菩提菩薩不住於事行於布施無所住行於布施不住色布施不住聲香味觸法布施須菩提菩薩應如是布施不住於相想何以故若菩薩不住相布施其福德聚不可思量須菩提於汝意云何東方虛空可思量不不須菩提言不也世尊佛言如是須菩提南西北方四維上下虛空可思量不須菩提言不也世尊佛言如是如是須菩提菩薩無住相布施福德聚亦復如是不可思量佛復告須菩提菩薩但應如是行於布施

如來非有爲分第五

須菩提於意云何可以相成就見如來不須菩提言不也世尊不可以相成就得見如來何以故如來所說相即非相佛告須菩提凡所有相皆是妄語若見諸相非相則非妄語如是諸相非相則見如來

我空法分第六

須菩提白佛言世尊頗有衆生於未來世末世得聞如是修多羅章句生實相不佛告須菩提莫作是說頗有衆生於未來世末世得聞如是修多羅章句生實相不佛復告須菩提有未來世末世有菩薩摩訶薩法欲滅時有持戒修福德智慧者於此修多羅章句能生信心以此爲實佛復告須菩提當知彼菩薩摩訶薩非於一佛二佛三四五佛所修行供養非於一佛二佛三四五佛所而種善根佛復告須菩提已於無量百千萬諸佛所修行供養無量百千萬諸佛所種諸善根聞是

修多羅乃至一念能生淨信須菩提如來悉知是諸衆生如來悉見是諸衆生須菩提是諸菩薩生如是無量福德取如是無量福德何以故須菩提是諸菩薩無復我相衆生相人相壽者相須菩提是諸菩薩無法相亦非無法相無相亦非無相何以故須菩提是諸菩薩若取法相則爲著我人衆生壽者須菩提若是菩薩有法相即著我相人相衆生相壽者相何以故須菩提不應取法非不取法以是義故如來常說筏喻法門是法應捨非捨法故復次佛告慧命須菩提須菩提於意云何如來得阿耨多羅三藐三菩提耶如來有所說法耶須菩提言如我解佛所說義無有定法如來得阿耨多羅三藐三菩提亦無有定法如來可說何以故如來所說法皆不可取不可說非法非非法何以故一切聖人皆以無爲法得名

具足功德校量分第七

須菩提於意云何若滿三千大千世界七寶以用布施須菩提於意云何是善男子善女人所得福德寧爲多不須菩提言甚多婆伽婆甚多修伽陀彼善男子善女人得福甚多何以故世尊是福德聚即非福德聚是故如來說福德聚福德聚佛言須菩提若善男子善女人以滿三千大千世界七寶持用布施若復於此經中受持乃至四句偈等爲他人說其福勝彼無量不可數何以故須菩提一切諸佛阿耨多羅三藐三菩提法皆從此經出一切諸佛如來皆從此經生須菩提所謂佛法佛法者即非佛法是名佛法須菩提於

意云何須陀洹能作是念我得須陀洹果不
須菩提言不也世尊何以故實無有法名須
陀洹不入色聲香味觸法是名須陀洹佛言
須菩提於意云何斯陀含能作是念我得斯
陀含果不須菩提言不也世尊何以故實無
有法名斯陀含是名斯陀含須菩提於意云
何阿那含能作是念我得阿那含果不須菩
提言不也世尊何以故實無有法名阿那含
是名阿那含須菩提於意云何阿羅漢能作
是念我得阿羅漢果不須菩提言不也世尊
何以故實無有法名阿羅漢世尊若阿羅漢
作是念我得阿羅漢即爲著我人衆生壽者
世尊佛説我得無諍三昧最爲第一世尊説
我是離欲阿羅漢世尊我不作是念我是離
欲阿羅漢世尊我若作是念我得阿羅漢世
尊則不説我無諍行第一以須菩提實無所
行而名須菩提無諍無諍行佛告須菩提於
意云何如來昔在然燈佛所得阿耨多羅三
藐三菩提法不須菩提言不也世尊如來在
然燈佛所於法實無所得阿耨多羅三藐三
菩提佛告須菩提若菩薩作是言我莊嚴佛
國土彼菩薩不實語何以故須菩提如來所
説莊嚴佛土者則非莊嚴是名莊嚴佛土是
故須菩提諸菩薩摩訶薩應如是生清淨心
而無所住不住色生心不住聲香味觸法生
心應無所住而生其心須菩提譬如有人身
如須彌山王須菩提於意云何是身爲大不
須菩提言甚大世尊何以故佛説非身是名
大身彼身非身是名大身佛言須菩提如恒
河中所有沙數如是沙等恒河於意云何是

諸恒河沙寧爲多不須菩提言甚多世尊但諸恒河尚多無數何況其沙佛言須菩提我今實言告汝若有善男子善女人以七寶滿爾所恒河沙數世界以施諸佛如來須菩提於意云何彼善男子善女人得福多不須菩提言甚多世尊彼善男子善女人得福甚多佛告須菩提以七寶滿爾所恒河沙世界持用布施若善男子善女人於此法門乃至受持四句偈等爲他人說而此福德勝前福德無量阿僧祇復次須菩提隨所有處說是法門乃至四句偈等當知此處一切世間天人阿修羅皆應供養如佛塔廟何況有人盡能受持讀誦此經須菩提當知是人成就最上第一希有之法若是經典所在之處則爲有佛若尊重似佛爾時須菩提白佛言世尊當何名此法門我等云何奉持佛告須菩提是法門名爲金剛般若波羅蜜以是名字汝當奉持何以故須菩提佛說般若波羅蜜則非般若波羅蜜須菩提於意云何如來有所說法不須菩提言世尊如來無所說法須菩提於意云何三千大千世界所有微塵是爲多不須菩提言彼微塵甚多世尊須菩提是諸微塵如來說非微塵是名微塵如來說世界非世界是名世界佛言須菩提於意云何可以三十二大人相見如來不須菩提言不也世尊何以故如來說三十二大人相即是非相是名三十二大人相佛言須菩提若有善男子善女人以恒河沙等身命布施若復有人於此法門中乃至受持四句偈等爲他人說其福甚多無量阿僧祇爾時須菩提聞說

是經深解義趣涕淚悲泣抆淚而白佛言希有婆伽婆希有修伽陀佛說如是甚深法門我從昔來所得慧眼未曾得聞如是法門何以故須菩提佛說般若波羅蜜即非般若波羅蜜世尊若復有人得聞是經信心清淨則生實相當知是人成就第一希有功德世尊是實相者則是非相是故如來說名實相實相世尊我今得聞如是法門信解受持不足爲難若當來世其有衆生得聞是法門信解受持是人則爲第一希有何以故此人無我相人相衆生相壽者相何以故我相即是非相人相衆生相壽者相即是非相何以故離一切諸相則名諸佛佛告須菩提如是如是若復有人得聞是經不驚不怖不畏當知是人甚爲希有何以故須菩提如來說第一波羅蜜非第一波羅蜜如來說第一波羅蜜者彼無量諸佛亦說波羅蜜是名第一波羅蜜須菩提如來說忍辱波羅蜜即非忍辱波羅蜜何以故須菩提如我昔爲歌利王割截身體我於爾時無我相無衆生相無人相無壽者相無相亦非無相何以故須菩提我於往昔節節支解時若有我相衆生相人相壽者相應生瞋恨須菩提又念過去於五百世作忍辱仙人於爾所世無我相無衆生相無人相無壽者相是故須菩提菩薩應離一切相發阿耨多羅三藐三菩提心何以故若心有住則爲非住不應住色生心不應住聲香味觸法生心應生無所住心是故佛說菩薩心不住色布施須菩提菩薩爲利益一切衆生應如是布施須菩提言世尊一切衆生相即

是非相何以故如來說一切衆生即非衆生須菩提如來是眞語者實語者如語者不異語者須菩提如來所得法所說法無實無妄語

眞如分第八

須菩提譬如有人入闇則無所見若菩薩心住於事而行布施亦復如是須菩提譬如人有目夜分已盡日光明照見種種色若菩薩不住於事行於布施亦復如是復次須菩提若有善男子善女人能於此法門受持讀誦修行則爲如來以佛智慧悉知是人悉見是人悉覺是人皆得成就無量無邊功德聚須菩提若有善男子善女人初日分以恒河沙等身布施中日分復以恒河沙等身布施後日分復以恒河沙等身布施如是捨恒河沙等無量身如是百千萬億那由他劫以身布施若復有人聞此法門信心不謗其福勝彼無量阿僧祇何況書寫受持讀誦修行爲人廣說

利益分第九

須菩提以要言之是經有不可思議不可稱量無邊功德此法門如來爲發大乘者說爲發最上乘者說若有人能受持讀誦修行此經廣爲人說如來悉知是人悉見是人皆成就不可思議不可稱無有邊無量功德聚如是人等則爲荷擔如來阿耨多羅三藐三菩提何以故須菩提若樂小法者則於此經不能受持讀誦修行爲人解說若有我見衆生見人見壽者見於此法門能受持讀誦修行爲人解說者無有是處須菩提在在處處若

有此經一切世間天人阿修羅所應供養當知此處則爲是塔皆應恭敬作禮圍遶以諸華香而散其處復次須菩提若善男子善女人受持讀誦此經爲人輕賤何以故是人先世罪業應墮惡道以今世人輕賤故先世罪業則爲消滅當得阿耨多羅三藐三菩提須菩提我念過去無量阿僧祇阿僧祇劫於然燈佛前得值八十四億那由他百千萬諸佛我皆親承供養無空過者須菩提如是無量諸佛我皆親承供養無空過者若復有人於後世末世能受持讀誦修行此經所得功德我所供養諸佛功德於彼百分不及一千萬億分乃至筭數譬喻所不能及須菩提若有善男子善女人於後世末世有受持讀誦修行此經所得功德若我具說者或有人聞心則狂亂疑惑不信須菩提當知是法門不可思議果報亦不可思議

斷疑分第十

爾時須菩提白佛言世尊云何菩薩發阿耨多羅三藐三菩提心云何住云何修行云何降伏其心佛告須菩提菩薩發阿耨多羅三藐三菩提心者當生如是心我應滅度一切衆生令入無餘涅槃界如是滅度一切衆生已而無一衆生實滅度者何以故須菩提若菩薩有衆生相人相壽者相則非菩薩何以故須菩提實無有法名爲菩薩發阿耨多羅三藐三菩提心者須菩提於意云何如來於然燈佛所有法得阿耨多羅三藐三菩提不須菩提白佛言不也世尊如我解佛所說義佛於然燈佛所無有法得阿耨多羅三藐三

菩提佛言如是如是須菩提實無有法如來於然燈佛所得阿耨多羅三藐三菩提須菩提若有法如來得阿耨多羅三藐三菩提者然燈佛則不與我受記汝於來世當得作佛號釋迦牟尼以實無有法得阿耨多羅三藐三菩提是故然燈佛與我受記作如是言摩那婆汝於來世當得作佛號釋迦牟尼何以故須菩提言如來者即實眞如須菩提若有人言如來得阿耨多羅三藐三菩提者是人不實語須菩提實無有法佛得阿耨多羅三藐三菩提須菩提如來所得阿耨多羅三藐三菩提於是中不實不妄語是故如來說一切法皆是佛法須菩提所言一切法一切法者即非一切法是故名一切法須菩提譬如有人其身妙大須菩提言世尊如來說人身妙大即非大身是故如來說名大身佛言須菩提菩薩亦如是若作是言我當滅度無量衆生則非菩薩佛言須菩提於意云何頗有實法名爲菩薩不須菩提言不也世尊實無有法名爲菩薩是故佛說一切法無衆生無人無壽者須菩提若菩薩作是言我莊嚴佛國土是不名菩薩何以故如來說莊嚴佛土莊嚴佛土者即非莊嚴是名莊嚴佛國土須菩提若菩薩通達無我無我法者如來說名眞實菩薩須菩提於意云何如來有肉眼不須菩提言如是世尊如來有肉眼佛言須菩提於意云何如來有天眼不須菩提言如是世尊如來有天眼佛言須菩提於意云何如來有慧眼不須菩提言如是世尊如來有慧眼佛言須菩提於意云何如來有法眼不須

菩提言如是世尊如來有法眼佛言須菩提於意云何如來有佛眼不須菩提言如是世尊如來有佛眼佛言須菩提於意云何如恒河中所有沙佛說是沙不須菩提言如是世尊如來說是沙佛言須菩提於意云何如一恒河中所有沙有如是等恒河是諸恒河所有沙數佛世界如是世界寧爲多不須菩提言彼世界甚多世尊佛言須菩提爾所世界中所有衆生若干種心住如來悉知何以故如來說諸心住皆爲非心住是名爲心住何以故須菩提過去心不可得現在心不可得未來心不可得須菩提於意云何若有人以滿三千大千世界七寶持用布施是善男子善女人以是因緣得福多不須菩提言如是世尊此人以是因緣得福甚多佛言如是如是須菩提彼善男子善女人以是因緣得福德聚多須菩提若福德聚有實如來則不說福德聚福德聚須菩提於意云何佛可以具足色身見不須菩提言不也世尊如來不應以色身見何以故如來說具足色身即非具足色身是故如來說名具足色身佛言須菩提於意云何如來可以具足諸相見不須菩提言不也世尊如來不應以具足諸相見何以故如來說諸相具足即非具足是故如來說名諸相具足佛言須菩提於意云何汝謂如來作是念我當有所說法耶須菩提莫作是念何以故若人言如來有所說法即爲謗佛不能解我所說故何以故須菩提如來說法說法者無法可說是名說法爾時慧命須菩提白佛言世尊頗有衆生於未來世聞說

是法生信心不佛言須菩提彼非衆生非不衆生何以故須菩提衆生衆生者如來說非衆生是名衆生佛言須菩提於意云何如來得阿耨多羅三藐三菩提耶須菩提言不也世尊世尊無有少法如來得阿耨多羅三藐三菩提佛言如是如是須菩提我於阿耨多羅三藐三菩提乃至無有少法可得是名阿耨多羅三藐三菩提復次須菩提是法平等無有高下是名阿耨多羅三藐三菩提以無衆生無人無壽者得平等阿耨多羅三藐三菩提一切善法得阿耨多羅三藐三菩提須菩提所言善法善法者如來說非善法是名善法須菩提三千大千世界中所有諸須彌山王如是等七寶聚有人持用布施若人以此般若波羅蜜經乃至四句偈等受持讀誦爲他人說於前福德百分不及一千分不及一百千萬分不及一歌羅分不及一數分不及一優波尼沙陀分不及一乃至筭數譬喻所不能及須菩提於意云何汝謂如來作是念我度衆生耶須菩提莫作是念何以故實無有衆生如來度者佛言須菩提若有實衆生如來度者如來則有我人衆生壽者相須菩提如來說有我者則非有我而毛道凡夫生者以爲有我須菩提毛道凡夫生者如來說名非生是故言毛道凡夫生須菩提於意云何可以相成就得見如來不須菩提言如我解如來所說義不以相成就得見如來佛言如是如是須菩提不以相成就得見如來佛言須菩提若以相成就觀如來者轉輪聖王應是如來是故非以相成就得見如來爾

時世尊而說偈言

若以色見我　以音聲求我　是人行邪道
不能見如來　彼如來妙體　即法身諸佛
法體不可見　彼識不能知

須菩提於意云何如來可以相成就得阿耨多羅三藐三菩提耶須菩提莫作是念如來以相成就得阿耨多羅三藐三菩提須菩提汝若作是念菩薩發阿耨多羅三藐三菩提心者說諸法斷滅相須菩提莫作是念菩薩發阿耨多羅三藐三菩提心說諸法斷滅相何以故菩薩摩訶薩發阿耨多羅三藐三菩提心者於法不說斷滅相故須菩提若善男子善女人以滿恒河沙等世界七寶持用布施若有菩薩知一切法無我得無生法忍此功德勝前所得福德須菩提以諸菩薩不取福德故須菩提白佛言世尊菩薩不取福德佛言須菩提菩薩受福德不取福德是故菩薩取福德須菩提若有人言如來若去若來若住若坐若臥是人不解我所說義何以故如來者無所至去無所從來故名如來須菩提若善男子善女人以三千大千世界微塵復以爾許微塵世界碎爲微塵阿僧祇須菩提於意云何是微塵衆寧爲多不須菩提言彼微塵衆甚多世尊何以故若是微塵衆實有者佛則不說是微塵衆何以故佛說微塵衆則非微塵衆是故佛說微塵衆世尊如來所說三千大千世界則非世界是故佛說三千大千世界何以故若世界實有者則是一合相如來說一合相則非一合相是故佛說一合相佛言須菩提一合相者則是不可說

但凡夫之人貪著其事何以故須菩提若人如是言佛說我見人見衆生見壽者見須菩提於意云何是人所說爲正語不須菩提言不也世尊何以故世尊如來說我見人見衆生見壽者見即非我見人見衆生見壽者見是名我見人見衆生見壽者見須菩提菩薩發阿耨多羅三藐三菩提心者於一切法應如是知如是見如是信如是不住法相何以故須菩提所言法相法相者如來說即非法相是名法相須菩提若有菩薩摩訶薩以滿無量阿僧祇世界七寶持用布施若有善男子善女人發菩薩心者於此般若波羅蜜經乃至四句偈等受持讀誦爲他人說其福勝彼無量阿僧祇云何爲人演說而不名說是名爲說爾時世尊而說偈言

不住道分第十一

一切有爲法　如星翳燈幻　露泡夢電雲
應作如是觀

流通分第十二

佛說是經已長老須菩提及諸比丘比丘尼優婆塞優婆夷菩薩摩訶薩一切世間天人阿修羅乾闥婆等聞佛所說皆大歡喜信受奉行

金剛般若波羅蜜經

音釋

筏 房越切簿也大曰筏小曰桴　捫淚 捫音門搷也　割截 割居曷切截昨結切割截斷也　闇 烏紺切冥也　翳 於計切障也

金剛般若波羅蜜經

陳天竺三藏法師真諦譯

如是我聞一時佛婆伽婆住舍衛國祇陀樹林給孤獨園與大比丘衆千二百五十人俱爾時世尊於日前分著衣持鉢入舍衛大國而行乞食於其國中次第行已還至本處飯食事訖於中後時收衣鉢洗足已如常敷座跏趺安坐端身而住正念現前時諸比丘俱往佛所至佛所已頂禮佛足右繞三帀却坐一面爾時淨命須菩提於大衆中共坐聚集時淨命須菩提即從座起偏袒右肩頂禮佛足右膝著地向佛合掌而白佛言希有世尊如來應供正徧覺知善護念諸菩薩摩訶薩由無上利益故善付囑諸菩薩摩訶薩由無上教故世尊若善男子善女人發阿耨多羅三藐三菩提心行菩薩乘云何應住云何修行云何發起菩薩心淨命須菩提作是問已爾時世尊告須菩提善哉善哉如是善男子如來善護念諸菩薩摩訶薩無上利益故善付囑諸菩薩摩訶薩無上教故須菩提是故汝今一心諦聽恭敬善思念之我今當爲汝說如菩薩發菩提心行菩薩乘如是應住如是修行如是發心須菩提言唯然世尊佛告須菩提須菩提若善男子善女人發菩提心行菩薩乘應如是發心所有一切衆生類攝若卵生若胎生若濕生若化生若有色若無色若有想若無想若非有想若非無想乃至衆生界及假名說如是衆生我皆安置於無餘涅槃如是般涅槃無量衆生已無一衆生被涅槃者何以故須菩提若菩薩有

衆生想即不應說名爲菩薩何以故須菩提一切菩薩無我想衆生想壽者想受者想復次須菩提菩薩不著己類而行布施不著所餘行於布施不著色聲香味觸法應行布施須菩提菩薩應如是行施不著相想何以故須菩提若菩薩無執著心行於布施是福德聚不可數量須菩提汝意云何東方虛空可數量不須菩提言不可世尊佛言如是須菩提南西北方四維上下十方虛空可數量不須菩提言不可世尊佛言如是須菩提若菩薩無執著心行於布施是福德聚亦復如是不可數量須菩提汝意云何可以身相勝德見如來不不也世尊何以故如來所說身相勝德非相勝德何以故須菩提凡所有相皆是虛妄無所有相即是眞實由相無相應見如來如是說已淨命須菩提白佛言世尊於今現時及未來世頗有菩薩聽聞正說如是等相此經章句生實想不佛告須菩提莫作是說於今現時及未來世頗有菩薩聽聞正說如是等相此經章句生實想不何以故須菩提於未來世實有衆生得聞此經能生實想復次須菩提於未來世後五百歲正法滅時有諸菩薩摩訶薩持戒修福及有智慧須菩提是諸菩薩摩訶薩非事一佛非於一佛種諸善根已事無量百千諸佛已於無量百千佛所而種善根若有善男子善女人聽聞正說如是等相此經章句乃至一念生實信者須菩提如來悉知是人悉見是人須菩提是善男子善女人生長無量福德之聚何以故須菩提是諸菩薩無復我想衆生想壽者

想受者想是諸菩薩無法想無非法想無想無非想何以故須菩提是諸菩薩若有法想即是我執及衆生壽者受者執須菩提是故菩薩不應取法不應取非法爲如是義故如來說若觀行人解筏喻經法尚應捨何況非法佛復告淨命須菩提須菩提汝意云何如來得阿耨多羅三藐三菩提耶如來有所說法耶須菩提言如我解佛所說義無所有法如來所得名阿耨多羅三藐三菩提亦無有法如來所說何以故是法如來所說不可取不可言非法非非法何以故一切聖人皆以無爲眞如所顯現故須菩提汝意云何以三千大千世界遍滿七寶若人持用布施是善男子善女人因此布施生福多不須菩提言甚多世尊甚多修伽陀是善男子善女人因此布施得福甚多何以故世尊此福德聚即非福德聚是故如來說福德聚佛言須菩提若善男子善女人以三千大千世界遍滿七寶持用布施若復有人從此經中受四句偈爲他正說顯示其義此人以是因緣所生福德最多於彼無量無數何以故須菩提如來無上菩提從此福成諸佛世尊從此福生何以故須菩提所言佛法者即非佛法是名佛法須菩提汝意云何須陀洹能作是念我得須陀洹果不須菩提言不也世尊何以故世尊實無所有能至於流故說須陀洹乃至色聲香味觸法亦復如是故名須陀洹斯陀含名一往來實無所有能至往來是名斯陀含阿那含名爲不來實無所有能至不來是名阿那含佛言須菩提汝意云何阿羅漢能作

是念我得阿羅漢果不須菩提言不也世尊何以故實無所有名阿羅漢世尊若阿羅漢作是念我得阿羅漢果此念即是我執衆生執壽者執受者執世尊如來阿羅訶三藐三佛陀讃我住無諍三昧人中最爲第一世尊我今已成阿羅漢離三有欲世尊我亦不作是念我是阿羅漢世尊我若有是念我已得阿羅漢果如來則應不授我記住無諍三昧人中須菩提善男子最爲第一實無所住住於無諍住於無諍佛告須菩提汝意云何昔從然燈如來阿羅訶三藐三佛陀所頗有一法如來所取不須菩提言不也世尊實無有法昔從然燈如來阿羅訶三藐三佛陀所如來所取佛告須菩提若有菩薩作如是言我當莊嚴清淨佛土而此菩薩說虛妄言何以故須菩提莊嚴佛土者如來說非莊嚴是故莊嚴清淨佛土須菩提是故菩薩應生如是無住著心不住色聲香味觸法生心應無所住而生其心須菩提譬如有人體相勝大如須彌山王須菩提汝意云何如是體相爲勝大不須菩提言甚大世尊何以故如來說非有名爲有身此非是有故說有身佛告須菩提汝意云何於恒伽江所有諸沙如其沙數所有恒伽諸恒伽沙寧爲多不須菩提言甚多世尊但諸恒伽尚多無數何況其沙佛言須菩提我今覺汝我今示汝諸恒伽中所有沙數如是沙等世界若有善男子善女人以七寶遍滿持施如來應供正遍覺知須菩提汝意云何此人以是因緣得福多不須菩提言甚多世尊甚多修伽陀此人以是因緣生

福甚多須菩提若善男子善女人以七寶遍滿爾所恒伽沙世界持用布施若善男子善女人從此經典乃至四句偈等恭敬受持爲他正說是人所生福德最勝於彼無量無數復次須菩提隨所在處若有人能從是經典乃至四句偈等讀誦講說當知此處於世間中即成支提一切人天阿修羅等皆應恭敬何況有人盡能受持讀誦如此經典當知是人則與無上希有之法而共相應是土地處大師在中或隨有一可尊重人佛說是已淨命須菩提白佛言世尊如是經典名號云何我等云何奉持佛告須菩提此經名爲金剛般若波羅蜜以是名字汝當奉持何以故須菩提是般若波羅蜜如來說非般若波羅蜜須菩提汝意云何頗有一法一佛說不須菩提言世尊無有一法一如來說佛告須菩提三千大千世界所有微塵是爲多不須菩提言此世界微塵甚多世尊甚多修伽陀何以故世尊此諸微塵如來說非微塵故名微塵此諸世界如來說非世界故說世界佛告須菩提汝意云何可以三十二大人相見如來不須菩提言不也世尊何以故此三十二大人相如來說非相故說三十二大人相佛告須菩提若有善男子善女人如諸恒河所有沙數如是沙等身命捨以布施若有善男子善女人從此經典乃至四句偈等恭敬受持爲他正說此人以是因緣生福多彼無量無數爾時淨命須菩提由法利疾即便悲泣抆淚而言希有世尊希有修伽陀如此經典如來所說我從昔來至得聖慧未曾聞說如是

經典何以故世尊說般若波羅蜜即非般若
波羅蜜故說般若波羅蜜世尊當知是人則
與無上希有之法而共相應聞說經時能生
實想世尊是實想者實非有想是故如來說
名實想說名實想世尊此事於我非爲希有
正說經時我生信解世尊於未來世若有衆
生恭敬受持爲他正說當知是人則與無上
希有之法而共相應世尊此人無復我想衆
生想壽者想受者想何以故我想衆生想壽
者想受者想即是非想何以故諸佛世尊解
脫諸想盡無餘故說是言已佛告須菩提如
是須菩提如是當知是人則與無上希有之
法而共相應是人聞說此經不驚不怖不畏
何以故須菩提此法如來所說是第一波羅
蜜此波羅蜜如來所說無量諸佛亦如是說
是故說名第一波羅蜜復次須菩提如來忍
辱波羅蜜即非波羅蜜何以故須菩提昔時
我爲迦陵伽王斬斫身體骨肉離碎我於爾
時無有我想衆生想壽者想受者想無想非
無想何以故須菩提我於爾時若有我想衆
生想壽者想受者想是時則應生瞋恨想須
菩提我憶過去五百生中作大仙人名曰說
忍於爾生中心無我想衆生想壽者想受者
想是故須菩提菩薩摩訶薩捨離一切想於
無上菩提應發起心不應生住色心不應生
住聲香味觸心不應生住法心不應生住非
法心不應生有所住心何以故若心有住則
爲非住故如來說菩薩無所住心應行布施
復次須菩提菩薩應如是行施爲利益一切
衆生此衆生想即是非想如是一切衆生如

來說即非衆生何以故諸佛世尊遠離一切想故須菩提如來說實說諦說如說非虛妄復次須菩提是法如來所覺是法如來所說是法非實非虛須菩提譬如有人在於盲暗如是當知菩薩墮相行墮相施須菩提如人有目夜已曉時晝日光照見種種色如是當知菩薩不墮於相行無相施復次須菩提於未來世若有善男子善女人受持讀誦教他修行爲他正說如是經典如來悉知是人悉見是人生長無量福德之聚復次須菩提若有善男子善女人於日前分布施身命如上所說諸恒沙數於日中分布施身命於日後分布施身命皆如上說諸恒沙數如是無量百千萬億劫以身命布施若復有人聞此經典不起誹謗以是因緣生福多彼無量無數何況有人書寫受持讀誦教他修行爲人廣說復次須菩提如是經典不可思量無能與等如來但爲憐愍利益能行無上乘人及行無等乘人說若復有人於未來世受持讀誦教他修行正說是經如來悉知是人悉見是人與無數無量不可思議無等福聚而共相應如是等人由我身分則能荷負無上菩提何以故須菩提如是經典若不願樂人及我見衆生見壽者見受者見如此等人能聽能修讀誦教他正說無有是處復次須菩提隨所在處顯說此經一切世間天人阿修羅等皆應供養作禮右繞當知此處於世間中即成支提須菩提若有善男子善女人受持讀誦教他修行正說如是等經此人現身受輕賤等若過去世中所造惡業應感生後惡道

果報以於現身受輕苦故先世罪業及苦果報則爲消滅當得阿耨多羅三藐三菩提須菩提我憶往昔從然燈如來阿羅訶三藐三佛陀後無數無量不可算計過去大劫得值八萬四千百千俱胝諸佛如來已成佛竟我皆承事供養恭敬無空過者若復有人於後末世五百歲時受持讀誦教他修行正說此經須菩提此人所生福德之聚以我往昔承事供養諸佛如來所得功德比此功德百分不及一千萬億分不及一窮於算數不及其一乃至威力品類相應譬喻所不能及須菩提若善男子善女人於後末世受持讀誦如此等經所得功德我若具說若有善男子善女人諦聽憶持爾所福聚或心迷亂及以顛狂復次須菩提如是經典不可思議若人修行及得果報亦不可思議爾時須菩提白佛言世尊善男子善女人發阿耨多羅三藐三菩提心行菩薩乘云何應住云何修行云何發起菩薩心佛告須菩提善男子善女人發阿耨多羅三藐三菩提心者當生如是心我應安置一切衆生令入無餘涅槃如是般涅槃無量衆生已無一衆生被涅槃者何以故須菩提若菩薩有衆生相想則不應說名爲菩薩何以故須菩提實無有法名爲能行菩薩上乘須菩提汝意云何於然燈佛所頗有一法如來所得名阿耨多羅三藐三菩提不須菩提言不也世尊於然燈佛所無有一法如來所得名阿耨多羅三藐三菩提佛言如是須菩提如是於然燈佛所無有一法如來所得名阿耨多羅三藐三菩提須菩提於然

燈佛所若有一法如來所得名阿耨多羅三藐三菩提然燈佛則不授我記婆羅門汝於來世當得作佛號釋迦牟尼多陀阿伽度阿羅訶三藐三佛陀須菩提由實無有法如來所得名阿耨多羅三藐三菩提是故然燈佛與我授記作如是言婆羅門汝於來世當得作佛號釋迦牟尼多陀阿伽度阿羅訶三藐三佛陀何以故須菩提如來者眞如別名須菩提若有人說如來得阿耨多羅三藐三菩提是人不實語何以故須菩提實無有法如來所得名阿耨多羅三藐三菩提須菩提此法如來所得無實無虛是故如來說一切法皆是佛法須菩提一切法者非一切法故如來說名一切法須菩提譬如有人徧身大身須菩提言世尊如來所說徧身大身即爲非身是故說名徧身大身佛言如是須菩提如是須菩提若有菩薩說如是言我當般涅槃一切衆生則不應說名爲菩薩須菩提汝意云何頗有一法名菩薩不須菩提言不也世尊佛言須菩提是故如來說一切法無我無衆生無壽者無受者須菩提若有菩薩說如是言我當莊嚴清淨佛土如此菩薩說虛妄言何以故須菩提莊嚴佛土者如來說則非莊嚴是故莊嚴清淨佛土須菩提若菩薩信見諸法無我諸法無我如來應供正徧覺說是名菩薩是名菩薩佛言須菩提汝意云何如來有肉眼不須菩提言如是世尊如來有肉眼佛言須菩提汝意云何如來有天眼不須菩提言如是世尊如來有天眼佛言須菩提汝意云何如來有慧眼不須菩提言如是

世尊如來有慧眼佛言須菩提汝意云何如來有法眼不須菩提言如是世尊如來有法眼佛言須菩提汝意云何如來有佛眼不須菩提言如是世尊如來有佛眼須菩提汝意云何於恒伽江所有諸沙如其沙數所有恒伽如諸恒伽所有沙數世界如是寧爲多不須菩提言如是世尊此等世界其數甚多佛言須菩提爾所世界中所有衆生我悉見知心相續住有種種類何以故須菩提心相續住如來說非續住故說續住何以故須菩提過去心不可得未來心不可得現在心不可得須菩提汝意云何若有人以滿三千大千世界七寶而用布施是善男子善女人以是因緣得福多不須菩提言甚多世尊甚多修伽陀佛言如是須菩提如是彼善男子善女人以是因緣得福聚多佛言須菩提若福德聚但名爲聚如來則不應說是福德聚是福德聚須菩提汝意云何可以具足色身觀如來不須菩提言不也世尊不可以具足色身觀於如來何以故此具足色身如來說非具足色身是故如來說名具足色身佛言須菩提汝意云何可以具足諸相觀如來不須菩提言不也世尊不可以具足諸相觀於如來何以故此具足相如來說非具足相是故如來說具足相佛言須菩提汝意云何如來有如是意我今實說法耶須菩提若有人言如來實能說法汝應當知是人由非實有及以邪執起誹謗我何以故須菩提說法說法實無有法名爲說法爾時須菩提白佛言世尊須有衆生於未來世聽聞正說如是等相此

經章句生實信不佛告須菩提彼非衆生非非衆生何以故須菩提彼衆生者如來說非衆生非非衆生故說衆生須菩提汝意云何頗有一法如來所得名阿耨多羅三藐三菩提不須菩提言不也世尊無有一法如來所得名阿耨多羅三藐三菩提佛言如是須菩提如是乃至無有如微塵法如來所捨如來所得是故說名阿耨多羅三藐三菩提平等平等復次須菩提諸佛覺知無有差別是故說名阿耨多羅三藐三菩提復次須菩提此法平等無有高下是名阿耨多羅三藐三菩提復次須菩提由無我無衆生無壽者無受者等此法平等故名阿耨多羅三藐三菩提復次須菩提由實善法具足圓滿得阿耨多羅三藐三菩提須菩提所言善法善法者如來說非善法故名善法須菩提三千大千世界中所有諸須彌山王如是等七寶聚滿此世界有人持用布施若人從此般若波羅蜜經乃至四句偈等受持讀誦爲他正說所得功德以前功德比此功德百分不及一千萬億分不及一窮於算數不及其一乃至威力品類相應譬喻所不能及須菩提汝意云何如來作是念我度衆生耶須菩提汝今不應作如是念何以故實無衆生如來所度須菩提若有衆生如來所度即是我執衆生執壽者執受者執須菩提此我等執如來說非執嬰兒凡夫衆生之所執故須菩提嬰兒凡夫衆生者如來說非衆生故說嬰兒凡夫衆生須菩提汝意云何可以具足相觀如來不須菩提言如我解佛所說義不以具足相應觀

如來佛言如是須菩提如是不以具足相應觀如來何以故若以具足相觀如來者轉輪聖王應是如來是故不以具足相應觀如來

是時世尊而說偈言

若以色見我　以音聲求我　是人行邪道
不應得見我　由法應見佛　調御法爲身
此法非識境　法如深難見

須菩提汝意云何如來可以具足相得阿耨多羅三藐三菩提不須菩提汝今不應作如是見如來以具足相得阿耨多羅三藐三菩提何以故須菩提如來不以具足相得阿耨多羅三藐三菩提須菩提若汝作是念如來有是說行菩薩乘人有法可滅須菩提汝莫作此見何以故如來不說行菩薩乘人有法可滅及以永斷須菩提若有善男子善女人以滿恒伽沙等世界七寶持用布施若有菩薩於一切法無我無生得無生忍以是因緣所得福德最多於彼須菩提行大乘人不應執取福德之聚須菩提言此福德聚可攝持不佛言須菩提此福德聚可得攝持不可執取是故說此福德之聚應可攝持須菩提若有人言如來行住坐卧是人不解我所說義何以故須菩提如來者無所行去無所從來是故說名如來應供正徧覺知須菩提若善男子善女人以三千大千世界地大微塵燒成灰末合爲墨丸如微塵聚須菩提汝意云何是隣虛聚寧爲多不須菩提言彼隣虛聚甚多世尊何以故世尊若隣虛聚是實有者世尊則不應說名隣虛聚何以故世尊所說此隣虛聚如來說非隣虛聚是故說名爲隣

虛聚如來所說三千大千世界則非世界故說三千大千世界何以故世尊若執世界爲實有者是聚一執此聚一執如來說非執故說聚一執佛世尊言須菩提此聚一執但世言說須菩提是法非可言法嬰兒凡夫偏言所取須菩提若有人言如來說我見衆生見壽者見受者見須菩提汝意云何是人言說爲正語不須菩提言不也世尊不也修伽陀何以故如來所說我見衆生見壽者見受者見卽是非見是故說我見衆生見壽者見受者見須菩提若人行菩薩乘如是應知應見應信一切諸法如是應修爲令法想不得生起何以故須菩提是法想法想者如來說卽非想故說法想須菩提若有菩薩摩訶薩以滿無數無量世界七寶持用布施若有善男子善女人從此般若波羅蜜經乃至四句偈等受持讀誦教他修行爲他廣說是善男子善女人以是因緣所生福德最多於彼無量無數云何顯說此經如無所顯說故言顯說如如不動恒有正說應觀有爲法如暗翳燈幻露泡夢電雲雨時世尊說是經已大德須菩提心進歡喜及諸比丘比丘尼優婆塞優婆夷衆人天阿修羅等一切世間踊躍歡喜信受奉行

金剛般若波羅蜜經

西天竺優禪尼國三藏法師號拘羅那他此云眞諦梁武皇帝遠遣迎接經遊閩越暫憇梁安太守王方賒乃勤心正法性愛大乘仍於建造伽藍請弘茲典法師不乖本願受三請而黙然尋此舊經甚有脫悞

即於壬午年五月一日重翻天竺定文依婆藪論釋法師善解方言無勞度語矚彼玄文宣此奧說對偕宗法師法虔等並共筆受至九月二十五日文義都竟經本一卷文義十卷法虔爾日仍願造一百部流通供養并講之十徧普願衆生因此正說速至涅槃常流應化

能斷金剛般若波羅蜜經

唐三藏法師 玄奘奉詔
義淨奉制 譯

清刻龍藏佛說法變相圖

能斷金剛般若波羅蜜多經

唐三藏法師玄奘奉　詔譯

如是我聞一時薄伽梵在室羅筏住逝多林給孤獨園與大苾芻衆千二百五十人俱爾時世尊於日初分整理常服執持衣鉢入室羅筏大城乞食時薄伽梵於其城中行乞食已出還本處飯食訖收衣鉢洗足已於食後時敷如常座結跏趺坐端身正願住對面念時諸苾芻來詣佛所到已頂禮世尊雙足右繞三帀退坐一面具壽善現亦於如是衆會中坐爾時衆中具壽善現從座而起偏袒一肩右膝著地合掌恭敬而白佛言希有世尊乃至如來應正等覺能以最勝攝受攝受諸菩薩摩訶薩乃至如來應正等覺能以最勝付囑付囑諸菩薩摩訶薩世尊諸有發趣菩

薩乘者應云何住云何修行云何攝伏其心作是語已爾時世尊告具壽善現曰善哉善哉善現如是如是如汝所説乃至如來應正等覺能以最勝攝受攝受諸菩薩摩訶薩乃至如來應正等覺能以最勝付囑付囑諸菩薩摩訶薩是故善現汝應諦聽極善作意吾當爲汝分別解説諸有發趣菩薩乘者應如是住如是修行如是攝伏其心具壽善現白佛言如是世尊願樂欲聞佛言善現諸有發趣菩薩乘者應當發起如是之心所有諸有情有情攝所攝若卵生若胎生若濕生若化生若有色若無色若有想若無想若非有想非無想乃至有情界施設所施設如是一切我當皆令於無餘依妙涅槃界而般涅槃雖度如是無量有情令滅度已而無有情得滅度者何以故善現若諸菩薩摩訶薩有情想轉不應説名菩薩摩訶薩所以者何善現若諸菩薩摩訶薩不應説言有情想轉如是命者想士夫想補特伽羅想意生想摩納婆想作者想受者想轉當知亦爾何以故善現無有少法名爲發趣菩薩乘者復次善現菩薩摩訶薩不住於事應行布施都無所住應行布施不住於色應行布施不住聲香味觸法應行布施善現如是菩薩摩訶薩如不住相想應行布施何以故善現若菩薩摩訶薩都無所住而行布施其福德聚不可取量佛告善現於汝意云何東方虛空可取量不善現答言不也世尊善現如是南西北方四維上下周徧十方一切世界虛空可取量不善現答言不也世尊佛言善現如是如是若菩薩

摩訶薩都無所住而行布施其福德聚不可取量亦復如是善現菩薩如是如不住相想應行布施佛告善現於汝意云何可以諸相具足觀如來不善現答言不也世尊不應以諸相具足觀於如來何以故如來說諸相具足即非諸相具足說是語已佛復告具壽善現言善現乃至諸相具足皆是虛妄乃至非相具足皆非虛妄如是以相非相應觀如來說是語已具壽善現復白佛言世尊頗有有情於當來世後時後分後五百歲正法將滅時分轉時聞說如是色經典句生實想不佛告善現勿作是說頗有有情於當來世後時後分後五百歲正法將滅時分轉時聞說如是色經典句生實想不然復善現有菩薩摩訶薩於當來世後時後分後五百歲正法將滅時分轉時具足尸羅具德具慧復次善現彼菩薩摩訶薩非於一佛所承事供養非於一佛所種諸善根然復善現彼菩薩摩訶薩於其非一百千佛所承事供養於其非一百千佛所種諸善根乃能聞說如是色經典句當得一淨信心善現如來以其佛智悉已知彼如來以其佛眼悉已見彼善現如來悉已覺彼一切有情當生無量無數福聚當攝無量無數福聚何以故善現彼菩薩摩訶薩無我想轉無有情想無命者想無士夫想無補特伽羅想無意生想無摩納婆想無作者想無受者想轉善現彼菩薩摩訶薩無法想轉無非法想轉無想轉亦無非想轉所以者何善現若菩薩摩訶薩有法想轉彼即應有我執有情執命者執補特伽羅等執若有非法

想轉彼亦應有我執有情執命者執補特伽羅等執何以故善現不應取法不應取非法是故如來密意而說筏喻法門諸有智者法尚應斷何況非法佛復告具壽善現言善現於汝意云何頗有少法如來應正等覺證得阿耨多羅三藐三菩提耶頗有少法如來應正等覺是所說耶善現答言世尊如我解佛所說義者無有少法如來應正等覺證得阿耨多羅三藐三菩提亦無有少法是如來應正等覺所說何以故世尊如來應正等覺所證所說所思惟法皆不可取不可宣說非法非非法何以故以諸賢聖補特伽羅皆是無爲之所顯故佛告善現於汝意云何若善男子或善女人以此三千大千世界盛滿七寶持用布施是善男子或善女人由此因緣所生福聚寧爲多不善現答言甚多世尊甚多善逝是善男子或善女人由此因緣所生福聚其量甚多何以故世尊福德聚福德聚者如來說爲非福德聚是故如來說名福德聚福德聚佛復告善現言善現若善男子或善女人以此三千大千世界盛滿七寶持用布施若善男子或善女人於此法門乃至四句伽陀受持讀誦究竟通利及廣爲他宣說開示如理作意由是因緣所生福聚甚多於前無量無數何以故一切如來應正等覺阿耨多羅三藐三菩提皆從此經出諸佛世尊皆從此經生所以者何善現諸佛法諸佛法者如來說爲非諸佛法是故如來說名諸佛法諸佛法佛告善現於汝意云何諸預流者頗作是念我能證得預流果不善現答言不也

世尊諸預流者不作是念我能證得預流之果何以故世尊諸預流者無少所預故名預流不預色聲香味觸法故名預流世尊若預流者作如是念我能證得預流之果即爲執我有情命者士夫補特伽羅等佛告善現於汝意云何諸一來者頗作是念我能證得一來果不善現答言不也世尊諸一來者不作是念我能證得一來之果何以故世尊以無少法證一來性故名一來佛告善現於汝意云何諸不還者頗作是念我能證得不還果不善現答言不也世尊諸不還者不作是念我能證得不還之果何以故世尊以無少法證不還性故名不還佛告善現於汝意云何諸阿羅漢頗作是念我能證得阿羅漢不善現答言不也世尊諸阿羅漢不作是念我能證得阿羅漢性何以故世尊以無少法名阿羅漢由是因緣名阿羅漢世尊若阿羅漢作如是念我能證得阿羅漢性即爲執我有情命者士夫補特伽羅等所以者何世尊如來應正等覺說我得無諍住最爲第一世尊我雖是阿羅漢永離貪欲而我未曾作如是念我得阿羅漢永離貪欲世尊我若作如是念我得阿羅漢永離貪欲者如來不應記說我言善現善男子得無諍住最爲第一以都無所住是故如來說名無諍住無諍住佛告善現於汝意云何如來昔在然燈如來應正等覺所頗於少法有所取不善現答言不也世尊如來昔在然燈如來應正等覺所都無少法而有所取佛告善現若有菩薩作如是言我當成辦佛土功德莊嚴如是菩薩非眞實

語何以故善現佛土功德莊嚴佛土功德莊嚴者如來說非莊嚴是故如來說名佛土功德莊嚴佛土功德莊嚴是故善現菩薩如是都無所住應生其心不住於色應生其心不住非色應生其心不住聲香味觸法應生其心不住非聲香味觸法應生其心都無所住應生其心佛告善現如有士夫具身大身其色自體假使譬如妙高山王善現於汝意云何彼之自體爲廣大不善現答言彼之自體廣大世尊廣大善逝何以故世尊彼之自體如來說非彼體故名自體非以彼體故名自體佛告善現於汝意云何乃至殑伽河中所有沙數假使有如是沙等殑伽河是諸殑伽河沙寧爲多不善現答言甚多世尊甚多善逝諸殑伽河尚多無數何況其沙佛言善現吾今告汝開覺於汝假使若善男子或善女人以妙七寶盛滿爾所殑伽河沙等世界奉施如來應正等覺善現於汝意云何是善男子或善女人由此因緣所生福聚寧爲多不善現答言甚多世尊甚多善逝是善男子或善女人由此因緣所生福聚其量甚多佛復告善現若以七寶盛滿爾所沙等世界奉施如來應正等覺若善男子或善女人於此法門乃至四句伽陀受持讀誦究竟通利及廣爲他宣說開示如理作意由此因緣所生福聚甚多於前無量無數復次善現若地方所於此法門乃至爲他宣說開示四句伽陀此地方所尚爲世間諸天及人阿素洛等之所供養如佛靈廟何況有能於此法門具足究竟書寫受持讀誦究竟通利及廣爲他宣說

開示如理作意如是有情成就最勝希有功德此地方所大師所住或隨一一尊重處所若諸有智同梵行者說是語已具壽善現復白佛言世尊當何名此法門我當云何奉持作是語已佛告善現言具壽今此法門名爲能斷金剛般若波羅蜜多如是名字汝當奉持何以故善現如是般若波羅蜜多如來說爲非般若波羅蜜多是故如來說名般若波羅蜜多佛告善現於汝意云何頗有少法如來可說不善現答言不也世尊無有少法如來可說佛告善現乃至三千大千世界大地微塵寧爲多不善現答言此地微塵甚多世尊甚多善逝佛言善現大地微塵如來說非微塵是故如來說名大地微塵諸世界如來說非世界是故如來說名世界佛告善現於汝意云何應以三十二大士夫相觀於如來應正等覺不善現答言不也世尊不應以三十二大士夫相觀於如來應正等覺何以故世尊三十二大士夫相如來說爲非相是故如來說名三十二大士夫相佛復告善現言假使若有善男子或善女人於日日分捨施殑伽河沙等自體如是經殑伽河沙等劫數捨施自體復有善男子或善女人於此法門乃至四句伽陀受持讀誦究竟通利及廣爲他宣說開示如理作意由是因緣所生福聚甚多於前無量無數爾時具壽善現聞法威力悲泣墮淚俛仰捫淚而白佛言甚奇希有世尊最極希有善逝如來今者所說法門普爲發趣最上乘者作諸義利普爲發趣最勝乘者作諸義利世尊我昔生智以來未曾得

聞如是法門世尊若諸有情聞說如是甚深經典生眞實想當知成就最勝希有何以故世尊諸眞實想眞實想者如來說爲非想是故如來說名眞實想眞實想世尊我今聞說如是法門領悟信解未爲希有若諸有情於當來世後時後分後五百歲正法將滅時分轉時當於如是甚深法門領悟信解受持讀誦究竟通利及廣爲他宣說開示如理作意當知成就最勝希有何以故世尊彼諸有情無我想轉無有情想無命者想無士夫想無補特伽羅想無意生想無摩納婆想無作者想無受者想轉所以者何世尊諸我想即是非想諸有情想命者想士夫想補特伽羅想意生想摩納婆想作者想受者想即是非想何以故諸佛世尊離一切想作是語已爾時世尊告具壽善現言如是如是善現若諸有情聞說如是甚深經典不驚不懼無有怖畏當知成就最勝希有何以故善現如來說最勝波羅蜜多謂般若波羅蜜多善現如來所說最勝波羅蜜多無量諸佛世尊所共宣說故名最勝波羅蜜多如來說最勝波羅蜜多即非波羅蜜多是故如來說名最勝波羅蜜多復次善現如來說忍辱波羅蜜多即非波羅蜜多是故如來說名忍辱波羅蜜多何以故善現我昔過去世曾爲羯利王斷支節肉我於爾時都無我想或有情想或命者想或士夫想或補特伽羅想或意生想或摩納婆想或作者想或受者想我於爾時都無有想亦非無想何以故善現我於爾時若有我想即於爾時應有恚想我於爾時若有有情想

命者想士夫想補特伽羅想意生想摩納婆想作者想受者想即於爾時應有恚想何以故善現我憶過去五百生中曾為自號忍辱仙人我於爾時都無我想無有情想無命者想無士夫想無補特伽羅想無意生想無摩納婆想無作者想無受者想我於爾時都無有想亦非無想是故善現菩薩摩訶薩遠離一切想應發阿耨多羅三藐三菩提心不住於色應生其心不住非色應生其心不住聲香味觸法應生其心不住非聲香味觸法應生其心都無所住應生其心何以故善現諸有所住則為非住是故如來說諸菩薩應無所住而行布施不應住色聲香味觸法而行布施復次善現菩薩摩訶薩為諸有情作義利故應當如是棄捨布施何以故善現諸有情想即是非想一切有情如來即說為非有情善現如來是實語者諦語者如語者不異語者復次善現如來現前等所證法或所說法或所思法即於其中非諦非妄善現譬如士夫入於闇室都無所見當知菩薩若墮於事謂墮於事而行布施亦復如是善現譬如明眼士夫過夜曉已日光出時見種種色當知菩薩不墮於事謂不墮事而行布施亦復如是復次善現若善男子或善女人於此法門受持讀誦究竟通利及廣為他宣說開示如理作意則為如來以其佛智悉知是人則為如來以其佛眼悉見是人則為如來悉覺是人如是有情一切當生無量福聚復次善現假使善男子或善女人日初時分以殑伽河沙等自體布施日中時分復以殑伽河沙

等自體布施日後時分亦以殑伽河沙等自體布施由此異門經於俱胝那庾多百千劫以自體布施若有聞説如是法門不生誹謗由此因緣所生福聚尚多於前無量無數何況能於如是法門具足畢竟書寫受持讀誦究竟通利及廣爲他宣説開示如理作意復次善現如是法門不可思議不可稱量應當希冀不可思議所感異熟善現如來宣説如是法門爲欲饒益趣最上乘諸有情故爲欲饒益趣最勝乘諸有情故善現若有於此法門受持讀誦究竟通利及廣爲他宣説開示如理作意即爲如來以其佛智悉知是人即爲如來以其佛眼悉見是人則爲如來悉覺是人如是有情一切成就無量福聚皆當成就不可思議不可稱量無邊福聚善現如是一切有情其肩荷擔如來無上正等菩提何以故善現如是法門非諸下劣信解有情所能聽聞非諸我見非諸有情見非諸命者見非諸士夫見非諸補特伽羅見非諸意生見非諸摩納婆見非諸作者見非諸受者見所能聽聞此等若能受持讀誦究竟通利及廣爲他宣説開示如理作意無有是處復次善現若地方所聞此經典此地方所當爲世間諸天及人阿素洛等之所供養禮敬右繞如佛靈廟復次善現若善男子或善女人於此經典受持讀誦究竟通利及廣爲他宣説開示如理作意若遭輕毁極遭輕毁所以者何善現是諸有情宿生所造諸不淨業應感惡趣以現法中遭輕毁故宿生所造諸不淨業皆悉消盡當得無上正等菩提何以故善現

我憶過去於無數劫復過無數於然燈如來應正等覺先復過去曾值八十四俱胝那庾多百千諸佛我皆承事既承事已皆無違犯善現我於如是諸佛世尊皆得承事既承事已皆無違犯若諸有情後時後分後五百歲正法將滅時分轉時於此經典受持讀誦究竟通利及廣爲他宣說開示如理作意善現我先福聚於此福聚百分計之所不能及如是千分若百千分若俱胝百千分若俱胝那庾多百千分若數分若計分若筭分若喻分若鄔波尼殺曇分亦不能及善現我若具說當於爾時是善男子或善女人所生福聚乃至是善男子是善女人所攝福聚有諸有情則便迷悶心或狂亂是故善現如來宣說如是法門不可思議不可稱量應當希兾不可思議所感異熟爾時具壽善現復白佛言世尊諸有發趣菩薩乘者應云何住云何修行云何攝伏其心佛告善現諸有發趣菩薩乘者應當發起如是之心我當皆令一切有情於無餘依妙涅槃界而般涅槃雖度如是一切有情令滅度已而無有情得滅度者何以故善現若諸菩薩摩訶薩有情想轉不應說名菩薩摩訶薩所以者何若諸菩薩摩訶薩不應說言有情想轉如是命者想士夫想補特伽羅想意生想摩納婆想作者想受者想轉當知亦爾何以故善現無有少法名爲發趣菩薩乘者佛告善現於汝意云何如來昔於然燈如來應正等覺所頗有少法能證阿耨多羅三藐三菩提不作是語已具壽善現白佛言世尊如我解佛所說義者如來昔於

然燈如來應正等覺所無有少法能證阿耨多羅三藐三菩提說是語已佛告具壽善現言如是如是善現如來昔於然燈如來應正等覺所無有少法能證阿耨多羅三藐三菩提何以故善現如來昔於然燈如來應正等覺所若有少法能證阿耨多羅三藐三菩提者然燈如來應正等覺不應授我記言汝摩納婆於當來世名釋迦牟尼如來應正等覺善現以如來無有少法能證阿耨多羅三藐三菩提是故然燈如來應正等覺授我記言汝摩納婆於當來世名釋迦牟尼如來應正等覺所以者何善現言如來者即是眞實眞如增語言如來者即是無生法性增語言如來者即是永斷道路增語言如來者即是畢竟不生增語何以故善現若實無生即最勝

義善現若如是說如來應正等覺能證阿耨多羅三藐三菩提者當知此言爲不眞實所以者何善現由彼謗我起不實執何以故善現無有少法如來應正等覺能證阿耨多羅三藐三菩提善現如來現前等所證法或所說法或所思法即於其中非諦非妄是故如來說一切法皆是佛法善現一切法一切法者如來說非一切法是故如來說名一切法一切法佛告善現譬如士夫具身大身具壽善現即白佛言世尊如來所說士夫具身大身如來說爲非身是故說名具身大身佛言善現如是如是若諸菩薩作如是言我當滅度無量有情是則不應說名菩薩何以故善現頗有少法名菩薩不善現答言不也世尊無有少法名爲菩薩佛告善現有情有情者

如來說非有情故名有情是故如來說一切法無有有情無有命者無有士夫無有補特伽羅等善現若諸菩薩作如是言我當成辦佛土功德莊嚴亦如是說何以故善現佛土功德莊嚴佛土功德莊嚴者如來說非莊嚴是故如來說名佛土功德莊嚴佛土功德莊嚴善現若諸菩薩於無我法無我法深信解者如來應正等覺說爲菩薩佛告善現於汝意云何如來等現有肉眼不善現答言如是世尊如來等現有肉眼佛言善現於汝意云何如來等現有天眼不善現答言如是世尊如來等現有天眼佛言善現於汝意云何如來等現有慧眼不善現答言如是世尊如來等現有慧眼佛言善現於汝意云何如來等現有法眼不善現答言如是世尊如來等現有法眼佛言善現於汝意云何如來等現有佛眼不善現答言如是世尊如來等現有佛眼佛告善現於汝意云何乃至殑伽河中所有諸沙如來說是沙不善現答言如是世尊如是善逝如來說是沙佛言善現於汝意云何乃至殑伽河中所有沙數假使有如是等殑伽河乃至是諸殑伽河中所有沙數假使有如是等世界是諸世界寧爲多不善現答言如是世尊如是善逝是諸世界其數甚多佛言善現乃至爾所諸世界中所有有情彼諸有情各有種種其心流注我悉能知何以故善現心流注心流注者如來說非流注是故如來說名心流注心流注所以者何善現過去心不可得未來心不可得現在心不可得佛告善現於汝意云何若善男子或善女

人以此三千大千世界盛滿七寶奉施如來應正等覺是善男子或善女人由是因緣所生福聚寧爲多不善現答言甚多世尊甚多善逝佛言善現如是如是彼善男子或善女人由此因緣所生福聚其量甚多何以故善現若有福聚如來不說福聚福聚佛告善現於汝意云何可以色身圓實觀如來不善現答言不也世尊不可以色身圓實觀於如來何以故世尊色身圓實色身圓實者如來說非圓實是故如來說名色身圓實色身圓實佛告善現於汝意云何可以諸相具足觀如來不善現答言不也世尊不可以諸相具足觀於如來何以故世尊諸相具足諸相具足者如來說爲非相具足是故如來說名諸相具足諸相具足佛告善現於汝意云何如來頗作是念我當有所說法耶善現汝今勿當作如是觀何以故善現若言如來有所說法即爲謗我爲非善取何以故善現說法說法者無法可得故名說法爾時具壽善現白佛言世尊於當來世後時後分後五百歲正法將滅時分轉時頗有有情聞說如是色類法已能深信不佛言善現彼非有情非不有情何以故善現一切有情者如來說非有情故名一切有情佛告善現於汝意云何頗有少法如來應正等覺現證無上正等菩提耶具壽善現白佛言世尊如我解佛所說義者無有少法如來應正等覺現證無上正等菩提佛言善現如是如是於中少法無有無得故名無上正等菩提復次善現是法平等於其中間無不平等故名無上正等菩提以無我

性無有情性無命者性無士夫性無補特伽羅等性平等故名無上正等菩提一切善法無不現證一切善法無不妙覺善現善法善法者如來一切說爲非法是故如來說名善法善法復次善現若善男子或善女人集七寶聚量等三千大千世界其中所有妙高山王持用布施若善男子或善女人於此般若波羅蜜多經中乃至四句伽陀受持讀誦究竟通利及廣爲他宣說開示如理作意善現前說福聚於此福聚百分計之所不能及如是千分若百千分若俱胝百千分若俱胝那庾多百千分若數分若計分若筭分若喻分若鄔波尼殺曇分亦不能及佛告善現於意云何如來頗作是念我當度脫諸有情耶善現汝今勿當作如是觀何以故善現無少有情如來度者善現若有有情如來度者如來即應有其我執有有情執有命者執有士夫執有補特伽羅等執善現我等執者如來說爲非執故名我等執而諸愚夫異生强有此執善現愚夫異生者如來說爲非生故名愚夫異生佛告善現於汝意云何可以諸相具足觀如來不善現荅言如我解佛所說義者不應以諸相具足觀於如來佛言善現善哉善哉如是如是如汝所說不應以諸相具足觀於如來善現若以諸相具足觀如來者轉輪聖王應是如來是故不應以諸相具足觀於如來如是應以諸相非相觀於如來爾時世尊而說頌曰

諸以色觀我　以音聲尋我　彼生履邪斷
不能當見我　應觀佛法性　即導師法身

法性非所識　故彼不能了
佛告善現於汝意云何如來應正等覺以諸相具足現證無上正等覺耶善現汝今勿當作如是觀何以故善現如來應正等覺不以諸相具足現證無上正等菩提復次善現如是發趣菩薩乘者頗施設少法若壞若斷耶善現汝今勿當作如是觀諸有發趣菩薩乘者終不施設少法若壞若斷復次善現若善男子或善女人以殑伽河沙等世界盛滿七寶奉施如來應正等覺若有菩薩於諸無我無生法中獲得堪忍由是因緣所生福聚甚多於彼復次善現菩薩不應攝受福聚具壽善現即白佛言世尊云何菩薩不應攝受福聚佛言善現所應攝受不應攝受是故說名所應攝受復次善現若有說言如來若去若來若住若坐若卧是人不解我所說義何以故善現言如來者即是眞實眞如增語都無所去無所從來故名如來應正等覺復次善現若善男子或善女人乃至三千大千世界大地極微塵量等世界即以如是無數世界色像爲墨如極微聚善現於汝意云何是極微聚寧爲多不善現答言是極微聚甚多世尊甚多善逝何以故世尊若極微聚是實有者佛不應說爲極微聚所以者何如來說極微聚即爲非聚故名極微聚如來說三千大千世界即非世界故名三千大千世界何以故世尊若世界是實有者即爲一合執如來說一合執即爲非執故名一合執佛言善現此一合執不可言說不可戲論然彼一切愚夫異生强執是法何以故善現若作是言如

來宣説我見有情見命者見士夫見補特伽羅見意生見摩納婆見作者見受者見於汝意云何如是所説爲正語不善現答言不也世尊不也善逝如是所説非爲正語所以者何如來所説我見有情見命者見士夫見補特伽羅見意生見摩納婆見作者見受者見即爲非見故名我見乃至受者見佛告善現諸有發趣菩薩乘者於一切法應如是知應如是見應如是信解如不住法想何以故善現法想法想者如來説爲非想是故如來説名法想法想復次善現若菩薩摩訶薩以無量無數世界盛滿七寶奉施如來應正等覺若善男子或善女人於此般若波羅蜜多經中乃至四句伽陀受持讀誦究竟通利如理作意及廣爲他宣説開示由此因縁所生福聚甚多於前無量無數云何爲他宣説開示如不爲他宣説開示故名爲他宣説開示爾時世尊而説頌曰

諸和合所爲　如星翳燈幻　露泡夢電雲

應作如是觀

時薄伽梵説是經已尊者善現及諸苾芻苾芻尼鄔波索迦鄔波斯迦并諸世間天人阿素洛健達縛等聞薄伽梵所説經已皆大歡喜信受奉行

能斷金剛般若波羅蜜多經

音釋

玄奘　奘在黨切玄奘法師名也

室羅筏　梵語也亦云舍婆提此云聞物國名也茷音伐

苾芻　苾蒲密切芻楚俱切草名含五義一體性柔輭二引蔓旁布三馨香遠聞四能療疼痛五不背日光以比丘之德似之故名比丘爲苾芻

補特伽羅　梵語也或云福伽羅或富特伽羅此云數取趣謂數數往來諸趣也

摩納婆梵語也此云年少淨行俛仰俛音府又音免低頭也仰語兩切擧首也捫淚捫音門拭也俱胝梵語也此云百億胝張尼切那

庾多梵語也此云萬億庾弋渚切鄔波尼殺曇梵語也此云數之極鄔安古切曇徒南切翳於計切蔽翳也泡音拋水漚也鄔波索迦梵語也此云近事男鄔波斯迦梵語也此云近事女

能斷金剛般若波羅蜜經

唐三藏法師義淨奉　制譯

如是我聞一時薄伽梵在名稱大城戰勝林施孤獨園與大苾芻衆千二百五十人俱及大菩薩衆爾時世尊於日初分時著衣持鉢入城乞食次第乞已還至本處飯食訖收衣鉢洗足已於先設座跏趺端坐正念而住時諸苾芻來詣佛所頂禮雙足右繞三帀退坐一面爾時具壽妙生在大衆中承佛神力即從座起偏袒右肩右膝著地合掌恭敬白佛言希有世尊希有善逝如來應正等覺能以最勝利益益諸菩薩能以最勝付囑囑諸菩薩世尊若有發趣菩薩乘者云何應住云何修行云何攝伏其心佛告妙生善哉善哉如是如是如汝所說如來以勝利益益諸菩薩以勝付囑囑諸菩薩妙生汝應諦聽極善作意吾當為汝分別解說若有發趣菩薩乘者應如是住如是修行如是攝伏其心妙生言唯然世尊願樂欲聞佛告妙生若有發趣菩薩乘者當生如是心所有一切衆生之類若卵生胎生濕生化生若有色無色有想無想非有想非無想盡諸世界所有衆生如是一切我皆令入無餘涅槃而滅度之雖令如是無量衆生證圓寂已而無有一衆生入圓寂者何以故妙生若菩薩有衆生想者則不名菩薩所以者何由有我想衆生想壽者想更求趣想故復次妙生菩薩不住於事應行布施不住隨處應行布施不住色聲香味觸法應行布施妙生菩薩如是布施乃至相想亦不應住何以故由不住施福聚難量妙生於

汝意云何東方虛空可知量不妙生言不爾世尊南西北方四維上下十方虛空可知量不妙生言不爾世尊妙生菩薩行不住施所得福聚不可知量亦復如是妙生於汝意云何可以具足勝相觀如來不妙生言不爾世尊不應以勝相觀於如來何以故如來說勝相即非勝相妙生所有勝相皆是虛妄若無勝相即非虛妄是故應以勝相無相觀於如來妙生言世尊頗有衆生於當來世後五百歲正法滅時聞說是經生實信不佛告妙生莫作是說頗有衆生於當來世後五百歲正法滅時聞說是經生實信不妙生當來之世有諸菩薩具戒具德具慧而彼菩薩非於一佛承事供養植諸善根已於無量百千佛所而行奉事植諸善根是人乃能於此經典生一信心妙生如來悉知是人悉見是人彼諸菩薩當生當攝無量福聚何以故由彼菩薩無我想衆生想壽者想更求趣想彼諸菩薩非法想非非法想非想非無想何以故若彼菩薩有法想即有我執有情執壽者執更求趣執若有非法想彼亦有我執有情執壽者執更求趣執妙生是故菩薩不應取法不應取非法以是義故如來密意宣說筏喻法門諸有智者法尚應捨何況非法妙生於汝意云何如來於無上菩提有所證不復有少法是所說不妙生言如我解佛所說義如來於無上菩提實無所證亦無所說何以故佛所說法不可取不可說彼非法非非法何以故以諸聖者皆是無爲所顯現故妙生於汝意云何若善男子善女人以滿三千大千世界

七寶持用布施得福多不妙生言甚多世尊何以故此福聚者則非是聚是故如來說爲福聚福聚妙生若有善男子善女人以滿三千大千世界七寶持用布施若復有人能於此經乃至一四句頌若自受持爲他演說以是因緣所生福聚極多於彼無量無數何以故妙生由諸如來無上等覺從此經出諸佛世尊從此經生是故妙生佛法者如來說非佛法是名佛法妙生於汝意云何諸預流者頗作是念我得預流果不妙生言不爾世尊何以故諸預流者無法可預故名預流不預色聲香味觸法故名預流世尊若預流者作是念我得預流果者則有我執有情壽者更求趣執妙生於汝意云何諸一來者頗作是念我得一來果不妙生言不爾世尊何以故由彼無有少法證一來性故名一來妙生於汝意云何諸不還者頗作是念我得不還果不妙生言不爾世尊何以故由彼無有少法證不還性故名不還妙生於汝意云何諸阿羅漢頗作是念我得阿羅漢果不妙生言不爾世尊由彼無有少法名阿羅漢世尊若阿羅漢作是念我得阿羅漢果者則有我執有情壽者更求趣執世尊如來說我得無諍住中最爲第一世尊我是阿羅漢離於欲染而實未曾作如是念我是阿羅漢世尊若作是念我得阿羅漢者如來即不說我妙生得無諍住最爲第一以都無所住是故說我得無諍住妙生於汝意云何如來昔在然燈佛所頗有少法是可取不妙生言不爾世尊如來於然燈佛所實無可取妙生若有菩薩作如

是語我當成就莊嚴國土者此爲妄語何以故莊嚴佛土者如來說非莊嚴由此說爲國土莊嚴是故妙生菩薩不住於事不住隨處不住色聲香味觸法應生其心應生不住事心應生不住隨處心應生不住色聲香味觸法心妙生譬如有人身如妙高山王於意云何是身爲大不妙生言甚大世尊何以故彼之大身如來說爲非身以彼非有說名爲身妙生於汝意云何如殑伽河中所有沙數復有如是沙等殑伽河此諸河沙寧爲多不妙生言甚多世尊河尚無數況復其沙妙生我今實言告汝若復有人以寶滿此河沙數量世界奉施如來得福多不妙生言甚多世尊妙生若復有人於此經中受持一頌并爲他說而此福聚勝前福聚無量無邊妙生若國土中有此法門爲他解說乃至四句伽陀當知此地即是制底一切天人阿蘇羅等皆應右繞而爲敬禮何況盡能受持讀誦當知是人則爲最上第一希有又此方所即爲有佛及尊重弟子妙生於汝意云何頗有少法是如來所說不妙生言不爾世尊無有少法是如來所說妙生三千大千世界所有地塵是爲多不妙生言甚多世尊何以故諸地塵佛說非塵故名地塵此諸世界佛說非界故名世界妙生於汝意云何可以三十二大丈夫相觀如來不妙生言不爾世尊不應以三十二相觀於如來何以故三十二相佛說非相是故說爲大丈夫相妙生若有男子女人以殑伽河沙等身命布施若復有人於此經中受持一頌并爲他說其福勝彼無量無數爾

時妙生聞説是經深解義趣涕淚悲泣而白佛言希有世尊我從生智已來未曾得聞如是深經世尊當何名此經我等云何奉持佛告妙生此經名爲般若波羅蜜多如是應持何以故佛説般若波羅蜜多則非般若波羅蜜多世尊若復有人聞説是經生實想者當知是人最上希有世尊此實想者即非實想是故如來説名實想實想世尊我聞是經心生信解未爲希有若當來世有聞是經能受持者是人則爲第一希有何以故彼人無我想衆生想壽者想更求趣想所以者何世尊我想衆生想壽者想更求趣想即是非想所以者何諸佛世尊離諸想故妙生如是如是若復有人得聞是經不驚不怖不畏當知是人第一希有何以故妙生此最勝波羅蜜多是如來所説諸波羅蜜多如來説者即是無邊佛所宣説是故名爲最勝波羅蜜多妙生如來説忍辱波羅蜜多即非忍辱波羅蜜多何以故如我昔爲羯陵伽王割截支體時無我想衆生想壽者想更求趣想我無是想亦非無想所以者何我有是想者應生瞋恨妙生又念過去於五百世作忍辱仙人我於爾時無如是等想是故應離諸想發趣無上菩提之心不應住色聲香味觸法都無所住而生其心不應住法不應住非法應生其心何以故若有所住即爲非住是故佛説菩薩應無所住而行布施妙生菩薩爲利益一切衆生應如是布施此衆生想即爲非想彼諸衆生即非衆生何以故諸佛如來離諸想故妙生如來是實語者如語者不誑語者不異語

者妙生如來所證法及所說法此即非實非妄妙生若菩薩心住於事而行布施如人入闇則無所見若不住事而行布施如人有目日光明照見種種色是故菩薩不住於事應行其施妙生若有善男子善女人能於此經受持讀誦爲他演說如是之人佛以智眼悉知悉見當生當攝無量福聚妙生若有善男子善女人初日分以殑伽河沙等身布施中日分復以殑伽河沙等身布施後日分亦以殑伽河沙等身布施如是無量百千萬億劫以身布施若復有人聞此經典不生毀謗其福勝彼何況書寫受持讀誦爲人解說妙生是經有不可思議不可稱量無邊功德如來爲發大乘者說爲發最上乘者說若有人能受持讀誦廣爲他說如來悉知悉見是人皆得成就不可量不可稱不可思議福業之聚當知是人則爲以肩荷負如來無上菩提何以故妙生若樂小法者則著我見衆生見壽者見更求趣見是人若能讀誦受持此經無有是處妙生所在之處若有此經當知此處則是制底一切世間天人阿蘇羅所應恭敬作禮圍繞以諸香華供養其處妙生若有善男子善女人於此經典受持讀誦演說之時或爲人輕辱何以故妙生當知是人於前世中造諸惡業應墮惡道由於現在得遭輕辱此爲善事能盡惡業速至菩提故妙生我憶過去過無數劫在然燈佛先得值八十四億那庚多佛悉皆供養承事無違背者若復有人於後五百歲正法滅時能於此經受持讀誦解其義趣廣爲他說所得功德以前功德

比此功德百分不及一千萬億分筭分勢分比數分因分乃至譬喻亦不能及妙生我若具說受持讀誦此經功德或有人聞心則狂亂疑惑不信妙生當知是經不可思議其受持者應當希望不可思議所生福聚復次妙生白佛言世尊若有發趣菩薩乘者應云何住云何修行云何攝伏其心佛告妙生若有發趣菩薩乘者當生如是心我當度脫一切衆生悉皆令入無餘涅槃雖有如是無量衆生證於圓寂而無有一衆生證圓寂者何以故妙生若菩薩有衆生想者則不名菩薩所以者何妙生實無有法可名發趣菩薩乘者妙生於汝意云何如來於然燈佛所頗有少法是所證不妙生言如來於然燈佛所無法可證而得菩提佛言如是如是妙生實無有法如來於然燈佛所有所證悟得大菩提若證法者然燈佛則不與我授記摩納婆汝於來世當得作佛號釋迦牟尼以無所得故然燈佛與我授記當得作佛號釋迦牟尼何以故妙生言如來者即是實生眞如之異名也妙生若言如來證得無上正等覺者是爲妄語何以故實無有法如來證得無上正覺妙生如來所得正覺之法此即非實非虛是故佛說一切法者即是佛法妙生一切法一切法者如來說爲非法是故如來說一切法者即是佛法妙生譬如丈夫其身長大妙生言世尊如來說爲大身者即說爲非身是名大身佛告妙生如是如是若菩薩作是語我當度衆生令寂滅者則不名菩薩妙生頗有少法名菩薩不答言不爾世尊妙生是故如來

說一切法無我無衆生無壽者無更求趣妙生若有菩薩言我當成就佛土嚴勝佛土嚴勝者如來說爲非是嚴勝是故如來說爲嚴勝妙生若有信解一切法無性一切法無性者如來說名眞是菩薩菩薩妙生於汝意云何如來有肉眼不妙生言如是世尊如來有肉眼如來有天眼不如是世尊如來有天眼如來有慧眼不如是世尊如來有慧眼如來有法眼不如是世尊如來有法眼如來有佛眼不如是世尊如來有佛眼妙生於汝意云何如殑伽河中所有沙數復有如是沙等殑伽河隨諸河沙有爾所世界是爲多不妙生言甚多世尊妙生此世界中所有衆生種種性行其心流轉我悉了知何以故妙生心陀羅者如來說爲無持由無持故心遂流轉何以故妙生過去心不可得未來心不可得現在心不可得妙生於汝意云何若人以滿三千大千世界七寶布施是人得福多不妙生言甚多世尊妙生若此福聚是聚者如來則不說爲福聚福聚妙生於汝意云何可以色身圓滿觀如來不不爾世尊不應以色身圓滿觀於如來何以故色身圓滿色身圓滿者如來說非圓滿是故名爲色身圓滿妙生可以具相觀如來不不爾世尊不應以具相觀於如來何以故諸具相者如來說非具相是故如來說名具相妙生於汝意云何如來作是念我說法耶汝勿作是見若言如來有所說法者則爲謗我何以故言說法說法者無法可說是名說法妙生白佛言世尊於當來世頗有衆生聞說是經生信心不佛告妙生

有生信者彼非衆生非非衆生何以故衆生衆生者如來說非衆生是名衆生妙生於汝意云何佛得無上正等覺時頗有少法所證不妙生言實無有法是佛所證佛告妙生如是如是此中無有少法可得故名無上正等菩提妙生是法平等無有高下故名無上正等菩提以無我無衆生無壽者無更求趣性其性平等故名無上正等菩提一切善法皆正覺了故名無上正等正覺妙生善法者如來說爲非法故名善法妙生若三千大千世界中所有諸妙高山王如是等七寶聚有人持用布施若復有人於此經中乃至一四句頌若自受持及爲他說以前福聚比此福聚假令分此以爲百分彼亦不能及一分或千分億分筭分勢分數分因分乃至譬喻亦不能及一妙生於汝意云何如來度衆生不汝莫作是見如來度衆生何以故曾無有一衆生是如來度者若有衆生是如來度者如來則有我見衆生見壽者見更求趣見妙生我等執者如來說爲非執而諸愚夫妄爲此執妙生愚夫衆生如來說爲非生故名愚夫衆生妙生於汝意云何應以具相觀如來不不爾世尊不應以具相觀於如來妙生若以具相觀如來者轉輪聖王應是如來是故不應以具相觀於如來應以諸相非相觀於如來

爾時世尊而說頌曰

若以色見我　以音聲求我　是人起邪觀
不能當見我　應觀佛法性　即導師法身
法性非所識　故彼不能了

妙生諸有發趣菩薩乘者其所有法是斷滅

不汝莫作是見何以故趣菩薩乘者其法不失妙生若有男子女人以滿殑伽河沙世界七寶布施若復有人於無我理不生法中得忍解者所生福聚極多於彼無量無數妙生菩薩不應取其福聚妙生言菩薩豈不取福聚耶佛告妙生是應正取不應趣取是故說取妙生如有說言如來若來若去若坐若卧者是人不解我所說義何以故妙生都無去來故名如來妙生若有男子女人以三千大千世界土地碎爲墨塵妙生於汝意云何是極微聚寧爲多不妙生言甚多世尊何以故若聚性是實者如來不說爲極微聚極微聚何以故極微聚者世尊說爲非極微聚故名極微聚世尊如來所說三千大千世界說爲非世界故名三千大千世界何以故若世界

實有如來則有聚執佛說聚執者說爲非聚執是故說爲聚執妙生此聚執者是世言論然其體性實無可說但是愚夫異生之所妄執妙生如有說云佛說我見衆生見壽者見更求趣見者是爲正說爲不正耶妙生言不爾世尊何以故若有我見如來說者即是非見故名我見妙生諸有發趣菩薩乘者於一切法應如是知如是見如是解如是解者乃至法想亦無所住何以故妙生法想法想者如來說爲非想故名法想法想妙生若有人以滿無量無數世界七寶持用布施若復有人能於此經乃至受持讀誦四句伽陀令其通利廣爲他人正說其義以是因緣所生福聚極多於彼無量無數云何正說無法可說是名正說爾時世尊說伽陀曰

一切有爲法　如星翳燈幻　露泡夢電雲
應作如是觀
爾時薄伽梵說是經已具壽妙生及諸菩薩
摩訶薩苾芻苾芻尼鄔波索迦鄔波斯迦一
切世間天人阿蘇羅等皆大歡喜信受奉行
能斷金剛般若波羅蜜經

金剛能斷般若波羅蜜經

隋三藏笈多譯

清刻龍藏佛說法變相圖

金剛能斷般若波羅蜜經

隋三藏笈多譯

歸命一切佛菩薩海等

如是我聞一時世尊聞者遊行勝林中無親搏施與園中大比丘衆共半三十比丘百爾時世尊前分時上裙著已器上絡衣持聞者大城搏爲入爾時世尊聞者大城搏爲行已作已食作已後食搏墮過器上絡衣收攝兩足洗坐具世尊施設如是座中跏趺結直身作現前念近住爾時多比丘若世尊彼詣到已世尊兩足頂禮世尊邊三右繞作已一邊坐彼復時命者善實彼所如是衆聚集會坐爾時命者善實起坐一肩上著作已右膝輪地著已若世尊彼合掌向世尊邊如是言希有世尊乃至所有如來應正徧知菩薩摩訶

薩順攝最勝順攝乃至所有如來應正徧知
菩薩摩訶薩付囑最勝付囑彼云何世尊菩
薩乘發行住應云何修行應云何心降伏應
如是語已世尊命者善實邊如是言善善善
實如是如是善實如是如是順攝如來菩薩
摩訶薩最勝順攝付囑如來菩薩摩訶薩最
勝付囑彼善實聽善善意念作說當如菩薩
乘發行住應如修行應如心降伏應如是世
尊命者善實世尊邊願欲聞世尊於此言此
善實菩薩乘發行如是心發生應所有善實
衆生衆生攝攝已卵生若胎生若濕生若化
生若色若無色若想若無想若非想非無想
所有衆生界施設已彼我一切無受餘涅槃
界滅度應如是無量雖衆生滅度無有一衆
生滅度有彼何所因若善實菩薩摩訶薩衆

生想轉不彼菩薩摩訶薩名說應彼何所因
不彼善實菩薩名說應若衆生想轉壽想若
人想若轉雖然復次時善實不菩薩摩訶薩
事住施與應無所住施與應不色住施與應
不聲香味觸法中住施與應如是此善實菩
薩摩訶薩施與應如不相想亦住彼何所因
若善實菩薩摩訶薩不住施與彼所善實福
聚不可量受取彼何意念善實可前方虛空
量受取善實言不如此世尊世尊言如是右
南後西高北下上方順不正方普十方可虛
空量受取善實言不如此世尊世尊言如是
如是善實如是如是若菩薩摩訶薩不住施
與彼所善實福聚不可量受取雖然復次時
善實如是菩薩乘發行施與應如不相想亦
住彼何意念善實相具足如來見應善實言

不世尊相具足如來見應彼何所因若彼如來相具足說彼如是非相具足如是語已世尊命者善實邊如是言所有善實相具足所有妄所有不相具足所有不妄名此相不相如來見應如是語已命者善實世尊邊如是言雖然世尊頗有衆生當有未來世後時後長時後分五百正法破壞時中轉時中若此中如是色類經中說中實想發生當有世尊言莫善實汝如是語雖然世尊頗有衆生當有未來世後時後長時後分五百正法破壞時中轉時中若此中如是色類經中說中實想發生當有雖然復次時善實當有未來世菩薩摩訶薩後分五百正法破壞時中轉時中戒究竟功德究竟智慧究竟不復次時彼善實菩薩摩訶薩一佛親近供養當有不一佛種植善根雖然復次時善實不一佛百千親近供養不一佛百千種植善根彼菩薩摩訶薩當有若此中如是色類中經句中說中一心淨信亦得當知彼善實如來佛智見彼善實如來佛眼一切彼善實無量福聚生當取當彼何所因不善實彼等菩薩摩訶薩我想轉不衆生想不壽想不人想轉不亦彼等善實菩薩摩訶薩法想轉無法想轉不亦彼等想無想轉不彼何所因若善實彼等菩薩摩訶薩法想轉彼如是彼等我取有衆生取壽取人取有若無法想轉彼如是彼等我取有衆生取壽取人取有彼何所因不復次時善實菩薩摩訶薩法取應不非法取應彼故此義意如來說筏喻法本解法如是捨應何況非法復次世尊命者善實邊如是言彼何

意念善實有如來應正徧知無上正徧知證覺有復法如來說善實言如我世尊世尊說義解我無有一法若如來無上正徧知證覺無有一法若如來說彼何所因若彼如來法說不可取彼不可說不彼法非不法彼何因無爲法顯明聖人世尊言彼何意念善實若有善家子若善家女若此三千大千世界七寶滿作已如來等應等正徧知等施與彼何意念善實雖然彼善家子若善家女若彼緣多福聚生善實言多世尊多善逝彼善家子若善家女若彼緣多福聚生彼何所因若彼世尊福聚如來說非福聚彼世尊如來說福聚福聚者世尊言若復善實善家子若善家女若此三千大千世界七寶滿作已如來等應等正徧知等施與若此法本乃至四句等偈受已爲他等分別廣說此彼緣多過福聚生無量不可數彼何所因此出善實如來應正徧知無上正徧知此生佛世尊彼何所因佛法佛法者善實非佛法如是彼彼故說名佛法者世尊言彼何意念善實雖然流入如是念我流入果得到善實言不如此世尊彼何所因不彼世尊一人彼故說名流入不色入不聲不香不味不觸不法入彼故說名流入者彼若世尊流入如是念我流入果得到彼如是彼所我取有衆生取壽取人取有世尊言彼何意念善實雖然一來如是念我一來果得到善實言不如此世尊彼何所因不一來如是念我一來果得到彼何所因不彼有法若一來人彼故說名一來者世尊言彼何意念善實雖然不來如是念我不來果得

到善實言不如此世尊彼何所因不彼有法若不來入彼故說名不來者世尊言彼何意念善實雖然應如是念我應得到善實言不如此世尊彼何所因不彼世尊有法若應名彼故說名應者彼若世尊應如是念我應得到如是彼所我取有衆生取壽取人取有彼何所因我此世尊如來應正徧知無諍行最勝說我此世尊應離欲不我世尊如是念我此應者若我世尊如是念我應得到不我如來記說無諍行最勝善實善家子無所行彼故說名無諍行無諍行者世尊言彼何意念善實有一法若如來燈作如來應正徧知受取善實言不如此世尊無一法若如來燈作如來應正徧知受取世尊言若有善實菩薩摩訶薩如是語我國土莊嚴成就我者彼不

如語彼何所因國土莊嚴者善實不莊嚴彼如來說彼故說名國土莊嚴者彼故此善實菩薩摩訶薩如是不住心發生應不色住心發生應不聲香味觸法住心發生應無所住心發生應譬如善實丈夫有此如是色我身有譬如善高山王彼何意念善實雖然彼大我身有善實言大世尊大善逝彼我身有彼何所因我身我身者世尊不有彼如來說彼故說名我身者不彼世尊有彼故說名我身者世尊言彼何意念善實所有恒伽大河沙彼所有如是恒伽大河有彼中若沙雖然彼多沙有善實言彼如是所有世尊多恒伽大河有何況若彼中沙世尊言欲我汝善實知我汝所有彼中恒伽大河中沙有彼所有世界有如是婦女若丈夫若七寶滿作已如來

等應等正徧知等施與彼何意念善實雖然彼婦女若丈夫若彼緣多福聚生善實言多世尊多善逝彼婦女若丈夫若彼緣多福聚生無量不可數世尊言若復時善實善家子若善家女若彼所有世界七寶滿作已如來等應等正徧知等施與若此法本乃至四句等偈受已爲他等分別廣說此如是彼緣多過福聚生無量不可數雖然復次時善實此中地分此法本乃至四句等偈爲他等說若分別若廣說若彼地分支帝有天人阿脩羅世何復言善實若此法本持當讀當誦當他等及分別廣說當最勝彼希有具足當有此中善實地分教師遊行別異尊重處相似共梵行如是語已命者善實世尊邊如是言何名此世尊法本云何及如此持我如是語已

世尊命者善實邊如是言智慧彼岸到名此善實法本如是此持彼何所因若如是善實智慧彼岸到如來說彼如是非彼岸到彼故說名智慧彼岸到者彼何意念善實雖然有法若如來說善實言不如此世尊不有世尊法若如來說世尊言所有善實三千大千世界地塵有多有善實言多世尊多善逝彼地塵彼何所因若彼世尊地塵如來說非塵彼如來說彼故說名地塵者若彼世界如來說非界如來說彼故說名世界者世尊言彼何意念善實三十二大丈夫相如來應正徧知見應善實言不如此世尊不三十二大丈夫相如來應正徧知見應彼何所因所有世尊三十二大丈夫相如來說非相所有如來說彼故說名三十二大丈夫相者世尊言若復

時善實婦女若丈夫若日日恒伽河沙等我身捨如是捨恒伽河沙等劫所有我身捨若此法本乃至四句等偈受已爲他等分别此如是彼縁多過福聚生無量不可數爾時命者善實法疾轉力淚出彼淚拭已世尊邊如是言希有世尊最勝希有善逝所有此法本如來說此我世尊智生不我曾生來如是色類法本聞先最勝彼世尊希有具足衆生有當若此經中說中實想發生當彼何所因若此世尊實想彼如是非想彼故如來說實想實想者不我世尊希有若我此法本說中信我解我若彼世尊衆生有當未來世此法本受當持當讀當誦當他等及分别廣說當彼最勝希有具足有當雖然復次時世尊不彼等菩薩摩訶薩我想轉當不衆生想不壽想不人想轉當彼何所因若彼世尊我想彼如是非想若及如是衆生想壽想人想彼如是非想彼何所因一切想遠離此佛世尊如是語已世尊命者善實邊如是言如是如是善實如是如是如言汝最勝希有具足彼衆生有當若此經中說中不驚當不怖當不畏當彼何所因最勝彼岸到此善實如來說若及善實如來最勝彼岸到說彼無量亦佛世尊說彼故說名最勝彼岸到者雖然復次時善實若如來忍彼岸到彼如是非彼岸到彼何所因此時我善實惡王分别分肉割斷不時我彼中時我想若衆生想若壽想若人想若不我有想非想有彼何所因若我善實彼中時我想有瞋恨想亦我彼中時有衆生想壽想人想有瞋恨想亦我彼中時有念知我善

實過去世五百生若我忍語仙人有彼中亦我不想有不衆生想不壽想不人想不亦我有想非想有彼故此善實菩薩摩訶薩一切想捨離無上正徧知心發生應不色住心發生應不聲香味觸住心發生應不法住非無法住心發生應無所住心發生應彼何所因若無所住彼如是住彼故如是如來說不色住菩薩摩訶薩施與應不聲香味觸法住施與應雖然復次時善實菩薩摩訶薩如是捨施應一切衆生爲故彼何所因若如是善實衆生想彼如是非想若如是彼一切衆生如來說彼如是非衆生彼何所因眞語善實如來實語如來不異語如來如語如來非不如語如來雖然復次時善實若如來法證覺說若思惟若不彼中實不妄譬如善實丈夫闇

舍入不一亦見如是事墮菩薩見應若事墮施與譬如善實眼者丈夫顯明夜月出種種色見如是菩薩摩訶薩見應若事不墮施與雖然復次時善實若善家子善家女若此法本受當持當讀當誦當爲他等及分別廣說當知彼善實如來佛智見彼善實如來佛眼一切彼善實衆生無量福聚生當取當若復時善實婦女若丈夫若前分時恒伽河沙等我身捨如是中分時如是晚分時恒伽河沙等我身捨以此因緣劫俱致那由多百千我身捨若此法本聞已不謗此如是彼緣多過福聚生無量不可數何復言若寫已受持讀誦爲他等及分別廣說雖然復次時善實不可思不可稱此法本彼不可思如是果報觀察應此善實法本如來說勝乘發行衆生爲

故最勝乘發行衆生爲故若此法本受當持當讀當誦當爲他等及分別廣説當知彼善實如來佛智見彼善實如來佛眼一切彼善實衆生無量福聚具足有當不可思不可稱亦不可量福聚具足有當一切彼善實衆生我肩善提持當有彼何所因不能善實此法本小信解者衆生聞不我見者不衆生見者不壽見者不人見者不菩薩誓衆生能聞受若持若讀若誦若無是處有雖然復次時善實此中地分此經廣説供養彼地分有當天人阿脩羅世禮右繞作及彼地分有當支帝彼地分有當若彼善實善家子若善家女若此如是色類經受當持當讀當誦當爲他等及分別廣説當彼輕賤有當極輕賤彼何所因所有彼衆生前生不善業作已惡趣轉墮所有現如是法中輕賤盡當佛菩提得當彼何所因念知我善實過去世不可數劫不可數過燈作如來應正徧知他他過四八十佛俱致那由多百千有若我親承供養親承供養已不遠離若我善實彼佛世尊親承供養已不遠離若後時後長時後分五百正法破壞時中轉時中此經受當持當讀當誦當爲他等及分別廣説當此復時善實福聚邊此前福聚百上亦數不及千上亦百千上亦俱致百千上亦俱致那由多百千上亦僧企耶亦迦羅亦筭亦譬喻亦憂波泥奢亦乃至譬喻亦不及若復善實彼等善家子善家女我福聚説此所有彼善家子善家女若彼中時中福聚取當狂衆生順到心亂到雖然復次時善實不可思不可稱法本如來説彼不可

思如是果報觀察應爾時命者善實世尊邊如是言云何世尊菩薩乘發行住應云何修行應云何心降伏世尊言此善實菩薩乘發行如是心發生應一切衆生我無受餘涅槃界滅度應如是一切衆生滅度無有一衆生滅度有彼何所因若善實菩薩衆生想轉不彼菩薩摩訶薩名說應乃至人想轉不彼菩薩摩訶薩名說應彼何所由無有善實一法菩薩乘發行名彼何意念善實有一法若如來燈作如來應正徧知邊無上正徧知證覺如是語已命者善實世尊邊如是言無有彼世尊一法若如來燈作如來應正徧知邊無上正徧知證覺如是語已世尊命者善實如是言如是如是善實如是如是無有彼一法若如來燈作如來應正徧知邊無上正徧知證覺若復善實一法如來證覺有不我燈作如來應正徧知記說有當汝行者未來世釋迦牟尼名如來應正徧知者是故此善實如來應正徧知無有一法若無上正徧知證覺彼故燈作如來應正徧知記說有當汝行者未來世釋迦牟尼名如來應正徧知彼何所因如來者善實眞如故此即是如來者善實不生法故此即是世尊者善實道斷此即是如來者善實畢竟不生故此即是彼何所因如是彼實不生若最勝義若有善實如是語如來應正徧知無上正徧知證覺彼不如語誹謗我彼善實不實取彼何所因無有彼善實一法若如來應正徧知無上正徧知證覺若善實如來法證覺說若不彼中實不妄彼故如來說一切法佛法者彼何所因一切法

一切法者善實一切彼非法如來說彼故說
名一切法者譬如善實丈夫有具足身大身
命者善實言若彼世尊如來丈夫說具足身
大身非身彼世尊如來說彼故說具足身大
身者世尊言如是如是善實如是如是若菩
薩如是語我衆生般涅槃滅度我不彼菩薩
名說應彼何所因有善實有一法若菩薩名
善實言不如此世尊世尊言衆生衆生者善
實非衆生彼如來說彼故說名衆生者彼故
如來說無我一切法無衆生無壽者無長養
者無人一切法者若善實菩薩如是語我佛
土莊嚴成就彼亦如是不名說應彼何所因
國土莊嚴國土莊嚴者善實非莊嚴彼如來
說彼故說名國土莊嚴者若善實菩薩摩訶
薩無我法無我法者信解彼如來應正徧知

菩薩摩訶薩名說彼何意念善實有如來肉
眼善實言如是如是世尊有如來肉眼世尊
言彼何意念善實有如來天眼善實言如是
如是世尊有如來天眼世尊言彼何意念善
實有如來慧眼善實言如是如是世尊有如
來慧眼世尊言彼何意念善實有如來法眼
善實言如是如是世尊有如來法眼世尊言
彼何意念善實有如來佛眼善實言如是如
是世尊有如來佛眼世尊言善善善實彼何
意念善實所有恒伽大河沙雖然彼沙彼如
來說善實言如是如是世尊如是如是善逝
說彼如來彼沙世尊言彼何意念善實所有
恒伽大河沙彼所有恒伽大河有所有彼中
沙彼所有及世界有多彼世界有善實言多
世尊多善逝彼世界有世尊言所有善實彼

中世界中衆生彼等我種種有心流注知彼何所因心流注心流注者善實非流注此如來說彼故說名心流注者彼何所因過去善實心不可得未來心不可得現在心不可得彼何意念善實若有善家子若善家女若三千大千世界七寶滿作已施與雖然彼善家子若善家女若彼緣多福聚生善實言多世尊多善逝世尊言如是如是善實如是如是多彼善家子若善家女若彼緣多福聚生無量不可數福聚福聚者善實非聚彼如來說彼故說名福聚者若復善實福聚有不如來說福聚福聚者彼何意念善實色身成就如來見應善實言不如此世尊非色身成就如來見應彼何所因色身成就色身成就者世尊非成就此如來說彼故說名色身成就者世尊言彼何意念善實相具足如來見應善實言不如此世尊非相具足如來見應彼何所因此世尊相具足如來說非相具足如來說彼故說名相具足者世尊言彼何意念善實雖然如來如是念我法說善實言不如此世尊不如來如是念我法說世尊言若我善實如是語如來法說誹謗我彼善實不實取彼何所因法說法說者善實無有法若法說名可得爾時命者善實世尊邊如是言雖然世尊當有未來頗有衆生後時後長時後分五百正法破壞時中轉時中若此如是色類法說聞已信當有世尊言不彼善實衆生非不衆生彼何所因衆生衆生者善實一切彼非衆生彼如來說彼故說名衆生者彼何意念善實雖然有法若如來無上正徧知證覺

命者善實言無有彼世尊有法若如來無上正徧知世尊言如是如是善實如是如是微小彼中法無有不可得彼故說名無上正徧知者雖然復次時善實平等正法彼不中有不平等彼故說名無上正徧知者無我故無壽故無衆生故無人故平等無上正徧知一切善法證覺善法善法者善實非法如是彼如來說彼故說名善法者若復善實所有三千大千世界須彌山王彼所有聚七寶普散如來應等正徧知施與若此智慧彼岸到乃至四句等偈受已爲他等分別此善實福聚彼前者福聚百上亦數不及千上亦百千上亦俱致百千上亦俱致那由他百千上亦僧企耶亦迦羅亦筭亦譬喻亦憂波泥奢亦乃至譬喻亦不及彼何意念善實雖然如來如是念我衆生度脫不復彼善實如是見應彼何所因有無善實無有一衆生若如來度脫若復善實有如是衆生有若彼如來度脫彼如是如來我取有衆生取壽取人取有我取我取者善實非取此如來說彼小兒凡夫生取小兒凡夫生小兒凡夫生者善實非生彼如來說彼故說名小兒凡夫生者彼何意念善實相具足如來見應善實言不如此世尊如我世尊說義解我不相具足如來見應世尊言善善善實如是如是善實如如語汝不相具足如來見應彼何所因彼復善實相具足如來見應有彼王轉輪如來有彼故不相具足如來見應此相非相故如來見應爾時命者善實世尊邊如是言如我世尊世尊說義解我不相具足如來見應爾時世尊彼時

此伽陀說

若我色見　若我聲求　邪解脫行　不我見彼
法體佛見應　法身彼如來　法體及不識
故彼不能知

彼何意念善實相具足如來無上正徧知證覺不復彼善實如是見應彼何所因不善實相具足如來無上正徧知證覺復時彼善實有如是語菩薩乘發行有法破滅施設斷不復善實如是見應彼何所因不菩薩乘發行有法破滅施設不斷若復善實善家子若善家女若恒伽河沙等世界七寶滿作已施與若菩薩摩訶薩無我無生中法中忍得此如是彼緣多過福聚生不復善實菩薩福聚取應命者善實言不世尊菩薩福聚取應世尊言取應善實不取應彼故說名取應雖然復次時善實若有如是語如來去若不去若住若坐若臥若如法不我善實說義解彼何所因如來者善實說名無所去無所來彼故說名如來應正徧知者若復善實善家子若善家女若所有三千大千世界地塵彼如是色類墨作已乃至如是不可數譬如最小聚彼何意念善實雖然彼多最小聚有善實言如是如是世尊多彼最小聚有彼何所因彼世尊聚有不世尊說最小聚者彼何所因若彼世尊最小聚說非聚彼如來說彼故說名最小聚者若及如來說三千大千世界者非界如來說彼故說名三千大千世界者彼何所因彼世尊界有彼如是摶取有若如是如來摶取說非取彼如來說彼故說名摶取者世尊言摶取如是善實不世俗語不可說非法

非非法彼小兒凡夫生取彼何所因若此有善實如是說我見如來說衆生見壽見人見如來說雖然彼善實正說語善實言不如此世尊不如此善逝彼何所因若彼世尊我見如來說非見彼如來說彼故說名我見者世尊言如是此善實菩薩乘發行一切法知應見應信解應如信解如無法想亦住彼何所因法想法想者善實非想此如來說彼故說名法想者若復時善實菩薩摩訶薩無量無數世界七寶滿中作巳如來等應等正徧知等施與若善家子若善家女若如是智慧彼岸到乃至四句等偈受持分別讀誦爲他等及分別廣說此如是彼緣多過福聚生無量不可數云何及廣說如不廣說彼故說名廣說

星翳燈幻　露泡夢電　雲見如是　此有爲者

此語世尊歡喜上座善實彼及比丘比丘尼優婆塞優婆夷彼天人阿脩羅乾闥婆等聞世尊說大歡喜

歸命一切佛菩薩海等

金剛能斷般若波羅蜜經

音釋

笈多　梵語具云達摩笈多此云法密譯經師名也笈極曄切
摶施　摶音團施音試摶施謂以手摶食而施也
裙　渠云切下裳也
膝　息七切脛頭節也
僧企耶　梵語也亦云阿僧祇此云無央數
誹謗　誹敷尾切非議也謗補曠切毀也訕也

濡首菩薩無上清淨分衛經

亦名：決了諸法如幻三昧

劉宋沙門翔公於南海郡譯

清刻龍藏佛說法變相圖

佛說濡首菩薩無上清淨分衛經卷上 亦名決了諸法如幻三昧

劉宋沙門翔公於南海郡譯

聞如是一時世尊遊舍衛祇樹給孤獨園與大比丘五百人俱舍利弗摩訶目揵連摩訶迦葉須菩提阿難揵等率自耆年素行修潔皆棄瑕玼垢除清淨宿樹衆德所作已辦了厭身弊解識因緣覩彼五道受有苦器病惱諸患種種之穢無樂三界常欲捨離見諸流轉縮心畏惡斷滅求空志畢泥洹處往無還求彼靜安悉斷生死結網索盡都無諸漏已離重擔獲四神足致六通行能住身命存亡從志度於彼岸坦然爲樂又與菩薩千人俱悉尊菩薩摩訶薩皆一生補處被大德鎧顯有佛稱降現菩薩班宣道化布諸佛藏神智

異達已通聖慧等住大乘志如虛空以立廣法過度無極具足普智明曉權要總持所覽統攝無限積衆辯才不可測量隨俗順導爲大橋梁無上道德而無罣礙散演深邃無極微妙悉降魔怨都伏外道獨步十方周流往還遊於五道而無去來如日月殿若夢幻化影響野馬等無進止感動一切濟度生死三寶之化使永不斷道普與顯德皆具足其諸菩薩悉各有名名曰濡首童眞菩薩龍首菩薩妙首菩薩大首菩薩普首菩薩慧首菩薩明首菩薩甘首菩薩英首菩薩寶首菩薩是等菩薩千人俱也是時坐中英首菩薩承佛神旨而從座起嚴齊法服肅恭已禮偏袒其肩右膝著地而跪白佛唯然世尊濡首童眞者古今諸佛無數如來及衆仙聖有道神通所共稱讚去來現在諸成大業菩薩之等導進無由爲一切師了深覩遠道度淵懿明踰日月智過江海達越虛空慧辯無極德顯無上四等普育慈悲利安仁泰寬濟弘雅汪洋德無涯邊如無底泖憺怕曠定如無像體居于靜寂儀容無量於十方土現佛廣化爲諸菩薩所見戴奉一切釋梵及四天王咸率禮敬委仰尊重諸天龍神阿須倫衆迦留羅犨眞陁羅摩睺勒等莫不供事覩世帝王所共奉遵聖相滿具光好湛然普瞻濡首衆德具備諸善若斯爲難思議顒常歌詠顯讚無極咨嗟歎美流著十方於百千劫永而無懈也其時濡首謂英首曰云何族姓子法身有煩勞乎曰其法身無處無像又法身者都無煩勞曰云何英首仁了法身乎曰法身者豈有

處所言聲迹耶又法身者無了不了若響如影寧所了耶曰知法身如幻化影無了不了亦無言説而仁云何舉聲説耶曰向所言如響之聲爲諸文説著行者耳曰如仁言則其法身爲有内外有其彼此處于中間爲有數觀已在二數則有處所又曰英首於法身者都無響應亦無影像無心無意無念無識無言無説無異無同無二之趣亦無一歸於一無一亦無所處是者英首本無法身微妙印説極世所歸無上無比道要之藏於時佛歎濡首曰善哉善哉如濡首所言乃應清淨法身説也時座中五百比丘五百比丘尼聞濡首所説皆逮無所從生法樂忍又舍衛國清信士女二千人本不發心於大乘行聞此要説即自堅固於無上正眞道意萬二千天子

意亘踊躍發菩薩心各在虚空而歌濡首積德過劫功成無量是時濡首童眞菩薩以其平旦欲入城分衛整聖無上清淨道服執御應器持法錫杖粗順如佛機檢典制度量儼然庠行安步進止端嚴迴旋顧眄光色無量諸根靜寂常應道定威儀述叙禮法肅齊衆德悉備靡不雅然如猛師子如大龍王景福之祚燿出樹園威相無量德好卓異暉顔煒曄光耀炳然濡首童眞方出祇門即自念言令入舍衛必有十方諸土菩薩普來之衆應承聖旨所感動者便當如佛尋以其像不移所住已身一一毛孔之相出化菩薩其諸化者覩於十方悉現其化一一國土化所化者各稱言曰濡首菩薩稽首世尊恭問遊居佛祚康彊景福無量乎又諸如來所侍弟子悦

目遑喜各問其佛斯從何方乃來現此諸土
世尊各告侍曰有土名忍佛號能仁如來至
眞等正覺彼有菩薩名曰濡首道慧難測權
辯無量悉於諸國博現佛事今於彼土興顯
大道故身毛相而現其化唱此感動進諸疑
惑普土菩薩及諸衆生見所變化各聞佛語
億姟菩薩悉得無所從生法樂忍萬億之衆
在生死流聞濡首名又覩化應皆發無上正
眞道意十方菩薩莫不樂喜願見濡首聽禀
清異上聞之説微妙法像得覩其佛及彼菩
薩諸土尋隨無數菩薩各啓世尊欲之忍界
覲能仁佛禮事供養又見濡首觀聽變説諸
佛默然即應受教各承聖力遷飛彼土忽升
忍界到濡首所諸來菩薩咸懷敬仰或持天
華或擎明寶或執垂珠或直叉手或作天樂

或列虛空散華末香吹噭鳴珂或復歌頌濡
首童眞道顯普祐無上之德或欲賓導侍衛
濡首肅恭而行瞻覩無猒是時釋梵及四鎮
王日月天子諸龍鬼神各與所輔亦尋忽至
釋與四王俱同有念今濡首童眞與無數菩
薩諸尊天人當入舍衛顯大感動宜應盡化
向舍衛城道令其坦平而無高下夾道兩邊
列七寶樹一樹之間有七玉女各現半身而
作倡妓女容委靡姿媚面照華色目若明珠
端正妙異清聲美辭以歌濡首無量祥福清
純道品菩薩衆德步置熏爐燒天蜜香處有
雜華以爲供養登于爾時道之左側含毒螫
蟲蟒蝮虵蚖蜂蝎衆類應時咸然消縮毒氣
吉獸瑞鳥進集嬉翔彼時濡首爲無數百千
菩薩衆及諸天人而所圍衛特獨堂堂光色

無量譬日始出高山之嶽若月盛滿在衆星中又若須彌異於衆山如猛師子出于深林暉顔灼然遂而進焉適側城門尋足躡閫盡境震動登爾之時莫不驚愕所在妓器率自鼓鳴咸曰此何吉祥大變瑞應之異乃未曾有將佛入城所感然乎舉國大小靡不驚喜心豫忻忻肅恭無量或上樓閣或攀垣墻或窺䟽牖或出門戶競有悅懌向佛冀覩神異時王波斯匿與宫正后美妃采女八千人俱諸子群臣眷屬萬人圍衛從行各懷忻悅惶喜出迎斯須之頃濡首忽至爲諸菩薩及尊衆天而所衛從大人相具衆好普備金顔聖容見皆喜悅莫不前禮諸來之衆中有散華或燒妙香或散衣寶檢心恭向瞻覩無量於是濡首遂前入城諸尊菩薩有勢天神僉然恭肅追隨所旋觀見神變又欲禀受道誨故也爾時於是龍首菩薩見其濡首童真菩薩爲無數衆而所圍繞堂堂庠儀並共入城曰族姓子爲所之耶濡首菩薩答龍首曰吾適此城欲行分衛多所愍念廣其慧利爲極世衆一切天人度義故現行分衛耳普爲衆諸成大導故龍首問曰云何濡首仁尊于今分衛想未斷耶曰族姓子吾斷矣於有見分衛想行者至於無見無斷不斷斯謂菩薩清淨分衛所以者何若此龍首一切諸法無斷不斷譬如虚空無斷不斷以是言之爲不可斷普悉是世盡魔梵界一切衆寂及諸梵志王與庶民亦無能斷也何則龍首以其諸法若如虚空本無所有無起無動無持無獲空本無獲亦無所持亦不可得以要言之一切衆

類及世餘法外邪雜術悉無所有無持無得亦無能獲諸法如此皆不可得亦不可持以本空故故不可斷云何濡首菩薩摩訶薩當與諸魔爲敵耶答曰龍首法本無諍不見菩薩當與諸魔而有戰者若其菩薩與魔爲敵起見法想而有所諍是菩薩便爲恐怯何則然者以彼菩薩自與恐弱也譬如龍首幻師現化而幻所化了無恐怯如是龍首此菩薩解本空法無著之行則無恐怖若其菩薩有恐怖者是菩薩便不爲極世福田也是菩薩不了空法故自起恐怯之心耳于時龍首問濡首曰菩薩爲可得道乎答曰菩薩可得道也龍首又問云何濡首其誰可得至于道耶曰其無名無姓亦無號字亦無處所永無所爲亦無得者斯可至道曰云何菩薩當得道

乎答曰龍首若有菩薩欲得道者當以無發心亦無念道不想道場不念人界心亦無處無念無得亦無識著以無見心是行菩薩可得至道曰仁以何心而發道意答曰龍首吾無發心亦無當發又無甫發無發不發又吾亦復不至道矣不念道場不坐佛樹亦不得道不轉法輪亦不化迴生死之類所以者何若此龍首以諸法無所有故無動無搖無出無入亦無所持以本空故吾以斯法可得至道曰濡首是爲正要無上無比之至說也其諸於斯解如是法彼則長脫一切塵勞其已脫于塵勞數者乃應永脫於魔波旬曰非可脫於魔波旬也何則然者以其諸魔亦道之數所以者何魔及魔天皆悉本無無取無得無想無念以故言之魔亦道也曰何謂爲道

濡首答曰道乎龍首在于一切一切亦道道像虛空道體廣蕩亘然恢廓普大含容靡不周至亦無限礙如是龍首道至一切一切亦道斯謂無上眞本無道也曰仁龍首欲得道乎曰吾欲得不可獲道曰欲得道寧非戲行耶所以者何如龍首言欲得不可獲道道何可得乎若道可得道爲有處譬如有人興念此言吾使幻化坐於道樹然致正覺如是言者豈非響聲耶其幻化人亦不可得亦不與諸法有合有離亦無所著以本空故若龍首一切諸法如幻如化而起有想念欲得道耶又如來說諸法本無無念無想無所著其解是者斯乃得道諸法無所入亦無能毀法不與法有合有離況法與法當有毀乎法無附合亦不離散所以者何若此龍首諸法無合

以其本無都亦無我又若虛空亦無所有無像無念無動無搖亦無戲行諸法本無寂寞如空如幻如夢無喻無比諸法若此都無等倫亦無像也諸來之衆聽濡首所說微妙踊躍欣喜各懷無倦渴仰悚恭專心思受說是如化深妙法時八萬菩薩逮得無退轉無量天人發無上意是時龍首答濡首曰善哉善哉童眞善薩快說是像深邃妙法爲未曾有如吾從仁逮聞此要始今自明爲已得道曰族姓子法無言說亦無見聞吾不說深又無說淺仁亦不得道無得不得何則然者如卿龍首念欲得道爲想戲行處于受者墮有妄見使其云有深淺法耳吾無所論法無言說亦無宣暢亦無所示亦無能說諸法本者又龍首譬如有人而言曰吾爲幻化廣說識法

其化無識言當說識耶彼則緣此起勞諍想何則然者以化無識不可爲所說如是龍首諸法本無無所有亦無處所是族姓子當了如此解謂具足法行者也爾時於是妙心菩薩神徹視聽覩聞濡首在異別處講上要菩薩之談忽到其所見大會場喜而歎曰善哉善哉諸上正士大士之等普衆會此爲何談講乎濡首答曰族姓子於諸如來深要法中獲無正士大士之名又菩薩者不自名言我是菩薩正士大士其有想著住戲行衆自稱菩薩復言大士又云吾爲法之大講又復妙心其響者寧有言聲出不響復有耳識所著不於響法爲有所受持不乎龍首答曰都無也如是龍首諸法若響無名無像其取著者則有戲行緣戲行故便有流轉長不解諸法如本無響也則於生死而行諍想已起諍行便墮躁動已在躁動即有生死流於五道便由不解其無故也於是濡首謂龍首曰又族姓子如世尊告諸比丘曰是比丘汝等無著戲樂想行爲汝輩說寂寞之行念釋師子說法如是專心一意聽受隨法入要行忍當無所著若此族姓子其菩薩解順是說曉本空淨於本寂寞明了如是此乃長脫五道之趣時龍首曰誰於生死而有脫者濡首答曰族姓子何謂如來所化生死爲脫者乎寧復有去來今耶若是龍首聖師子力以此要言化度生死曰如世尊常所說教諸法如化又仁亦說諸法無所有以是言之一切衆生爲當皆成無上覺道耶答曰龍首若一切解如是者此乃至道要行之言故吾不說法法無說

念無受無持無得無失無言無語何則然者以諸法爲無所持亦無所有無念無識以無處所故又若一切解諸法如幻如化無所有者則衆生類皆至覺道譬如龍首幻師所化然幻者自了化之本末爲化化耳於諸法亦無所化亦無住置普悉是世天龍鬼神魔及梵天沙門梵志至於極世無能令幻者於其所化有堅固想何則然者以彼幻士自達所化化本空耳無幻無化都無所有而幻者明知一切爲化所惑於無所有而起有想無常想常無我想我著有想念求無想法妄念無色住無所有由不解本不了無故續流生死若有明曉諸法本者彼衆一切則於佛法即無還轉而成正覺所以者何若此龍首以彼衆生皆在覺道法之數故故諸一切於佛法而無罣礙是故衆生悉住佛法也然衆生等心亦不悟本空諸法無名無識亦無所住無戲行無倚無著寂如虛空亦不巢窟無上寂定亦無所生又無身法其有忍於深空法者此則不離於佛法矣所以者何若此龍首諸佛之法終不可以想行而至其有想著有言有說有宣有廣殊不可以得佛道法也於是龍首謂濡首曰善哉善哉仁乃快說無思議法誰當信此一切衆生不離佛法濡首答曰族姓子其世尊子堅住信法八等之地及須陁洹斯陁含阿那含阿羅漢辟支佛菩薩阿惟越致無動轉者斯諸菩薩已住清淨行空法者是等當信耳所以者何此龍首其諸菩薩行如是者便自誓願必紹大業吾升佛樹結跏趺定坐終不動轉至于得成無上平等

覺必將來一切諸天龍鬼神極世之前成其大道當師子吼所以者何若是龍首菩薩了空無相行法住如門閫堅喻須彌無能動者如是龍首其菩薩住空無相願法一切衆生無能動者又是菩薩處于佛樹乃至道場無能動搖問曰濡首何謂佛樹道場之處濡首答曰何謂龍首如來化處化所依坐何謂如來化之覺法及現神變化度說法誰爲如來其誰化者龍首答曰吾尚不見如來之元及法身像處何況所化復現威神又所說法及所變化乎一切如化本無亦化其化亦化亦如化耳濡首曰善哉善哉龍首菩薩爲吾發遣應順之法爲如彼諸深妙無著法忍說者是爲無上無比之說也彼時龍首謂濡首曰於斯妙像要法之說亦無起行又無入忍者所以者何若此濡首以諸法本淨其相本空亦無處所亦無巢窟無色無像諸法悉等如虛空若此濡首其有法當起法忍者則如來化亦逮法忍影響夢幻野馬泡沫芭蕉之屬亦悉當復成其法忍所以者何以其忍處悉空如空空都無起法忍之者又忍者亦無其起亦不已起又無當起亦無甫起又其忍者亦無是處亦非彼處亦無中處此乃無上無比安忍若此菩薩於是慧心不恐不怖亦無畏懼是則菩薩摩訶薩便應無上法忍之行十方諸來神通菩薩其聞濡首所說深妙咸悉踊躍皆逮此定是時濡首謂龍首曰云何族姓子其菩薩者以無著行得入法忍乎答曰濡首若有菩薩想念所向則爲著行言吾解深云我深忍明達曉了吾已至道其語此

言皆亦著行濡首又問菩薩何行修應得道答曰於諸法都無所入不念諸法了諸法無其諸法者依著因緣於本爲空獲無所有是行菩薩便應道忍設如此行爲無所行譬人寢寐於夢所行龍首又曰然其夢者不行方隅亦無所行亦無去來無住無坐其寐寤已則達而言所夢空耳無持無捨都無執持無像無相亦無處所亦無所有其若虛空如是濡首菩薩之行當無所持亦無所入如空本無亦無戲行此則極世無上福田斯乃應受一切供養爲無量導是最福地爲應最上法忍之行普來衆會率懷喜敬各所賫華寶以散濡首瞻覩欣踊悅豫無量於是龍首謂濡首曰宜可俱進入城分衞曰仁去矣行分衞時無念舉足下足蹈步無念動搖亦當無處無住無遊無屈無伸無心無念無所發行行無所想亦無城想遊無路想又無城郭縣邑丘隊想亦無里巷無家居想無門戶念無想男女無想幼弱都無心想行當無念所以者何以其法行當如是故亦無所著無色無像無起無滅都無諸想如此行者乃應菩薩無上分衞清淨寂寞要道行也爾時龍首菩薩摩訶薩忽然於處以如海定三昧正受其定之德譬如大海湛然無移憺怕清澄淳無異味其底深邃不可測度奇珍英寶普無不有而海汪洋苞羅弘廣含受萬物淵壑博泰無邊無涯大水澹滿諸德神龍而皆居之衆生巨體所依長育若此龍首其諸菩薩以如海定正受之處所住要旨無能動搖者如是龍首其斯菩薩以法身海含容一切道寶智慧

三十七品十方依之莫不長育應無上微妙之法爲無動搖無言說要行當知是應如是者得無退轉定行之地也爾時於是妙心菩薩欲動龍首大士所坐如海慧定正受之處盡其神力永不能動時此三千大千世界普悉六反乃大震動而龍首身及所坐處都不動搖何則然者以其龍首住無動搖住無處所住無所有住無想念住無戲行住無勞靜住無言辭住無所住斯謂道住時龍首菩薩摩訶薩尋從定悟敬向如來無所著平等正覺兩拘文華趣散世尊而歎讚曰自歸於佛天中之天乃使一切諸會菩薩十方來衆諸大士等衆尊大天及龍鬼神咸悉逮聞如是之法無上要旨深妙慧說爲無倚著無巢窟說爲應本空寂寞故也是時妙心謂龍首曰仁爲覺地六反震動乎曰族姓子其有動者當覺地動地復爲之上下四震惟由其覺動不動故耳又如十方諸佛世尊普大菩薩不退轉等極世都動豈能動搖此上尊處觀諸聲聞緣覺之衆彼雖離動未曉本空在動之地自謂無動了本無者於此諸法永無動搖無念無著如是妙心其菩薩以空無相無願之行清淨法要逮無動搖彼乃永靜安無動搖又曰龍首可行分衛答曰濡首吾今以解無上最要分衛之慧何則然者緣其逮致如海大定正受之處始乃自明爲以得無上平等正眞覺道以於生死與顯佛事爲轉法輪以度衆生爲濟因緣離垢根本唯然濡首如吾遇仁乃爲逮值無上善友遭蒙矜念心懷悅豫成立大德喜自光慰濡首於吾爲覆載

首大無量過度之首無垢廣普微妙吉首亦應最上不可議首願布五體稽首恭禮無上仙聖甘露之首濡首答曰善哉善哉如仁龍首巳爲果達野馬夢幻影響之行無名無像無所有法仁今乃應無上大道不可思議來法之祠以得如海定正受行共應如此當知是輩在一生補處斯者乃爲菩薩辯慧其致是像深妙定法如海定等則離諸想也曰仁可從分衛龍首答曰思齊其德當與仁行二聖龍遊不亦宜乎濡首曰吾無所行亦無去來又無進止亦無侶遊不住不坐亦復不行行無所至來無所由住無所處坐無所據行無所趣譬若龍首如來現化寧有去來坐起行遊卧寢寐寤不耶曰化者都無去來坐寢之處矣吾於諸法亦復如化無住不住無起不起亦無巳起又無中起亦無當起亦無甫起龍首答曰如仁所言此爲極世難信之說誰當信仁此盡要慧耶答曰龍首仁者且聽豈爲無目設舉錠燭乎夫然炬燎惟爲明目耳如此是像深妙之法正爲向達徹遠菩薩摩訶薩乃能信受是道要耳其了如此至要之慧斯則曉解本無行者此等菩薩爲應清淨無上久修梵行之徒是曹正士深住於法信法受法持法說法之輩也爲在鹿隟巳轉法輪爲應賢聖亦大道師施惠明眼爲應無量雄猛之者此則無上最妙法者濡首童眞發說是時普大衆中八萬菩薩悉得無所從生法樂忍也於是正士妙心菩薩居大衆前廣然踊躍握滿手寶以恭肅心向散世尊又散濡首童眞菩薩散訖欣喜重歎詠曰自歸

諸佛爲慧聖達擿霧寤寐碎散癡本解衆顛倒釋疑除網順入道明致無上覺者自歸於法法之最法法治多濟療撈霧籠援羣生死薅鋤衆穢盪除心垢通導迷惑法爲無上修蒙永度其諸菩薩久履梵行無上清淨仙聖明類大神通等弘顯德者無上之徒於此乃逮信向是像深妙法衆今普自歸之濡首答曰若此妙心其無脫者斯當果致無上等覺曰云何濡首其誰無脫耶曰其有執持斯當求脫如是妙心法無執持亦無繫著又族姓子法都無脫亦無執持當誰有脫無縛無脫諸法無持無取無捨譬如人語諸幻者言善男子爲深入人解之脫之所可執持幻答人曰吾亦非男亦非凡人吾無所持當何所脫是者妙心道無執脫當觀其無無本空淨矣

佛說濡首菩薩無上清淨分衛經卷上

音釋

濡首 濡音軟濡首文殊別名也 分衛 梵語也此云乞食 目揵連 梵語也此云萊菔根以父母好食此因以標子名 揵 巨言切 耆 渠伊切人年六十曰耆 瑕玼 瑕音霞玼才支切 縮 所六切斂也 邃 雖遂切幽遠也 憺怕 憺徒覽切怕音泊憺怕恬靜無爲之貌 顧眄 眄彌殄切正當作盼匹莧切顧盼謂回顧盼視也 爟 呼郭切正作霩雲消貌 煒曄 煒羽鬼切曄弋涉切煒曄光明盛貌 炳 音丙明也 姟 古哀切正作垓數也十京曰垓 螫 音釋蟲行毒也 蟒蝮 蟒母黨切大蛇也蝮芳六切虺也 蚖 吾官切毒蛇也 蝎 音歇毒蟲也 躡闇 躡尼輒切履也闇苦本切門限也 驚愕 愕逆各切驚遽貌 懌 音亦樂也 波斯匿 梵語也此云勝軍匿女力切 僉

然僉千簾切皆也怯乞業切畏懦也悚荀勇切懼也躁動躁則到切
躁動不安靜也躇音除住足也聚在庾切邑落也苞班交切包容也錠
燭錠音定燈也炬燎炬臼許切東葦燒也燎力弔切照也擿他歷切發
也療力弔切治也撈音勞沉取曰撈薅音蒿拔去草也

佛説濡首菩薩無上清淨分衛經卷下

劉宋沙門翔公於南海郡譯

時龍首菩薩謂濡首曰去矣族姓子東行分衛答曰龍首其幻化野馬寧有東西南北方乎曰吾於仁前尚不能言況敢所説何則然者以其諸辯從尊所聞仁即應順如法發遣一一解散而無罣礙故吾無辭莫知所對曰夫達者都無言取況於乃復有所説乎是者諸法之無由矣曰何謂爲諸法之無答曰龍首無所無者斯諸法無是諸法要以此之慧乃能通彼衆音聲耳無所宣布乃爲要義是豈非至要義説哉曰此續在想行也曰何所行應離諸想答曰龍首菩薩不於色痛想行識界有想又於法本亦無所行其本無者亦無所行以是之行得離諸想説是深邃微妙法時五千菩薩逮致此慧二千天人發菩薩心時龍首曰吾將退矣以童眞非我侶故濡首報曰吾無去來亦非有侶亦無所俱何則然者以道無侶故亦不想念與諸法侶又亦不與欲行爲侶於本無法亦不見而有其侶復與所俱又本無者都不言有吾我性有人壽命及身養育法人物言説識覺所倚著及其所作行趣之事諸法之本本無如此當與其誰而爲侶俱耶其有侶者是欲侶俱也譬如龍首有明達人而念言曰如來所化幻士所化如是此化等一無異化而斯人化各各言曰吾與汝侶汝與我俱於仁龍首意云何其此人化爲有侶無答濡首曰化無侶也所以者何用化本無無所有無形像不可得故曰如是龍首於其生死都亦無侶亦無所俱

其有侶俱斯則有別若起侶想是便與欲俱明達菩薩當解侶想何則然者以其諸法如幻如化無侶不侶斯哉諸法怳惚無信若夢影響所有如空想識無安無處無持無意無念無所有已離諸念於念無念應本無念曰濡首仁爲曾與幻士化人對共語言行來坐起又共談會有所思惟不濡首答曰不見也龍首曰幻士何像貌曰其幻者似人像貌幻之化像亦復若此合同像耳所以者何如其幻化亦不彼脫亦不此脫幻化亦不與仁而異仁亦不與幻化有異仁便幻化如幻化者以幻化法而問幻事諸法亦爾又問濡首仁爲自曾與幻化復共坐起有所言談交遊講會相對住不曰云何龍首幻士及化與欲有異耶至於吾我及人壽命養育之法有異乎

吾以此幻化之說欲試問仁知大士於斯有異辯才當數何法也曰仁如所試爲欲試虛空之幻化法耳仁便念幻化爲有想也幻者本無無想無念亦無形像亦無所有已離衆念濡首曰若此龍首法亦如幻幻化本空其空無像亦不可見曰濡首諸法無像不可見乎如仁所言一切菩薩摩訶薩等當云何受其封拜得成無上正真道意爲誰知度受封拜者濡首答曰云何龍首曾行山中爲聞響聲於山中爲有響聲出不乎其聲爲有所住處不以何耳識聞其聲耶彼聲爲有所說不寧有受持響聲者耶又復誰共聞響聲者龍首菩薩答曰無也濡首曰如此若菩薩解諸法若如響空者則一切諸音聲如響離彼衆聲其諸菩薩以此封拜於無上正真之道於

斯亦無受封莂者十方諸來大菩薩衆咸聞濡首童眞所説莫不喜踴歡歌無量爾時龍首謂濡首曰宜時侶行入城分衛念其日時得無過耶答曰龍首諸法無過亦不有時其處于想行之者彼則有時不時之想耳明達菩薩於本了無解空法者豈有其時不時言哉凡諸餘法有時不時無時非時乃應無上如佛法律矣其在筭數計時節者斯則有過時之想如諸世尊賢聖子常自飽足以道智慧慧無想識於想無想行無諸作亦無想念無念不念以此智慧而常飽足世尊聖衆都無食念亦不復想有食之事其如此食而爲食者是謂賢聖應無雜食若永服食如此食者是則長演甘露法食者彼以此食用之爲力能住身命至於一劫復過一劫所以者何其如此者彼已覺了諸法法之行故都無想念解空清淨曉了如此是不復有求食之識如其凡夫未達者也又諸如來無上正覺及普世賢聖之等有大慈悲喜護之心惠施仁愛愍念衆生使與於世耳唯欲濟度五道勤苦故現入郡國縣邑聚落行受分衛而彼衆聖已離諸食不食於食唯以慧解諸定正受爲常充足其於離食而續食者斯受流轉便數生死用是之故諸佛世尊以於諸食而悉明了都無復雜食之想慊慨喟然安和住身能如恒沙復過是數從如發意永常無復諸飢渴雜想念也至在佛樹明星出時從始所可受食者彼因此食其於正士及大丈夫英雄龍猛又至師子諸調儒夫及衆華孚正士秀異種種蓮華男子無上丈夫法御天人師

應所當得應所明了應所覺達悉已了而具足等於一像合會智慧得成無上正眞道意也以是龍首一切菩薩普諸如來及賢聖等唯以此食升致無上正眞覺道便能住壽如恒沙劫又能踰此復倍無數而諸如來永無其勞所以者何以其應於無想食故無念不念無合不合亦不想念賢聖之行恒便隨順出諸香氣自然清淨無想無念無諸樔窟亦無戲行本空自淨如是龍首菩薩摩訶薩當作此食乃應法食龍首荅曰善哉善哉濡首所說法之微妙吾已飽足於是上食但聞此法食之要說便爲已甚具足矣況其長食無雜食者豈當復食思欲食哉云何龍首虛空之體寧當有雜食之食又言飽足乎對曰濡首空無所有也又曰龍首爲能飽足幻士所化不答曰不也云何龍首寧可以食飽足中現像耶答曰不也又曰龍首夫大海者寧復飽於衆流乎答曰不也濡首復曰如是龍首諸法無厭若如虛空而仁向言有飽想乎諸法如空無想無願無起無行亦無所作無所造永然無欲以定以脫無色無像無堅無固了如虛空都無所持諸法如此云何而起有飽想耶龍首又曰若是濡首有此行者一切不復食於食乎而仁說食本空耶濡首曰若此龍首則一切衆生而無食也譬如龍首世尊化作恒河沙人以食餧諸化人云何族姓子彼諸化人以何爲食寧復有食者不乎答曰化者無想不識無所有亦復無食何況言當有食者耶若此龍首一切諸法有見無見如幻化也普諸衆生而不解此以其不解便

即流轉受生死矣於中觀之亦無所有亦無所得亦無流轉解生死無如本無者則一切無受亦無生死不曉本空便有生死其生死者亦無生死於其生死亦無所受亦無所得何生死法者乎答曰濡首斯言甚善宜知其時可共行矣還於祇樹給孤獨園吾諸飢渴永爲已斷答曰龍首譬如幻士所可化人而化人言吾飢渴斷寧爲飢野馬法耶如是龍首一切若此其諸法者皆如野馬解此乃解而族姓子言吾飢渴以爲斷乎當食斯食如諸法食不斷無壞亦無飢渴一切諸法本已飽足何以故彼諸凡夫下士不了其本則作此言吾飢我渴又言飽足如諸賢聖解諸法本彼無飢渴亦無想足解諸飢渴亦無生死亦無戲行亦無想念彼已無動亦無倚著諸

法已脱本無著故龍首又曰如仁濡首諸所可説彼之要言但説法界也濡首復謂龍首曰其法界者亦無説不説亦無言趣無屈無伸所以者何如是龍首法界無所有言者無説亦不所説亦無戲行無所著無合偶彼無想念亦不有念亦無所起亦無滅行譬如龍首虛空之界無想無念無起無滅諸法亦爾同如虛空其本相空本不可得亦不可知其相如是亦不可得有能得其相彼諸如來般泥洹者亦當可得若此龍首一切諸法都無處所無色無像亦不可見以是之故恒河沙諸如來般泥洹者其於法中亦復無般泥洹者亦無地水火風界而般泥洹亦無空界亦無識界般泥洹者泥洹如是於泥洹中亦無泥洹若諸法有泥洹想者則虛空界有泥洹

想耶所以者何以其諸法本定而空諸法靜寂而復寂於此凡夫下士之類起有泥洹想念者因便有吾言我有受有吾我受有壽命受有人物受有想識共來解真無法者即起是想想念泥洹以此故而不得脫便生老病死取要言之十二因緣至於大苦衆患集會爲彼之故言有泥洹爲諸有二想行者以其不解諸法本無已不曉了不覺悟故與諸如來諸佛世尊明解深入權行菩薩宿樹衆善立不退轉積累功德有大威神爲極唱導無上大師與如是等菩薩摩訶薩行而違反起有諍想又與聲聞緣覺之衆與其相違而起忿諍與彼諍故當受大罪以其諍故長流生死當歸不淨極臭處矣一切衆聖永所不歎諸上明達所可遠離譬如族姓子有城郭若復聚落去其不遠積衆臭穢於其彼處人衆趣往晝夜不息遂增汙穢不淨臭處不潔之物也諸愚凡夫處于五道起滅無竟衆想無斷廣其生死如彼增臭也以其不明又不曉了不解其元不達本無霧籠茂盛癡冥積故廣受流轉增長生死五道之趣或生地獄或即餓鬼復歸畜生或天或人神變無常五道勤苦災患顛倒痛癢瘡楚衆惱之元諸苦所由遂增臭穢流不淨氣使彼明達賢聖之衆乃以爲滅所共貪疾又諸慧士所可遠離用是雜垢長不解脫復使斯類是趣其生是歸有老生老苦極憂惱萬端是致病死殃禍追之善則榮樂福祐惡則禍隨以要言之患變益集至甚痛熱衆苦合會而彼以故不脫生死但由未了其本無故長受生死如其增臭

也龍首復謂濡首曰云何濡首得了其本曰以無心想以寂寞行以趣靜定向入清淨其住是者則曉其本曰云何濡首何謂爲幻之寂寞曰其解了如幻者此則幻之寂寞清淨也爾時耆年須菩提至濡首所覩其大衆即而問曰諸正士等普來會此爲何講乎答曰賢者吾於諸言都無所說又賢者寧聞諸幻人有所說不山中之響夢影野馬爲有言談耶復聞有其說者不乎又賢者如來所化寧有耳聲其聲復有聞者不爲有識若受持語言名字句說者不答曰不也時須菩提爜然於所坐恍惚之間寂而滅定時舍利弗詣濡首所覩其普衆大會之場率多菩薩咸聽濡首所講之說見須菩提在于彼坐寂而滅定問濡首曰此賢者爲何志故居斯便滅定曰

舍利弗是須菩提雖滅定不與法而有其諍如是賢者此以無諍行無住無著無樸無處過諸窟法而三摩越時須菩提作是滅定從定寤起而向世尊即偏袒右肩叉手跪作是言自歸諸佛無上覺者其有顯演如是深邃微妙法像難見之文不可議說已斷所著等離諸想已得寂安其不退轉大士等及諸初發意菩薩遠聞如此勸發之說豈不快哉濡首又謂須菩提曰不於此法有說有勸有彼所向也何則然者以諸法無勸無說無談無識又此要義無言無語無住無勸無去無來無坐無卧無倚無處亦無所有所以者何是諸法本空無所有其本不可得故曰何謂濡首其本行法曰惟賢者諸法無行是行之要當作是行曉行是行乃爲至行也若此可共

都行求食曰濡首吾不復入於聚落分衛所以者何逮聞是要已離聚落亦離城想亦離色想以要言之亦離聲香味細滑法想都離諸想而無想念曰唯須菩提如此離其想行者所是云何而進止乎云何濡首何謂如來所化色痛想行識以何識法如來所現化化以何想而有進止有所瞻視復有屈伸乎曰善哉善哉須菩提如世尊所歎仁爲最曉空閑行者濡首又曰唯須菩提可共詣佛禮事供養濡首重曰唯賢者吾以清淨食而請於仁時舍利弗謂濡首曰於何處所與吾等食爲當施設何等之食曰唯賢者其所食者亦不有食亦不無食又不吞食亦不色聲亦不香味亦不細滑其所食處不在欲界又不色界亦不無色不處三界亦不離其中是則諸佛世尊食處舍利弗謂濡首曰善哉善哉如仁所説吾已飽足於時是無上食歎之名況其已食如此食者曰唯賢者其食不以肉眼内外見亦不天眼亦不慧眼處有所見其食如此乃應等食也爾時耆年須菩提及舍利弗并諸衆生聞是歎食之説即於其處寂而滅定時妙心謂濡首菩薩曰當以何食食須菩提舍利弗等爲以何食而三摩越曰以無漏食行無倚著食行無衆食以此行而行其作此食者不復於三界食於食也爾時賢者須菩提舍利弗從滅定寤各行分衛時須菩提入大長者家分衛其長者婦爲優婆夷見須菩提默然而住即謂賢者爲何之乎答曰姊來求分衛曰賢者仁續分衛想未止了耶曰姊吾從本際已了分衛想曰須菩提其本

際寧有了未了言從本際已了分衛想乎曰姊如本際空末際亦空悉如本空優婆夷曰若此賢者已悉空者奚爲復說了不了乎仁便伸手當施卿分衛須菩提即自伸手曰賢者是爲羅漢不了其本反取滅證者乎非須菩提曰姊羅漢手無形不可見亦無屈伸譬如幻士爲幻化人作此言何所是幻者手乎復言可伸幻者手耶曰姊幻手爲可見不又可伸乎答曰不也須菩提曰若此姊世尊說一切諸法如幻本空若是賢者世尊說一切空何爲賢者續求食時優婆夷未尋與須菩提分衛重曰賢者可前鉢適當前鉢鉢忽然不現時優婆夷以手索鉢鉢而無處手亦不近於須菩提優婆夷曰善哉善哉此則無著清淨之身應佛所歎空閑行者優婆夷適作是言鉢即自出時須菩提便前授鉢優婆夷取鉢盛滿飯授須菩提便謂之言賢者是爲釋迦文佛所稱歎處閑居第一者鉢非曰姊如佛所說空閑行者非有鉢矣曰如賢者空閑行者非有鉢耶曰姊無也曰又賢者閑居尚無鉢豈當復有受食緣乎曰賢者已記閑居亦當無羅漢取滅證耶又賢者食此飯已當了知食者如幻所食如化又如化人食於幻者亦當如以野馬飲於渴者其食所食當了如此明解是者乃應如來達三世本無分衛之行也若賢者其起施念有想受者便造有衆分數也已受數者則有二見以有二見便與凡夫流轉五道生死同歸也時優婆夷復謂須菩提又如賢者諸佛要法不但受食及與施者當應了如幻如化爲本無爲無有

至於生死與泥洹法亦當曉了如夢幻化野馬影響如如本無於諸法亦悉當爾諸法清淨都無所有無施無受無戒無犯無忍無諍無進無懈無定無亂無慧無愚於一切法都無所有是行乃應世尊如法受食弟子行法其如此解分衛行者則於三界無雜食之想亦復不處泥洹之樂也須菩提聞優婆夷所説即寂寞不知所言曰賢者泥洹爲寂耶豈無言而不對乎曰姊斯何言乃如此須菩提曰姊了幻法耶答曰賢者吾了諸法悉如幻化幻者及化亦皆本無無所有時須菩提便於所處忽而滅定欲知優婆夷志求何乘以爲其證勇辯乃爾敢師子吼明解幻法所説自恣而無罣礙盡力觀察處優婆夷爲阿那含曰姊已得阿那含乎優婆夷曰云何賢者

如來法本寧有阿那含行法乎又賢者法無形色亦復無求想像之跡無彼此識無中間行亦無所想無取無證亦無處所乃爲明了道之行耳向賢者云何處阿那含畢樂羅漢證法乎又賢者法無去來其有去來有所趣向有所有趣有起有滅有念有想皆墮凡夫流轉未解數也是時優婆夷忽於所處於須菩提前化于高廣大人交露之座普現感動光明相像顯轉無上阿惟越致法輪令普會衛境界之内及十方土莫不聞見此之所興感變也爾時空中萬二千天聞彼所説悉逮一生補處舍衛國内志菩薩行者二萬八千人承宿衆德皆得不退轉十方之衆諸來大士其聞是説百億菩薩本得無從生法忍復聞是上要説即皆逮一生補處於是濡首龍

首菩薩并諸大士普來之衆及舍利弗須菩提等俱從舍衛國甫出城門爗然輕舉忽升虛空濡首菩薩尋揚身光威神煒煒照耀暐曄明影灼爍踰于日月普蔽餘光昞然晃昱乃徹窈冥如金翅王飛而行焉一切衆生莫不見者其所經由彼衆天人皆聞諸法如夢幻化野馬影響泡沫芭蕉之樹要言深邃像說各懷歡喜慈心相向一切天人但聞夢幻聲而化幻法於見無見亦不可得諸逮聞是像微妙說者合百千衆得不退轉時所經遊於其中間有長者子其名善意宿植德本亦聞濡首無上幻化之要說言并復覩見神影變化即發無上正眞道意尋自誓願吾於來世得爲如來無上平等最正覺道時所現感動亦當如是濡首見彼族姓子有決清妙岐嶷之質欲紹佛種乃發大志心存菩薩口詠誓願聲暢一切如師子吼即請善意而告之曰族姓子汝解諸法如幻化者必離劣乘聲聞緣覺之地也便當成致無上正眞道意又當曉了諸法夢幻之妙法說悉爲無所有時長者子跪而對曰蒙解諸法如幻如化濡首重以諸法要言勸發長者子長者子忻樂之心遂而踊躍時彼大姓心巨曠解逮致法忍八千天人發無上正眞道意時五千天子在于虛空聞濡首勸進之說爗然心解逮得無從生法樂之忍咸悉肅然恭敬之至已禮濡首忽升虛空各還本土是時濡首龍首菩薩舍利弗須菩提等還于祇樹給孤獨園俱詣世尊稽首佛足却坐一面龍首菩薩使從座起向佛叉手已濡首童眞諸所講談法要之

說具啓世尊時佛讚曰善哉善哉濡首童真善說諸法無上微妙如夢如幻如化野馬影響之聲則是諸慧深奥之至是諸佛要斯乃應如無形無像本無幻說時佛顧告賢者阿難受是濡首諸法要文阿難敬前長跪白佛唯然世尊如教受之當何名此經云何奉持時佛重復敷演濡首妙心菩薩等所說慧要及舍衛國長者優婆夷爲須菩提所現感動乃至轉一生補處之輪佛復告阿難當受是上要之慧又是賢者此名濡首無上清淨分衛經亦名決了諸法如幻如化三昧勤念受持當廣宣傳普布演說又是阿難若善男子善女人等聞斯要專心信向是者阿難則應面見諸佛世尊又爲濡首童真菩薩必所感致無上正真之道會成至佛況其受持誦習諷讀奉行應者德極無上是善男子善女人等爲逮諸佛之慧藏爲得諸佛最上要鎮又爲諸佛之所擁護普爲十方諸現在佛所授封莂諸佛爲手授其決當成無上正真道意佛說是已濡首童真龍首妙心及諸菩薩舍利弗須菩提等及衆比丘一切會者諸天龍神阿須倫人與非人聞佛所說莫不歡喜前爲佛作禮而退

佛說濡首菩薩無上清淨分衛經卷下

音釋

慌惚　慌呼廣切惚呼骨切慌惚不分明也
封莂　莂必列切封莂謂封國授記莂也
慷慨　慷口浪切慨丘蓋切慷慨豁達也
喟然　喟丘媿切歎息也
餧　於偽切飼也
癢　以兩切膚欲搔也
盛　音成貯也
灼爍　灼職畧切爍式灼切灼爍光盛也
昞　音丙明也
晃昱　晃戶廣切照耀也昱音育

光明也

金翅翅式利切金翅鳥名

泡沫泡音抛水漚也沫音末水沫也

岐嶷岐翹移切嶷鄂力切岐嶷言其能立也

仁王護國般若波羅蜜經

姚秦三藏鳩摩羅什譯

清刻龍藏佛說法變相圖

仁王護國般若波羅蜜經卷上

姚秦三藏鳩摩羅什譯

序品第一

如是我聞一時佛住王舍城耆闍崛山中與大比丘衆八百萬億學無學皆阿羅漢有爲功德無爲功德無學十智有學八智有學六智三根十六心行法假虛實觀受假虛實觀名假虛實觀三空觀門四諦十二緣無量功德皆成就復有八百萬億大仙緣覺非斷非常四諦十二緣皆成就復有九百萬億菩薩摩訶薩皆阿羅漢實智功德方便智功德行獨大乘四眼五通三達十力四無量心四辯四攝金剛滅定一切功德皆成就復有千萬億五戒賢者皆行阿羅漢十地迴向五分法身具足無量功德皆成就復有十千五戒清

信女皆行阿羅漢十地皆成就始生功德住生功德終生功德三十生功德皆成就復有十億七賢居士德行具足二十二品十一切入入八除入八解脫三慧十六諦四諦四三二一品觀得九十忍一切功德皆成就復有萬萬億九梵三淨三光三梵五喜樂天天定功德定味常樂神通十八生處功德皆成就復有億億六欲諸大天十善果報神通功德皆成就復有十六大國王各各有一萬二萬乃至十萬眷屬五戒十善三歸功德清信行具足復有五道一切衆生復有他方不可量衆復有變十方淨土現百億高座化百億須彌寶華各各座前華上復有無量化佛無量菩薩比丘八部大衆各各坐寶蓮華華上皆有無量國土一一國土佛及大衆如今無異一一國土中一一佛及大衆各各說般若波羅蜜他方大衆及化衆此三界中衆十二大衆皆來集會坐九級蓮華座其會方廣九百五十里大衆僉然而坐爾時十號三明大滅諦金剛智釋迦牟尼佛初年月八日方坐十地入大寂室三昧思緣放大光明照三界中復於頂上出千寶蓮華上至非想非非想天光亦復爾乃至他方恒河沙諸佛國土時無色界雨無量變大香華香如車輪華如須彌山王如雲而下十八梵天王雨百變異色華六欲諸天雨無量色華其佛座前自然生九百萬億級華上至非想非非想天是時世界其地六種震動爾時諸大衆俱共僉然生疑各相謂言四無所畏十八不共法五眼法身大覺世尊前已爲我等大衆二十九年說摩訶

般若波羅蜜金剛般若波羅蜜天王問般若波羅蜜光讚般若波羅蜜今日如來放大光明斯作何事時十六大國王中舍衛國主波斯匿王名曰月光德行十地六度三十七品四不壞淨行摩訶衍化次第問居士寶蓋法淨名等八百人復問須菩提舍利弗等五千人復問彌勒師子吼等十千人無能答者時波斯匿王即以神力作八萬種音樂十八梵天六欲諸天亦作八萬種音樂聲動三千乃至十方恒河沙佛土有緣斯現彼他方佛國中南方法才菩薩共五百萬億大衆俱來入此大會東方寶柱菩薩共九百萬億大衆俱來入此大會北方虛空性菩薩共百千萬億大衆俱來入此大會西方善住菩薩共十恒河沙大衆俱來入此大會六方亦復如是作樂亦然亦復共作無量音樂覺寤如來佛即知時得衆生根即從定起方坐蓮華師子座上如金剛山王大衆歡喜各各現無量神通地及虛空大衆而住

觀空品第二

爾時佛告大衆知十六大國王意欲問護國土因緣吾今先為諸菩薩說護佛果因緣護十地行因緣諦聽諦聽善思念之如法修行時波斯匿王言善大事因緣故即散百億種色華變成百億寶帳蓋諸大衆爾時大王復起作禮白佛言世尊一切菩薩云何護佛果云何護十地行因緣佛言菩薩化四生不觀色如受想行識如衆生我人常樂我淨如知見壽者如菩薩如六度四攝一切行如二諦如是故一切法性真實空不來不去無生無

滅同真際等法性無二無別如虛空是故陰入界無我無所有相是爲菩薩行化十地般若波羅蜜白佛言若諸法爾者菩薩護化衆生爲化衆生耶大王法性色受想行識常樂我淨不住色不住非色不住非非色乃至受想行識亦不住非非住何以故非色如非非色如世諦故三假故名見衆生一切法性實故乃至諸佛三乘七賢八聖亦名見六十二見亦名見大王若以名名見一切法乃至諸佛三乘四生者非非見一切法也白佛言般若波羅蜜有法非非法摩訶衍云何照大王摩訶衍見非非法法若非非法是名非非法空法性空色受想行識空十二入十八界空六大法空四諦十二緣空是法即生即住即滅即有即空剎那剎那亦如是法生法住法滅何以故九十剎那爲一念一念中一剎那經九百生滅乃至色一切法亦如是以般若波羅蜜空故不見緣不見諦乃至一切法空內空外空內外空有爲空無爲空無始空性空第一義空般若波羅蜜空因空佛果空空空故空但法集故有受集故有名集故有因集故有果集故有十行故有佛果故有乃至六道一切有善男子若菩薩見法衆生我人知見者斯人行世間不異於世間於諸法而不動不到不滅無相無無相一切法亦如也諸佛法僧亦如也是即初地一念心具足八萬四千般若波羅蜜即載名摩訶衍即滅爲金剛亦名定亦名一切行如光讚般若波羅蜜中說大王是經名味句百佛千佛百千萬佛說名味句於恒河沙三千大千國土中成

無量七寶施三千大千國土中衆生皆得七賢四果不如於此經中起一念信何況解一句者句非句非非句故般若非句句非般若般若亦非菩薩何以故十地三十生空故始生住生終生不可得地地中三生空故亦非薩婆若非摩訶衍空故大王若菩薩見境見智見說見受者非聖見也倒想見法凡夫人也見三界者衆生果報之名也六識起無量欲無窮名爲欲界藏空或色所起業果名爲色界藏空或心所起業果名無色界藏空三界空三界根本無明藏亦空三地九生滅前三界中餘無明習果報空金剛菩薩藏得理盡三昧故或果生滅空有果空因空故空薩婆若亦空滅果空或前已空故佛得三無爲果智緣滅非智緣滅虛空薩婆若果空也善男子若有修習聽說無聽無說如虛空法同法性聽同說同一切法皆如也大王菩薩修護佛果爲若此護般若波羅蜜者爲護薩婆若十力十八不共法五眼五分法身四無量心一切功德果爲若此佛說法時無量人衆皆得法眼淨性地信地有百千人皆得大空菩薩大行

菩薩教化品第三

白佛言世尊護十地行菩薩云何行可行云何行化衆生以何相衆生可化佛言大王五忍是菩薩法伏忍上中下信忍上中下順忍上中下無生忍上中下寂滅忍上中下名爲諸佛菩薩修般若波羅蜜善男子初發相信恒河沙衆生修行伏忍於三寶中生習種性十心信心精進心念心慧心定心施心戒心

護心願心迴向心是爲菩薩能少分化衆生已超過二乘一切善地一切諸佛菩薩長養十心爲聖胎也次第起乾慧性種性有十心所謂四意止身受心法不淨苦無常無我也三意止三善根慈施慧也三意止所謂三世過去因忍現在因果忍未來果忍也是菩薩亦能化一切衆生已能過我人知見衆生等想及外道倒想所不能壞復有十道種性地所謂觀色識想受行得戒忍知見忍定忍慧忍解脫忍觀三界因果空忍無願忍無相忍觀一諦虛實一切法無常名無常忍一切法空得無生忍是菩薩十堅心作轉輪王亦能化四天下生一切衆生善根又信忍菩薩所謂善達明中行者斷三界色煩惱縛能化百佛千佛萬佛國中現百身千身萬身神通無量功德常以十五心爲首四攝法四無量心四弘願三解脫門是菩薩從善地至於薩婆若以此十五心爲一切行根本種子又順忍菩薩所謂見勝現法能斷三界心等煩惱縛故現一身於十方佛國中無量不可說神通化衆生又無生忍菩薩所謂遠不動觀慧亦斷三界心色等習煩惱故現不可說不可說功德神通復次寂滅忍佛與菩薩同用此忍入金剛三昧下忍中行名爲菩薩上忍中行名爲薩婆若共觀第一義諦斷三界心習無明盡相爲金剛盡相無相爲薩婆若超度世諦第一義諦之外爲第十一地薩云若覺非有非無湛然清淨常住不變同真際等法性無緣大悲教化一切衆生乘薩婆若乘來化三界善男子一切衆生煩惱不出三界藏一

切衆生果報二十二根不出三界諸佛應化法身亦不出三界三界外無衆生佛何所化是故我言三界外別有一衆生界藏者外道大有經中說非七佛之所說大王我常說一切衆生斷三界煩惱果報盡者名爲佛自性清淨名覺薩云若性衆生本業是諸佛菩薩本所修行五忍中十四忍具足白佛言云何菩薩本業清淨化衆生佛言從一地乃至後一地自所行處及佛行處一切知見故本業者若菩薩住百佛國中作閻浮四天王修百法門二諦平等心化一切衆生初地若菩薩住千佛國中作忉利天王修千法門十善道化一切衆生二地若菩薩住十萬佛國中作焰天王修十萬法門四禪定化一切衆生三地若菩薩住百億佛國中作兜率天王修百億法門行道品化一切衆生四地若菩薩住千億佛國中作化樂天王修千億法門二諦四諦八諦化一切衆生五地若菩薩住十萬億佛國中作他化天王修十萬億法門十二因緣智化一切衆生六地若菩薩住百萬億佛國中作初禪王修百萬億法門方便智願智化一切衆生七地若菩薩住百萬微塵數佛國中作二禪梵王修百萬微塵數法門雙照方便神通智化一切衆生八地若菩薩住百萬億阿僧祇微塵數佛國中作三禪大梵王修百萬億阿僧祇微塵數法門四無礙智化一切衆生九地若菩薩住不可說不可說佛國中作第四禪大靜天王三界主修不可說不可說法門得理盡三昧同佛行處盡三界原教化一切衆生如佛境界是故一切菩薩本業化行淨十地若十

方諸如來亦修是業登薩婆若果作三界王化一切無量衆生佛地爾時百萬億恒河沙大衆各從座起散無量不可思議華燒無量不可思議香供養釋迦牟尼佛及無量大菩薩合掌聽波斯匿王說般若波羅蜜今於佛前以偈歎曰

世尊導師金剛體　心行寂滅轉法輪
八辯洪音爲衆說　時衆得道百萬億
時六天人出家道　成比丘衆菩薩行
五忍功德妙法門　十四正士能諦了
三賢十聖忍中行　惟佛一人能盡源
佛衆法海三寶藏　無量功德攝在中
十善菩薩發大心　長別三界苦輪海
中下品善粟散王　上品十善鐵輪王
習種銅輪二天下　銀輪三天性種性
道種堅德轉輪王　七寶金光四天下
伏忍聖胎三十人　十信十止十堅心
三世諸佛於中行　無不由此伏忍生
一切菩薩行本源　是故發心信心難
若得信心必不退　進入無生初地道
教化衆生覺中行　是名菩薩初發心
善覺菩薩四天王　雙照二諦平等道
權化衆生遊百國　始登一乘無相道
入理般若名爲住　住生德行名爲地
初住一心足德行　於第一義而不動
離達開士忉利王　現形六道千國土
無緣無相第三諦　無無無生無二照
明慧空照焰天王　應形萬國導群生
忍心無二三諦中　出有入無變化生
善覺離明三道人　能滅三界色煩惱

還觀三界身口色　法性第一無遺照
焰慧妙光大精進　兜率天王遊億國
實智緣寂方便道　達無生照空有了
勝慧三諦自達明　化樂天王百億國
空空諦觀無二相　變化六道入無間
法現開士自在王　無二無照達理空
三諦現前大智光　照千億土教一切
焰勝法現無相定　能灑三界迷心惑
空慧寂然無緣觀　還觀心空無量報
遠達無生初禪王　常萬億土教衆生
未度報身一生在　進入等觀法流地
始入無緣金剛忍　三界報形永不受
觀第三義無二照　二十一生空寂行
三界愛習順道定　遠達正士獨諦了
等觀菩薩二禪王　變生法身無量光
入百恒土化一切　圓照三世恒劫事
反照樂虛無盡源　於第三諦常寂然
慧光開士三禪王　能於千恒一時現
常在無爲空寂行　恒沙佛藏一念了
灌頂菩薩四禪王　於億恒土化群生
始入金剛一切了　二十九生永已度
寂滅忍中下忍觀　一轉妙覺常湛然
等慧灌頂三品士　除前餘習無明緣
無明習相故煩惱　二諦理窮一切盡
圓智無相三界王　三十生盡等大覺
大寂無爲金剛藏　一切報盡無極悲
第一義諦常安隱　窮源盡性妙智存
三賢十聖住果報　惟佛一人居淨土
一切衆生暫住報　登金剛原居淨土
如來三業德無極　我今月光禮三寶

法王無上人中樹　覆蓋大衆無量光
口常說法非無義　心智寂滅無緣照
人中師子爲衆說　大衆歡喜散金華
百億萬土六大動　含生之生受妙報
天尊快說十四王　是故我今略歎佛

時諸大衆聞月光王歎十四王無量功德藏得大法利即於座中有十恒河沙天王十恒河沙梵王十恒河沙鬼神王乃至三趣得無生法忍八部阿須輪王現轉鬼身天上受道三生入正位者或四生五生乃至十生得入正位證聖人性得一切無量報佛告諸得道果實大衆善男子是月光王已於過去十千劫中龍光王佛法中爲四住開士我爲八住菩薩今於我前大師子吼如是如是如汝所解得眞義說不可思議不可度量惟佛與佛乃知斯事善男子其所說十四般若波羅蜜三忍地地上中下三十忍一切行藏一切佛藏不可思議何以故一切諸佛是中生是中滅是中化無生無滅無化無自無他第一無二非化非不化非無無相無來去如虛空故一切衆生無生滅無縛解非因非果非不因果煩惱我人知見受者我所者一切苦受行空故一切法集幻化五陰無合無散法同法性寂然空故法境界空空無相不轉不顚倒不順幻化無三寶無聖人六道如虛空故般若無知無見不行不緣不因不受不得一切照相故行道相斯行道相如虛空故法相如是何可有心得無心得是以般若功德不可衆生中行而行不可五陰法中行而行不可境中行而行不可解中行而行是故般若不

可思議而一切諸菩薩於中行故亦不可思議一切諸如來於幻化無住法中化亦不可思議善男子此功德藏假使無量恒河沙第十三灌頂開士說是功德百千億分中如王所說如海一滴我今略述分義功德有大利益一切衆生亦爲過去來今無量諸如來之所述可三賢十聖讚歎無量是月光王分義功德善男子是十四法門三世一切衆生一切三乘一切諸佛之所修習未來諸佛亦復如是若一切諸佛菩薩不由此門得薩婆若者無有是處何以故一切諸佛及菩薩無異路故是故一切諸善男子若有人聞諸忍法門信忍止忍堅忍善覺忍離達忍明慧忍焰慧忍勝慧忍法現忍遠達忍等覺忍慧光忍灌頂忍圓覺忍者是人超過百劫千劫無量恒河沙生生苦難入此法門現身得報時諸衆中十億同名虛空藏海菩薩歡喜法樂各各散華於虛空中變成無量華臺上有無量大衆說十四正行十八梵六欲天王亦散寶華各坐虛空臺上說十四正行受持讀誦解其理義無量諸鬼神現身修行般若波羅蜜

佛告大王汝先言云何衆生相可化若以幻化身見幻化者是菩薩真行化衆生衆生識初一念識異木石生得善生得惡惡爲無量惡識本善爲無量善識本初一念金剛終一念於中生不可說不可說識成衆生色心衆生根本色名色蓋心名識蓋想蓋受蓋行蓋蓋者陰覆爲用身名積聚大王此一色法生無量色眼所得爲色耳所得爲聲鼻所得爲香舌得爲味身得爲觸堅持名地水名潤火

名熱輕動名風生五識處名根如是一色一心有不可思識色心大王凡夫六識麤故得假名青黄方圓等無量假色法聖人六識淨故得實法色香味觸一切實色法衆生者世諦之名也若有若無但生衆生憶念名爲世諦世諦假誑幻化故有乃至六道幻化衆生見幻化幻化見幻化婆羅門刹利毗舍首陁神我等色心名爲幻諦幻諦法無佛出世前無名字無義名幻法幻化無名字無體相無三界名字無善惡果報六道名字大王是故佛佛出現於世爲衆生故説作三界六道名字是名無量名字如空法四大法心法色法相續假法非一非異一亦不續異亦不續非一非異故名續諦相待假法一切名相待亦名不定相待如五色等法有無一切等法一切法皆緣成假成衆生倶時因果異時因果三世善惡一切幻化是幻諦衆生大王若菩薩如上所見衆生幻化皆已假誑如空中華十住菩薩諸佛五眼如幻諦而見菩薩化衆生爲若此時諸有無量天子及諸大衆得伏忍者得空無生忍乃至一地十地不可説德行

二諦品第四

爾時波斯匿王言第一義諦中有世諦不若言無者智不應二若言有者智不應一一二之義其事云何佛告大王汝於過去七佛已問一義二義汝今無聽我今無説無聽無説即爲一義二義故諦聽諦聽善思念之如法修行七佛偈如是

無相第一義　無自無他作　因緣本自有

無自無他作　法性本無性　第一義空如
諸有本有法　三假集假有　無無諦實無
寂滅第一空　諸法因緣有　有無義如是
有無本自二　譬若牛二角　照解見無二
二諦常不即　解心見不二　求二不可得
非謂二諦一　非二何可得　於解常自一
於諦常自二　通達此無二　真入第一義
世諦幻化起　譬如虛空華　如影三手無
因緣故誑有　幻化見幻化　衆生名幻諦
幻師見幻法　諦實則皆無　名爲諸佛觀
菩薩觀亦然

大王菩薩摩訶薩於一義中常照二諦化衆生佛及衆生一而無二何以故以衆生空故得置菩提空以菩提空故得置衆生空以一切法空故空空何以故般若無相二諦虛空般若空於無明乃至薩婆若無自相無他相故五眼成就時見無所見行亦不受不行亦不受非行非不行亦不受乃至一切法亦不受菩薩未成佛時以菩提爲煩惱菩薩成佛時以煩惱爲菩提何以故於第一義而不二故諸佛如來乃至一切法如故白佛言云何十方諸如來一切菩薩不離文字而行諸法相大王法輪者法本如重誦如受記如不誦偈如無問而自說如戒經如譬喻如法界如本事如方廣如未曾有如論義如是名味句音聲果文字記句一切如若取文字者不行空也大王如如文字修諸佛智母一切衆生性根本智母即爲薩婆若體諸佛未成佛以當佛爲智母未得爲性已得薩婆若三乘般若不生不滅自性常住一切衆生以此爲覺

性故若菩薩無受無文字離文字爲非文字修無修爲修修無修者得般若真性般若波羅蜜大王若菩薩護佛護化衆生護十地行爲若此白佛言無量品衆生根亦無量行亦無量法門爲一爲二爲無量耶大王一切法觀門非一非二乃有無量一切法亦非有相非非無相若菩薩見衆生見一見二即不見一不見二一二者第一義諦也大王若有若無者即世諦也以三諦攝一切法空諦色諦心諦故我說一切法不出三諦我人知見五受陰空乃至一切法空衆生品品根行不同故非一非二法門大王七佛說摩訶般若波羅蜜我今說般若波羅蜜無二無別汝等大衆受持讀誦解說是經功德有無量不可說不可說諸佛一一佛教化無量不可說衆生一一衆生皆得成佛是佛復教化無量不可說衆生皆得成佛是上三佛說般若波羅蜜經八萬億偈於一偈中復分爲千分於一分中說一分句義不可窮盡況復於此經中起一念信是諸衆生起百劫千劫十地等功德何況受持讀誦解說者功德即十方諸佛等無有異當知是人即是如來得佛不久時諸大衆聞說是經十億人得三空忍百萬億人得大空忍十地性大王此經名爲仁王問般若波羅蜜經汝等受持般若波羅蜜經是經復有無量功德名爲護國土功德亦名一切國王法藥服行無不大用護舍宅功德亦護一切衆生身即此般若波羅蜜是護國土如城塹牆壁刀劒鉾楯汝應受持般若波羅蜜亦復如是

仁王護國般若波羅蜜經卷上

音釋

寤音悟寤覺也　摩訶衍梵語也此云大乘衍音演　城塹塹七艷切繞城水也　鉾楯鉾莫侯切鉾兵也楯乳尹切干櫓之屬

仁王護國般若波羅蜜經卷下

姚秦三藏鳩摩羅什譯

護國品第五

爾時佛告大王汝等善聽吾今正說護國土法用汝當受持般若波羅蜜當國土欲亂破壞刧燒賊來破國時當請百佛像百菩薩像百羅漢像百比丘衆四大衆七衆共聽請百法師講般若波羅蜜百師子吼高座前然百燈燒百和香百種色華以用供養三寶三衣什物供養法師小飯中食亦復以時大王一日二時講經汝國土中有百部鬼神是一一部復有百部樂聞是經此諸鬼神護汝國土大王國土亂時先鬼神亂鬼神亂故萬民亂賊來刧國百姓亡喪臣君太子王子百官共生是非天地恠異二十八宿星道日月失時失度多有賊起大王若火難水難風難一切諸難亦應講此經法用如上說大王不但護國亦有獲福求富貴官位七寶如意行來求男女求慧解名聞求六天果報人中九品果報亦講此經法用如上說大王不但獲福亦禳衆難若疾病苦難杻械枷鎖檢繫其身破四重罪作五逆因作八難罪行六道事一切無量苦難亦講此經法用如上說大王昔日有王釋提桓因為頂生王來上天欲滅其國時帝釋天王即如七佛法用敷百高座請百法師講般若波羅蜜頂生即退如滅罪經中說大王昔有天羅國王有一太子欲登王位一名班足太子爲外道羅陀師受教應取千王頭以祭家神自登其位已得九百九十九王少一王即北行萬里即得一王名普明王

其普明王白班足王言願聽一日飯食沙門頂禮三寶其班足王許之一日時普明王即依過去七佛法請百法師敷百高座一日二時講般若波羅蜜八千億偈竟其第一法師爲王即說偈言

刧燒終訖　乾坤洞然　須彌巨海　都爲灰颺
天龍福盡　於中凋喪　二儀尚殞　國有何常
生老病死　輪轉無際　事與願違　憂悲爲害
欲深禍重　瘡疣無外　三界皆苦　國有何賴
有本自無　因緣成諸　盛者必衰　實者必虛
衆生蠢蠢　常如幻居　聲響俱空　國土亦如
識神無形　假乘四蛇　無明保養　以爲樂車
形無常主　神無常家　形神尚離　豈有國耶

爾時法師說此偈已時普明王眷屬得法眼空王自證得虛空等定聞法悟解還至天羅國班足王所衆中即告九百九十九王言就命時到人人皆應誦過去七佛仁王問般若波羅蜜經中偈句時班足王問諸王言皆誦何法普明王即以上偈答王王聞是法得空三昧九百九十九王亦聞法已皆證三空門是時班足王極大歡喜告諸王言我爲外道邪師所誤非君等過汝可還本國各各請法師講般若波羅蜜名味句時班足王以國付弟出家爲道證無生法忍如十王經中說五千國王常誦是經現世生報大王十六大國王修護國之法應亦如是汝當受持天上人中六道衆生皆應受持七佛名味句未來世中有無量小國王欲護國土亦復爾者應請法師說般若波羅蜜爾時釋迦牟尼佛說般若波羅蜜時衆中五百億人得入初地復有

六欲諸天子八十萬人得性空地復有十八梵得無生忍得無生法樂忍復有先已學菩薩者證一地二地三地乃至十地復有八部阿須輪王得一三昧門得二三昧門得轉鬼身天上正受在此會者皆得自性信乃至無量空信吾今略說天等功德不可具盡

散華品第六

爾時十六大國王聞佛說十萬億偈般若波羅蜜歡喜無量即散百萬億行華於虛空中變爲一座十方諸佛共坐一座說般若波羅蜜無量大衆共坐一座持金羅華散釋迦牟尼佛上成萬輪華蓋蓋大衆上復散八萬四千般若波羅蜜華於虛空中變成白雲臺臺中光明王佛共無量大衆說般若波羅蜜臺中大衆持雷吼華散釋迦牟尼佛及諸大衆復散妙覺華於虛空中變作金剛城城中師子吼王佛共十方佛大菩薩論第一義諦時城中菩薩持光明華散釋迦牟尼佛上成一華臺臺中十方佛及諸天人散天華於釋迦牟尼佛上虛空中成紫雲蓋覆三千大千世界蓋中天人散恒河沙華如雲而下時諸國王散華供養已願過去佛現在佛未來佛常說般若波羅蜜願一切受持者比丘比丘尼信男信女所求如意常行般若波羅蜜佛告大王如是如是如王所說般若波羅蜜應說應受是諸佛母諸菩薩母神通生處時佛爲王現五不思議神變一華入無量華無量華入一華一佛土入無量佛土無量佛土入一佛土無量佛土入一毛孔土一毛孔土入無量毛孔土無量須彌無量大海入芥子中一

佛身入無量衆生身無量衆生身入一佛身入六道身入地水火風身佛身不可思議衆生身不可思議世界不可思議佛現神足時十方諸天人得佛華三昧十恒河沙菩薩現身成佛三恒河沙八部王成菩薩道十千女人現身得神通三昧善男子是般若波羅蜜有三世利益過去已說現在今說未來當說諦聽諦聽善思念之如法修行

受持品第七

爾時月光王心念口言見釋迦牟尼佛現無量神力亦見千華臺上寶滿佛是一切佛化身主復見千華葉世界上佛其中諸佛各各說般若波羅蜜白佛言如是無量般若波羅蜜不可說不可解不可以識識云何諸善男子於此經中明了覺解如法爲一切衆生開空法道大牟尼言有修行十三觀門諸善男子爲大法王從習忍至金剛頂皆爲法師依持建立汝等大衆應如佛供養而供養之應持百萬億天華天香而以奉上善男子其法師者是習種性菩薩若在家婆蹉優婆蹉若出家比丘比丘尼修行十信自觀己身地水火風空識分分不淨復觀十四根所謂五情五受男女意命等根有無量罪過故即發無上菩提心常修三界一切念念皆不淨故得不淨忍觀門住在佛家修六和敬所謂三業同戒同見同學行八萬四千波羅蜜道善男子習忍以前行十善菩薩有退有進譬如輕毛隨風東西是諸菩薩亦復如是雖以十千劫行十正道發三菩提心乃當入習忍位亦常學三伏忍法而不可字名是不定人是定

人者入生空位聖人性故必不起五逆六重二十八輕佛法經書作反逆罪言非佛說無有是處能以一阿僧祇劫修伏道忍行始得入僧伽陁位復次性種性行十慧觀滅十顛倒及我人知見分分假僞但有名但有受但有法不可得無定相無自他相故修護空觀亦常行百萬波羅蜜念念不去心以二阿僧祇劫行十正道法住波羅陁位復次道種性住堅忍中觀一切法無生無住無滅所謂五受三界二諦無自他相如實性不可得故而常入第十第一義諦心心寂滅而受生三界何以故業習果報未壞盡故順道生復以三阿僧祇劫修八萬億波羅蜜當得平等聖人地故住阿毗跋致正位復次善覺摩訶薩住平等忍修行四攝念念不去心入無相捨滅三界貪煩惱於第一義諦而不二爲法性無爲緣理而滅一切相故爲智緣滅無相無爲住初忍時未來無量生死不由智緣而滅故非智緣滅無相無爲無自他相無無無相故無量方便皆現前觀實相方便者於第一義諦不沉不出不轉不顛倒徧學方便者非證非不證而一切學迴向方便者非住果非不住果而向薩婆若魔自在方便者於非道而行佛道四魔所不動一乘方便者於不二相通達衆生一切行故變化方便者以願力自在生一切淨佛國土如是善男子是初覺智於有無相而不二是實智照巧用不證不沉不出不到是方便觀譬如水之與波不一不異乃至一切行波羅蜜禪定陁羅尼不一不二故而一一行成就以四阿僧祇劫行行故

入此功德藏門無三界業習生故畢故不造新以願力故變化生一切淨土常修捨觀故登鳩摩羅伽位以四大寶藏常授與人復次德慧菩薩以四無量心滅三有嗔等煩惱住中忍中行一切功德故以五阿僧祇劫行大慈觀心心常現在前入無相闍陁波羅化一切衆生復次明慧道人常以無相忍中行三明觀知三世法無來無去無住處心心寂滅盡三界癡煩惱得三明一切功德觀故常以六阿僧祇劫集無量明波羅蜜故入伽羅陁位無相行受持一切法復次爾焰聖覺達菩薩修行順法忍逆五見流集無量功德住須陁洹位常以天眼天耳宿命他心身通於念念中滅三界一切見亦以七阿僧祇劫行五神通恒河沙波羅蜜常不離心復次勝達菩薩於順道忍以四無畏觀那由他諦内道論外道論藥方工巧呪術故我是一切智人滅三界疑等煩惱故我相已盡知地地有所出故名出道有所不出故名障道逆三界疑修集無量功德故即入斯陁含位復集行八阿僧祇劫中行諸陁羅尼門故常行無畏觀不去心復次常現眞實住順忍中作中道觀盡三界集因集業一切煩惱故觀非有非無一相無相而無二證阿那含位復作九阿僧祇劫集照明中道故樂力生一切佛國土復次玄達菩薩十阿僧祇劫中修無生法樂忍滅三界習因業果住後身中無量功德皆成就無生智盡智五分法身皆滿足住第十地阿羅漢梵天位常行三空門觀百千萬三昧具足弘化法藏復次等覺者住無生忍中觀心

心寂滅而無相相無身身無知知而用心乘於群方之方憺怕住於無住之住在有常修空處空常萬化雙照一切法故知是處非是處乃至一切智十力觀故而能摩訶羅伽位化一切國土衆生千阿僧祇劫行十力法心心相應常入見佛三昧復次慧光神變者住上上無生忍滅心心相法眼見一切法三昧色空見以大願力常生一切淨土萬阿僧祇劫集無量佛光三昧而能現百萬恒河沙諸佛神力住婆伽梵位亦常入佛華三昧復次觀佛菩薩住寂滅忍者從始發心至今經百萬阿僧祇劫修百萬阿僧祇劫功德故證一切法解脫住金剛臺善男子從習忍至頂三昧皆名爲伏一切煩惱而無相信滅一切煩惱生解脫智照第一義諦不名爲見所謂見者是薩婆若是故我從昔以來常說惟佛所知見覺頂三昧以下至於習忍所不知不見不覺唯佛頓解不名爲信漸漸伏者慧雖起滅以能無生無滅此心若滅則累無不滅無生無滅入理盡金剛三昧同眞際等法性而未能等無等等譬如有人登大高臺下觀一切無不斯了住理盡三昧亦復如是常修一切行滿功德藏入婆伽度位亦復常住佛慧三昧善男子如是諸菩薩皆能一切十方諸如來國土中化衆生正說正義受持讀誦解達實相如我今日等無有異佛告波斯匿王我當滅度後法滅盡時受持般若波羅蜜大作佛事一切國土安立萬姓快樂皆由此般若波羅蜜是故付囑諸國王不付囑比丘比丘尼清信男清信女何以故無王力故故不

付囑汝當受持讀誦解其義理大王吾今所化百億須彌百億日月一一須彌有四天下其南閻浮提有十六大國五百中國十千小國其國土中有七可畏難一切國王爲是難故講讀般若波羅蜜七難即滅七福即生萬姓安樂帝王歡喜云何七難日月失度時節反逆或赤日出黑日出二三四五日出或日蝕無光或日輪一重二三四五重輪現當變恠時讀說此經爲一難也二十八宿失度金星彗星輪星鬼星火星水星風星刀星南斗北斗五鎮大星一切國主星三公星百官星如是等星各各變現亦講說此經爲二難也大火燒國萬姓燒盡或鬼火龍火天火山神火人火樹木火賊火如是變怪亦讀說此經爲三難也大水漂沒百姓時節反逆冬雨夏雪冬時雷電霹靂六月雨氷霜雹雨赤水黑水青水雨土山石山雨砂礫石江河逆流浮山流石如是變時亦讀說此經爲四難也大風吹殺萬姓國土山河樹木一時滅沒非時大風黑風赤風青風天風地風火風如是變時亦讀誦此經爲五難也天地國土亢陽炎火洞然百草亢旱五穀不登土地赫然萬姓滅盡如是變時亦讀說此經爲六難也四方賊來侵國內外賊起火賊水賊風賊鬼賊百姓荒亂刀兵劫起如是怪時亦讀誦此經爲七難也大王是般若波羅蜜是諸佛菩薩一切衆生心識之神本也一切國王之父母也亦名神符亦名辟鬼珠亦名如意珠亦名護國珠亦名天地鏡亦名龍寶神王佛告大王應作九色旛長九丈九色華高二丈千支燈

高五丈九玉箱九玉巾亦作七寶案以經置上若王行時常施其前足一百步是經常放千光明令千里内七難不起罪過不生若王住時作七寶帳帳中七寶高座以經卷置上日日供養散華燒香如事父母如事帝釋大王我今五眼明見三世一切國王皆由過去侍五百佛得爲帝王主是爲一切聖人羅漢而爲來生彼國作大利益若王福盡時一切聖人皆爲捨去若一切聖人去時七難必起大王若未來世國王受持三寶者我使五大力菩薩往護其國一金剛吼菩薩手持千寶相輪往護彼國二龍王吼菩薩手持金輪燈往護彼國三無畏十力吼菩薩手持金剛杵往護彼國四雷電吼菩薩手持千寶羅網往護彼國五無量力吼菩薩手持五十劍輪往護彼國五大士五千大神王於汝國中大作利益當立像形而供養之大王吾今三寶付囑汝等一切諸王憍薩羅國毗舍離國舍衛國摩竭提國波羅柰國迦夷羅衛國鳩尸那國鳩睒彌國鳩留國罽賓國伽羅乾國乾陁衛國沙陁國僧伽陁國揵拏掘闍國波提國如是一切國受持般若波羅蜜時諸大衆阿須輪王聞佛說未來世七可畏身毛爲豎呼聲大叫而言願不生彼國時十六大國王即以國事付弟出家修道觀四大四色勝出相四大四色不用識空入行相三十忍初地相第一義諦九地相是爲大王捨凡夫身入六住身捨七報身入入法身證一切行般若波羅蜜十八梵天阿須輪王得三乘觀同無生境復散華供養空華法性華聖人華順華無

生華法樂華金剛華緣觀中道華三十七品華而散佛上及九百億大菩薩衆其餘一切衆證道迹果散心空華心樹華六波羅蜜華妙覺華而散佛上及一切衆十千菩薩念來世衆生即證妙覺三昧圓明三昧金剛三昧世諦三昧眞諦三昧第一義諦三昧此三諦三昧是一切三昧王三昧亦得無量三昧七財三昧二十五有三昧一切行三昧復有十億菩薩登金剛頂現成正覺

囑累品第八

佛告波斯匿王我誡勑汝吾滅度後八十年八百年八千年中無佛無法無僧無信男信女時此經三寶付囑諸國王四部弟子受持讀誦解義爲三界衆生開空慧道修七賢行十善行化一切衆生後五濁世比丘比丘尼四部弟子天龍八部一切神王國王大臣太子王子自恃高貴滅破吾法明作制法制我弟子比丘比丘尼不聽出家行道亦復不聽造作佛像形佛塔形立統官制衆安籍記僧比丘地立白衣高座兵奴爲比丘受別請法知識比丘共爲一心親善比丘爲作齋會求福如外道法都非吾法當知爾時正法將滅不久大王壞亂吾道是汝等作自恃威力制我四部弟子百姓疾病無不苦難是破國因緣說五濁罪過窮劫不盡大王法末世時有諸比丘四部弟子國王多作非法之行橫與佛法衆僧作大非法作諸罪過非法非律繫縛比丘如獄囚法當爾之時法滅不久大王我滅度後未來世中四部弟子諸小國王太子王子乃是住持護三寶者轉更滅破三寶

如師子身中蟲自食師子非外道也多壞我佛法得大罪過正教衰薄民無正行以漸爲惡其壽日減至于百歲人壞佛教無復孝子六親不和天神不祐疾疫惡鬼日來侵害災恠首尾連禍縱橫死入地獄餓鬼畜生若出爲人兵奴果報如影如響如人夜書火滅字存三界果報亦復如是大王未來世中一切國王太子王子四部弟子橫與佛弟子書記制戒如白衣法如兵奴法若我弟子比丘比丘尼立籍爲官所使都非我弟子是兵奴法立統官攝僧典主僧籍大小僧統共相攝縛如獄囚法兵奴之法當爾之時佛法不久大王未來世中諸小國王四部弟子自作此罪破國因緣身自受之非佛法僧大王未來世中流通此經七佛法器十方諸佛常所行道諸惡比丘多求名利於國王太子王子前自說破佛法因緣破國因緣其王不別信聽此語橫作法制不依佛戒是爲破佛破國因緣當爾之時正法不久爾時十六大國王聞佛七誡所說未來世事悲啼涕出聲動三千日月五星二十八宿失光不現時諸王等各各至心受持佛語不制四部弟子出家當如佛教爾時大衆十八梵天王六欲諸天子歎言當爾之時世間空虛是無佛世爾時無量大衆中百億菩薩彌勒師子月等百億舍利佛須菩提等五百億十八梵六欲諸天三界六道阿須輪王聞佛說護佛因緣護國因緣歡喜無量爲佛作禮受持般若波羅蜜

仁王護國般若波羅蜜經卷下

音釋

杻械杻勑九切械下戒切杻械桎梏也　瘡疣瘡初莊切痍也疣音尤贅也　優婆蹉梵語也亦云優婆塞此云近事男蹉倉何切　蝕實職切侵虧也　彗星彗徐醉切彗星妖星也　霹靂霹匹歷切靂狼狄切雷之急激者為霹靂　雹弼角切雨氷也　礫音歷小石也　亢旱亢口浪切亢旱謂愆陽不雨也　辟鬼辟必歷切除也　睒音閃　罽居例切　拏搖拏女加切搖渠勿切　縱橫縱將容切縱橫南北曰縱東西曰橫

實相般若波羅蜜經

唐南天竺沙門菩提流志等奉　制譯

清刻龍藏佛說法變相圖

三經同卷

實相般若波羅蜜經

摩訶般若波羅蜜大明呪經

般若波羅蜜多心經

實相般若波羅蜜經

唐南天竺沙門菩提流志等奉　制譯

如是我聞一時婆伽婆以善成就一切如來金剛正智之所建立種種殊特超於三界灌頂寶冠摩訶瑜伽自在無礙獲深妙智證平等法所作功業皆已究竟隨衆生心悉令滿足三世平等常無動壞三業堅固猶如金剛普光明身住欲界他化自在天王宮殿之中其王宮殿種種嚴好皆以大寶摩尼所成繒蓋幢旛衆彩交映珠瓔寶鐸風動成音一切

如來常所遊踐咸共歎美吉祥第一有菩薩摩訶薩八千萬人前後圍繞供養恭敬佛爲說法初中後善其義深遠其語巧妙純一無雜清淨圓滿其名曰金剛手菩薩觀自在菩薩虛空藏菩薩文殊師利菩薩轉法輪菩薩降伏一切魔菩薩如是等菩薩摩訶薩而爲上首爾時世尊在大衆中爲諸菩薩說一切法自性清淨實相般若波羅蜜法門所謂愛清淨位是菩薩位見清淨位是菩薩位深著清淨位是菩薩位悅樂清淨位是菩薩位藏清淨位是菩薩位莊嚴清淨位是菩薩位光明清淨位是菩薩位身清淨位是菩薩位語清淨位是菩薩位意清淨位是菩薩位色清淨位是菩薩位聲清淨位是菩薩位香清淨位是菩薩位味清淨位是菩薩位觸清淨位是菩薩位何以故一切法自性清淨故一切法自性清淨即般若波羅蜜清淨爾時世尊說此法門已告金剛手菩薩言金剛手若有人得聞此一切法自性清淨實相般若波羅蜜法門一經於耳是人所有煩惱障業障法障極重諸罪皆自消滅乃至菩提不生惡道若復有人能日日中受持讀誦思惟修習即於現身得一切法平等性金剛三昧餘十六生當於一切法門而得自在遊戲快樂乃至當獲諸佛如來金剛之身爾時如來即說呪曰

唅呼長

爾時世尊復以一切如來普光明相爲諸菩薩說一切諸佛寂靜性成正覺實相般若波羅蜜法門所謂金剛平等成正覺大菩提堅

固性如金剛故義平等成正覺大菩提一義性故法平等成正覺大菩提自性清淨故一切平等成正覺大菩提離一切分別故爾時世尊說此法門已復告金剛手菩薩言金剛手若有人得聞此四種寂靜性成正覺實相般若波羅蜜法門受持讀誦思惟修習應知是人即得超於一切惡道疾證阿耨多羅三藐三菩提爾時如來復說呪曰

唵呼長

爾時世尊復以一切如來能調伏難調衆生釋迦牟尼相爲諸菩薩說一切法平等實相般若波羅蜜法門所謂貪無戲論性瞋無戲論性癡無戲論性何以故一切法無戲論性故一切法無戲論性即般若波羅蜜無戲論性爾時世尊說此法門已復告金剛手菩薩言金剛手若有人得聞此一切法平等實相般若波羅蜜法門受持讀誦思惟修習假令其人殺害三界一切衆生終不因斯墮於惡道何以故已受調伏心律儀故當知是人疾得阿耨多羅三藐三菩提爾時如來復說呪曰

憾呼長

爾時世尊復以一切如來自性清淨相爲諸菩薩說一切法平等性觀自在智印實相般若波羅蜜法門所謂一切世間貪性清淨瞋性清淨一切世間貪性清淨瞋性清淨故一切世間垢性清淨罪性清淨一切世間垢性清淨罪性清淨故一切世間法性清淨衆生性清淨一切世間法性清淨衆生性清淨故一切世間智性清淨一切世間智性清淨即

般若波羅蜜清淨爾時世尊說此法門已復告金剛手菩薩言金剛手若有人得聞此一切法平等觀自在智印實相般若波羅蜜法門受持讀誦正念修習是人雖在五欲塵中不爲貪欲諸過所染譬如蓮華雖在淤泥非泥所著乃至疾得阿耨多羅三藐三菩提爾時如來復說呪曰

咭唎（呼短）

爾時世尊復以一切如來爲三界主相爲諸菩薩說一切諸佛灌頂出現智藏實相般若波羅蜜法門所謂灌頂施令一切得三界王位故財寶施令一切得所願滿足故淨法施令一切得諸法實性故飲食施令一切身心獲安樂故爾時如來復說呪曰

怛纜（呼長）

爾時世尊復以一切如來常住智印祕藏相爲諸菩薩說一切諸佛金剛智印甚深處實相般若波羅蜜法門所謂一切諸佛所攝持金剛身印得一切如來真實體性故一切諸佛所攝持金剛語印得一切法門自在故一切諸佛所攝持金剛心印得一切三昧具足故一切諸佛所攝持金剛智印得最上身語心如金剛故爾時世尊說此法門已復告金剛手菩薩言金剛手若有人得聞此一切諸佛金剛智印甚深處實相般若波羅蜜法門受持讀誦正念思惟當知是人則得成就最上金剛印於一切智及衆事業皆得圓滿身口意性猶如金剛乃至當成阿耨多羅三藐三菩提爾時如來復說呪曰

阿（呼短）

爾時世尊復以一切如來永離戲論相爲諸菩薩說文字轉輪品實相般若波羅蜜法門所謂一切諸法空無自性故一切諸法無相離衆相故一切諸法無願離諸願故一切諸法自性清淨般若波羅蜜清淨故爾時如來復說呪曰

阿（呼短）

爾時世尊復以一切如來入廣大轉輪相爲諸菩薩說入廣大轉輪實相般若波羅蜜法門所謂入金剛平等性得入一切如來轉輪故入義平等性得入一切菩薩轉輪故入法平等性得入妙法轉輪故入一切平等性得入一切轉輪故爾時如來復說呪曰

嚂（呼長）

爾時世尊復以一切如來大善巧方便相爲諸菩薩說最第一廣供養諸佛實相般若波羅蜜法門所謂發菩提心即爲大善巧方便廣供養一切諸佛救護衆生即爲大善巧方便廣供養一切諸佛住持正法即爲大善巧方便廣供養一切諸佛爾時世尊說此法門已復告金剛手菩薩言金剛手若有人得聞此最第一廣供養諸佛實相般若波羅蜜法門若自書若教人書若自受持若教人受持若自讀誦若教人讀誦若自思惟若教人思惟若自供養若教人供養隨其所作即爲大善巧方便廣供養一切諸佛爾時如來復說呪曰

唵（呼長）

爾時世尊復以一切如來能調伏相爲諸菩薩說能調能攝一切衆生祕密智藏實相般

若波羅蜜法門所謂一切衆生平等性是瞋平等性一切衆生調伏性是瞋調伏性一切衆生真法性是瞋真法性一切衆生金剛性是瞋金剛性何以故一切衆生調伏性即是菩提故爾時如來復説呪曰

荷(呼長)

爾時世尊復以一切如來住平等相爲諸菩薩説一切法最勝平等性實相般若波羅蜜法門所謂一切法平等性故般若波羅蜜平等性一切法第一義性故般若波羅蜜第一義性一切法法性故般若波羅蜜法性一切法業用性故般若波羅蜜業用性爾時如來復説呪曰

頡唎(呼長)

爾時世尊復以一切如來爲衆生依怙相爲諸菩薩説一切衆生依怙實相般若波羅蜜法門所謂一切衆生是如來藏普賢菩薩體性徧故一切衆生是金剛藏金剛藏水所灌灑故一切衆生是正法藏是正言詞所説性故一切衆生是妙業藏善巧妙業所運爲故爾時如來復説呪曰

底唎(呼長)

爾時世尊復以一切如來無量無邊際究竟盡相爲諸菩薩説一切法無量無邊際究竟盡平等實相般若波羅蜜法門所謂般若波羅蜜無量故一切諸佛亦無量般若波羅蜜無邊故一切諸佛亦無邊般若波羅蜜一性故一切諸法亦一性般若波羅蜜究竟盡故一切諸法亦究竟盡爾時世尊説此法門已復告金剛手菩薩言金剛手若有人得聞此

無量無邊際究竟盡實相般若波羅蜜法門受持讀誦正念思惟此人所有一切障累皆得消滅究竟無餘疾至菩提獲於如來金剛之身而得自在爾時如來復說呪曰

驃呼長

爾時世尊復以一切如來離戲論祕密法性普光明相爲諸菩薩說大安樂金剛不空無礙決定入法性無初中後最第一實相般若波羅蜜法門所謂諸菩薩能廣大承事供養故得最上大安樂得最上大安樂故得諸佛無上大菩提得諸佛無上大菩提故能降伏一切魔軍降伏一切魔軍故得於三界皆自在於三界皆自在故能徧饒益一切衆生悉與究竟最上安樂何以故頌曰

有最勝智者　常在生死中　廣度諸群生
而不入涅槃　般若波羅蜜　究竟方便智
能成清淨業　普淨於諸有　又以於貪等
調伏諸世間　乃至有頂天　清淨無違暴
在於生死世　世法不能染　如蓮華妙色
塵垢所不汙　大欲清淨人　大施安樂人
於三界自在　作堅固利益

爾時世尊說此法門已復告金剛手菩薩言金剛手若有人得聞此大安樂金剛法性實相般若波羅蜜法門於日日中每清旦時若聽聞若誦念相續不絶當知是人所有罪障皆自消滅心常調暢第一安樂於現身中即得成就金剛不空無礙決定入法復當成就一切如來金剛祕密堅固之身爾時如來復說呪曰

莎訶呼長

爾時世尊爲諸菩薩說如上諸法門已復告金剛手菩薩言金剛手我此經典難可得聞若有得聞乃至極少至於一字應知是人過去已曾供養諸佛於諸佛所種諸善根何況有人具足聽聞讀誦之者當知是人決定已曾供養恭敬尊重讚歎八十億那由他恒河沙等諸佛若是經典所在之處此地則爲有諸佛塔若復有人愛重此經常隨守護不離身者是人應受一切世間恭敬供養是人當得宿命智通能知過去無量劫事不爲一切天魔波旬之所擾亂四天大王及餘諸天常隨衞護一切諸佛及諸菩薩恒共攝受十方淨土隨願往生金剛手我今略說實相般若波羅蜜法門功德如是若廣說者窮劫不盡佛說此經已金剛手等諸菩薩天龍夜叉乾闥婆阿修羅迦樓羅緊那羅摩睺羅伽人非人等一切衆會皆大歡喜信受奉行

實相般若波羅蜜經

摩訶般若波羅蜜大明呪經

後秦三藏鳩摩羅什譯

清刻龍藏佛說法變相圖

摩訶般若波羅蜜大明呪經

後秦三藏鳩摩羅什譯

觀世音菩薩行深般若波羅蜜多時照見五陰空度一切苦厄舍利弗色空故無惱壞相受空故無受相想空故無知相行空故無作相識空故無覺相何以故舍利弗非色異空非空異色色即是空空即是色受想行識亦復如是舍利弗是諸法空相不生不滅不垢不淨不增不減是空法非過去非未來非現在是故空中無色無受想行識無眼耳鼻舌身意無色聲香味觸法無眼界乃至無意識界無無明亦無無明盡乃至無老死無老死盡無苦集滅道無智亦無得以無所得故菩薩依般若波羅蜜故心無罣礙無罣礙故無有恐怖離一切顛倒夢想苦惱究竟涅槃三

世諸佛依般若波羅蜜故得阿耨多羅三藐
三菩提故知般若波羅蜜是大明呪無上明
呪無等等明呪能除一切苦真實不虛故説
般若波羅蜜呪即説呪曰
竭帝竭帝　波羅竭帝　波羅僧竭帝
菩提僧莎訶

摩訶般若波羅蜜大明呪經

般若波羅蜜多心經

唐三藏法師玄奘奉詔譯

清刻龍藏佛說法變相圖

般若波羅蜜多心經

唐三藏法師玄奘奉　詔譯

觀自在菩薩行深般若波羅蜜多時照見五蘊皆空度一切苦厄舍利子色不異空空不異色色即是空空即是色受想行識亦復如是舍利子是諸法空相不生不滅不垢不淨不增不減是故空中無色無受想行識無眼耳鼻舌身意無色聲香味觸法無眼界乃至無意識界無無明亦無無明盡乃至無老死亦無老死盡無苦集滅道無智亦無得以無所得故菩提薩埵依般若波羅蜜多故心無罣礙無罣礙故無有恐怖遠離顛倒夢想究竟涅槃三世諸佛依般若波羅蜜多故得阿耨多羅三藐三菩提故知般若波羅蜜多是大神咒是大明咒是無上咒是無等等咒能

除一切苦真實不虛故說般若波羅蜜多呪

即說呪曰

揭諦揭諦　波羅揭諦　波羅僧揭諦

菩提薩婆訶

般若波羅蜜多心經

音釋

實相般若波羅蜜經

瑜伽 梵語也此云相應瑜羊朱切 繒蓋 繒慈陵切帛也繒蓋以帛爲蓋也 鐸 達各切鈴屬 唅 胡暗切 唵 烏感切 憾 胡紺切 咭唎 咭許一切 怛纜 纜盧瞰切 阿 於何切 阿 烏舸切 嚂 盧監切 頡唎 頡胡結切 依怙 怙音戶依怙倚恃也 驃 毗召切

文殊師利所説摩訶般若波羅蜜經

梁扶南三藏曼陀羅仙譯

清刻龍藏佛說法變相圖

文殊師利所說摩訶般若波羅蜜經

梁扶南三藏曼陀羅仙譯

如是我聞一時佛在舍衛國祇樹給孤獨園與大比丘僧滿足千人菩薩摩訶薩十千人俱以大莊嚴而自莊嚴皆悉已住不退轉地其名曰彌勒菩薩文殊師利菩薩無礙辯菩薩不捨擔菩薩與如是等大菩薩俱文殊師利童真菩薩摩訶薩明相現時從其住處來詣佛所在外而立爾時尊者舍利弗富樓那彌多羅尼子大目乾連摩訶迦葉摩訶迦旃延摩訶拘絺羅如是等諸大聲聞各從住處俱詣佛所在外而立佛知衆會皆悉集已爾時如來從住處出敷座而坐告舍利弗汝今何故於晨朝時在門外立舍利弗白佛言世尊文殊師利童真菩薩先已至此住門外立

我實於後晩來到耳爾時世尊問文殊師利汝實先來到此住處欲見如來耶文殊師利即白佛言如是世尊我實來此欲見如來何以故我樂正觀利益衆生我觀如來如如相不異相不動相不作相無生相無滅相不有相不無相不在方不離方非三世非不三世非二相非不二相非垢相非淨相以如是等正觀如來利益衆生佛告文殊師利若能如是見於如來心無所取亦無不取非積聚非不積聚爾時舍利弗語文殊師利言若能如汝所説見如來者甚爲希有爲一切衆生故見於如來而心不取衆生之相化一切衆生向於涅槃而亦不取向涅槃相爲一切衆生發大莊嚴而心不見莊嚴之相爾時文殊師利童真菩薩摩訶薩語舍利弗言如是如是

如汝所説雖爲一切衆生發大莊嚴心恒不見有衆生相爲一切衆生發大莊嚴而衆生界亦不增不減假使一佛住世若一劫若過一劫如此一佛世界復有無量無邊恒河沙諸佛如是一一佛若一劫若過一劫晝夜説法心不暫息各各度於無量恒河沙衆生皆入涅槃而衆生界亦不增不減乃至十方諸佛世界亦復如是一一諸佛説法教化各度無量恒河沙衆生皆入涅槃於衆生界亦不增不減何以故衆生定相不可得故是故衆生界不增不減舍利弗復語文殊師利言若衆生界不增不減何故菩薩爲諸衆生求阿耨多羅三藐三菩提常行説法文殊師利白佛言若諸衆生悉空相者亦無菩薩求阿耨多羅三藐三菩提亦無衆生而爲説法何以

故我說法中無有一法當可得故爾時佛告文殊師利若無衆生云何說有衆生及衆生界文殊師利言衆生界相如諸佛界又問衆生界者是有量耶答曰衆生界量如佛界量又問衆生界量有處所不答曰衆生界量不可思議又問衆生界相爲有住不答曰衆生無住猶如空住佛告文殊師利如是修般若波羅蜜時當云何住般若波羅蜜文殊師利言以不住法為住般若波羅蜜佛復問文殊師利言云何不住法名住般若波羅蜜文殊師利言以無住相即住般若波羅蜜佛復告文殊師利如是住般若波羅蜜時是諸善根云何增長云何損減文殊師利言若能如是住般若波羅蜜於諸善根無增無減於一切法亦無增無減是般若波羅蜜性相亦無增無減世尊如是修般若波羅蜜則不捨凡夫法亦不取賢聖法何以故般若波羅蜜不見有法可取可捨如是修般若波羅蜜亦不見涅槃可樂生死可厭何以故不見生死況復厭離不見涅槃何況樂著如是修般若波羅蜜不見垢惱可捨亦不見功德可取於一切法心不增減何以故不見法界有增減故世尊若能如是是名修般若波羅蜜世尊不見諸法有生有滅是修般若波羅蜜世尊不見諸法有增有減是修般若波羅蜜世尊心無希取不見法相有可求者是修般若波羅蜜世尊不見好醜不生高下不作取捨何以故法無好醜離諸相故法無高下等法性故法無取捨住實際故是修般若波羅蜜佛告文殊師利是諸佛法得不勝乎文殊師利言我

不見諸法有勝如相如來自覺一切法空是可證知佛告文殊師利如是如是如來正覺自證空法文殊師利白佛言世尊是空法中當有勝如而可得耶佛言善哉善哉文殊師利如汝所說是真法乎佛復謂文殊師利言阿耨多羅是佛法不文殊師利言如佛所說阿耨多羅是名佛法何以故無法可得名阿耨多羅文殊師利言如是修般若波羅蜜不名法器非化凡夫法亦非佛法非增長法是修般若波羅蜜復次世尊修般若波羅蜜時不見有法可分別思惟佛告文殊師利汝於佛法不思惟耶文殊師利言不也世尊如我思惟不見佛法亦不可分別是凡夫法是聲聞法是辟支佛法如是名爲無上佛法復次修般若波羅蜜時不見凡夫相不見佛法相不見諸法有決定相是爲修般若波羅蜜復次修般若波羅蜜時不見欲界不見色界不見無色界不見寂滅界何以故不見有法是滅盡相是修般若波羅蜜復次修般若波羅蜜時不見作恩者不見報恩者思惟二相心無分別是修般若波羅蜜復次修般若波羅蜜時不見是佛法可取不見是凡夫法可捨是修般若波羅蜜復次修般若波羅蜜時不見凡夫法可滅亦不見佛法而心證知是修般若波羅蜜佛告文殊師利善哉善哉汝能如是善說甚深般若波羅蜜相是諸菩薩摩訶薩所學法印乃至聲聞緣覺學無學人亦當不離是印而修道果佛告文殊師利若人得聞是法不驚不畏者不從千佛所種諸善根乃至百千萬億佛所久植德本乃能於是

甚深般若波羅蜜不驚不怖文殊師利白佛言世尊我今更説般若波羅蜜義佛言便説世尊修般若波羅蜜時不見法是應住是不應住亦不見境界可取捨相何以故如諸如來不見一切法境界相故乃至不見諸佛境界況取聲聞緣覺凡夫境界不取思議相亦不取不思議相不見諸法有若干相自證空法不可思議如是菩薩摩訶薩皆已供養無量百千萬億諸佛種諸善根乃能於是甚深般若波羅蜜不驚不怖復次修般若波羅蜜時不見縛不見解而於凡夫乃至三乘不見差別相是修般若波羅蜜佛告文殊師利汝已供養幾所諸佛文殊師利言我及諸佛如幻化相不見供養及與受者佛告文殊師利汝今可不住佛乘耶文殊師利言如我思惟不見一法云何當得住於佛乘佛言文殊師利汝不得佛乘乎文殊師利言如佛乘者但有名字非可得亦不可見我云何得佛言文殊師利汝得無礙智乎文殊師利言我即無礙云何以無礙而得無礙佛言汝坐道場乎文殊師利言一切如來不坐道場我今云何獨坐道場何以故現見諸法住實際故佛言云何名實際文殊師利言身見等是實際佛言云何身見是實際文殊師利言身見如相非實非不實不來不去亦身非身是名實際舍利弗白佛言世尊若於斯義諦了決定是名菩薩摩訶薩何以故能聞如是甚深般若波羅蜜相心不驚不怖不没不悔彌勒菩薩白佛言世尊得聞如是般若波羅蜜具足法相是即近於佛坐何以故如來現覺此法相

故文殊師利白佛言世尊得聞甚深般若波羅蜜能不驚不怖不沒不悔當知此人即是見佛爾時復有無相優婆夷白佛言世尊凡夫法聲聞法辟支佛法菩薩法佛法是諸法皆無相是故於所從聞般若波羅蜜皆不驚不怖不沒不悔何以故一切諸法本無相故佛告舍利弗善男子善女人若聞如是甚深般若波羅蜜心得決定不驚不怖不沒不悔當知是人即住不退轉地若人聞是甚深般若波羅蜜不驚不怖不沒不悔信樂聽受歡喜不厭是即具足檀波羅蜜尸羅波羅蜜羼提波羅蜜毗棃耶波羅蜜禪波羅蜜般若波羅蜜亦能爲他顯示分别如說修行佛告文殊師利汝觀何義爲得阿耨多羅三藐三菩提住阿耨多羅三藐三菩提文殊師利言我無得阿耨多羅三藐三菩提我不住佛乘云何當得阿耨多羅三藐三菩提如我所說即菩提相佛讃文殊師利言善哉善哉汝能於是甚深法中巧說斯義汝於先佛久種善根以無相法淨修梵行文殊師利言若見有相則言無相我今不見有相亦不見無相云何而言以無相法淨修梵行佛告文殊師利汝見聲聞戒耶答曰見佛言汝云何見文殊師利言我不作凡夫見不作聖人見不作學見不作無學見不作大見不作小見不作調伏見不作不調伏見非見非不見舍利弗語文殊師利言汝今如是觀聲聞乘若觀佛乘當復云何文殊師利言不見菩薩法不見修行菩提及證菩提者舍利弗語文殊師利言云何名佛云何觀佛文殊師利言云何爲我舍

利弗言我者但有名字名字相空文殊師利言如是如是如我但有名字佛亦但有名字名字相空即是菩提不以名字而求菩提菩提之相無言無說何以故言說菩提二俱空故復次舍利弗汝問云何名佛云何觀佛者不生不滅不來不去非名非相是名爲佛如自觀身實相觀佛亦然唯有智者乃能知耳是名觀佛爾時舍利弗白佛言世尊如文殊師利所說般若波羅蜜非初學菩薩所能了知文殊師利言非但初學菩薩所不能知及諸二乘所作已辦者亦未能了如是說法無能知者何以故菩提之相實無有法而可知故無見無聞無得無念無生無滅無說無聽如是菩提性相空寂無證無知無形無相云何當有得菩提者舍利弗語文殊師利言佛於法界不證阿耨多羅三藐三菩提耶文殊師利言不也舍利弗何以故世尊即是法界若以法界證法界者即是諍論舍利弗法界之相即是菩提何以故是法界中無衆生相一切法空故一切法空即是菩提無二無分別故舍利弗無分別中則無知者若無知者即無言說無言說相即非有非無非知非不知一切諸法亦復如是何以故一切諸法不見處所決定性故如逆罪相不可思議何以故諸法實相不可壞故如是逆罪亦無本性不生天上不墮地獄亦不入涅槃何以故一切業緣皆住實際不來不去非因非果何以故法界無邊無前無後故是故舍利弗若見犯重比丘不墮地獄清淨行者不入涅槃如是比丘非應供非不應供非盡漏非不盡漏

何以故於諸法中住平等故舍利弗言云何名不退法忍文殊師利言不見少法有生滅相名不退法忍舍利弗言云何復名不調比丘文殊師利言漏盡阿羅漢是名不調何以故諸結已盡更無所調故名不調若過心行名爲凡夫何以故凡夫衆生不順法界是故名過舍利弗言善哉善哉汝今爲我善解漏盡阿羅漢義文殊師利言如是如是我即漏盡真阿羅漢何以故斷求聲聞欲及辟支佛欲以是因緣故名漏盡得阿羅漢佛告文殊師利諸菩薩等坐道場時覺悟阿耨多羅三藐三菩提不文殊師利言菩薩坐於道場無有覺悟阿耨多羅三藐三菩提何以故如菩提相無有少法而可得者名阿耨多羅三藐三菩提無相菩提誰能坐者亦無起者以是因緣不見菩薩坐於道場亦不覺證阿耨多羅三藐三菩提文殊師利白佛言世尊菩提即五逆五逆即菩提何以故菩提五逆無二相故無覺無覺者無見無見者無知無知者無分別無分別者如是之相名爲菩提見五逆相亦復如是若言見有菩提而取證者當知此輩即是增上慢人爾時世尊告文殊師利汝言我是如來亦謂我爲如來乎文殊師利言不也世尊我不謂如來爲如來耶無有如相可名爲如亦無如來智能知於如何以故如來及智無二相故空爲如來但有名字我當云何謂是如來佛告文殊師利汝疑如來耶文殊師利言不也世尊我觀如來無決定性無生無滅故無所疑佛告文殊師利汝今不謂如來出現於世耶文殊師利言若有

如來出現世者一切法界亦應出現佛告文殊師利汝謂恒沙諸佛入涅槃耶文殊師利言諸佛一相不可思議佛語文殊師利如是如是佛是一相不思議相文殊師利白佛言世尊佛今住世耶佛語文殊師利如是如是文殊師利言若佛住世恒沙諸佛亦應住世何以故一切諸佛皆同一相不思議相不思議相者無生無滅若未來諸佛出興於世一切諸佛亦皆出世何以故不思議中無過去未來現在相但衆生取著謂有出世謂佛滅度佛告文殊師利此是如來阿羅漢阿惟越致菩薩所解何以故是三種人聞甚深法能不誹謗亦不讃歎文殊師利白佛言世尊如是不思議誰當誹謗誰當讃歎佛言文殊師利如來不思議凡夫亦不思議文殊師利白佛言世尊凡夫亦不思議耶佛言亦不思議何以故一切心相皆不思議文殊師利言若如是説如來不思議凡夫亦不思議今無數諸佛求於涅槃徒自疲勞何以故不思議法即是涅槃等無異故文殊師利言如是凡夫不思議諸佛不思議若善男子善女人久習善根近善知識乃能了知佛告文殊師利汝欲使如來於衆生中爲最勝耶文殊師利言我欲使如來於諸衆生爲最第一但衆生相亦不可得佛言汝欲使如來得不思議法耶文殊師利言欲使如來得不思議法而於諸法無成就者佛告文殊師利欲使如來説法教化耶文殊師利白佛言欲使如來説法教化而是説及聽者皆不可得何以故住法界故法界衆生無差別相佛告文殊師利汝欲

使如來爲無上福田耶文殊師利言如來是無盡福田是無盡相無盡相即無上福田非福田非不福田是名福田無有明闇生滅等相是名福田若能如是解福田相深植善種亦無增無減佛告文殊師利云何植種不增不減文殊師利言福田之相不可思議若人於中如法修善亦不可思議如是植種名無增無減亦是無上最勝福田爾時大地以佛神力六種震動現無常相一萬六千人皆得無生法忍七百比丘三千優婆塞四萬優婆夷六十億那由他六欲諸天遠塵離垢於諸法中得法眼淨爾時阿難從座而起偏袒右肩右膝著地白佛言世尊何因緣故如是大地六種震動佛告阿難我說福田無差別相故現斯瑞往昔諸佛亦於此處作如是說福田之相利益衆生十方世界六種震動舍利弗白佛言世尊文殊師利是不可思議何以故所說法相不可思議佛告文殊師利如是如是如舍利弗言汝之所說實不思議文殊師利白佛言世尊不思議不可說思議亦不可說如是思議不思議性俱不可說一切聲相非可思議亦非不可思議佛言汝入不思議三昧耶文殊師利言不也世尊我即不思議不見有心能思議者云何而言入不思議三昧我初發心欲入是定而今思惟實無心相而入三昧如人學射久習則巧後雖無心以久習故箭發皆中我亦如是初學不思議三昧繫心一緣若久習成就更無心想恒與定俱舍利弗語文殊師利言更有勝妙寂滅定不文殊師利言若有不思議定者汝可問

言更有寂滅定不如我意解不可思議定尚不可得云何問有寂滅定乎舍利弗言不思議定不可得耶文殊師利言思議定者是可得相不可思議定者不可得相一切衆生實成就不思議定何以故一切心相即非心故是名不思議定是故一切衆生相及不思議三昧相等無分別佛讃文殊師利言善哉善哉汝於諸佛久植善根淨修梵行乃能演說甚深三昧汝今安住如是般若波羅蜜中文殊師利言若我住般若波羅蜜中能作是說即是有想便住我想若住有想我想中者般若波羅蜜便有處所般若波羅蜜若住於無亦是我想亦名處所離此二處住無所住如諸佛住安處寂滅非思議境界如是不思議名般若波羅蜜住處般若波羅蜜處一切法無相一切法無作般若波羅蜜即不思議不思議即法界法界即無相無相即不思議不思議即般若波羅蜜般若波羅蜜法界無二無別無二無別即法界法界即無相無相即般若波羅蜜界般若波羅蜜界即不思議界不思議界即無生無滅界無生無滅界即不思議界文殊師利言如來界及我界即不二相如是修般若波羅蜜者則不求菩提何以故菩提相離即般若波羅蜜故世尊若知我相而不可著無知無著是佛所知不可思議無知無著即佛所知何以故知體本性無所有相云何能轉法界若知本性無體無著者即名無物若無有物是無處所無依無住無依無住即無生無滅無生無滅即是有為無為功德若如是知則無心想無心想者云何

當知有爲無爲功德無知即不思議不思議者是佛所知亦無取無不取不見三世去來等相不取生滅及諸起作亦不斷不常如是知者是名正智不思議智如虚空無此無彼不可比類無好惡無等等無相無貌佛告文殊師利若如是知名不退智文殊師利言無作智名不退智猶如金鑛先加槌打方知好惡若不槌打無能知者不退智相亦復如是要行境界不念不著無起無作具足不動不生不滅爾乃顯現爾時佛告文殊師利言如諸如來自説已智誰當能信文殊師利言如是智者非涅槃法非生死法是寂滅行是無動行不斷貪欲瞋恚愚癡亦非不斷何以故無盡無滅不離生死亦非不離不修道非不修道作是解者名爲正信佛告文殊師利言

善哉善哉如汝所説深解斯義爾時摩訶迦葉白佛言世尊於當來世若説如是甚深正法誰能信解如聞受行佛告迦葉今此會中比丘比丘尼優婆塞優婆夷得聞此經者如是人等於未來世若聞是法必能信解於甚深般若波羅蜜乃能讀誦信解受持亦爲他人分别演説譬如長者失摩尼寶憂愁苦惱後若還得心甚歡喜如是迦葉比丘比丘尼優婆塞優婆夷等亦復如是有信樂心若不聞法則生苦惱若得聞時信解受持常樂讀誦甚大歡喜當知此人即是見佛亦即親近供養諸佛佛告迦葉譬如忉利天上波利質多羅樹皰初出時是中諸天見是樹已皆大歡喜此樹不久必當開敷若比丘比丘尼優婆塞優婆夷得聞般若波羅蜜能生信解亦

復如是此人不久亦當開敷一切佛法於當來世有比丘比丘尼優婆塞優婆夷聞般若波羅蜜信受讀誦心不悔没當知是人已從此會聽受是經亦能爲人聚落城邑廣説流布當知是人佛所護念如是甚深般若波羅蜜中有能信樂無疑惑者是善男子善女人於過去諸佛久已修學植諸善根譬如有人以手穿珠忽遇無上眞摩尼寶心大歡喜當知是人必已曾見如是迦葉若善男子善女人修學餘法忽然得聞甚深般若波羅蜜能生歡喜亦復如是當知此人已曾聞故若有衆生得聞甚深般若波羅蜜心能信受生大歡喜如是人等亦曾親近無數諸佛從聞般若波羅蜜已修學故譬如有人先所經見城邑聚落後若聞人讚歎彼城所有園苑種種池泉華果林樹男女人民皆可愛樂是人聞已即大歡喜更勸令説是城園苑衆好嚴飾雜華池泉多諸甘果種種珍妙一切愛樂是人得聞重甚歡喜如是之人皆曾見故若善男子善女人有聞般若波羅蜜信心聽受能生歡喜樂聞不厭而更勸説當知此輩已從文殊師利曾聞如是般若波羅蜜故迦葉白佛言世尊若將來世善男子善女人得聞是甚深般若波羅蜜信樂聽受以是相故當知此人亦於過去佛所曾聞修學文殊師利白佛言世尊佛説諸法無作無相第一寂滅若善男子善女人有能如是諦了斯義如聞而説爲諸如來之所讚歎不違法相是即佛説亦是熾然般若波羅蜜相亦名熾然具足佛法通達實相不可思議佛告文殊師利我本

行菩薩道時修諸善根欲住阿惟越致地當學般若波羅蜜欲成阿耨多羅三藐三菩提當學般若波羅蜜若善男子善女人欲解一切法相欲知一切衆生心界皆悉同等當學般若波羅蜜文殊師利欲學一切佛法具足無礙當學般若波羅蜜欲學一切佛成阿耨多羅三藐三菩提時相好威儀無量法式當學般若波羅蜜欲知一切佛得成阿耨多羅三藐三菩提一切法式及諸威儀當學般若波羅蜜何以故是空法中不見諸佛菩提等故若善男子善女人欲知如是等相無疑惑者當學般若波羅蜜何以故般若波羅蜜不見諸法若生若滅若垢若淨是故善男子善女人應作如是學般若波羅蜜欲知一切法無過去未來現在等相當學般若波羅蜜何以故法界性相無去來現在故欲知一切法同入法界心無罣礙當學般若波羅蜜欲得三轉十二行法輪亦自證知而不取著當學般若波羅蜜欲得慈心徧覆一切衆生而無限齊亦不作念有衆生相當學般若波羅蜜欲得於一切衆生不起諍論亦復不取無諍論相當學般若波羅蜜欲知是處非處十力無畏住佛智慧得無礙辯當學般若波羅蜜爾時文殊師利白佛言世尊我觀正法無爲無相無得無利無生無滅無來無去無知者無見者無作者不見般若波羅蜜亦不見般若波羅蜜境界非證非不證不作戲論無有分別一切法無盡離盡無凡夫法無聲聞法無辟支佛法佛法非得非不得不捨生死不證涅槃非思議非不思議非作非不作法相

如是不知云何當學般若波羅蜜爾時佛告文殊師利若能如是知諸法相是名學般若波羅蜜菩薩摩訶薩若欲學菩提自在三昧得是三昧已照明一切甚深佛法及知一切諸佛名字亦悉了達諸佛世界無有障礙當如文殊師利所説般若波羅蜜中學文殊師利白佛言世尊何故名般若波羅蜜佛言般若波羅蜜無邊無際無名無相非思量無歸依無洲渚無犯無福無晦無明如法界無有分齊亦無限數是名般若波羅蜜亦名菩薩摩訶薩行處非行非不行處悉入一乘名非行處何以故無念無作故文殊師利白佛言世尊當云何行能速得阿耨多羅三藐三菩提佛言文殊師利如般若波羅蜜所説行能速得阿耨多羅三藐三菩提復有一行三昧若善男子善女人修是三昧者亦速得阿耨多羅三藐三菩提文殊師利言世尊云何名一行三昧佛言法界一相繫緣法界是名一行三昧若善男子善女人欲入一行三昧當先聞般若波羅蜜如説修學然後能入一行三昧如法界緣不退不壞不思議無礙無相善男子善女人欲入一行三昧應處空閑捨諸亂意不取相貌繫心一佛專稱名字隨佛方所端身正向能於一佛念念相續即是念中能見過去未來現在諸佛何以故念一佛功德無量無邊亦與無量諸佛功德無二不思議佛法等無分別皆乘一如成最正覺悉具無量功德無量辯才如是入一行三昧者盡知恒沙諸佛法界無差別相阿難所聞佛法得念總持辯才智慧於聲聞中雖爲最勝

猶住量數則有限礙若得一行三昧諸經法門一一分別皆悉了知決定無礙晝夜常說智慧辯才終不斷絕若比阿難多聞辯才百千等分不及其一菩薩摩訶薩應作是念我當云何速得一行三昧不可思議功德無量名稱佛言菩薩摩訶薩當念一行三昧常勤精進而不懈怠如是次第漸漸修學則能得入一行三昧不可思議功德作證除謗正法不信惡業重罪障者所不能入復次文殊師利譬如有人得摩尼珠示其珠師珠師答言此是無價眞摩尼寶即求師言爲我治磨勿失光色珠師治已隨其磨時珠色光明映徹表裏文殊師利若有善男子善女人修學一行三昧不可思議功德無量名稱隨修學時知諸法相明達無礙功德增長亦復如是文殊師利譬如日輪光明徧滿無有減相若得一行三昧悉能具足一切功德無有缺少亦復如是照明佛法如日輪光文殊師利我所說法皆是一味離味解脫味寂滅味若善男子善女人得是一行三昧者其所演說亦是一味離味解脫味寂滅味隨順正法無錯謬相文殊師利若菩薩摩訶薩得是一行三昧皆悉滿足助道之法速得阿耨多羅三藐三菩提復次文殊師利菩薩摩訶薩不見法界有分別相及以一相速得阿耨多羅三藐三菩提相不可思議是菩提中亦無得佛如是知者速得阿耨多羅三藐三菩提若信一切法悉是佛法不生驚怖亦不疑惑如是忍者速得阿耨多羅三藐三菩提文殊師利白佛言世尊以如是因速得阿耨多羅三藐三菩

提耶佛言得阿耨多羅三藐三菩提不以因得不以非因得何以故不思議界不以因得不以非因得若善男子善女人聞如是說不生懈怠當知是人以於先佛種諸善根是故比丘比丘尼聞說是甚深般若波羅蜜不生驚怖即是從佛出家若優婆塞優婆夷得聞如是甚深般若波羅蜜心不驚怖即是成就眞歸依處文殊師利若善男子善女人不習甚深般若波羅蜜即是不修佛乘譬如大地一切藥木皆依地生長文殊師利菩薩摩訶薩亦復如是一切善根皆依般若波羅蜜而得增長於阿耨多羅三藐三菩提不相違背爾時文殊師利白佛言世尊此閻浮提城邑聚落當於何處演說如是甚深般若波羅蜜佛告文殊師利今此會中若有人聞般若波羅蜜皆發誓言於未來世常得與般若波羅蜜相應從是信解未來世中能聽是經當知此人不從餘小善根中來所能堪受聞已歡喜文殊師利若復有人從汝聽是般若波羅蜜應作是言此般若波羅蜜中無聲聞法辟支佛法菩薩法佛法亦無凡夫生滅等法文殊師利白佛言世尊若比丘比丘尼優婆塞優婆夷來問我言云何如來說般若波羅蜜我當答言一切諸法無諍論相云何如來當說般若波羅蜜何以故不見有法可與諍論亦無衆生心識能知復次世尊我當更說究竟實際何以故一切法相同入實際阿羅漢無別勝法何以故阿羅漢法凡夫法不一不異故復次世尊如是說法無有衆生已得涅槃今得當得何以故無有決定衆生相故文

殊師利言若人欲聞般若波羅蜜我當作如是説其有聽者不念不著無聞無得當如幻人無所分別如是説者是眞説法是故聽者莫作二相不捨諸見而修佛法不取佛法不捨凡夫法何以故佛及凡夫二法相空無取捨故若人問我當作是説如是安慰如是建立善男子善女人應如是問作如是住心不退沒當如法相隨順般若波羅蜜説爾時世尊歎文殊師利言善哉善哉如汝所説若善男子善女人欲見諸佛應學如是般若波羅蜜欲親近諸佛如法供養應學如是般若波羅蜜若欲言如來是我世尊應學如是般若波羅蜜若欲言如來非我世尊亦應學如是般若波羅蜜若欲成阿耨多羅三藐三菩提應學如是般若波羅蜜若欲不成阿耨多羅三藐三菩提亦應學如是般若波羅蜜若欲成就一切三昧應學如是般若波羅蜜若欲不成就一切三昧亦應學如是般若波羅蜜何以故無作三昧無異相故一切法無生無出故若欲知一切法假名應學如是般若波羅蜜若欲知一切衆生修菩提道本來菩提相心不退沒應學如是般若波羅蜜何以故一切法皆菩提相故若欲知一切衆生行非行相非行即菩提菩提即法界法界即實際心不退沒應學如是般若波羅蜜若欲知一切如來神通變化無相無礙亦無方所應學如是般若波羅蜜佛告文殊師利若比丘比丘尼優婆塞優婆夷欲得不墮惡趣當學般若波羅蜜一四句偈受持讀誦爲他解説隨順實相如是善男子善女人當知決定得阿

耨多羅三藐三菩提則住佛國若聞如是般若波羅蜜不驚不畏心生信解當知此輩佛所印可是佛所行大乘法印若善男子善女人學此法印超過惡趣不入聲聞辟支佛道以超過故爾時帝釋三十三天以天妙華優鉢羅華拘物頭華分陁利華天曼陁羅華等天栴檀香及餘末香種種金寶作天妓樂爲供養般若波羅蜜并諸如來及文殊師利以散其上作是供養已願我常聞般若波羅蜜法印釋提桓因復作是願願閻浮提善男子善女人常使得聞是經決定佛法皆令信解受持讀誦爲人演說一切諸天爲作擁護爾時佛告釋提桓因言憍尸迦如是如是善男子善女人當得決定諸佛菩提文殊師利白佛言世尊如是受持善男子善女人得大利益功德無量爾時以佛神力一切大地六反震動佛時微笑放大光明徧照三千大千世界文殊師利白佛言世尊即是如來印般若波羅蜜相佛言文殊師利如是如是說般若波羅蜜已皆現此瑞爲印般若波羅蜜故使人受持令無讚毀何以故無相法印不可讚毀我今以是法印令諸天魔不能得便佛說是已爾時諸大菩薩及四部衆聞說般若波羅蜜皆大歡喜信受奉行

文殊師利所說摩訶般若波羅蜜經

音釋

摩訶拘絺羅 梵語也此云大膝因膝骨麤大故名絺音癡

羼提 梵語也此云忍辱羼初限初澗二切

鑛 古猛切金鐵之璞曰鑛

槌打 槌直追切謂以鐵槌擊打也

瞋恚 瞋稱人切怒而張目也恚於避切恨怒也

皰 蒲貌切謂樹生蘂皰如瘡皰也

洲渚 渚掌與切洲者水中可居曰洲小洲曰渚

錯謬錯七各切差錯也謬靡幼切誤謬也

文殊師利所説般若波羅蜜經

梁扶南三藏僧伽婆羅譯

清刻龍藏佛說法變相圖

文殊師利所說般若波羅蜜經

梁扶南三藏僧伽婆羅譯

如是我聞一時佛在舍衛國祇樹給孤獨園與大比丘衆一萬人俱及諸菩薩摩訶薩十萬人俱皆悉住於不退轉地久已供養無量諸佛於諸佛所深種善根成就衆生淨佛國土得陁羅尼獲樂說辯成就智慧具足功德以自在神通遊諸佛世界放無量光明說無盡妙法教諸菩薩入一相門得無所畏善降衆魔教化度脱外道邪見若有衆生樂聲聞者說聲聞乘樂緣覺者說緣覺乘樂世間者說世間乘以布施持戒忍辱精進禪定智慧攝諸衆生未度者度未脱者脱未安者安未泥洹者令得泥洹究竟菩薩所行善入諸佛法藏如是種種功德皆悉具足其名曰文殊

師利法王子菩薩彌勒菩薩普光明菩薩不捨勇猛精進菩薩藥王菩薩寶掌菩薩寶印菩薩月光菩薩日淨菩薩大力菩薩無量力菩薩得勤精進菩薩力幢相菩薩法相菩薩自在王菩薩如是等菩薩摩訶薩十萬人俱并餘天龍鬼神等一切大衆皆悉來集爾時世尊於中夜時放大光明青黃赤白雜玻瓈色普照十方無量世界一切衆生觸此光者皆從卧起見此光明皆得法喜咸生疑惑此光何來普徧世界令諸衆生得安隱樂作是念已於一一光復出大光明照耀殊特勝於前光如是展轉乃至十重一切菩薩及諸比丘比丘尼優婆塞優婆夷天龍夜叉乾闥婆阿修羅迦樓羅緊那羅摩睺羅伽人非人等咸皆踊躍得未曾有各各思念必是如來放此光明我等應當疾至佛所禮拜親近恭敬如來是時文殊師利及諸菩薩摩訶薩衆遇此光者歡喜踊躍充徧身心各從住處到祇洹門爾時舍利弗大目揵連富樓那彌多羅尼子摩訶迦葉摩訶迦旃延摩訶俱絺羅皆從住處到祇洹門帝釋四天王上至阿迦尼吒天亦覩光明歎未曾有與其眷屬賫妙天華天香天樂天寶衣一切皆悉到祇洹門其餘比丘比丘尼優婆塞優婆夷天龍八部遇光歡喜皆來到門爾時世尊一切種智知諸大衆悉已在門從住處起出至門外自鋪法座結跏趺坐告舍利弗汝今晨朝來門外乎舍利弗白佛言世尊文殊師利等菩薩摩訶薩皆悉先至爾時世尊告文殊師利汝於晨朝先至門乎文殊師利白佛言如是世尊我

於中夜見大光明十重照耀得未曾有心懷歡喜踊躍無量故來禮拜親近如來并欲願聞甘露妙法爾時世尊告文殊師利汝今眞實見如來乎文殊師利白佛言世尊如來法身本不可見我爲衆生故來見佛佛法身者不可思議無相無形不來不去非有非無非見非不見如如實際不去不來非無非有非處非非處非一非二非淨非垢不生不滅我見如來亦復如是佛告文殊師利汝今如是見如來乎文殊師利白佛言世尊我實無見亦無見相爾時舍利弗白文殊師利我今不解汝之所説云何如是見於如來文殊師利答舍利弗大德舍利弗我不如是見於如來舍利弗白文殊師利如汝所説轉不可解文殊師利答舍利弗不可解者即般若波羅蜜般若波羅蜜非是可解非不可解舍利弗白文殊師利汝於衆生起慈悲心不汝爲衆生行六波羅蜜不復爲衆生入涅槃不文殊師利答舍利弗如汝所説我爲衆生起慈悲心行六波羅蜜入於涅槃而衆生實不可得無相無形不增不減舍利弗汝常作是念一一世界有恒河沙等諸佛住世恒河沙劫説一一法教化度脱恒河沙衆生一一衆生皆得滅度汝有如是念不舍利弗言文殊師利我常作是念文殊師利答舍利弗如虛空無數衆生亦無數虛空不可度衆生亦不可度何以故一切衆生與虛空等故舍利弗白文殊師利若一切衆生與虛空等汝何故爲衆生説法令得菩提文殊師利答舍利弗菩提者實不可得我當説何法使衆生得乎何以故

舍利弗菩提與衆生不一不二無異無爲無名無相實無所有爾時世尊出大人相肉髻光明殊特希有不可稱説入文殊師利菩薩摩訶薩法王子頂還從頂出普照大衆照大衆已乃徧十方一切世界是時大衆觸此光明身心快樂得未曾有皆從座起瞻仰世尊及文殊師利咸作是念今日如來放此奇特微妙光明入文殊師利法王子頂還從頂出普照大衆照大衆已乃徧十方非無因緣必説妙法我等但當勤修精進樂如説行如是念已各白佛言世尊如來今日放此光明非無因緣必説妙法我等渴仰樂如説行如是白已默然而住爾時文殊師利白佛言世尊如來放光加我神力此光希有非色非相不去不來不動不靜非見非聞非覺非知一切衆生無所覩見無喜無畏無所分別我當承佛聖旨説此光明令諸衆生入無相慧爾時佛告文殊師利善哉善哉汝善快説吾助爾喜文殊師利白佛言世尊此光明者是般若波羅蜜般若波羅蜜者是如來如來者是一切衆生世尊我如是修般若波羅蜜爾時佛告文殊師利言善男子汝今如是説深般若波羅蜜我今問汝若有人問汝有幾衆生界汝云何答文殊師利白佛言世尊若人作如是問我當答言衆生界數如如來界佛告文殊師利若人問汝衆生界廣狹云何汝云何答文殊師利白佛言世尊若人作如是問我當答言如佛界廣狹文殊師利若復問汝衆生界繫在何處當云何答世尊我當答言如如來繫衆生亦爾文殊師利若復問汝衆生

界住在何處當云何答世尊我當答言住涅槃界佛告文殊師利汝如是修般若波羅蜜般若波羅蜜有住處不文殊師利白佛言世尊般若波羅蜜無有住處佛告文殊師利若般若波羅蜜無住處者汝云何修汝云何學文殊師利白佛言世尊若般若波羅蜜有住處者我無所修我無所學佛告文殊師利汝修學般若時有善根增減不文殊師利白佛言世尊無有善根可增可減若有增減則非修般若波羅蜜世尊不爲法增不爲法減是修般若波羅蜜不斷凡夫法不取如來法是修般若波羅蜜何以故世尊般若波羅蜜不爲得法故修不爲不得法故修不爲修法故修不爲不修法故修世尊無得無捨是修般若波羅蜜何以故不爲生死過患不爲涅槃功德故世尊若如是修是修般若波羅蜜不取不受不捨不放不增不減不起不滅故世尊若善男子善女人作是思惟此法上此法中此法下非修般若波羅蜜何以故無上中下法故世尊我如是修般若波羅蜜佛告文殊師利一切佛法非增上耶文殊師利白佛言世尊佛法菩薩法聲聞緣覺法乃至凡夫法皆不可得何以故畢竟空故畢竟空中無佛法凡夫法佛法凡夫法中無畢竟空何以故空不空不可得故佛告文殊師利佛法無上不文殊師利白佛言世尊無有一法如微塵許名爲無上何以故檀波羅蜜檀波羅蜜空乃至般若波羅蜜般若波羅蜜空十力十力空四無所畏十八不共法乃至薩婆若薩婆若空空中無無上無上中無空空不空畢

竟不可得故世尊不可思議法是般若波羅蜜佛告文殊師利汝不思惟佛法耶文殊師利白佛言世尊我若思惟佛法我則見佛法無上何以故無生死故世尊五陰十二入十八界畢竟不可得一切佛法亦不可得不可得中無可得不可得故世尊般若波羅蜜中凡夫乃至佛無法無非法我當思惟何等法乎佛言善男子若無思惟汝不應說此凡夫法此緣覺法乃至不應說此是佛法何以故不可得故世尊我實不說凡夫法乃至佛法何以故不修般若波羅蜜故佛言善男子汝亦不應作如是意此欲界此色界此無色界何以故不可得故世尊欲界欲界性空乃至無色界無色界性空空中無說我亦無說世尊修般若波羅蜜不見上不見不上何以故

世尊修般若波羅蜜不取佛法不捨凡夫法何以故畢竟空中無取捨故佛告文殊師利善哉善哉汝能如是說深般若波羅蜜此是菩薩摩訶薩印文殊師利若善男子善女人非於千萬佛所深種善根得聞此法乃於無量無邊佛所深種善根乃得聞此甚深般若波羅蜜不生怖畏文殊師利復白佛言世尊我當承佛威神當更說甚深般若波羅蜜佛告文殊師利善哉善哉恣聽汝說文殊師利白佛言世尊若不得法生是修般若波羅蜜何以故諸法無有性故若不得法住是修般若波羅蜜何以故諸法如實故若不得法滅是修般若波羅蜜何以故諸法寂滅故世尊若不得色是修般若波羅蜜乃至不得識是修般若波羅蜜何以故一切諸法如幻如炎

故世尊若不得眼是修般若波羅蜜乃至不得意是修般若波羅蜜若不得色乃至不得法不得眼界色界眼識界乃至不得法界意識界是修般若波羅蜜若不得欲界是修般若波羅蜜乃至無色界亦如是世尊若不得檀波羅蜜是修般若波羅蜜乃至不得般若波羅蜜是修般若波羅蜜若不得佛十力四無所畏乃至十八不共法是修般若波羅蜜何以故内空故乃至無法有法空故世尊若得生住滅非修般若波羅蜜若得五陰十二入十八界非修般若波羅蜜若得欲界色界無色界非修般若波羅蜜若得檀乃至般若若得佛十力乃至十八不共法非修般若波羅蜜何以故以有得故世尊若善男子善女人聞此甚深般若波羅蜜不驚不疑不怖不退當知是人久於先佛深種善根文殊師利復白佛言世尊若不見垢法不見淨法不見生死果不見涅槃果不見佛不見菩薩不見縁覺不見聲聞不見凡夫是修般若波羅蜜何以故一切諸法無垢無淨乃至無凡夫故世尊若見垢淨乃至見凡夫非修般若波羅蜜世尊若見垢法差別淨法差別乃至見佛差別凡夫差別非修般若波羅蜜何以故般若波羅蜜無差別故佛告文殊師利善哉善哉是眞修行般若波羅蜜文殊師利汝云何供養佛文殊師利白佛言世尊若幻人心數滅我則供養佛佛告文殊師利汝不住佛法耶文殊白佛言世尊佛無法可住我云何住佛告文殊師利若無佛法可住誰有佛法文殊白佛言世尊無有有佛法者佛告文殊師

利汝今已到無所著乎文殊白佛無著則無到云何世尊問已到無著佛告文殊汝住菩提不文殊白佛言世尊佛尚不住菩提何況我當住菩提乎佛告文殊師利汝何所依作如是說文殊白佛我無所依作如是說佛告文殊汝若無依爲何所說文殊白佛如是世尊我無所說何以故一切諸法無名字故爾時長老舍利弗白佛言世尊若菩薩摩訶薩聞此深般若波羅蜜不驚疑怖畏必定得近阿耨多羅三藐三菩提不爾時彌勒菩薩白佛言世尊若諸菩薩摩訶薩聞此深法不驚疑怖畏得近阿耨多羅三藐三菩提不爾時有天女名無緣白佛言世尊若有善男子善女人聞此深般若波羅蜜不驚疑怖畏當得聲聞法緣覺法菩薩法佛法不爾時佛告舍利弗如是如是舍利弗若諸菩薩摩訶薩聞此深般若波羅蜜不驚疑怖畏必定當得阿耨多羅三藐三菩提是善男子善女人當爲大施主第一施主勝施主無等施主當具足戒忍辱精進禪定智慧當具諸功德成就相好自不怖畏令人不怖畏究竟般若波羅蜜以不可得無相無爲成就第一不可思議法故佛告文殊師利汝何所見何所樂求阿耨多羅三藐三菩提文殊師利白佛言世尊我無見無樂故求菩提佛告文殊師利若無見無樂亦應無求文殊師利白佛言世尊我實無求何以故若有求者是凡夫相佛告文殊師利汝今眞實不求菩提耶文殊白佛我眞實不求菩提何以故求菩提者是凡夫相佛告文殊師利汝爲定求爲定不求文殊白佛

若言定求定不求定求不求定非求非不求是凡夫相何以故菩提無住處故佛告文殊師利善哉善哉汝能如是說般若波羅蜜汝先已於無量佛所深種善根久修梵行諸菩薩摩訶薩樂深法者應當如所說學如所說行文殊白佛我不於無量佛所深種善根不久修梵行何以故我若種善根則一切衆生亦種善根我若修梵行則一切衆生亦修梵行佛告文殊師利汝何見何證說如是語文殊白佛我無見無證亦無所說世尊我不見凡夫不見學不見無學不見非學非無學不見故不證爾時舍利弗白文殊師利汝見佛不文殊師利答舍利弗我尚不見聲聞人何況當見佛何以故以不見諸法故謂爲菩薩舍利弗白文殊師利汝今決定不見諸法耶文殊師利答舍利弗大德大比丘汝止不須復說舍利弗白文殊師利謂爲佛者是誰語言文殊師利答舍利弗佛非佛不可得無有言者無有說者舍利弗菩提者不可以言說何況有佛可言可說復次大德舍利弗汝說佛者是誰語言此語言不合不散不生不滅不去不來無有一法可與相應無字無句大德舍利弗欲見佛者當如是學爾時舍利弗白佛言世尊此文殊師利所說新發意菩薩所不能解文殊師利答舍利弗如是如是大德舍利弗菩提非可解新發意者云何當解舍利弗白文殊師利諸佛如來不覺法界耶文殊師利答舍利弗諸佛尚不可得云何有佛而覺法界舍利弗法界尚不可得云何當有法界爲諸佛所覺舍利弗法界者即是菩

提菩提者即是法界何以故諸法無界故大德舍利弗法界佛境界無有差別無差別者即是無作無作者即是無爲無爲者即是無説無説者即無所有舍利弗白文殊師利一切法界及佛境界悉無所有耶文殊師利答舍利弗無有無不有何以故有及不有一相無相無一無二故舍利弗白文殊師利如是學者當得菩提耶文殊師利答舍利弗如是學無所學不生善道不墮惡趣不得菩提不入泥洹何以故舍利弗般若波羅蜜畢竟空故畢竟空中無一無二無三無四無有去來不可思議大德舍利弗若人言我得菩提道是增上慢説何以故無得謂得故如是增上慢人不堪受人信施有信人不應供養舍利弗白文殊師利汝何所依作如是説文殊師利答舍利弗我無所依作如是説何以故般若波羅蜜與諸法等故諸法無所依以平等故舍利弗白文殊師利汝不以智慧除斷煩惱耶文殊師利答舍利弗汝是漏盡阿羅漢不舍利弗言不也文殊師利言我亦不以智慧除斷煩惱舍利弗言汝何所依作如是説不怖不畏文殊師利言我尚不可得當有何我而生怖畏舍利弗言善哉善哉文殊師利快説如是甚深般若波羅蜜爾時佛告文殊師利言善男子有菩薩摩訶薩住菩提心求無上菩提不文殊師利白佛言世尊無菩薩住菩提心求無上菩提何以故菩提心不可得無上菩提亦不可得五無間罪是菩提性無有菩薩起無間罪心求無間罪果云何有菩薩住菩提心求無上菩提菩提者是一切

諸法何以故色非色不可得故乃至識非識亦不可得眼非眼不可得乃至意非意不可得色非色不可得乃至法非法不可得眼界非眼界乃至法界非法界亦不可得生非生不可得乃至老死非老死亦不可得檀波羅蜜非檀波羅蜜不可得乃至般若波羅蜜非般若波羅蜜亦不可得佛十力非佛十力不可得乃至十八不共法非十八不共法亦不可得菩提心無上菩提皆不可得不可得中無可得不可得是故世尊無菩薩住菩提心求無上菩提者佛告文殊師利汝意謂如來是汝師不文殊師利白佛言世尊我尚不可得何況當有意謂佛是我師佛告文殊汝於我有疑不文殊白佛言世尊我尚無決定何況當有疑何以故先定後疑故佛告文殊師利汝不定言如來生耶文殊白佛如來若生法界亦應生何以故法界如來一相無二相二相不可得故文殊師利汝信諸佛如來入涅槃不文殊師利言一切諸佛即涅槃相涅槃相者無入無不入佛告文殊師利汝言諸佛有流轉不文殊師利白佛言世尊不流轉尚不可得何況流轉當可得佛告文殊師利如來無心唯如來前可說此語或漏盡阿羅漢及不退菩薩前可說此語若餘人聞此語則不生信當起驚疑何以故此甚深般若波羅蜜難信難解故文殊師利白佛言世尊復何等人能信此甚深法佛告文殊師利一切凡夫能信此法何以故如來無心一切凡夫亦無心故文殊師利白佛言世尊何故作如是說法新發意菩薩及阿羅漢咸皆有疑願

聞解説佛告文殊如實相法性法住法位實際中有佛有凡夫差別不文殊白佛言不也世尊佛告文殊若無差別何故生疑文殊白佛言世尊無差別中有佛有凡夫不佛言有何以故佛與凡夫無二無差別一相無相故佛告文殊汝信如來於一切衆生中最勝不文殊師利白佛言世尊我信如來於一切衆生中最勝世尊若我信如來於一切衆生中最勝則如來成不最勝佛告文殊汝信如來成就一切不可思議法不文殊師利白佛言世尊我信如來成就一切不可思議法世尊我若信如來成就一切不可思議法如來則成可思議佛告文殊師利汝信一切聲聞是如來所教化不世尊我信一切聲聞是如來所教化世尊我若信一切聲聞是如來所教化則法界成可教化佛告文殊師利汝信如來是無上福田不世尊我信如來是無上福田世尊我若信如來是無上福田如來則非福田佛告文殊師利汝何所依作如是荅我文殊白佛言世尊我無所依作如是荅世尊無所依中無勝無不勝無可思議無不可思議無教化無不教化無福田無非福田是時以佛神力地六種震動一萬六千比丘衆以無可取心得解脱七百比丘尼衆三千優婆塞衆四萬優婆夷衆遠塵離垢得法眼淨六萬億那由他諸天遠塵離垢得法眼淨是時長老阿難即從座起偏袒右肩右膝著地合掌恭敬白佛言世尊何因何緣此地大動爾時佛告阿難此説般若波羅蜜往古諸佛皆於此處説此法以是因緣故此地震動爾時

長老舍利弗白佛言世尊此文殊師利所說不可思議爾時世尊告文殊師利如舍利弗所說此文殊師利所說不可思議爾時文殊師利白佛言世尊若不可思議則不可說若可說則可思議不可思議者無所有彼一切聲亦不可思議不可思議者無聲佛告文殊師利汝入不可思議定不文殊師利白佛言不也世尊若我入不可思議定者我則成可思議世尊心無心我當云何入不可思議定復次世尊我初發菩薩意言我當入不可思議定我今無此意當入不可思議定世尊如初學射先作此意我當射堋射堋成已後作是念我當射皮射皮成已復作是念我當射木射木成已復作是念我當射鐵射鐵成已無復前意隨其箭中皆能徹過我亦如是昔初發意求入不可思議定我於今日無復此意當入不可思議定何以故此定不可思議故爾時舍利弗白佛言世尊文殊師利未應得住何以故離此不可思議定更有寂靜定是其所應得故文殊師利白舍利弗言汝云何知離此不可思議定更有寂靜定大德舍利弗若此不可思議定可得者可離此定有寂靜定若此不可思議定不可得者彼寂靜定亦不可得何以故以此不可思議定不可得故彼亦不可得復次大德舍利弗無有衆生不得此定者一切衆生皆得此定何以故一切諸心無心故彼無心性即是此定是故一切衆生皆得此定爾時世尊歎文殊師利善哉善哉如汝所說是最勝義汝於久遠無量佛所深種善根能作是說文殊師利汝作

是念我住般若波羅蜜能說此言不文殊師利白佛言不也世尊我無此念世尊若我有此念住般若波羅蜜能說此言者我則住可得法世尊我若住我相則有是念是故世尊我不作此念住般若波羅蜜能說此言爾時佛告文殊師利誰當信汝所說文殊師利白佛言世尊若人不執生死及涅槃相是人信我所說又若人堅執有我若人具三毒此人不能信何以故見及煩惱無可滅故爾時世尊歎文殊師利善哉善哉汝能善說爾時長老摩訶迦葉白佛言世尊未來世誰能信此深法誰樂聽此法佛告迦葉即今日四衆比丘比丘尼優婆塞優婆夷於未來世能信此法聞說此深般若波羅蜜當知此法當求此法迦葉譬如長者或長者子已失一大寶珠

價直億萬兩金大生憂惱後更還得生大歡喜憂惱悉滅如是迦葉比丘比丘尼優婆塞優婆夷於未來世聞此最深般若波羅蜜經與般若相應聞已生喜心得安樂無復憂惱亦復如是當作是言我等今日得見如來供養如來所以者何以得聞此甚深微妙六波羅蜜故迦葉譬如三十三天見波利質多羅樹初生皰時作如是念此皰不久必當開敷如是迦葉比丘比丘尼優婆塞優婆夷聞此般若波羅蜜經心生歡喜亦復如是迦葉此深般若波羅蜜如來滅後當住不滅處處流行迦葉以佛力故未來世中若善男子善女人當得此深般若波羅蜜迦葉如摩尼珠師見摩尼寶心生歡喜不假思量即知眞僞何以故以慣見故如是迦葉若人聞此般若波

羅蜜相應法聞已歡喜生信樂心當知此人先世已聞此般若波羅蜜從久遠劫來已曾供養諸佛迦葉白佛言世尊此善男子善女人今聞此法於未來世轉復信解佛告摩訶迦葉如是如是如汝所說爾時文殊師利白佛言世尊此法無行無相說此法者亦無行無相云何世尊說有行相佛告文殊師利善男子善女人行相者所謂信此法受持此法以無所得心故行亦無所得相亦無所得文殊師利若善男子善女人樂此無所得當聽此般若波羅蜜若善男子善女人欲得不退轉地當聽此般若波羅蜜若善男子善女人欲信一切諸法與法界等當聽此般若波羅蜜若善男子善女人欲知一切諸法當聽此般若波羅蜜若人得信此義當聽此般若波羅蜜若人不樂念一切諸法當聽般若波羅蜜何以故此般若波羅蜜不見一切諸法故文殊師利若善男子善女人欲知一切諸法不淨不穢當聽此般若波羅蜜若善男子善女人欲得無疑當聽此般若波羅蜜若善男子善女人欲慈悲徧覆一切衆生不住衆生相不與世間諍當聽此般若波羅蜜爾時文殊師利白佛言世尊般若波羅蜜無我無我所無起無滅無因無果無可執持云何聽受而得功德佛告文殊師利般若波羅蜜無作無滅非凡夫法非聖人法非生死法非離生死法非涅槃法非離涅槃法無得無失非可思議非不可思議若善男子善女人如是聽受則與般若波羅蜜相應是爲功德亦無功德復次文殊師利若菩薩摩訶薩欲得菩薩

定欲知一切諸佛名欲見一切諸佛世界欲聞一切諸佛所説法欲行諸佛法當學此般若波羅蜜爾時文殊師利白佛言世尊何故名般若波羅蜜佛告文殊師利般若波羅蜜者無量無邊無方無處無去無來無作無爲即是一切諸佛法界故名般若波羅蜜文殊師利此般若波羅蜜是菩薩摩訶薩行處菩薩於此處行故名行處何以故以無處故即是一切諸佛之母一切諸佛所從生故何以故以無生故是故文殊師利若善男子善女人欲行菩薩行具足諸波羅蜜當修此般若波羅蜜若欲得坐道場成無上菩提當修此般若波羅蜜若欲以大慈大悲徧覆一切衆生當修此般若波羅蜜若欲起一切定方便當修此般若波羅蜜若欲得一切三摩跋提當修此般若波羅蜜何以故諸三摩跋提無所爲故一切諸法無出離無出離處若人欲隨逐此語當修般若波羅蜜一切諸法如實不可得若欲樂如是知當修般若波羅蜜一切衆生爲菩提故修菩提道而實無衆生亦無菩提若人欲信樂此法當修般若波羅蜜何以故一切諸法如實與菩提等如非衆生行不捨自性衆生行無所有故彼衆生行是非行彼非行是菩提彼菩提是法界若欲不著此法當修般若波羅蜜文殊師利若比丘比丘尼優婆塞優婆夷若受持般若波羅蜜一四句偈爲他人説我説此人得不墮法何況如實修行當知彼善男子善女人住佛境界文殊師利若善男子善女人聞此甚深般若波羅蜜不生怖畏當知此人受佛法印此

法印者是佛所造是佛所貴何以故以此法印印無著法故若善男子善女人爲此印所印當知是人隨菩薩乘決定不退不墮聲聞辟支佛地爾時釋提桓因及諸天子從三十三天雨細末栴檀及細末金屑又散鬱波羅華鉢頭摩華拘物陁華分陁利華及曼陁羅華以供養般若波羅蜜供養已作如是言我已供養無上無著最第一法願我來世更聞此深般若波羅蜜若人已爲此深般若波羅蜜印之所印願其未來復得聽受究竟成就薩婆若智爾時釋提桓因白佛言世尊若善男子善女人聞此般若波羅蜜一經於耳我爲增長佛法故守護彼人面百由旬不令非人得其便也是善男子善女人究竟當得阿耨多羅三藐三菩提我當日日往到其所而設供養爾時佛告釋提桓因如是如是憍尸迦當知彼善男子善女人具足佛法必定得至阿耨多羅三藐三菩提爾時文殊師利白佛言唯願世尊以威神力持此般若波羅蜜久住於世爲欲饒益諸衆生故文殊師利説此語時以佛神力大地六種震動爾時世尊即便微笑放大光明徧滿三千大千世界以威神力持此般若波羅蜜令久住世爾時文殊師利復白佛言世尊放此光明是持般若波羅蜜相佛告文殊師利如是如是文殊師利我放此光明是持般若波羅蜜相文殊師利汝今當知我已持此般若波羅蜜久住於世若有人不輕毀此法不説其過當知是人已爲此深般若波羅蜜印之所印是故文殊師利我於久遠安住此印若人已爲此印所

印當知是人不爲魔王之所得便佛告帝釋汝當受持讀誦此經廣宣流布使未來世諸善男子善女人得此法印復告阿難汝亦受持讀誦廣爲人説時天帝釋及長老阿難白佛言世尊當何名此經我等云何奉持佛言此經名文殊師利所説亦名般若波羅蜜如是受持善男子若人於恒沙劫以無價寶珠布施恒河沙等衆生衆生受已悉發道心是時施主隨其所宜示教利喜令得須陁洹果至阿羅漢果是人所得功德寧爲多不阿難白佛言甚多世尊佛言善男子若人起一念心信此般若波羅蜜經不誹謗者比前功德出過百倍千倍百千萬億倍乃至筭數譬喻所不能知何況具足受持讀誦爲人解説是人所得功德無量無邊諸佛如來説不能盡何以故能生一切諸佛薩婆若故若虚空有盡則此經功德盡若法性有盡則此經功德盡是故文殊師利善男子善女人應勤行精進守護此經此經能滅生死一切怖畏能摧天魔所立勝幢能將菩薩到涅槃果示教訓導離於二乘爾時帝釋及以阿難俱白佛言世尊如是如是誠如佛言我等當頂戴受持廣宣流布唯願如來不以爲慮如是三白言願不爲慮我等當頂戴受持佛説此經竟文殊師利等諸菩薩摩訶薩舍利弗等比丘比丘尼優婆塞優婆夷天龍夜叉乾闥婆阿修羅迦樓羅緊那羅摩睺羅伽人非人等一切大衆聞佛所説皆大歡喜信受奉行

文殊師利所説般若波羅蜜經

音釋

泥洹梵語也亦云般涅槃那此云滅度洹胡官切 跏趺跏居牙切趺風無切跏趺交足坐也 狹胡夾切隘也 射堋堋音朋射垺也 屑先結切碎也 薩婆若梵語也此云一切智若爾者切